U0063258

# 楊基振日記

附 書簡・詩文（上）

編譯◎黃英哲・許時嘉
審訂◎許雪姬・楊宗義

國史館 印行
二〇〇七年十二月

1_1926.5.15 楊肇嘉訪大石橋
2_1928.7 高校一年。左一為楊基振。
3_1928.10 武士會。第二排左三為楊基振。
　　　　　　　第一排左四為楊肇嘉。

4_1930.4.12 和姐夫及楊景山合影。前排蹲坐者為楊基振。
5_1930.7.12 楊氏本人
6_1930.9 與姐姐家合影。前排右一為楊基振。

7_1931.2 瀛士會。前排右一為楊基振。
8_1931.3 楊氏本人高校畢業
9_1931.4 楊氏本人

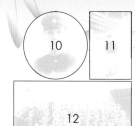

10_1931.4 高等學校畢業
11_1931.11.7 楊氏本人攝於北京
12_1931 高校三年。第三排左五為楊基振。

1931.

| 13 | 14 |
|----|----|
| 15 | |

13_1932.3 本人
14_1932.4.17 本人
15_1932.10.19 中日親睦會。第二排右六為楊基振。

16

16_1932 楊肇嘉與武士會。站者左二為楊基振。

17_1933.1.9 瀛士會。後排右二為楊基振。
18_1933 武士會。第二排右一為楊基振。

19_1933.4 與人合影。右二為楊基振。
20_1933.2.10 瀛士會。前排右三為楊基振。

21_1933.10.29 本人
22_1933 清水阿媽與她二女兩家(各3子女)
23_1934 本人大學畢業

24_1934.1 早大中國留學生。
　　　　右一為楊基振。
25_1934.1.1 新京站。右五為楊基振。
26_1934.4.3 離東京本人

27_1934.4.9 進滿鐵時攝影
28_1934.5 奉天車站同志拜奉天神社。
　　　　 正中白衣者之右後方即為楊基振。
29_1934.5 滿鐵運動會

1935.2.10. 大連鐵道教習所で車掌講習を終了す

1935.3.8
大連列車に
車掌として

31_1935.2.10 大連鐵道實習會。
　　　　中間坐者第二排右二為楊基振。
32_1935.3.8 大連列車實習列車長
33_1935.3.26 離開東京前。坐者為楊基振。

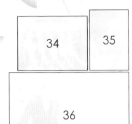

34_1936.5.8 歌舞。右二為楊基振。
35_1936.5.17 于大連。右：楊肇嘉。左：楊基振。
36_和楊肇嘉（中間）合照。右一為楊基振。

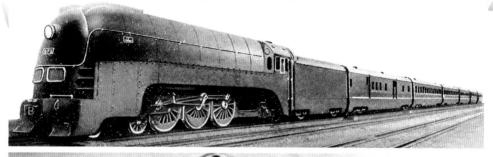

37_大連-新京火車
38_1936.12 新京車站。左二為楊基振。
39_1937 于新京

40_1937 新京車站
41_1937.4 本人
42_1937.1 新京站。後方右三為楊基振。

43_1937.11 新京站。左一為楊基振。
44_ 本人

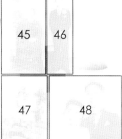

45_1938 新婚合照
46_1938 本人
47_1938 淑英
48_1938 新婚合照

49_1938.2.11 清水神社結婚與親友合影
50_1938.2.11 結婚照
51_1938.2.11 與詹淑英女士結婚

| 52 | 53 |
|---|---|
| 54 | |

52_1938.2.21 東京蜜月。
　　　　　　前排左為楊基振。後排右二為楊肇嘉。
53_1938.2.25 夫婦合照
54_1938.3.13 合照

| 55 | 56 |
|----|----|
| 57 | 58 |

55_母親
56_1938 北平孟家大院(歷史鏡頭,有楊家阿媽、吳家阿公),
　　　後排左三為楊基振。
57_與淑英新婚時合影
58_1939.5.3 炭礦場,中站者為楊基振。

59_1940.2.11 全家福
60_母親楊太夫人
61_1942.4 淑英
62_1942.5 淑英及長女瑪莉

63_1942.6.27 滿鐵會於北京，
　　　　　前排右一為楊基振。
64_1942.10 華北交通運輸局貨物課，
　　　　　第二排右四為楊基振。
65_1944.2.9 啟新洋灰公司北京辦事處成立，
　　　　　第一排左二為楊基振。

66_1948.2.14 與張碧蓮女士結婚
67_1948.9.17 全家福
68_1949.8.15 碧蓮
69_1949 本人

70_1948.5.27 母親病逝於台北省立醫院
71_與碧蓮家人合影
72_碧蓮
73_1949.10.1 全家福

台網公司同諸歡別餞仁迎舊新總經理攝影紀念
41. 11. 30

74

75

76

74_1952.1130
　台網公司，前排坐者
　左五為楊基振。
75_1953 與姊妹合影
76_1953.12 全家福

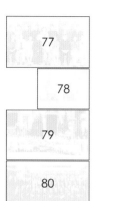

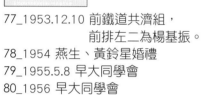

77_1953.12.10 前鐵道共濟組，
　　　　　前排左二為楊基振。
78_1954 燕生、黃鈴星婚禮
79_1955.5.8 早大同學會
80_1956 早大同學會

81_1959 全家福
82_1962.2.22 谷伍平-國鐵外務長于日日潭，
　　　　　左一為楊基振。
83_1963 與淑英父母合影，左一為楊基振。

84_1963 家人合影
85_1965.11.1 全家福
86_1975.2 全家福

87_1979.8.5 本人
88_1986.9 與碧蓮合影
89_1986.10 與碧蓮合影於美國加州聖荷西市
90_1987.5 與碧蓮歐洲之旅

91 92

93

94

91_與碧蓮合影于農場
92_和鄧穎超合影于鄧家
93_2002 碧蓮
94_2002 四位子女(左起)次男宗義、長女瑪莉、次女璃莉、長男宗仁

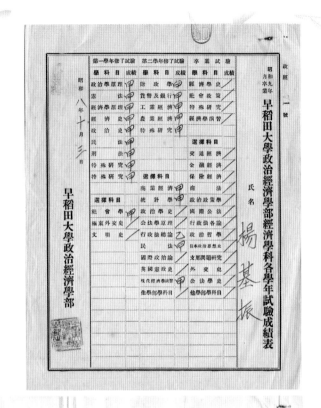

| 第一學年修了試驗 學科目 | 成績 | 第二學年修了試驗 學科目 | 成績 | 卒業試驗 學科目 | 成績 |
|---|---|---|---|---|---|
| 政治學原理 | 甲 | 財政學 | 甲 | 經濟學史 | 甲 |
| 憲　法 | 甲 | 貨幣及銀行論 | 甲 | 社會政策 | 甲 |
| 經濟學原理 | 甲 | 工業經濟 | 甲 | 特殊研究 | 甲 |
| 經濟史 | 甲 | 農業經濟 | 甲 | 經濟學演習 | |
| 政治史 | 甲 | 特殊研究 | 甲 | | |
| 民　法 | 甲 | | | 選擇科目 | |
| 刑　法 | 甲 | 選擇科目 | | 交通經濟 | |
| 特殊研究 | 甲 | 商業經濟 | | 金融經濟 | |
| 特殊研究 | 甲 | 統計學 | | 保險經濟 | |
| | | 政治學史 | | 商　業 | |
| 選擇科目 | | 公法學原理 | | 政治政策學 | |
| 社會學 | 甲 | 行政法總論 | | 國際公法 | |
| 極東外交史 | | 民　法 | | 行政法各論 | |
| 文明史 | | 國際政治論 | | 政治哲學 | |
| | | 英國憲政史 | | 日本政治思想史 | |
| | | 現代經濟事情論 | | 支那問題研究 | |
| | | 他學部學科目 | | 外交史 | 甲 |
| | | | | 公法學科目 | |
| | | | | 他學部學科目 | |

昭和八年十月三日

早稻田大學政治經濟學部

昭和九年卒業　早稻田大學政治經濟學部經濟學科各學年試驗成績表　氏名　楊基振

95_早大政經學部試驗成績表
96_楊基振手書履歷表

## 履歷書

原籍　臺灣臺中州大甲郡清水街哲元元八番地
現住所　東京市淀橋區戸塚町一丁目三五五番地
族籍　平民　楊緒勳ノ弟ニシテ　明治四十四年青年青青生
　　　　楊基振

學業
一、昭和三年青　東京都文館中學校第四學年修了
一、昭和三年四月　第一早稻田高等學院文科第一學年入學
一、昭和六年四月　早稻田大學政治經濟學部經濟科第一學年入學
一、昭和九年青　同學部卒業

一、實　罰　　無シ
右之通リ相違無之候也
昭和八年十月五日
右　楊基振

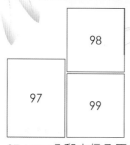

97_二二八和文信函原件
98_楊基振日記原稿之一
99_楊基振1951年日記原稿

# 序一　內心世界的真情

張炎憲

　　從國史館開車回家時，天色已晚，又有颱風來襲的徵兆，因此雨勢大，打在擋風玻璃上，格外入耳。聽著雨聲，開著車，我被清冷寂寥的氣氛籠罩著，沈入剛剛閱讀過《楊基振日記》的內容之中，楊基振的身影和時代的景象不斷浮現在我眼前。

　　我從《楊基振日記》中，感受到台灣人在大時代中被左右、被支配的悲哀。楊基振（1911-1990）的生存年代，跨越日本與國民黨統治。他活躍於台灣、日本、滿洲、中國與美國等五個地方，具有三種國籍。出生於台灣，屬於日本國籍，這是命定如此，無法自由選擇。到日本國內讀書，赴滿鐵、中國華北工作，這是為了爭取台灣人權益，得與日本人同等待遇，而在自由意志下的抉擇。日本戰敗，台灣被國府接收，國籍隨之改變，這也不是他自由意志下的選擇。之後遠離台灣，到美國定居，則是自己的選擇，希望能夠生活於自由民主的國家，不再感到驚惶與不安。他的一生有他無法選擇的，也有他可以選擇的，但無論如何選擇，總是被外在強權支配，無法逃脫，只能默默承受。到晚年選擇美國居住，取得美國籍，雖然怡然自樂，但已失去對時代挑戰的動力。

　　縱使這樣的無奈，楊基振還是想去改變，到日本讀書是想改變殖民地人民被歧視的命運；赴滿鐵就職是想發揮才華，在異地創業，讓日本人刮目相看；在國民黨統治時代競選公職，投稿《自由中國》，參與雷震組黨，就是滿懷改革理想，想追求台灣人的地位。在他的身上，看到充滿熱情、鬥志的一面，但也看到無助、苟且的一面。這也許是活過兩個時代的台灣人共有的現象，在自我追尋中，有努力，也有失落，有意氣風發，也有黯然神傷。

　　他有寫日記的習慣，自1944年10月1日寫到1990年逝世前為止。日記是隱私的，是內心深處的紀錄，平常不易讓人看到，而今他的家人願意提供日記，公諸於世，這實在相當難能可貴。國史館先出版1944年至1950年的日記，因為這是變動的年代，能深刻反映出他內心掙扎、反抗與適應的過

程。這不只是他對時代的見證，更是那世代台灣人的心靈寫照。

　　他處於殖民地與外來統治政權支配的年代，無法成為時代的主角已是命運注定。所以在日記中，無法看到豐功偉業、國家重要決策和重要人事變動的訊息，卻有台灣人交往情況、生活情調的記載，看起來無關宏旨，其實反映當時文化人的生活品味，以及抑鬱苦悶無處發洩的排遣。若細細玩味，會越覺越有味。

　　他在日記中赤裸裸記錄他的愛情生活，充滿熱情，也許有點露骨，但隱私世界的內心表白是真情的流露。在感情世界中，無分古今，每個人對愛的追求和表達是同樣的，只是隨著時代的改變，遭遇與處理的方式有所不同而已。從這個觀點來看，他實在是位性情中人，誠實面對。

　　回味《楊基振日記》的內容，想起楊基振這個人，我有許多感懷。那個時代的台灣人在公開場所，大多隱忍屈就，不善表達；在私下場合，與好友談天，才說出實情；或在日記悄悄的寫下內心話，表白自己的心境。而今，時代改變了，台灣人逐漸敢大聲說出內心話，這是時代進步的象徵，也是前輩隱忍努力，灌溉出來的自由花朵。

　　記得2005年末，英哲兄將此日記交給我，要我閱讀，看看是否能夠出版。我當時讀後的感受與今日的感觸，經過兩年並沒有改變，因為發掘台灣前輩的紀錄，以及重建台灣歷史文化，始終是我最大的心願。去年，國史館開始著手編輯之後，增加楊基振與楊肇嘉之間的書信，擴充相關人名與機關的索引。字數增多，內容也更豐富。《楊基振日記》能順利出版，應該感謝楊家的提供、吳燕美的協助、黃英哲·許時嘉的編譯、許雪姬的資料增添與校審，還有何鳳嬌一年多來的辛苦。

　　在風雨中開車，前輩的身影浮現在眼前，令我感懷更多，對時代的感觸也更多，而覺得此書之出版有其意義與價值。

# 序二　懷念先夫楊基振

楊張碧蓮口述　次媳林信貞代筆

　　先夫基振辭世至今已十六年餘，每當憶及與先夫結褵四十多年生活中的點點滴滴，心中總有無限的感恩與思念。

　　我與先夫的結合頗富戲劇性。1947年在台灣發生的二二八事件，是台灣近代史上極其慘痛的一頁。不少無辜的台灣菁英及老百姓莫名其妙地被蔣介石的軍隊抓去，並遭處決，一時風聲鶴唳，人心惶惶，不少的家庭相繼落入人間煉獄。許多無辜背負罪名的台灣人被捕，卻求訴無門。當時大家不懂得北京話，更是雪上加霜。在統治者濫用權勢的情況下，大家只能啞巴吃黃蓮的面對這場浩劫。

　　自日本中央大學法律系畢業後即在台南執業律師的家父張旭昇，在二二八事件進行得正激烈時，也突然被抓走。家父一走，我們全家頓失所依。在家中排行老大的我當時二十二歲，自台南二高女畢業後正在農會上班。我下面的七個弟妹尚還年幼，所以營救家父的責任自然落在我的肩上。我們聽說在家父之先被抓去的一名律師已遭槍決，家父將是下一個目標，所以情況相當的危急。舅父適時為我們介紹了他在中國工作時認識的好友楊基振先生，舅父告訴我們楊先生以優異的成績自日本早稻田大學政治經濟系畢業後即被日本南滿鐵道株式會社所重用，曾派駐中國前後達十二年之久，精通北京話，人脈關係不錯，能力超群，且熱心助人。所以我立刻和舅父北上，找楊先生幫忙。在台北奔走營救家父時，舅父和我暫住楊先生家。當時楊先生甫自大陸攜眷返台，元配詹淑英女士先前於唐山不幸罹患肺病身亡，留下年幼的一子二女，由楊先生的母親及傭人協助照顧。

　　楊先生果然鼎力相助，帶著我們奔走各軍政單位，終於找出家父被捕的原因。原來有人密報，說家父在二二八事件中「煽動學生」。因家父曾回他的母校台南師範勸告學生「稍安勿燥，切勿衝動。」沒想到竟被該校的一位師長歪曲成「煽動學生」向上級密報，害得家父因而被捕，並即將被處決。

　　找出家父被捕的原因後，我們透過層層關係，找出原密告人後立刻去見他，楊先生對他懇切勸說請求施恩，終獲他首肯，願意取消告訴。我們拿著他的親筆信再奔走各相關單位，為蒙受冤獄的家父一一解套。家父才得以保住一命，並在被捕九個月後重獲自由。楊先生對我們家的這份恩情，家人及我銘感於心。二二八事件中，楊先生以他精湛的文筆及幹練的辦事經驗，為許多人寫陳情書，與專制的統治者周旋協商，營救了不少含冤入獄的台灣人。

　　在營救家父的過程中，我與楊先生有頗多接觸的機會，得以對他及其家人有進一步的認識。他的聰穎能幹，負責守信及過人膽識等均令我折服。漸漸地，我對他由敬生愛，終至放棄已交往多時在台大醫院任實習醫生的男友，選擇楊先生作為我的終身伴侶。我的這個決定，在當時令父母及不少人跌破眼鏡。二二八事件是台灣歷史上的一大傷痕，卻也促成了我們的姻緣。

　　先夫博學多才，尤其對於交通經濟有殊多研究。他曾手著由滿鐵出版所出版《交通經濟概論》及《鐵路運價論》等書。先夫的中、日文學根基豐厚紮實，他有著一般文人天生的豐富情感，他曾為懷念亡母而寫了《悼念母親回憶詩錄》一書，筆墨酣暢，句句感人。他為紀念亡母楊雙女士，特將台北的住家宅院取名「雙園」；為紀念已逝的元配詹淑英女士，也在 「雙園」中建築 「望英樓」。

　　我們夫婦皆好客，家中經常高朋滿座。在觥籌交錯之際，總見先夫談吐風生。有超強記憶力的他，娓娓道來引人入勝的歷史人物故事，往往讓客人流連忘返。他對政治局勢及經濟動態，時有精闢之論。朋友們皆感覺受他的潤澤良多。

　　先夫為人溫厚和平，卻有知識分子的一身傲骨及為公理正義寧死不屈的精神。對專制腐敗，藐視人權的國民黨，他不怕禁忌，勇於面對挑戰。他曾競選過台中縣長，但開票當晚，國民黨用停電的老套進行換票。可是票換得太離譜，竟然連先夫的家鄉，清水鎮這個楊家的大本營，也輸給了國民黨的候選人。這種結果，令誰也不相信。國民黨這種為搶奪政權而不擇手段的行徑令人髮指。國民黨也曾以名利企圖誘惑先夫，但他絲毫不為所動。以先夫的學經歷及才幹，只要他加入國民黨，必可輕易地攬個一官半職，像一些投入國民黨懷抱的台灣知識分子，憑

藉國民黨的特權，僅靠公務員的職務，竟可累積無數家財。

先夫出生於台灣清水鎮，他熱愛台灣這個美麗的島嶼，他企盼故鄉台灣能成為民主自由的一片樂土。所以在白色恐怖的年代中，他不畏強權威勢，不顧生命危險，仍積極地參與為台灣建立自由民主制度的活動。他曾參與雷震先生創辦之《自由中國》的撰寫工作，支持雷震先生及有志人士促成反對黨之成立計劃，期能制衡國民黨，以求矯正國民黨一黨獨大的種種弊端。可惜獨裁的蔣介石政府於1960年胡亂地對雷震先生冠以「包庇匪諜，煽動叛亂」的罪名，將他判決入獄。使好不容易在台灣萌芽的民主運動因而胎死腹中。先夫倖免於難，但國民黨曾派特務跟蹤他好幾年，也限制他出境。1960年代先夫因公欲赴日本考察訪問時，幸賴任職美軍的大女婿請美國參議院甘乃迪議員發信給蔣介石政府，對其施壓，先夫才被放行。1978年大女兒瑪莉為我們辦妥移民美國的手續，先夫與我正式移民美國。到了美國，先夫才發現他一輩子所企盼的自由民主社會竟在眼前，可惜是在別人的土地上。

已年屆八十的我，回顧自己的一生，一點都不後悔當年毅然決然嫁給先夫的決定。四十多年的婚姻生活中，先夫對我及家人疼愛有加。他精明哲理，思想開放，修養高深，氣度寬宏；對待朋友，仁至義盡。他一生當中，為了幫朋友們擔保，虧了不少錢。但每當朋友有求於他時，他仍然繼續為朋友們擔保。他不但照顧我娘家的人，也照顧已逝元配的家人。他予我及孩子們高度的自由發展空間。也因為他的疼愛和支持，使我得以在1975年，成為台灣登山史上第一位完成攀登百岳之舉的女性。我能獲得這項殊榮，先夫功不可沒。

先夫在世時即考慮過請小說家將其戲劇性的一生編寫成書，可惜此心願在他離世前未能達成。值先夫辭世近十七周年之際，我們得以將他部分的日記集結成冊。讓先夫透過他豐富多彩的人生經歷將台灣人如何以忍辱負重，堅毅不拔的精神穿越民生凋敝，白色恐怖的時代洪流之歷史真貌呈現給大家。但願那些震盪山河、顛倒眾生的亂世悲劇不再重演，生活在台灣這片土地上的人民能記取先人為民主、人權走過的艱辛路途，多珍惜得來不易的自由民主，讓台灣的自由民主能繼續生根萌芽，成為海峽對岸政權的楷模。

在此我要特別感謝旅居日本在愛知大學任教的黃英哲教授及夫人

的傾力協助。三年來他們從閱讀先夫成堆的日記手稿著手，至整理編寫成書，安排打字及為出版此書向台灣政府的文教單位爭取協助所付出的時間及心力，實在難以想像。我由衷地感激他們的熱誠及辛勞。我也要特別感謝姪女吳燕美女士為我引介黃教授夫婦，還提供她位於華盛頓州的海邊別墅，讓我與黃英哲教授及夫人得以在幽美的環境中，走入時光隧道，從先夫成堆的手稿中，追隨先夫的腳蹤，為編寫此書畫出初步的藍圖。此書方得以在三年後的今天順利問世，也讓我得以完成先夫的遺願。

2006年9月28日　于　美國加州聖荷西市

# 序三
# 楊先輩の著作の出版に寄せて

門脇朝秀（93才）

　旧満洲と華北で職場の先輩として指導を受けた楊基振氏の一代記が出版されると聞き、その意義の大きさに思いを寄せております。如何なる種子も条件の恵まれた処に落ちなければ発芽することはできないと、聖書に誌されております。

　戦前台湾出身者が日本の大学教育を受けて社会に出た時、日本人の青年との間に待遇の格差があることは当時の世界の常識でした。ところが明治の末年、満洲で創設された南満洲鉄道株式会社は名目上、鉄道経営を表示していましたが、それは欧洲の東インド会社を模して創設され、鉄道を根幹として炭砿、重工業、地方行政、農場、病院、学校などを含む小国家でした。

　その会社の初代総裁に任ぜられた後藤新平は、本来医者であり、台湾で民政長官としてマラリアの撲滅、その他台湾の環境整備を治政の根本として実績を収めました。

　その後藤が1905年、満洲で最初に手掛けた事業が満洲の旧慣調査であり、現地の民衆と直接接触して行う先頭に立ったのが台湾出身の青年でした。その点で一般の日本内地出身者たちはその足元にも及ばず、勿論待遇給与は日本人並みで、その先頭を走っておりました。

　その後、満洲国が誕生しましたが、人事の扱いについては、朝鮮出身者で日本の大学を卒業した者は、一級低く扱われた中で、台湾出身者は全く日本人並の待遇を受けました。

　その後日華事変が拡大して華北地方全体の運輸交通を満鉄が担当する事になり、楊氏は乞われてその先頭に立って後の華北交通に派遣されました。

　その華北は、開灤炭砿を始め旧北洋財閥が一種の経済王国を形成しておりましたが、この財閥と日本の現地各機関との接渉役に乞われて華北交通を辞し、縦横にその手腕を振るう条件が整った時に、日本

の敗戦を迎えました。

　その頃の楊氏の接渉[ママ]相手は日本の大蔵省であったと聞いております。

　その後の台湾で。

　戦中のこの経験は戦後台湾の振興のため存分に活用される条件が整っていると、誰もが信じて、戦後大陸と日本からの台湾有識者の帰国が始り、楊氏もその一人として希望に沿って故郷台湾に帰還しました。

　そこで待ち受けていた政権は、先ず台湾内の日本色の一掃から始め、遂に二二八事件から戒厳令へと発展しました。日本的教養は、その内容を問わず、警戒敬遠され、むしろ身辺の不安を感ずるようになりました。その頃、私はやっとわかって、楊先輩を訪ねて台湾への旅を始めました。

　その何年かの後、カリフォルニアに移っ渼楊先輩に招かれてアメリカの旅を重ねました。格別すぐれた種子が遂に故郷では根を下ろすことができなくて、アメリカに新天地を求めたと、私は見ました。

　そして２度目に訪れお墓参り爛し渼時、海が見え爛そこだけ小高い丘に行きましたら、篠つく雨でした。墓参をソコソコにすまして下の道に降りると、そこはカンカン照りで道は乾いておりました、楊先輩が涙をこぼして墓参爛喜んでくれたと、今も私は信じております。

　今、台北に行って新しい台北駅を見ると、西門町をヘリコプターが飛ぶような爆音を立てるディーゼル機関車が走っていた頃、楊先輩が私に説明した通りの台北駅が造られております。本人をアメリカに放出しておいて、その現象のものが出現することも、世の常かとも思います。

　百岳女史とその健脚を誇っていた碧蓮夫人も眼がかすんで旅ができないとか、数年前の年の暮れ、雲南省の西南国境地帯を旅したことが最後の思い出となるかもしれない。

　台湾の行方は果たしてどうなるのか。傍観者は気を揉むばかりで、数年先のことはわからない。しかし2,300万の人数とその素質を具えた人たちが、自分の道を踏み違える筈はないとの期待をこめてで挨拶としたい。

# 紀念楊前輩著作出版(中文翻譯)

門脇朝秀 （93歲）

以前在舊滿洲與華北時期曾蒙受職場前輩楊基振氏指導，聽聞他的傳記將出版，讓人感嘆其意義之重大。聖經寫道，不論是什麼種子，若未落在條件豐厚之處，必無法發芽。

戰前出生台灣的人就算接受日本大學教育，出了社會，與日本年輕人之間仍有待遇上的差別，這是當時普遍的常識。明治末年，在滿洲創設的南滿鐵道株式會社雖然在名義上是經營鐵道，但卻是以歐洲東印度公司的模式創立，以鐵道為主幹，包含炭礦、重工業、地方行政、農場、病院、學校等，形同一個小國家。

被任命為該公司首位總裁的後藤新平原本是醫生，在台灣擔任民政長官時撲滅瘧疾，另有改善台灣環境設備等根本政績，收到相當實效。

後藤於1905年在滿洲首先著手滿洲的舊慣調查，而當時直接與當地民眾進行首波直接接觸的便是台灣出身的青年。這一點是內地日本青年跟不上的，因此待遇上絕不輸日本人，甚至還有所領先。

後來滿洲國誕生，在人事安排上，朝鮮出身日本大學畢業者多半受到較低的職等，但台灣出生者多是受到與日本人相同的待遇。

之後，日華事變擴大，華北地區全部的運輸交通都由滿鐵擔任，楊氏則被委以重任、派作先鋒前往後來的華北交通。

華北交通由舊北洋財閥以開灤煤礦為首形成一經濟王國，楊氏被託付為該財閥與日本當地各機關的連絡交涉人，後辭去華北交通，當一切時機成熟可以等他展現手腕時，日本戰敗了。

聽說當時楊氏交涉的對象是日本大藏省(相當於財政部)。

之後則是回到台灣。

戰後任誰都相信，戰時的經驗足以為戰後台灣復興帶來靈活運用的條件，因此大陸、日本的台灣有志青年開始陸續回到台灣，而楊氏也是其中一人，帶著希望返回台灣。

而等待他們的政權，先是從台灣內部一掃日本色彩開始，又從

二二八事變進而發展成戒嚴。(過去所受的)日式教育不論內容，都被警告疏遠，讓人逐漸感受到周遭的不安。我也開始了解到這一點，選擇來台灣旅行、造訪楊前輩。

　　之後不知又過了幾年，我被移居到加州的楊前輩邀請，展開美國之旅。我見到的是：好的種子無法在故鄉落地生根，轉而在美國開始新天地。

　　第二次造訪則是去他墓前參拜，前往那座看得到海的小山丘，當時還下著毛毛細雨。急急地掃完墓後再往下走，那邊則陽光普照、地板已乾。直到現在我仍相信，楊前輩一定是欣慰有人來參拜而掉淚吧。

　　現在去台北看到新的台北車站，那模樣正如坦克車發出如直昇機般巨響地駛過西門町那時、楊前輩所跟我說明的一樣。他本人流放美國期間，這樣的景象卻應驗了，其中的感慨讓人難以言喻。

　　過去以百岳女王及其健步自豪的碧蓮夫人如今也因為眼力不佳無法出遊，數年前前往雲南省西南國境一帶的旅行，也許是最後的回憶。

　　台灣接下來到底會如何發展？身為旁人的我只能擔心憂慮，無法察知數年後的未來。但2,300萬人及具有其素養的人們肯定不會走錯路吧？我如此地充滿期待。

（翻譯：許時嘉）

# 楊基振日記 附書簡・詩文

# 總　目　次

XIV

# 楊基振日記 附 書簡・詩文 （上冊）

# 目　次

# 編　例

一、本書內容有楊基振影像、未公開之日記（1944-1950）、書簡及其詩文(戰前及戰後發表在雜誌之詩、文)，最後是附錄。

二、影像部分多為未公開照片，攝像時地橫跨戰前、戰後、日本、台灣、中國，每張影像均有簡單說明。

三、日記、書簡書寫文字有日文和中文，日文部分均附中文翻譯。文字一律以現在常用漢字打字，標點符號則一律改為現在常用標點符號。文中如有因中日文漢字不同、恐引起讀者解讀錯誤者，以〔 〕將正確意思或字詞更正於後。唯文中明顯錯字、或從頭到尾寫錯者，逕予改正，不再以〔 〕訂正。另文中出現部分地名、餐廳名、人名因楊氏本人書寫習慣，會出現前後漢字不同的情況。其中，可確認之固有名詞(人名、地名)會使用〔 〕將正確名字增補其後。無法考察者但字音雷同者，例如：鈴爛(涼爛)、欽梓(金梓、欽梓、金梓)、海玲(海令、海冷、海伶)、沙臨川(沙麗川)、邱世鴻(邱世洪)等等，本書記錄時則不再修正，一律忠於原稿刊出。中文原文部分如有日文字詞，初次出現會以「(譯者按：……)」之形式將翻譯標示於該字詞之後，方便讀者理解，第二次以後則省略。又日記部分內容礙於個人隱私問題，有作刪節，以「……」表之。最後，文無法辨識者，以□標之。

四、日記1945年8月26日至9月6日以及1950年5月10日至5月18日，該部分原稿佚失。

五、楊基振之詩文內容完全沒有更動，文字一律以現在常用漢字打字，標點符號則一律改為現在常用標點符號。

六、附錄部分有楊基振年譜簡編、著作目錄、家譜、家屬親友紀念文、日記中出現之楊基振周邊相關人物和機構簡介。

導　讀

## 一、楊基振與他的時代

### 1.學生時期

楊基振，1911年出生台中清水，為遺腹子。父楊紹喜，母楊梁氏雙。幼年曾就讀漢學私塾，8歲(1919年)進入清水公學校，14歲(1924年)考進台中師範學校。台中師範設立於1899年，以培養台籍日語師資人才為宗旨，1902年一度廢止，與台南師範合併，擴大招收日籍學生，直到1923年重新開辦。該校採用嚴格的斯巴達式教育，規定台籍學生與日籍學生都要住校。按楊基振本人遺稿，共同生活期間，台灣學生與日本學生之間紛爭不斷，即使錯不在台灣學生，日本教官們還是會本著民族優越的心理，逼台灣學生一定要向日本學生道歉。這樣的差別待遇看在楊基振眼底，自尊心與理性大受打擊，到了第三年開學前，他無法忍受，終決定離開。[1]

父親早逝、由母親一手扶養長大的楊基振，家道中落，經濟狀況無法容許他出國留學，但母親仍全力資助，讓他向學校提出退學申請前赴日本。楊基振回憶，當初提出退學申請，原本不被校長大岩榮吾接受，但班主任佐瀨老師同情他的處境，建議直接逃學到日本。[2] 於是1926年，楊基振自動休學，遠赴東京，寄宿東京市小石川區武島町7番地堂兄楊肇嘉宅，先就讀正則補習學校，隨即轉學插班進入郁文館中學就讀。兩年後，報考當時第一志願的東京第一高等學校(戰後改制為東京大學教養學部)，不幸落榜，改進入早稻田第一高等學院(現早稻田高等學校)就讀。

楊基振入學後不久，旋即參加社會主義研究會，沉迷於馬克思主義研究，因緣際會接觸大量左翼思想。當時日本共產黨的台灣支部長是楊台中師範前一屆的學長陳來旺。陳來旺出身梧棲，台中師範在學期間，兩人交情深厚。後來陳來旺放棄台中師範的學業，前來日本就讀成城高等學校，兩人又在東京相遇。當楊基振高等學院三年級時，陳來旺積極力勸他加入共產黨，但被他婉轉拒絕。楊基振事後回憶，當年他參與的

---

[1] 楊基振，〈日文自傳〉，未公開。
[2] 同前。

運動，多以東大中國哲學科出身的水田文雄等人主辦的勞工運動或築地小劇場演劇運動為主，況且他才剛讀完三十三本的馬克思全集及十二冊的無產大學叢書，自認在學問上尚未成熟，談不上可以入黨，因此希望專心在研究與實踐運動上。[3]

陳來旺沒多久後遭到檢舉逮捕，在獄中受到嚴刑審問，不久即死於獄中。楊基振回憶，此事件對他打擊很大，一方面對年輕摯友的無端犧牲感到震驚與悲慟，一方面則警覺到人為政治鬥爭而枉死，實在不值。也因此，他日後選擇走向地下運動，一旦有任何計畫，沒有成功之前絕不公開。[4]

這時期的楊基振，對未來志向已有明確的方向，決定要進大學攻讀政治經濟學部(系)。根據楊本人遺稿，當時他意識到要解放台灣的殖民地現狀，非得打倒日本帝國主義不可。不過，單單只有台灣人的力量是不夠的，必須要借助中國之力才有可能。因此，首要之務便是要引起中國的注目，積極參加中國革命，努力活躍於中國。楊基振開始對中國種種懷抱興趣，除了原本的馬克思主義，也開始沉迷於三民主義研究，並決定學習北京話，[5] 努力與中國留學生打交道。1930年畢業前的最後一個暑假，他在北京的台灣留學生梁清福帶領下，由台灣基隆前往上海，旅行蘇州、杭州、南京、北京等地三個月。

1931年，楊基振自早稻田第一高等學院畢業，進入早稻田大學政治經濟學部(系)就讀。他對中國大陸的興趣漸深，滯留北京的時日愈來愈長，大學一、二年級的前兩個學期都待在北京，每年第三個學期才回到東京準備學期考試。這樣兩地往返的生活，直到三年級為專心準備畢業論文才不得不停止。

遊學北京期間，楊基振請當地女大學生教他北京語，並到北京大學當旁聽生，熱心研究中國社會、政治與經濟發展。1931年九一八事

---

[3] 同前。

[4] 同前。

[5] 當時台灣知識青年主動學習北京話者不在少數。日本京都帝大法律系畢業、後赴滿洲國任公職的蔡西坤曾表示，自己於高等學校時期有感於日本對台灣統治不會長久，並認真考慮到中國統一問題，而主動利用課餘時間到台北一處繳費學北京話。詳見許雪姬訪問，《口述歷史5——日據時期台灣人赴大陸經驗》(台北：中央研究院近代史研究所，1994年)，161~193頁。

變爆發，當時北京每天都有各大學的學生示威遊行，楊基振本人在北京大學旁聽左派的陳啟修教授講述日本帝國主義大陸政策的全貌，點燃他對日本大陸政策的濃厚興致。[6] 1934年，楊以第一名成績自早稻田大學畢業，參加日本銀行、安田保善社、三菱商事、南滿洲鐵道株式會社的就職考試皆合格，當時大學方面建議他進入安田保善社工作，但本著想進一步了解日本在中國建設的實情，最後他選擇進入日本帝國主義的最前線——南滿洲鐵道株式會社(俗稱滿鐵)，於大連的滿鐵本社鐵道部任職。

### 2.滿鐵時期

滿鐵，為日俄戰爭下的產物。1905年，日本在日俄戰爭勝利後，依日俄講和條約與北京條約獲得中國東北地方的主控權，其中包括關東州的租借權、長春至旅順・大連間的鐵道經營與相關權益、安東至奉天的鐵道經營權、鴨綠江流域的木材砍伐權。其中為因應鐵道相關權益，1906年設立滿鐵，並請來曾擔任台灣總督府民政長官、擁有在台灣推展國有鐵道計畫經驗的後藤新平，擔任首任滿鐵總裁。[7] 對當時日本政府而言，經營東北地區的最大收穫不在鐵道本身，而在其周邊附帶事業利益，特別是煤礦開採、周邊土地不動產的利用、以及水運業與倉庫業的發展。當時擔任滿洲軍總參謀長的陸軍大將兒玉源太郎與後藤新平皆認為，要徹底把握鐵道附屬地的經營權，唯有在租界地上設立國家機關、將鐵路事業收為國營事業才是長久之道。但兒玉與後藤的國有鐵道計畫被外務省(外交部)與大藏省(財政部)極力反對，認為在清國領土內建造日本國有鐵道不但違反日俄講和條約與北京條約的成文內容，還擔心此舉會招來提倡門戶開放的美國或清國內部擁有諸多權利的英國不滿。[8] 最後決定以俄國與清朝共同經營東清鐵道為範本成立民間株式會社，一半為民間集資，另一半則由日本政府出資，名義上為民間機構，實際上則由日本政府操控。[9] 自此也確立了滿鐵的初・中期性格：表面

---

[6] 同註1。

[7] 詳參考西澤泰彥，《滿鉄——「滿洲」の巨人》(東京：河出書房新社，2000年)。

[8] 詳情請參考蘇崇民著，山下睦男等譯，《滿鉄史》(福岡：葦書房，1999年)。對於是否應當在清國領土上蓋國有鐵道，日本政府最後決定否決的原因，並非此舉是否侵犯中國人民權益，而是因為顧忌英、美、俄的虎視眈眈。

[9] 同註7。

上是鐵道公司，背後則是大張其鼓地發展各項建設事業，成為支配東北地方的最大機關。[10]

1907年，滿鐵總公司由東京移至大連，擴增組織，在總裁底下設置總務、調查、運輸、礦業、地方等五部，並增設大連醫院與撫順炭坑兩獨立性極強的組織。之後經過多次改組，除了內部編制擴增外，更陸續建立相關子公司，如設立「大連汽船」海運公司，開拓以大連為起點，開往安東、天津、青島、上海、新潟、敦賀等地的定期航路；建設大連市內路面電車，並成立「大連電氣鐵道」子公司託其掌管；另陸續成立供應大連與鐵道附屬地城市的電氣與瓦斯的「南滿洲電氣株式會社」與「南滿洲瓦斯株式會社」。[11] 除此之外，還包括周邊高級飯店與倉庫經營、大連港營運管理、理工農學等研究開發、經濟政策立案、高等教育等，並積極在附屬地進行巴洛克式的都市建設，以刺激經濟資本發展。[12] 其中也有不計血本的投資，例如設立直營的連鎖高級飯店。當時，飯店的部分經營常出現赤字，但對企圖掌控歐亞交通樞紐的滿鐵而言，建立方便舒適的住宿供歐美人士使用是絕對必要的，故陸續在大連、奉天、長春等城市建造雄偉華麗足以與歐美匹敵的「大和飯店」。該飯店也成為高級人士的聚會場所，並在楊基振的日記中不時登場。

九一八事變後，日本於隔年1932年擁溥儀即位，於東北與內蒙、熱河成立「滿洲國」。隨著滿洲國的成立，滿鐵的組織出現大幅度的更動。滿洲國政府發布「滿洲國經濟建設綱要」，將經濟開發重點放在國有鐵道建設，揭示十年後鐵道總長一萬公里，最終目標為二萬五千公里的發展目標，並將滿洲國國有鐵道經營權交由滿鐵經營。由於滿洲國行政編制的出現，加上鐵道事業的大幅增加，滿鐵裁撤原本的鐵道附屬地經營，逐漸走向專業鐵道事業的模式。

楊基振進入滿鐵公司後，1935年10月擔任大連列車區車掌，1936年4月轉任大石橋車站副站長，1937年4月又轉任新京車站(滿洲國首

---

[10] 後藤新平在滿鐵成立前便曾在〈滿洲經營策梗概〉中提到，戰後經營滿洲唯一要訣，在於表面上裝成鐵道經營，私底下卻實施百項建設。見鶴見祐輔，《後藤新平》第二卷(東京：勁草書房)後來滿鐵經營發展方向，確確實實也是依此方針前進。

[11] 前揭《滿鉄──「滿洲」の巨人》，24頁。

[12] 同前，107~111頁。

都，現長春)貨物科副科長。在滿洲國政府的高級官僚養成機關——大同學院受訓一年後，[13]頂著高級官僚的待遇活躍政經兩界。當時台灣人前往滿鐵、滿洲國政府層級單位中謀職者，多為畢業於日本內地各大學的菁英分子。就當時社會整體價值而言，一介殖民地出身平民要在宗主國行政體制中出人頭地，並非易事。因此，不少台灣人寧可放棄待在台灣或日本與日本人競爭，選擇赴升遷機會較平等、待遇較佳的滿洲國謀職。[14]

1938年2月，楊基振趁休假回台灣相親，認識第一任妻子詹淑英。詹淑英出身彰化高女，楊對她一見傾心，由於楊還需趕回滿鐵，兩人不到兩週便結婚，到日本蜜月旅行後，一起回到新京。

### 3.華北時期

1937年盧溝橋事變後，滿鐵派遣許多員工前往華北進行日軍占領地的鐵道管理與修復作業。此時，楊基振也帶著新婚妻子調離新京、轉赴天津。於1938年5月轉任華北交通株式會社天津鐵路局貨物科長。

中日戰爭爆發後日本軍進占華北，在接收中國工廠、軍用品管理、委託日本企業經營等一系列的行動中，原本是由日本國策會社——興中公司扮演幕後推手的工作。[15] 1938年以後由於華北戰事擴大，興中公司

---

[13] 大同學院位於滿洲國首都新京(現長春)，為日本代「滿洲國」訓練高級幹部的地方，專門訓練通過考試的大學程度以上學員成為滿洲國的文官。學員有滿洲人、蒙古人、朝鮮人、台灣人與日本人，以日本人最多。受訓內容包括各種戰術、騎馬、射擊等，且有「滿洲國」邊區視察的機會。

[14] 根據曾在滿洲國任職的楊蘭洲(1907年出生，1932年赴滿)談到自己赴滿經緯時表示：「台灣人在公家機關就職，最多只能做到課長，想再往上發展根本不可能，因此很多有志向的人都往外求發展，或去大陸，或去美國。是時日本國內又經濟不景氣，就職困難；而日本在滿洲事件(九一八事變)發生後半年即成立『滿洲國』，正迫切需要許多人才，故選擇『滿洲國』發展。」據他回憶，滿洲國採五族協和，不分民族待遇一律平等，因此同樣職務在台灣公家機關月薪只有五、六十元，可是在滿洲卻可以領到一百七十元，薪水之好，讓許多台灣人都嚮往到滿洲國。此外，曾於滿洲國任外交職務的吳左金(1901年出生，1932年赴滿)提到不願留在日本的原因：「當時許多台灣人在日本的地方大學畢業後，即留在當地的小機關任公務員，其實做公務員也不錯，並不會受日本人的壓迫，但我們和日本人是無法競爭的，除了考試及格之外，別無他途。」相較之下，那時台灣人被視為中國人，能講一種外國語即可應考「滿洲國」職務，加上具有日語能力，因此考試比較容易。詳見許雪姬訪問，《口述歷史5——日據時期台灣人赴大陸經驗》，146頁、99頁。

[15] 「國策會社」意指二次世界大戰前後期間，在日本政府援助與指導下所設立的特殊性質公司，其目的多為支配、開發殖民地或占領地。

不論在資金或技術上，皆已無法繼續獨力支撐大規模戰事下所需求的經濟體系，日本政府基於戰略上考量，期望儘早完成「日滿支經濟圈」，因此於1938年11月7日成立規模更巨大、機制更完整的國策會社——華北開發株式會社。[16] 華北開發株式會社(以下簡稱華北開發)資本額為三億五千萬日圓，由日本政府與民間出資各半，主要營運內容在於投資與統合交通、運輸、港灣、通信、發送電、礦產、食鹽製造販賣利用等相關事業。隔年4月，最大子公司華北交通株式會社(資本額三億日圓，中國方面出資三千萬日圓，以下簡稱華北交通)成立，管理華北開發旗下最主要也最大宗的鐵道交通事業。

華北交通的人事，乃由日本政府與1937年12月14日成立於北京的傀儡政權——中華民國臨時政府(行政委員長為王克敏)各推派代表擔任。[17] 雖然華北交通成立的計畫是日本政府一手操控，且日本資本占多數，但王克敏為首的臨時政府積極主張中國人與日本人各半的人事安排。日本方面也考慮到實行上需要臨時政府的協助，且華北最重要的治安維持問題還需要中國方面的密切合作，因此不得不做某種程度上的讓步。最後雙方多次協商結果，決定總裁為日本人、副總裁中國人、日本人各一，理事各四名的主要人事，維持表面上的平等。[18]

臨時政府面對日本政府成立華北開發與擴張子企業等行動並未阻止、甚至還從旁協助，此舉在戰後的抗日史觀中受到嚴重批評，被認為其行徑形同賣國、坐視日本奪取中國資源。然而中國學者范力則提出細部分析，他認為，當時臨時政府看起來或許不如衝鋒陷陣的抗日運動者勇敢，但在協助日軍開發的同時，也存在著「利用」日本、將中國方面的損害降至最低的柔性抵抗。[19] 這種藉由與日本的合作來幫助中國本土近代建設的開發，並暗中守住中國利益的行為，實為「曲線救國」，故不能單純地將其全部歸於漢奸之流。[20] 從這個角度看來，這種協助日本

---

16　范力，《中日"戰爭交流"研究——戰時期の華北經濟を中心に》(東京：汲古書院，2002年)，228頁。

17　中華民國臨時政府後於1940年3月，與中華民國維新政府併入汪精衛的南京國民政府。

18　前揭《中日"戰爭交流"研究——戰時期の華北經濟を中心に》，232頁。

19　同前，265~267頁。

20　這種臨時政府企圖保住中國方面利益的例子不少。例如華北電信電話會社的理事本來內定為只有日本人，後來在臨時政府委員長王克敏的積極爭取下，始獲得日本方面的

開發華北的矛盾心情，或許也能理解楊基振早年為何如此積極地投入日本的對華開發上。

楊基振於1940年被指派回華北交通的北京本公司任職，1942年昇任副參事，擔任運輸局運費費率主任。據他本人遺稿中回憶，與淑英結婚後任職華北交通的近八年間，是一生中最光輝的歲月。[21]昇任副參事後，他僅花了兩年時間便完成華北八鐵道的運費統一。當時許多人都認為貿然將運費全部統一會對地方經濟造成嚴重影響，至少要維持臨海地帶與內地地帶兩種不同的標準，但楊認為，運費統一與否是「國家經濟邁向現代化」的重要指標，因此力排眾議，提出運費改正案。[22]除此之外，還包括推動塘沽港的開工、規定火車禁止超載的實行條例等，對於戰爭中的經濟開發與民生問題有相當大的貢獻。[23]

華北交通的最後幾年，楊基振同時參與民間企業啟新水泥公司的營運。戰爭期間，中國本土出現不少中日合資的企業，其中中國方面的資本也有逐漸增多的傾向，但大部分仍屬政府層級的投資，真正的「民族資本」──足以與外國資本企業對抗的中國民間資本企業仍然十分少見。中國民間企業的不成熟，除了起因於本身的高利貸式、商業資本式、以及買辦式的傳統性格外，主要的原因還是由於戰爭時期中的經濟統制。[24]資本主義的最終目標在於追求利潤，但是在市場與利潤上綁手綁腳的經濟統制，形同使中國的民族資本喪失自由競爭的權利。[25]這樣的社會背景下，楊基振積極投入民間企業啟新水泥的營運，運用自己與日本官方的人脈，努力在人事上排除日本人的介入，維持中國人主導的局面，實不簡單。[26]

同一時間，華北交通內部日漸複雜的人事問題，也讓楊十分困擾。1944年11月11日的日記中寫道：「想盡早辭去交通公司的工作。每次去交通公司，不但心情很不平靜，也會深感人性之虛偽，相當不愉快。」[27]

---

讓步。
[21] 同註1。
[22] 同註1。
[23] 同註1。
[24] 前揭《中日"戰爭交流"研究──戰時期の華北經濟を中心に》，265~267頁。
[25] 這種對經濟統制的抱怨也出現在楊基振的日記之中，見1944年10月6日。
[26] 關於啟新人事問題的運作，在楊基振1944年10月到11月日記裡有詳細的記述。

1944年11月底，楊雖然得知獲得升遷運輸局主任，最後仍決定主動辭職，「今天交通公司的年終發下來了。沒甚麼好高興，也沒甚麼好難過。現在每天光想著要如何辭去交通公司的工作就已經夠煩了。」[28]他後來於1945年3月底離開華北交通，5月專心轉任啟新水泥唐山工場副場長兼業務部長，直到抗戰結束。

1945年8月，日本戰敗。9月，自重慶派來的國民黨的接收部隊現身唐山。楊相當興奮，為慶祝國民黨接收主動捐獻金錢，還開放工廠倉庫作為先遣隊的宿舍，並提供轎車、住宅、日用品給接收人員，但此舉反而為他招來不幸。據楊的遺稿表示，當時自重慶派去的官員甚為腐敗，以為楊是出手闊綽的財閥。他們為謀奪楊的家財，特意羅織漢奸的罪名，企圖逮捕處刑他。楊回憶：「當初提供工廠倉庫作為國民黨軍宿舍時，工廠相關人員全部都反對，當時我以為是因為大家都沒有愛國心，但不久後才發現原來是我自己大錯特錯。一無所有的先遣隊看到甚麼都想要，如果無法得到滿足，就把罪怪到我們身上，果真如諺語所言——引狼入室。」

1945年12月，楊基振離開唐山，前往北京、天津處理公務，卻因傷寒生了一場大病，在他滯留平津期間，接收部隊包圍他唐山住家，企圖以漢奸罪將之逮捕。楊為避風頭，再也無法回唐山。這期間，元配淑英不幸因肺病病逝唐山。從病危、逝世到葬禮結束，礙於特務人員的監視，楊始終不克出現。楊對此相當自責。無法陪愛妻走完人生最後一幕，成為他心中永遠的痛。1984年，楊曾前往唐山尋找淑英之墓，但唐山在大地震之後重新改建，要找回以前市街的記憶已不可能，最後終究徒勞無功，留下楊一生的遺憾。對於元配詹氏懷念、追憶、自責之情，以及當年被國民黨錯認為漢奸而不得不遠走他鄉的憤恨不平，日後不時浮現於楊日記或詩文之中。

### 4.歸台後

1946年5月，楊基振舉家輾轉歸台，期間雖無意外，但一路風霜，飽嚐人情冷暖，被楊認為是生平最狼狽的一段。

回台後隔年爆發二二八事件，楊基振本人並沒有受到牽連。反倒

---

[27] 日記，1944年11月11日，原文日文。

經人介紹，被拜託搭救當時任律師卻無辜被逮捕進高雄軍事監獄的張旭昇。楊憑藉著自己過去的中國經驗與流暢的北京話努力為張奔走，先將張從軍事法庭轉到一般法庭，再透過自己與法律界的人脈，最後使張旭昇獲得不起訴的結果。這段期間，他並與張旭昇長女張碧蓮相知相戀，日後結為夫妻，這段經歷在楊的日記中有詳細的描述。

1947年，因時任台灣總商會會長陳啟清的推薦，楊任職台灣省政府交通處，之後轉任省政府鐵路局，直到退休。

楊基振於1950年代後半到1960年代初，與雷震、齊世英、蔣勻田等人來往頻繁，並在1957年參與台中縣長選舉，惜落選。楊基振以自己本身競選經驗，於《自由中國》雜誌上發表對當時台灣地方自治與選舉、民主政治的看法。1960年6、7月間，楊基振積極出席《自由中國》雜誌社的組織反對黨座談會活動，但後來因9月初雷震、傅正等人的被捕入獄，反對黨的籌組中斷。楊基振因此極為鬱悶。他在9月4日的日記上曾寫下「17點英石兄來報雷震、傅正、馬經理、劉子英四人被捕，對反對黨的成立受到莫大的打擊，尤其與雷震先生的友誼使我精神極端懊惱。」在10月5日日記上寫下「三日雷震先生受公判，看他的申辯書頗受感動，這個冤獄必將成立，我不但為雷震先生悲，也為做中國人的命運悲。」

1976年楊基振自鐵路局退休，1977年移居美國，1983年取得美國籍。1990年3月病逝美國加州，享年八十歲。

## 二、楊基振的文藝活動

楊基振本身對文藝活動相當有興趣，曾於早稻田大學在校期間，參加在東京台灣留學生組織的「台灣藝術研究會」，並於該組織機關誌《福爾摩沙》創刊號中，以〈詩〉為題，發表中文詩歌。

「台灣藝術研究會」為1933年成立於東京的台灣人文藝團體，該會大部分的成員都是1920年代中期左右，留學日本東京、學習藝術文學的台灣留學生，受到當時日本思想界的強烈影響，他們多具有左傾思想。該研究會的前身為1931年成立於東京，隸屬於「日本無產文化連盟」(KOPF)的「台灣文化同好會」，該會成員有王白淵、林兌、吳坤煌、張文環、張麗旭、葉秋木等人，在強烈的民族意識驅使下，分別以

文學、美術、電影、音樂、演劇等角度出發，探討台灣文化問題，並發行《台灣文藝》創刊號七十本。該會期望透過獨立性的文化發展來擺脫日本帝國主義的支配，「以文化形體，使民眾理解民族革命。」[29]然而，由於成員之一葉秋木在日本參加反帝遊行被捕，「台灣文化同好會」的存在被日本當局發現，林兌、張麗旭、張文環、吳坤煌等人相繼被檢舉，過程中吳坤煌又被發現曾廣泛分發日本共產黨機關誌《赤旗》給台灣學生，使得該會不到第二期發刊即被迫解散。所幸，成員們後來多無罪釋放。

1932年3月，蘇維熊、魏上春、林添進、柯賢湖、吳鴻秋、吳坤煌、張文環、巫永福等人準備重新組會，為免再度遭到非法糾舉，決定以合法組織的形式組成「台灣藝術研究會」，型態為純粹的文學研究團體，其宗旨為促進台灣新文藝發展，企圖藉此徹底喚醒留日青年學生們的民族意識以及鼓勵新文學運動，為日治以後第一個正式成立的台灣文學運動團體。[30]

這種對文藝活動的狂熱，繼承自1920年代以來新文學運動的使命。1920年代前後，在日本治台20多年之後，台灣社會與台灣知識分子之間吹起近代化思潮。該原因無非與近代資本主義的導入及近代教育相繼成熟有關。矢內原忠雄曾分析，台灣在殖民式近代資本主義導入下，不但強化資產家與無產階級的差異與隔閡，更因為日人資本家勢力擴張，削弱了原本台人士紳階級資產家的政經勢力，並融解台人間士紳階級與無產階級的差距，使得資本主義的階級對立同時攙雜了民族對立的成分。[31]這種民族主義與階級鬥爭互為表裡、相互滲透的過程，成為台灣社會抗日性格最大的特徵。[32]這種特性反映在社會運動上，出現如1914年日本大正自由主義之父——板垣退助在林獻堂的邀請下來台成

---

[28] 日記，1944年12月7日，原文日文。

[29] 施學習，〈台灣藝術研究會成立與福爾摩沙(Formosa)創刊〉，《台灣新文學雜誌叢刊 第二卷 第一線／先發部隊／人人／フォルモサ》(台北：東方文化，1981年)。

[30] 前揭施學習，〈台灣藝術研究會成立與福爾摩沙(Formosa)創刊〉。

[31] 矢內原忠雄，《帝国主義下の台湾》之〈第二章 台湾の資本主義化〉，初出1929年。此處參考若林正丈編新版，《矢內原忠雄「帝国主義下の台湾」精》（東京：岩波書店，2001年）。

[32] 前揭矢內原忠雄，《帝国主義下の台湾》之〈第五章「民族運動」〉。

立台灣同化會、1920年東京台灣留學生為促進六三法裁撤而組織「新民會」、「台灣青年會」、[33] 1921年發起第一次台灣議會設置請願運動、1927年因農民運動、社會主義思潮以及國共合作的中國革命開展所成立的左翼路線的台灣民眾黨，到1934年最後一回的台灣第十五回議會設置請願運動等等一連串的民族政治運動。

同一時間，隨著近代教育的普及及留日台灣學生的增加，台灣島民對近代知識的渴求逐漸提高的同時，卻發現民族藩籬始終是教育與社會機制中無法跨越的最後一道高牆，也進而激發台人知識分子的自覺與反抗。這樣的反抗除了反應在前述政治層面的民族運動外，也出現了期待改造過去守舊且封建的台灣傳統漢學文化的聲音。這群喝日本近代教育奶水長大，猶如安德森(Benedice Anderson)於《想像的共同體》中所指稱的——充滿「帕爾」式情結的台人知識分子，[34] 開始反思帝國主義所帶來種種不合理的壓迫與歧視，認真思索被殖民者的權益，描繪台灣人真正的理想像。這樣的理想形象並非單單從物質方面的需求即可汲取，更重要的是要在智識與性靈上擁有成熟的發展。且同時期中國本土自1915年開始，以反袁世凱、反封建為契機，開始推行標榜民主、科學與新文

---

[33] 六三法發布於1896年，為日本治台初期因考慮台灣與日本在法律制度與民情上的差異所給予台灣總督府的無限上綱權限。總督府可以依治理需求自由發布「律令」——具有法律效力的命令，無需考慮是否違反日本內地自由主義的法律性格。根據日本學者若林正丈的分析，台灣總督府依照此令，陸續頒布全力打壓抗日武裝運動的「匪徒刑罰令」(1896年)、漸禁式地繼續允許台人吸鴉片的「台灣阿片令」(1897年)、住民相互監視的「保甲條例」(1898年)、書報出版前需得到總督府許可與檢閱的「台灣出版規則」與「新聞紙條例」(1900年)、比起日本本地更嚴厲的「犯罪即決條例」(1904年)、總督府可任意將台人流浪漢送往遠地強制勞動的「浮浪者取締規則」(1906年)等等，這些無視人權的條例被認為剝奪了台灣人政治要求的權利，也因此引發台人知識分子的不滿，要求廢止六三法，終止總督府中央集權式的統治方式。詳見若林正丈，《台灣抗日運動史研究》(東京：研文，2001年)，48~49頁。

[34] 安德森於《想像的共同體》中運用印度知識分子畢平・昌達拉・帕爾(Bipin Chandra Pal)的回憶，引證在心靈和舉止上毫不遜於任何英國人的印度知識人，不論多麼英國化，卻還是永遠被排除在印度殖民政府的最高層職位外的情形。安德森認為，這種殖民地宗主國化教育所製造出數以千計的帕爾們的出現，正恰恰「凸顯出英國官方民族主義的根本矛盾——亦即帝國與民族之內在的互不相容」。詳見班納迪克・安德森著，吳叡人譯，《想像的共同體：民族主義的起源與散布》(台北：時報，1999年)，102~103頁。這種「帕爾」式情結，正好也可用來解釋部分台人知識分子在追求智識發展的同時，卻在現實面受到壓迫與歧視的不平心理。

學的新文化運動、五四運動，在長期身處帝國統治不合理的社會條件，及對岸民族改造思潮的推波助瀾下，1920年以大眾啟蒙運動為主旨的「台灣文化協會」得以成立，標榜「助長台灣文化之發達」。該會企圖透過對文化文學改革的提倡與普及，來喚醒台灣大眾思想，主動追求社會地位的提升。[35]

新文學運動則為新文化運動的一環，主要是追隨中國五四前後白話文運動的風潮，企圖擺脫傳統文謅謅、望文生義且思想性薄弱的文言文漢詩創作，提倡台灣島內的中文白話文運動。隨著1920年代中後期，由日本國內吹向中國、台灣等地的無產階級運動、左翼思想風潮的興起，台灣文藝界開始出現一連串以左翼思想為主、中日文夾雜的文化刊物，包括1929年《無軌道雜誌》、1930年《伍人報》《台灣戰線》《明日》《洪水報》、1931年《台灣文學》、1932年《南音》、1933年《福爾摩沙(フォルモサ)》《第一線》《先發部隊》、1934年《台灣文藝》等。「台灣藝術研究會」成員之一施學習形容當時文藝狀況：「在民國二十年以前，文藝運動雖然已進入深刻階段，卻尚未有運動的主體。大部分都是一時的、模仿的、烏合之眾的集合，而成為無意識且被動的出版刊物之團體。」[36]等到1930年到1931年台灣島內知識分子展開「鄉土文學論爭」之後，台灣文壇才明確地浮現出「文藝大眾化」——在文體與內容題材上更貼近台灣人民生活——的課題，故「台灣藝術研究會」以日治時期第一個正式成立的台灣文學運動團體之姿，發行純文藝刊物，更顯得有其意涵。

---

[35] 關於台灣文化協會的性格，根據謝春木《台湾人の要求》(台北：台灣新民報社，1934年)的描述與若林正丈的引用分析，台灣文化協會是在台人知識分子的自覺中以及總督府與在台日本人種種責難與妨害下，一種「半自動且半被動的反政府式諸運動的總機關」(詳見若林正丈，《台灣抗日運動史研究》，32頁)。另外，「台灣文化協會」主要成員的四分之三，都是受過近代中高等教育的知識分子，且當時有能力獲得高等教育的台灣人又多為資產階級，因此協會性質偏向上流社會的產物，但大家都有共同的目標，就是要將台灣人民解救出帝國主義的壓迫，故這時期的台灣新文化運動——由知識分子所引領的民族文化啟蒙運動，其實混雜著民族主義、無政府主義、社會主義等多種流派。然而，隨著1920年代中後期農民運動、左翼思想興起與議會設置請願運動流於形式化，台灣資產階級知識人與支持勞動運動知識人之間開始出現利害關係與理念誤差，自此出現明顯的分家情況。

[36] 前揭施學習，〈台灣藝術研究會成立與福爾摩沙(Formosa)創刊〉。

1933年7月，機關誌《福爾摩沙》創刊號在蘇維熊、張文環、施學習等人為募集原稿與資金努力奔走下始得發行。《福爾摩沙》創刊辭寫道：「現代台灣人的文化文藝如何？每問及此，台灣人無不面紅耳赤。固有的繪畫消失無蹤，漢詩也淪為應酬手段。在政治、經濟上，能完全自由自在生活，固然是民生第一要件，但吾人更渴望藝術生活，已然萎靡的台灣文藝界，如今非得靠吾等好好振作不可。」[37]其中還提到，為何保有傳統中華數千年文化遺產卻仍無法創造出獨特文藝，不是前人沒有才能，而是他們欠缺勇氣與團結力。因此吾輩更應挺身而出，「消極面上整理研究過去弱勢的文藝作品及眼下大眾間膾炙人口的歌謠傳說等鄉土藝術，積極面上秉著吾人全部的精力、決心來創作真正的台灣純文藝。」[38]該創刊辭徹底解剖當時台灣文藝界的種種弊病，並以開創新文化新文學為目標，認為比起物質生活的進步，提高台灣同胞的精神生活，才是真正創造福爾摩沙般美麗之島的重要力量。而真正屬於台灣人的藝術，則是發根台灣、擁抱鄉土的作品。蘇維熊於該刊編輯後記上寫道：「我不相信四百萬同胞裡，會有人不想要一本真正屬於台灣人的文藝雜誌，或者連單單維持雜誌刊行的力量都沒有」，[39]強烈表達出身為台灣人對於追求精神層面發展的渴望。

《福爾摩沙》剛開始僅印刷五百份，除五十本郵寄台灣台中中央書局寄售外，其餘分贈東京各大報社、圖書館、會員以及台灣島內有志之士。主編為蘇維熊，內容有評論類：蘇維熊〈對於台灣歌謠——試論〉、楊行東〈台灣文藝界的待望〉、吳坤煌〈寄某女性信〉；詩歌：施學習〈自殺行〉、蘇維熊〈春夜恨〉〈啞口詩人〉、楊基振〈詩〉、王白淵〈行路難〉、陳傳纘〈朦朧的矛盾〉、陳兆柏〈運命〉、翁鬧〈淡水海邊〉；小說：張文環〈落蕾〉、巫永福〈首と体〉、吳天賞〈龍〉、曾石火翻譯法國作家都德(Alphose Daudet，1840~1897)的〈賣家〉。除了詩歌部分有中文詩以外，其餘皆為日文作品。

楊基振也是該會創刊成員之一。他所發表的〈詩〉為中文白話文作品，以奔放的文筆與情感描寫對詩的痴狂，文中再再可以嗅出「生命誠

---

[37] 〈創刊の辞〉(原文日文)，《フォルモサ》第1號(東京，台灣藝術研究會，1933年7月)。
[38] 同前。
[39] 〈編輯後記〉(原文日文)，《フォルモサ》第1號。

可貴，愛情價更高，若為詩歌故，兩者皆可拋」的無邊熱情。這種將情感完全投射於文字表現，盡情揮灑當下情緒的性格，也可以從他日記的筆觸中探得一二。不過，繼這篇處女作之後，楊基振沒有再公開發表其他作品，只有偶爾在日記寫寫新詩，直到戰後1951年，他才重拾詩人之筆，在《旁觀雜誌》發表悼念亡妻淑英之詩作。1964年吳濁流創刊《文藝台灣》，楊基振發表許多詩歌，皆收錄於本書的詩文集當中。

### 三、楊基振的愛情生活

根據楊基振的遺稿，他一生中有三段愛情最刻骨。楊基振與元配淑英的相識、相處過程在他的自傳與日記中都有記載，夫妻鶼鰈情深，但戰後滯留華北期間，淑英不幸因病去逝，楊基振為此悲痛不已。楊於戰後曾在雜誌上發表過詩文，表達對愛妻的深深懷念，其作品已收錄於本書詩文集當中。回台後，楊認識第二任妻子碧蓮，其相知相戀的過程在日記中有完整的記錄，此處不再贅述。除了元配淑英與第二任妻子碧蓮外，最戲劇化的則屬早年與洪月嬌的戀情。

楊與月嬌相識於日本東京，當時楊仍是高等學院三年級的學生，而台北淡水出生的月嬌則是一個人隻身到東京求學，即將要從日本女學校畢業的五年級學生。楊回憶第一次與朋友到月嬌家玩時，看到她不似一般時下女學生喜愛《金色夜叉》或是菊池寬的作品，反而閱讀托爾斯泰的《復活》《戰爭與和平》、杜斯妥也夫斯基的《卡拉馬助夫兄弟們》、歌德的《浮士德》《少年維特的煩惱》等具有強烈思考性的外國小說，讓楊留下深刻的好印象。加上同樣隻身在異鄉求學，兩人感情日濃，變得形影不離。

月嬌女學校畢業後，原本打算進入女子大學，但當時楊基振已懷抱終有一天要去中國發展的志向，他建議月嬌一起打拼，兩人於1931年6月一同前往北京，展開學習北京話的暑期遊學生活。月嬌性格開朗，很快與當地大學生打成一片。然而，楊為了學北京話而與當地女學生越走越近，讓原本打算進燕京大學繼續學業的月嬌心生妒意，沒多久便決定離開北京。月嬌回到東京後進入東京女子醫專，原本的愛情也因為兩人的分開，轉變回平淡的友誼。

楊基振大學畢業後前往滿鐵就職。1936年的某一天，突然接到月

嬌的來信，信中提到她因為家中經濟失敗，無法繼續學業而決定中輟回台。楊基振當時在滿鐵薪水不錯，又是單身，沒有經濟壓力，他回信給月嬌，願意每個月資助她一百元、請她務必一定要完成學業，並表明自己別無他意，只是基於友誼單純想出點心力，也請她早日覓得理想的結婚對象，找到人生的幸福。

月嬌坦率地接受楊的好意與資助，順利完成醫專的學業。畢業後實習工作告一段落，月嬌前往滿洲新京拜訪當時正在滿洲中央銀行工作的姐夫與姐姐，並與楊基振再度相見。兩人似乎都有意再續前緣，無奈年輕過於固執又對彼此猜忌太多，直到楊基振決定短期回台相親前，仍然冷戰不斷。也因此，楊賭氣回台相親，並與詹淑英一見鍾情，一個月後帶著新婚妻子返回新京。

這對當時人還在新京的月嬌而言是很大的打擊，但難過歸難過，她仍然與他們夫婦兩人維持相當親密的好友關係，時常跟楊基振與淑英三人一同去跳舞、看電影。只是夫妻生活畢竟容不下第三人，沒多久楊便發現這樣的關係對妻子淑英造成相當大的心理壓力，某夜三人一同看完莎士比亞的「仲夏夜之夢」後，楊寫信給月嬌，希望中止這種單純卻充滿殺傷力的友誼。從此，兩人再也沒有見過面。

月嬌後來離開新京前往上海，在一家日本人經營的醫院擔任小兒科醫生。1949年10月1日後移住北京。之後有一年，她偶然參加台灣同鄉會，得知楊基振經歷喪妻之痛與漢奸污名的人生低潮，相當震驚。當時她本想飛回台灣，無奈兩岸國共關係對立，最後終究無法走出中國大陸一步。

月嬌居住北京期間，在一間天主教醫院當小兒科醫生救助貧苦孩童。1966年文化大革命爆發，與許多留滯大陸的台灣人命運相同，她被當成國民黨間諜而遭逮捕、送往吉林內地進行十年勞動改造，繁重的勞動工作加上飲食營養不良，最後終於因肝炎病逝吉林。

1984年楊基振來到中國，除了到唐山搜尋元配的遺骨外，也前往吉林鄉下試圖尋找月嬌，走過千山萬水，終於找到一位當時同為勞改場囚犯，熟知台灣人下落的婦女。楊從這位婦女手邊得到一封用報紙做成的陳舊信封，裡頭甚麼骨灰或遺物都沒有，只放了一張充當遺書的破紙片，上頭寫道：

我　　洪月嬌　紅顏只爲了一段解不開的情

我　　洪月嬌　紅顏只愛了一個忘不了的人

履行昔日的諾言

我　　走了爲祖國建立社會主義的理想國家

我　　過看暗淡辛苦遙遠的道路

忍受著火炬的煎熬

楊基振　愛人啊

我痴痴等你一輩子

我多麼盼望你向我飛奔來

真想不到　新京一別竟成永訣

回歸夢　夢難圓

鴛鴦夢　夢難成

只有數不盡的愛與恨

風蕭蕭雨濛濛之夜 月嬌絕筆[40]

　　當初新京的一封信，竟是從此的天人永隔。只能將遺書託付給陌生人的無奈，無法與愛人相逢的辛酸，在月嬌的字裡行間流轉。

## 四、日記與社會現狀間的關連性

　　楊基振生前一直保持寫日記的習慣，目前保存於家屬手上的日記，有自1944年10月1日開始至1990年病逝前爲止的手本。此次出版的日記年份則從1944年10月1日至1950年底、抗戰末期至國民黨來台初期爲主，此時正是中國、台灣政治轉換最爲動盪的歷史時刻，在這樣的社會背景下，加上楊基振本身的資歷經驗，該日記內容在史料上顯得格外有意義及其價值。關於國共戰爭、二二八事件、戰後初期台灣社會、經濟狀況等時局描述，在日記中多以感想的方式呈現較多，是否真能代表大時局下的整體情形雖有待考證，但當成時代的見證或佐證，史料價值仍然不低。本書除了日記本身外，另收錄他於求學、工作期間寫給楊肇嘉的書信，以及陸續發表於雜誌期刊上的詩文作品。在他寄給楊肇嘉的信

---

[40]　同註1。

件中，有一篇楊基振用日文寫下自己對二二八發生的所見所聞，該文後來被翻譯成中文刊登於《前鋒》雜誌當中，這篇見証歷史的珍貴資料(日文版與中文版)亦分別完整收錄於本書的書簡集當中。參酌日記內容交互對照，足以對其人、其事有更完整的了解與體會。

楊基振日記內容多為自己職場、生活交友圈、以及家庭瑣事的記述。由於工作緣故，文中不時會出現原料交易的繁雜數值、略顯枯燥的公務行程與商談經過、或是一次多達十餘個人名的冗長贅述，這些或許會讓讀者初接觸時，感到枯燥且難以親近。但楊基振本身文筆十分精錬流暢，往往短短幾句話便將當下心境與人際關係記錄得十分傳神，故若能仔細玩味，仍可嗅出潛藏於文字背後的社會情況與人際關係。

以下大略整理出數點給讀者們參考。

### 1. 戰時華北地區台灣人的交往圖譜與生活景象

戰爭期間，滯留於華北地區的台灣名人不少，如吳三連、楊肇嘉、張深切、張我軍、洪炎秋、黃烈火、張星賢、蘇子蘅等人。楊基振不論在公事上或個人交情上，都與這群人有相當的來往，這些名字不時在日記中登場。除了人際往來的記錄，日記還忠實反應出交往過程中許多當下的心境，足以一窺「淪陷區」當時台灣人私底下的日常生活與彼此間的交往圖譜。

例如，對於台灣作家張我軍於抗戰末期的私生活，楊有著不同於正史的描述。「晚上被我軍兄招待，這群過去最讓我喜愛的夥伴，如今卻熱中賭博，讓人不想與他們為伍。對麻將厭煩，也對他們的友情厭煩，有空時寧願多讀點書。幸好最近快搬家了，商賈之流究竟與自己本性不合」(1944年10月5日)、「離開公司後被我軍兄邀請，故到洪炎秋家拜完年後就到我軍家。但他找來的盡是些討厭的人。會後與謝化飛、洪某、周壽源等打麻將，但生平頭一次輸這麼多，大敗三萬圓。後悔之餘，覺得與我軍兄交往經常碰到不順的事，打牌徹夜覺得十分勞累。」(1945年2月13日)

另外，楊基振喜好追逐流行，愛看電影與跳舞。曾於華北期間曾投資「明星」戲院，[41]並曾拜託李香蘭女士登台演出，後未果。日記中

---

[41] 「明星」戲院後來鬧出經營糾紛，在吳三連、張我軍、洪炎秋等人調停下勉強解決。這段詳細記述於1944年12月到隔年6月的日記當中。

偶爾可見他抒發對電影、藝文活動的觀後感。例如1944年10月17日的日記寫道看過西蒙娜‧西蒙(Simone Simon)主演「綠色花園」(「LES BEAUX JOURS」，1935年)一片的觀後感：「不論重看幾次，仍會熱淚盈眶，片中滿是青春期的年少感傷，特別是人心的柔軟讓人感觸至深。」另1945年3月4日的日記：「早上幼呈來訪，一起共進中餐，之後與淑英三人去看「希望音樂會」。這部電影是以1936年到1939年戰爭下的德國為背景，比較當時希特勒的不可一世與現在的一敗塗地，真是感慨萬千。」

　　透過日記中的諸多描述，可一窺戰時中國平津地區上流知識分子的日常生活狀況與茶餘飯後的休閒喜好。

## 2. 戰爭時局的認知情形與戰後經濟的動盪

　　楊基振日記的另一個特徵是不時出現對時局的認知與解釋。

　　例如對於日軍在太平洋戰爭中的戰績與戰事發展，楊有以下記述：「三天來東京遭到連續空襲。僅管雷伊特島(Leyte)日軍戰果輝煌，但一般看來還是情況緊急」(1944年11月30日)、「大東亞戰爭爆發後，轉眼過了三年，今天進入第四個年頭。今天在雷伊特島展開激戰，日美之間快要一定勝負。雷伊特島的日美決戰正是支配世界大戰的重要關鍵吧。」(1944年12月8日)

　　另外，日本敗戰前，其風聲傳入華北地區時，楊在日記中表現出一介知識分子的合理懷疑：「早上到工廠，聽到重慶放送局發表昨天日本以維持天皇制為唯一條件無條件投降，全廠的和平來臨有望。我無法辨別其真偽」(1945年8月11日)、「日本投降一事我仍然抱懷疑問，晚上第一次聽到夏威夷的廣播，不由得逐漸懷疑日本投降的新聞帶有很大的宣傳性質」(1945年8月12日)、「日本的命運到底變得如何，晚上又聽了夏威夷廣播，但越來越讓人覺得宣傳色彩過重，忍不住迷惘起來」(1945年8月13日)，直到8月15日日本正式發表無條件投降的消息，才獲得證實。

　　而戰後華北動盪的社會經濟現狀與物價起伏，在日記中也有詳細的敘述。「日本敗戰，大概是因為蘇聯宣戰，使得戰情得以明朗，本想把金子銀子換成啟新的股票，但因工廠雜務過多，等聽到日本投降的消息後，金價銀價暴跌，股票暴漲，才剛搬到唐山來就遭到莫大損失，與淑

英悲嘆時運之不濟」(1945年8月11日)、「今天趁公務前往天津、北京出差。猶豫是不是該將麻袋等得到的錢共計160萬圓，換成股票或其他東西，決定研究天津、北京情勢後再作打算，這也成為我出差的目的之一。火車過十二點從唐山出發，下午到達唐山〔天津〕，經過合豐找三連兄、甲斐兄，驚於情勢之瞬息萬變。和平的到來，物價跟著暴跌，別說是合豐行，就連一般商人也遭到莫大打擊，實際上倒閉者不在少數。過去業績輝煌的合豐行如今也受打擊，實在是遺憾萬千。(中略)十二日早上與袁、陳總協理具體報告8月15日以後工廠周邊的治安狀況，以及治安工作。研究討論解散華系警備隊、以及如何處理日本警備隊、還有煤炭不足下的工廠生產方針。總協理看起來與平常大不相同，稍稍顯得消極。之後才知道袁總理苦於日本敗退後的政治立場，擔心自身難保。聽說陳協理則是把從開發拿到的金子，全投去買股票，對公司造成莫大的損害，使他難過得無精打采。氣氛少了往日的溫暖。晚上造訪李金源，得知啟興也遭到龐大的損失，這才查覺到一切商業都告失敗。」(1945年9月11日～9月17日)

不過對當時楊基振而言，由於世界和平終於到來，故鄉從此解放，一想到重回故鄉懷抱一日近在眼前，他對於眼下物價波動與經濟不振似乎也頗能釋懷。[42]

### 3. 戰敗後華北國軍、八路軍與日本軍的角力關係

日本戰敗，身在華北的楊基振相當興奮，他於日記記述著自己的心境：「年少以來對日本的仇恨心讓我寧願前往大陸，今天還得以親眼見到日本投降的一天。如此一來，故鄉台灣事隔五十餘年後回歸中國，從悲慘的命運中解放，從此永遠接受祖國的擁抱。如作夢般，我流下欣喜的淚水」(1945年8月15日)，他並寫道，計畫年末攜眷返回台灣。

然而，這樣欣喜的心情並沒有持續多久，很快地被戰後華北混亂的接收狀況與國共的角力關係浮現所衍生的焦慮所替代。

日軍戰敗到國軍正式接收前，華北治安相當混亂，特別是八路軍在日軍戰敗後對廠內軍需設備的虎視眈眈。關於戰後唐山治安，日記記述得相當詳盡：「廠附近還有日軍，武裝解除以前，日軍依然擔負維持治

---

[42] 詳見1945年9月11日～9月17日日記。

安責任，可要求日軍援助維持治安，同時保衛軍可借槍彈以補廠裡警備力量，今天一切的消息都說唐山四圍為八路軍所包，十分緊張」(1945年8月20日)、「細雨又是滴滴地下，今天在馬尼拉日本河邊大將已經簽字投降，和平應該和秋陽一齊上來，然而唐山的四周倒而一天加累一天，夜裡郊外又是槍聲又是大雨。」(1945年8月21日)戰爭雖然結束，但離真正和平的到來，卻似乎遙遙無期。

此時的啟新工廠只能倚靠已戰敗且尚未歸國的日軍來稍稍制衡、抵抗八路軍的襲擊，楊在日記中有以下深刻的描述：「看房後四個人談唐山周圍之八路軍的情勢，下午七點唐山西南方槍枝甚殷，小槍、機關槍、手榴彈，砲聲聽的很清楚，馬上派警備隊安排於適當位置，同時與高射砲隊連絡，請他保護，到了十一點槍聲方息，聽說是治安軍與八路軍的衝突」(1945年8月22日)、「整天談廠裡治安問題，外面又加緊張，蔣委員長正巧電召毛澤東被拒絕，八路軍又想進駐瀧〔隴〕海線以北包括平津。今天陰雨瀝瀝的下，晚上又是槍聲」(1945年8月23日)、「十一點八路軍□□在小水泉打聽巡役：(1)廠裡有何種人，多少人擔當警備。(2)廠裡有多少槍、子彈。可是沒敢進來，馬上報告各機關，下午三點郊外槍聲□□整夜八路軍與先遣軍打通宵。據濱田隊長說，日本軍將要取中立態度，對於今後唐山的治安覺得相當悲觀」(1945年8月24日)、「昨夜九點八路軍也到新石坑摘走兩個馬達，來的有七、八十人，也無法抵抗」(1945年9月22日)、「早晨七點，八路軍混著工人進來十個，命令巡查科、日系警備隊都武裝，如果對方放槍擾亂，我方也武力抵抗，同時連絡1414部隊、唐山防衛司令、唐山警察總隊、第四分署，不久各關係機關都派兵警，一共三百多人來廠，然而匪人經早已逃走了。」(1945年9月23日)楊的日記，將當時八路軍在唐山的行徑做了詳實的記錄。

到了1945年10月、11月以後，隨著日軍與國軍陸續交接，日軍離開，盟軍進入唐山，原本的日軍與共軍相互制衡的情形演變為國軍與八路軍的對抗。「下午三點新任劉灤榆區督察專員兼保安公司來訪，最近共產黨的交通破壞，各城市地盤的鬥爭愈顯得厲害，中國的全面內戰也就展開出來了，真不了解毛澤東先生的意思，八年來的痛苦，已經夠受的了，現在應該破壞轉為建設的時期的。」(1945年11月17日)

從抗戰結束至國共內戰，楊基振身在唐山見證許多歷史的時刻，這些見證一一如實地記載在日記上。

### 4. 戰後旅居中國大陸台灣人的財產問題與歸台經過

旅居北平、天津的台灣人於抗戰勝利後不久，便組織「北平台灣同鄉會」，主持順利遣返被日軍徵用來華北的三千位台胞回台的計畫。該會執行委員有梁永祿、洪炎秋、林朝棨、張我軍、張深切、吳敦禮、洪耀勳，監查委員陳天錫、蘇子蘅。該會除了協助台胞返鄉，並積極投入平津台胞的北京話教學與文化運動，並於隔年2月發刊《新台灣》雜誌，是在戰後華北社會情勢不穩中可以為台灣人發聲的事務機構。

戰後，在國民政府政策規畫不良下，曾與日人有合作關係的台人經濟狀況面臨崩盤，不但公司倒閉，連房屋也被充公、或被中國人侵占。1946年1月14日，平津各報刊登北平中央社的消息，指出國民政府行政院公布：「(1)朝鮮及台灣之公產均收歸公有。(2)凡屬於朝鮮及台灣人之私產由處理局依照行政院處理敵偽產業辦法之規定接收保管及運用。朝鮮或台灣人民凡能提出確實憑證並未擔任日軍特務工作或憑藉日人勢力凌害本國人民，或幫同日人逃避物資或並無其它罪行者，經確實證明後，其私產呈報行政院核定予以發還。」[43]

這個消息轟動平、津兩地台胞，對於國民政府錯將同文同種的台灣人比照朝鮮人辦理，且被當成日本特務處理，如要平反還需要提出反證，這讓當地台灣人錯愕萬分，感到十分受辱。對此《新台灣》創刊號上刊登了許多抗議的文章，〈關於處理台灣人產業之意見書〉、〈為台灣人提出一個抗議〉、〈關於台灣人產業處理辦法〉等文中，在在指出台灣人在日帝壓迫下投奔祖國，如今卻被錯認為漢奸的憤怒與無奈。[44]楊基振本人也在這波產業處理的危機中遭受莫大損失，這段在1945年12月16日到1946年1月31日的日記中有著完整的記錄。

在戰後滯留華北的一年間，楊基振面臨人生最低潮，不但家財盡失、被誣告為漢奸(1945年12月16日～1946年1月31日)，妻子淑英又因肺病過世唐山(1946年3月28日)，萬念俱灰、走投無路下，楊決定舉家

---

[43] 〈關於處理台灣人產業之意見書〉，《新台灣》創刊號(北平：新台灣社，1946年2月15日)。

[44] 詳見《新台灣》創刊號。

坐船返台。日記中他如此記述著這段心情：「往台灣的船隻終於於6月16日出航，生平頭一遭睡在甲板上，抵達台灣前還下大雨，我用身體為璃莉、宗仁擋雨，悲傷後悔交集。啊！當中國人竟是如此悲慘。想到光復時還歡天喜地成為中國人，更毋寧令人覺得可笑又瘋狂。成為中國人所帶來的現實苦惱，竟是如此深痛。」(1946年回顧)

## 5.「光復」後的台灣諸般世態──二二八事件前後

　　楊基振於1946年初夏回到台灣後，隔年遇到二二八事件，雖然他本人沒有直接參與，但在日記中有他就第三者的眼光所做的詳細敘述(1947年1月1日～4月9日)。另外，他還曾就自己滿洲國的經驗與戰後初期國民政府來台時的統治情況做以下比較：「回顧滿洲國成立後不久，我剛好人在滿洲，與同窗學長、同事等人，不辭零下數十度的嚴寒、不畏盤踞各地的義勇軍、土匪，帶著一大堆資料與地圖，不分晝夜地投入滿洲國的建設，那種認真的態度正如今日的他們一樣！但今天台灣官吏徒居高位、尸位素餐，滿腦子淨是自己的榮達富貴與貪念私利，想想異族日本人對漢民族的態度，再看看身為同民族的外省人對待台灣同胞的模樣，兩相對照，不禁感慨無量地掉淚。政府官吏的無能與貪污，工業生產機器被破壞，加上農業經濟因為缺乏肥料而衰退，貿易局、專賣局與各公共事業所被獨占而造成官僚跋扈，這些必然的結果更讓民間工商業停滯，連帶使海外歸國者失業連連，造成社會全面性貧瘠，台胞忍無可忍，最後終於挺身而出。但是，這些領導人缺乏政治認知，尤其是不懂中國官僚的狡猾，3月9日發生前所未有的慘劇，醜惡的鮮血染紅了美麗的鄉土。3月8日夜裡，國內派遣兵一到，便直接宣布戒嚴，9日一早，官兵們見民房就毀、見人就殺。這是何等的詛咒啊！別說是事變相關人員，就連一直以來對政府抱持善意建言的一流紳士們也全被逮捕，連法判都沒有就直接被殺了。林茂生、陳炘、宋斐如、林桂端、林旭屏、鄭倉、林連宗、王添灯……等等，啊，我連寫起來都覺得駭人。政府官兵如惡魔、政府官吏如狂人般地殘殺台胞。這就是祖國的模樣嘛？全國輿論雖對台胞寄予無限同情，但終究是無能為力。到了3月14日，白崇禧國防部長來台，終止屠殺。但白部長以政府代理者之姿廣播放送，將這次事變原因歸究成五十一年來奴化教育下的無賴行徑，17日聽到這則全國廣播，看到台灣各團體都礙於當局之令或為明哲保身，曲

解真正原因，甚至還有陳儀留任請願運動，以及不顧事情原委地發電全國要向政府謝罪，忍不住感慨萬千。」(1947年1月1日～4月9日)

　　雖然對國民政府充滿不滿，但另一方面，楊歸台後卻積極謀官職。對此他有他自己一套特別的認知：「想當官，為的不只是讓中國社會一角的台灣好，是評估後發現台灣人崇拜官吏的習性，我現在當前的問題就是想早點結婚，當官是解決婚姻問題的捷徑。面對這種低級政府——這個害死淑英的政府，我根本無意參與。當然，我也希望台灣政府變好，人民生活有所改善。但我無意身先士卒推動改善。若當官，最好是輕鬆、地位高，換言之，我希望是個地位誘人到足以讓人想與我結婚。一旦結了婚，就算辭官也無妨。在理想的政府成立以前，我還是希望在野。在野可以多與民眾接觸。」(1947年1月1日～4月9日)

　　這樣的看法聽起來既無奈又現實，但也忠實地反應了當時台灣社會價值的現狀。

## 五、結語——戰前到戰後：一位台灣知識分子的心理構造轉變

　　概觀而論，從楊基振所遺留下的日記內容看來，他一旦面臨世事不順，便會在日記上大吐苦水，似乎是個易受環境變動而心情動搖的人物。

　　法國近代文學評論家貝埃緹斯・狄迪耶（Beatrice. Didier）曾經在《日記論》中，分別從社會歷史、精神分析、以及文學性質三種角度詮釋日記的意義，細緻且豐富地闡述面對日記時種種視覺面向的可能性，展現她對日記體裁進行分析時的獨到見解。她曾說：「就文體而言，日記與自傳具有根本性的差異。日記屬於不連續的記述形態。而記憶則把自傳有機性地組織、並賦予充滿特色的節奏感。」[45]或許就是因為這種不連續的記述方式，使得日記裡常常會浮現作家優柔寡斷、迷惘不前的的性格。此作家形象，狄迪耶稱之為「還不會說話的小嬰孩」，[46]是一種仍然滯留於前語言期、前文字期，無法用標準的話語與意念完整地訴說的片斷式表現。

[45] 貝埃緹斯・狄迪耶，《日記論》(京都：松籟社，1987年)，6頁。
[46] 同前，123頁。

24

　　無獨有偶，楊基振的日記裡也有這種前後不一、無法決斷的矛盾性格。特別是出現在1944至1946年唐山工作時他的政治認知與對當時時局的看法，以及返回台灣後他心境上的轉變。關於這點，可以分成日本人、中國人、共軍與國民黨四個角度來看。

　　楊基振出身殖民地時期的台灣，又曾赴日本求學，但他在日記裡，時常流露出對日本人的不滿，甚至可以說是厭惡的。

　　例如日本戰敗後日人退出啟新工廠一事，楊在日記中便毫不掩飾地直呼痛快：「今天日本軍隊的米軍(美軍)命令全開走了，從此工廠一個日本人也沒有了，很痛快，與日本人在滿鐵、華北交通做十一年，因不喜歡日本人跑到啟新來，又有甚麼中平顧問、潮顧問、甚麼甚麼日系警備隊，還有甚麼大使館情報課三原課長特派的華東警備隊，1414部隊中島隊長特派的特務隊。日本投降以後，先把兩個顧問解除，又遣散華東警備隊、日系警備隊、特務隊，後來只剩日本駐軍，今天以後可沒有日本人了，工廠明朗了。」(1945年11月14日)但同時，他自己也有幾位要好的日本友人(金子與古屋，1945年10月28日)，或是日本人中也有讓他感到敬重的人物(例如濱田隊長，1945年10月28日)，且不時對日人戰後的處境流露同情。換言之，「日本」這一意象，在楊基振的認知中是一個沒有特定指稱的集合體，它有時可以是日中戰爭下令人髮指的日本政府，有時又可以是同情亡國好友的可憐代表，有時還可以是抵抗八路軍的正義化身。楊基振眼中的「日本」，無法用單一的是非黑白來論斷。如此錯綜的矛盾情結，其實也代表了當時不少知識分子的心境。

　　另一方面，楊基振對於「中國」這塊土地與土地上的種種人事，又是另一種複雜的心情。正如先前曾提到的，楊基振從戰前到戰後，一直都對中國懷有相當大的願景。從他日記中慷慨激昂的語句裡，在在都可嗅出對「祖國」的熱情。甚至再經過二二八事件後，他依然對中國帶有相當的關心，這可以從他有一次在日記中寫道：「晚餐後帶碧蓮看「明末遺恨」去，想給她貫注中國歷史。」(1948年4月15日)看得出來，此時的楊基振對於中國這塊土地，依然懷抱著一定的情感。

　　但隨著時空移轉，每每想到元配淑英是被國民黨間接害死，楊基振對國民黨可說是深惡痛絕。弔詭的是，一提到主席蔣介石，楊所表現出來的尊敬卻是始終如一。「國民黨間接殺死了我的愛妻淑英，雖然對蔣

主席十分尊敬，但我仍不得不對國民黨抱持不共戴天的仇恨，我完全無意積極支持這個由國民黨組成的台灣長官公署。」(1947年1月1日～4月9日)

同時，在他日記中也曾提到他在華北期間與八路軍交手的一些經過。就維護廠內利益而言，八路軍其實是狡猾而需防範的。楊在日記裡不只一次表現出對八路軍的猜忌與防備，楊甚至寧願搬出自己痛恨的日本兵當救兵，也不願與八路軍妥協。不過同時，在私底下接觸八路軍的幾位幹部並深談之後，楊卻又對於共產黨的理念相當激賞。(1945年9月26日、9月30日)只是等到之後發現八路軍來煽動廠內工人時，楊既是惱怒又是懊悔，認為自己錯信他人。這樣的心理轉折，除了涉及前段已論及的社會背景——當時國共之間的利益關係與政治角力，也正好再度凸顯日記中楊的性格：在現實與理想間，楊總是顯得怯懦、矛盾又反覆不定。

狄迪耶曾如此評論日記的功能：「作家寫日記，是因為有迷惘才需要將自己的苦惱化成白紙黑字？或是把日記當成證人，藉由反覆書寫來期待自己最後能當機立斷下定決心？」[47]不，或許都不是。她提出另一種看法：「會顯得優柔寡斷，正是因為寄託日記的緣故。」[48]正因為這種將優柔寡斷訴諸片斷式的日記型態，讓作家們得以在文字間遊走，重新在現實與理想中反覆不停地自我辯證下，延伸出新的自我。

由此可知，日記裡穿梭在多重角色下的楊基振，其性格具有如此的浮動性與不連續性是可以理解的，因為這種不固定的多元思維，不是出於被煽動，而是來自於他本身的理智判斷與情感歸依，是真正的自我表現。

這種多重的人格表現與個人觀，打破了過去以來慣以單一身分認同的絕對屬性，來為人物劃分政治取向的單面向思考模式。配合日記體裁本身的可信度與閉鎖性，讓讀者可以從「個人」為主體，重新出發，一窺1945年日本戰敗後到中國大陸淪陷這一連串動亂中，一位出生台灣的知識分子在面對大時代種種政治問題與社會紛亂時，所呈現的多元思考面向與自主性。在現今台灣社會「只分藍綠，不分黑白」的政治意識型態包圍下，本日記的出版，可以提供給讀者們另一種不同的思考空間。而這種多重式的認知，或許也正代表了台灣人某種身分認同的原型。

---

[47] 同前，123頁。
[48] 同前，123頁。

# 楊基振日記

# (1944年~1950年)

## 1944年（民33年　34歲）

### 10月1日　日

　　中秋節であた上に日曜日であたなのに会社は今日も普通通りの勤務であた。之も戦争故だ。終日会社でぶらぶらした。16時頃きりあげて母、肇嘉嫂、淑英等子供沢山連れて天壇へ遊んだ。秋の日ざしは斯くも和やかであり、気分は此のやうに爽やかであた。19時事弁公処に帰り同僚と中秋の佳節を祝して宴を張った。張小姐と観月し4年前の昔物語りを語った。9時頃彼女を自動車で送り淑英を連れて京屋宅を訪れた。

### 10月1日　星期日

　　今天雖是中秋節，又碰上星期天，公司仍如常上班。都是戰爭的緣故。在公司混了一日。過了下午四點，帶母親、肇嘉嫂、淑英等孩子們到天壇遊覽。秋日和煦，神清氣爽。晚上七點回到辦公處與同僚設宴共祝中秋佳節，與張小姐一同賞月，閒談四年前的往事。晚上九點用車送她回去，並帶淑英到京屋家拜訪。

### 10月2日　月

　　方々家具を捜したが暴騰して唯驚くばかりである。夜橋本君を弁公処に呼び洋灰の価格査定に関し沙処長、王課長を入れて色々打合せた。明月を突いて夜10時頃帰れば子供三人とも風邪の為咳をして非常に失望した。

### 10月2日　星期一

　　四處物色家具，物價飛騰，令人咋舌。晚上把橋本君叫來辦公處，同沙處長、王課長討論水泥定價等種種事宜。月光下晚上十點回到家，三個孩子感冒咳嗽，讓人擔心。

### 10月3日　火

　　朝軍需運送簡素化の為各関係者を招集し会議をやった。14時50分の急行で開灤白川氏と会う為に天津に出張した。下車して合豊にて三連兄に会ってから耀華里73号へ沙兄の昔の恋人楊小姐（50才の独身者）を訪れ沙兄の恋々の情を伝え一緒に北京への旅行を慫慂したが

事情で来られないとの事で失望した。夜袁総理宅で白川開灤再興監督官を主賓として孫開灤総経理、周実之、陳協理、袁十一爺、于董事等と晩餐を共にし、石炭とセメントのバター問題、潮問題、公司の経理問題等を22時過迄語り合った。宴後部中央で一寸観劇してから黄父子、陳姐夫を伴って堯君を彼の家に訪れ、楊朝華に対しとるべき態度を協議した。そして午前2時迄語り合った。明星へ帰ってから陳姐夫の勤務のだらしなさを語り其の反省を求めた。

## 10月3日　星期二

早上，為了簡化軍需品運送，與各關係人開會。搭下午二點五十分的快車前往天津，與開灤白川氏會面。下車後在合豐與三連兄見面，之後前往耀華里73號拜訪沙兄昔日戀人楊小姐（一位50歲的單身婦女），傳達沙兄的愛意，並邀約同遊北京。但對方因故未能答應，讓人好生失望。夜裡在袁總理家，邀白川開灤再興監督官做主賓，與孫開灤總經理、周實之、陳協理、袁十一爺、于董事長等人共進晚餐，討論煤炭、水泥的交易問題、潮問題、公司的經理問題等直到晚上十點。宴後在部中央稍事看戲，之後陪伴黃氏父子、陳姐夫到堯君家拜訪，協議應對楊朝華採取何種妥善態度。為此聊到凌晨二點。回到明星後，談及陳姐夫工作上半吊子的態度，勸他反省。

## 10月4日　水

昨夜明星で一泊し朝元龍君を芙蓉別館ホテルに訪れ綿袋をきいたが駄目だった。10時半の急行の帰途一寸三連兄に会って商情を語ってから北京へ帰ったが車中徐良氏（大使）と同車に乗り色々時局談をした。夜王芹藻君、肇嘉嫂、姉さん、玉燕様等が賑やかに遊びに来た。王太々に一年分の家賃を前渡した。今日又しも家具を買った。

## 10月4日　星期三

昨夜在「明星」留宿，早晨來到芙蓉別館飯店拜訪元龍君，尋問綿袋之事，但不成。十點半搭快車，途中路過三連兄處討論商情，之後回到北京，回程與徐良氏（大使）同車，討論不少時局現況。夜晚王芹藻君、肇嘉嫂、姊姊、玉燕等人來家裡熱鬧。預付王太太一年份房租。今日又買了家具。

## 10月5日　木

今日軍用家賃定額制案を作成した。夜新月で食糧組合の中村君を招待し、王幼呈課長と陳国権も同伴した。色々食糧に関する雑談を交した。今夜我軍兄に招待されてゐるが一番好きだったグループが賭ばくに熱中する故に彼等に近づきたくない。麻雀にも飽きた。彼等の友情にも飽きた。閑の時にはもう少し読書がしたい。幸い近く自分は引越さうとしている。商売人はやはり自分の性分には合はない。17時頃芹藻君が又しもやって来、石膏の事で色々語りに来た。璃莉は熱漸くさめたが相変らずよくならない。

## 10月5日　星期四

今日完成軍用房租定額案。夜晚新月，王幼呈課長、陳國權作陪，招待糧食公會的中村君，閒聊各種糧食相關話題。晚上被我軍兄招待，這群過去最讓我喜愛的夥伴，如今卻熱中賭博，讓人不想與他們為伍。對麻將厭煩，也對他們的友情厭煩，有空時寧願多讀點書。幸好最近快搬家了，商賈之流究竟與自己本性不合。下午五點芹藻君又來討論石膏事。璃莉退燒，但病情依舊未見起色。

## 10月6日　金

今日朝華氏から7日に開くべき株主総会を延ばしてくれと言って来た。彼の態度に憤らざるを得ない。唐山工廠は又しも石炭飢饉で困ってゐる。実に統制経済は物事の円滑なる進行を妨害する。

## 10月6日　星期五

今日朝華氏來訪，希望七日舉行的股東大會可以延期。他的態度讓人忍不住想生氣。唐山工廠正因缺煤而發愁。經濟統制實在是妨礙事情順利進行。

## 10月7日　土

今日兪董事の葬式があった。袁総理も天津から参加に来た。13時中平大佐と潮嘱託が来られ工場の警備問題に付懇談した。16時頃一緒に三原情報課長を彼の自宅に訪れ警備問題に関する彼の尽力に謝意を表した。

**10月7日　星期六**

　　今天是俞董事葬禮。袁總理也從天津趕來參加。下午一點中平大佐與潮囑託來認真討論工場的警備問題。下午四點一同到三原情報課長家，他對警備問題出了許多力，前往表示謝意。

**10月8日　日**

　　愈々明日引越なので重要家具は今日先に出してしまった。朝こざと邱課長が明日の結婚式挙行に付打合に来た。一日中荷物の片附に忙殺した。夜姉さん、肇嘉嫂一行と賴太太、毛昭江君等来訪し賑やかに西黃域根最後の夜を過した。

**10月8日　星期日**

　　終於明天就要搬家，今天先把重要的家具搬出來。早晨邱課長來討論明天結婚典禮之事。一天就在整理行李中度過。晚上姊姊、肇嘉嫂一行與賴太太、毛昭江君等人來訪，熱熱鬧鬧地度過西黃域根的最後一夜。

**10月9日　月**

　　今日府右街西黃域根40号乙（電話西局4101）から東四北大街三条胡同14号に引越した。華北運輸より派遣の工人が子供ばかりであった為に案外手間とった。東四の新住居は家だけ立派で住宅の設備としては風呂の欠如、炊事場の設備不良で痛く失望した。其の上何よりも面白くないことは周大文と云ふ隣居に好意が持てない。

**10月9日　星期一**

　　今日從府右街西黃域根40號乙(電話西局4101)搬到東四北大街三條胡同14號。華北運輸派來的工人淨是些孩子，意外多費不少精力。東四新居只有外表氣派，設備上少了浴室、廚房配備不良，讓人好是失望。更糟的是，我對那鄰居叫周大文的一點好感也沒。

**10月10日　火**

　　今日も双十節で会社は反どんだが休んでしまった。14時こざと邱登□君の結婚式に参加し伴郎の遅い為に自分が代理をやった。之で

証婚人、介紹人、伴郎、親戚代表何れの役をも経験した事になる。式後我軍、深切夫妻と中山公園を散歩し、郭百〔柏〕川画展を見に行った。それから京屋宅を訪れ其の俤自動車で陳火斐夫婦、三連兄、子文君の令弟、洪炎秋太々、肇嘉嫂、姉さん一行を乗せて新住宅を訪れに来てくれた。

### 10月10日　星期二

今天雙十節，公司放半天假。下午兩點參加邱登□的婚禮，伴郎遲到，我代理。如此一來，證婚人、介紹人、伴郎、親戚代表，我全擔任過了。婚禮結束後，與我軍、深切夫婦去中山公園散步，欣賞郭百〔柏〕川畫展。之後前往京屋家拜訪，然後邀得陳火斐夫婦、三連兄、子文君弟媳、洪炎秋太太、肇嘉嫂及姊姊一同來我的新居做客。

### 10月11日　水

唐山工場の石炭飢饉は愈々急を告げ今日中西少佐竝大使館商工課に緊急対策を要請した。11時頃開灤北京事務所に永井所長及朝川氏を訪れセメントと石炭のバータに付懇談した。夜引越の整理で又しも2時過になった。

### 10月11日　星期三

唐山工場煤炭短缺的情形愈加告急，今天緊急拜託中西少佐與大使館商工課商量對策。十一點左右造訪開灤北京事務所，與永井所長與朝川氏懇談水泥煤炭交易之事。晚上整理行李到午夜兩點。

### 10月12日　木

朝開発で開催されたセメント価格審議会に沙処長、王第二課長、何正義君を伴って出席した。会議は意外に大規模で大高雑局課長、香川参□、神□参事以下鷹取、白川、植村、池田華陽、李増礼等が参加し橋本君が説明役だった。彼の横柄な態度に憤慨し、沙氏と彼の間の関係を出来れば断ちたい。夜引越の整理に忙殺した。今日アメリカの飛行機約千機郷土を襲撃に行った。相当の被害らしい。

### 10月12日　星期四

早上同沙處長、王第二課長、何正義君等人出席開灤舉行的水泥價

格審議會。會議規模之大，出人意表。大高雜局課長、香川參□、神□參事以下，鷹取、白川、植村、池田華陽、李增禮等皆參加，橋本君擔任說明人。對他霸道的態度感到憤慨，可以的話，真想與他和沙氏兩人一刀兩斷。晚上又忙著整理渡過一夜。今天美軍近千架飛機空襲(台灣)老家，聽說被害慘重。

## 10月13日　金

　　数日来引越整理の為晩く就寝したせいか頭が痛い。電話移設の件で元禧をして交渉させ、瑪莉の幼稚園は張小姐をして交渉させてゐるが何れも結果なし。朝華君に株主会の開催を迫ったがはっきり返事をしない。今日又しも千機故土が爆撃され、故山果してどうなったか案じられてならない。

## 10月13日　星期五

　　不知是否因數日來整理搬家行李晚睡，頭疼屬害。電話遷設的事交給元禧交涉，瑪莉幼稚園的事則交給張小姐處理，但兩個都沒有下文。催促朝華君即早舉行股東會也沒確切的回音。今天又是近千架飛機空襲家園，無法想像老家現在變成甚麼樣。

## 10月14日　土

　　今日案外早く電話が降りて喜んだ。全く頼天嶺君御世話の賜物である。番号は北局－1624である。11時半頃華北窒素肥料土山課長と吹田主任を訪れ、青島の学校白墨用としての石膏百□分譲方依頼に行った。夜毛昭江君に招待され、同席には黄司令、李瑛局長、楊県長等が居た宴後、白鳥打倒の話が出たので□の京津市民の敵たる白鳥の打倒に付ては凡有援助を惜しまない。宴後、李局長、楊県長等と麻雀をやった。

## 10月14日　星期六

　　電話意外提早通話，很是開心。全靠賴天穎君的幫忙。號碼是北局－1624。十一點半拜訪華北氮肥料土山課長與吹田主任，請對方撥出些許石膏做為青島的學校用白粉筆。晚上被毛昭江君招待，同席間有黄司令、李瑛局長、楊縣長等。宴後談到打倒白鳥，不惜一切援助要把

與京津市民為敵的白鳥驅逐。宴後，與李局長、楊縣長等人打麻將。

## 10月15日　日
　　朝兪人鳳董事夫妻の追悼会があり自分は筆頭幹事なので10時から式場善良寺に行った。川上商工課長も特に参列してくれた。13時洋灰原価計算に忙殺して、公司へ帰った。16時彭子騰所長の結婚式（留日学会）に参加し、夜原価計算書類の作成に忙しんだ。夜李勉之董事来処され、沙処長と三人で公司の内部特に袁総理に対し痛烈な批判をした。

## 10月15日　星期日
　　早晨有兪人鳳董事夫妻的追悼會，我是頭號幹事，早晨十點開始前往會場善良寺。川上商工課長也特別列席參加。下午一點忙著計算水泥原價，回到公司。下午四點參加彭子騰所長的結婚典禮(留日學會)，晚上忙寫原價計算的文件。夜晚李勉之董事來辦公處，與沙處長三人對公司內部人事、特別是針對袁總理，痛批一頓。

## 10月16日　月
　　11時半袁総理と公司現前の問題に関し色々懇談した。12時半川上課長、中平大佐、渡辺書記生、潮嘱託が来訪し唐山の警備問題、中平及潮の待遇問題に付懇談され顧問格としての待遇を要求されて非常に不愉快であった。中食弁公処で一緒にとり割合に和やかな空気の中に色々な問題を語り合った。夜朝華君に招かれ華北劇影公司の整理組織に付相談され彼の利己的主張に憤慨しつつ円満にまるめた。実際彼と云ふ人物を見損で、劇影業に対し自分としては非常な算盤違ひを演じ大陸十年の汗水を全部投資したが真に誤ってゐた。今更後悔してもどうにもならないが夜何回も寝醒めてくやしかった。

## 10月16日　星期一
　　十一點半與袁總理懇談許多公司目前的問題。十二點半川上課長、中平大佐、渡邊書記生、潮囑託來訪，討論唐山警備問題、中平及潮的待遇問題，他們要求同顧問等級的待遇讓人很不愉快。中午在辦公處一同用餐，氣氛較之前和樂不少，論及許多問題。晚上被朝華君找去討論

華北影劇公司的組織整理等，對他自私的主張雖然憤慨，但還是圓融地勸服他。實在是沒看過這種人物，我對影劇業打錯算盤打成這樣，致使在大陸投下自己全部十年的汗水，真是錯得離譜。現在後悔已然太遲，半夜醒來好幾回，很不是滋味。

## 10月17日　火

　　朝一寸会社へ顔を出した。今日から満鉄、華中、鮮族との打合会が開催されたが自分としては更に興味なく会議にも出なかった。11時頃弁公処に来て、中食後家に帰れば母と淑英の感情が又しも面白くなく基心君の食事問題が直接の原因らしかった。暫し昼寝の後淑英を連れて久振りに□仙ヘシモーヌシモン主演の"みどりの花園"を見に行った。何回見ても熱涙が出て若き日の若人の感傷が盛られ、特に人の心の優しさが感じられた。最近色々な失敗から自分の性質が更に粗暴になり自分としても心痛の至りである。其の上淑英の性格も荒々しくなり、母も折にふれて淑英と自分の態度に不満がってゐる。些かな家庭すら平和が保てず全く懊悩の日を送る辛さは堪へがたい。夜東来順で貨物課の懇親会があった。更に感激がない。佐藤君の教育召集の送別でもある。宴後我が家へ帰れば母が声を出して自分と淑英の態度を非難して泣きくづれた。実際自分も非常に済まないと思ってゐる。やはり何とかして孝道を尽したい。就寝の時淑英に懇々と母に対する態度、言語に付細心の注意を払ふやう忠告した。母と淑英の不和は非常に自分の生活を淋しがらせて来た。夜、母の事を考へて全然寝つかれなかった。

## 10月17日　星期二

　　早晨去公司露一下臉。今天開始舉行滿鐵、華中、鮮族的討論會，但我個人興趣全無，連會議也沒參加。十一點來到辦公處，中餐後回家，母親與淑英感情又不睦，這次聽說主因是基心君的吃飯問題。稍事午睡後，帶淑英去許久未去的「□仙」觀賞西蒙娜・西蒙(Simone Simon)主演的「綠色花園」(LES BEAUX JOURS，1935年)。不論重看幾次，仍會熱淚盈眶，片中滿是青春期的年少感傷，特別是人心的柔軟讓人感觸至深。最近從許多失敗中發現自己脾氣變得粗暴，十分痛心。

此外淑英的性格也大剌剌，母親常常對淑英與我的態度感到不滿。連小小的家也不得安寧，整日懊惱的痛苦讓人難以忍受。晚上在「東來順」有貨物課的懇親會，真是一點也不想去。另外還有佐藤君接到教育召集令的送別會。會後回到家，母親責罵我與淑英的態度，還哭了。其實我也覺得自己非常不應該，無論如何還是想多盡點孝道。就寢時，我認真地忠告淑英，以後對母親的態度與言談要多加留意。母親與淑英的不合，讓我對生活更覺孤寂。一整晚想著母親的事，完全睡不著。

## 10月18日　水

　　朝袁総理、沙処長と司令部へ澤田大尉を訪れ、中西少佐にも会った。工廠の石炭飢饉に関し増送力要請した。13時弁公所で袁総理、李董事に□□され呉経済総署々長、沈局長、許局長、兪秘書長、袁部長、沙処長、康秘書等と中食を共にした。15時大使館へ渡辺君に呼ばれセメント原価計算の事で色々話し合った。夜中西少佐を家に迎へ袁総理、李董事、袁部長、沙処長を入れて六人で夕食を共にし大使館の啓新に対する最近の措置方を中西少佐に報告した。

## 10月18日　星期三

　　早上與袁總理、沙處長拜訪司令部的澤田大尉，並和中西少佐見面。請他們對工廠的煤炭不足問題多出力。下午一點在辦公處被袁總理、李董事邀約與吳經濟總署署長、沈局長、許局長、兪秘書長、袁部長、沙處長、康秘書等人共進午餐。下午三點被渡邊君叫到大使館討論水泥原價計算事宜。晚上把中西少佐請來家中，找來袁總理、李董事、袁部長、沙處長等六人共進晚餐，對中西少佐報告最近大使館對啟新的處置方案。

## 10月19日　木

　　11時池田華陽氏会社へ来訪され一緒に今は亡き彼の夫人のありし日を語り合った。生前の彼女の優しさが余りにも印象深かったので何等か彼女が他界したやうな気持ちになれない。池田君も非常に苦しんで居られてゐるやうで同情に堪へない。一緒に啓新へ連れて来て沙氏にも紹介し、偶々朝華君も劇場契約を持って来てゐたので沙氏と四

人それに天津から来た馬先生を入れて五人で玉華台で中食をとった。食後池田君と夕日を浴びて王府井を散歩した。どうも最近の気持はメランコリーになっていけない。

**10月19日　星期四**

十一點池田華陽造訪公司，一起聊到他已逝的夫人以前的點點滴滴。夫人生前十分溫柔，讓人印象深刻，怎麼樣也想不到她早一步逝世。池田君似乎非常痛苦，讓人同情不已。我帶他去啟新，介紹沙氏給他認識，剛好朝華君也拿劇場契約前來，與沙氏四人，連同從天津來的馬先生一起，五個人在「玉華台」用中餐。飯後，與池田君伴著夕陽散步王府井。最近可不能陷入憂鬱的心情當中。

**10月20日　金**

今日から石炭引受運賃案の作成にとりかかった。中食後三条の家施設の問題から沙氏と意見を異にし啓新に対し幾多の不満を申し述べたが後で云はずに如かないと後悔した。夜開発雑局課の田淵、渡部を招待し火薬の円滑なる取扱方を要請した。20時頃朝華太太と石大夫来訪、天津の劇場が饒の為に殆ど収拾出来ざる旨きかされ是非明日朝華君と天津へ行くやう懇願され受諾した。今日たらしめたのは饒君の罪ではなく寧ろ朝華君の過失である。終夜最近の境遇を嘆いた。何故何も彼も斯くうまく行かないのかと意気消沈する。

**10月20日　星期五**

從今天開始要忙著完成煤炭收授運費案。中飯過後為了三條房舍設備問題與沙氏意見不合，表達對啟新的些許不滿，但後來才後悔，還不如不說罷了。晚上招待開發雜局課的田淵、渡部，請他們圓滑處理火藥問題。晚上八點，朝華太太與石大夫來訪，提到天津劇場因為饒的關係幾乎沒辦法收拾，我答應她們，願意明天一同與朝華君同去天津。今天會弄到這步田地，並不是饒君的錯，倒不如說是朝華君自己的過失。一整晚，我感嘆自己最近的境遇，搞不懂為甚麼一切都不順利，意氣著實消沉。

## 10月21日　土

　　午後2時50分の急行で朝華君と饒君に接収された劇場の問題解決の為赴津した。図らずも楊太々、石大夫も同車で彼等二人の同行は寧ろ問題を悪化しやしないかと心配した。下車後先づ合豊へ三連兄を訪れ京屋君が逮捕された旨報告しそれから早速明星へ陳姐夫に饒君の接収事情を聴取したる後、聚合成で合豊行の蔚豊銀号招宴に参加した。藍局長、呉経理、楊子文が主人、お客さんは蔚豊の理事長、経理等の幹部ばかりで一卓二千円の豪勢な宴会である。金目の点では生れて初めて斯んな高い料理を食ったのである。宴後直ちに仙楽で饒君、黄父子、田心に会ひ接収状況と朝華君に対する不満の点をきき、今迄10ヶ月自分が困って来ただけに饒君の断乎たる処置に感謝したかったが彼のやり方は多分にやり過ぎてゐる。何とかして楊朝華君の面子を残したかったが無駄だった。約1時間余してから彼を朝華君に引合せ、楊太太、石大夫、陳姐夫、黄父子、尚経理、陳炎太々の面前で解決策を議論したが折合はず、お互に反省させることにして夜半1時過別れた。それから渤海大楼へ朝華君を訪れたら楊太々と石大夫が自分の余り朝華君に味方せざる理由で好感なく、午前3時頃明星へ帰った。陳姐夫と色々語ったが良い解決方法もなかった。

## 10月21日　星期六

　　下午兩點五十分，為了解決被饒君接收的劇場問題，與朝華君乘快車赴津。沒想到楊太太、石大夫也同車，有他們兩人同行，反讓人擔心事情會惡化。下車後先往合豐拜訪三連兄，報告京屋君被逮捕的事，爾後馬上前往「明星」找陳姐夫，問他饒君接收的始末，後來參加在「聚合成」舉行的合豐行蔚豐銀號招待宴會。藍局長、呉經理、楊子文做東，請來蔚豐的理事長、經理等幹部，辦了一桌兩千圓的豪華酒宴。價格之高，是我這輩子吃過最豪華的高級料理。宴後直接在「仙樂」與饒君、黃父子、田心等會面，聽他們敘述接收情形與對朝華君的不滿，由於過去十個月我自己也忙，對饒君直截了當的處理方式固然感謝，但他的作法也未免太過分了一點。本來還是想替朝華君留點面子，但現在看來是沒辦法了。一個小時後我帶他去見朝華君，在楊太太、石大夫、陳姐夫、黃父子、尚經理、陳炎太太的面前討論解決方案，但未果，只能

請他們各自反省後於夜半一點多散會。之後到渤海大樓拜訪朝華君，陳太太與石大夫怪我沒替朝華君辯解，態度讓人甚無好感，下午三點就回到「明星」。與陳姊夫談及許多，仍舊找不出一個好的解決方案。

## 10月22日　日

　　寝られぬ朝を早く起きて金源兄を新宅に訪れ色々朝華関係を語り合った。四面楚歌誰一人として楊朝華をよく言ふ人が居ない。11時頃石大夫が朝華夫妻を連れて激越な口調で法律に訴へる旨きかされ自分は非常に失望した。午食金源兄に招待され、15時饒君竝黄父子がやって来、陳姐夫も入れて第一案売却案、第二案自分が当分総経理代理として朝華君の面子を立てる案を提起したが朝華君をどうしても打倒せんとする饒、黄一派は第二案すら容認せず自分を総経理にすると言ってきかない。斯くして17時頃金源君も連れて道庭春で夕食をとって急ぎ18時の急行で帰京した。非常な失望を抱きながらも之が更生策に付色々構想した。

### 10月22日　星期天

　　整晚沒睡好，起了個大早到金源兄的新家拜訪，聊到許多朝華的事。四面楚歌，沒人替楊朝華說句好話。十一點石大夫帶朝華夫妻來，語氣激昂地說要訴諸法律，讓人失望。中午被金源兄招待，下午三點饒君與黄父子同來，陳姊夫也加入討論，第一針對買賣案，第二則是希望由我暫代總經理的身分，請大家替朝華君留點面子，但饒、黄一派一心想打倒朝華君，連第二方案都不認同，總經理一事我也說不出口。下午五點左右帶金源君去「道庭春」吃晚餐，趕著搭下午六點的快車回京。結果雖讓人失望，但又構思許多新對策。

## 10月23日　月

　　14時頃朝華君に来訪を要請し当分自分が総経理代理としての職権行使の妥協案を協議した。大体意見は一致したので解決の曙光を見出したと思って喜んだ。15時半先づ星賢君の奥さんを病気見舞いしそれから京屋様の宅を訪れて奥さんを慰問し新購入の家を見、翁氏の病気見舞いもしてから呉姐夫を訪れ、今宵の肇嘉嫂送別宴に参加し

た。若い基心君等は非常に愉快に飲んで昨日の疲労で早くきりあげて帰宅した。

### 10月23日　星期一

下午兩點請朝華君來一趟，與他協議暫時由我擔任總經理好行使職權協調此案，大體上意見一致，心想總算看到一線解決的曙光而歡喜。下午三點半先去探望星賢君的太太，然後拜訪京屋他家、慰問他太太，又去看了新買的家具，並去翁氏處探病，後拜訪吳姐夫，參加晚上肇嘉嫂送別會。與年輕的基心君喝得愉快，昨天過於操勞，早早告辭回家。

### 10月24日　火

18時頃朝華君が石大夫を同伴、自分に対する不満の意を表示すると共に法律に訴へて解決をすると放言したので痛く憤慨し総ての計算が水泡に帰したことを悲しんだ。夜肇嘉嫂の送別宴を張って京屋さんの奥さん、翁夫妻、呉姐夫、姉、元禧、基心、清海、宋維屏夫婦を招待し賑やかに食べ且つ語り合った。宴後麻雀をやり夜半1時頃迄続いた。

### 10月24日　星期二

下午六點朝華君在石大夫的陪同下，跑來表達對我的不滿並矢言訴諸法律，痛感憤慨，難過計畫全泡湯。晚上設宴舉辦肇嘉嫂的送別會，邀請京屋先生的太太、翁氏夫婦、吳姐夫、姊姊、元禧、基心、清海、宋維屏夫婦，大夥熱熱鬧鬧邊吃邊聊。飯後打了幾圈麻將直到半夜一點多。

### 10月25日　水

14時50分肇嘉嫂を北京駅に見送り、それから三連兄を石門から迎へて早速一緒に憲兵隊へ別府様を訪問し満洲金との交換問題等語り合った。呉姐夫も来て川上様を訪問しようと思ったが不在の為駄目だった。

### 10月25日　星期三

下午兩點五十分到北京車站送肇嘉嫂，然後把三連兄從石門接過來，馬上一同前往憲兵隊拜訪別府大人，討論交換滿洲金等問題。吳姊

夫也前來欲訪問川上先生，但因不在而作罷。

## 10月26日　木

　　朝10時大使館へ呉姐夫を連れて川上課長を紹介し安平協会役員ポスト考慮方依頼した。それから板垣教務課長、中森総務課長に挨拶したる後、早速経理部岡田中尉を訪問し法務部越智大尉を紹介され、丁度京屋事件取調の担当官なので事情を打明けて説明し救出方依頼したが越智さんも自分の意のあるところを酌んで甚だ同情的だった。夜セメント価格の円滑なる連絡をとる為安藤主査、池田亮、池田華陽三氏を招待し値上に対する協力を懇請し併せて蘇夫婦、廖永堂夫婦、楊課長を招待し、母、淑英も入って非常に和やかに夕食を共にした。京屋君の奥様と元禧君がやって来て今日越智大尉との面会顛末竝運動方針を打合せた。王芹藻君も来訪暫らくして帰った。

## 10月26日　星期四

　　早上十點帶呉姐夫前往大使館介紹給川上課長認識，拜託他安插安平協會職員一職。爾後與板垣教務課長、中森總務課長打過招呼後，馬上訪問經理部岡田中尉，他介紹法務部的越智大尉給我，越智剛好是京屋事件的主審官，因此我對他說明事情原委，請他幫忙搭救，越智大人斟酌之後，甚表同情。為求水泥價格討論順利，晚上招待安藤主查、池田亮、池田華陽三位，請他們對於提高價格一事多加幫忙，並找來蘇夫婦、廖永堂夫婦、楊課長，與母親、淑英一起和樂地共享晚餐。京屋君的太太與元禧君前來，討論今天與越智大尉的見面始末，並討論接下來搭救方針。王芹藻君也來訪，但一會兒就回去了。

## 10月27日　金

　　15時野鉄へ植村中尉に会ひ軍需品運賃定額制案の説明をやった。勅令の改正迄を必要とし案外困難の模様である。午後18時茂蟾君来訪、2万円借金のことで頼み来たが現在現金なきを以て断った。夜将校宿舎へ先づ澤田大尉を訪問し、啓新と大使館間の誤解を語り合った。暫らくして越智大尉が来られ今日京屋氏訊問の結果、京屋君が総てを認めた旨きかされ非常に失望した。三人で色々日華の提携関係を語り合ひ19時から23時迄実に4時間に亘り最後に何とか不起訴若く

は執行猶予になるやう懇願した。帰ってからも京屋君の事で頭が一杯になり寝つかれなかった。

**10月27日　星期五**

　　下午三點前往野鐵與植村中尉會面，說明軍需品運費定額制一案。自從敕令更改後，似乎意外變得困難。下午六點茂蟾君來訪，想借兩萬圓，但我以手頭無現金回絕。晚上先前往將校宿舍訪問澤田大尉，討論啟新與大使館間的誤會。過了不久，越智大尉前來通知今天詰問京屋氏的結果，想不到京屋氏竟然全盤承認，讓人十分失望。三人談及許多日中之間的合作關係，從晚上七點到十一點，花了四個小時懇請他無論如何都要不起訴、或是暫緩執行。回到家後滿腦子京屋君的事，睡都睡不好。

**10月28日　土**

　　12時呉姉夫来訪、安平協会部長の椅子運動に付川上課長と懇談してくれとの事で色々対策を考慮してやった。暫らくして中村君来訪、9月分食糧別当の事に付懇談し一緒に中食をとった。15時周秘書天津より来訪、川上課長の啓新に対する日本人派遣が待遇問題と会社の内政干渉を廻り非常に面白くなかった。夜中西少佐を訪問し大使館に対する不満を明らさまに語り特に潮嘱託の撤回方要請した。

**10月28日　星期六**

　　十二點呉姉夫來訪，請我與川上課長懇談安平協會部長一職，我替他想了許多對策。不久中村君來訪，與我討論九月份糧食首長一事，一起用午餐。下午三點周秘書從天津來訪，講到川上課長對啟新的日本人派職之待遇問題與干涉公司內政等等，實在是無聊至極。晚上訪問中西少佐，明白講到對大使館的不滿，特別請他撤換潮囑託。

**10月29日　日**

　　朝10時賢良寺に於ける兪朔梧太太の葬式に参加したる後、沙処長と周秘書に大使館に対する自分の方策を述べた。淑英も子供達も弁公処へ遊びに来、お風呂に入ろうと思ったが駄目だった。夜自宅にて京屋事件解決援助の為越智大尉を招待し、天津から甲斐君を始め我

軍、烈火、少英夫婦、毛昭江、星賢君等をも招待し、多人の京屋君に対する輿論を越智氏にきかせ何とかして刑の軽減方嘆願した。お互に19時半から23時過迄割合朗らかに飲み且語り合った。京屋さんの奥さんは泣き乍ら凡てを聞いてゐた。

## 10月29日　星期日

　　早上十點在賢良寺參加俞朔梧太太的葬禮後，與沙處長與周秘書講到自己對大使館的應對方針。淑英與孩子們來辦公處遊玩，本想一起去洗澡，但後來因故作罷。晚上為求解決京屋事件，邀請越智大尉來家裡用餐，並找來自天津前來的甲斐君、我軍、烈火、少英夫婦、毛昭江、星賢君等，讓越智先生聽聽眾人對京屋一事的意見，請他無論如何都要緩刑。大夥一同從晚上七點半高聲地邊喝邊聊到十一點多。京屋先生的太太邊流淚邊坐聽一切。

## 10月30日　月

　　朝7時15分の特急で母、淑英、三人の子供に陳姐夫を伴ひ天津向出発しようとしたが交通遮断に会って間に合はず8時45分で行った。母と瑪莉、瑠莉は陳姐夫に金源君宅に案内させ、自分と淑英、宗仁は構内食堂で中食をとってから天津より普通列車で17時唐山着、早速工廠に迎へられて杜管理、劉管理に会ひ更に袁総理に潮嘱託に関する中西少佐との会見談を精しく語ってやった。更に工廠、総事務所、北京弁公処の組織案も提議した。夕食工廠でとってから疲れてゐるので早く寝た。

## 10月30日　星期一

　　本欲與母親、淑英與三個孩子，在陳姊夫的陪伴下搭乘早上七點十五分的快車出發前往天津，但因交通中斷沒趕上，只得搭上八點四十五分。母親與瑪莉、璃莉在陳姊夫的帶領下前往金源君他家，我與淑英、宗仁，則在車站內的食堂用過中餐後，從天津搭普通車於下午五點抵達唐山，立刻被接到工廠與杜管理、劉管理會面，更與袁總理詳細報告與中西少佐會面時討論到潮嘱託的細節。並提議工廠、總事務所、北京辦公處組織案。晚上在工廠用餐，因疲憊早早就寢。

## 10月31日　火

　　朝趙技師が来訪、淑英を彼の奥様が案内したいと云ふので行かせ、自分は袁総理、周秘書と三人で先づ1420部隊の渡辺高級副官に会ひ更に加藤司令官（中将）、大森参謀長（中佐）、中島少尉に会って色々啓新の歴史と現在を語り合った。司令部から出て提〔堤〕連絡部長に会ひ更に小坂部唐山領事、北村憲兵隊長（少佐）に会ってお礼と挨拶を述べた。実際過去唐山工廠は現地主要機関との連絡が極めて悪い。其の為色々悪い印象を与えて来、仕事上の大きな暗雲となって、潮、中平の問題へと発展した。今日啓新に対する認識を一新できたと自分は信じる。中食後18時の汽車で淑英、宗仁を伴ひ天津へ来、先づ明星へ行って饒君、黄父子等に会ひ朝華君との会見顛末の結果和解極めて困難なる旨語り13時近く沙兄宅へ行って寝た。

## 10月31日　星期二

　　早上趙技師來訪，他太太說想帶淑英出去走走便讓她們出去了，我則與袁總理、周秘書三人先去拜訪1420部隊的渡邊高級副官，還與加藤司令官(中將)、大森參謀長(中佐)、中島少尉等會面，聊到許多啟新的歷史與現況。出了司令部後，去見提〔堤〕連絡部長，並與小坂部唐山領事、北村憲兵隊長(少佐)等會面，打招呼並表達謝意。事實上，過去唐山工廠與當地主要機關的關係相當糟糕。因此也為啟新蒙上許多不好的印象，成為公事上的一大障礙，演變成潮、中平等問題。我相信過了今天，大家對啟新的認識也會有所改變。中飯過後，搭晚上六點的火車與淑英、宗仁結伴來到天津，先前往「明星」與饒君與黃父子等會面，報告與朝華君會面的始末，要和解將會極度困難，近十三點到沙兄家睡。（譯者按：或許是楊筆誤，有可能是指「半夜一點」。）

## 11月1日　水

　　朝10時半金源兄を訪問、淑英等を残して早速啓新にて陳協理に会見、潮問題並唐山に於ける首脳部との会見顛末を報告した。于、汪襄理とも色々語り合った。11時半1800部隊の甲斐大尉に会ひ彼の好意を謝し併せて潮問題の解決援助求めようと思ったが不在で会へず其の侭大使館へ行ったが渡辺氏は北京に出張して之又不在、何れも目的

を達せず公司へ帰って中食をとった。食後淑英、母を連れて新中央へ劇を見に行き自分は16時半頃甲斐大尉と会見し色々懇談して夜母、淑英と金源君に御馳走になり蘇太太の手料理で実に美味だった。斯くして20時24分の急行で一同帰京した。丁度駅に自動車があったので乗って帰ったがなかなか門を開けてくれないので門番の巡査をしかりつけた。

## 11月1日　星期三

早上十點半拜訪金源兄，將淑英等留下，馬上到啟新與陳協理等見面，報告潮問題以及與唐山高層會面的始末。並與于、汪裏理等聊到許多問題。十一點半與1800部隊的甲斐大尉見面，感謝他的好意，並想請他幫忙解決潮問題，但他不在而沒碰到面。又前往大使館，但渡邊氏出差到北京又不在，甚麼事都沒辦成而回公司吃中飯。飯後帶淑英、母親前往「新中央」看戲，我則於下午四點半左右與甲斐大尉見到面，懇切討論許多問題。晚上金源君請母親、淑英與我一同吃飯，蘇太太的手藝實在美味。然後搭乘晚上八點二十四分的快車一同回京。剛好車站旁有轎車便搭車回去，但回到家卻沒人來開門，把門房訓斥了一頓。

## 11月2日　木

朝会社へ出たが別状なく、午後軍需運賃定額制で脇山大尉、立石中尉を訪れて懇談したが案外困難のやうだった。中食の時王芹藻君が二人の同郷を連れて来訪に来られた。夜何区義君の小供満月祝で弁公処で小宴を張った。家に帰ったら陳姐夫が天津から帰って寝てゐた。彼の行動が嘘だらけで余り真面目になって物事の接渉が出来ず全く困ったものである。

## 11月2日　星期四

早上到公司，但沒特別狀況，下午拜訪脇山大尉、立石中尉討論軍需運費定額制，但似乎比想像中的困難許多。中飯時王芹藻帶了兩位同鄉來訪。晚上何區義的孩子滿月，在辦公處簡單設宴。回到家後，陳姊夫從天津回來在家裡就寢。他的作為全都是騙人的，一點也看不出來想要認真處理事業的模樣，讓人傷透腦筋。

## 11月3日　金

　　明治節で会社は休みである。朝例の如く瑪莉を学校へ送ってか
ら大廟公園へ散歩に行った。独りで青く晴れた秋空の下を色々な苦悩
を忘れようとして忘れられない悩みを抱いて努めて朗らかに歩かうと
した。然し交通会社辞職の問題、京屋君の問題、華北劇場の問題、銀
暴落の問題、老媽の問題、家の設備問題、家庭の問題、何も容易なら
ぬ問題が山積みしてゐる。人生は全く思ふ通りにならないものだ。金
さえあればもっと人生は面白いかと思った。然し総ては決してさう簡
単ではない。全く困ったものだ。深い溜息を突いて秋空の下を独りで
さまようた。泣きたい気持ちである。せめてもっと自分を理解しもっ
と自分を手伝へる妻でもあったらと思ふ。六国飯店へ平山様を訪れた
が不在だった。中食我軍に東亜楼で御馳走になり、陳祥霖君を紹介さ
れ貨車問題で色々相談を受けた。15時家へ帰ったが朱媽が病気と称
して家は暗淡たるもので実に面白くなかった。夜袁九爺の太々主演の
"四郎探母"を見に行った。案外上出来であった。

### 11月3日　星期五

　　明治節，公司放假。早上如往常一樣送瑪莉到學校，然後到大廟公
園散步。一個人快步走在秋高氣爽的藍天下，抱著種種想忘卻但又無法
忘記的苦惱。辭去交通公司的問題、京屋君的問題、華北劇場的問題、
銀價暴跌的問題、母親的問題、家中設備的問題、家庭問題，棘手的事
堆積如山。人生沒一件事如意。要是有錢的話就可以過得輕鬆如意了，
但一切卻不是如此簡單。真是苦惱。在秋天的晴空下一個人深深地嘆
息。好想哭。好歹有個了解自己又可以幫忙自己的妻子在的話就好了。
前往六國飯店拜訪平山先生，但不在。中午我軍請我在「東亞樓」用
餐，他介紹陳祥霖給我認識，針對貨車問題詢問了我許多意見。下午三
點回到家，但朱媽告病，家中更顯暗淡，一點樂趣也沒。晚上去看袁九
爺的太太主演的「四郎探母」，比想像中的要演得好。

## 11月4日　土

　　朝宝信へ行って通帳を貰ひ色々商況を懇談した。14時頃劉会長
来訪、色々門頭溝に於ける白鳥との紛争の経緯を聴取した。15時頃中

平大佐と潮君来処、色々警備問題を懇談した。夜我軍兄と平山様を六
国飯店35号に訪れ色々語り合った。そして烈火君の六合坊に於ける
烤鴨子の招宴に行った。京屋君が出たらしく、烈火君が確かめて来て
三人で非常に喜んだ。宴後早速彼を連れ獄中生活と事件の経緯をきか
された。自分の微力を尽した結果不起訴になり得て自分としては非常
に喜んだ。そして祝賀の為に昔の如く三人で睦まじく麻雀をやった。
到頭徹夜した。

### 11月4日　　星期六

　　早上到實信拿存摺，認真聊及許多商場現況。下午兩點劉會長來
訪，聽他說明門頭溝與白鳥的紛爭、經緯。下午中平大佐與潮君來處
裡，懇談警備問題。晚上與我軍兄到六國飯電35號拜訪平山先生聊了
許多。爾後前往烈火君在「六合坊」舉行的烤鴨宴會。京屋君聽說被放
出來了，烈火君確認此事後三人高興極了。宴會後馬上帶他過來，聽他
講起獄中生活與事件始末。略盡微薄之力換得不起訴的結果，讓我非常
高興，為慶祝，與三人如以前一樣和樂地打麻將到天明。


### 11月5日　　日

　　午前9時頃漸く帰宅した。努めて寝ようと思ったがなかなか寝つ
かれず15時平山様を六国飯店に訪れたが不在だった。弁公処へ来た
ら沙処長が浮かん顔をしてゐた。どうも最近彼の態度が気に食はず一
度意見してやらねば不可ないと思ったが辛抱した。19時平山様を訪
問、一緒に中央公園上林春に於ける京屋君の招宴に臨み、烈火君も一
緒だった。色々時局談をした。宴後開明戲院へ馬連良主演の"一捧雪"
を見に行った。

### 11月5日　　星期日

　　早上九點回到家，試圖睡著卻無法入眠，下午三點到六國飯店拜訪
平山先生，不在。回到辦公處，沙處長板著臉。最近對他的態度感到萬
分不滿，老想找個機會與他談談，但總是隱忍下來。下午七點訪問平山
先生，一同去中央公園「上林春」參加京屋君設的招待宴會，烈火君也
一起。談及許多時局情形，會後前往「開明戲院」看馬連良主演的「一
捧雪」。

### 11月6日　月

　　朝、華中向軍需用炭の民需振替案打合の為関係者を招集、打合をなした。夜沙兄に今日四舅にきいた啓新の自分に対する不満の話を聞ききつく逆襲し、寧ろ公司諸公の反省を要請した。20時幸庭で京屋君夫婦に会ひ今度の事件に対し色々お礼を云はれた。22時過迄色々語り合った。

### 11月6日　星期一

　　早上為了華中軍需用炭轉民需的方案討論召集關係人，進行討論。夜裡聽四舅講到今天從沙君處聽到許多對我不滿的話，深受打擊，我反倒要請啟新裡的諸公自我反省才是。晚上八點在「幸庭」與京屋君夫婦見面，他們為這次事件對我表達謝意，聊到過十點。

### 11月7日　火

　　今日佐原理事に軍用運賃改正案等を説明した。12時半沙兄と大使館へ川上課長を訪問し潮嘱託を廻る待遇問題の案撤回方要望したが駄目だった。彼の好意は然し公司に非常な迷惑を以て罵られてゐる。昨夜潮嘱託の問題で頭を悩して寝られず今日終日頭痛がする。

### 11月7日　星期二

　　今日與佐原理事說明軍用運費改正方案，十二點半與沙兄到大使館拜訪川上課長，希望他撤回有關潮嘱託的待遇問題方案，但不成。他出於好意，但對公司而言卻是個麻煩，使我被罵了一頓。昨晚為潮嘱託的事煩了一夜沒睡好，今天頭痛了一天。

### 11月8日　水

　　13時頃中平大佐に来て貰ひ潮嘱託廻る文書の撤回方要望し、彼もよく自分を理解し意気投合した。天津から来た金源君を入れて弁公処で中食をとり賭博場開設の人選等なかなか面白かった。夜橋本君来訪、価格値上問題から潮嘱託に対する不満を爆破し詳細に謂ひきかせた。

### 11月8日　星期三

　　下午一點請中平大佐前來，請他撤銷對潮嘱託的公文，他與我意氣

相投，相當理解我的想法。從天津來的金源君一起在辦公處用中餐，討論到開設賭場的人選等，相當有趣。晚上橋本君來訪，吐露對潮嚙託因價格上揚等問題引發的不滿，我詳細聽他說明原委。

## 11月9日　木

今日陳姐夫に8千円手交した。果してうまく利用するとよいと思った。昨日商君に依頼されし篦麻と食塩のバータを四舅をして岡田中尉と接渉せしめた。朝華君が饒君に振られて今度は自分に頭を下げて來たので蹴った。夜陳姐夫が來たので賭博場及劉会長の件を打合せた。夜12時頃元禧君が出張の為北京へやって來た。

## 11月9日　星期四

今天拿給陳姊夫八千圓，如果他可以好好利用就好了。昨天商君拜託我與岡田中尉交涉篦麻與食鹽交易交予四舅一事。朝華君被饒君擺了一道，這次來找我求情，被我拒絕。夜裡陳姊夫來討論賭場與劉會長一事，晚上十二點左右，元禧君因出差來北京。

## 11月10日　金

橋本君が洋灰価格で相談に来た、なかなか楽観を許さない。第三課の劉君に対し非常に不満である、早く交通会社を辞めて啟新に専心したい。中平大佐から煙草没収の件で援助方要請され今日手紙で云って來た。

## 11月10日　星期五

橋本君來討論水泥價格，情況看來不樂觀。對第三課的劉君感到相當不滿，很想早點辭去交通公司的工作，專心待在啟新。中平大佐請我幫忙煙草沒收的事，今日收到書信。

## 11月11日　土

午後会社へ出ず国際劇場へ"唄へ！今宵こそは"を見に行った。同時に渡辺ハマ子の独唱をきいた。久振りに若き感激に帰り人の心の美しさを知ったやうな気がした。交通会社はやはり早く辞めたい。どうも交通会社へ行くと心の平和と人間の真実性の欠乏を感じ実に不愉快

である。映画に行く時偶然玉燕に会ひ二人の気持ちが段々離れて行く
やうな気がする。彼女の気の毒な境遇を知って何とかしてあげたいが
先方から頼みに来ない限り色々誤解を受けることにもなるので努めて
冷淡な態度を持して来た。

**11月11日　星期六**

　　下午沒去公司，到「國際劇場」看「唱吧，正是今宵！」，同時
聽了渡邊濱子的獨唱。許久未聽，抱著難得的感動回家，彷彿又體驗到
人心之美。想儘早辭去交通公司的工作。每次去交通公司，不但心情很
不平靜，也會深感人性之虛偽，相當不愉快。去看電影時，偶然遇到玉
燕，覺得兩人的想法正逐漸越走越遠。聽到她那令人同情的遭遇很想盡
一份心力，但她不開口，我也不好開口惹來誤解，因此努力保持冷淡的
態度。


**11月12日　　日**

　　13時頃川上課長（二人の子供を連れて来た）を自宅に招待し
た。呉姐夫と姉、沙兄も来られた。先づ呉姐夫の部長のポスト運動援
助方要請した。次に啓新目下最大の悩みたる潮嘱託の個人的行動に対
する不満を全部暴いた。そして大使館の啓新に対する最近の措置の再
考方要望した。川上課長は終始笑顔で率直に人物の不適を認め考慮す
ることを約した。斯くして16時頃極めて和やかに別れた。17時頃日
鉄鉱業の常務理事平山泰氏の来訪があった。北京滞在の極めて短時日
の上多忙な身に拘らず寸暇をさいて御来訪下さって感激した。色々な
問題を語り合ひ18時過帰られた。それから沙兄と袁総理に会ひ今日
の川上課長との会見顛末の経過を報告した。今日は何故か非常に嬉し
く特に川上課長が非常に自分に好意を寄せてくれて嬉しかった。夜沙
兄と六芳斎へ行ってとった。

**11月12日　　星期日**

　　下午一點招待川上課長(他帶了兩個孩子前來)來家裡做客。吳姐夫
與姐姐、沙兄也來了。先請他幫忙吳姐夫部長職位一職，其次把啟新目
前最大的煩惱──對潮嘱託個人行動問題的種種不滿全盤託出。之後請
他重新考慮大使館對啟新近來的處置。川上課長始終臉上帶笑，率直地

承認人選不當，並約定將重新考慮。到了下午四點在一團和樂中送走他們一行人。下午五點日鐵礦業的常務理事平山泰來訪。北京短暫匆忙的行程中還抽空前來，讓人不勝感激。聊了許多問題，過了六點回去。之後與沙兄與袁總理見面，報告今日與川上課長會面的經過。今天不知何故，非常開心，特別是對川上課長對我的好意感到相當高興。晚上與沙兄到「六芳齋」。

## 11月13日　月

　　吉野中将会見の件で袁総理が天津より周秘書に来て貰ふ事をきき沙兄と袁総理に対する態度に非常に失望を覚え、次々啓新に居るのが嫌になった。夜京屋君に新しく購入した家で招待に預り宴後我軍、烈火、招栄諸兄と麻雀をやった。沢山同郷の知友に会って色々語り合ふ機会を得て実に愉快だった。午前1時過帰宅したが人力車が一台もなく約1時間半以上初冬の木枯らしをききながら街路を独りで歩いて帰った。

## 11月13日　星期一

　　聽到袁總理為了吉野中將會晤一事而把周秘書從天津找來，對沙兄與袁總理的態度感到相當失望，相繼對待在啟新這件事感到厭煩。晚上把京屋君請來新家，宴會後與我軍、烈火、招榮諸兄打麻將。見到許多同鄉老友，有機會聊上許多，實在愉快。半夜一點回家，但沒半台人力車，花了一個半小時，初冬寒風颯颯中，一個人漫步街道回家。

## 11月14日　火

　　午後中平大佐に依頼された煙草没収の件で北京統税局の労煙酒課長と張統税課長に色々懇談したが既に没収の公文が出てゐるので翻意することは極めて困難のやうだった。18時弁公処へ帰れば沙兄より潮君が中西少佐に叱られ、川上課長からも叱られて非常に不愉快なる上に川上課長が中西少佐が口出しした事に付非常に立腹されてゐるとの事で些か当惑した。中西少佐の好意は充分謝するが些か軽率である。夜早速中西少佐を彼の宿舎に訪問し、今日の顛末を報告し併せて先般差上げた文書を取換へそうと思った。然し中西少佐は文書の事に

関し全然さう云ふ事がないとの事で安心して別れた。22時過更に越智大尉を宿舎に訪問し京屋事件に於て彼の尽した好意を謝すると共に色々時局談やら軍法部内の情勢を色々聴取し、彼が極めて自分と意気投合するのを発見して夜半1時過迄語り合った。

**11月14日　星期二**

　　下午為中平大佐託付的煙草沒收一事，與北京統稅局的勞煙酒課長與張統稅課長等懇談，但聽說沒收的公文已然發出，此時要翻案實在困難。下午六點回到辦公處，從沙兄處聽說潮君好像被中西少佐訓斥了一頓，又被川上課長責罵，心情很不好，又聽說中西少佐不滿川上課長的出言干預，這事讓我不知所措。想對中西少佐的好意表達感謝，但又覺這行為有些輕率。晚上馬上到中西少佐的宿舍拜訪，報告今日事情始末，並打算換回先前交給他的文件，發現他對文件完全沒意見，這才得以安心離去。十點又造訪越智大尉，對京屋事件他的鼎力相助表答感謝，同時聊到時局現況，並聽他提到軍法部內的種種情勢，我發現他與我想法相當契合，聊到半夜一點。

**11月15日　水**

　　中食の時袁総理、中平、潮各氏に会ひ、袁総理からは今日の吉野閣下との会見顚末、中平、潮両氏から明日川上課長との会見内容の打合をきいた。相変らず自分の利益に出発し自分の利益に終ってゐる。房産から蒲田営業部長、長谷川技術副部長等も参加し中食は実に賑やかであった。17時頃佐藤経理局次長と昭和20年度の収入査定方針と運賃改正方針に付懇談した。夜周曽君に色々唐山工廠並天津総事務所の逸話をきかされ非常に興味深かった。

**11月15日　星期三**

　　中飯時與袁總理、中平、潮氏見面，從袁經理處聽到他今日與吉野閣下的會面始末，並聽到中平、潮兩人討論明天與川上課長的會面內容。還是老樣，終究是為自己的利益著想罷了。房產那邊蒲田業務部長與長谷川技術副部長都來參加，中餐時實在熱鬧極了。下午五點，與佐藤經理局次長懇談昭和20年度的收入查定方針與運費改正方案。晚上從周曾君那兒聽到許多唐山工廠與天津總事務所的軼事，相當有趣。

## 11月16日　木

　　今日の川上課長と袁総理の会見内容に付非常に憂慮し午後会社を休んでしまった。14時頃橋本君から電話がかかり今日の会見は川上課長と袁総理に限ることをきかされ稍々安堵した。17時頃川上課長弁公処に来訪し価格の問題と資材の問題を簡単に話したる後、直ちに袁総理と二人きりの会見をし自分を介して二人で会談し、嘱託に対する袁総理の意見を聴取し、文書の撤回と嘱託の任務細則の起案を自分に下命し終始和気藹々〔靄々〕として実に愉快だった。全く最近斯くの如く袁総理と大使館の間が感激で結ばれた事なく潮嘱託に対する多くの悩みも一瞬にして解消した。総理も非常に喜び夕食後、沙、周と四人で公司の職制改革を語り合った。

## 11月16日　星期四

　　相當擔心今天川上課長與袁總理的會談內容，下午沒去上班。下午兩點橋本君打電話來，聽他說今天會面只有川上課長與袁總理兩人，這才稍稍放心。下午五點川上課長來訪辦公處，簡單提到價格問題與資材問題，之後直接與袁總理兩人單獨見面，兩人透過我展開會談，川上課長聽取袁總理對嘱託的意見，指示我著手處理文書撤回與嘱託任務細則，態度始終和氣，實在愉快。再也沒有比最近袁總理與大使館結盟這事更謝天謝地了，連對潮嘱託的諸多惱怒也一瞬間消失。總理也非常高興，晚飯後，與沙、周四人討論公司職務制度的改革。

## 11月17日　金

　　午前中潮、中平両氏の任務細則並公司の扱方の起案をなし午後袁総理に手交した。18時金源君天津より来訪色々懇談した。中食の時中平、潮両氏来られ中平氏と賭博場等色々語り合った。夜橋本君来訪、洋灰価格値上の今日の大使館に於ける会議の経緯をきいた。夜沙、橋本両君と六芳齋で夕食をとった。22時帰宅文騰君来訪色々例の如く沢山の訳の分らぬ事業を持って来た。今日14時炎秋君来訪銀暴騰した旨きき非常に喜んだ。更に橋本君から飛行機製造に銀を使ふとの事で今後相当騰貴するのではないかと想像し非常に心が晴れやかになった。

**11月17日　星期五**

　　早上擬定潮與中平兩人工作細節與公司處理方式，交予袁總理。下午六點金源君從天津來訪，兩人談了許多。中餐中平與潮兩人來訪，與中平聊到賭場等事。晚上橋本君來訪，聽他講述今天大使館會議中關於水泥價格上漲的經緯。晚上與沙、橋本兩人在「六芳齋」用晚餐。晚上十點回到家，文騰君來訪，他又跟以前一樣，拿了許多不明所以的案子過來。今天下午兩點炎秋君來訪，聽他說銀價暴漲，十分歡喜。此外橋本說造飛機要用到銀，想到今後銀價仍會不斷上揚，心中高興萬分。

**11月18日　土**

　　天津総事務所から李科長に来て貰ひ子息と娘の救出方に付色々打合せた。夜聯銀より公司が2千万円借りる為に顧問部の広田氏（広田前総理の子息）と謝調査主任を招待し金融の問題を色々懇談した。宴後京屋、我軍、烈火に招かれ我軍宅で麻雀をやった。徹夜して生れて初めて5,300円の巨額な敗け方をした。

**11月18日　星期六**

　　從天津事務所請來李科長，討論救出他兒女的事。晚上為了公司要跟聯銀借兩千萬，招待顧問部廣田氏(廣田前總理的兒子)與謝調查主任，懇談許多金融問題。宴後，被京屋、我軍、烈火找去我軍家打麻將。拼戰徹夜，輸了5,300圓，金額之高，生平頭一遭。

**11月19日　日**

　　朝帰って寝たが寝つかれず15時公司へ出た。夜越智大尉を招待し京屋、我軍、烈火、李科長と一緒に自宅で夕食を共にした。一つは京屋事件に感謝する為と一つは李科長の子息と娘の救出方お願ひした。何故か越智と云ふ人物が非常に好きである上に彼とお喋りをすると時間の立つのも忘れるのである。今日姉は人力車をなぐった憲兵を止めたことからひっぱられ、早速別府様に救出方お願いしたが間もなくして釈放して帰った。会社は到頭休んでしまった。

**11月19日　星期日**

　　早晨回到家就寢，卻怎麼睡也睡不好，下午三點到公司。晚上招待

越智大尉，請京屋、我軍、烈火、李科長一起在家裡用餐。其一是為京屋事件表示感謝，其二則是請他幫忙救出李科長的兒女。不知為何，我很喜歡越智這號人物，與他聊天常會忘了時間。今天姊姊因為阻止憲兵毆打人力車夫而被逮捕，火速拜託別府先生搭救，旋即釋放回家。一整天都沒辦公。

## 11月20日　月

　　午前9時半大使館で川上課長に会ひ洋灰価格の値上問題と嘱託の任務細部の自分が作った私案を提示し極めて和やかに色々な問題を心配してくれた。最近会社でどうも仕事が手につかず実に困ったものである。

## 11月20日　星期一

　　早上九點半在大使館與川上課長會面，報告水泥價格上漲問題與我自己擬定的囑託工作細節，氣氛極為和樂，他還替我擔心許多問題。最近在公司都沒法做事，實在很困擾。

## 11月21日　火

　　13時中央公園で沙兄、周秘書と上林春にて油谷書記官、綾部理事、山内事務局長に会ひ、江南の機械の金換算問題を討議したが結論に至らず食後公園を散歩し、それから満洲中銀へ呉金川君に会ひに行った。華北経済調査の指命を帯びて来られ約10日間を北京で過すとの事で自分の家に宿泊するやうにした。夜中西少佐、袁総理、李董事と金川君、周秘書を家に招待し、潮嘱託に対する勝利の祝杯を挙げると共に洋灰価格の問題、工廠の組織問題等を24時過迄語り合った。

## 11月21日　星期二

　　下午一點在中央公園與沙兄、周秘書到「上林春」與油谷書記官、綾部理事、山內事務局長會面，討論江南機械的金子換算問題，但沒有結論。飯後在公園散步，之後到滿洲中央銀行會見吳金川。他身負華北經濟調查的指示要來北京待上十天，要在我家留宿。夜裡在家招待中西少佐、袁總理、李董事與金川君、周秘書，舉杯慶祝對付潮囑託勝利，並聊到水泥價格問題、工廠組織等問題到十二點多。

## 11月22日　水

14時文騰君の紹介で趙明儀君来訪、枕木を華北交通へ売る問題を提起して来たが交渉してみたら駄目だった。夜金川君を連れて陳茂蟾君、藤田君、池田君、呉姐夫を歴訪し色々世間話をした。夜満洲□との交換を提起したら駄目との事で失望した。

## 11月22日　星期三

下午兩點經文騰君介紹，趙明儀來訪，提到把枕木賣到華北交通的問題，經交涉卻不成。夜裡帶金川君拜訪陳茂蟾、藤田、池田、吳姊夫，聊了許多家常事。晚上提到與滿洲交換□之事卻不成，令人失望。

## 11月23日　木

中食中平大佐来られ潮君の問題、賭博場の問題を色々語り合ひ賭博場がお流れになった旨きかされ失望した。善隣会の問題、銅収買の問題等色々語り合った。中食後池田君、金川君と中央公園、太廟を散歩し長閑かな初冬の弱い太陽の光線を受けながら人生の数々を語り合った。公園で星賢君夫婦に会ひ一緒にお茶を飲んだ。

## 11月23日　星期四

中午中平大佐來訪，聊到潮君的問題、賭場的問題等，聽他說賭場一事已經作罷，不免失望。又聊到善鄰會、收買銅等問題。中飯過後，與池田君、金川君一同散步中央公園、太廟，早冬寒峭的陽光下，聊及人生諸多問題。在公園碰到星賢夫婦，一同喝茶。

## 11月24日　金

15時頃李増礼君来訪、1万瓲の石炭を上海に送り物資交換をするから輸送問題考へてくれとの事で色々之が対策を考究し三原課長を煩はすことにした。

## 11月24日　星期五

下午三點李增禮君來訪，提到要把一萬噸的煤炭送往上海交換物資，請我想想輸送的問題，為此商量許多對策，還麻煩到三原課長。

## 11月25日　土

　　21日附公報で自分が運輸局主任に命ぜられたるを知らずに今日に至った。交通会社に於ける自分の地位は日を逐ふて高まるのに而も近く自分は交通会社を辞めなければならぬ立場にある。心は常に動揺して息まない。夜星賢君に招かれ金川、池田と中和へ旧劇を見に行った。関処長からも華□の義務戯を招待されてゐたので金川君と23時過向ふへ行った。

## 11月25日　星期六

　　直到今天才知道自己在21號的公報上被任命為運輸局主任。雖說在交通公司地位逐日提高，但我卻有必須辭職的苦衷。心中動搖不已。晚上被星賢君找去，與金川、池田到「中和」看戲。關處長也招待我去看華□的義務戲（義演），過了十一點便與金川君前往。


## 11月26日　日

　　折角の日曜で色々なプランを樹て金川君を案内しようと思ったが、生憎朝から今年の初雪が降り満天白く霧み雪片靡々として外に出かけられなかった。数日来の夜深しで疲れても居たので11時から午後2時過迄寝た。起きた後は三人の無邪気な子供を相手に終日遊んだ。陳姐夫の胃腸病殊の外悪いらしく今日も終日寝てゐた。夜金川君と色々三国誌やら語り合ひ彼がかなり中国の事情に通じてゐるのにびっくりした。

## 11月26日　星期天

　　難得的星期天想帶金川君到處逛逛，但不巧早上開始降下今年的初雪，滿天白茫茫，雪片紛飛，出不了門。數日來都忙到深夜，到底是累了，故從十一點睡到下午兩點。起床後與三個天真無邪的孩子們玩一整天。陳姊夫的腸胃病似乎又犯了，今天也睡了整天。晚上與金川君聊到《三國誌》，他對於中國的事很熟悉，讓人相當驚訝。


## 11月27日　月

　　18時弁公処へ来たら袁総理から唐山工廠の改組に付相談を受け、副工廠長となることを云はれた。唐山の工廠は非常に複雑なので即答することを保留した。

**11月27日　星期一**

　　下午六點到辦公處，袁經理找我商量唐山工廠的改組問題，他請我當副廠長。唐山工廠之複雜，我沒有馬上答應。

**11月28日　火**

　　17時袁総理、中平大佐、潮君と一緒に三原課長を彼の官舎に訪問し、王士海の待遇問題、善隣会の経費問題等打合せた。三原課長に対しては非常に好感が持て彼にもっと深く交際してみたいと思ふ。夜ゴム需給協会を鹿鳴春に招待し、石田所長、広渡課長、樗木、平郡等が来られ、王仲岑君、董万山君と極めて和やかな空気の中に夕飯を食べながら色々な雑談を交した。金川君は天津から帰り夜遅く迄人間性に付語り合った。

**11月28日　星期二**

　　下午五點與袁總理、中平大佐、潮君一同訪問三原課長的官邸，討論王士海的待遇問題、善鄰會的經費問題等等。對三原課長很有好感，有機會希望可以與他深交。晚上在「鹿鳴春」招待橡膠供需協會，石田所長、廣渡課長、樗木、平郡等都來了，與王仲岑、董萬山在和諧的氣氛下邊吃晚餐邊閒談。金川君從天津回來，聊人情事故聊到很晚。

**11月29日　水**

　　午前中会報で全部潰されてしまった。中食の時天津から王襄理と周院長来訪、色々語り合った。特に周院長から彼の著書を贈与され久振りに懐しく語り合った。

**11月29日　星期三**

　　一整個早上都在舉行會報。中午與天津來的王襄理與周院長聊了許多。特別是周院長送給我他的著作，久久難得聊得這麼開懷。

**11月30日　木**

　　何故か気温が急激に下がり、冷たい寒い日である。午後野鉄星川中尉を訪れ20年度の軍需運賃に付懇談した。宣化から龍烟鉄鉱の大西運転課長が来て午後を潰されてしまった。3日間東京空襲が連続さ

れ、レイテ島に於ては日本が相当な戦果を挙げたのにも拘らず一般の気分は一入緊迫しつつあるやうであった。

**11月30日　星期四**

不知何故氣溫驟降，今天極冷。下午訪問野鐵星川中尉懇談20年度的軍需運費。龍煙鐵礦的大西運轉課長從宣化來，陪他一下午。三天來東京遭到連續空襲。儘管雷伊特島(Leyte)日軍戰果輝煌，但一般看來還是情況緊急。

**12月1日　金**

早くも師走に入り後一ヶ月で更に年が一つ増えようとしている。14時亜洲会館へフィリピン沖海戦のニュース映画を見に行き苛烈な戦闘下日本の神風隊が一人一人粉骨砕身して体当りを敢行し悠久の大儀に殉じて行く姿を見て深き感銘を受けた。16時頃李時権君来訪華中間貨車に関し工作方依頼され退社後一緒にパラマントでお茶を飲み乍ら色々語り合った。夜天津から金源君来訪色々事業経営の相談を持ちかけ1時間余懇談した。夜藤田君が金川君を伴ひ家に来訪、華北経済の現況並戦況の現段階に関し色々語り合った。

**12月1日　星期五**

進入十二月，只剩一個月就又要多添一歲了。下午兩點到「亞洲會館」看菲律賓海戰的記錄片，在激烈的戰鬥下，日本神風特攻隊一個一個粉身碎骨、以身報國的行為讓我感受至深。下午四點李時權君來訪，他託我幫忙華中間貨車一事，下班後到「派拉蒙特」(Paramont)喝茶聊天。晚上金源君從天津來訪，討論許多事業經營的事，商量了一個小時。晚上藤田君陪金川君來訪，聊到華北經濟現況與現階段的戰況。

**12月2日　土**

中食鐘坊で金川君と木暮国務院嘱託に会ひ一緒に東亜楼で簡単に中食をとりそれから啓新へ来たら中平大佐、濱田警備隊長が見えて色々警備上の事に関し打合をなし潮嘱託も入れて中食をとった。中支向石炭運搬船の手当出来ず失望した。

**12月2日　星期六**

中飯在「鐘坊」與金川君、木暮國務院囑託會面，一起在「東亞樓」簡單用餐，之後到啟新，與中平大佐、濱田警備隊長討論許多警備上的事，潮囑託也加入用餐。無法拿到對中華的煤炭搬運船補助，很失望。

**12月3日　日**

13時頃淑英と弁公処に来、中食後初冬の太廟、中央公園を散歩した。初冬の太陽麗らかにして空は青かった。散歩後附属病院へ乙金様（72号）の見舞に行った。あの姿を見て実に気の毒に思った。夜北京飯店で近藤様（334号）に招待され呉金川君、赤萩、藤田も一緒だった。宴後久振りに鳳鳴院へ行き、金川君を案内して打茶位に行った。（周君）

**12月3日　星期天**

下午一點與淑英來辦公處，午飯後在初冬的太廟、中央公園散步。初冬陽光和煦，晴空萬里。散步後到附屬病院探望乙金先生(72號)，看他那模樣讓人同情。晚上在北京飯店被近藤先生(334號)招待，吳金川、赤荻、藤田也一起。宴後前往久違的「鳳鳴院」，指引金川去打茶位。(周君)

**12月4日　月**

11時頃金川君を案内し色々買物に行った。中食玉華台で呉姐夫と一緒に金川君に御馳走になった。金川君は約二週間家に滞在し今日18時40分の急行で帰満し駅頭迄見送った。夜沙兄と唐山の改組並自分の唐山工廠の副廠長就任に関し色々意見を交はした。結局趙総技師が廠長になる限り自分としては絶対に副工廠長に行けない結論に到達した。

**12月4日　星期一**

早上十一點帶金川君購物。中餐與吳姐夫一起被金川君招待在「玉華台」用餐。金川君在我家待了兩週，今天要搭晚上六點四十分的快車回滿，我們送他到車站。晚上與沙兄就唐山改組問題與自己的唐山工廠副廠長的身分交換許多意見。結果結論是趙總技師只要當廠長，自己是

決計不願去當副廠長。

## 12月5日　火

　　9時半沙兄と川上課長に会ひセメント価格が一屯950円にて目出度解決した旨正式に通告され華北現下の経済情勢と睨み合せて必ずしも楽観を許さないが兎も角912円の申請価格に対しては満足だった。セメント出荷の貨車問題、火薬の問題、銑鉄の問題等々色々な難題をもちかけ其の解決方要請した。それから江崎書記官にも会ひ其の尽力を感謝すると共に華北の物価問題を語り合った。其の足で岡田中尉に会ひ軍部洋灰に対する新価格の適用方に対し懇談し希望通全部解決した。夜渡辺君が来たので潮君の壮行会を兼ねて玉華台で橋本、末次、中平等も入り当方よりは沙兄、王弟が出席し宴を張ったが潮君が来られず些か淋しかった。

### 12月5日　星期二

　　九點半與沙兄、川上課長會面，正式要我務必解決水泥一噸950圓的事。眼看華北目前經濟情勢未必樂觀，但暫時可以接受912圓的申請價。我提出水泥出貨的貨車問題、火藥問題、生鐵等難題，請他們解決。之後與江崎書記官會面，感謝他的鼎力相助，並討論華北的物價問題。之後又與岡田中尉見面，針對軍部對水泥的新價格適用方案懇談，結果一切如我所願獲得解決。晚上渡邊君來訪，一來當作潮君送別會，在「玉華台」與橋本、末次、中平等一同設宴，沙兄、王弟也出席，但潮君未出席，有些寂寞。

## 12月6日　水

　　中食潮君夫妻来処、今日三週間の訓練に出発するので簡単に壮行会を催した。割合愉快に別れた。夜帰れば17時頃上海から路小姐が来訪された由きき大変懐しく思った。然し住所も残さず徒らに三年前丁度大東亜戦争勃発直後彼の女と鄭紅小姐と上海のダンスホールで踊りしあの日が思ひ出されて感慨無量である。彼女は結婚したかどうか分らず得に鄭小姐がどうなったかききたかったなのに……天津から態々自分を訪れて会へずに残念だった。

### 12月6日　星期三

中飯時潮君夫婦來辦公處，今天開始要出發去為期三週的訓練，為此舉辦簡單的送別會。愉快地道別。晚上回到家，才知五點左右路小姐由上海來訪，讓人覺得十分懷念。但連地址都沒留，想到三年前大東亞戰爭剛爆發時，與她和鄭紅小姐兩人在上海舞廳一起跳舞的日子，感慨萬千。不知她是否結婚沒，而鄭小姐又過得怎樣。從天津特地跑來找我卻沒碰到面，真是遺憾。

### 12月7日　木

今日交通会社のボーナスがおりた。嬉しくもなく悲観もしない。今は唯交通会社を如何にして辞めるか毎日悩みの種である。

### 12月7日　星期四

今天交通公司的年終獎金發下來了。沒甚麼好高興，也沒甚麼好難過。現在每天光想著要如何辭去交通公司的工作就已經夠煩了。

### 12月8日　金

大東亜戦争勃発して早くも3年は過ぎ去って今日第四年目に入った。今レイテ島をめぐって激戦が展開され日米の運命を決定しようとしてゐる。レイテ島の日米の決戦こそ世界戦を支配する重要なモメントであらう。朝会社へ出ず弁公処へ来た。そして12時頃周仁病院へ蘆原先生を訪れ扁桃腺手術の相談に行ったらやはり切った方がよく月曜日に入院を奨められたがスティームがないのでどうかと思って迷った。午後会社へ出社し朝倉主幹不在中の主幹代理としての業務報告をした。夜劉副技師と新月で大使館計画課氏原技師と呉姐夫を御馳走した。そこへ唐山製鋼の田中取締役も来られ食後一緒に弁公処へ連れて来、啓新の歴史と資材確保の困難性を説明し今後の交誼を要請して22時近く迄飲み且語り合った。

### 12月8日　星期五

大東亞戰爭爆發後，轉眼過了三年，今天進入第四個年頭。今天在雷伊特島展開激戰，日美之命運即將決定。雷伊特島的日美決戰正是支配世界大戰的重要關鍵吧。早上沒去公司而到辦公處。十二點左右前往周仁病院拜訪蘆原先生討論扁桃線手術，他認為切除為妙，並建議星期

一入院，但看我沒勇氣，很猶豫。下午進公司，朝倉主要幹部不在，由我暫代主幹之職聽取業務報告。晚上與劉副技師在「新月」請大使館計畫課原技師與吳姊夫。剛好唐山製鋼的田中董事也來，餐後一同帶他來辦公處，跟他說明啟新的歷史與確保資材的困難，請他以後多多照顧，邊喝邊聊到晚上近十點。

## 12月9日　土

今日唐山工廠の組織大綱を構想した。自分の考へが果して保守的な会社幹部と意見を同じうし得るかどうかは極めて疑はしい。先づ沙兄の意見をたたいて見た。夜呉姐夫の紹介で齋藤氏と池田顧問に会ひ東来順で夕食を共にしながら船舶の運営業に関し会社創立の打合をなした。果してうまくいくかどうか船舶業は非常に危険であるだけに慎重を期する必要があると思ふ。

### 12月9日　星期六

今天構思唐山工廠的組織大綱。懷疑自己的想法是否可以得到公司保守幹部的認同。還是先行詢問沙兄的意見。晚上在吳姊夫的介紹下，與齋藤氏、池田顧問見面，在「東來順」共進晚餐，邊討論創立船運公司的想法。到底能不能順利進行，眼下船舶業相當危險，必需慎重處理。

## 12月10日　日

今日会社に於て日曜当宿なので朝10時会社に出勤し12時頃迄居た。12時弁公処で中平大佐と警備員の唐山赴任に関し色々打合をなした。14時留日同集会に於ける彭華英小姐の結婚式に参加した。式後呉姐夫、深切君夫妻と洪炎秋宅を訪れ色々語り合った。それから乙金君を附属病院に見舞ひ色々慰めてやった。呉姐夫と処で宋君も入れて船舶運送業の打合せをなし夜7時唐山工廠に赴任する日系警備員30名の送別宴を弁公処で張り木村教官、濱田隊長、中平大佐らと共に実に愉快に飲んだ。

### 12月10日　星期日

今天要去公司值班，早上十點到公司，待到十二點。中午十二點在辦公處與中平大佐討論許多關於警備員派駐唐山的事。下午兩點參加留

日同學會彭華英小姐的婚禮。會後與吳姊夫、深切夫妻一同造訪洪炎秋家，聊了許多。之後又到附屬病院探望乙金君，給他許多安慰。與吳姊夫、宋君在辦公處討論船舶運送業的事，晚上七點在辦公處舉辦30名派駐唐山日本警備員的送別會，與木村教官、濱田隊長、中平大佐愉快共飲。

## 12月11日　月

朝蘆原同仁会医長と入院の事に付相談し13日入院する事に決定した。中食王四海と中平大佐を玉華台に招待し沙処長、王課長も出た。王氏は自ら義侠隊と称し実に野人然として居た。中食京屋君来処し色々語り合った。

## 12月11日　星期一

早上與同仁會的蘆原院長討論入院問題，結果決定13日入院。中餐在「玉華台」招待王四海、中平大佐，沙處長與王課長也出席。王氏自稱義俠隊，實與野人無兩樣。中餐京屋君來訪，聊了許多。

## 12月12日　火

朝10時頃帰宅して寝た。12時弁公処に出席周院長と色々語った。夜朝倉主幹の家ですき焼きをやり貨物課の懇談会をやった。

## 12月12日　火

早上十點回家睡覺。十二點到辦公處與周院長談了許多。晚上在朝倉主幹家吃壽喜燒，進行貨物課的懇談會。

## 12月13日　水　—12月19日　火

愈々交通会社を辞める決心をしたので多年悩んできた扁桃腺の手術を断行する決心をし13日同仁会病院外科第一病室18号に入院した。数年間色々な人に依り種々の説を立て大分迷ってきたが親友蘆原医長並高女医の熱心な勧誘に依り13日16時耳鼻科で淑英立会の下に約10分に亘り蘆原先生の手術を受け両方とも同時にとった。痛みを全然覚えず一番心配してゐた出血もなく案外簡単に済んで病室に帰り18時頃から漸く約4時間痛んだだけで大した苦痛はなかった。14日

は何一つ食はず飲まず専らウガイと氷で局部を冷したのみであった。胃腸の手術以来第二回目の手術並入院である。15日には痛みが大部とれ、病室が寒かった上退屈だったので12時頃弁公処へ出勤して一同びっくりさせた。そして15時帰宅し夜は家で休んだ。17日耳鼻科の看護婦として自分をよく世話してくれた遠藤さんと久野さんを弁公処に誘ひ中食を御馳走し、それから時局談、男女の問題、結婚問題等更にトランプ迄遊んで夕食を終えて20時半漸く帰宅した。18日には天津から三連兄が病院に訪れて見舞してくれ別後の話を語り合った。15時で彼は保定に立った。19日炎秋君見舞に来訪一緒に弁公処で中食をとり天津での事業経営を語り合った。午後李孝全君の令弟来訪し弁公処に夕食をとらせ色々語り合ったが、孝全君が9月に逝去された事をきき感慨深かった。同窓としては必ずしも彼とは睦まじくなく彼又明朗性を欠いてゐたが42才のはかなき人生を一期として永遠に彼に会へないのを思ふとやはり淋しい。19日漸く退院を許された。然し遠藤さんのいぢらしき姿は脳裡に刻まれて沈み勝ちであった。既に三人の子供の父としての自分は女性に恋する資格は毛頭なく特に淑英の如き立派な妻を有つ自分としては更に他の女性に心を向けるべきでないとは万も承知してゐる。なのに彼女のいぢらしさが忘れられない。結局入院一週間の淡き感傷として間もなく消えるであらうが……。

## 12月13日　星期三　─12月19日　星期二

　　下定決心辭去交通公司後，決定把困擾多年的扁桃線手術也做了，13號住進同仁會病院外科第一病房。這幾年問過許多人意見，猶豫許多，但在好友蘆原院長與高女醫的熱心勸說下，13號下午四點在淑英陪伴下，在耳鼻喉科花了十分鐘接受蘆原醫生的手術，把兩邊的扁桃線都拿掉了。一點都不痛，連原本擔心的出血問題也沒有，手術出乎意料之外地簡單，回到病房後從六點開始大概痛了四個小時，但不是甚麼難以忍受的痛楚。14號不能進食，只能漱口與局部冰敷。這是繼胃腸手術後的第二次住院動手術。15日已不大疼，病房很冷又無聊，十二點就到辦公室上班，同事們都感驚訝。下午三點回家，晚上在家休息。17號請相當照顧我的耳鼻喉科護士遠藤小姐與久野小姐來辦公處請她

們吃中飯，之後聊到時局、男女問題、結婚問題等等，還玩撲克牌，吃完晚餐後八點半才回家。18日三連兄由天津來病院探望我，聊到上次一別之後的種種。下午三點他前往保定。19日炎秋君來探病，一同在辦公處用中餐並討論天津的事業經營。下午李孝全令弟來訪，在辦公處共進晚餐，聊了許多，聽到李孝全9月去世的消息，感慨至深。以前同窗時感情雖非和睦，他這人又不夠開朗，但才42歲就撒手人寰，想到這輩子再也看不到他，不免惆悵。19號終於可以出院。但遠藤小姐的身影深深刻畫在腦裡。身為三個孩子的父親，沒資格與別的女性談戀愛，而且又有淑英這麼能幹的太太，明知不可掛念其他女性，但總是無法忘懷她楚楚可憐的身影。這入院一個星期間的淡淡感傷，大概馬上就會消逝吧。

### 12月20日　水

　　朝病院へ行き蘆原先生が休んだので遠藤さんに治療、注射を受けて弁公処に出勤し昨夜帰ってきた沙処長と色々特に唐山工廠の改組が行き悩みの状態にあるをきき非常に失望した。中食後幼呈を附属病院に見舞し色々慰めてやった。それから蘇太々を訪れそれとなく唐山行を奨めたが案外簡単に応じてくれた。時間があったので呉姐夫、我軍兄のところに立ち寄った。18時頃帰った。夜三連兄保定より来着、陳姐夫も入って三人で午前2時頃迄色々な問題を語り合った。

### 12月20日　　星期三

　　早上去病院，蘆原先生休假，故請遠藤小姐幫忙治療，打過針後回辦公處上班，聽昨夜歸來的沙處長講到許多事，特別是唐山工廠改組一事陷入膠著，讓人相當失望。中飯過後去附屬病院探望幼呈，給他許多安慰。之後訪問蘇太太，請她跑唐山一趟，竟意外獲得她的答應。時間上還有餘裕，我順道走訪吳姐夫與我軍兄。晚上六點回家。晚上三連兄從保定來訪，與陳姐夫一起三人談許多問題談到半夜兩點。

### 12月21日　木

　　朝中島と云ふ者来訪色々セメントの事に付語り合った。14時50分の汽車で炎秋兄、三連兄を赴津、二つの劇場問題を解決する為だっ

た。車中彭華英の小姐の新婚旅行と同一列車に乗った。着津後早速朝華に来訪を求め、問題の解決方針を暗示しそれから夜三連兄に御馳走になってから明星へ行き22時饒君と面会し合作方針に関し打合わせたが朝華君の待遇問題で又しも暗礁に乗りあげられた。夜半12時頃漸く面会を終り已むなく炎秋兄と彼の外甥広み君の家にとまった。

### 12月21日　星期四

　　早上有一位叫中島的人來拜訪，討論水泥的事。乘下午兩點五十分的火車與炎秋兄、三連兄共同赴津，為求解決兩個劇場的問題。在車中碰上新婚旅行中的彭華英的姊姊。到津後馬上請朝華過來，暗示他解決方針，之後三連兄請吃晚餐，餐後前往明星，晚上十點與饒君面談，討論合作方針，但又因朝華君的待遇問題談不攏。半夜十二點多終於結束面談，不得已只能與炎秋兄去住他外甥廣美家。

### 12月22日　金

　　午前11時饒君と会ふことになってゐたが来られず、13時坂井君に招待され炎秋君と御馳走になった。金源兄と合作方相談したら同意を得、15時頃明星へ行って初めて昨夜饒君が唯一人の生まれたばかりの男の子が死んだ旨分り気の毒に思った。

　　夜三連兄と甲斐君に御馳走になった。何時しか早くも今日は冬至に当り菜包、ダンゴ等々なかなか美味しかった。夜10時元禧君のお嫁候補として謝小姐を見、それから饒君と昨夜の続きを相談し大体円満に解決した。夜金源君の家に泊った。

### 12月22日　星期五

　　早上十一點本打算與饒君見面，但他沒來，下午一點與炎秋君一起接受坂井君的招待。與金源兄討論合作方案，獲得他的同意，下午三點到「明星」，得知昨夜饒君家剛出生的獨子夭折，很是同情。

　　晚上與三連兄一起被甲斐兄請客，今天冬至，菜包、湯圓等等，相當美味。晚上十點見到元禧的妻子候選人謝小姐，之後與饒君續聊昨日話題，大體圓滿解決，晚上在金源家過夜。

### 12月23日　土

朝金源兄、董振徳兄と三人で12時から13時半頃401列車を待ち非常な混雑と雑踏の中に16時頃漸く北京に帰った。天津から李社長来訪、色々息子、娘に関し心配してゐた。一風呂あび夕食後早速帰宅した。非常に疲れてゐた。

**12月23日　星期六**

早上與金源兄、董振徳兄三人從十二點開始，等一點半的401列車，在混亂與雜踏中，下午四點終於回到北京。李社長自天津來訪，相當擔心他兒女的事。洗過澡、用過晚餐後馬上回家。今天很疲累。

**12月24日　日**

朝軍司令部へ中西少佐に貨物問題、岡田中尉に6百万円の前渡交渉に行き円満に解決して帰り岡田氏もひぱり出して沙兄と荻華里で中食をとった。15時朝華君来訪劇場問題の解決方針に付打合せをした結果60万円で売却方に方針を決定した。劉会長も来訪貨車問題に付打合せをした。15時から今日は啓新で家族懇親会を開催しクリスマスイブなので若き男女の来賓もあって12時近く迄久振りに実に愉快にダンスをやった。母も淑英も子供達も皆やって来た。早く平和になればと……祈らずには居られない。

**12月24日　星期日**

早晨前往軍令部與中西少佐交涉貨物問題，還與岡田中尉交涉事先付清的六百萬元，圓滿解決後回來，岡田氏也心情愉快，與沙兄在荻華里共進中餐。下午三點朝華君來訪，討論劇場問題的解決方針，結果決定以六十萬圓賣出。劉會長也來訪討論貨車問題。下午三點在啟新舉行家族聚會，因為是聖誕節，來了不少年輕男女，許久不曾跳舞跳得這麼愉快，近十二點才散。母親、淑英與孩子都來了。希望一切可以早點歸於平靜……我忍不住祈禱。

**12月25日　月**

今日も会社を休み病院へ寄って12時頃弁公処へ来た。氏原調査官、橋本、渡部等が来訪、17時頃淑英と朝倉主幹を彼の家に訪れ正式に交通会社を辞職し啓新へ入社致度き意思表示をしたが好意的に考

慮するとの口約を得て18時頃辞去した。

**12月25日　星期一**

　　今天向公司告假去醫院，十二點來到辦公處。氏原調查官、橋本、渡部等都來訪，下午五點與淑英造訪朝倉主幹家，正式提出交通公司的辭呈，表達想去啟新之意。他答應會考慮，六點離去。


**12月26日　火**

　　今日二週間振りに会社へ出勤した。日本人の心は余り暖かくはなかった。12時頃天津明星、新中央の売却に朝華君が打合せに来訪し色々打合せた結果60万円で譲渡する方針を定めた。夜玉燕様来訪、就職に件色々相談を受けた。

**12月26日　星期二**

　　兩個星期沒到公司，今天終於去上班。日本人真是冷淡。十二點朝華君從天津來訪，討論「明星」、「新中央」的出售問題，結果決定以六十萬圓讓渡。晚上玉燕來訪，商量就職問題。


**12月27日　水**

　　午後瑪莉を連れて同仁病院へ眼を治療して貰った。16時半頃三好中尉より唐山工廠の防空措置に関し打合せをなし塩原曹長に500万円の支払方要請した。

**12月27日　星期三**

　　下午帶瑪莉到同仁醫院治療眼睛。下午四點半與三好中尉完成唐山工廠防空措施的討論，向鹽原曹長請款五百萬圓。


**12月28日　木**

　　今日朝倉主幹から啓新転職の件は可なる旨言ひ渡された。然し会社と縁を切れと云はれ可成淋しかった。一時に色々な感傷が浮き出した。交通業に就いて11年一生涯の最も貴重な青春を献げただけに自分としても感慨無量である。中食後劉会長来訪坂本、大野両君に対する送礼と当方から石炭事業加入に関し打合をなした。文騰君も来られて塩の運搬に関し例の如く漠然と依頼に来た。

## 12月28日　星期四

今天朝倉主幹告訴我轉職啟新一事可成。但他說從此便與公司一刀兩斷，讓人心涼。一時間，許多感傷浮現。我在交通業奉獻了十一年生涯中最寶貴的青春，自然感慨無限。中飯後劉會長來訪，討論坂本、大野兩人的送禮問題以及我方加入煤炭事業的問題。文騰君也來了，不干己事似地前來拜託運鹽的事。

## 12月29日　金

中食後沙兄と公司改組に付色々意見を交した。17時頃袁総理来処公司の近況並自分の交通会社辞職に関し色々語り合った。夜東来順にて京屋氏の御馳走になり奥さんと翁紹栄君の令弟も一緒だった。翁君から汪精衛の逝去に関し精しくその模様をきいた。最近一般物価格俄然高騰し大きな生活の脅威を受ける。唯銀貨も暴騰したのが僅かの慰みである。交通会社を辞めた後の生活を考へると心細くなる。

## 12月29日　星期五

中飯後與沙兄交換公司改組的意見。下午五點袁總理來處，聊到公司近況與自己辭去交通公司的的事。晚上在「東來順」被京屋氏請，他太太與翁紹榮君的弟弟也同席。從翁君處聽到汪精衛去世的詳細情形。最近物價飛騰，生活大不易。唯獨銀貨上漲，還算安慰。辭去交通公司後，生活也變得精打細算。

## 12月30日　土

午後野鉄にて脇山大尉と華中向軍需石炭の民需振替方懇談し幸ひ其の同意を得た。夜袁総理と弁公処で食事を共にし唐山工廠、天津総事務所の改組に付袁総理と隔意なき意見を交した。今日劉会長来訪、6万円の出資に対し9万円の株並常務理事就任方慫慂され何れも承諾した。今日宝信から一切の預金を引き出し砂糖に投資する方針を定めた。会社も啓新も今日を以て休みとなる。

## 12月30日　星期六

下午到野鐵與脇山大尉懇談華中軍需煤炭轉民需之事，幸得其同意。晚上與袁總理一同在辦公處用餐，對於唐山工廠、天津事務所的改

組，與袁總理交換意見。今天劉會長來訪，慫恿我出資六萬，就給予九萬圓的股份以及常務理事一職，我答應了。今天從寶信把所有存款提出來，決定投資砂糖。公司與啟新今天都請假。

## 12月31日　日

　　朝10時10分の汽車で沙処長、元禧君と三人連れで天津け発った。用件は三つある。第一に合豊行の株主総会に出席する為である。第二に明星、新中央両戯院の改組若くは業務整理を為す為である。第三に砂糖の買付にある。先づ宝信銀号へ行ったら資金の準備出来上らず大部当惑したが兎も角現金2万9千円を携帯し天津で売払った石炭代を入れて四万円の現金を三連兄に手交し一袋180斤の白砂糖を5袋買った。年末で汽車が相当こむかと思ひの外割合空いてゐた。12時過天津着、簡単に合豊で中食をとってから元禧君を連れて明星で朝華君の勘定整理をさせた。16時三連兄と翁君を彼の家に訪れ、其の痛ましき病体に拘わらず烈々と合豊行に対する鋭き監察の意見をきかされ感服した。17時華北飯店にて呉三連、藍振徳、陳火斐、楊子文、翁招栄と自分を入れて六人で株主総会(京屋君欠席)を開催し業務報告、会計報告、監査報告、利益金処分方針、新株主加入問題、増資問題を討議し、20時閉会、張秋海君も入れて夕食をとり8人のダンサーを呼んで賑やかに一夕を飲み且つ語り合った。22時明星で饒君に会ひ12時近く迄明星、新中央の整理(売却)を相談した。どうも彼と仕事をするのが嫌であり、彼の無教養にも愛想をつかしたのである。彼も同意してくれたが床に就いてから惜しくなり寧ろ明星を事業活動の根拠地とすることに決心し交通会社辞職後の活動舞台としたくなり、饒君に売却することを相談した事を後悔した。34才の青春は今宵を以て永遠にさらばである。明星もさることながら何かにつけて不如意な一年であった。然し飛躍はなかったが順調な発展はして来た。明星のきたないベッドで年を明かさねばならぬ程に文字通多忙な一年でもあった。

## 12月31日

　　早上乘十點十分的火車帶沙處長、元禧三人往天津出發。目的有三。第一，出席合豐行的股東大會。第二，為「明星」、「新中央」兩

戲院的改組整理業務。第三是為了買賣砂糖。先到寶信銀號，但苦於對方沒有辦法準備這樣多現金，只好先帶現金兩萬九千圓，加上在天津賣煤炭得來的四萬圓現金，交給三連兄，買了五袋180斤的白砂糖。本以為年末火車擁擠，想不到比想像中的空。十二點多到達天津，簡單地在合豐用過中餐後，帶元禧君到「明星」替朝華君整理財務。下午四點與三連兄造訪翁君，他抱著屜弱的病體仍能大力表達對合豐行嚴格的監查意見，讓人甚感佩服。下午五點在華北飯店，與吳三連、藍振德、陳火斐、楊子文、翁招榮，連同自己六人舉行股東大會(京屋君缺席)，討論業務報告、會計報告、監查報告、利益金處分方針、新股東加入問題、增資問題，晚上八點閉會。連同張秋海君一起共進晚餐，叫來八位舞者熱鬧熱鬧，邊喝邊聊一晚。晚上十點，在「明星」與饒君相見，討論「明星」、「新中央」的整合(出售)問題到近十二點。我實在不愛與他共事，對於他沒有教養的態度也無好感。雖然他也同意，但事情告一段落後反而覺得有點可惜，實在很想以「明星」當做事業活動的根據地，把這裡當成辭去交通公司後的活動舞台，對於出售給饒君一事這才感到後悔。三十四歲的青春到今晚為止告終。連明星都保不住，這真是不如意的一年。「明星」雖沒有多大的發展，但也好歹順利地走到這個地步。在「明星」骯髒的床上度過除夕，今年真是庸碌的一年。

## 1945年（民国34年）

### 1月1日　月

　　朝9時頃起床、早速元禧君と陳姐夫に別れて李金源君を彼の家に訪問し朝食をとった。目的は昨夜饒君に明星、新中央両戯院の売却取消と規定方針通商事務を設置し合作を奨める為である。12時沙兄を彼の家に訪問しそれから陳協理を訪問し公司の改組問題等を討議した。彼等二人の紹介で周実鎧を彼の家に訪問し時局談、物価問題等を語り合った。印象のよい人である。四人で一緒にビクトリヤで中食をとり15時近く迄語り合った。周氏が唐山工場長に就任方画策中なのである。16時金源宅を訪問、饒君を待ったが姿を見せず朝華君と色々劇場の経営方針に付語り合った。実に癪に障る饒君の行動である。幾度か憤激の情を抑へて来たが共に仕事をして行くべき柄ではない結論に達した。夕食朝華君、清棟姐夫、元禧等と御馳走になった。美味で特に魚翅の味を痛く郷土の味を満喫し故郷が非常に懐かしく思はれた。夜10時頃三連兄に新年挨拶し23時明星で朝華君、饒君三者の会議を開催し饒君の極めて不徳漢なるを知り終に合作に関する過去の一切の方針を放棄して再び売却することに逆転、午前8時迄会談の続行を打切って空しく引きあげ11万の投資を30万で売ることの悲しい結論に到達した。3日間余り寝て居ないので身体は綿の如くに疲れてゐた。

### 1月1日　星期一

　　早上九點起床後馬上告別元禧君與陳姊夫，前往李金源家拜訪、吃早餐。目的是要促他合作，請饒君取消出售「明星」、「新中央」兩戲院，以及設置規定方針的通商事務鼓勵合作。十二點造訪沙兄，之後訪問陳協理，與他討論公司改組的問題。透過他們兩人的介紹帶我造訪周實鎧，聊到時局與物價問題等等。我對這人印象很好。四人一起在「Victoria」吃中飯，聊到下午近三點。周先生在考慮就任唐山工場一職。下午四點到金源家等饒君，卻不見他出現，與朝華君聊了不少劇場的經營方針。饒君的行為實在礙眼。我已經隱忍許多次，但結論是沒辦法與這種性格的人共事。晚上朝華君、清棟姊夫、元禧等請吃晚餐。很美味，尤其是吃到魚翅，讓我體會到家鄉味，對故鄉非常懷念。晚上十

點與給三連兄拜年，晚上十一點在「明星」與朝華君、饒君三人開會，發現饒君為人毫無道義，不得不放棄關於合作等一切方針，重新回到出售問題，談到早上八點才暫告段落回家，最後結論是悲慘到把十一萬的投資用三十萬賣掉。三天沒睡覺，身體軟綿綿地，無力又疲憊。

### 1月2日　火

　　朝11時元禧君と金源君を訪問し今朝迄の株主会議の結論を報告し決裂の真にやむを得ざる由因を説いた。中食後合豊行に行き饒君の30万円の小切手を待ったが空しかった。三連兄と色々語り合ってから張秋海君、元禧君と三人で18時の急行で北京へ帰った。23時頃我が家へ着けば誰も居らず門番の不埒な態度から喧嘩し非常に不愉快だった。午前1時過漸く高華里の姉さんの家に辿りつき夕食をとった。何と不愉快な事の多い日であろう。

### 1月2日　星期二

　　早上十一點訪問元禧與金源，對他報告股東會議的結論，說明不得不決裂的原因。中飯過後到合豐行等饒君的三十萬圓支票，但沒等到。與三連兄聊了許多後，與張秋海君、元禧君等三人乘晚上六點的快車回北京。晚上十一點到家後，沒人在，門房態度惡劣，大吵一架，心情不愉快。過了一點總算到高華里的姊姊家去，用晚餐。真是不愉快的一天。

### 1月3日　水

　　非常に疲れてゐるので今日交通会社にも出社せず姐夫の宅を出て四舅の病気を案じ見舞に行かうとしたら京屋君と烈火君に会ひ色々事業計画を相談し結局200万の資本で福栄公司を改組し新会社を組織することにした。17時頃から烈火、宋維屏、呉姐夫と麻雀をやった。烈火君に夕食の御馳走になり23時近く迄麻雀をやったら天津から陳姐夫、保定から邱君が泊まりに来てゐた。

### 1月3日　星期三

　　今天很累沒去公司，本要去姊夫家探四舅的病，與京屋君與烈火君聊到事業計畫，結果決定拿兩百萬資金改組福榮公司，組織新公司。

下午五點開始與烈火君、宋維屏、吳姊夫等人玩麻將。被烈火君請吃晚餐，玩麻將玩到近十一點。天津來的陳姊夫與保定來的邱君來家住。

## 1月4日　木

今日初めて交通会社に出社した。11時頃啓新へ来、袁総理と色々語り合った。袁太々も来られ案外面白く色々な事を語り合った。16時小運送局へ三奈木主幹並秋山調査役を訪れ華北塩業後払の事情を聴取したる後市川理事と後払許可の可否を打合せた。夜陳姊夫と色々砂糖、其の他天津の事業を打合せた。

### 1月4日　星期四

今天終於來交通公司。十一點到啟新，與袁總理聊了許多。袁太太也來了，比想像中愉快地聊了很多。下午四點到小運送局拜訪三奈木主幹及秋山調查官，打聽華北鹽業事後付款的事，並與市川理事商量可否事後付款。晚上與陳姊夫討論到砂糖、及其他天津的事業等等。

## 1月5日　金

朝9時半袁総理、沙処長と商工課へ川上課長を訪問し新年の挨拶を兼ねて12月分の生産状況、出荷状況、石炭問題、資金問題、洋灰、農作物、バータ問題を語り合った。11時頃弁公処へ帰って啓新の改組問題を三人で語り合った。12時半頃中平大佐来訪、警備問題に付懇談、14時頃増礼君来訪開発機械の委託販売問題、□務問題を語り、16時頃趙明儀君来訪、同の収買問題を語り合った。16時半沙兄と工業銀行に劉董事と関科長に面会し会社の借金考慮方要請した。13時木村教官が熊野隊長を連れて挨拶に来た。夜淑英と芳賀次長を彼の家に訪問し交通会社の辞職問題を打明けた。

### 1月5日　星期五

早上九點半袁總理、沙處長到商工課拜訪川上課長，藉拜年討論十二月份的生產狀況、出貨狀況、煤炭問題、資金問題、水泥、農作物、貨物交換等問題。十一點回到辦公處，三人聊到啟新的改組問題。十二點半中平大佐來訪，討論警備問題。下午兩點增禮君來訪，討論開發機械的委託販售、□務問題，下午四點趙明儀君來訪，討論收買問

題。下午四點半與沙兄到工業銀行與劉董事與關科長會面，請他考慮借款給公司。木村教官帶熊野隊長來打招呼，晚上與淑英訪問芳賀次長家，告訴他要辭交通公司一事。

## 1月6日　土

　　15時中平大佐、趙明儀、山城昌昶三氏と屑鉄、銅収買下請に関し打合をなした。なかなか困難のやうだ。17時過朝倉主幹に呼ばれ運賃改正の話を持ち出され出来れば此の仕事をして辞めたい。夜沙兄と李董事を礼士胡同の彼の家に訪れ公司の腐敗振りと改革案を23時半迄語り合った。

## 1月6日　星期六

　　下午三點與中平大佐、趙明儀、山城昌昶三人討論請託購買鐵屑、銅一事，情況似乎很棘手。下午五點被朝倉主幹找去談運費更正一事，可以的話真想辭掉這工作。晚上與沙兄拜訪李董事在禮士胡同的家，聊公司的腐敗與改革案聊到十一點半。

## 1月7日　日

　　朝李董事、沙兄を帯同し六国飯店40号へ佐原局長を訪問し、華北交通の辞職に関し率直に相談した。出来れば非役で辞めたい。此の旨相談したが果してうまくいくかどうか疑問である。11時頃辞去し早速交通会社へ運賃改正案を塚田、木村両君と作成し24時近く帰宅した。嬌児が帰った後幸ひ楊小姐が家事手伝に今日来られ非常に助かったと思った。感じのよい女性で出来ればどこかへ職業を世話してやりたい。

## 1月7日　星期天

　　早上帶李董事、沙兄到六國飯店40號訪問佐原局長，認真討論辭去華北交通一職之事。可以的話真想辭掉不幹。但談到後來，真懷疑這事到底成不成。十一點告辭後馬上到交通公司與塚田、木村兩人一起弄運費更正案弄到晚上近十二點回家。嬌兒走了以後所幸楊小姐來幫助做家務，幫了許多忙。對這女孩印象很好，希望可以盡我所能幫她介紹個好工作。

1月8日　月

　　終日運賃改正案を作った。四案を朝倉、塚田、木村、菱川と一緒に夜23時頃迄かかって作り大体完成した。

1月8日　星期一

　　整日都在弄運費改正案。與朝倉、塚田、木村、菱川等一起動到半夜十一點，這才大概完成。

1月9日　火

　　貨物課員の其の他の応援を得て午前中かかって漸く完成した。14時半より佐原理事室で市川、平田各理事、佐藤経理局次長、土屋、平山、朝倉各主幹及び宮田主任出席し経理収支の説明と運賃改正案を説明した。そして第二案を改正する為今日も23時過迄居残夜業をやった。

1月9日　星期二

　　得到貨物課員其他的幫助，早上終於完成。下午兩點在佐原理事室説明經理收支與運費更正案，市川、平田各理事、佐藤經理局次長、土屋、平山、朝倉各主幹及宮田主任都出席。為了更正第二案，今天又是加班到半夜十一點多。

1月10日　水

　　14時工業銀行に於て平沼顧問付に会ひ啓新の5千万円借金の問題に付種々意見を交わした。16時より総裁室に於て佐原、市川、平田、加藤、西川各理事、芳賀、佐藤各次長、朝倉、土屋、平山各主幹及宮田主任と自分を入れて会社の収支説明と運賃改正案の説明がありエスカレーター式を採用する大体の結論に到達した。夜朝倉、塚田、木村、菱川、川口等と田園でお茶を飲み乍ら色々語りあった。帰れば陳姐夫が天津から帰り偶然烈火君から砂糖売買に関し紹介があったのでうまくかみ合わせて一もうけすることに決めたが果してうまく行くやら？？？

1月10日　星期三

　　下午兩點在工業銀行與平沼顧問見面，就啟新的五千萬借款交換各種意見。下午四點在總裁室，我與佐原、市川、平田、加藤、西川各理

事，芳賀、佐藤各次長，朝倉、土屋、平山各主幹，以及宮田主任，進行公司收支說明與運費改正案的說明，大概的結論是決定採漸進式。晚上與朝倉、塚田、木村、菱川、川口等在田園喝茶聊天。回家後陳姊夫自天津來，偶然從烈火君那裡聽到砂糖買賣，若是可以好好籌畫應該可以賺錢，但真的行得通嗎？

**1月11日　木**

14時石油統制協会へ上田配給課長を訪れ江原君にも会って啓新の油脂増配方要請した。17時より佐藤次長室に於て大使館交通課長、開発穴澤次長出席の下に運賃改正方針を色々討論した。今宵も23時近く迄夜勤した。

**1月11日　星期四**

下午兩點到石油統制協會拜訪上田配給課長，也與江原君會面，請他增加啟新的油脂配額。晚上五點，在佐藤次長室與大使館交通課長、開發穴澤次長就運費改正方針進行許多討論。今天又是忙到半夜近十一點。

**1月12日　金**

本日新たに運賃改正三案を作成し23時近く迄かかった。天津の300俵の砂糖は既に売出された後ときかされ痛く失望した。今日仲凱君に事業協力方の手紙を出した。

**1月12日　星期五**

今天忙到半夜十一點才完成新的運費改正三案。事後才聽到天津的300俵砂糖已被賣出，萬分失望。今天寫信給仲凱君，請他幫忙。

**1月13日　土**

数日来の疲れで今日は数字を何回も間違へた。本日大使館で首脳部集り運賃改正案を研討した。会社には15時以後さぼった。

**1月13日　星期六**

連日來的疲憊，今天弄數字出錯好幾次。今天在大使館幾位主管集合討論運費改正案，下午三點後翹班。

1月14日　日

　　本日休日出勤し改正案の整理をした。14時烈火君を訪れ事業の打ち合わせをやらうと思ったが汽車の手違いから駄目になり17時半逝去された郷友蔡暁山兄の葬儀に出席し彼の貧困救済として1千円の香典をやった。19時全聚徳に於て烈火君に烤鴨の御馳走になりそこで京屋を入れて三人で仕事を相談したが余り自分の提案を歓迎してくれず些か困惑した。

1月14日　星期日

　　今日放假，去公司整理改正案。下午兩點拜訪烈火君，想與他討論事業計畫，但錯過火車而未果，下午五點半出席鄉友蔡暁山兄的葬禮，準備一千圓奠儀濟助貧窮的他。晚上七點烈火君請我吃「全聚德」的烤鴨，京屋兄也來，三人聊到工作，但我的提案不受欣賞，讓人好生困擾。

1月15日　月

　　劉会長に約束の鉱炭開発参加株金6万円獲得の為□□売却方清海君に依頼したが解決出来ずに困った。今日も運賃改正で寸暇さへなかった。

1月15日　星期一

　　之前與劉會長約定參加礦炭開發可得股票六萬元，為了這事我請方清海君幫忙賣掉□□，但事情不順利，很煩惱。今天又為了運費改正一案，忙得不可開交。

1月16日　火

　　朝華君来訪、明星、新中央両劇場売却交渉の顛末を聴取し非常に失望した。此の金は近い中に入ってくる見込みは更にない。今日も運賃改正案で多忙な一日を過し例に依り23時過迄夜勤した。漸く17時の重役会議で社儀が決定した。

1月16日　星期二

　　朝華君來訪，聽他講「明星」、「新中央」劇場買賣交涉的始末，我感到相當失望。看來這筆錢短時間之內是不會到手了。今天又為了運

費改正案忙碌一整天，照例工作到晚上十一點多。下午五點的重要幹部
會議終於決定社儀。

1月17日　水

　　16時より大使館交通部長室に於て経済部長、財政部長、開発交
通部長等多数出席の下に運賃改正案の説明をしたが何等結論なく痛く
失望した。当方よりは佐原局長等自分を入れて六人出席した。

1月17日　星期三

　　下午四點在大使館交通部長室，在經濟部長、財政部長、開發交通
部長等多位列席下，說明運費改正案，但得不到結論，讓人很失望，我
方也派了我與佐原局長等六人出席。

1月18日　木

　　運賃改正案を大体に纏めあげたので今日から夜勤を止めた。夜中
平大佐に貰った切符で大学生の冬季賑捐演芸大会に楊小姐と参加した
"家"と云ふ演題で玄人よりうまくやり実に印象深かった。20時德国飯
店45号で沙兄が彼の恋人楊小姐？とのラブシーンに呼ばれ色々公司
の機構改革等を協議した。

1月18日　星期四

　　運費改正案大抵完成，今天開始不用再晚上加班。晚上拿著中平大
佐給的票去大學生的冬季賑捐演劇大會，楊小姐也參加其中「家」的演
出，演技比專業演員還好，讓人印象深刻。晚上八點在德國飯店45號
撞見沙兄與他的愛人楊小姐(?)幽會，被沙兄叫住，協議公司的機構改
革等。

1月19日　金

　　朝工業銀行へ生沼氏に会ひ啓新の５千万円借金に付色々説明し一
緒に聯銀へ行かうかと思ったが聯銀の都合で延期になった。序いでに
朝華宅に立ち寄り明星の解決進捗振りを伺ったが失望するばかりであ
る。午後会社へ出たら運賃改正案が駄目になり実施も3月1日に延期
になった旨きかされ非常に失望した。何等か一切の疲労が一時に迫っ

て来たやうな感じがする。

### 1月19日　星期五

　　早上到工業銀行與生沼氏見面，針對啟新的五千萬圓借款進行說明，本想一起到聯銀，但因聯銀那邊不方便而延期。順道拜訪朝華，打聽「明星」的解決進展，但結果讓人失望不已。下午到公司，聽到運費改正案沒通過，決定延到3月1日實施，讓人非常頹喪。一時之間，覺得所有的疲憊全湧上來。

### 1月20日　土

　　14時半工業銀行へ生沼氏を訪れ一緒に聯銀へ大江、大沢、小松三君に啓新5千万円借金の理由を説明に行った。皆面白い方ばかりで気をよくした。16時半烈火君を訪れたが皆麻雀をやってゐたので事業の相談も出来ず呉姐夫宅へ寄ってすぐ帰宅した。今日三連兄から陳姐夫行方不明で砂糖の受渡に付困ってゐる旨電話がかかり非常に不安である。

### 1月20日　星期六

　　下午兩點半到工業銀行訪問生沼，一起到聯銀對大江、大澤、小松三人說明啟新借貸五千萬圓的理由。這些人都很有趣，讓人心情很好。下午四點半拜訪烈火君，但大家都在打麻將，沒辦法談事情，去找吳姐夫後就馬上回家。今天接到三連兄電話，說陳姐夫行蹤成謎，對無法進行砂糖收授一事感到困擾，我聽到後覺得非常不安。

### 1月21日　日

　　朝10時公司の自動車で淑英等をつれ高華里の姉さんの家を訪れた。12時頃近呉姐夫、宋維屏等と烈火君宅を訪れ京屋君を入れて5人で事業計画を打合せようとしたが生憎我軍兄と星賢君が来てゐた。13時頃から始まり中食後更に続行したが自分が福栄公司を主体として商事部を設けそして福栄を通じて船舶運営業と明星へ投資する綜合経営方策を主張したが案外京屋君、烈火君、宋君何れも賛同してくれず非常に失望した。どうも自分は京屋の気持ちが分らない。更に研究することに一応留保したが実質上は彼等と相談を打切り別途の道を歩

むことを決心した。18時頃悩みも深く姉さんの家に引上げ傷つけられし心を慰むべく洪太太、周寿源、宋太太と麻雀をやった。夜姉さんの家で宴会に呼ばれ一清、京屋、烈火、星賢、炎秋、寿源等15、6人来てゐた。……

**1月21日　星期日**

　　早上十點帶淑英等搭公司的車造訪高華里的姊姊家。近十二點與吳姊夫、宋維屏等拜訪烈火君、連同京屋君五人討論工作計畫一事，但不巧我軍兄與星賢君都來了。下午一點開始，吃過中飯後也繼續討論，我主張綜合經營方針，要以福榮公司為主設立商事部，並透過福榮對船舶營運業與「明星」進行投資，但意外地京屋君、烈火君、宋君沒一人贊同，讓人很失望。我怎麼也無法理解京屋君的心意。後決定暫且保留，日後再做研究，但我決定不再與他們討論，另覓良方。晚上六點憂心忡忡地回到姊姊家，因打擊過大想要放鬆心情，而與洪太太、周壽源、宋太太玩麻將。晚上姊姊家設宴，一清、京屋、烈火、星賢、炎秋、壽源等來了十五、六人。……

**1月22日　月**

　　昨夜姉さんの家にとまったが事業計画が考へ通りいかないせいか殆どまんぢりもせず今日は非常に疲労しきった。13時半一清君と炎秋兄が啓新へ来られ製薬工場の設立打合せに来た。自分は事業計画を発表し一清君はすぐ同意して非常に愉快だった。彼が百万円投資するので非常に気を強くした。若し順調に進捗したら自分の考へが其の侭実現出来るのではなからうかと今から大きな期待をもってゐる。

**1月22日　星期一**

　　昨天在姊姊家過夜。但事業計畫未如預期順利，讓我一整晚都不得眠，今天感覺非常疲累。下午一點半一清君與炎秋兄來啟新討論設立製藥工廠一事。我發表我的事業計畫，一清君馬上就同意，讓人非常高興。他願意投資百萬圓，著實振奮人心。若進展順利，我的想法便得以順利實現，真令人期待不已。

## 1月23日　火

　　11時頃沙兄と大使館金融課へ中原氏を訪れ啓新5千万円の借金事情を具さに説明した。それから川上商工課長と資金問題其の他で色々語り合った。東亜楼で沙兄に楊小姐と一緒に御馳走になった。非常に美味しく食べられた。夜光陸へ「セルビヤ軽音楽団」を見に行った。軽い感傷もあったが詰らなかった。

### 1月23日　星期二

　　上午十一點與沙兄前往大使館金融課拜訪中原氏，具體說明啟新借款五千萬一事。之後與川上商工課長談論資金及許多其他問題。在「東亞樓」與楊小姐一起被沙兄請客。吃得非常美味。晚上到「光陸」聽「塞爾維亞輕音樂團」。雖帶點感傷，但無趣。

## 1月24日　水

　　11時沙兄と工銀で劉董事、生沼氏に会ひ大使館に於て中原氏との会見顛末を精しく説明した。それから一緒に聯銀へ張管理局副局長を訪ね援助方要請した。17時半呉姐夫来訪色々事業計画を懇談した結果大体意見一致し順調に運びやしないかと思ふ。夜岡田中尉に来て貰ひ洋灰数量、売価に関し懇談し更に計画中の製薬工場に付軍医部の人を紹介方お願ひした。

### 1月24日　星期四

　　十一點與沙兄到工銀與劉董事、生沼氏見面，詳細說明在大使館與中原氏會面的始末。之後一起到聯銀拜訪張管理局副局長，請求援助。晚上五點半吳姊夫來訪，商量許多事業計畫，結果大體上意見一致，我想應該會順利進行。晚上請來岡田中尉討論水泥數量與賣價，更就計畫中的製藥工廠一事請他介紹軍醫部的人。

## 1月25日　木

　　朝工業銀行の生沼氏が弁公処へ来訪、啓新の借金に付色々と調査懇談した。午後交通会社へ出社新しく設立される日華環海航運公司の定款を作成中アメリカ機Ｐ51がやって来悠々と1時間近く偵察して帰ったが其の間友軍機一つ飛び上がらず実に情けなく思った。

1月25日　星期四

　　早上工業銀行的生沼氏來訪辦公處，懇談啟新的借款與相關調查。下午到交通公司，處理新成立的日華環海航運公司的章程時，美軍P51飛機飛來，在天上偵察盤旋一小時後離開，這期間看不到一架友機飛上天，覺得實在丟臉。

1月26日　金

　　朝石炭運賃のプール制に付市川開発監理部第一課長、田村課員、佐藤交通課長と色々懇談した結果頗る賛同を得た。中食後葦蓆公司へ呉姐夫を訪れ海運運送業の進行に付色々打合せた。夜越智大尉を訪れたが来客の□す帰った。

1月26日　星期五

　　早上針對煤炭運費累計制與市川開發監理部第一課長、田村課員、佐藤交通課長商量許多，結果頗得贊同。中飯過後到葦蓆公司找吳姊夫，討論海運運送業的進行。晚上越智大尉來訪，但別有來客，遂歸。

1月27日　土

　　朝弁公処にて生沼氏と会ひ啓新借款に付色々懇談した。今日から石炭プール運賃制の案に着手した。17時頃経理局の支出案が完成したので佐藤次長室で簡単な説明をきいた。

1月27日　星期六

　　早上在辦公處與生沼氏見面，懇談啟新借款一事。今天開始著手處理煤炭運費累計制一案。下午五點完成經理局的支出案，到佐藤次長室簡單說明。

1月28日　日

　　朝11時田村副総裁室に於て田村、佐原、市川各理事、佐藤次長、朝倉、平山各主幹出席の上、会社経費の説明をきいた。14時塙中佐、木原嘱託、飯田、西野入、池田、呉姐夫、沙処長を家に招待し船舶運営に関する具体的促進方を協議し15時より17時頃迄色々語り合った。夜川上課長に対する礼品の事で弁公処へ来、沙処長と色々公

司の事を語り合った。

1月28日　星期日

　　早上十一點在田村副總裁室，聽公司經費說明，田村、佐原、市川各理事、佐藤次長、朝倉、平山各主幹皆出席。下午兩點在家招待塙中佐、木原囑託、飯田、西野入、池田、吳姊夫、沙處長，協議船舶營運相關具體促進方案。從下午三點開始到五點，聊了許多。晚上為了川上課長送禮一事來辦公處，與沙處長聊了許多公司的事。

1月29日　月

　　今日運賃改正案を色々協議した。夜一清君宅にて御馳走になった。船舶問題に付協議する積りだったが沢山の客が来て駄目だった。宴後牌九をやった。

1月29日　星期一

　　今天就運費改正案進行許多協議。晚上受邀到一清君家吃晚餐。本打算就船舶問題進行協議，無奈客人過多作罷。宴後玩牌九。

1月30日　火

　　本日17時より総裁室に於て運賃改正に関する会議を開催し何等結論がなかった。18時頃より啓新にて業務会議を開催し起案方式の改善を中心として討議した。今日14時劉技師が些細な事から自分に口論したので彼に辞職を命じた。

1月30日　星期二

　　今天下午五點開始，在總裁室舉行運費改正會議，但沒有結論。晚上八點在啟新召開業務會議，就改善起案方式為中心進行討論。今天下午兩點劉技師為瑣事與我爭辯，我命他辭職。

1月31日　水

　　三家店の事で坂本課長に本社へ来るやう云って置いたがなかなか来られず当惑した。夜一清君来訪事業の進行に付色々打合せたが極めて満足の結果に到達した。唯心配であるのは船舶の問題で之が果してうまく解決し理想通運営出来るや否やに就ては疑問である。一つは

京屋、烈火君に対する意地からしても是非立派な会社を組織して見たい。

**1月31日　星期三**

　　為了三家店的事請坂本課長來總公司一趟，但他老是不來讓我很困擾。晚上一清君來訪，就事業進行許多討論事，結果讓人相當滿意。唯獨擔心船舶問題能否順利解決以達到理想中的營運狀況，這仍是個疑問。另外，為了讓京屋、烈火君刮目相看，我一定要組織出一個完美的公司。

**2月1日　木**

　　午後劉謨文君来訪し貨車配給交渉の経過を色々きいた。彼に対し三家店加入の3万円の資本を手交し9万円の領収証を貰った。洪炎秋君来訪し色々製薬工場の創設を打合せ新たに事業計画を相談した。18時呉姐夫来訪、船舶に宋維屏君の加入に関し申入れてきた。それを出来れば断りたいと思った。今日袁総理来京、一緒に弁公処で中食をとり夜色々雑談を交した。

**2月1日　星期四**

　　下午劉謨文來訪，聽他講述交涉貨車配給的經過。我給他加入三家店的三萬圓資金，從他那邊拿到九萬圓的收據。洪炎秋君來訪，討論設置製藥工廠與新的事業計畫。晚上六點吳姐夫來訪，提到宋維屏加入船舶事業一事。我不想答應。今天袁總理來北京，一起在辦公處用午餐，夜裡閒聊許多。

**2月2日　金**

　　10時頃三連兄天津より来京、会社で色々砂糖等に対する天津の商況と陳姐夫の不しだらな行為をきかされた。11時鉄鋼販売会社に北原課長、中西主任、平木、佐藤各担当者を訪れ75瓲の銑鉄引渡方促進したが案外深く感情を害してみたがうまく説き伏せて帰った。それから石油統制協会へ上田課長を訪れ19年度の追加配給を促進した。夜三原情報課長夫妻、蘆原夫妻、沢田大尉、岡田中尉、袁総理、沙処長を家に招待し一夜の歓を尽した。

## 2月2日　星期五

早上十點三連兄自天津來北京，在公司聽他說天津砂糖的營運狀況與陳姊夫的風流行徑。十一點到鋼鐵販賣公司訪問北原課長、中西主任、平木、佐藤各負責人，請他們幫忙75噸的生鐵引渡案，意外引起他們不快，努力安撫他們後離開。之後到石油統制協會拜訪上田課長，請他幫忙追加19年度的配給。晚上在家招待三原情報課長夫妻、蘆原夫妻、澤田大尉、岡田中尉、袁總理、沙處長，享受歡樂的一晚。

## 2月3日　土

利通飯店が昨夜焼けて貨物一同全部援助に行った。13時北京飯店で三連兄と京屋君に御馳走になり夜三井の今井支店長、秋山課長、藤木参事、青木課長等を弁公処に招待し愉快に飲んだ。

## 2月3日　星期六

利通飯店昨天失火，貨物課一行人全去幫忙。下午一點在北京飯店被三連兄與京屋君請吃飯，晚上在辦公處招待三井的今井支店長、秋山課長、藤木參事、青木課長等，喝得盡興。

## 2月4日　日

朝10時10分の汽車で三連兄、京屋君、星賢君等と天津へ行かうかと思ったが運休の為14時50分の急行にかへた。中食全聚徳で京屋君に御馳走になり一清兄を同伴して行く筈だったが駄目だった。天津着後先づ合豊の株主会議を藍局長の家でやるので行ったが既に時間遅く明日に延期することとして北京一行に子文、甲斐、郭所長、洪、梁等13人で立春の宵を藍宅の美味な招宴に飲みほした。

## 2月4日　星期日

早上十點十分本要與三連兄、京屋君、星賢君等搭車至天津，但火車沒開，改乘下午兩點五十分的快車。中午在「全聚德」被京屋君請吃飯，一清兄本來也要去，後來作罷。到天津後先到藍局長家開合豐的股東會議，但後來時間過晚，延至明天。我們這一行北京來的，與子文、甲斐、郭所長、洪、梁等十三人在藍局長家享受佳餚美酒，度過一夜良宵。

## 2月5日　月

　　11時明星で株主総会を開催する約束なのに饒君来られず朝華君と会って其の侭啓新本社へ陳協理に会ひ専用側線問題、其の他色々意見を交はし公司で中食をとった。14時合豊を訪れそれから金源兄を訪れ17時より新中央で朝華、饒君と劇場の処理方に関する打合をやった。70万円で売却するべく捺印を強ひたが彼は席を去った。結局20時半の遅れた興亜に乗って帰宅した。

## 2月5日　星期一

　　早上十一點原本預定在「明星」召開股東大會，但饒君沒出現，見過朝華君後就回到啟新本社與陳協理見面，就專用支線問題及其他交換許多意見，中午在公司用中餐。下午兩點造訪合豐，之後拜訪金源兄，下午五點起在「新中央」與朝華、饒君討論劇場處理方式。強迫他出價70萬，他當場拂袖而去。晚上八點半搭誤點的「興亞」回家。

## 2月6日　火

　　昨日大使館部長会議にて運賃改正案が決定され今日其の案の作成に着手した。中食鉄鋼販売会社の江川常務、北原課長、平木、佐藤等を弁公処に招待し銑鉄75瓲の配給を謝し更に色々語り合った。夜劉技師を首にする問題で沙処長と激論した。

## 2月6日　星期二

　　昨天大使館部長會議決定運費改正案，今天開始著手進行。中餐招待鋼鐵販賣會社的江川常務、北原課長、平木、佐藤等，感謝他們配給生鐵75噸，聊了許多事。晚上就辭退劉技師一事，與沙處長激辯一番。

## 2月7日　水

　　夜朗兄来訪、袁総理も見えて色々雑談を交わした。特に朗君から社会の裏面史を面白く聞かされた。

## 2月7日　星期三

　　夜裡朗兄來訪，還有袁總理也來了，閒聊到許多事。特別是從朗君那裡聽到社會諸多秘史，很有趣。

2月8日　木

　　本日大使館へ萩原調査官に運賃改正の説明をやった。夜洪炎秋兄が来訪、新公司の組織と呉姐夫のあき足らぬ態度を色々語り合ひ更に沙処長と三人で仏教を論じ合った。炎秋兄と弁公処で夕食をとった。

2月8日　星期四

　　今天到大使館跟萩原調查官說明運費改正一事。晚上洪炎秋兄來訪，聊到新公司的組織與呉姐夫貪得無厭的行徑，更與沙處長三人談到佛教問題。與炎秋兄在辦公室用晚餐。

2月9日　金

　　15時工銀石川顧問に啓新の5千万円借款に付約1時間半に亘り説明し了解を求めた。それから呉姐夫宅へ行ったが羅仲屏兄が南京から来られたのですぐ弁公処に引返し江南水泥の問題を色々語って沙君、逸仙と四人で什刹海の烤肉季にて烤肉を美味しく食べた。

2月9日　星期五

　　下午三點對工銀的石川顧問說明啟新的五千萬借款，花了一小時半請求他的了解。之後呉姐夫來訪，但因羅仲屏自南京來，我馬上返回辦公處與他討論江南水泥的問題，後與沙君、逸仙四人在什刹海的烤肉季中享用美味的烤肉。

2月10日　土

　　12時軽金属会社で沙君と南京から来られた島大使館書記官、綾部理事、伊藤軽金秘書課長等と江南水泥の問題を語り合ひ中食徳国飯店で軽金側に御馳走になった。沙兄は明日帰津するので夕食後色々事務打合を為し特に総事務所に業務企画委員会を作るべく案を渡した

2月10日　星期六

　　十二點在輕金屬公司與沙君一起和自南京來的島大使館書記官、綾部理事、伊藤輕金秘書課長等，討論江南水泥的問題，中午被輕金的人請客，在德國飯店用餐。沙兄明日回津，晚餐後討論許多公事，特別是將成立總事務所的業務企畫委員會一案交付給他。

2月11日　日

　　朝12時会社へ出たが何等仕事をせず中食羅仲屛君、玉燕さん、淑英、瑪莉、璃莉、宗仁等と弁公処でとった。結婚七周年記念日である。食後羅君と色々江南水泥問題を報告しそれから琉璃廠へ掛図を買ひに行ったが高くて手つけられず空しく帰った。弁公処で夕食後淑英、玉燕、元禧三人を連れて雅叙園へ行き21時から23時迄ブランデーを飲み音楽をきいた。玉燕に対しては淡き寂寞を、淑英に対しては変らざる愛を感じつつ錯雑せる感情の中に一夜を明した。

2月11日　星期日

　　中午十二點前往公司，但無事可做，中午與羅仲屛君、玉燕、淑英、瑪莉、璃莉、宗仁等在辦公處一同用餐。今天是結婚七周年紀念日。飯後告訴羅君許多江南水泥問題，之後到琉璃廠買掛圖，但貴得買不下手，空手而歸。在辦公處用過晚餐後，帶淑英、玉燕、元禧三人到「雅敍園」，從九點邊喝白蘭地邊聽音樂到十一點。我感到自己對玉燕仍有淡淡情懷、但對淑英的愛意卻也未曾改變，在這錯縱複雜的思緒中度過一夜。

2月12日　月

　　旧正の大晦日である。運賃改正決裁文書の起案に多忙な一日を過した。12時頃池田華陽君来社、15日東上する旅費として6千円貸した。夜四舅、元龍、玉燕に池田君並彼の義弟曽君を家に呼び一家団欒して囲爐し御馳走を食べた。宴後元禧君も参加しトランプをやり夜半3時過になる迄打ち興じた。何とかして玉燕さんの心を慰めたいのが主な目的である。

2月12日　星期一

　　今天是舊曆年的除夕夜。在擬定運費改正仲裁文書中度過繁忙的一天。中午十二點池田華陽君來公司，借他十五日東行的旅費六千圓。晚上把四舅、元龍、玉燕，以及池田君與他的妻舅曽君找來家裡，一家圓圓圍爐，享用晚餐。飯後元禧也加入一起打撲克牌，玩到半夜三點才盡興。今天主要目的是想安慰玉燕一番。

## 2月13日　火

旧正の元旦である。店舗休日のせいか静かな正月である。今日も出社し運賃改正案の持回り決裁を取ってしまった。退社後我軍兄に招待されたので洪炎秋君のところへ拝年しそれから行った。招かれた人何れも気持ちの悪い人ばかりである。宴後謝化飛、洪某、周寿源君と麻雀をやったが生まれて初めてこんなに大敗し3万円敗けた。非常に後悔すると共に我軍兄とのつき合は常に魔がついてゐるやうな気がする。徹夜迄して非常な疲労を覚えた。

## 2月13日　星期二

今天是舊曆年的元旦，不知是否因休市的緣故，真是個安静的新年。今天也到公司決定運費改正案。離開公司後被我軍兄邀請，故到洪炎秋家拜完年後就到我軍家。但他找來的盡是些討厭的人。會後與謝化飛、洪某、周壽源等打麻將，但生平頭一次輸這麼多，大敗三萬圓。後悔之餘，覺得與我軍兄交往經常碰到不順的事。打牌徹夜覺得十分勞累。

## 2月14日　水

今日石炭軍一〔均一〕運賃設定案で多忙な一日を送った。夜大成医院の廖君に招待され淑英と一緒に御馳走になった。身心共に疲れてゐるので宴後すぐ帰って寝た。

## 2月14日　星期三

今天為煤炭軍一〔均一〕運費設定案忙了一天。晚上被大成醫院的廖君招待，與淑英一同前往用餐。身心俱疲，飯後早早告辭回家。

## 2月15日　木

佐原理事、朝倉主幹等は今日蒙古に向ひ運賃改正の認可申請で発った。中食基椿君と呉姐夫が来、弁公処でとった。呉姐夫と色々船舶運営に付打合をしたが何時も余り愉快ではない。夜玉燕、陳姐夫、元禧君等を家に招待して夕食を共にした。玉燕に正月の小遣として一千円やった。

## 2月15日　星期四

今天佐原理事、朝倉主幹等為運費改正的許可申請，出發前往蒙古。中午基椿君與吳姊夫來找，在辦公處共進中餐。與吳姊夫討論船舶營運，但氣氛不是很愉快。晚上找玉燕、陳姊夫、元禧君來家裡共進晚餐。給了玉燕一千塊錢做為新年零用錢。

## 2月16日　金

夜呉姐夫に招待され京屋、烈火、宋維屏等と一緒に御馳走になった。宴後例の中日航運社設立に付京屋、烈火、宋樹庭、呉姐夫と一緒に討議し余り愉快ではなかった。どうも此の事業は呉姐夫の頑迷な態度から始めより不愉快な□□く果して理想通り行けるかどうか真に覚束ない。夜半1時迄かかりそれから京屋、烈火、樹庭君に誘はれるままに麻雀をやり夜半4時ごろ帰宅した。

## 2月16日　星期五

晚上被吳姊夫招待，與京屋、烈火、宋維屏等一同用餐。飯後與京屋、烈火、宋樹庭、吳姊夫等一同討論中日航運社設立一事，不很愉快。這事都怪吳姊夫冥頑不靈的態度，氣氛才會如此糟糕，真不知道能否如預期般順利。談到半夜一點，之後被京屋、烈火、樹庭君找去打麻將打到半夜四點回家。

## 2月17日　土

非常に疲れてゐる。朝張家から運賃改正案が駄目になったときかされ非常に失望したが午後通過したとの事で一安心した。夜斉藤竹次郎、池田、呉姐夫と三人で中日航運社の設立に付打合をなし円満解決し愉快だった。弁公処で□□協会の石田主事以下4、5名招待し一緒に20時頃迄飲んだが非常に疲れてゐるので帰り早く就寝した。

## 2月17日　星期六

疲憊至極。早上從張家處聽到運費改正案沒通過的事，非常失望，但到了下午就聽到通過的消息，總算可以暫時安心。晚上與齊藤竹次郎、池田、吳姊夫等三人，針對中日航運社設立一事進行討論，結果圓滿解決，真高興。在辦公處招待□□協會的石田主事以下四、五名人

員，喝到晚上八點，但實在累，早早回家就寢。

## 2月18日　日

　　朝淑英、元禧、子供達を連れて太廟と中央公園を散策した。晩冬の青空よく晴れて人跡尠く実に爽やかである。中食弁公処でとった。16時李立夫科長弁公処に来訪、子供の救出方に付語り合った。17時頃越智大尉来訪、弁公処で一緒に飲んでから雅叙園で京屋君に御馳走になり23時迄実に愉快に飲んだ。呼んで来た女も韓、何、安、白、田、劉、張の七小姐で実に面白く人生を謳歌し特に越智大尉とは本当にくだけて弦月の道を車にも乗らず人としての義理を語り合って帰った。

### 2月18日　星期日

　　早上帶淑英、元禧、孩子們到太廟與中央公園散步。晚冬的藍天晴朗，人煙稀少，神清氣爽。中餐在辦公室用餐。下午四點李立夫科長造訪辦公處，討論救出孩子一事。下午五點越智大尉來訪，在辦公處一起飲酒，之後到「雅敘園」接受京屋君招待，喝到晚上十一點實在愉快。叫來韓、何、安、白、田、劉、張等七名女子，有趣到覺得人生真是美好。後來沒搭車，與越智大尉在新月的夜裡邊談論人生道理邊踏上歸途。

## 2月19日　月

　　今日朝倉主幹は16時頃蒙古から帰り運賃改正が可成難関に逢着しある経過をきいた。夜沙、王仲岑、羅仲屏、逸仙四人を家に招待し新年宴会をやった。和やかな空気の中に母を中心に睦まじく語り合った。唯どうも母が淑英に対する誤解から相変らず些やかな家庭の平和が保てず実に心を病んだ。

### 2月19日　星期一

　　今天下午四點朝倉主幹自蒙古回來，聽他說運費改正案遭逢難關的經過。晚上邀請沙、王仲岑、羅仲屏、逸仙等四人到家裡參加新年宴會。和諧的氣氛中與母親平和地閒聊。唯獨母親對淑英的成見難消，實在擔心家中不得安寧。

## 2月20日　火

夜周寿源君に招待され上海からきた陳有徳君と会ふべく行った。二テーブルで沢山牌九を弄ぶ常連が来てゐた。陳君に対しては不思議に懐かしさが感じられない。宴後遊ぶまいと思った牌九を少しやって早速帰った。

## 2月20日　星期二

晚上被周壽源君招待，前往與自上海來的陳有德會面。二桌有不少玩牌九的熟面孔。不可思議的是對陳君沒有甚麼特別想念的感覺。宴後不想玩樂，打了些許牌九後就早早回家。

## 2月21日　水

18時頃一清、炎秋両兄弁公処に来訪し例の公司設立の打合をやった。夜華北窒素肥料の吹田科長以下を招待し弁公処で飲んだ。非常に疲れてゐるので早く切りあげて帰った。

## 2月21日　星期三

下午六點，一清、炎秋兄造訪辦公處，討論公司設立一事。晚上招待華北氮肥料的吹田科長來辦公處飲酒。十分疲憊早早回家。

## 2月22日　木

本日石炭運賃料金均一制の画期的な運賃改正案の決裁を終了した。夜炎秋兄に招待され幼呈と一緒に御馳走になった。例の牌九を弄ぶ常連が群がり処狭き迄に密集してゐた。24時頃切り上げて帰った。

## 2月22日　星期四

今天煤炭運費均一制的突破性運費改正案裁決終了。晚上炎秋兄招待我，與幼呈一起吃飯。照例又是一群玩牌九的熟面孔，擠得水洩不通。晚上十二點告辭回家。

## 2月23日　金

運賃改正は本日も見透しつかず憂鬱である。啓新では劉技師の一件で快からず家では母と淑英が衝突して感情面白からずこれらのメラ

ンコリーを一助すると共に上海から来た陳有徳君を歓迎する為炎秋、我軍、三連、京屋、烈火、一清、劉兄弟、梁、頼、宋、呉姐夫、陳姐夫、周寿源、楊(領事館)を家に招待し賑やかに騒いだ。宴後例に依り牌九をやり周君が非常な大敗をしてゐたので彼を気の毒に思ひ徹夜して彼の回復を祈ったが沈み行くばかりである。彼に非常に同情すると共に牌九を憎んだ。

## 2月23日　星期五

運費改正案到今天還沒消息，讓人憂慮。在啟新因劉技師一事大感不快，回到家母親又與淑英起衝突，實在不耐，為了消除憂鬱的氣氛，並為歡迎陳有德自上海來訪，邀請炎秋、我軍、三連、京屋、烈火、一清、劉兄弟、梁、頼、宋、呉姐夫、陳姐夫、周壽源、楊(領事館)等來家裡熱鬧一番。飯後照例打牌九，周君大輸，對他感到同情，為他經夜祈禱希望可以扳回一成，但仍是一敗塗地，對他同情之餘也憎恨起牌九來。

## 2月24日　土

本日漸く政務委員会、軍、大使館、開発に申請書を提出した。然し運賃改正の認可に対する見透しは皆目分らずやはり今日も当惑しつづけた。18時綾部理事と山内局長来訪、仲屏、沙、幼呈、仲岑と共に江南問題の解決方策を研討し、夜荻華里で一緒に夕食をとった。

## 2月24日　星期六

今天終於向政務委員會、軍、大使館、開發提出申請書，但運費改正許可一事的前景仍然渾沌，又是困擾的一天。晚上六點綾部理事與山內局長來訪，與仲屏、沙、幼呈、仲岑一起研討江南問題的解決方法，晚上在荻華里同進晚餐。

## 2月25日　日

12時頃弁公処に出勤、本日の採用試験を施行する為である。全部で8人其の内蒲、謝、鄭三人の採用を内定した。18時頃越智大尉来訪、袁総理も来られ暫らくして何春、韓世珍両小姐来られ袁総理に重要業務報告後越智、何、韓と三人で京屋君を訪れて御馳走になった。

我軍、三連、賴、趙、毛各君が来て久しぶりに何小姐とダンスをやり越智と飲み語り歌った。

### 2月25日　星期日

　　中午十二點到辦公處，今天是新社員的招考日。全部有八名，其中內定採用蒲、謝、鄭等三人。晚上六點越智大尉來訪，袁總理也來了，不久後何春、韓世珍兩位小姐也來。對袁總理報告重要業務後，與越智、何、韓三人造訪京屋君，被他請了一頓。我軍、三連、賴、趙、毛等人也來。

### 2月26日　月

　　本日漸く参謀部より運賃改正は大体宜しいとの事、佐原理事と朝倉主幹は太原向出発し山西説得使として派遣された。政務委員会では本日会議の結果満場一致で可決承認、蒙疆も3月1日より実施して可なる旨電話があった。大いに気をよくした。今日一日新聞掲載案を起草した。夜三連兄に招待され周和居にて南鵬、華英、炎秋、一清、我軍、星賢、深切、京屋等と御馳走になった。

### 2月26日　星期一

　　今天終於從參謀部得知運費改正一事大體上完成，佐原理事與朝倉主幹以山西說客的身分派往太原。接到電話，得知政務委員會的本日會議結果獲得滿場一致的認同，得到許可，自三月一日起蒙疆地區也可實施。真是大快人心。今天起草新聞刊登一事。晚上被三連兄招待，在「周和居」與南鵬、華英、炎秋、一清、我軍、星賢、深切、京屋等共進晚餐。

### 2月27日　火

　　9時半出勤して新聞掲載案を片づけてから袁総理、沙処長と吉野経理部長に面会しバケットチェンと石炭の二つの問題をさげて援助方要請した。その足で大使館へ萩原調査官と運賃改正の新聞発表方法に付協議し中食は弁公処で袁総理、金場長迎へて旧暦の新年宴会をやった。16時記者団を引見し発表しようとしたら総裁に止められくしゃくしゃしてゐるところへ松井君に会ひ公報の事から口論し実に不愉快

な喧嘩をした。昨日も今日も叱られ通しで本当に不愉快な事ばかり続くと自分の修養の足りないのを嘆く。

**2月27日　星期二**

　　早上九點半到公司整理新聞刊載一事，之後與袁總理、沙處長、吉野經理部長會面，提到輸送帶與煤炭兩問題，請他們幫忙。之後又跑一趟大使館，就運費改正的新聞發表方法與荻原調查官進行協議，中午在辦公處為歡迎袁總理與金場長，舉辦舊曆新年會。下午四點本想接見記者團發表，但被總裁制止，心情不佳地去找松井君，就發公報一事爭論，實在是吵得很不愉快。昨天被罵，今天也被罵，身邊淨是惱人的事，大嘆自己修養不足。


**2月28日　水**

　　終日軍需運賃改正の問題で野鉄、星川大尉、大本参謀等と交渉し、午後は平山主幹と方面軍主形課へ田中中尉等と懇談した結果漸く3月1日から改正する事を認可した。夜烈火、樹庭両君に招待され同郷多数と御馳走になった。……

**2月28日　星期三**

　　一整天為了軍需運費改正問題與野鐵、星川大尉、大本參謀等交涉，晚上與平山主幹到方面軍主形課與田中中尉懇談，結果終於同意自三月一日開始改定。晚上被烈火、樹庭兩君招待，與許多同鄉一起吃晚餐。……


**3月1日　木**

　　今日から運賃改正が実施され其の前後処置に可成多忙を極めた。運賃改正の物価に対する影響の問題で午後佐藤次長室に於て関係者集り協議した。夜南海荘に於て運賃改正の苦労をねぎらはす為に宴を張り課内8人夜の更け行くも知らずに飲み且語り合った。主して木村君の壮行会の為である。

**3月1日　星期四**

　　今天起運費改正案開始實施，為了前置與後續作業忙得昏天暗地。下午就運費改正引起的物價影響問題，在佐藤次長室召集關係人進行協

調。晚上為慰勞運費改正的辛勞，在「南海莊」設宴，課內八人不知不覺地邊喝邊聊到夜深。主要是為了木村君的送行會。

### 3月2日　金

今日佐原主幹等一行太原から帰って来た。忙しさも過ぎてほっと一息ついた。11時から石油統制協会へ村尾理事長、上田課長、江原君と油類の追配方要請し結局25噸獲得した。夜一清君に招待され二卓で沢山の客と一緒に御馳走になった。

### 3月2日　星期五

今天佐原主幹等一行自太原回來。忙得不可開交，這下總算可以鬆口氣。十一點到石油統制協會請村尾理事長、上田課長、江原君追加油類配給，結果獲得25噸。晚上一清君請兩桌，我與許多客人一同受邀。

### 3月3日　土

本日漸く軍需運賃を解決した。中島君が来て陳姐夫の悪口を沢山言って漸く陳姐夫も又悪辣なる内容が分った。実に二人の姐夫には困ったものだ。夜宝信の門経理来訪、色々時局談と商談をした。

### 3月3日　星期六

今天終於解決軍需運費一案。中島君來訪，說了許多陳姊夫的壞話，又對陳姊夫的惡劣行徑有所了解。其實兩個姊夫都是麻煩的人物。晚上實信的門經理來訪，商談了許多時局之事。

### 3月4日　日

朝幼呈来訪、一緒に中食をとってから淑英と三人で"希望音楽会"を見に行った。1936－1939年の戦ふ独逸を背景とした映画で、あの時のヒットラーの得意な姿と今日の沈み行く彼の運命を比べて転々感慨無量である。18時仲屏、淑英と三人で綾部理事を訪れ江南水泥の問題を語り合ったが漸く解決の曙光を見たやうな気がした。彼の慇懃なるもてなしには唯感慨あるのみである。夜淑英と二人で京屋君に御馳走になり宴後牌九をやった。甲斐君も天津から見えられ実に賑やか

だった。

## 3月4日　星期日

　　早上幼呈來訪，一起共進中餐，之後與淑英三人去看「希望音樂會」。這部電影是以1936年到1939年戰爭下的德國為背景，比較當時希特勒的不可一世與現在的一敗塗地，真是感慨萬千。晚上六點與仲屏、淑英三人造訪綾部理事，討論江南水泥問題，感覺終於見到一線解決的曙光。對於他殷勤的款待感動萬分。晚上與淑英兩人被京屋君請吃飯，飯後玩牌九。甲斐君也從天津來，著實熱鬧。

## 3月5日　月

　　昨夜何故か寝られず今日一日頭痛した。16時岡田中尉を軍に訪れ、啓新の資材、石炭等に関し軍の供給並協力方要請した。帰りに大成病院に寄り林少英、廖太〔大〕夫と色々時局談を語り合った。

## 3月5日　星期一

　　昨夜不知何故睡不好，今天頭疼一天。下午四點到軍部拜訪岡田中尉，針對啟新的資材、煤炭等請他幫忙提供軍方的協助。回程路過大成醫院，與林少英、廖太〔大〕夫等聊時局。

## 3月6日　火

　　朝11時半商工課で川上課長に久振りに会ひ、ブラックレートの供出問題、門頭溝炭、セメントバター問題、江南水泥問題等の重要問題を懇談した。それから軍三課に平松中尉を訪れ彼がセメント関係をやる事になった旨きかされ色々経営問題に付意見を交換した。今日朝倉主幹に辞意を更に仄めかした。

## 3月6日　星期二

　　早上十一點半在商工課與好久不見的川上課長會面，針對黑市價格的應對問題、門頭溝煤炭、水泥交換問題、江南水泥問題等重要議題進行討論。之後到軍三課訪問平松中尉，聽他說他將要主持水泥相關事宜，與他交換許多經營問題的意見。今天再度向朝倉主幹暗示我的辭意。

3月7日　水

　　昨夜遅く三連兄の奥さんから至急明星の事で来津された度との要望に依り7時15分の興亜で天津へ行き早速三連兄宅を訪れそれから一緒に金源君を訪れた。明星に対する解決方策を協議し今日接収方決定し中食後金源君を帯同し両戯院を接収した。その前に朝華君と饒江河君に会ひ諒解を求めた。接収に依り問題の解決を速進した。20時頃株主三者は完全に意見の一致を見、85万円にて売却方決定した。夜更に現金接収の為に明星へ行く。夜遅く迄金源君と色々対策を練った。

3月7日　星期三

　　昨天深夜三連兄的太太緊急要我為「明星」一事跑一趟天津，應她要求我搭乘七點十五分的「興亞」前往天津，馬上去找三連兄，之後一同拜訪金源君。協調「明星」的解決方針，決定今日完成接收，中飯後帶金源君接收兩戲院。之前與朝華君先拜訪饒江河君請求諒解。隨著接收完成，問題也快速解決。晚上八點見股東三方意見皆一致，決定85萬圓的收購價。晚上為現金接收一事前往「明星」，與金源君演練對策到深夜。

3月8日　木

　　朝12時明星で朝華君と85万円の売却覚書二人因子、それから啓新へ袁総理、陳協理に会ひ北京の事情、特に江南の交渉経過を報告し、それから合豊行へ三連兄に会ひ銀号の供託方協議した。18時袁総理、羅仲屏君と三人で北京へ帰り弁公処で夕食をとってから帰宅した。

3月8日　星期四

　　中午十二點在「明星」與朝華君簽定85萬圓的價格，之後到啟新與袁總理、陳協理會面，報告北京的情形、尤其是江南的交涉經過。之後前往合豐行與三連兄會面，協議銀行抵押品一事。晚上六點與袁總理、羅仲屏君等三人一同回到北京，在辦公處用晚餐後回家。

3月9日　金

　　本日も華北交通を休み朝10時弁公処にて袁総理と江南問題を協議し、11時大使館で油谷書記官、綾部理事、伊藤秘書課長に会ひ江

南問題の解決方策を協議した。大体円満に解決し中食チボリで山内局長、沙処長、羅仲屏君も入り7人でとった。午後啓新で諸問題を処理した。

### 3月9日　星期五

今天向華北交通請假，早上十點到辦公處與袁總理協商江南問題，十一點在大使館與油谷書記官、綾部理事、伊藤秘書課長會面，協議江南問題的解決方針。大體上獲得圓滿的解決，中午在「千泉宮」與山內局長、沙處長、羅仲屏等七人共進中餐。下午在啟新處理諸多問題。

### 3月10日　土

朝会社へ行ったら陸軍記念日で皆訓練に出かけ不在だったので給与だけ貰ひすぐ啓新へ来た。新採用者蒲、謝、鄭の三人の新人に対し、弁公処の執務内容を説明した。午後哈徳門、東安市場へ自分の一部の家具と油谷氏に贈る物を購入した。夜一清、炎秋、乙金、元禧来集、新たに設立さるべき会社に付意見の交換を行ひ大体所期通の結論に到達し得て非常に愉快だった。

### 3月10日　星期六

早上到公司，大家都因陸軍紀念日出外訓練不在，拿了外勤費就到啟新去。對新員工蒲、謝、鄭三人說明辦公室的職務內容。下午到哈德門、東安市場添購家具以及給油谷氏的贈禮。晚上一清、炎秋、乙金、元禧前來，交換對於新設公司的意見，大體上達到預期中的結論，相當愉快。

### 3月11日　日

本日中西、平松両氏を招待し、一つは啓新の問題を新任者平松氏に説明する為、一つは陳英君に蒙古から搬出するコークスかすの輸送問題の為に自宅で夕食をとった。陳英君は前門外から紅雲、要悌の二女性迄呼んで来て、彼、蘇友梅、張深切君、沙兄等9人で夜半11時過迄飲み且語らった。

### 3月11日　星期日

今天招待中西、平松兩位，其一是為了對新上任的平松氏說明啟新

的問題，其二是為了陳英君提到從蒙古輸送焦煤的問題，請他們來家裡用餐。陳英君從前門外找來紅雲、要悌兩女，與他、蘇友梅、張深切、沙兄等九人邊喝邊聊到半夜十一點。

## 3月12日　月

　　朝神戸への帰省諸手続きを会社でとる為に出社し朝倉主幹の理解ある態度で万事円満に運んだ。11時袁総理、羅秘書と大使館にて油谷書記官に会ひ軽金属代表綾部、立山、伊藤各氏と会して円満に解決し679万円の儲備券（内三分の一は金塊）で売却方成立し梅北財務部長にも敬意を表した。夜銀行公会で19時より油谷書記官、神岡技師、綾部理事、立山理事、伊藤課長を招待し啓新よりは袁総理、沙処長、康秘書、羅仲屏と自分及び五人で実に愉快に飲み且語り合った。特に前門よりは美麗、彩雲、□弟、弄月等5人の女性を呼び熱心にサービスしてくれ夜10時近く散会した。

### 3月12日　星期一

　　早上為了準備去神戶的種種返鄉手續去公司一趟，取得朝倉主幹的諒解，萬事進行圓滿。十一點與袁總理、羅秘書到大使館與油谷書記官見面，碰到輕金屬代表綾部、立山、伊藤順利解決，以679萬圓的儲備券(其中三分之一是金塊)完成買賣。也對梅北財務部長表示敬意。晚上七點在銀行公會招待油谷書記官、神岡技師、綾部理事、立山理事、伊藤課長，啟新這邊有袁總理、沙處長、康秘書、羅仲屏加上自己五人出席，愉快地飲酒閒談。特別從前門叫來美麗、彩雲、□弟、弄月等五人熱情招待，晚上近十點散會。

## 3月13日　火

　　朝12時近く川上工商課長が来処され袁総理に会ひ日人顧問の撤廃と日人派遣の増加方提議された。一波紋静まったかと思ったら又一波紋実に嫌気がさす。16時半頃沙処長と聯銀陳常務理事を訪れ5千万円の借金問題の内容を説明した。尾家、宅間両主任と小松氏等も参加した。本日袁総理は天津へ帰った。夜久振りに食糧組合の劉君に来訪を受け色々雑談を交わした上、彼の食糧に対する努力に酬ゆる為3千

円渡した。22時ごろから一清兄、炎秋兄、乙金舅、元禧君と啓興公司の設立に関しその組織、幹部人事、給与等を討論し、原案の侭通過した。炎秋兄から5万円、一清兄からは明日35万円の支払を受け15日を以て公司の成立日とすることにした。

**3月13日　星期二**

　　上午近十二點川上工商課長來辦公處與袁總理見面，提議裁撤日人顧問與增加日人派遣人員。實在是一波未平一波又起，厭煩得很。下午四點半與沙處長造訪聯銀的陳常務理事，說明五千萬的借款問題。尾家、宅間兩主任與小松氏也都參加。當天袁總理回天津，晚上許久不見的糧食工會劉君來訪，閒談到許多問題，為表達他對糧食一事的努力，給他三千圓以為酬謝。十點開始，與一清兄、炎秋兄、乙金舅、元禧君討論設立啟興公司的組織、幹部人事、薪水等問題，原案通過。炎秋兄拿出五萬，一清兄明天會交出35萬，並定15日為公司成立之日。


**3月14日　水**

　　朝華北交通へ帰省の挨拶に行った。12時一清兄弁公処に来訪、一緒に恒利へ彼の金を売却、それから通盛銀号へ送金の手続並85万円の假証明を出して貰ひ、15時半頃宝信へ行って蘇子薆君に対する義捐金の手続をとった。18時40分の急行で天津の明星、新中央両戯院問題解決の為に赴津し到着後直ちに明星に行ったが金源君が姿を晦ますがよいとの事で新中央へ行って旧劇を見に行き、夜おそく迄金源君と色々対策を練った。

**3月14日　星期三**

　　早上到華北公司，為回鄉之事打聲招呼。十二點一清兄來訪辦公處，一起到恒利賣掉他的金子，之後又到通盛銀號完成匯款手續，並請它開立85萬圓的暫時證明，下午三點半到寶信，辦理要給蘇子薆君的義助款。下午六點四十分的快車到天津處理「明星」、「新中央」兩戲院問題，抵津後，直接前往「明星」，但金源君勸我行為低調為妙，因此到「新中央」看戲後，與金源君演練諸多對策。

### 3月15日　木

　　昨夜金源君宅に宿泊し、朝天津通盛銀号へ行き朝華並饒江河君に支払ふべき小切手の所要資金を準備したる後、三連兄に色々報告方併せて対策を練った。14時明星へ行って朝華君、江河君を待ったが何れも来られず已む得ず15時過天津病院へ饒江河君を訪問したる処行末を晦まさうとする朝華君を丁度入り口で捕へその解決を迫ると共に自分が購入することを宣言した。彼は唖然としてどうしても要事あるとのことで17時面会を約して逃げた。17時迄待てども姿を見せず19時頃夕食をとりに出た。其の後やって来て饒君に今夜22時に天津病院へ来ることを約して出たとの事で22時迄待っても来られず24時10分前漸く会計師郭□君を帯同して現はれた。会計報告も未だ完成せず彼の報告を無興味にきいた後朝華君に解決を迫ったが彼はもう先取購買権は既に貴殿の手に帰したることは明らかなれば分配金の処理は明日午前10時此処で会談しようぢゃないかと自分の今宵の解決を峻拒したので已むなく応じた。

### 3月15日　　星期四

　　昨晚在金源家過夜，早上到天津通盛銀號，準備付給朝華與饒江河君支票所需要的資金，之後向三連兄報告許多並演練對策。下午兩點到「明星」等朝華與江河君，但沒人出現，三點過後不得已到天津醫院拜訪饒江河君，本想偷偷進行，但剛好在入口處被朝華君撞見，我對他宣告，為了早點解決我決定自己買下來。他愕然不已，聲稱別有要事，與我約定下午五點見面後就跑了。到了五點卻不見他前來，等到七點我出去用晚餐。之後回來，與饒君約定晚上十點在天津醫院見面，等到十點卻不見人影，直到晚上十二點十分左右，他才帶著會計師郭□君出現。他連會計報告都尚未完成，我聽得索然無味，強迫他一定要在今晚以內解決，他拒絕，認為購買權既已回到我手裡，那分配金的處理明天早上十點在這裡再談也不遲，不得已只能答應他。

### 3月16日　金

　　朝10時天津病院へ行ったが11時過迄待っても朝華君は姿を見せなかった。実に男らしくない奴だ。饒君に14時朝華君に来ることを

要請し是非本日解決するやう依頼して置いた侭啓新へ行った。総協理等同人に会ひ久闊の情を叙した。中食李進之兄に沙兒と一緒に御馳走になった。午後16時天津病院へ来たが朝華君は相変らず姿を晦まし待てども来ないので立ち去らうとしたら饒君が尾首弁護士の処から帰って来、そして朝華君と策動し15日迄に銀号へ供託したる証明書を提出せざるを以て3月7日の覚書に従ひ24日15時彼の法律事務所に於て入札競売する通告文を貰った。昨日自分は多大な犠牲を払って通盛銀号に供託した85万円の証明書を明星に預け而も彼等二人の面前で之を提示したるのみならず事務処理の簡便を帰して証明書の提出場所を明星に変更したる事も彼等に声明したる処であり、更に彼奴もなるだけ株主間で買ふ事と希望したに拘らず何たる人面獣心の行動であらう。畜生である。否畜生以下の下等動物である。早速過去一年有余に於ける彼の背任横領、詐偽の刑事訴訟を提起しようと思ったが丁度蘇子蘅太々、饒夫妻、陳火太々が極力平和解決を主張し、明日迄待ち彼を一応説得してから彼の出方を見て措置する事を強烈に希望されたので漸く憤慨の念を抑へ刑事訴訟の提起を見合わせた。18時更に啓新に至り沙兒と王仲岑君の尊父を弔ひたる後陳協理を訪問し三人で明日開催さるべき啓新の企画委員会の組織並委員に付意見を交換した。19時沙宅に至り進之、汪仲誉、周修曽君と御馳走になりそこで麻雀をやった。周文仙小姐も来られ賑やかに遊んだが独り今日の朝華君の仕打に悄然とし頭痛迄して好きな麻雀さへ味気なく22時過彼等に別れて明星へ帰った。朝華君は依然として姿を消して来なかった。

### 3月16日　星期五

　　早上十點到天津醫院，等到十一點也不見朝華君前來。這傢伙真不像個男人，我請饒君今天下午兩點一定要請朝華過來，今天以內要把事情解決，拜託完後就到啟新。與總協理等人見面敘舊。中午李進之請客，與沙兄一同去吃中餐。下午四點來到天津醫院，但朝華君依舊沒來，怎麼等都等不到，正想離開時，饒君從尾首律師那邊回來，從朝華君那邊取得十五日前不得對銀行提出的抵押證明書，並依3月7日切結書將於24日下午三點在他的法律事務所舉行拍賣的公文。我說昨天花了許多代價從通盛銀號抵押85萬圓得來的證明書現在還放在「明

星」，況且當初聲稱為求手續簡便，將證明書提出的地點變更到「明星」的也是他，而且他們還希望不一定只有股東才有購買權，真是人面獸心的行徑。畜生。不，是比畜生還低下的下等動物。立刻想告他過去一年多來的背信溢領與詐欺，但因蘇子和〔子蘅〕太太、饒夫妻、陳火太太極力主張平和解決，希望等到明天說服他以後再見機行事，因此壓抑住怒火，暫緩提出刑事訴訟。晚上六點回到啟新，與沙兄一起去弔唁王仲岑的父親，之後拜訪陳協理，三人針對明天的啟新之企畫委員會組織委員一事交換意見。晚上七點被邀請到沙宅與進之、汪仲嘗、周修曾用餐、打麻將。周文仙小姐也來了，大夥熱熱鬧鬧地打牌。但我心裡對於今天朝華君的行徑頭痛萬分，連平常愛打的麻將也提不起勁，過了十點就告辭回「明星」。朝華依舊不見人影。

## 3月17日　土

　　昨夜余り深くり眠られず懊悩の心を抱いて本朝早く尾首弁護士並各株主に対する回答文、通告文を起草し本日夫々手交せしめるやう金源君に依頼し自分は11時過啓新へ出社した。丁度産銷協議会を開催してゐる最中に自分が参加し出席者は総協理、袁鑄厚、汪仲誉、沙詠滄、杜副管理、趙総技師（周甸代理）と自分の8人であった。議題は産銷協議会を解散して新たに業務計画委員会を創設し公司の重要業務の企画機関として業務の推進を図らんとするにあり勿論自分の提出した案を総理の名前で提案したのである。大体原案通可決し何れも熱心に討論し18時頃漸く閉会した。

## 3月17日　星期六

　　昨晚沒睡好，懊惱一整晚，一大早就著手寫尾首律師與各股東的回答文與通知書，拜託金源君今天以內務必要轉交各位。十一點過後回到啟新。剛好參加正在舉行的產銷協議會，出席者有總經理、袁鑄厚、汪仲嘗、沙詠滄、杜副管理、趙總技師(周甸代理)與自己共八人。議題為解散產銷協議會，創設新的業務計畫委員會，以期成為公司的重要業務企畫機關，好推展業務，當然這個我所提出的案子，是掛在總理的名下。大致決定原案通過，經過熱心討論後，於六點散會。

## 3月18日　日

　　朝9時頃起床、各株主の分前金額並受領要請の督促状を起草した。12時頃三連兄を彼の家に訪れ朝華君との経過を報告したが彼も痛く自分に同情すると共に朝華君を痛罵した。14時金源君と明星へ行って各株主の分け前金を計算してゐる最中に三連兄、炎秋兄（彼の姪を帯同）訪れて来、皆さんに経過を報告した。黄振□君も来られたので彼等父子の□辞職を要請した。16時三連兄と綿引警務主任を彼の宿舎に訪れ二本のブランディを北京からのお土産にして朝華君との経過を報告しその援助方を依頼した。夕食後21時過明星で"好孩子"、新中央で"阿片仙"を見て帰り、同時に両戯院の組織並人事を金源君と打合せた。

### 3月18日　星期日

　　早上九點起床，擬定各股東的款項分配與收授請求督促狀。十二點造訪三連兄，報告與朝華君的種種經過，他也對我相當同情，一起痛罵朝華君。下午兩點與金源君來到「明星」，計算要預先分給各股東的金額，剛好三連兄與炎秋兄來訪(他還帶他姪兒)，便與大家報告事情經過。黃振□君也來了，我請他們父子辭職。下午四點與三連兄前往綿引警務主任的宿舍拜訪，把北京帶來的兩瓶白蘭地當做見面禮，跟他報告與朝華君見面的經過，請他幫忙。晚飯後九點多在「明星」看「好孩子」，又到「新中央」看「阿片仙」，同時與金源君討論兩戲院的組織與人事。

## 3月19日　月

　　朝10時過啓新へ出社、土曜の業務計画委員会の続開さるべき会議に出席する為である。午前中は総協理、沙、汪と五人で委員の選考と分科会の主任委員並委員の選択に費され15時から開会せんとしたら掟大佐が袁総理と至急面会したいとの事で天津特務機関に於て会見しセメント供軍用以外は全部自由販売をすると言はれた。15時半から会議は開催され自分は生産分科会の副主任委員と人事、資材分科会委員をやることに決定された。18時明星に於て前経理尚君に来訪を求め両戯院の経営方針並彼の復帰方打診した。18時半から両戯院の従事員を集め総経理就任の挨拶を述べ彼等の愛公司の精神と忠誠の精

神を要請した。19時陳協理宅を訪れ、杜、沙、徐弗庵。汪等と御馳走になり食後色々時局談をやった。其の脚で其の侭明星へ行きそれから新中央へ劇を見に行った。夜おそく迄金源君と僕去りし後の前後処理□特に人事の整理と組織の改革に付打合せた。

**3月19日　星期一**

　　早上十點多到啟新上班，為的是出席星期六未完的業務計畫委員會會議。與總經理、沙、汪等五人為委員選考、選擇分科會主任委員與委員一事花了一上午的工夫，下午三點本想召開會議，但捉大佐急召我與袁總理見面，故出發前往天津特務機關，他知會我們水泥除供軍用外，其他全可自由販賣。下午三點半召開會議，決定由我擔任生產分科會的副主任委員與人事、資材分科會委員。晚上六點在「明星」請來前經理尚君，就兩戲院的經營方針與他的復職進行討論。六點半召集兩戲院的員工，發表就任總經理一事，請他們要對公司持續盡忠職守。晚上七點到陳協理家造訪，與杜、沙、徐弗庵、汪等一起受邀用餐，飯後討論到許多時局消息。之後又到「明星」，後來又到「新中央」看戲。晚上與金源君打點我離開後的問題，特別是整理人事與改革組織，弄到深夜。

**3月20日　火**

　　朝10時半の急行で一週間振りに帰京し早速弁公処に出勤した。中食後通盛銀号へ啓興公司の10万円を宝信に預金替えし、それから一清君を訪ね、一切の経過を報告した。彼は割合に自分の一切を支持してくれたが金が近日来暴騰してゐるので金を売って株金を支払った。彼に非常に済まない気がする。

**3月20日　星期二**

　　早上十點半搭快車回到久違一週的北京，馬上到辦公處去上班。中飯過後到通盛銀號將啟興公司的十萬圓寄存寶信，之後拜訪一清君，報告一切經過。他對於我的作法完全支持，由於近日金價暴漲，所以他賣了金子付股票錢。對他感到十分不好意思。

**3月21日　水**

　　13時劉会長来訪、三家店灰煤業公司と啓興公司の合作方に付懇

談した。唐山から徐弗奄来られ淑英も来られて中食を共にした。今日啓興公司の印、名刺等を作りスタートを切った。沙君も今日帰来し、自分の満洲行は26日に定めた。夜玉燕様来訪色々雑談を交した。劉媽も来て巧兒の事に付依頼していった。

**3月21日　星期三**

　　下午一點劉會長來訪，討論三家店煤業公司與啟興公司的合作案。徐弗庵從唐山來，淑英也來一起共進中餐。今天完成啟興公司的印章、名片等，開始起步。今天沙君也回來，我的滿洲行決定於26日出發。晚上玉燕來訪，閒聊許多。劉媽也來拜託巧兒一事。

**3月22日　木**

　　朝11時東四12条辛寺胡同23号の李香蘭宅を訪れ彼女に約20分明星戯院での出演を懇談したが難しいやうである。14時正金銀行へ高武支店長代理に会ひ満洲への旅費送付方を依頼し1千円しか許可がなかった。それから橋爪三井支店長代理の紹介で山内機械課長、中山課長代理、浅川豊田工廠次長に面会しチェーン、バケット発註〔注〕の為満洲へ行くが之に就ての連絡其他をお願ひした。18時頃天津から秋海君を通じて又しも朝華と饒君が何か策動してゐるとの電話があった。夜門先生来訪宝信への資本参加に関し提議したが受諾されず今日一日何をしてもうまく行かず特に天津明星の一軒はやはり自分の心を痛めた。

**3月22日　星期四**

　　早上十一點到東四12條辛寺胡同23號拜訪李香蘭，請她到「明星戲院」演出，談了二十分鐘，但似乎無法如願。下午二點前往正金銀行與高武支店長代理見面，拜託他送交滿洲旅費，但只許可一千圓下來。之後經橋爪三井支店長代理的介紹，與山內機械課長、中山課長代理、淺川豐田工廠次長見面，拜託他們為我這次前往滿洲訂購輸送帶一事的相關連絡出力。晚上六點天津的秋海君來電話，說朝華與饒君又再動甚麼主意。晚上門先生來訪，我提到要對寶信投入資本，但他沒答應。今天又是諸事不順的一天，特別是天津「明星」一事讓我極為痛心。

3月23日　金

　　14時頃沙兄と神岡技師を彼の自宅に訪問し唐山工商への動向方を要請し15時半岡田中尉を軍司令部に訪問し満洲へ出張する自分の不在中の石炭、火薬、鋼材等の資材や色々な問題を懇談した。夜劉会長、劉謨文、楊先生、一清兄、炎秋兄、乙金舅を家に招待し夕食を共にしながら啓興公司と三家店灰煤業組合の合作方に付懇談し円満解決した。本日啓新本社から業務計画委員会の委員に任命された旨正式に発表があった。夜基沢君が張家口から来訪、生活の不安を訴へて家に宿泊した。

3月23日　　星期五

　　下午兩點與沙兄造訪神岡技師，請求他到唐山工商任職。下午三點半到軍司令部訪問岡田中尉，懇談許多我出差到滿洲不在時的煤炭、火藥、鋼材等資材種種問題。晚上在家招待劉會長、劉謨文、楊先生、一清兄、炎秋兄、乙金舅，邊進晚餐邊討論啟興公司與三家店灰煤業組合的合作案，順利解決。今天啟新本社發出正式通知，任命我為業務計畫委員會的委員。晚上基澤君從張家口來訪，陳述生活之不安，留宿家中。

3月24日　土

　　12時頃満洲へのお土産を買いに出、併せて油谷書記官へのプレゼントを買った。15時軽金属へ綾部理事を訪れ立山常務と江南水泥へ3億余万円の大金を送る手続きをとった。送金後綾部理事と軽金属で色々語り彼の好意で満洲国の工務司長と岩井商事を通じて旅費を5千円世話してくれた。彼の御好意唯感謝あるのみである。夜油谷書記官を太平倉平安3号の彼の家に訪れ24時過迄啓新の問題其他時局談を語り合った。実に気持ちのよい男である。夜半1時過呉姐夫を訪れ陳姐夫と姉さんを見舞ひ陳姐夫に2千円送った。

3月24日　　星期六

　　十二點出外買帶到滿洲的禮物，並買了要給油谷書記官的禮物。下午三點到輕金屬拜訪綾部理事，與立山常務辦理匯給江南水泥三億多萬圓這筆大數目的手續。後與綾部理事在輕金屬聊了許多，他好意要幫我

跟滿洲國的工務司長與岩井商事疏通旅費五千圓。對於他的好意我感激不已。晚上到太平倉平安3號的油谷書記官家中拜訪，與他聊啟新問題與其他時事問題聊到過十二點。實在是個讓人感覺很好的人。半夜過一點拜訪吳姊夫，又去找陳姊夫與姊姊，給陳姊夫兩千圓。

## 3月25日　日

　　朝12時綾部理事宅へ沙氏と一緒に中食の御馳走になった。彼の他の友達と實に愉快にのみ且語り合った。音樂をきき初春の風景に憧れて若き青春を想ひ興奮した。實際友達と楽しむことは全く人生の愉快事である。18時頃蘇子蘅君を訪れ義捐金1万5千円を渡した。夜張家口からの基沢君を家に呼び夕食を共にした。そして明日の満洲行の準備をした。

## 3月25日　　星期日

　　上午十二點到綾部理事家，與沙氏一同受邀吃中飯。與他其他的朋友愉快地聊天。邊聽音樂邊享受早春的景色，回想到年華青春，熱血沸騰。與朋友共度快樂時光實在是人生一大樂事。晚上六點拜訪蘇子蘅君，給他義助金一萬五千圓。晚上把張家口來的基澤君叫來家裡吃晚餐。然後準備明天要去滿洲的行李。

## 3月26日　　月

　　朝7時35分の興亞で出發した。早速啓新本社へ袁、陳、總協理に会ひ、旅費に関し三井の斡旋並に奉天、新京各支店長への紹介状を戴き11時過合豊行へ三連兄を訪れた。精しく明星戯院に於ける楊朝華と饒江河両氏が暴力で金源兄から接収したる旨をきかされ實に奮〔憤〕慨した。一清兄にも来て戴き彼も何等施すべき策もなきをきき非常に失望した。啓新で中食後金源兄を訪れ接収前後の状況を精しくきかされ朝華、江河が唾棄さえ値しない浮浪性なるをきき今更乍ら人心の斯くもきたにのかと人類全体に疑惑をかけた。夜李三爺に招待され三連、金源、一清等と飲み且語り合った。旅立つ自分を見送る為の宴会で痛く李三爺の友誼に感服した。宴後一清、金源両兄と明星へ行ったら誰も居らず饒君が放した暴力団だけうろついてゐた。非常な苦

悩と興奮を覚えて夜も眠られず悲しい一夜を啓新の宿舎で過した。

3月26日　星期一

　　早上七點三十五分乘「興亞」出發。馬上到啟新與袁、陳、總協理見面，得到請三井斡旋旅費與介紹給奉天、新京各支店長的介紹信。過十一點到合豐行造訪三連兄，聽他講到楊朝華君與饒江河兩人在「明星」用暴力向金源兄接收一事，實為憤慨。一清兄也來，但他也束手無策，讓人非常失望。在啟新用過中餐後造訪金源兄，聽他詳述接收前後狀況，朝華、江河君的野性，根本連讓人唾棄都不值，現在又聽到這等事情，人心竟可墮落到此，讓我忍不住懷疑起人性。晚上被李三爺招待，與三連、金源、一清等邊飲邊聊。為了替我送行而特別設宴，我深深感動李三爺的友誼。宴後與一清、金源到「明星」，但沒半個人，只有饒君請來的黑道在外頭徘徊。我既苦惱又生氣，晚上連睡也睡不著，在啟新的宿舍度過傷心的一夜。


3月27日　火

　　朝10時の興亜で唐山にて下車、早速唐山工廠へ行き渓如兄と旅程等の打合を為し中食、杜副管理、趙科長、楊渓如等に囲まれ和やかにとった。中食後趙総技師を訪れ此度満洲へ製作を依頼するバケツ、チェン、アタッチメント、リベットの実物を見学し、併せて交渉上の諸条件を打合せした。夕食後少憩し夜半12時の402列車にて渓如と奉天向出発した。

3月27日　星期二

　　早上十點搭「興亞」在唐山下車，馬上到唐山工廠與渓如兄等討論旅程一事，中午與杜副管理、趙科長、楊渓如等和樂融融地共進中餐。飯後造訪趙總技師，參觀這次要到滿洲託付對方製作的籃子、鍊子、機械零件、大頭釘等，並討論交涉時的種種條件。晚飯後稍事休息，搭乘半夜十二點的402列車，與渓如出發前往奉天。


3月28日　水

　　展望車に席があったので割合楽な旅行が出来た。15時頃無事奉天着、井上様と月霜様に迎へられて寿ビル376号に宿をとりそこで楊

義夫君に偶然会ひ、夜渓如、義夫、阿部君等と井上君の家で夕食の御
馳走になり愉快に事業其の他今度の機械発注に関しおそく迄語り合っ
た。

## 3月28日　星期三

　　展望車有坐位，旅途還算輕鬆。下午三點順利抵達奉天，井上與月
霜來接我們，住壽大樓376號，碰巧遇到楊義夫，晚上與溪如、義夫、
阿部等在井上君家吃晚餐，除了工作之外，還愉快地聊到關於這次機械
製作發包的事，聊到很晚。

## 3月29日　木

　　朝11時頃三井物産の新関支店長、田中支店長代理、久武機械課
長を訪れ啓新所要の機械発注斡旋を要請したら快諾され、三井辞去後
岩井産業株式会社へ藤原支店長を訪れ5千円の旅費を拝借した。中食
後久武課長と日満鋼材会社へ金泉機械第一部長と大原現場主任にバス
ケット、チェンの発注をしたが技術的に到底出来ざるを説明しそれか
ら日立製作所へ羽倉取締役と中村主任に会ひ幸ひに色々な困難あるも
折角遠方より来れるを以て快く引受けてくれた。詳細は更に明日打合
せることにして17時過辞去した。寿ビルへ帰ったら阿部君が来て居
たので夜一緒に阿部くんの処へ夕食の御馳走になった。河野君にして
も月霜に対しても何等冷たい感じがし余り愉快ではなく自分は殆ど飲
まなかった。

## 3月29日　星期四

　　早上十一點拜訪三井物產的新關支店長、田中支店長代理、久武
機械課長，請他們為啟新的機械發包一事斡旋，得到他們的許諾，告別
三井後前往岩井產業株式會社拜訪藤原支店長，商借旅費五千圓。中飯
過後，與久武課長到日滿鋼材會社，對金泉機械第一部長與大原現場主
任下籃子、鍊子的訂單，但他們說技術上無法達到我們的要求，後前往
日立製作所與羽倉董事和中村主任見面，所幸他們念在我大老遠跑這一
趟，雖有困難但仍願意幫忙。決定另訂明日詳談後於下午五點告辭離
開。回到壽大樓，阿部君已經在等我，晚上到阿部家吃晚餐。不論是河
野君或是月霜，都對我很冷淡，不是很愉快，我也喝得不多。

3月30日　金

　　朝渓如、阿部君と奉天の街をぶらつき2年前と全く一変し殆どデパートも店舗も品物がなくなってゐるのにビックリした。中食後渓如、久武両兄とも又しも日立製作所を訪問、中村君と納期、金型等につき打合をなした。本日三井の三村会計課長より3万円拝借し得て喜んだ。夜渓如と二人で中国料理店をさがして夕食をとり労工階級も料理店に出入するを見て転々感慨無量である。夜阿部君来訪色々北支への転職を打合せて帰った。

3月30日　星期五

　　早上與渓如、阿部在奉天街上閒逛，街上與兩年前的景象大不相同，百貨店舖貨物幾乎都沒有了，讓人嚇了一跳。中飯過後與渓如、久武兩兄再度訪問日立製作所，與中村君討論出貨日與模型等。今天從三井的三村會計課長借得三萬圓，很高興。晚上與渓如兩人找了中國餐館用晚餐，看到連工人也出入餐館，不禁感慨無限。晚上阿部君來訪，討論轉職北支一事後歸去。

3月31日　土

　　朝井上君来訪一緒に彼の工場並新工場を視察した。僅々5、6年の間に斯くも成功した彼の工場を見て実に羨望に堪へない。中食又しも渓如と彼に厚総福にて御馳走になった。自分は14時の鳩にて大連へ渓如兄は17時50分の急行で唐山向別れた。自分は21時半大連着、陳仲凱君に迎へられて彼の宿舎に宿った。永らく会はざる為か懐かしさで一杯だった。時局、事業等を語り合ひ夜を徹して午前5時近く迄語り合った。

3月31日　星期六

　　早上井上君來訪，一起到他的工廠與新工廠視察。看到他的工廠在短短五、六年間就如此成功，實在羨慕不已。中飯又與渓如一同被他請吃飯。我搭下午兩點的「鳩」前往大連，渓如則搭下午五點五十分的快車回到唐山，兩人就此告別。我晚上九點半到達大連，陳仲凱君來接我，在他宿舍留宿。不知是否因為許久未見，對他思念之情溢於言表。與他徹夜談論時事與工作等，直到早上五點。

## 4月1日　日

　　本日より華北交通は軍管理になったらしくそれで昨日を以て自分は満11年の永い鉄道生活と訣別し辞職してしまったらしい。朝11時頃2、3年振りに楊蘭洲兄来訪し色々泰国滞在中の南方実情をきかされ非常に面白かった。中食後一緒に星ヶ浦へ色々な家を見に行き適当な家なく空しく帰り、その前に一寸法平先生別荘へ立ち寄り蘭洲様の家族並法平先生に挨拶した。夜又しも仲凱兄と遅く迄語り合った。

### 4月1日　星期日

　　聽說從今天開始華北交通改由軍部管理，昨天開始我便要辭職告別我十一年來的漫長鐵路生活。早上十一點，兩三年不見的楊蘭洲兄來訪，聽他講到他在泰國的南方所見所聞，十分有趣。中飯一起到星之浦看住處，但找不到適當的住處失望而歸。回來前順道前往法平先生的別墅，與蘭洲家人與法平先生打招呼，晚上又與仲凱兄聊到很晚。

## 4月2日　月

　　朝仲凱君と台銀へ3万5千円神戸の兄宛送った。疎開には色々金もいるだらうし更に財産の一部分散をするのが目的である。それから顕宗兄を訪れ中食其処で御馳走になった。暫し時局談を交してからそこを辞去した。夜北京へ漸く淑英と電話が通じ彼女の身体が余りよくないのと明星戯院の問題で非常に悩んだ。

### 4月2日　星期一

　　早上與仲凱君到台銀匯三萬五千圓給神戶的哥哥。躲空襲等等不但需要用到錢，而且也想把財產分散。之後拜訪顯宗兄，在他家被他請吃中餐。談了一會時事後就告辭離去。晚上打電話回北京，聽淑英講到她身體狀況不佳，還有「明星戲院」的問題，讓我困擾一夜。

## 4月3日　火

　　中食後、蘭洲、仲凱両兄と大連の街を散歩した。仲凱君と時局への対処、事業の打合をなしたがなかなか結論に達せず北京で再開を約して打切った。

4月3日　星期二

　　中飯過後，與蘭洲、仲凱兩人散步大連街頭。與仲凱君聊到時局應變與工作的問題，但總談不出個結論，約定回北京後再聊。

4月4日　水

　　朝8時50分の鳩特急で蘭洲夫妻と大連を立った。駅頭には仲凱、顕宗君の長男が見送りに来た。16時半奉天着、ヤマトホテルに投宿したが夕食後満人閻社長を訪れホテル満員の為井上君の家へ夜半12時過訪れそこで宿をとった。井上様とは段々に意気投合し愉快に語り合った。

4月4日　星期三

　　早上八點五十分搭「鳩」特急與蘭洲夫妻前往大連。仲凱與顯宗君的長男來車站送我，下午四點半到奉天，本來投宿大和旅館，並於晚餐後造訪滿人閻社長，但因旅館客滿，半夜十二點半造訪井上君，並在他家留宿。與井上意氣相投，愉快地聊了許多。

4月5日　木

　　14時頃三井へ久武課長を訪れ日立と打合せたる資材所要量其の他色々打合をした。18時頃阿部、津村君等来訪した。夜法平の娘と中山君との結婚式が大和ホテルで挙行され、それに参加した。披露宴後更に蘭洲兄と迎賓館へ閻社長に招待され、佐久間、伊地知両満洲国経済部課長、井上事務官等と痛飲した。そしてヤマトホテル312号に蘭洲兄と合宿した。

4月5日　星期四

　　下午兩點到三井拜訪久武課長，與他商量日立資材需求量等等。晚上六點多阿部、津村君來訪。晚上法平千金與中山君的婚禮在大和飯店舉行，我前往參加。宴會後與蘭洲兄被閻社長招待到迎賓館，與佐久間、伊地知兩滿洲國經濟部課長、井上事務官等暢飲。後到大和飯店312號與蘭洲兄同住。

## 4月6日　金

　　朝蘭洲夫妻と数年振りに奉天城内をドライブし中食凱寧ホテルに
て彼らを御馳走した。今日初めて小磯内閣の総辞職を知り、又沖縄本
島に上陸せる米英軍が既に其処の飛行場を使用せる旨今更時局の極め
て重大なるを想はせた。16時鳩にて新京向蘭洲兄と出発し、駅頭に
は金川君が迎へてくれた。法平様も同行し夜おそいので一緒に金川君
宅に同一部屋にとまった。

## 4月6日　星期五

　　早上與蘭洲夫婦在數年未造訪的奉天城內兜風，中餐請他們在凱寧
飯店吃飯。今天頭次聽到小磯內閣總辭的消息，之後又聽到美軍英軍已
經登陸沖繩本島，並使用當地機場，讓人感到目前時局之緊迫與重大。
下午四點與蘭洲兄同搭「鳩」前往新京，金川君到車站接我們。法平先
生也同行，因為時間已晚，便到金川君家一同留宿。


## 4月7日　土

　　朝9時経済部へ蘭洲兄の口添と共に伊地知機械課長、樋口司長に
会ひ日立への機械発注の旨を説明し、その許可と協力を要請したると
ころ快諾され更に岩佐技佐、邱事務官にアルミニュームの特配を要請
し之又快諾を得て経済部を辞した。中食中銀クラブにて蘭洲兄と一緒
にとり中食後三井物産へ高見満洲監督、豊福支店長代理等に会ひ更に
日立出張所へ角和氏に会ひ本日に於ける政府との打合結果を報告し
た。夜金川君宅で井上、義夫等と招待され愉快に食べた。夕食後瑞麟
兄、伯昭兄、建裕君、亭卿兄、万賢兄等旧友が訪れてくれ時局談を深
夜12時近く迄語り実に愉快に一夜を過ごした。

## 4月7日　星期六

　　早上九點在蘭洲兄的助言下到經濟部拜訪伊地知機械課長與樋口司
長，說明對日立訂購機器一事，請求他們許可與協助，他們一口許諾。
之後又向岩佐技佐、邱事務官請求配鋁一事，他們也是欣然同意，之後
告辭經濟部。中餐在中銀俱樂部與蘭洲兄一同用餐，飯後到三井物產與
高見滿洲監督、豐福支店長代理等見面，後又到日立事務所與角和見
面，報告今天與官員們打交道的結果。晚上受邀到金川君宅，與井上、

義夫等一同接受招待，愉快用餐。晚飯後瑞麟兄、伯昭兄、建裕君、亭卿兄、萬賢兄等舊識來訪，談論時事到深夜十二點，度過愉快的一夜。

## 4月8日　日

12時官吏会館に於ける同郷会に出席した。蘭洲、千里両兄の送別宴であったが、北京より自分、奉天より果川、井上両兄等も併せ歓迎され若きインテリが60数人純真無垢な姿にて業務に精進されてゐるのを見て実に欣快に堪へなかった。宴後井上、物井、茂木、中江等と伯昭兄を訪れ麻雀をやり、それから宴を張り実に痛飲した。自分は伯昭兄の人格に惚れ、永らく斯くも多量の酒を飲んだことなく、又斯くも多量の酒を飲んで酔払はざることなく然し愉快なるが故に少しも酔払はらなかった。1時過夜をついて物井兄弟、井上兄と四人で歩いたら満人巡査につきまとはれて往生した。

## 4月8日　星期日

十二點出席官吏會館舉辦的同鄉會。這是蘭洲、千里兩位的送別會，也是歡迎自北京來的我、自奉天來的果川與井上的歡迎會，看到年輕一輩六十多人認真為業務打拼，實在甚感欣慰。宴會後與井上、物井、茂木、中江等造訪伯昭兄打麻將，之後又開宴暢飲。我很欣賞伯昭兄的為人，從沒喝這麼多、也沒有因為喝太多而酒醉，因太愉快的緣故，讓我一點醉意也沒有。喝到一點多，與物井兄弟、井上兄四人在滿人巡查的陪伴下步行回家。

## 4月9日　月

朝9時の鳩で果川、井上両兄と北京を発った。途中奉天で下車し井上兄の宅で夕食をとってから17時50分の急行で北京向発った。

## 4月9日　星期一

搭早上九點的「鳩」，與果川、井上兄出發回北京。途中在奉天下車，到井上家用晚餐，後搭晚上五點五十分的快車回北京。

## 4月10日　火

山海関の税金検査も案外簡単に済み、14時半無事北京につい

た。其の侭家に帰れば淑英はやせ衰へ結かくの疑ひ濃厚にして非常に心配した。何処へも出ず子供と遊んだ。

## 4月10日　星期二

山海關的關稅檢查比想像中的簡單結束，下午兩點半順利回到北京。回家後發現淑英消瘦許多，即懷疑她得了肺結核病，相當擔心。哪兒也沒去，陪孩子們遊玩。

## 4月11日　水

終日家で休息した。21時頃袁総理を彼の宅に訪れ満洲出張の報告をした。僅々2週間の別れなのに淑英が病気の勢いか一入と愛情こまやかであった。

## 4月11日　星期三

一整天都待在家休息。晚上九點到袁總理家造訪，報告滿洲出差情形。短短兩週不見，淑英竟病成這樣，但也讓我對她更加憐愛。

## 4月12日　木

朝呉姐夫が船舶会社組織の問題で打合せに来られ今更乍らの感を深くした。11時頃我軍兄が来られ明星戯院の解決幹旋したき旨申し出、其の好意を受けることにした。12時頃徐炳南君来訪、色々別離後の上海状況、時局談をした。二人とも中食を公司でとった。夜沙氏が自分の洗塵の為東亜楼に席を設け橋本、幼呈、逸仙と五人で和やかに夕食をとった。宴後橋本君と啓新当面の問題、顧問の問題等々を遅く迄語り合った。

## 4月12日　星期四

早晨吳姊夫為船舶公司組織問題前來討論，讓人覺得沒完沒了。十一點我軍兄前來，要幫我幹旋解決「明星戲院」一事，我接受他的好意。十二點徐炳南君來訪，聊到上次一別後的上海情勢與時事。兩人一同在公司用中餐。晚上沙氏為了幫我洗塵，在「東亞樓」設宴，與橋本、幼呈、逸仙等五人和樂融融地吃晚餐。餐後與橋本君針對啟新目前的問題與顧問問題，聊到很晚。

4月13日　金

　　朝満洲出張報告の整理をした。12時頃洪炎秋兄来訪、事業並彼の家庭の煩悶に付語り合った。15時一清兄来訪、事業の進展に関し打合せたが彼が案外アッサリした人物ならざるを痛感し些か失望した。最近金銀株券暴騰し些か明星の損失をカバーし得たのが、せめての慰みである。夜上海から来られた徐炳南君を家に招待し久闊の友情を叙した。乙金舅も元禧君も同席だった。彼との友誼は然し昔の如き熱情的なものではない。時局に対し特に子供に対する彼の苦悩は実に深刻で昔日の如き朗らかさが見られなかった。

4月13日　星期五

　　早上整理滿洲的出差報告。十二點洪炎秋兄來訪，陪他聊工作與他家中的心煩事。下午三點一清兄來訪，討論工作進展，但發現他一點也不如想像中的爽快，讓我很失望。最近金銀股票大漲，稍稍彌補「明星」的損失，略感欣慰，晚上招待上海來的徐炳南在家用餐，一敘久別之情。乙金舅與元禧兄也同桌。與他之間已不如從前般熱絡。他為時局所困，特別是對孩子們一事苦惱之深，是我過去所未見的。

4月14日　土

　　朝交通会社へ顔を出し皆様に挨拶した。11年間の長い鉄道生活で感慨無量であた。11時半そこを辞去し炎秋君を彼の自宅に訪れたが老太々の見舞、洪太々と炎秋兄の内輪ものをきかされた上に昨夜一清兄の太々が来られ明星の不解決に対し彼が金を売却した事に依た損害賠償を要求せたをきかされ一清に対すた自分の不認識を今更乍らびっくりした。何等か一切の事業を棄てたい。自分自身でやって成功した事業は一つもなく唯紛糾と懊悩しかない。小さい家を一軒買はうと思ったがそれすら見られなかった。何等か世の中が一遍に嫌になってしまった。沙兄は本日天津へ帰った。夜越智大尉がチーフのブランディとネクタイを持って来られ時局談を遅く迄やった。彼と語たのが自分としては楽しみの一つである。

4月14日　星期六

　　早上到交通公司露臉，與大家打招呼。十一年來的漫長生活讓人感

慨萬千。十一點半離開，前往炎秋家拜訪，探望老太太，並聽洪太太與炎秋兄交互照顧的情形。昨天晚上一清兄的太太前來，對於「明星」一事遲未解決、又要他賣金一事尋求賠償，讓我嚇了一跳，這才發現自己對一清兄的認識不清。真想拋下一切不管。自己沒一件事成功，只留糾紛與煩惱。本想買一間小小的房子，但連房子也找不到。我厭惡起世上的所有一切。沙兄今天回到天津。晚上越智大人拿了高級白蘭地與領帶前來，聊時事聊到很晚。與他聊天是我的一大樂事。

## 4月15日　日

14時過元禧君と瑪莉をつれて陽春の北海を久振りに散歩した。大変な人出である。昨日三月節であるが春餅を本日食べた。15時半深切君を訪問、麦粉のことを解決した。16時呉姐夫を訪れそこで一清君の太々と明星の問題を語り合ひ、その無理解なる態度に奮〔憤〕慨した。全く物事を辨へない女性である。夜宋維屏兄に招待され黄烈火君、林文騰君、呉姐夫、陳姐夫、元禧君等と御馳走になり、宴後麻雀をやった。

## 4月15日　星期日

下午兩點過後帶元禧君與瑪莉到暖春下久違的北海散步。路上人潮洶湧。昨天是三月節，今天吃春餅。下午三點半訪問深切君，解決麵粉問題。四點造訪吳姐夫，在那邊與一清太太討論「明星」的問題，對於她無知的態度感到憤慨。真是個不明事理的女人。晚上被宋維屏招待，與黃烈火君、林文騰君、吳姐夫、陳姐夫、元禧君等一起被請客，飯後打麻將。

## 4月16日　月

朝交通会社へ諸手続をとりに行かうかと思ったが俗務に逐はれたのと何だか会社へ行くのが嫌で終ひ行かなかった。満洲への出張報告を書いたりして一日は交通会社に於けるよりも早く過ぎた。夜文騰君来訪又しもとてつもない沢山の問題を持って来た。明星の一件で相当精神的なショックを受けた自分としては何をするのも非常に嫌になった。増してや淑英の病気楽観を許さざるに於いてやである。心は重た

い石に圧せられた感である。

## 4月16日　星期一

　　早上本想到交通公司辦理各種手續，但因雜務煩多不想去，最後作罷。一整天寫滿洲的出差報告書，時間比待在交通公司過得還快。晚上文騰君來訪，又帶了許多棘手的問題。光「明星」這件事就已經讓我精神挫敗，不想再處理別的事。而且淑英的病又不樂觀，心中宛如壓了一塊大石。

## 4月17日　火

　　華北交通の創立記念日である。勿論參加しないし參加出來ない。11時過綾部理事來訪、輕金屬のセメントに關し援助方要請に來た。吳姐夫も來てゐたので幼呈君と四人で玉華台で中食をとった。食後綾部氏と平松中尉、岡田中尉、油谷書記官に會ひ輕金屬のセメントの件と滿洲出張の報告、不在中の感謝等挨拶した。越智大尉にも會ひ三豐公司の被檢舉者の釋放依賴した。彼から淑英へ四服のせきとめの藥を贈與され彼の宿舍を訪れて感謝の辭を述べた。夜英秋、幼星を伴い一清兄を訪問、明星の問題、啓興公司の問題を討議し合ひ結局既定方針を貫徹することになり明星を取り返す事に決定強行することにした。

## 4月17日　星期二

　　今天是華北交通的創立紀念日。我當然沒參加，也無權參加。過十一點綾部理事來訪，請求幫忙輕金屬的水泥一事。吳姐夫也來了，與幼呈四人一同在「玉華台」用中飯。飯後與綾部拜訪平松中尉、岡田中尉、油谷書記官，報告輕金屬的水泥一事與滿洲出差的情形，感謝他們在我不在時的大力幫忙。與越智大尉見面，請他幫忙釋放三豐公司的被檢舉者。他給我四服可以給淑英止咳的藥，我造訪他宿舍表示感謝。晚上在英秋、幼星的陪伴下，拜訪一清兄，討論「明星」、啟新等問題，結果決定貫徹既定方針，決定強行取回「明星」。

## 4月18日　水

　　14時過北京地方交通団へ辞任挨拶の為吉谷第一運輸部長、村上旅客課長、坂本配車課長に会った。然し本当の目的は坂本配車課長に

三家店の配車を依頼することにあったので配車課で彼並に岩下君と
色々語り合った。それから煤業公会へ行き坂本配車課長との会見顛末
を報告し運動資金として5万円戴いた。夜坂本君を彼の自宅に訪れ記
念品贈与として3万円差しあげた。

**4月18日　星期三**

　　過下午兩點，到北京地方交通團為辭職一事拜會吉谷第一運輸部
長、村上旅客課長、坂本配車課長。但最主要的目的來是要拜託坂本配
車課長三家店的配車問題，在配車課與他及岩下君商量許多事。之後到
煤業公會報告與坂本配車課長見面的經過，並取得活動資金五萬圓。晚
上到坂本家造訪，給他三萬圓當作記念贈禮。


**4月19日　木**

　　朝軽金属の星川資材課長、田島運輸課長が来訪、セメントの入手
方に付懇請に来た。12時頃今藤君が沙君の家の件で来られ仲介料を
支払った。夜、電電の頼君が翁氏引越の乗車紹介状を求める為やって
来、色々雑談を交した。

**4月19日　星期四**

　　早上輕金屬的星川資材課長、田島運輸課長來訪，為求水泥而來。
十二點今藤君為沙君家的事而來，我付他仲介費。晚上電電的頼君為求
翁氏搬家的乘車介紹信而來，閒談許多事。


**4月20日　金**

　　朝興亜で明星戯院の解決をする為天津へ行った。先づ金源君と
大体の方針を打合せようとしたが彼は深く失望して元気なくとても再
起の可能性がない程であった。独り悶々として啓新へ顔を出さば丁度
袁、陳総協理が唐山工廠の改組案を打合中で是非自分に唐山副工廠長
になれと奨められ趙技師と詳細打合せることにした。明星は結局自分
の方も武力に頼る方法意外にない結論に到達し藍局長に相談したとこ
ろ賛成してくれず自分が中間に立って斡旋するから任せとの事で三連
兄と彼に仲介調停することにし三連兄を煩ひ楊朝華に会見しようとし
たが不在の為会へず明日にもち越すことにした。夜金源宅で御馳走に

なり彼□と善後策を語り合ったが何等施すべき術なく僅かに藍局長の
調停を唯一の望みとし夜も碌に寝つかなかった。

**4月20日　星期五**

　　早上搭「興亞」，為解決「明星戲院」一事前往天津。先與金源
君討論大體方針，但他非常失望，完全沒有精力，東山再起的可能性很
小。一個人悶悶不樂地前往啟新，剛好袁、陳總協理在討論唐山工廠的
改組案，他們強力推薦我擔任唐山副廠長，並與趙技師商量細節。結果
「明星」一事最後竟是我方不動用武力不行，我與藍局長商量，但他不
贊成，我改去找三連兄，想跟他商量一切不用管，有我居中協調，他只
要仲介調停、幫忙我去見楊朝華君即可，但他不在，決定改明天登門拜
託。晚上在金源家中被請吃飯，與他商量善後對策，但別無它法，唯一
的希望就是拜託藍局長。晚上又睡不好。

**4月21日　土**

　　朝趙技師、李進之、周修曽三君と三九工場へエレクトリック□―
ボンの製造見学をしに行った。鉄路局に寄り芳賀団長に会はうと思っ
たが不在で、四人で全聚徳へ久振りに烤鴨を御馳走してくれた。進之
兄は何故何時も斯う自分をもてなしてくれるか実に分らない。食後合
豊へ立ち寄り藍、呉両兄に会ったら明朝藍局長宅で朝華、江河と三株
主が会ふ事に決定したのでやっと安心した。夜銀行公会にて啓新主催
で耀華ガラス、中孚、中国実業、久安等の経理招待会に出席し色々な
新人に紹介してくれた。夜啓新倶楽部にて趙総技師と色々唐山工廠の
改組案を研究し趙技師は若し彼が工廠長になるなら自分が副工廠長に
なり且つ唐山へ引っ越す事を絶対の条件として固執した。

**4月21日　星期六**

　　上午與趙技師、李進之、周修曽三人到三九工廠參觀電氣□的製
造。本想順道去鐵路局找芳賀團長但他不在，四人到「全聚德」，我被
請吃許久沒嚐到的烤鴨。不知何故，進之兄每次總愛請我。飯後到合
豐，與藍、吳兄見面，決定明天一早在藍局長家，與朝華、江河以及三
位股東見面，總算鬆了一口氣。晚上出席啟新主辦、在銀行公會舉行的
耀華玻璃、中孚、中國實業、久安等經理招待會，經人介紹認識了許多

新面孔。晚上在啟新俱樂部，與趙總技師研究唐山工廠改組案，趙總技師堅持若他是廠長，我就必需當副廠長，而且絕對要搬到唐山去才行。

## 4月22日　日

　　朝10時藍局長宅を訪問、藍、三連、朝華三兄と饒江河の奴を待ったが到頭約に違ひ姿を見せなかった。事茲に到る。本当に痛罵猛打してやりたい。朝華もすっかり態度を一変し実に横着になった。当初金を頼みに来た時四拝九拝なのに金を持って行ったら冷淡になり相手になってくれず金を請求しようとしたら弁護士に暴力団迄やとって来た。憎み過ぎても余りがある。中食藍局長宅で三連兄と御馳走になりそれから失望と懊悩で非常に疲れ倶楽部へ帰って寝た。夜綿引氏が八角荘の警察署長に栄転祝賀の為三連兄に招待され甲斐、茂生等と夕食を共にし時局談、防空防護経験談を面白く語り合ひ序いでに明星戯院の解決方法を相談したら領事館の関係者に紹介するから明日12時半会ふ約束をし僅かに又一縷の望みを見出した。同時に茂生兄から饒江河君をめぐって彼等ゴロツキ仲間の噂をきかされ之が解決は前途暗澹たるものを思はせ斯くも悪い別世界があるかと嘘とさへ思ふ程であり一夜懊悩とした。

## 4月22日　　星期日

　　早上十點造訪藍局長家，與藍、三連、朝華三兄等饒江河這傢伙來，但他又爽約沒出現。事到如今，真想痛罵毒打他一頓。朝華也態度一轉，變得無賴。當初來借錢時還三跪九叩的，一拿到錢就無情地翻臉不認人，跟他催個錢，他竟找律師跟黑道上門，讓人痛恨至極。中午與三連兄在藍局長家用餐，失望與懊惱交集，十分疲憊，後回到俱樂部睡覺。晚上為慶祝綿引氏高昇八角莊警察署長，被三連兄招待，與甲斐、茂生等共進晚餐，討論時事，還聊到躲防空警報的經驗，十分有趣，終於講到「明星戲院」的解決方法，他們說要為我介紹領事館的相關人員，約明天十二點半見面，感覺又露出一線希望。同時，還從茂生兄口中聽說饒江河君那群狐朋狗黨的事，要想解決，前途大不樂觀，事情竟能走到這種田地真讓人不敢相信，懊惱一整夜。

4月23日　月

　　朝郭茂林所長に明星の解決を依頼する為茂生兄と彼を役所に訪れたところあっさりと引受けてくれ非常に感謝した。それから綿引主任に会ったら梅崎刑事部長を紹介してくれ、彼に過去の事情を話したらすぐ朝華と江河に対し呼出状を出し16時会見することにして別れた。合豊で小憩してから16時梅崎部長を訪問したら朝華が丁度きつく叱られてゐた。結局1時間叱られ漸く一年余来の鬱憤を晴らしてくれ、三者で28日午前10時明星にて解決することになった。饒の奴は不在とかで出て来なかった。やっと元気を取り戻し合豊へ三連兄に更に金源兄へと夫々報告した。今度こそは何等か解決の曙光が見出された。夜北安利にて李立夫君に招待され進之、修曽、李科長と四人で御馳走になり、そこで色々啓新内部の人達の噂をきいた。宴後甲斐宅にて三連兄、子文兄と四人で麻雀をやり、金源兄もやって来て株金8万円を戴いた。

4月23日　星期一

　　早上為拜託郭茂林所長幫忙解決「明星」之事，與茂生兄來到市役所拜訪他，他很爽快地允諾，讓人欣慰。之後與綿引主任見面，他介紹梅崎刑事部長給我，與他聊到之前的種種，他馬上對朝華與江河發出傳喚令，並約下午四點見面後離開。在合豐小憩一會兒，四點前往梅崎部長處見面，朝華被嚴厲斥責一頓。梅崎罵了一個小時，總算一掃我這一年多來的鬱悶，三人約定28日早上十點在「明星」解決。饒這傢伙又不在，沒能找來。總算精神大振，到合豐找三連兄，還去找金源兄報告。這次總算找到解決的一線曙光。晚上在「北安利」接受李立夫的招待，與進之、修曽、李科長四人被請客，在那邊聽到許多啟新內部的人事謠言。會後與三連兄、子文兄在甲斐家中打麻將，金源兄也來，給我股金八萬圓。

4月24日　火

　　朝合豊より役2万円いただき10時半の特急で帰京した。深切君等が特務隊に引張られたときかされ何事かと心配した。中平大佐、中島君が訪れて来た。夜東安市場東亜楼にて沙兄に招待され天津から来た楊小姐と三人で和やかな夕食をとった。食後朝倉主幹を訪れ不在中の

お世話に対しお礼を述べようと思ったが又しも運賃改正で多忙を極めて不在だった。

## 4月24日　星期二

　　早上從合豐拿到兩萬圓，坐十點半的特急回北京。聽到深切君被特務隊抓走，相當擔心。中平大佐、中島君來訪。晚上被沙兄招待，在東安市場「東亞樓」與天津來的楊小姐三人和樂地共進晚餐。飯後拜訪朝倉主幹，本想感謝他在我不在京時的照顧，但他因運費改正一事公事繁多而不在。

## 4月25日　水

　　15時宝信号へ三家店灰煤業公司に投資する43万余円を引き出し、又銀が暴落したので15両買った。17時現金70万円を劉会長に手交した後色々営業方針を打合せ、貨車配給の請求と華北石炭への売却並行主義にて三家店の石炭営業方針を樹立した。

## 4月25日　星期三

　　下午三點到寶信號把投資三家店煤業公司的43萬餘圓提出來，因銀價大跌買了十五兩。下午五點將現金70萬圓交予劉會長，就業務方針討論許多，並以請求貨車配給與販售華北煤炭兩事同時進行為主要訴求，樹立三家店的煤炭業務方針。

## 4月26日　木

　　朝10時華北交通へ離任の挨拶をしに行った。余り方々廻らず極小部分に止めたが何等か挨拶するのが嫌で仕方なかった。配車の矢倉君に色々三家店の配車を要請したがどうも実現されさうもなかった。午後幼呈を帯同し華北石炭へ中村配炭係長、遠藤資業課長と三家店炭の販売に付懇談した。16時陳姐夫を見舞に行き17時一清君を訪問、事業関係（啓興公司）を報告し18時深切君宅に寄り張太々を色々慰問した。1420部隊に検挙された深切君も近く出られるときき安心した。

## 4月26日　星期四

　　早上十點前往華北交通打招呼，傳達離職一事。之前碰過許多人的

釘子，現在還要去打招呼，真是討厭得不得了。請配車的矢倉君要求許多三家店的配車問題，但看樣子是不成了。下午帶幼星前往華北煤炭與中村配炭科長、遠藤資業課長討論三家店的煤炭販售一事。下午四點探望陳姊夫，五點訪問一清君，報告相關工作(啟興公司)，六點經過深切宅，安慰張太太。聽到被1420部隊檢舉的深切君會在近期內被釋放，安心許多。

**4月27日　金**

　　朝色々な雑用を済してから13時50分の汽車で赴津した。先づ合豊へ寄って三連兄と雑談を交してから啓新へ顔を出し唐山で開催さるべき営業計画委員会の打合せをなした。夜聚合成飯店にて林茂生兄に招待され上海から来られた王柏栄君、藍局長、三連兄、甲斐兄等と御馳走になった。藍局長は例の如く彼のダンサーを三人侍らせ愉快に語り合った。宴後三連兄宅で張鐘美、秋海、子文三兄と麻雀をやった。

**4月27日　星期五**

　　早上辦了許多雜事，搭下午一點五十分的火車到天津。先到合豐找三連兄聊天，後前往啟新討論要在唐山召開的營業計畫委員會。晚上在聚合成飯店接受林茂生兄招待，與上海來的王柏榮君、藍局長、三連兄、甲斐兄等一同被請。藍局長照例請來三位舞者作陪，大夥愉快地聊天。會後在三連兄家與張鐘美、秋海、子文三人打麻將。

**4月28日　土**

　　朝10時明星へ行き朝華、江河と明星戯院解決の最後的談判に行った。彼等二人とも尾首、青木両弁護士を帯同して来たが其の出席を拒絶し三者で円満解決を図ったが態度こそ軟化したが饒君は譲る意向なく夜6時啓新クラブにて郭所長、藍局長、三連兄仲裁の下に話を続行することにして13時頃話を打切り早速領事館へ梅崎刑事部長に会見顛末を報告した。それから合豊へ寄り三連兄に更に金源兄に報告し大体勝利の見透稍々確実なるを思った。18時啓新倶楽部へ三連兄、藍局長、朝華君、青木弁護士、饒江河集ひ簡単に夕食を済してから何とか話を纏めようと思ったが相変らず江河は自己の購買を主張し決裂

の侭20時半頃散会し21時半の急行で唐山へ行った。

**4月28日　星期六**

　　早上十點前往「明星」，與朝華、江河為解決「明星戲院」一事進行最後談判。他們兩個帶了尾首、青木兩位律師來，我原拒絕他們兩人出席、希望三人共同圓滿解決，但最後態度還是軟化，不過饒君完全不打算讓步，談到下午一點，另約晚上六點啟新俱樂部，在郭所長、藍局長與三連兄的仲裁下繼續談判，我立刻前往領事館會見梅崎刑事，報告見面始末。之後前往合豐向三連兄與金源兄報告，這才稍稍覺得勝券在握。下午六點前往啟新俱樂部，與三連兄、藍局長、朝華君、青木律師、饒江河一同簡單用晚餐，之後本想把話題統整一下，但江河這人依舊主張自己要買下來，談判破裂，晚上八點半散會，搭九點的快車前往唐山。


**4月29日　日**

　　朝生産分科会が唐山工廠内で開催され趙総技師が主任委員、自分と劉管理が副主任委員で委員約15名、割合に熱心に討議され不満足乍ら多少の成果を挙げた。数日来明星の問題で夜さへ満足に寝られず頓に疲労を覚えて午後は休息した。夜袁、陳総協理と色々工廠の雑務に付意見を交換した。

**4月29日　星期天**

　　早上唐山工廠内召開生産分科會，趙總技師擔任主任委員，我與劉管理任副主任委員，另有委員約十五名，討論得意外熱烈，雖有所不足，但多少有點成果。數日來為「明星」一事晚上都睡不好覺，頓覺勞累，下午稍事休息。晚上與袁、陳總理針對各種工廠雜務進行意見交換。


**4月30日　月**

　　朝資材分科会が開催され杜が主任委員、趙、沙が副主任委員、自分等が委員として合計15人、昨日と余り顔振れは変りがなかった。資材は可成膨大なる為、後の整理の為1日の午後続開する事にした。今日潮君も参加され、彼のやり方は工廠内の各部に余り愉快な印象を与えてゐない。午後労工分科会が開催されたが自分は委員ではないので参加せず袁、陳総協理とスーパ・ヒート・パイプを見に行った。更

にパックの現場も見に行った。昨夜陳協理から独乙の無条件降伏とヒットラーの死が伝へられ時局の非常の緊迫をしみじみ感じた。夜工廠内の各課長から招待を受け汪襄理、沙処長、李化南、周秘書と五人で三テーブルの同僚から歓迎を受け実に愉快に飲んだ。宴後趙技師宅に於て袁総理、陳協理、沙処長、趙総技師と自分を入れて五人で21時から夜半1時過迄唐山工廠の改組に付熱心に討議され趙兄を工廠長兼製造部長に自分を副工廠長兼業務部長に劉管理を転任することに纏まった。自分の唐山転任は相当な犠牲である上に此の複雑な工廠を理想的に改組する事が果たして可能なりや否やは単軍独馬の自分としては甚だ疑問である。

**4月30日　星期一**

　　早上召開資材分科會，杜擔任主任委員，趙、沙擔任副主任委員，自己與其他共計十五人任委員，參加的人與昨天沒甚麼兩樣。由於資材一事繁重，為了再做整理，決定一號下午繼續開會。今天潮君也參加，他的處理方式給工廠內各部帶來不愉快的印象。下午召開勞工分科會，但自己不是委員故未參加，與袁、陳總理去看超熱管，又到包裝工廠參觀。昨晚聽陳協理講德國無條件投降與希特勒的死訊，讓人深刻感受時局之緊迫。晚上接受工廠內各課長的招待，與汪襄理、沙處長、李化南、周秘書等五人，接受三桌同事歡迎，喝得相當愉快。會後在趙技師家，與袁總理、陳協理、沙處長、趙技師，連同自己一共五人從晚上九點喝到半夜一點，他們熱烈地附議唐山工廠改組一案，決定趙兄擔任廠長兼製造部長、我擔任副廠長兼業務部長，並讓劉管理調職。自己單槍匹馬轉任唐山已經相當的犧牲，如今有無可能改組如此複雜的工廠，連我自己都甚感疑問。

**5月1日　火**

　　朝警備分科会が開催された。丁度北京から高島石油統制協会副課長が来られたので趙総技師と彼を案内して廠内を視察した。中食は工廠にてとり中平氏も来廠されて賑やかに食べた。午後資材分科会に出席した。18時松屋旅館へ八角荘に栄転される綿引署長と彼の友人、生田目秦皇島署長を訪問し綿引氏から明星戯院の事件が梅崎刑事部長

より刑事事件として取り扱ったのに対し青木弁護士が署長に抗議し梅崎氏の立場が非常に困難になるをきき前途の解決が極めて容易ならざるを感じた。それから二署長と高島君、潮君を錦割烹に招待し23時迄愉快に飲んだ。

## 5月1日　星期二

　　早上舉行警備分科會。剛好高島石油統制協會副課長自北京而來，與趙技師帶他在廠內巡視。中午在工廠用餐，中平氏也來了，熱鬧地吃了一餐。下午出席資材分科會。晚上六點到松屋旅館拜訪榮升八角莊的綿引署長與他的朋友生田目秦皇島署長，綿引氏說，由於梅崎刑事部長將「明星戲院」事件當成刑事事件處理，青木律師跑去找署長抗議，這下讓梅崎氏的立場變得進退兩難，聽到這事，讓我感覺要想解決事情絕不容易。之後招待二署長與高島君、潮君吃「錦割烹」，愉快暢飲到晚上十一點。


## 5月2日　水

　　朝、業務計画委員会が開催され袁総理、陳協理、趙総技師、劉管理、杜副理、汪襄理、沙処長と自分を入れて八人（袁九翁のみ欠席）出席分科会の結果報告があった。斯くして13時50分の急行で一行は天津に向った。早速三連兄、金源兄を訪問し、明星の放棄意向を伝え、同時に子文兄より饒が呉添桂を云ふ悪漢をして北京から憲兵を派し警察署長に抗議したる旨きかされ問題の解決が益々複雑化するを思はせた。夜21時過陳協理を彼の自宅に訪れ沙処長と三人で更に唐山工廠の改組と自分の唐山転任に関し24時過迄語り合った。

## 5月2日　星期三

　　早上舉行營運計畫委員會，與袁總理、陳協理、趙總技師、劉管理、杜副理、汪襄理、沙處長，連同自己一共八人出席（僅袁九翁缺席），分科會有結果報告。之後馬上搭乘下午一點五十分的快車前往天津，馬上造訪三連兄與金源兄，傳達放棄「明星」的意願，同時告訴他們，我從子文兄那邊聽說，饒氏找了一名叫吳添桂的惡漢自北京派憲兵去向警察署長抗議，讓他們了解問題的解決正日益複雜化。晚上過九點，我去陳協理家拜訪，與沙處長三人就唐山工廠的改組與自己轉任唐

山的相關問題，聊到十二點多。

## 5月3日　木

　　北京からの急報で本日原価査定会が開催される旨きかされ予定を変更して本日急遽沙処長と帰燕し六国飯店にて中食後、王幼呈、何正義と四人で開発に赴き原価査定会に出席した。主席は池田物価課長、後は木村技師、橋本、高橋、原、鷹取等何れも馴みの者ばかりで割合に和やかだった。夕食後一週間振りに帰ったら淑英の病稍々よくなったが依然として咳ひどく加ふるに宗仁が熱を出して休んでゐた。

### 5月3日　星期四

　　北京來急電，說今天要開原價查定會，我火速變更行程與沙處長回京，在六國飯店用完中餐後，與王幼呈、何正義等四人赴開發，出席原價查定會。主席為池田物價課長，還有木村技師、橋本、高橋、原、鷹取等幾位熟識者，相較之下氣氛和諧許多。晚飯後回家，一星期未歸，淑英病情稍稍好轉，但咳嗽依然嚴重，宗仁也發高燒在休息。

## 5月4日　金

　　不在中の雑務を色々整理した。独乙惨敗の報告が新聞に掲載され世界戦争が急変換しつつあるを痛感した。今日更に沙兄と唐山転任に関し色々意見を交換した。

### 5月4日　星期五

　　將我不在時的雜務一一整理。報紙刊出德國慘敗的消息，強烈感覺到世界大戰正在急速轉變。今天更就轉職到唐山一事與沙兄交換許多意見。

## 5月5日　土

　　13時の急行で袁総理は北京に到着し直ちに唐山改組の問題を打合せ自分の唐山行きは段々と具体化して来た。14時半饒江河君来訪、明星戯院に関し18時近く迄意見を戦ひ結局75万円にて売却することに同意し、10日に50万、15日に28万（金源君の3万円を含む）支払ふことにした。夜中央公園に於て天津から来られた陳協理の令弟

陳十八翁を招待し沙、幼呈、仲岑三兄も一緒だった。牡丹の花は数日来の風に散ってしまった。久振りの公園散歩である。

## 5月5日　星期六

　　袁總理搭乘下午一點的快車來北京，直接討論唐山改組的問題，我的唐山之行越來越明確具體。下午兩點半饒江河君來訪，就「明星戲院」問題唇槍舌戰到下午近六點，結果我同意以75萬售出，10日付50萬，15日付28萬（包括金源君的3萬圓）。晚上在中央公園招待陳協理自天津來的令弟陳十八翁，沙兄、幼呈、仲岑三人也坐陪。牡丹花因數日來的大風散落一地。久違的一場公園散步。

## 5月6日　日

　　朝10時袁総理、沙兄と金農場長に引率され黄村にある啓新の農場を視察に行った。今日から立夏ださうだが空青く晴れ風は和やかで実に気持ちがよかった。初めて南苑、芦溝橋事件等の戦跡を視察し非常に有意義であった。15時頃帰り、夜李立夫に招待され越智大尉、母、淑英、子供等と御馳走になった。越智大尉も彼の子供に付非常に心配してゐるやうだった。

## 5月6日　星期天

　　上午與袁總理、沙兄在金農場長的帶領下，到黄村裡的啟新農場視察。聽說今天開始是立夏，晴空下微風和煦，實在舒服。初次來到南苑、盧溝橋事件等戰火遺跡視察，非常有意義。下午三點回來，晚上被李立夫招待，與越智大尉、母親、淑英、孩子們一同出席用餐。越智大尉也很擔心他孩子的樣子。

## 5月7日　月

　　朝12時頃綾部理事が黒川資材課長、佐藤天津所長を帯同しセメント入手のお礼に来られ、沙兄と一緒に上林春で御馳走になった。18時油谷、川上両書記官が来られ、潮君も入って袁総理と啓新当面の問題に付24時近く迄熱心に語り合った。結果は潮君が列席されてゐたので思ふ通りの結論に到達出来なかった。夜は弁公処で愉快に食べた。本日正午を以て独乙総統デニッツ提督はドイツ軍戦闘部隊全て

に対し無条件降伏を命令した旨発表した。1939年9月1日以来約6星霜に垂んとする西半球世紀の血闘は斯くして終焉を告げようとしてゐる。人類平和の敵乍ら此の非運児ドイツの運命に一掬の涙を禁じ得ない。

**5月7日　星期一**

　　上午十二點綾部理事帶黑川資材課長、佐藤天津所長前來為取得水泥一事道謝，與沙兄一同在「上林春」被請客。晚上六點油谷、川上兩書記官前來，連同潮君與袁總理討論啟新目前的問題，熱烈地聊到晚上近十二點。結果因為潮君的出席，使問題得不到預期的結果。晚上在辦公處愉快地用餐。今天中午德國總統竇尼茲提督發表德軍戰鬥部隊全面無條件投降的命令。1939年9月1日以來，長達六年的西半球世紀血鬥終於告終。對既是人類和平之敵、又倒楣的德國，讓人忍不住一掬同情之淚。


**5月8日　火**

　　朝9時袁総理と二人で大使館に川上課長を訪問し経済部長にて約1時間に亘り潮顧問の解任と唐山工廠の改組に付懇談した。自分の唐山転任は段々と実現性を帯びて来た。12時三原課長と油谷書記官、中平、潮両顧問と袁総理、沙兄、自分を入れて7人会同し、唐山工廠の警備組織並警備費に付打合せたが、三原、中平、油谷三氏と袁総理が警備費の運用に付意見対立し、其の間色々仲介してやった。夜慶林春に於て華北工業銀行に招待され袁総理、沙処長と出席、先方は宗社長、劉董事、関科長、李経理等で和やかに食べた後4千万円借款の契約内容に付おそく迄討議した。宴後一清兄を訪れたが不在だったので太々と色々時局談を交して23時過帰宅した。

**5月8日　星期二**

　　早上九點與袁總理兩人到大使館造訪川上課長，在經濟部長面前花了約一個小時的時間，懇談卸除潮顧問職務與唐山改組一事。轉任唐山一事，逐漸看來有實現的可能了。十二點三原課長與油谷書記官、中平、潮兩顧問與袁總理、沙兄、連同我共七人，針對唐山工廠的警備組織與警備費做討論。但三原、中平、油谷三人對警備費運用一事，與袁總理意見相對立，我在其中費盡協調。晚上於「慶林春」接受華北工業銀行招待，與

袁總理、沙處長一同出席，對方有宗社長、劉董事、關科長、李經理等，氣氛融洽地用餐。後為四千萬的借款契約內容討論到很晚。散會後造訪一清兄，但不在，與他太太討論許多時事，過十一點回家。

### 5月9日　水

　　最近金、銀、株券の暴落甚だしく実に莫大なる損害を受けた。明星も果して解決するかどうか、かかって明日にあるが実に暗淡たるものである。中食雑局課東郷君を招待し皮革、ゴムの配給に付緊急出すやう要請した。袁総理は本日帰津し12時頃中平顧問来られ警備費の運用に付妥協案を提出した。夜洪炎秋兄を彼の自宅に訪れ明星の問題等を打合せ約1時間余りに亘り懇談した後、蘇子衡君、翁招栄君を見舞に行ったが翁君の処で星賢君、頼君と四人で麻雀をやった。

### 5月9日　星期三

　　最近金價、銀價與股市暴跌，我遭到莫大損害。「明星」一事到底能否解決還是未知數，未來真是一片暗淡。中餐招待雜局課東郷君，請他緊急配給皮革與橡膠。袁總理今日歸津，中午十二點左右中平顧問前來，提出警備費用妥協案。晚上到洪炎秋兄家造訪，討論「明星」問題近一個小時後，去探蘇子衡與翁招榮的病，之後在翁君家與星賢君、賴君四人打麻將。

### 5月10日　木

　　終日雑務を片づけた。夜17時開発雑局課を中央公園上林春に招待し、幼呈、董万山、淑英、子供達と行った。相手は木村技師、鷹取、中山、三輪、原、中島、橋本、安東等で和やかに而も多大の効果を収め22時過散会した。

### 5月10日　星期四

　　一整天都在整理雜事。晚上五點在中央公園「上林春」招待開發雜局課，幼呈、董萬山、淑英、孩子們都去了。對方有木村技師、鷹取、中山、三輪、原、中島、橋本、安東等，氣氛和樂，效果很好，過十點散會。

### 5月11日　金

　　朝10時饒君が天津から50万円の小切手を持参し明星譲渡の一部

分として支払ひに来た。彼に色々人生学を説いてやった。早速一部分で二両の金を買ひ雑部で啓新の株を買ふことにした。14時半北京飯店倶楽部で生必組合主催の糧穀に関する会議に幼呈君と出席した。夜幼呈君来訪色々語り合った。

**5月11日　星期五**

早上十點饒君從天津帶50萬圓支票，來付讓渡「明星」的部分款項。我對他說了許多人生道理。後來馬上把一部分的錢拿去買了二兩金子，又去雜部買了啟新的股票。下午兩點半在北京飯店倶樂部與幼呈君一同出席生必合作社主辦的糧穀會議。晚上幼呈君來訪，談了許多事。

**5月12日　土**

12時頃華北礬土より騰盛君来訪、7条の家に付買付方要請した。15時徐州より張、林麗生君来訪色々時局談をした。

**5月12日　星期六**

十二點左右，華北礬土的騰盛君來訪，請我們買下七條的家。下午三點，張、林麗生君自徐州來訪，討論時局。

**5月13日　日**

14時林顕宗の次男が来訪し満鉄辞職に付相談に来た。15時劉会長来訪、三家店灰煤業組合の運営方針に付打合せに来た。18時頃陳姐夫来訪、身の上に付今後の生活方針を相談された。19時頃玉燕と彼の弟が来訪雑談を交した。今日家族を連れて北海へ遊びに行かうかと思ったが降雨の為終日外へ出なかった。

**5月13日　星期日**

下午兩點，林顯宗的次男來訪，為討論辭滿鐵一事而來。下午三點劉會長來訪，為討論三家店灰煤業工會的營運方針而來。下午六點陳姐夫來訪，來請教日後他自己的營生問題。晚上七點玉燕與他弟弟來訪，閒聊許多。今天本想帶家人到北海遊玩，但因下雨，一整天都沒出門。

**5月14日　月**

朝、川上課長を大使館に訪れ公司の改組に付援助方要請し約1時

間に渡り懇談した。14時宝信へ行き最近又しも銀貨が下落するので逆に又しも20両買った。夜24時過饒江河君天津より来訪、約束通り28万円の小切手を持って来、茲に総計78万（内金源君3万）円で去年1月以来約1年と四ヶ月の紛争に終止符を打った。朝華との思ひ出は不愉快そのものだった。明星に投じた11万円は当時の自分の総財産であるだけに心痛の種だった。そして大きな損害を蒙った。金の損害は何とも思はないが朝華の如き獣に等しい人間と江河の如き教養のない人間との関係は実に限りない懊悩と苦悶を自分に与へた。僅々75万円は僅少し過ぎるがあっさり諦めた。寧ろ此の金の運用に依り今後に期待をかけ、そして結局家を買ひたい。

**5月14日　星期一**

　　早上到大使館造訪川上課長，請他對公司的改組出點力，花了一個小時懇談。下午兩點到實信，最近銀價下跌，所以我又買了二十兩。晚上過十二點，饒江河君自天津來訪，依約帶了28萬的支票前來，總計78萬圓（包含金源君的3萬），從去年一月以來紛擾一年又四個月的爭執終於畫下句點。與朝華的回憶淨是不快。在「明星」投下的11萬圓可是我當年全部的家當，每思及此，心疼不已。真是遭到莫大的損失。金錢方面的損害就不說了，遇到朝華這種禽獸以及江河這種沒有教養的人，實在是徒留無限懊惱與苦悶。區區75萬實在少得可憐，但我爽快地放棄了。不如打算如何運用這筆錢還比較值得期待，打算的結果，我想買棟屋。

**5月15日　火**

　　先日送った36万円で200株の啓新の株を買ってくれたが1株1,370円が本日暴騰し1,800円になったとの事である。本日28万円を天津に送ると同時に麦粉の処分を沙氏に要請した。北京神社祭で日本機関は休日なので業務計画委員会に提出すべき公司改組案を作成した。最近宗仁の病が癒ったかと思ったら引続いて璃莉が同じ病気にかかり高熱を出し淑英の病気と共に家庭を非常に暗くする。憂鬱なる倖に夜淑英、四舅を蟾宮電影院へ行って"四姉妹"を見に行ったが更に慰みにならなかった。突然元禧君は又しも天津から帰り辞職したいとの

事で明星は実に彼を迄過らせたと残念でならない。

### 5月15日　星期二

　　先前送了36萬圓買兩百股啟新的股票，今日暴漲，一股1,370圓以
1,800圓收盤。今天匯28萬圓到天津，同時請沙氏賣掉麵粉。因北京神
社祭，日本機關今天放假，處理要送交業務計畫委員會的公司改組案。
本以為宗仁最近終於病癒，想不到接著換璃莉得了同樣的病發高燒，加
上淑英的病，使家裡氣氛非常沉重。晚上帶著憂鬱的心情與淑英四舅去
「蟾宮戲院」看「四姐妹」，心情變得更低落。元禧君突然從天津回來
說要辭職，想到連他都與「明星」緣分已盡，忍不住感到遺憾。


### 5月16日　水

　　饒君が明星に預入した啓興公司の通帳を約束通り渡さず実に憤慨
且つ懊悩に堪えない。毎日のやう三連兄を煩はしてゐるが一向ラチが
あかない。18時頃一清君来訪又しも明星取戻の抗議と損害賠償の事
をもち出され彼の非常識と守銭奴にあきれかへった。興なく夕食後四
舅を伴って帰ったが胸がチクチク痛む。本日麦粉の代価の一部30万
円を沙氏から受取った。

### 5月16日　星期三

　　饒君未依約把放在「明星」的啟興公司存摺拿來，實在是既憤慨又
懊惱。如往常一樣去找三連兄訴苦，但得不到結論。晚上六點一清君來
訪，又來抗議「明星」被收回一事，還說要要求損害賠償，我受夠他的
沒常識和守財奴的習性。興致全無，晚飯後陪四舅回家，覺得痛心。今
天從沙氏那裡拿到部分麵粉錢30萬圓。


### 5月17日　木

　　唐山工廠改組問題を川上課長が潮氏に打ち明けたことから自分
の立場が非常に苦しくなり面白くなかった。本日天津から明星の売価
残金38万円が送られすぐ一部を金に換へた。17時過炎秋兄来訪、啓
新公司の一清兄の見解に対し色々同情的ことをきかされ非常に慰みに
なった。そして22時過迄色々語り合った。結局土曜日我軍兄、深切
兄、烈火君、炎峯君を同和居に招待し其の公正なる判断に任せること

になった。

**5月17日　星期四**

　　因川上課長與潮氏點明唐山工廠改組問題，我的立場變得非常辛苦與難堪。今天天津送來「明星」餘款38萬圓，我馬上拿了一部分去買金子。下午過五點，炎秋兄來訪，他聽到啟新公司一清兄的看法，對我表示無限同情，心裡覺得深感安慰。之後又聊到晚上過十點。結果決定星期六要在「同和居」招待我軍兄、深切兄、烈火君、炎峰君，請他們主持公道。

**5月18日　金**

　　朝、沙兄を伴ひ大使館に川上課長を訪問し例の唐山工廠改組案を語り合った。17時開発に池田物価班長と安藤食糧班長を訪れセメントの新原価並食糧事情に付色々懇談した。18時過六国飯店に上海から来られた林坤鐘君、謝君、天津から来られた茂生兄を訪れ、そこで彭部長、我軍兄に会ひ皆で彭兄宅へ行き御馳走になった。坤鐘兄から色々上海事情をきかされやはり北京は極楽だと思った。数日来明星問題やら啓興問題で胸を痛め特にルリーの病気は一入と自分の暗い気持ちを淋しくした。

**5月18日　星期五**

　　早上陪沙兄到大使館拜訪川上課長，討論唐山工廠改組案這個老問題。下午五點到開發造訪池田物價班長與安藤食糧班長，懇談水泥的新原價與糧食問題。下午過六點到六國飯店拜訪上海來的林坤鐘君、謝君，還有天津來的茂生兄，在那邊碰到彭部長與我軍兄，大家一同到彭兄家用餐。聽坤鐘兄講到許多上海的事情，覺得北京生活極其安逸。數日來為「明星」與啟興問題煩憂，特別是一想到璃莉的病，心情更是絕望孤單。

**5月19日　土**

　　朝三連兄より電話をあり明星の通帳を取戻した旨きかされ安堵した。本日小麦粉の残金15万円を受取った。同時に三家店灰煤業に対する投資90万円は本日を以て全部払込を修了した。19時より同和居

に於て我軍、深切、烈火、炎峯の四兄を招待し、一清兄との紛争を片づけた。彼が金の暴騰に依る彼の損害補償を要求したのに対し四人は之を承認せず大体自分の考えてゐる通りの解決方法に達し得たるを以て満足した。夜やはり色々明星に関連して寝られぬ一夜を明した。明星に保管せる金も大丈夫だとききやっと安心した。

**5月19日　星期六**

　　早上三連兄打電話來，他說「明星」存摺拿回來了，總算寬心。今天收到麵粉的尾款15萬圓。同時投資三家店灰煤業的90萬圓在今天全部匯款完成。晚上七點在「同和居」招待我軍、深切、烈火、炎峰四人，解決一清兄之間的紛爭。一清兄要求應當依照金價暴漲來賠償他的損失，但四人皆不認同，事情大概都如我所預期獲得解決，覺得心滿意足。晚上仍舊為了「明星」一事，夜不成眠。聽到保管於「明星」的錢沒問題，總算覺得安心。


**5月20日　日**

　　朝林茂生君と劉会長が来訪され劉会長に株金全部の払込を終了した。11時頃上海より林坤鐘、謝金嬴両兄来訪色々上海事情と時局談を交したる後、中食我軍宅に於て彼に御馳走になった。同席には上海より四人（坤鐘、金嬴、陳鶴年外一人）、林茂生、烈火、一清、乙金等であった。15時頃翁様の逝去を京屋君の宅に弔ひ彼48才の短き生涯の終末の果敢なさを悲しんだ。子供六人しかも二人の不具者を残されて今後翁太々は如何にして世の荒波と戦ふか。17時呉姐夫、陳姐夫を訪問、最近の生活状況を語り合った。雨はしとしと降り、淋しい夜である。淑英の病はやはり好転せず心配が加重されるばかりである。

**5月20日　星期日**

　　早上林茂生君與劉會長來訪，把要匯給劉會長的股金繳齊。十一點林坤鐘與謝金嬴兩人自上海來訪，談到許多上海的情勢與時局變化，之後在我軍兄家被他請吃中餐。同席的有上海來的四人(坤鐘、金嬴、陳鶴年，另有一人)、林茂生、烈火、一清、乙金等。下午三點到京屋家憑弔過世的翁先生，惋惜他四十八歲英年早逝、一生果敢。生後有六個孩子，其中兩個還有殘疾，真不知翁太太今後該如何維生。下午五點拜

訪吳姊夫與陳姊夫，聊聊最近生活近況。雨淅瀝淅瀝地下，真是個寂寥的夜晚。淑英的病還是沒有好轉，讓人更加擔心。

## 5月21日　月

　　朝中平顧問と警備員の待遇問題を語りそれから開発へ木村、森両技師に会ひバケットチェンを松安工廠に製作する件に付打合をした。12時半東本願寺に於て翁様の告別式に参列した。郷友多く"流水落花千古恨"の輓聯は更に感傷を深めてありし日の彼の思ひ出は自分の胸を痛めた。15時司令部に平松大尉を訪れ兵器部長池田少尉に挨拶し更に目黒少尉、経理部岡田中尉に面会し色々な問題を片づけた。18時李立夫来訪、彼の息娘の出獄に関し語り合った。20時京屋君宅を訪れ、子文君、三連兄等と色々語り合ひ、夕食の御馳走になった。

### 5月21日　星期一

　　早上與中平顧問談論警備員的待遇問題，之後到開發與木村、森兩技師會面，討論拜託松安工廠製作運送帶一事。中午十二點半到東本願寺參加翁先生的告別式。碰到許多同鄉，看到「流水落花千古恨」的輓聯，更添感傷，過去有關他的點點滴滴，刺痛我心。下午三點到司令部造訪平松大尉，與兵器部長池田少尉打招呼，後又與目黑少尉、經理部岡田中尉會面，解決許多問題。晚上六點李立夫來訪，談論救他女兒出獄一事。晚上八點造訪京屋君家，與子文君、三連兄等閒聊，晚上在他家用餐。

## 5月22日　火

　　本日人事改革委員会に提出すべき公司の改組案を整理した。夜徒然なる侭に飛仙へ"若き日の感激"を見に行ったが更に感激するところがない。夜玉燕さんと弟が来訪、身の処置方に付色々と相談して帰った。

### 5月22日　星期二

　　今天整理應當提交人事改革委員會的公司改組案。晚上打發無聊到「飛仙」看「年少的感動」，但一點也不讓人感動。晚上玉燕與她弟來訪，找我商量今後容身之處後回家。

## 5月23日　水

　　11時の急行で天津へ行き、明星にある貯金を引き出さうと思ったら土曜日既に之を引き出し黄茂士君に依頼したとのこと、彼が数回自分に会ひ乍ら之を忘れ自分を天津迄走らせて不愉快だった。到着後早速合豊へ三連兄を訪れそれから金源兄を訪問したが不在の為啓新へ袁九爺を訪れ人事計画委員会に提出すべき自分の案を示して了解を求めた。夜、本日自分と一緒に来た林坤鐘、謝金贏、陳、張を主賓とし茂生、甲斐、鐘美等を北安里に三連兄に招待され御馳走になった。

## 5月23日　星期三

　　搭十一點的急行到天津，想把「明星」的存款提出來，星期六已經拜託黄茂士君，他來找我幾次但他老是忘記，結果還要讓我親自跑一趟天津，真是不快。抵達後馬上到合豐拜訪三連兄，又去找金源兄，因為他不在我便到啓新拜訪袁九爺，表達我對於提交人事計畫委員會的看法，取得他的認同。晚上在北安里，與跟自己一同來津的林坤鐘、謝金贏、陳、張做主客，茂生、甲斐、鐘美等陪同下接受三連兄的招待。

## 5月24日　木

　　朝10時合豊へ金源君を待ち、饒君を明星に訪れ残金の引出しの印を貰ひ、啓新へ九爺を訪れて昨日の続きを語り合ひ、15時金源兄から啓興加入資本7万円と明星の残金1万2千円受取り、乙金舅が50株の啓新を買ふ資金として三連兄に貸した1万8千円と一緒に合計9万円陳協理に渡して買付方依頼した。それから勝田弁護士と梅崎刑事部長に明星解決の報告と御礼を申し述べた。

## 5月24日　星期四

　　早上十點到合豐等金源君，到明星找饒君拿提款的印章，後到啓新造訪九爺，聊昨天未完的話題，下午從金源兄那兒拿到加入啓興的資本7萬圓與「明星」剩餘尾款一萬二千圓，加上乙金舅借結三連兄當作購買50股啓新資金的一萬八千圓，合計9萬圓，交給陳協理請他代買。之後向勝田律師與梅崎刑事報告「明星」解決一事，並傳達謝意。

## 5月25日　金

　　車中偶然三井の菅課長が啓新顧問撤廃後三井に援助方依頼されたので川上課長に会ふので色々自分の意見をきかされ反対するやうひ言ひ含めた。一緒に新月へ中食をとった。本日先づ一清兄に早速32万円の小切手を渡した。汪裏理と色々同人待遇改善に付総協理に進言方要望した。家へ帰れば璃莉は元気になり些か喜んだ。

## 5月25日　星期五

　　車中偶然被三井的菅課長拜託，說日後啟新顧問裁撤後要多照顧三井，於是我去找川上課長，跟他講述許多我的看法，但他言下似有反對之意。一起到「新月」共進中餐。今天先忙著把32萬的支票交給一清兄。與汪裏理就改善同仁待遇等種種問題，期待能向總經理進言。回到家看到璃莉痊癒，略微開心。

## 5月26日　土

　　朝上海から郷友林耕平君が来られ色々語り合った。鉄鋼販売から平木君が来訪、第二四半期の銑鉄査定に付援助方要請した。中食平木、林に淑英を入れて一緒に新月でとった。中食後劉会長来訪、啓興割当の石炭に付販売委託することにした。夜北海公園彷膳に於て劉、高両会長に招待され中西少佐、蘇太々、淑英等と御馳走になり、坨里炭と三家店炭の輸送援助に付中西少佐に懇願した。宴後蘇太々が子蘅兄を海甸に置いて独り淋しき身に同情をよせ特に彼女が淑英と同窓なるが故に彼女を慰むべく北海後山を散歩しホロ酔ひ気分で15夜の圓らかな月を眺めつつ彼女の若き日の恋唄をききつつ色々語り合った。彼女の唄をきき彼女と語って行くにつれて何等か共盟する何物かを感じおそろしい気持ちを如何ともし得ない。彼女は夫に自分はワイフに共に肺結核と云ふ難病を背負はされてお互の運命を呪ひたくなる。彼女が其の夫を愛する如く自分も淑英に熱愛をささげてゐる。夏の夜の風は何故か今宵に限って一入と涼しい夜の更けゆくのも知らず我家へ淑英と帰ったのは既に午前一時近くだった。

## 5月26日　星期六

　　早上同鄉林耕平自上海而來，閒聊許多。鋼鐵販賣的平木君來訪，

請求我們援助第二四半期的生鐵查定。中午與平木、林還有淑英一同在
「新月」用餐。飯後劉會長來訪，拜託販賣啟興煤炭。晚上在北海公園
接受劉、高兩會長招待，與中西少佐、蘇太太、淑英等一同用餐，請求
中西少佐援助坨里炭與三家店炭的運送一事。蘇太太因把子蘅君留在海
甸，一個人形單影隻地讓人同情，尤其她與淑英又是昔日同窗，為了安
慰她，飯後到北海後山散步，微醺下眺望滿月，聽她唱起年輕時代的情
歌，閒聊許多。聽她唱又聽她講，忍不住有種同病相憐的震撼感，她先
生與我太太都有肺結核，讓人不由得想埋怨彼此的命運。正如她愛夫之
深，我也對淑英懷抱深深愛意。今晚的夏夜晚風不知何故，格外沁涼，
不覺夜深，等到我與淑英回到家時，已是午夜近一點。


5月27日　日

　　朝天津から林顯宗君の二男がやって来た。17時元禧君と二人で
中央公園を散歩し畫展を見、一枚買った。暫らくして淑英が玉燕さん
を連れて来、一緒に中央公園へ今宵の月を玉燕と賞しようかと思った
が待てど月は雲にかくれて姿を見せない。恰も玉燕と自分の友情と同
じである。彼女は今朝弟を上海に送り獨り淋しい氣持ちをせめて淑英
と二人で慰めてやり月の力を藉りたかったのに月は曇って出なかっ
た。然し南海の夜は湖上を流れる若き男女の恋唄に一入と感傷的だっ
た。23時過に帰った。

5月27日　星期日

　　早上林顯宗的次子從天津來。下午五點與元禧君兩人到中央公園散
步看畫展，買了一張畫。不久，淑英帶玉燕前來，本想到中央公園與玉
燕一起賞月，但烏雲遮月看不到。正如玉燕與我的友情一般。她今晨把
弟弟送回上海，一個人格外寂寞，本打算至少還有我與淑英兩人可以藉
月亮之力安慰她，但月亮卻不露臉。南海的夜晚，湖面上漂蕩著年輕男
女的情歌，更添感傷。過十一點回家。


5月28日　月

　　朝華北車輛と華北交通へ行った。シャフト交換問題と機関車の
青島工廠輸送に要する配車問題を片づけた。15時蒲和基君の結婚式

（留日学会に於て）に参加しそれから宝信へ寄って借金を整理し、帰途姉さんの病気見舞に行った。夜越智大尉を彼の宿舎に訪れ掛軸二幅送り色々語り合った。

## 5月28日　星期一

早上去華北車輛與華北交通。解決螺旋軸交換問題與輸送至青島工廠的鐵路貨車配車問題。下午三點參加蒲和基君的結婚典禮(於留日學會)之後經過寶信，處理借款一事，回家途中去探望姊姊的病。晚上到越智大尉的宿舍拜訪，送了兩捲掛軸，閒聊許多。


## 5月29日　火

朝沙兄と鄭君を帯同し大使館計画課へ武田書記生を訪れブラックシートとシャフトのバータに付懇談しようと思ったが目的を達せず空しく帰った。15時淑英を伴ひ国際戯場へ"陽春細雨"を見に行き、帰り吉士林に寄ってお茶を飲み18時三原課長を彼の家に訪れ中平顧問の給料に付懇請を受けた。夜深切君に招待された。招待されたのは宋維屏、烈火、林権民等であった。宴後張太々、林太々、烈火君と四人で麻雀をやった。陳大姐夫は折角天津へ行ったが事成らず2、3日で又しも帰って来た。どうも又阿片をやめてゐないらしく全く痛心の至りである。昨夜元禧をして一清兄との金銭関係を全部清算し結局40余万円支払った。

## 5月29日　星期二

早上與沙兄帶鄭君前往大使館計畫課，拜訪武田書記生，原打算好好談談blacksheet與螺旋軸交換之事，但目的沒達成，空手而回。下午三點陪淑英去「國際戯院」看「陽春細雨」，歸途經過吉士林家喝茶，下午六點造訪三原課長家，接受中平顧問薪水方面的請託。晚上被深切君招待。另外還有宋維屏、烈火、林權民等。宴會後與張太太、林太太、烈火君四人一起打麻將。陳姊夫難得去天津，但卻不成事，沒兩三天就又跑回來。好像又是戒不了鴉片癮，實在痛心至極。昨夜請元禧把與一清兄的金錢關係全部結算，結果付了40餘萬圓。

5月30日　水

　　朝11時の汽車で総理に呼ばれ赴津した。本日淑英を通し劉会長に11万7千円石炭代として渡した。車中久振りに徐申初君に会ひ久闊を叙し合った。15時本社へ行ったら袁総理から本日理事会を開催し自分が正式に唐山副工廠長に就任する決議をする旨きかされ余りにも事態の変化の早きに一驚した。趙総技師が工廠長になり自分と杜芝良が副工廠長と18時頃理事会が終わり満場一致で可決された。袁総理はすぐ自分に唐山へ赴任方要請され些かびっくりした。同時に北京弁公処長が解職になる旨仄めかしてゐたので益々失望し憂鬱だった。趙、陳協理何れも夕飯を共にすべく提起したが其を受入れる元気もなく19時合豊へ金源君と落合って啓興公司の石炭販売を協議したる後三連兄宅へ御馳走になり。

5月30日　星期三

　　被總理召喚，搭上午十一點的火車赴津。今天透過淑英，交給劉會長十一萬七千圓的煤炭費。車中遇到闊別已久的徐申初君，兩人敘舊。下午三點到總公司聽袁總理說本日要召開理事會，決定由我正式接任唐山副廠長一職，事情進展之速，讓人吃驚。晚上六點理事會結束，滿場一致同意由趙總技師任廠長，我與杜芝良擔任副廠長。袁總理馬上請我即刻前往唐山赴任，讓我有點驚訝。同時，北京辦公處長也暗喻要我免職，讓人越來越失望憂鬱。趙、陳協理兩人在晚飯時都有提到此事，但我沒心情想，七點跑去合豐找金源商量啟興公司的煤炭販賣問題，之後到三連兄家吃飯。

5月31日　木

　　昨夜遅い上に本日早くから蝿にさまされ軽く頭痛を覚へた。10時早速張、杜と三人で唐山工廠の改組を協議し大体自分の希望通りになった。中食袁総理と陳協理に招待され趙、杜と五人で愉快に語り合った。中食後早速五人で唐山の改組を協議し大体原案通りに可決し7月1日より実施することにした。16時袁九爺と色々語り合った。19時の特急で帰京し、陳姐夫を唐山工廠の外事科長として帯同することを打合せた。

## 5月31日　星期四

昨夜玩到很晚，一早就被蒼蠅吵醒，覺得頭有點痛。十點馬上與張、杜三人協議唐山工廠的改組，大體上如自己所希望。中午被袁總理與陳協理招待，與趙、杜五人愉快地聊天。中飯後五人馬上協商唐山改組，決定大體上原案通過，由7月1日開始實施。下午四點與袁九爺聊及種種。晚上七點的特快車回北京，與陳姊夫討論要帶他去擔任唐山工廠外事科長一事。

## 6月1日　金

朝中平、潮両顧問に来社を求め唐山副工廠長就任を発表すると共に其の援助方要請した。沙処長に自分が北京に於ける副処長として留任方総理に手紙を出さしめた。蔡竹青君が卒業後久振りに来られ久闊を叙し、北京、天津で一寸した喫茶店を開くべく打合せた。弁公処で和やかに中食を済まして15時頃帰った。16時頃唐山工廠より茹誉勢と趙香九来訪、色々唐山工廠の改組問題を語り合ひ、夜北海公園にて沙、幼呈と三人で彼等二人を夕食に呼んだ。

## 6月1日　星期五

上午請中平、潮両顧問來公司，發表就任唐山副廠長一事並請求他們援助。我寫信給總理，希望留沙處長擔任北京副處長一職。畢業後許久不見的蔡竹青來訪，兩人敘舊，討論要在北京、天津開咖啡店。在辦公處和樂地用過中餐後下午三點回去。下午四點茹譽勢與趙香九自唐山工廠來訪，閒聊許多唐山工廠的改組問題，晚上在北海公園請沙、幼呈，將他們兩人找來吃晚餐。

## 6月2日　土

15時頃鄭君を帯同し鉄鋼販売会社へ北原課長、中西主任、佐藤君を訪れ20年度に於ける銑鉄の配給を要請した。本日本社から正式に唐山工廠の副工廠長に転勤の命令に接し、北京と兼任でない上に給与も上がらないのに失望した。本日家へ帰り淑英のレントゲン写真が出来ていたのを見て淑英が胸の三分の一ほどやられ病勢が案外悪化進展してゐるのに一驚すると共に彼女を酷使し又彼女自らそう云ふ運命に

甘んじて来たのを放任した事を後悔した。夕食後幼呈と人々商店を訪れ其の成立を祝すると共に炎秋兄を彼の家に訪問し啓興公司の契約並自分不在中の三家店灰煤業公司の仕事を委託した。夜母と子供達を連れて火斐兄の新宅を訪れ案外立派な家に羨望の情抑へ難きものがある。

### 6月2日　星期六

下午三點帶鄭君到鋼鐵販賣公司拜訪北原課長、中西主任、佐藤君，請求昭和20年度的生鐵配給。今天開始正式從總公司接到轉任唐山副廠長的命令，不但無法兼任北京工作之外，薪水也沒有提高，好生失望。今天回家，淑英的X光片出來了，得知淑英胸腔三分之一被病魔侵蝕，病況意外地不斷惡化，讓人嚇一跳，我很後悔之前四處使喚她，而她也甘於這樣的命運，任我指使。晚餐後與幼呈造訪人人商店，慶祝開業，並一同造訪炎秋家，委託他啟興公司的契約與我不在時三家店灰煤業公司的工作。晚上帶母親、孩子去火斐兄的新家拜訪，想不到是這麼富麗堂皇，讓我難掩欣羨之情。

### 6月3日　日

朝蔡竹青、温昶、楊添進の三君来訪され、温君とは唐山の改組を語り、竹青君とは北支に進出する事業を語り合ひ、添進君とは英米捕虜待遇の内容をきいた。竹青、添進両君を中食に残した後昼寝して明日愈々唐山へ赴任に行くので荷物等を整理した。夜出発後の家事を色々母、楊小姐等に世話方要望した。そして淑英との別離に無限の名残を捧げた。

### 6月3日　星期日

上午蔡竹青、温昶、楊添進三人來訪，與温君聊唐山改組，與竹青君聊前往北支發展，並聽添進君講英美對待俘虜的種種。留竹青、添進兩人吃中飯，睡午覺。因明天要赴任唐山，整理行李。晚上交代母親於楊小姐等家事。與淑英離情依依。

### 6月4日　月

朝7時の急行で陳瑞棠君を帶同勇躍赴任した。車中江原君、陳

火斐君、張秋海君等に会ひ色々語り合った。12時半劉前管理、趙新廠長、杜副廠長に迎へられ趙、杜と二階で小宴を張った。都会に永く居た自分としてはこんな田舎に来る淋しさをどうして堪へて行くか疑問であるが、繁茂した樹木の中に鳥の囀りをきくと塵埃にうづもれた都会の生活を忘れられるとも思ふ。夜陳瑞棠君と一緒に李進之兄を訪れ色々語り合った。そして最初の夜を大楼二階の総理室に憩ふた。

### 6月4日　星期一

興奮地帶陳瑞棠君乘上午七點的快車赴任。車中與江原君、陳火斐君、張秋海君見面，閒聊種種。十二點半劉前管理、趙新廠長、杜副廠長都來迎接，與趙、杜在二樓小小慶祝一番。長期生活在大都市的我，雖然還不知如何排遣鄉下生活的寂寞，但在茂密樹林中聆聽鳥啼，我想必定可以忘卻紙醉金迷的都市生活。晚上與陳瑞棠君一同造訪李進之，天南地北地閒聊。第一晚在大樓二樓的總理室歇息。

### 6月5日　火

本日11時過山谷工務段長が来訪、セメントの生産低減の原因を調査し北支那交通団に於て援助方声明して帰った。夜劉俊卿前管理を彼の自宅に訪問し事務引継をすべく行ったが色々工廠内の情勢をきかされた。やがて自分の住居になるが立派な家である。18時徐幫理来訪、業務部の人事に関し打合せをなし、夕食を大楼に於て共にとった。

### 6月5日　星期二

今早過十一點，山谷工務段長來訪，調查水泥産量減少的原因，並尋求北支那交通團的援助後回去。晚上去劉俊卿前管理家找他，事務交接一事雖已完成，但跟他探聽許多工廠內的情勢。終於回到家，是棟很好的房子。晚上六點徐幫理來訪，討論營運部的人事，晚上在大樓裡一同用餐。

### 6月6日　水

朝10時大客間に於て就任典礼が開催された。先づ劉管理が離任の挨拶をなし続いて趙新廠長、杜副廠長、自分の順序に就任の辞を述べた。11時陳瑞棠、李正綱を帯同し開灤へ川村監察、金子、知久、

日野各部長を訪問し、石炭、洋灰のバーター問題、火薬問題を懇談した。14時中平顧問と警備隊の一元化に付打合せた。夜、趙、杜と三人で楊渓如に招待され李進之も飛入にて参加した。宴後、渓如と23時近く迄色々廠内の事情を語り合った。

**6月6日　星期三**

　　早上十點在大會議室召開就任典禮。首先是劉管理的卸任感言，之後依趙新廠長、杜副廠長、我的順序，先後發表就任感言。十一點帶陳瑞棠、李正綱到開灤找川村監察、金子、知久、日野各部長，懇談煤炭、水泥交換問題及火藥問題。下午兩點與中平顧問商量警備隊統一一事。晚上與趙、杜三人接受楊渓如的招待，李進之也來湊一腳。飯後與渓如討論廠裡的事到近十一點。


6月7日　木

　　朝10時より第1回警備演習を開催し、工廠内日系警備隊、華京警備隊、巡査隊、巡役、稽査隊等全部参加し、自分は最高責任者として中平顧問を帯同し之を巡視、12時大楼前に集合せしめ講評した。夜鴻宴に於て華北電業の曽我部経理に招待され劉管理、趙、杜、徐、茹、楊、李等と御馳走になった。今日腹の工合悪く、其の上北京が恋しくて何等かメランコリーで21時宴会から帰るとすぐ就寝した。

**6月7日　星期四**

　　早上十點召開第一次警備演習，工廠內的日系警備隊、華京警備隊、巡查隊、巡役、稽查隊等全部參加，我以最高統籌者的身分帶中平顧問巡視，十二點前在大樓前集合講評。晚上於「鴻宴」被華北電業的曽我部經理請客，與劉管理、趙、杜、徐、茹、楊、李等人接受晚餐款待。今天肚子不舒服，加上想念北京，愁緒滿懷，晚上九點從宴席回家後早早就寢。


6月8日　金

　　朝10時より劉旧管理、趙廠長、徐幫理と1420部〔隊〕長（笠井大佐）、憲兵隊、日本領事館、綏靖軍等各機関へ新任挨拶に行った。劉前管理が不必要な事ばかり喋舌って不愉快に感じた。中食後中平

様と警備の編成に付打合せた。17時日系警備員に一場の訓辞を与へた。夜李希晟開封生計副課長が開灤転職に付色々懇談に来、一緒に夕食をとった。20時から徐幇理と改組さるべき業務部の組織、業務分担、人員配置を協議した。

## 6月8日　星期五

早上十點與劉舊管理、趙廠長、徐幇理等，前往1420部〔隊〕長（笠井大佐）、憲兵隊、日本領事館、綏靖隊等各機關打照面。劉前管理老講廢話，令人不快。中飯後與中平討論警備的編排。下午五點，對日系警備員來場精神訓話。晚上李希晟開封生計副課長前來商量轉職開灤一事，一起吃晚餐。八點與徐幇理協調改組後營運部的組織、業務分擔、人員配置。

## 6月9日　土

朝9時半より開灤、連絡部、高等法院、市政府、連合準備銀行、停平淦司令部、市商会、鉄道工廠等へ就任挨拶に廻り、中食、潮君が連れて来た東洋特殊セメントの事務理事米谷君と工廠で中食をとった。夜華新紡績の服部経理に招待され劉、趙、杜、徐と一緒に御馳走になった。唐山は町の割合に料理の美味しい処である。

## 6月9日　星期六

早上九點半開始，前往開灤、連絡部、高等法院、市政府、聯合準備銀行、停平淦司令部、市商會、鐵道工廠等地拜會，中午與潮君帶來的東洋特殊水泥的事務理事米谷君在工廠用中餐。晚上被華新紡績的服部經理招待，與劉、趙、杜、徐等一起吃飯。唐山這城市雖小，但料理還算美味。

## 6月10日　日

工廠は日曜日も休まず半どんださうである。15時趙、杜、茹、徐と五人で唐山工廠の改組に付3時間に亘り討論したが、彼等特に杜君とは非常に意見が異なり非常に失望し又北京に帰りたいと思った。会後趙廠長宅へ今後の改組の経緯に付語り合った。

## 6月10日　星期日

工廠星期日也沒休息，要上半天班。下午三點與趙、杜、茹、徐等

五人就唐山工廠改組一事討論近三小時，但他們其中特別是杜君與我意見老相左，讓人非常失望，真想打道回北京。會後前往趙廠長家，討論今後改組的經緯。

6月11日　月

　　朝最高法院長、郭工程局長が来訪、11時過趙廠長と開灤買部長を訪問、挨拶した。それから金子、朱、鄭、郷原各君を訪問し、石炭増給方要請した。15時蕭所長と警備員の改組に付打合せた。夜李進之兄宅に於て開発の野元天津支部長、鈴木総務課長、渡辺課長、林田唐山所長、松ヶ野課員を招待し、趙、杜、劉、李、潮と一緒に出た。どうも劉管理が嫌なせいか彼が居ると何にも喋舌りたくない。日増しに家が恋しくなり夜も寝られずに困ったものである。

6月11日　星期一

　　早上最高法院院長與郭工程局長來訪，過十一點與趙廠長一同造訪開灤買部長，向他致意。之後拜訪金子、朱、鄭、郷原等人，請他們增加煤炭供給。下午三點與蕭所長就警備員改組一事進行討論。晚上在李進之家招待開發的野元天津支部長、鈴木總務課長、渡邊課長、林田唐山所長、松野課員，與趙、杜、劉、李、潮一同出席。不知是不是討厭劉管理的緣故，不想跟他說話。日子一天天過，我越來越想家，連晚上也睡不著，傷透腦筋。

6月12日　火

　　温秘書が帰られ彼の北京転出を□意さすべく、やはり資材課の成立を断念したくない。夜錦に於て連絡部岸本班長、小林、梯三君を招待し、瑞棠、潮と出て21時頃先に帰った。相変らず夜寝られず午前6時迄小説を読んだ。

6月12日　星期二

　　温秘書回來，應當□意他轉任到北京，我還是不想放棄成立資材課。晚上在「錦」招待連絡部岸本班長、小林、梯三人，與瑞棠、潮一同出席，晚上九點左右回家。晚上依舊睡不著，讀小說讀到早上六點。

## 6月13日　水

　　朝13時木村技師が富樫君を帯同、来廠された。明日帰燕の予定が彼の来廠に依り1日延期をせざるを得なくなった。中食後早速唐山製鋼部へ鵜飼取締役、浅香工作課長を訪れ電気炉の改造に付研究し浅香君に来廠、改造方針を確定した。夜も工廠で夕食をとった後色々雑談を交した。

## 6月13日　星期三

　　下午一點木村技師帶富樫君來廠。明天預定回北京，但因為他的到來我不得不延期一天。中飯後馬上到唐山製鋼部拜訪鵜飼理事、淺香工作課長，研究電氣爐的改造，請淺香君來廠裡確定改造方針。晚上在工廠用餐後雜談。

## 6月14日　木

　　朝10時より趙廠長公事房に於て木村、富樫両君を相手に趙、杜、渓如、温、陳瑞棠と自分が資材並原価の問題で彼等の質疑に応答した。趙廠長が極めて技術的に優秀なる事を本日初めて知り非常に心強く思った。中食後一緒に現場を視察した。夜趙廠長の家で夕食をとり宴後麻雀をやった。端午節である。侘しい唐山の生活でもある。

## 6月14日　星期四

　　上午十點在趙廠長的辦公室，趙、杜、渓如、陳瑞棠與我就資材與原價的問題，向木村與富樫兩人解說、回答疑問。今天第一次知道趙廠長的技術極為優秀，感覺非常放心。中餐過後一同去工地視察。晚上在趙廠長家用晚餐，宴會後玩麻將。今天是端午節，又是一個恬靜的唐山生活。

## 6月15日　金

　　朝8時52分の急行で北京へ帰った。暑さの為に可成の疲労を覚えて其の侭家に直行し小憩の後袁総理が弁公処で待って居たので早速出かけ改組以後に於ける10日間の業務報告をなした。警備、資材、対外的連絡及び部、科の改組計画等具さに報告した。袁総理は殊の外上機嫌できいた上に色々仕事上の指示と困難な点に関する慰問をしてく

れた。淑英の体は些か快復の模様があるかに見えたが璃莉が具合悪くどうも此の家へ越してから家族の平安が破られたやうな気がする。

**6月15日　星期五**

搭早上八點五十二分的快車回北京。天氣炎熱，甚感疲勞，直接回家小憩，後因為袁總理在辦公室等我，我馬上又出門，向他進行改組後十天以來的營運報告。具體報告警備、資材、對外連絡及部、科的改組計畫等。袁總理心情格外愉快，慰勉我工作指揮事項與困難之處。淑英的身體看來有些康復的模樣，但璃莉狀況還是不好，感覺自從搬到這個家以後，全家人似乎就不得平靜安寧。

**6月16日　土**

朝兵器部へ目黒少尉を訪れ、資材の応援と天津兵器部出張所のセメント価格の清算を要請した。目黒少尉から平松大尉が東京に栄転されたとき些か失望した。彼と知ってから何故か分らぬが極力啓新を支持し特に自分に対しては絶大の応援と信用をしてくれ事務遂行上非常に便利だった。彼と一回痛飲をしようと思ったが如何せん其の機会もなく遂に彼は北京を去り名残尽きる所がない。それから経理部岡田中尉を訪れ第一四半期のセメント価格の問題と資材（牛皮）の援助方要請した。

**6月16日　星期六**

上午到兵器部拜訪目黑少尉，請他支援資材並結算天津兵器部分局的水泥價格。聽目黑少尉說平松大尉高升回東京，有點失望。與他相識以來，他總是全力支持啟新，對我尤其信任與支持，在推行事務上相當方便。本想與他暢飲一回，但連個機會也沒有他就離開北京了，惹人惆悵。之後造訪經理部的岡田中尉，拜託他第一四半期的水泥價格問題與支援資材(牛皮)。

**6月17日　日**

午前中は家で休息し、午後黄烈火君を訪問し、不在中の世話方を謝し、それから姉さんの家に立寄り病気見舞をした。淑英の病気も姉さんの病気も簡単に癒りさうもない。

6月17日　星期日

　　上午在家休息，下午訪問黃烈火君，感謝他在我不在時的照顧，之後去姊姊家探病。淑英的病跟姊姊一樣，看起來都不容易好。


6月18日　月

　　本日は母61歳の誕生日である。賢母なるが故に今日の地位をかち得茲に大々的に平素つき合ってゐる友達と会し母の誕生を祝福する為に今日2テーブル、明日2テーブル、明後日3テーブルの予定で友達を招待した。予算大体4万円、招待する客は約百人である。本日は呉姐夫家、楊信夫、王乙金、元禧、玉燕、張深切、毛昭江夫妻、陳茂蟾、林権敏夫妻、洪耀勳夫妻、張星賢、周川、鐘柏卿太々等であった。宴後は20時頃から開始し、21時半頃終った。蔡竹青君も参加されて一層賑やかであった。宴後、竹青君、毛太々、林権敏と四人で麻雀をやったが相当勝った。本日は毛処長、林権敏、洪耀勳君が酔った。

6月18日　星期一

　　今天是母親六十一歲生日。母親賢慧，加上以我今日地位，結交多為權貴，故預定今天席開兩桌、明天兩桌、後天三桌招待朋友，一起慶祝母親生日。預算大約4萬圓，請來約一百位客人。今天有吳姊夫一家、楊信夫、王乙金、元禧、玉燕、張深切、毛昭江夫妻、陳茂蟾、林權敏夫妻、洪耀勳夫妻、張星賢、周川、鐘柏卿太太等。八點開始，九點半結束。蔡竹青君也參加，更加熱鬧。宴會後與竹青君、毛太太、林權敏一起打麻將，贏很多。今天毛處長、林權敏、洪耀勳都醉了。


6月19日　火

　　本日は母の誕生祝ひに北京と別れる為に啓新の関係者と三家店灰煤業の関係者を招待した。聚れる者啓新よりは康秘書主任、王乙金、王仲岑、彭所長、沙逸仙、蒲、謝、鄭、董、周、趙、何、朱、載、張小姐、汪等である。三家店よりは劉会長、楊洞之の二人が代表で来られた。此の外に廖永堂夫妻と林少英等が来られた。若い者ばかりで実に元気がよく実によく飲み且つ食った。

### 6月19日　星期二

　　今天為慶祝母親生日，加上要離開北京，邀請啟新的相關人員與三家店灰煤業者。來客有啟新的康秘書主任、王乙金、王仲岑、彭所長、沙逸仙、蒲、謝、鄭、董、周、趙、何、朱、戴、張小姐、汪等。三家店則有劉會長、楊洞之兩人當代表前來赴約。除此之外廖永堂夫妻與林少英等也來了。年輕人齊聚一堂，生氣蓬勃，好好地吃喝一頓。

### 6月20日　水

　　本日は母誕生祝ひの最終日で3テーブルである。洪炎秋兄の母、夫妻、我軍夫妻、呉姐夫夫妻、蘇太々、徐木生、李増礼太々、周寿源太々、大川清、郭炎華、黄烈火、宋維屏、林煥章、張秀吉、張金順太々、楊永裕、新京から来た呉君等実に賑やかであった。暫らくして京屋君夫妻、陳火斐のお嬢さん、黄君等参加し一入と賑はった。大川清と我軍が衆を相手にものすごく飲み出し自分もまきこまれて酔払いさうになった。蘇太々と淑英を連れて三人で高台に登り11夜の明月を眺めそして若き日の唄を歌った。淑英の病気は自分に悲しみを与えた。恐らく其の如く蘇子蘅の病も蘇太々に深い悲しみを与へたであらう。今度の誕生祝ひは4万円の支出に対し収入が5万円以上に登り何等か得して羞しい。

### 6月20日　星期三

　　今天是慶祝母親生日最後一天，席開三桌。洪炎秋母親、夫妻兩人、我軍夫妻、呉姐夫夫妻、蘇太太、徐木生、李增禮太太、周壽源太太、大川清、郭炎華、黄烈火、宋維屏、林煥章、張秀吉、張金順太太、楊永裕、新京來的呉君等，實在熱鬧。不久京屋君夫妻、陳火斐的千金、黄君等都來參加，更加熱鬧。大川清與我軍跟每一個人敬酒，喝了許多，我也被拉進去一一敬酒，喝到快醉了。帶蘇太太與淑英三人登高台，眺望明月，高歌年輕時代的歌曲。淑英的病令我傷心。我想正如蘇太太為蘇子蘅的病深深難過一樣吧。這次為慶祝生日花了4萬圓，但竟有5萬圓的收入，令人汗顏。

## 6月21日　木

　　三日間に亘た宴会も終り疲れも漸く出て今日は弁公処にも出ず休んでしまった。一番心配なのは淑英の容体であたが案外何事も起らなかった。中食後母、蘇太々、淑英と子供達を連れて久振りに天壇へ行ったが初夏の雨に降られ興少く其の侭黄烈火君宅に行った。

## 6月21日　　星期四

　　為期三天的宴會終於結束，疲憊感也出現，今天沒去辦公室在家休息。最擔心的還是淑英的身體，但還好並無大礙。中飯過後帶母親、蘇太太、淑英與孩子到久違的天壇，但初夏的雨讓人掃興，之後直接到黃烈火君家。

## 6月22日　金

　　沙処長は昨日天津より帰京し本日拝寿に来た。朝食後弁公処に出勤し沙兄と一緒に岡田中尉を訪れセメント価格の決定を催促した。15時頃鉄鋼販売より佐藤君来遊され第一四半期の銑鉄配給促進方要請した。夜淑英、蘇太々を連れて佐藤夫妻と雅叙園に会し夏の夜の一夜を夜半まで茲で飲んだ。暫らく来ぬ間に女は可成変化し今夜は安小姐と新しく見えた劉小姐に侍らせた。お母さんも後から参加した。

## 6月22日　　星期五

　　沙處長昨天自天津歸京，今天來拜壽。早餐後前往辦公處，與沙兄一同造訪岡田中尉，催促他決定水泥價格。下午三點鋼鐵販賣的佐藤君前來，我請他幫忙推動第一四半期的生鐵配給。晚上帶淑英與蘇太太到「雅敘園」與佐藤夫妻見面，在夏夜中喝到半夜。女大十八變，今晚安小姐與煥然一新的劉小姐坐陪。母親之後也來參加。

## 6月23日　土

　　朝宝信へ行き金1両を13万8千円にて四舅の為に銀30両、啓興の為に銀10両買ってそれから北京鉄路局へ寄り徐申仰君に会って淑英に対するパスを借りた。午後淑英、蘇太々と北海攬粋軒でお茶を飲み明日の別れを惜しんだ。夜甲斐さんに招待され一家挙げて御馳走になったが宴後牌九をやり生れて初めて宗となり大敗した。

6月23日　星期六

　　早上到寶信，用十三萬八千圓買了金子一兩，又為四舅買銀30兩、為啟興買銀10兩，之後經過北京鐵路局找徐申仰君，借淑英的肺結核用藥。下午與淑英、蘇太太在北海「攬粹軒」喝茶，明日以後就要分開，甚感惋惜。晚上甲斐兄招待我們一家人，宴會後玩牌九，第一次做東大敗。

6月24日　日

　　朝漸く帰って来たので非常に疲れ小憩したる早速荷物の整理にかかった。四舅、姉が訪れて来て別離の情やるせなかった。18時の急行で淑英と宗仁を帯同し北京を出発した。車内は殊の外混み淑英の容体を案じつつ夜半12時唐山に着いた。

6月24日　星期日

　　早上才回來，非常疲憊，小憩後馬上整理行李。四舅、姊姊都來拜訪，離情依依。帶淑英與宗仁乘晚上六點的快車從北京出發。車內意外擁擠，一路上注意淑英的病況，半夜十二點到唐山。

6月25日　月

　　朝不在中の雑務を片づけ、午後16時15分の普通車にて趙廠長と唐山の部、科の改組に付総協理と打合せをする為赴津した。下車後先づ弟々にて夕食をとりそれから金源君宅を訪問し啓興公司の問題其他色々な事を打合せた。彼から『唐宮演義』を借り今後は唐朝歴史研究に没頭したいと思った。

6月25日　星期一

　　早上整理這些天不在的雜務，為唐山部科改組一事乘下午四點十五分的普通車，與趙廠長赴津與總協理討論。下車後先到弟弟家吃晚餐，之後造訪金源君，討論啟興公司的問題與其他。跟他借《唐宮演義》，想要日後好好研究唐朝歷史。

6月26日　火

　　朝袁、陳、周三総協理列席の下に趙廠長と共に改組案を討議し、

組織、人事、給与を打合せたが大体思ふ通りに運んだ。16時より趙廠長と各董事を訪問し就任の挨拶をして廻った。夜三連兄と甲斐兄に北安里にて御馳走になり食後合豊にて三連兄と色々時局談及処世法を論じ合った。陳瑞棠君今日総協理に紹介し正式に外事課長に決定した。

## 6月26日　星期二

上午在袁、陳、周三總理的出席下，與趙廠長一同協議改組案，並討論組織、人事、薪水，大體上運作結果如我預想。下午四點與趙廠長拜訪各董事，就新上任一事寒暄、打照面。晚上三連兄與甲斐兄在「北安里」請我吃飯，吃後在合豐與三連兄談論許多時事與處世之道。今天介紹陳瑞棠給總協理，正式決定由他擔任外事課長。


## 6月27日　水

朝、総きょう理と昨日各部課長の給与打合の残務をかたづけそれから三井の菅課長と連絡部から来た雑用セメントの件に付色々打合をなし価格決定の自主権を主張した。13.26分の普通車で趙、陳両君と帰唐したが汽車は2時間延着し車内は満員の上に暑気厳しかった。車内林田生必所長と快談し食糧増配を要請した。

## 6月27日　星期三

早上，與總協理處理昨天未完成的各部課長薪水問題，之後又與三井菅課長討論連絡部方面的雜用水泥一事，我堅持要有決定價格的自主權。搭下午一點二十六分的普通車與趙、陳兩君回唐山，但火車延宕兩小時，加上車內坐位全滿，暑氣逼人。在車內與林田生必所長暢談，請他增配糧食。


## 6月28日　木

朝、午後連絡部に於て開催さるべき食糧会議に提出すべき資料を整備した。14時より連絡部に於て開催されたる食糧会議に李秘書を帯同出席し、公司の食糧需給を報告した。夜、汪仲訔、陳瑞棠と淑英を連れて渓如宅へ遊び色々雑談を交した。汪襄理は明日帰津するので彼と色々会社の運営方針を談じ合った。

**6月28日　星期三**

　　上午整理下午在連絡部召開的糧食會議中所該提出的資料。下午兩點帶李秘書出席連絡部舉行的糧食會議，報告公司糧食供需。晚上帶汪仲嘗、陳瑞棠、淑英前往溪如家，天南地北地閒聊。汪襄理明日歸津，與他討論許多公司營運方針。

**6月29日　金**

　　14時開灤病院へ淑英を連れて汪大夫に見て貰ったら情態は極めて悪いとのことで非常に心配し出した。何となく淑英の病気は初めから楽観出来ないやうな気がしてならない。15時連絡部に小林、梯両君を訪れ雑用セメントの件に付懇談した。

**6月29日　星期五**

　　下午兩點帶淑英到開灤醫院給汪大夫看病，病況極度嚴重，讓我非常擔心。忍不住覺得淑英的病一開始就不是很樂觀。下午三點到連絡部拜訪小林、梯兩人，懇談雜用水泥一事。

**6月30日　土**

　　昨日唐山改組案が発表され自分は先般発表されたる副廠長の外に業務部長と北京弁公処副処長兼務を命じられ、本俸も340円より500円に昇給した。本日早速茹業務副部長と資材課、倉庫科、運輸科、外事科、巡査科の職掌並科員の選択に着手し10時より会議室に於て各科長、副科長を集めて打合をなした。本日徐弗庵君に1万2千円手交し預金方委託した。

**6月30日　星期六**

　　昨天唐山改組案發表，我除了擔任之前已經公布的副廠長一職外，還被任命為營運部長與北京辦事處副處長，薪水由原本的340圓提高到500圓。今天馬上與茹營運副部長著手挑選資材課、倉庫科、運輸科、外事科、巡查科的職掌與科員，於早上十點在會議室召集各科長、副科長，進行討論。今天交給徐弗庵君一萬兩千圓，請他幫忙定存。

## 7月1日　日

本日を以て唐山工廠の改組が実施され自分は業務部長をも兼務する事になり、配下に資材、倉庫、運輸、外事、警備の五科が成立した。朝、開灤より劉頤兄来訪色々雑談を交したる後、午後より王委員長が視察に来るとの事で陶、蕭、濱田を会同し警備方法を打合せた。12時半市政府より王委員長は都合に依り来られざるをきき中食後午睡をし16時起きて業務部内の引っ越をやった。夜藤原憲兵来訪色々雑談を交した。

## 7月1日　星期日

今天實施唐山工廠改組，我兼任營運部長，下面成立資材、倉庫、運輸、外事、警備五科。早上劉頤兄由開灤來訪，閒談許多，後與陶、蕭、濱田等就下午王委員長前來視查一事，討論警備方法。中午十二點半得知王委員長因臨時有事不克前來，中飯後睡午覺睡到下午四點，醒來後進行營運部內的大搬家。晚上藤原憲兵來訪，閒聊許多事。

## 7月2日　月

各科の組織を終えて本日より新職制にて仕事を開始した。朝駐廠日本憲兵にお菜補填として5万円手交してやった。17時唐山市公会堂の落成式に徐弗庵、陳瑞棠と共に参加した。出来上った公会堂は如何にも唐山の如き田舎にふさはしく粗略なものである。催し物の中培仁女中の「南帰」は其の昔梁財君と中国文学愛好烈しき時読んだ思ひ出を呼び返らせられた。

## 7月2日　星期一

各科組織完成，從今天開始展開新職制度。早上交給駐廠憲兵5萬圓當做加菜金。下午與徐弗庵、陳瑞棠一同參加唐山市公會堂的落成式。完成的公會堂就如唐山這個鄉下地方一樣粗糙簡略。落成式中培仁女中的「南歸」，讓我想起以前與梁財君瘋狂著迷中國文學時曾經讀到過。

## 7月3日　火

午後1420部隊から大津営長、連絡部より泉君等来訪、大津君は

セメント価格の問題で、泉君は防空非常対策時に於けるセメントの使用に関し相談があった。15時1420部隊へ大平副官に会ひセメント値段の問題で語り合ひ、中島中尉に工廠の組織等で語り合った。何処から聞いたか、多分潮君の喧伝だらうが自分を日本人と誤解し、種々執務細部に亘り注意する積りだったやうだが非常に不愉快に思ひ且つ唐山が非常に狭く感じられ日々の一挙一動が容易に外部に現はれ些か唐山が嫌になった。

**7月3日　星期二**

下午1420部隊的大津營長、連絡部的泉君都來訪，大津君為了水泥價格問題前來，泉君則來討論防空緊急對應策略中水泥的使用問題。下午三點前往1420部隊找大平副官，討論水泥價格問題，與中島中尉談論工場組織。不知是哪來的印象，大概是與潮君爭執過使我對日本人有所誤解，因此執行各種細節時更小心翼翼，但感覺很不好，加上唐山是個小地方，一舉一動更容易被外人察覺，我實在討厭唐山。

**7月4日　水**

潮君は昨日来唐、1420部隊で落合った。策士らしく其の面は見るも憎らしく今日出てきて例の如く又しも空手形ばかりふきかけて来た。劉参謀長は綏靖総署の軍務局長に栄転になり本日挨拶に来た。午後陶科長、蕭副科長、濱田隊長、横井君を帯同し採石廠、土坑等を視察し、接外地区の警備方針に関する指示を与えた。

**7月4日　星期三**

潮君昨天來唐山，在1420部隊碰頭。看到他那詭計多端的嘴臉就討厭，今天照例又來空口說白話。劉參謀部長今天為高升綏靖總署軍務局長而前來打招呼。下午帶陶科長、蕭副科長、濱田隊長、横井君視察採石廠、土坑等，並指示連外地區的警備方針。

**7月5日　木**

朝鉄道工廠の谷口君がセメント受領の件で来訪され、序いで中平顧問が来られ警備方針を種々打合をなし、王士海派遣の情報班の巡査科直属に反対なるを表明された。夜藤原憲兵伍長以下憲兵二人飲みに来、夜半12時に至った。

## 7月5日　星期四

早上鐵路工廠的谷口君為領取水泥一事來訪，隨後中平顧問來訪，討論警備方針之種種，他說反對直屬於王士海派遣的情報班巡查科。晚上藤原憲兵伍長與旗下憲兵兩人來喝酒，喝到半夜十二點。

## 7月6日　金

朝中平顧問と華京警備員の帰趨関係を自分直属に編成替をすることにした。

中平顧問の態度も面白くなく華京警備員は又大使館派遣を傘に着て実に横着である。中食劉参謀長が綏靖軍の軍務局長に栄転したる送別宴を大楼に於て開催し、先方よりは劉局長以下九処処長が参加し、当方よりは趙、杜、徐と自分四人が参加して賑やかに会食した。15時開灤より亀井、知久、日野、上野、劉の五君来訪し石灰石採掘の問題、石炭（物動外）価格の件、火薬譲渡に関する件等を討議し当方よりは趙、潮、温と自分四人参加し、会後簡単に大楼に於て会食をした。

## 7月6日　星期五

早上與中平顧問討論，決定華京警備員由我直接管理。中平顧問的態度很無趣，華京警備員仗著自己是大使館派遣，態度惡劣。中餐為了送高升綏靖軍軍務局長的劉參謀，在大樓辦送別會，對方從劉局長以下，九處處長都有參加，我方則有趙、杜、徐與我四人，熱熱鬧鬧地用餐。下午三點開灤的亀井、知久、日野、上野與劉等五人來訪，商討採挖石灰石的問題、煤炭價格、火藥讓渡等問題，我方有趙、潮、溫與我四人參加，會後在大樓簡單用餐。

## 7月7日　土

朝10時より唐山工廠第1回常務会議を開始し趙、杜、徐、茹、周、黎秘書と自分を入れて六人出席し、7月に於ける工人賃銀の問題、配給所設置の問題、文書整理の問題を討議した。午後資材疏散防空壕視察の為濱田隊長を帯同し適切なる場所を物色した。

**7月7日　星期六**

　　上午十點開始唐山工廠第一回常務會議，趙、杜、徐、茹、周、黎秘書與我共六人出席，討論七月的工人薪水問題、配給所設置問題、文書整理問題。下午為了視察資材疏散防空洞，帶濱田隊長物色合適的場所。

**7月8日　日**

　　13時趙、徐と三人で啓新を代表し劉局長を駅頭に見送り多数の知名の士に会った。淑英の病気は日増に悪化の模様があり、着唐後下痢の上に熱迄高くなった。佗しさに堪へられず二人で若き日を色々語り合った。

**7月8日　星期日**

　　下午一點，與趙、徐三人代表啟新去車站送劉局長，碰到許多名人。淑英的病日益惡化，到唐山之後不但拉肚子，而且又發高燒。難忍寂寥，兩人聊起許多年輕時候的事。

**7月9日　月**

　　朝から雨が降り続いた。火薬が愈々なくなりかけたので開灤と色々かけ合ったが古冶から未だに入手できず困ったものだ。宗仁は朝突然高熱を出したが幸い昼過からさめた。夜杜副廠長に招待され趙、進之と御馳走になった。瀟しゃな気持ちよい住ひに綺麗な料理である。宴後四人で世界情勢を色々語り合った。

**7月9日　星期一**

　　一早開始雨就下個不停。火藥越來越少，向開灤協調許久，但還是沒辦法從古冶那裡到手，煞是苦惱。宗仁早上突然發高燒，幸好過了中午就退了。晚上副廠長請吃飯，與趙、進之一同用餐。地方氣氛高雅、餐點別緻。宴會後四人閒聊許多世界局勢。

**7月10日　火**

　　火薬の問題は解決出来ず本日更に李正剛君を古冶にやり同時に開灤知久、見崎両君に厳重交渉した。明後日到着するとのことである。

本日倉庫科を巡視し、工人配給情態を視察し配給所の設置と資材整理
の合理化を色々指示した。午後蔣科長と第二四半期に於けるセメント
の工廠原価の作成方針に関し種々打合せた。本日陳瑞棠、瑪莉、璃莉
一行は夜半12時唐山に着いた。

### 7月10日　星期二

　　火藥問題無法解決，今天派李正剛跑一趟古冶，同時與開灤知久、
見崎兩人鄭重交涉。決定後天會送達。今天巡視倉庫科，視察工人配給
狀況，對於配給所的設置與資材整理的合理化做出許多指示。下午與蔣
科長就第二四半期水泥的工廠原價制定方針進行種種討論。今天陳瑞
棠、瑪莉、璃莉一行於半夜十二點抵達唐山。

### 7月11日　水

　　火藥の件で出張を延ばし本日陳、李両君をして極力交渉し、本日
17時漸く着いたので明日安心して出張することになった。午後労工
部を視察し包工の職員化と工人の募集をお願ひした。

### 7月11日　星期三

　　因火藥事件延後出差時間，派陳、李兩人極力交涉，今天下午五點
火藥終於到了，明天可以安心出差。下午視察勞工部，希望將包工納入
職員名單與募集工人。

### 7月12日　木─7月20日　金

　　7月12日朝8時52分の急行で袁総理の要望に従ひ北京に出張し
た。目的は主として潮顧問の撤回方を川上商工課長に要求する為であ
る。先づ12日到着早々袁総理を北京弁公処に訪れ以下諸

　　1、7月7日廠務会議に於て決定せる7月1日より工賃倍額増加案承
認に関する件

　　2、食糧状況、特に最近満洲より約800屯到着し同時に宗課長に
対する二屯麦粉供出に関する件

　　3、唐山に於ける配給所設置に関する件

　　4、包工制度の弊害に鑑み、工頭職員化に依り労工の工廠直接管
理に関する件

5、迎賓館設立（約1千万円の予算）に関する件

6、資材疏散に対する洞窟採掘、防空壕の強化整備等に関する件

7、華北警備員の再改組に関する件

8、老者、病者人員の整理に関する件

　等を報告旁々相談をし大体全面的に自分の提議を容認してくれた。特に夜半迄啓新の今度の改組の経緯並将来の計画を種々と吐露し頗る意気投合した。

　7月13日川上工商課長を弁公処に招待し、18時より約1時間半に渡り潮顧問の撤回方を袁総理より川上課長に要求したが川上氏も撤回期を考慮中とのこと更に新たに派遣する三井の川村君に対しても顧問としてなら断る事を表明したが川上氏も代理店として縁の力持ちをするに止まり決して顧問として派遣せざる旨を明らかにした。続いて自分より改組以後に於ける工廠の情況並今後の方針等を報告した。会後川上課長を夕食に招待し落成したばかりの客間に於て袁総理、沙、周秘書、王両科長と自分を入れて七人で極めて和やかに食べた。顧問に関しては14日早速潮が挨拶に来、川上氏から爾後啓新へ行くには及ばぬと言って来たので川上氏の明断に感服した。同時に14日18時頃三井の橋爪支店長代理が川村氏を帯同し川村氏の身分を明確にする為やって来たが、袁総理より川上氏の言はれた旨をはっきりし、当方として勿論顧問として待遇せず啓新の業務に何等干渉出来ざる旨を明答した。実に顧問問題は自分を大きく悩ませたが解決したと思ふとやはり愉快で仕方がない。

　7月14日朝袁総理、周秘書と軍司令部吉野経済部長に会ひ第一四半期に於けるセメント価格の決定方お願ひに行ったが部長不在の為小澤大佐に会ひ価格の問題と袁総理御母堂の祭田が新しく修理さるべき飛行場道路に侵蝕されたることを以て計画変更方要望した。続いて池田兵器部長、菅野大佐にも会ひ色々啓新内外情勢の説明をし、特に目黒少尉に銑鉄百廊早速出して戴いた。

　7月15日開発へ木村技師を訪れ

1、火薬3ヶ月常備（360箱）対策に関する件

2、鉄鉱石補充に関する件

3、紙袋代用対策に関する件

4、石炭の量、質対策に関する件

を相談したが何れも解決困難な問題ばかりである。更に第二四半期供出セメントの予納を要請した。木村君の態度は何等か以前の如く熱烈ではない。

7月18日伊集院横濱正金銀行支配人に案内され袁総理と一緒に司令部三課の中村参謀に面接し約半時間啓新の問題を中心に色々語り合った。感じのよい印象を受けた。

滞在中14日の夜呉姐夫に招待され沢山の友達と一緒に賑やかに夕食をとり宴後例に依り麻雀、それから牌九をやり約5千円勝った。

10日間の滞在中もう少し北京の公園を散歩したかったが僅かに蘇夫妻と一寸散歩したのみで蘇君が大部元気になったのを見て嬉しく思った。

滞在中5、6月の麦粉を処分し5月分は8千円にて6月分は9千円にて福栄公司に売り西公街18号家房を処分した。147万円と共に啓新の株券を買った。啓興公司の石炭商売も順調に運び非常に恵まれてゐると思った。

## 7月12日 星期四—7月20日 星期五

7月12日上午依袁總理的要求，搭八點五十二分的急行去北京出差。目的主要是要向川上商工課長要求撤回潮顧問。12日到達後先去北京辦事處造訪袁總理，報告討論以下諸事：

1.7月7日廠務會議中決定7月1日開始工資倍額增加案。

2.糧食狀況，特別是最近從滿洲送來約八百噸麵粉，但同時又要給宗課長兩噸。

3.唐山設置配給所一事。

4.有鑑於包工制度的缺點，擬將工頭收為正式職員，勞工由工廠直接管理。

5.設立迎賓館(預算一千萬圓)

6.為疏散資材，挖掘洞窟，強化整頓防空洞。

7.華北警備員再改組。

8.處理年老與生病的人員。

袁總理大致上都同意我的提議。特別是講到啟新這次改組的經緯與將來計畫等等，兩人氣味相投，聊到半夜。

7月13日在辦公處招待川上工商課長，從晚上六點開始，袁總理花了一個小時半向川上課長要求撤回潮顧問，川上也說他正在考慮此事。袁後又表示，若要派遣三井的川村君擔任新顧問，我方也不同意，川上也表態，他認為代理店僅是中間協調的角色，決計不能擔任顧問。接著我報告改組後工廠的狀況與今後方針。會後請川上課長吃晚飯，在剛落成的會客室，與袁總理、沙、周秘書、王兩科長，連同自己一共七人，氣氛極為融洽地用餐。關於顧問一事，14號潮馬上過來打照面，川上告訴他之後不用去啟新了，對於川上氏的明斷感到佩服。同時14號下午六點左右，三井的橋爪支店長代理帶川村氏前來確認川村氏的職稱，但袁總理清楚傳達川上所言，表明對方無法擔任顧問，也無法對啟新的營運多加干涉。顧問問題苦惱我許久，如今總算解決，大快人心。

7月14日早上與袁總理、周秘書一同會見軍司令部吉野經濟部長，請對方決定第一四半期的水泥價格。但因部長不在，改與小澤大佐會面，就價格問題，以及袁總理母親的祭田被重新整修的機場道路侵佔一事，希望對方變更計畫。接著與池田兵器部長管野大佐會面，說明啟新內外問題，特別請目黑少尉及早拿出生鐵百噸。

7月15日　到開發造訪木村技師，商量以下：

1.關於火藥三個月常備(360噸)對策

2.補充鐵礦石

3.紙袋代用對策

4.煤炭量、質對策

但這些都是很難解決的問題。並請他先收回第二四期供出的水泥。木村君的態度不如以前熱烈。

7月18日伊集院橫濱正金銀行經理的介紹下，我與袁總理一起會見司令部三課的中村參謀，花了半小時左右聊了許多啟新的問題。感覺很好。

14日晚上被吳姊夫招待，與許多朋友熱鬧地吃晚餐，飯後照例玩麻將，後玩牌九，贏了五千圓左右。

十天的北京生活中，本想去北京公園散散步，但只有與蘇夫妻稍稍散步，看到蘇君恢復元氣，覺得很高興。

趁這段時間把五、六月的麵粉處理掉，五月份八千圓、六月份九千圓賣給福榮公司，把西公街18號房也賣了。得到147萬圓拿去買啟新的股票。啟興公司的煤炭生意很興隆，覺得非常幸運。

## 7月21日　土

朝荷物を片づけやうとしたら蔡竹青君来訪、租房の舗保の事で依頼に来、色々語り合ひ、中食鉄鋼販売の平木君等も来られて弁公処で一緒に中食をとった。午後荷物の整理をなし袁総理、沙処長と3人で18時の急行で唐山に帰った。劉襄理は未だに引っ越して居らず非常に失望した。淑英の病勢も案外よくなってゐない。

## 7月21日　星期六

早上本想整理行李，剛好蔡竹青君來訪，為拜託租房舖保一事而來，聊了很多。中午鋼鐵販賣的平木君前來，在辦公處一起吃中飯。下午整理行李，與袁總理、沙處長三人搭下午六點的急行回唐山。劉襄理還沒搬走，很失望。淑英的病意外地沒有好轉。

## 7月22日　日

朝各科長より不在中の業務報告を聴き仕事を片づけた。新たに廠内に来た1414部隊の小林曹長が池田を帯同して挨拶に来た。開灤の劉頤氏が履歴書を以て彼の友達の啓新入社方を世話するやう依頼して来た。中食後北京で疲れた身体を休養すべく休んだが暑さの為になかなか寝つかなかった。夜初めて陳瑞棠、楊小姐と子供達を連れて散歩に出た。

## 7月22日　星期日

早上聽各科長報告不在時的業務狀況，整頓公事。新來廠的1414部隊小林曹長帶池田前來打招呼。開灤的劉頤拿履歷表前來，拜託我介紹他朋友進啟新。中飯後想休息調養一下來去北京的操勞，但熱得睡不著。晚上帶陳瑞棠、楊小姐與孩子們去散步。

**7月23日　月**

　　終日雑務に追はれた。趙廠長と色々啓新内部の人々の噂話をし、沙処長が極めて奸人なるをきいてびっくりした。真に人心は図り難いものである。趙兄に自分の北京弁公処副処長兼務に反対するを奨めたのも彼だし自分に是非兼務方主張したのも彼である。大きな失望と疑惑を沙兄に対して感じた。

**7月23日　星期一**

　　整天被雜務追趕。與趙廠長聊了許多關於啟新職員私底下的謠言，聽到沙處長人之奸詐，讓我嚇了一跳。人心難測。對趙兄表明反對由我兼任北京辦公處副處長的也是他，堅持該由他自己兼任的也是他。對沙兄既失望又是懷疑。

**7月24日　火**

　　朝趙廠長と一緒に開灤を訪れ、先づ亀井、志道両君に会って石灰石採掘の問題を片づけ続いて白川最高管轄官に会って物動外石炭の解決を要請した。午後青島海軍から江間少尉来訪され色々語り合った。夜江間君を大楼に招待し、温、陳両科長に淑英等も加わって夕食を共にし、宴後倶楽部へ遊びに行った。

**7月24日　星期二**

　　早上與趙廠長一同造訪開灤，先是與龜井、志道兩人見面，繼續處理石灰石挖掘的問題，與白川最高管轄官會面，請他解決物資動員以外的煤炭問題。下午青島海軍江間少尉來訪，聊了許多問題。晚上在大樓招待江間君，溫、陳兩科長加上淑英等一起共用晚餐，飯後到倶樂部遊玩。

**7月25日　水**

　　劉管理の引越荷物の中に公司の品物が沢山あるをきき趙廠長が頻りに取抑え方奨められたので自分も意を決し本日楊総務副科長をして門を破って侵入し検査の結果十数個を取抑へた。出来れば近日中に引越したい。

## 7月25日　星期三

聽說劉管理的行李中有許多公司的東西，趙廠長指示要拿回來，我也覺得應該如此，今天請楊總務副科長破門而入，檢查回收十幾樣物品。可以的話，希望近日能搬過去。

## 7月26日　木

昨日潮君が又来たのを見て實に不愉快に思った。特に米谷氏を連れて開灤の仕事に来たのに又しも旅費を請求され其の厚顏無恥にあきれた。本日中平大佐来られ日系警備員の給与改正並に特別工作員の使用方に付色々打合せた。

## 7月26日　星期四

昨天看到潮君又來，實在令人不快。特別他明明是為了開灤的事帶米谷氏而來，卻又要跟我們請求旅費，我受夠了他的厚顏無恥。今天中平大佐前來，討論日本警備員的薪資調整與特別工作員的使用方式。

## 7月27日　金

本日華京警備員の石頭坑移住に関し中平、張副隊長の反対を押し切って強硬に主張した。午後から元劉管理宅へ淑英を連れて装飾其他をやりに行った。12時頃新井連絡部員が来て電力会議と警備の事に付種々打合をなし一緒に大楼で中食をとった。本日巡役の老廃者並特務の不良分子整理を決意した。

## 7月27日　星期五

今天我不顧中平、張副隊長的反對，強硬主張華京警備員應該移駐石頭坑。下午帶淑英去劉管理之前的房子裝潢佈置。中午十二點新井連絡部員來討論電力會議與警備的事，一起在大樓內用中餐。今天決定要裁撤年老力衰的巡邏員，以及特務中的不良分子。

## 7月28日　土

朝10時から廠務会議を開催、自分より六件の提議をした。

1、配給所の設置促進に関する件

2、倉庫の舗装に関する件

3、華京警備員の宿舎移住に伴ふ宿舎改造に関する件

4、資材疏散に対する分散場所に関する件

5、紙袋なきに備へ麻袋併用並麻袋詰込工人招募に関する件

6、資材購入に関する件

本朝総協理より劉管理家房侵入に関し劉氏より抗議があったので引越前後の顛末を詳細に総協理に報告することにした。

**7月28日　星期六**

早上十點開始，廠務會議開始，我提出以下六點建議：

1.加速設置配給所

2.裝潢倉庫

3.改造華京警備員移居宿舍

4.疏散資材的分散場所

5.因應紙袋不足而將麻袋併入使用，招募裝袋工人

6.購入資材

今天聽總協理說，劉管理強烈抗議我們破門而入一事，我打算將搬家前後的事情始末報告給總協理知道。

**7月29日　日**

本朝砿地公司花磚廠30号に引越した。劉管理の旧宅で引越に際しても劉氏の荷物累積し多少もつれてゐる侭に趙廠長以下各位に奨められる侭に引越した。自分が今迄住んだ中では一番気持ちのよい家である。斯くして自分の理想とする田園生活は始まった。そして茲でゆっくり淑英の病を療養し自分としてもゆっくり修養したい。午後趙廠長、進之兄が来訪色々語り合った。

**7月29日　星期日**

今天早上搬到礦地公司花磚廠30號。這次搬到劉管理的舊宅，因裡頭仍殘留劉氏的部分家具，過程有點混亂，但還是在趙廠長等各位的建議下搬過去。這是我這輩子住過最舒服的家。終於開始我理想中的田園生活。如此一來，淑英可以好好調養，我也可以好好修養身心。下午趙廠長、進之兄來訪，聊了許多。

7月31日　火

　　開発に貰った高梁800瓲が炎天の為に腐敗し出したのにあてて、
早速前後対策を協議し倉庫科長楊惠民を懲戒免職、副科長翟敏鋒を大
過一次、担当者も罰することにした。食糧顧問も解職することにし、
之が打開策として此の損失を開発生計組合に負担せしめることにし、
松野君に来て貰いひ色々了解を求めた。14時茹副部長を帯同し連絡
部主催の電力非常対策委員会に出席した。午後淑英が急に40度近い
熱を出したので耿大夫に来て貰ひ診察した結果は感冒との事で安心し
た。夜徐弗奄、温科長来訪、食糧状況、専用側線の撤回に付種々打合
をした。

7月31日　星期二

　　從開發拿到的八百噸高粱因天氣炎熱而腐敗，立刻商討因應對策，
並將倉庫科長楊惠民革職，副科長翟敏鋒記大過乙支，主事者也予以懲
戒。將糧食顧問免職，並讓所有損失交由開發生計工會負擔，還請來松
野君前來了解狀況。下午兩點帶茹副部長出席連絡部主辦的電力非常對
策委員會。下午淑英突然發高燒近四十度，請來耿大夫診察，結果原來
是感冒，總算安心。晚上徐弗庵、溫科長來訪，討論糧食狀況、專用支
線的撤離。

8月1日　水

　　朝食糧腐敗挽救方徐副部長に対策を命じ五島三井所長と自由販売
洋灰に付種々懇談した。午後連絡部小林氏と物動外自由販売のセメン
トに付打合をし明日天津出張の資料を慌しく整備した。

8月1日　星期三

　　早上命令徐副部長尋找挽救糧食腐敗的方法，與五島三井所長懇談
種種水泥自由販賣的問題。下午與連絡部小林氏商量物動外水泥自由販
賣一事，慌亂準備明天出差到天津的資料。

8月2日　木

　　朝9時の急行で李進之兄と天津へ行った。車中連絡部の赤坂君
と色々語り合った。下車後進之君と弟弟で中食をとり15時半総協理

に会ひ、（1）迎賓館の設立（2）啓新小学校設立に関する件（3）日系警備員の給与、巡査並華京警備員食糧増配問題（4）8月分工人待遇改善問題（5）開灤石灰石採掘に関する件（6）唐山工廠専用側線撤回に関する件（7）食料腐敗並倉庫科長並関係者処罰に関する件（8）特別工作費に関する件等に付打合をなした。尚前管理劉氏の家具搬出に関し其の不当を総協理に報告した。尚済南よりの火薬捜査に関し修曽に依頼した。夜豊澤園に於て開発生必組合天津支部を招待し福田副支部長以下十数人来られ当方よりは進之、化南、修曽、勵明と自分が出席し、一同愉快に九時頃迄飲み且つ語り合った。

### 8月2日　星期四

搭乘早上九點的快車與李進之兄前往天津。車中與連絡部的赤坂君聊了許多。下車後與進之君在弟弟處吃中餐，下午三點半與總協理見面，報告：(1)設立迎賓館(2)設立啟新國小(3)日本警備員的薪資，巡邏員與華京警備員糧食增配問題(4)八月份工人待遇改善問題(5)挖掘開灤石灰石一事(6)撤回唐山工廠專用支線一事(7)食物腐敗與倉庫科長的懲處狀況(8)關於特別工作費。且將之前劉管理搬家時的不當情事向總協理報告。且委託修曽處理濟南的火藥搜查。晚上在「豐澤園」招待開發生必工會天津支部的人，福田副支部長為首，十幾人出席，我方則有進之、化南、修曽、勳明與我出席，一同愉快地邊喝邊聊到九點。


### 8月3日　金

朝袁業務部長と自由販売の洋灰取扱に関する問題及八月分の洋灰割当問題等を打合せた。10時頃劉襄理に会ひ家宅無断引越に関し謝ると共に彼が持ち去らんとする家具の差し抑えに付釈明した。中食金源氏宅に於て中食をとり最近の啓興公司に於ける石炭入手状況に関し問合わせたが殆ど来津されず失望した。午後陳協理と色々語り合ひ、夕食倶楽部に於て進之、修曽と三人でとった。17時三連兄を訪問し合豊行の業務に付種々報告を受け21時の急行で唐山へ帰った。

### 8月3日　星期五

早上與袁業務部長討論處理自由販賣水泥一事，以及八月份水泥分配問題。十點左右與劉襄理見面，對於貿然搬進他家道歉，並解釋為何

扣押他原本打算帶走的家具。中餐在金源氏家用中餐，並討論最近啟興公司煤的進貨狀況，但情況不佳，讓人失望。下午與陳協理閒聊許多，晚上在俱樂部與進之、修曾三人一起用晚餐。下午五點拜訪三連兄，聽他報告合豐行的種種業務。晚上九點的快車回唐山。

## 8月4日　土

　　朝10時より廠務会議を開催し天津に於ける総協理との折渉事項を報告した。中食自宅に於て開発唐山出張所の山中調査役並富樫君を招待し、楊主任、温科長、李秘書、陳科長が陪席した。山中氏と色々日中問題を語り合った。18時開発生必組合より小林課長、松ヶ野、巻田三君来訪、陳科長、李秘書を帯同し鴻宴へ行って夕食をとった。松ヶ野君と今度に於ける高梁の自然腐敗損失に付懇談し、可及的の面倒を見て貰ふことにした。

## 8月4日　星期六

　　早上十點召開廠務會議，報告在天津與總協理商討的事項。中餐在家裡招待開發唐山支店的山中調查役與富樫君，楊主任、溫科長、李秘書、陳科長做陪。與山中氏談了許多日中問題。下午六點開發生必工會的小林課長、松野、卷田等三人來訪，我帶陳科長、李秘書前往「鴻宴」用晚餐。與松野君懇談這次高粱自然腐敗的損失，請他務必要給予可行範圍內的幫助。

## 8月5日　日

　　朝色々雑務を片づけ特に濱田君と日系警備員の給料に付打合をなし、甲案が天津に於て総協理より内諾ありたる旨知らせた。午後趙廠長が奥さんを帯同し宅を訪れて来た。夜駐廠憲兵、小林、今村、鈴木を招待し陶科長、蕭副科長、濱田隊長、陳科長に陪席して貰ひ、宴後濱田並小林曹長と夜半12時過迄廠内の状況並に今後の警備方針を語り合った。

## 8月5日　星期日

　　早上整理許多雜務，特別是與濱田君討論日本警備員的薪水問題，通知他甲案已經在上次天津行中得到總協理的允諾。下午趙廠長帶他太

太來訪。晚上招待駐廠憲兵、小林、今村、鈴木，並請陶科長、蕭副科長、陳科長坐陪，飯後與濱田、小林曹長討論廠內狀況與今後警備方針到半夜十二點。

## 8月6日　月

　　本日日系警備員の賞与、給料が算出され早速出納科に支払方命令すると共に借金を全部清算するやう命じ、1年来の問題を一気に解決した。夜唐山鉄路工廠に招待され中村工廠長以下各部課長と協和会館に於て趙廠長と共に御馳走になり宴後おそく迄技術、資材問題に付語り合った。

## 8月6日　星期一

　　今天計算出日本警備員的紅利與薪資，馬上命令出納科支付，並清算所有借款，一口氣地解決一年來的問題。晚上被唐山鐵路工廠招待，與中村工廠長等各部課長在「協和會館」與趙廠長一同用豐盛的晚餐，飯後討論技術、資材問題到深夜。

## 8月7日　火

　　朝華系警備員を巡視し張副隊長に待遇問題並警備方策を指示した。午後連絡部へ行き中島中尉と小林曹長に会ひ自由販売洋灰の取扱方針を打合せた。13時濱田隊長と小坂部領事が自分に対し日華系警備員の撤退並洋灰自由販売の問題に付意見をきかれ華系警備員の撤退を要望した。夜張華系警備副隊長来訪、工人宿舎への移住に付賛成し兼ねる旨意見があったので必ずしも強制せざると返答した。

## 8月7日　星期二

　　早上巡視華人警備員，指示張副隊長待遇問題與警備方針。下午前往連絡部，與中島中尉、小林曹長討論自由販賣水泥的處理方式。下午一點聽取濱田隊長與小坂部領事對自己撤除日華警備員與水泥自由販賣一事的意見，並表示希望撤除華人警備員。晚上華人警備的張副隊長來訪，對於移住工人宿舍一事表示贊成之餘，仍有別的意見，我回答未必要強制實行。

**8月8日　水**

又しも火薬と石炭で行き詰まりつつある。何等か疲れ切ったやうな気がする。16時半開発の富樫君来訪、火薬、石炭の推進方要請した。本日蘇聯は日本に対し宣戦布告した。

**8月8日　星期三**

火藥與煤炭又出狀況。真是夠累人的。下午四點半開發的富樫君來訪，我請他幫忙處理火藥與煤炭。今天蘇聯對日本宣戰。

**8月9日　木**

朝趙廠長を伴ひ高射砲隊長谷脇少佐に面会し爆薬にて破壊せる望遠鏡のカバーを修理完了したのでそれを差上げ尚停止中の石灰石採掘再開方要請し、先方も之を諒とされ本日早速採掘を開始した。

**8月9日　星期四**

早上陪趙廠長與高射砲隊長谷脇少佐會面，我給他之前被炸藥破壞、但現在已經修好的望遠鏡護套，請他重新開始停工中的石灰石挖掘，對方也十分體諒我方處境，今天馬上開始採挖。

**8月10日　金**

中平顧問が本日見え例の如く色々な要求をして来た。特に工作費を廻って提案があったがつくづく特別工作の困難性を痛感した。15時菅科長、五島所長来訪、自由販売洋灰に付種々意見を交換した。夜自宅に於て高射砲隊谷脇少佐、夏目大尉、大島大尉、佐藤中尉、鎌田中尉、青木、石川、三井少尉等8人を招待し、趙、杜両兄と3人で彼等を宴し懇親を図った。実に気持ちよく語り合った。

**8月10日　星期五**

中平顧問今天又來要東要西。特別是之前已經提案的工作費一事，讓人深深感受到特別工作的困難。下午三點菅科長、五島所長來訪，針對自由販賣水泥一事交換各種意見。晚上在自家招待高射砲隊谷脇少佐、夏目大尉、大島大尉、佐藤中尉、鎌田中尉、青木、石川、三井少尉等八人，與趙、杜三人共同宴請他們，希望得到他們的幫助。愉快地閒聊一晚。

8月11日　土

　　朝工廠へ出たら昨日日本が天皇政治の存続を唯一の条件として無条件降伏したる旨重慶放送局より発表ありたるとの事で全廠平和の到来に明朗化した。自分は真偽の判明つかず混沌たる中に10時の廠務会議、11時より日系警備員転出後に於ける警備再編成会議、12時半より徐市長と福利委員会基金の問題と次々に多忙なる朝を過した。午後茹副部長を帯同し電業へ曽我部所長を訪問し一緒に開灤へ啓新洗濯中約3週間1千k.wの電力借用方岩村総務局長に要請した。18時趙廠長を訪問、20時李勉之理事を訪問、日本降伏後に於ける前後対策を語り合った。日本の敗戦は大体蘇聯の号戦に依り明確となり金、銀を啓新の株に切替へようと思ってゐたのに工廠の雑務に逐はれて日本降伏のニュースに接し当然金、銀の暴落、株の暴騰となり唐山へ転勤してきたばかりに莫大なる損害を被り淑英と不運を悲しんだ。

**8月11日　　星期六**

　　早上到工廠，聽到重慶放送局發表昨天日本以維持天皇制為唯一條件無條件投降，全廠的和平來臨有望。我無法辨別其真偽，在混亂中參加十點的廠務會議、十一點日系警備員移出後的警備重編會議、十二點半與徐市長討論福利委員會基金問題，度過繁忙的一個上午。下午帶茹副部長前往電業拜訪曾我部所長，一起前往開灤，拜託岩村總務局長出借清洗啟新時三週一千瓩的電力。下午六點訪問趙廠長，晚上八點訪問李勉之理事，聊起日本投降後的前後對策。日本敗戰，大概是因為蘇聯宣戰，使得戰情得以明朗，本想把金子、銀子換成啟新的股票，但因工廠雜務過多，等聽到日本投降的消息後，金價、銀價暴跌，股票暴漲，才剛搬到唐山來就遭到莫大損失，與淑英悲嘆時運之不濟。

8月12日　日

　　朝中平顧問と工作費を廻り意見を異にし何等か彼が嫌らしく見えた。夜大楼に於て日系警備員転出者7名（華北洋灰5名、大汶口炭鉱2名）の送別宴を開催し一場の送別辞を述べて愉快に夕食をとった。日本の降伏はやはり疑問で夜初めてハワイよりの放送をきき其の日本の降伏に関するニュースが多分に宣伝的性質なるをきき益々疑問になって来た。

**8月12日　星期日**

　　上午與中平顧問因工作費問題意見不合，他看起來真討厭。晚上在大樓舉辦日本警備員調職者七人(華北洋灰五人、大汶口炭礦兩人)的送別會，發表送別演說，愉快地用晚餐。日本投降一事我仍然抱懷疑問，晚上第一次聽到夏威夷的廣播，不由得逐漸懷疑日本投降的新聞帶有很大的宣傳性質。


**8月13日　月**

　　瑪莉は本日より淑徳小学校に入学し本日開校式があった。10時半陳外事科長を帯同し亀井氏を訪問、石灰石採掘の契約を片づけそれから若村、堀江両理事に会ひ電気供与のお礼と石炭供与を要請し金子部長と談判の結果午後より唐山一号石炭を3車、明日林西より5百瓲給与方約束した。更に日野君にも火薬50箱譲渡方要請し其の承諾を得た。午後曽我部氏来訪、コンデンサー借用に関し色々打合せて行った。日本の運命は果してどうなるか、夜もハワイよりの放送をきいたが益々宣伝的に看取され愈々迷ってしまった。

**8月13日　星期一**

　　瑪莉今天進入淑徳小學就讀，今天是始業式。十點半帶陳外事科長拜訪龜井氏，處理石灰石開採的契約，之後與若村、堀江兩理事會面，答謝供給電力一事，並請他供給煤炭，與金子部長談判的結果，決定下午開始給唐山一號煤炭三車，明天從林西會再供五百噸。並請日野君讓渡50箱火藥，得到他的許諾。下午曽我部來訪，討論借用電容器一事。日本的命運到底變得如何，晚上又聽了夏威夷廣播，但越來越讓人覺得宣傳色彩過重，忍不住迷惘起來。


**8月14日　火**

　　昨日石炭の積取りは割合に順調に運ばれ、本日の入庫具合は一段と促進された。午後連絡部へ自由販売のセメントに付岸本、小林等と打合をなしたが日本の国運が地に落ちんとしてゐるのに又しも頑迷なる態度だったのに憤慨しどなりつけて漸く自分の思ふ通りになった。日本降伏は半信半疑の中に明日北京に発ち早く母を唐山に迎へたい。又金を売り株に換へたい。

**8月14日　星期二**

　　昨天協調的煤炭今天順利送來，加緊督促今日入倉庫。下午前往連絡部找岸本、小林等討論水泥自由販賣，明明日本國運不濟，他們的態度卻依然冥頑不靈，忍不住氣憤地對他們咆哮，最後總算如我所願。對於日本投降一事，我仍然半信半疑，明天出發到北京，早點將母親接來唐山。還想賣掉金子，多換些股票。

**8月15日　水**

　　朝8時52分の急行で北京向発ったが合豊行株主総会に出席する為天津にて下車し合豊行に入ったら丁度日本が無条件降伏を発表し天皇が詔勅を発表、続いて鈴木内閣総理大臣が談話を発表してゐた。憶へば蘆溝橋に一発の銃声が発展して支那事変となり爾来9ヶ年、更に昭和16年12月8日日本が対美英に宣戦布告をしてより足掛4年世界人類は悲しい年月を閲して来た。得に故郷は50有余年の圧迫に呻吟して来た。日本に対する少時よりの敵愾心は自分を駆って大陸に心をはせしめそして自分の目で日本の降伏を見たのである。斯くして故郷台湾は50数年振りに中国に帰り今後祖国の抱擁に永かりし辛き運命が解放された。夢かと嬉し涙にくれた。日本の降伏は8月6日の原子爆弾と8月9日の蘇連の対日戦線によって決定的となり8月9日美、英、蘇に対し和を乞ふたのである。日本が明治維新に勃興発展してより僅々50年、朝鮮、台湾、満洲、樺太等はもぎとられて昔に帰った。罪は勿論全部日本軍閥に帰すべきである。夜濱田隊長が来たが色々慰めてやった。淑英と平和を喜びそして出来れば年末に帰郷したい。

**8月15日　星期三**

　　早上八點五十二分的快車出發到北京，但為了出席合豐行股東大會在天津中途下車，走進合豐行，剛好日本正發表無條件投降的消息，天皇發表詔勅，接著鈴木內閣總理大臣發表演講。回想蘆溝橋那一聲槍響引爆的七七事變以來的九年，以及昭和16年12月8日日本對英、美宣戰以來的四年，真是全世界人類最悲慘的時期。特別是故鄉遭受五十年來的壓迫。年少以來對日本的仇恨心讓我寧願前往中國，今天還得以親眼見到日本投降的一天。如此一來，故鄉台灣事隔五十餘年後回歸中國，

從悲慘的命運中解放，從此永遠接受祖國的擁抱。如作夢般，我流下欣喜的淚水。日本之所以投降，8月6日投下的原子彈與8月9日的蘇聯對日宣戰具有決定性的影響，8月9日對美、英、蘇求和。日本自明治維新蓬勃發展以來，短短五十年陸續奪取朝鮮、台灣、滿洲、樺太等地，如今一切回歸原狀。這全是日本軍閥的錯。晚上濱田隊長來訪，我不停安慰他。與淑英開心和平的到來，可以的話，希望年末可以歸鄉。

## 8月16日　木

昨天十二時日皇發表無條件投降後，恐怕廠裡發生意外事件，昨夜下令戒嚴，可是一切都很平靜的推移，今天又令對日陸、海軍要裝的灰輸送停止，一方面請開灤陸續多給煤，一方面派濱田隊長對領事館要求火藥，如煤與火藥不斷工廠就不至於停工，十一點半大汶口煤坑派貞苅君來接洽日系警備隊轉出之件，因時局急變，請我方暫留，答應他。

## 8月17日　金

下午到連絡部見大林曹長，因他電召，說時局急變，他有三、四十本書奉送，一見他淡白得很，他說東京的家經已被炸廢了，國家又投降了，他想把餘生貢獻來研究日本的敗因與中日提攜的根本原因。看起來很可憐，真不知道14號還跟他鬧意見，恨他，可是今天只有憐憫他。從前——從小就恨日本，可是日本一沒落，反而可惜日本民族之優秀，可憐英雄沒落，他送我的書有德、英、日本各種。這次調任到唐山，因不敢誤公事，沒有把金子賣卻，損失幾百萬，悶悶不樂，我覺得這也是命運，無可奈何，但心裡之憂愁不消。

## 8月18日　土

上午會廠務會議，對八月份的工人之工錢與配給品決定以外，沒有甚麼大問題，心裡一憂悶很想母親，本來今年可回來，偏沒回來，很失望。細雨又連綿的下，金銀之價又陸續的落，淑英的病又未見好轉，最不痛快的就是廠長的態度，一切都要管，我看這幾天很不客氣，很後悔到唐山來，財產也損失，環境又沒有多少知識分子，事情又鬆，一切之一切都掃興。

## 8月19日　日

今天是宗仁滿兩歲生日，盼望母親今天到座，團圓內祝，結果還是沒來，唐山外面的消息少緊，晚上在家裡召集徐副部長、蕭科長、張副隊長開警備會議，討論警備方針，夜半十二時，車站附近槍聲甚殷。

## 8月20日　月

十一點與趙廠長、徐副部長到唐山行營見姜主任，請他指示：(1)如果夜間有不良分子(包括八路軍)要進廠時，廠方應對之方法。(2)廠裡警備力量薄弱，有何辦法對待之。關於這個問題，第一，現在八路軍也不會移動，如深夜遇進廠者，一定不良分子，應該掃滅。第二，廠附近還有日軍，武裝解除以前，日軍依然擔負維持治安責任，可要求日軍援助維持治安，同時保衛軍可借槍彈以補廠裡警備力量。今天一切的消息都說唐山四圍為八路軍所包，十分緊張。下午六點特訪高射砲隊長，要求幫助，承他快諾，十五點到李董事公館與服部氏談討華新工廠今後之對策。

## 8月21日　火

細雨又是滴滴地下，今天在馬尼拉日本河邊大將已經簽字投降，和平應該和秋陽一齊上來，然而唐山的四周倒而一天加累一天，夜裡郊外又是槍聲又是大雨，憂愁之夜最好看小說，就看《純愛》看到夜裡三點鐘，好久沒有看過這樣的小說，覺得很好的一種刺激。

## 8月22日　水

陳姊夫早晨由平回來，因交通混亂，母親沒得回來，很失望。可是唐山四下的治安實況不如不來，下班後到李公館，打算借他一部分房子做總協理公館，與趙、杜兩兄同行，看房後四個人談唐山周圍之八路軍的情勢，下午七點唐山西南方槍枝〔聲〕甚殷，小槍、機關槍、手榴彈，砲聲聽得很清楚，馬上派警備隊安排於適當位置，同時與高射砲隊連絡，請他保護，到了十一點槍聲方息，聽說是治安軍與八路軍的衝突。

## 8月23日　木

整天談廠裡治安問題，外面又加緊張，蔣委員長正巧電召毛澤東被拒絕，八路軍又想進駐瀧〔灤〕海線以北包括平津路。今天陰雨瀝瀝的下，晚上又是槍聲。

## 8月24日　金

十一點八路軍六名在小水泉打聽巡役：(1)廠裡有何種人，多少人擔當警備。(2)廠裡有多少槍、子彈。可是沒敢進來，馬上報告各機關。下午三點郊外槍聲不停，整夜八路軍與先遣軍打通宵，據濱田隊長說，日本軍將要取中立態度，對於今後唐山的治安覺得相當悲觀。

## 8月25日　土

十點開廠務會議，議題的中心是廠的保衛問題。是不是請先遣軍派一中隊駐廠好，談論中蕭副科長來報告八路軍六十多人已經進廠，唐山廠的空氣很緊張，趕快對華新日軍與高射砲隊求援助，後來聽說(原稿缺)

## (8月26日~9月6日　原稿缺)

## 9月7日　金

下午與趙廠長回科，張新市長去談些唐市之治安問題，晚上覺得身體不大舒服。

## 9月8日　土

早晨工人不領工錢，因誤會而起，經周部長、趙廠長說明方息，十點照例開廠務會議，下午因發燒沒得上班。

## 9月10日　日

下午帶淑英看唐山市街，滿街都是青天白日旗，祖國光復的實況展開於眼前，下午五點拜訪林廠長，在他公館與徐弗庵見三個人談關於八路軍接洽事宜。

## 9月11日―9月17日

　　　家族の冬支度が全然整はざるに外気は日増しに冷たさが身に沁み
て子供三人自分迄風邪を引いたので本日公務をも兼ねて天津、北京に
出張した。麻袋等にて得た金合計160万円を株若しは其他の物に変へ
るべきか迷ひつつあるので天津、北京の状況を研究して方途を決定す
るのも自分の出張目的の一つである。汽車は12時過に漸く唐山を出
て16時頃唐山〔天津〕着、合豊に立寄り三連兄、甲斐兄等と落合ひ
めまぐるしき変化に一驚した。和平と同時に物価の惨落に依り合豊は
勿論一般商人は何れも大打撃を被り、倒潰せる者少なからざる実情で
ある。過去相当の行蹟を挙げて来た合豊行が今度の打撃を被ったのは
実に遺憾千万である。夜三連兄宅に於て御馳走になり今後の合豊の行
方、更に我等の政治的立場、特に祖国に帰った故山の施政問題、平津
に於ける同郷会等の諸問題を討論し合った。12日朝、袁、陳総協理
に工廠周辺に於ける8月15日以降今日に至る迄の治安状況並びに治安
工作を具さに報告した。華系警備隊の解散、更に日系警備隊に対する
措置、石炭欠乏に依る工廠の生産対策等主要問題を討議研究した。総
協理何れも態度は昔日と異なり稍々消極的に看取された。後で知った
事だが袁総理は日本敗退後に於ける彼の政治的立場が可成困難になっ
たので身柄の不安を憂慮されてゐるのが原因らしい。陳協理は輓近開
発から貰った莫大なる金で全部株を買ひ公司に莫大なる損害を与へた
のを悲しんで元気がないらしい。何等か一般の空気は昔日の如き温さ
がない。夜李金源を訪れ啓興又物凄い打撃を受けたるを知り商売に於
ける一切は全部失敗に帰したるを察した。然し世界が平和になり特に
故郷が解放されて祖国の懐ろに帰って来た喜びの為か必ずしも深くは
悲嘆の念が起らない。13日朝の急行で約3ヶ月ぶりに北平に帰り早速
弁公処に行き沙処長と弁公処に於ける和平後の経過を聴取した。一番
心配してゐた洋灰価格も全部清算を終り小学校の設立も順調に進捗し
て嬉しかった。唯第一四半期の仮価格と清算価格の差額3千4百万円
だけ未収なので自分が此の工作を進めることにした。此の問題は先づ
14日開発に於て木村主幹と大島理事に面会し更に15日川上課長を彼
の自宅に訪れて諒解を求め、大体支払の約束をして引上げた。後は弁

公処特に幼呈兄に残して努力を継続することにした。約一週間の滞在中沙処長、呉姐夫、京屋君等から招待を受けて御馳走になり、沙処長宅に於ては周協理以下彼の旧友多数に会い時局談を思ふ存分に語り合った。呉姐夫宅では中屋女史と知合になり莫大なる資産の処置方に苦慮する彼女を見て一抹憐憫の情を催した。京屋君宅では多数の郷友に会い祖国に帰った故郷の政治的問題並に同郷会を討論し合った。張家口から避難して来た一族は七条の家に落着かせ、啓興の問題を劉会長と二回会見を重ねて協議の結果其の権利を売却し啓興を解散する事に方針を決定し以後の工作を幼呈兄に御願いした。

## 9月11日—9月17日

　　家裡還沒做好過冬的準備，但天氣轉涼，寒氣逼人，連三個孩子與我都感冒了，今天趁公務前往天津、北京出差。猶豫是不是該將麻袋等得到的錢共計160萬圓，換成股票或其他東西，決定研究天津、北京情勢後再作打算，這也成為我出差的目的之一。火車過十二點從唐山出發，下午到達唐山〔天津〕，經過合豐找三連兄、甲斐兄，驚於情勢之瞬息萬變。和平的到來，物價跟著暴跌，別說是合豐行，就連一般商人也遭到莫大打擊，實際上倒閉者不在少數。過去業績輝煌的合豐行如今也受打擊，實在是遺憾萬千。晚上在三連兄家吃晚餐，討論今後合豐的去向，以及我們的政治立場，特別是回歸祖國後的故鄉施政問題以及平津同鄉會等問題。12日早上與袁、陳總協理具體報告8月15日以後工廠周邊的治安狀況以及治安工作。研究討論解散華系警備隊以及如何處理日本警備隊，還有煤炭不足下的工廠生產方針。總協理看起來與平常大不相同，稍稍顯得消極。之後才知道袁總理苦於日本敗退後的政治立場，擔心自身難保。聽說陳協理則是把從開發拿到的金子全投去買股票，對公司造成莫大的損害，使他難過得無精打采。氣氛少了往日的溫暖。晚上造訪李金源，得知啟興也遭到龐大的損失，這才查覺到一切商業都告失敗。但由於世界和平的到來，特別是對故鄉從此解放、重回祖國懷抱一事充滿喜悅，雖然悲傷，但還不至於太過難過。13日早上的快車回到久違三個月的北平，馬上前往辦公處聽沙處長報告辦公處在和平到來之後的狀況。最擔心的水泥價格終於全部結算清楚，小學的設立也順利進行，喜不自勝。唯獨第一四半期的預定價格與結算價格相差甚

多，還有三千四百萬尚未回收，決定自己著手處理。14日先去開發找木村主幹與大島理事，之後15日前往川上課長家拜訪，請求諒解、做了大體支付的約定後告辭。之後回辦公室與幼呈君繼續努力剩下部分。一個星期中常被沙處長、吳姊夫、京屋君等邀請吃飯，在沙處長家與周協理等許多他的舊識見面，閒談時事。在吳姊夫家與中屋女史認識，看到她苦於處理龐大資產，讓我不免對她產生一絲同情。在京屋家見到許多同鄉，討論回歸祖國後的故鄉政治問題與同鄉會狀況。有一家從張家口前來避難，我安排他們在七條的家裡落腳，與劉會長見面兩次討論啟興問題，決定賣掉權利並解散啟興，並將日後工作委託幼呈兄處理。

## 9月18日　火

在舉國慶祝勝利聲中，第十回次的「九一八」紀念又來臨了，這一個國恥紀念，充滿了無數的血污，在我國近代史中，算是一件最痛苦的事，今天吾們以勝利復興奮發的心情，來紀念這個慘痛可悲的日子，實在使人生出無限的感慨，在勝利聲中紀念國恥，才是一件有意義的事。況且，我們的勝利，是從艱難中得來的。國恥給我們帶來了艱苦，但由是卻助成了我們的勝利，「九一八」是我們的國恥中最沉痛的一頁，也是我們獲得勝利的一個重大的階梯。早晨十一點帶母親、璃莉、張媽乘402快車回唐，路中因火車常停覺得很大的不安，好在火車誤兩個鐘頭到唐，平安到家，一家團欒之樂，真快樂。

## 9月19日　水

弗庵今早到平，昨晚想我不在中，他與八路軍連絡的工作報告甚細，覺得很滿意。今天對趙、杜二位報告在平、津所接洽的一切事宜。中秋前夜的月亮真美，徘徊於小園花間，思想這幾年之經過，好似走馬燈一樣，最高興的還是日本帝國主義崩壞了，恢復自由了，很想回故鄉與親戚、朋友慶祝我們的前途。

## 9月20日　木

華年如流，又是中秋節了，在故國勝利的中秋節覺得特別興奮，早晨訪問李三爺去，跟他談些和平以後的感想，並託他對賣開灤醫務部

長採用蘇女士為開灤醫院護士。午下〔下午〕初次攜淑英到野外慢步，十七時陰雨又下了，因此中秋之明月被秋雨遮蔽。母親不管有月亮沒有月亮，在食堂以中秋餅、水果等供月，晚飯後全家團圓，吃雞蛋糕慶祝中秋節。

## 9月21日　金

今天接到幼呈兄來信，啟興以原本出賣，沒有損失，接這一封信使我相當滿足，二十一點陶科長來訪，談些關於駐廠巡查之越軌行動，真叫痛恨。十六夜的月亮是多麼美麗啊！因昨夜下雨，改為今宵觀月吃月餅。

## 9月22日　土

昨夜九點八路軍也到新石坑摘走兩個馬達，來的有七、八十人，也無法抵抗，今天在廠務會議研究辦法，下午又到新石坑實地調查，調查的結果決定與八路方面疏通，請他們不要破壞工作，以免停廠之交涉，下午七點到李公館被賈大夫請，有進兄、母、妹、溪如同餐，談些和平前之中日問題。今天吃西餐覺得很好吃，吃、喝、談都覺得很有意思。

## 9月23日　日

早晨七點，八路軍混著工人進來十個，命令巡查科、日系警備隊都武裝，如果對方放槍擾亂，我方也武力抵抗，同時連絡1414部隊、唐山防衛司令、唐山警察總隊第四分署，不久各關係機關都派兵警，一共三百多人來廠，然而匪人經早已逃走了。午飯在李公館，廠裡同人慶祝戰勝聚餐。下午與趙廠長到防衛司令部見康司令、任參謀長、馬參謀課長，又到唐山警察總隊見姜隊長，道謝今早派兵警，同時研究以後廠裡的警備方案。

## 9月24日　月

上午與中島隊中島大尉接洽日軍駐在東門事項，對他印象不很好，同時姜警察總隊長來訪，調查西山砲樓並廠裡戒備事宜，打算派二十名

警察來保護砲樓，請他到家吃便飯。

### 9月25日　火

今天日軍中島隊開四十名駐廠東門，隊長江頭少尉來致敬，這種廠裡之治安大概可以隱定。淑英這幾天又發燒得屬害。

### 9月26日　水

早晨八點與徐副部長弗庵君以朱龍引導到馬家溝會見八路軍宋秘書敏之、鄧輝二君，今天冒這幾個危，親身臨八路軍勢力地，一來是為求八路軍對啟新之立場諒解，二來是21日為八路軍所摘走之馬達要求退還，我們是十點到馬家溝礦，他們也同時到，跟八路軍二位談的很投心滿足，過去以為八路只有破壞，一接近他們才知道他們八年來的苦鬪，他們的熱情，他們的正義觀，他們的愛民思想，使我不單對他們一點不覺害怕，而且對他們尊敬對他們和靄〔藹〕，一直談到下午三點半。過去學生時代自高等學校以至到大學一年差不多的學生生活都過於研究社會科學，馬克思、列寧主義，尤其資本論，然而大學一畢業，環境所迫，進滿鐵，至於沒有機會接近共產主義的任何機會，如今與八路軍、與正式的中國共產黨的正式黨員初次見面，覺得他們的理想與自己的理想很相近。未去以前當然有很多的顧慮，然而與他們一談真覺心滿意足，更覺得八路軍並不是什麼可怕的存在，反而可以親近的。下午六點多鐘回家，陳姊夫、蘇小姐都今天回來，宋、鄧二君送我幾本書，晚上就看下去。

### 9月27日　木

早晨對趙、杜兩兄報告昨天與八路軍接洽情形。今天寫信給幼呈君，使解散啟興公司。自覺自己不是一個買賣人，所做的買賣都失敗，很覺詫異，好在這次沒有賠本。蘇小姐今天到開灤，被採用了。

### 9月28日　金

宗仁今天又發燒了。日系警備隊本來說九月底就要解散，因種種關係又得延長，按最近唐山周圍的治安狀態還想暫時留他們，下午七點得

到消息，說八路軍在唐山西北十幾里地，有進攻唐山的意思，就與各關係方面連絡，九點槍聲又響了，而且聽的很近，夜裡廢袋場又來了四、五十個土匪，巡查科打幾槍，土匪就跑了。

## 9月29日　土

在廠務會議報告唐山周圍之一般治安狀況，現在八路軍包圍唐市，市內治安軍、雜軍、警察又滿市，如果八路軍外攻，市內之雜兵警一定趁著機會掠奪無疑，唐市之治安的現狀頗為虞〔疑〕慮。下午帶徐副局長到麻袋廠住宅調查昨夜之惱匪始末，並研究對策。

## 9月30日　日

早晨中平顧問來訪，討論日系警備隊解散辦法，他提出給退職金28萬，表明只要袁總理答應，我沒有意思。今天把毛澤東作的《聯合政府》一書看完，這本書就是他的政治主張，即是中國共產黨的綱領，覺得他們的政治見解很可以贊同共盟。下午帶淑英拜訪杜副廠長，外面的情報又是相當緊張，晚飯在家宴別中平顧問，對他並不喜歡，可是過去幾個月也時常往來，尤其他是一個亡國的老頭兒。

## 10月1日　月

今天又是降雨。中共軍的一部分，今天飛到唐山。

## 10月2日　火

濱田君來訪，報告日系警備隊的解散問題並報告日軍之一部還想駐廠事宜。

## 10月3日　水

這幾天的陰雨，以至到今天好不容易才青天白日，飛機是不少來，聽說這幾天之中，米軍〔美軍〕可以開到唐山。下午與趙廠長拜訪開灤王受培董事，商量交換煤六千瓩的問題，同時要求增加給廠的煤。因蘇小姐被開灤採用不來，到買大夫那邊面談賠罪。

### 10月4日　木

今天派瑞棠到平解決開發配給之食糧問題。下午與徐弗庵兄到商會出席國民黨部召集的唐山工業團體主腦者會議，由鄭書記報告黨與工業團體的關係，其見解不單不高明，而且包含有脅迫的性質，覺得很不快。

### 10月5日　金

下午七點多鐘市之東南又打起來，槍聲甚密，馬上就佈置一切，怕在東南起事，由西北進來，到了八點多鐘，槍聲方息。最近報上檢舉漢奸頗多，尤其對特務，今天與兩廠長商量的結果，擬於最近之中解散劉子棟這一派特務出身的。自到唐以後對於睡眠覺得很舒快，不料幾天前以來舊病復發，又睡不著覺。

### 10月6日　土

早晨十點半米國兵40名開到唐山，與杜副廠長代表啟新進站歡迎去，街路真是人山人海，八年以來看見民眾這樣高興，的確是頭一次。今天中午顧問又來廠，關於解散日系警備隊來商量的。

### 10月7日　日

天津之日軍今天對蔣委員長代表路基中將投降，盼望唐山國盟軍快開來，唐山之治安早日設法安定。晚上七點趙廠長又來電話，說外邊相當緊張。

### 10月8日　月

盟軍的一部今天又來到唐山。自從日本投降發表之後，工廠之業務大部分都停頓，每天都清閒得很。

### 10月9日　火

日系警備隊今朝都搬走了，濱田隊長今天來報告，日僑在津受種種的迫害，四圍的空氣也都變了，那是當然的，八年來同胞受日人壓迫之下，過著水深火熱的生活來的。今早無線台消息，國共已有妥協的辦

法，毛澤東今天飛回重慶，覺得很愉快，從此國家可以避免內戰，唐山的治安也就可以定定。下午四點盟軍開到唐山進駐，同人都到站歡迎去。晚飯慶祝璃莉生日。

## 10月10日　水

今天為中國勝利後的第一個國慶日，全市每一個角落都充滿了八年來所未曾有的狂歡與慶祝聲，街頭國旗飄揚，貼滿慶祝奮勉之標語。工廠的慶祝大會在大樓禮堂熱烈舉行，由趙廠長報告八年來被日寇壓迫苦鬥的經過，杜副廠長演說國民要一心一德來建國，我演說十分鐘為憶總理五十年的奮鬥與戰後的國民心理建設、國家物質建設。中飯為慶祝，被趙廠長招請，有李進之、杜芝良，飯後少憩。下午五點與杜兄上開灤石子堆看望唐山全市。今天十時十分孫司令長官連仲親臨主持之下，在北平太和殿隆重舉行日軍投降的歷史盛典。

## 10月11日　木

中國共產黨領袖毛澤東自8月28日到重慶與蔣主席商量戰後國家大計建國大略，今天方告成功。今天下午一點毛主席飛回延安，以後實行政治的民主化，軍隊的國家化的原則，以此看來唐山周邊的治安也不成問題，國家也就著手建設工作，這幾十天來的恐怖也可以解除。下午七點後德學校在廠裡舉行慶祝提燈會。

## 10月12日　金

下午兩點中平來訪，給他一百萬日系警備隊的退職金。三點國民黨唐山分區鄭書記偕同侯黨員來訪，談些和平以後的國民黨工作。四點大阪工機社白木來訪，談些收買電氣材料。

## 10月13日　土

上午十點照例開廠務會稱〔議〕，十二點有半壁店磚窯趙先生說，鄧輝兄要見我與弗庵兄，上次去的是有熟人朱龍引導，這次不認識的人，相當危險，在工廠吃午飯以後，與弗庵兄就不顧一切危險去了，一別以來，覺得很親密，與鄧兄談了有兩個多鐘頭，關於國共合作問題

為主題，又要求他退還上次丟的motor，五點鐘很安全的回來。瑞棠一去，到今天未見返唐，未知有甚麼意外的事故沒有，頗為擔心。

## 10月14日　日

午飯在趙廠長公館請開灤醫院全部大夫。飯後到王受培公館交涉煤價問題。秋天禮拜的散步，覺得很愉快，與趙、杜兩兄散步到五點多鐘回家。

## 10月15日　月

唐山日軍的武裝解除，聽說在這幾天中就實現，覺得唐山四周目下的情形有相當危險，下午派弗庵兄到商會、黨部各處連絡延遲運動。下午六點新任北京辦公處副局長翁君偕同蘇君來廠，趙、杜、徐與我四人陪同晚餐。晚後談論中國目下的問題，尤其國共合作下問題。

## 10月16日　火

瑞棠姊夫自4號離唐以至到今天，也不回來，也沒有消息，怕在路中生出甚麼意外的事情，頗為擔心。昨天寫快信打聽天津、北平，下午陪翁處長到石頭坑參觀。十六點請翁、蘇、趙、李進之、茹各位吃茶點，席間談論中國政治問題，翁兄是一個健談家。

## 10月17日　水

今天偕同濱田隊長到1414部隊見坂田、小松商量日軍投降後的工廠警備方法，決定每天派三十名保護，江頭隊今天離廠，午飯進之兄請吃蟹，有翁、蘇、趙、楊淡如、徐、茹各位，吃得很滿意。晚餐在趙公館請翁處長。日軍自今天起，到20日要交械完了，然而對於唐山的警備很不安，尤其工廠方面，對於共產黨、國民黨、治安軍、米國軍等關係非常複雜，所以覺得在唐山工作，有些討厭。

## 10月18日　木

陳協理來信要趙廠長到津幫助中央接收華北洋灰工廠。如能委託經營更好，很想把廠務合理化，一部分人派到華北洋灰工廠去。淑英自前

天起身體又不舒服起來。

## 10月19日　金

　　東門的日軍每天更換，頗覺不便，高射砲隊又搬走了，更覺得空虛。十一點多八路軍引率民眾毀壞西山兩個砲樓，命令日軍偕同巡查各十名出動，後來和平解決，互相沒衝突，可是覺得治安一天比一天緊。下午曾我部君來訪。下午六點拜訪李董事談些關於唐山工廠治安問題。

## 10月20日　土

　　早晨七點八路軍又來北山搶奪鐵絲網。今天送敏之。鄧輝雨兄又來請求見面，因兩廠長都沒在，我就沒去，派弗庵兄代去。關於廠裡警備，對蕭科長因他的無智，頗覺不滿。下午七點瑞棠回來，他的責任觀念很薄弱。

## 10月21日　日

　　今天開始研究洋灰的業務改革，想把業務簡單化，使其上軌道。外面聽說唐山的附近已經表示國共合作，想從此唐山的治安也就可以平靜化，然而晚上九點又打得相當厲害，槍聲甚密而且聽得很近，子彈兩個落於小院，俱樂部傷了一個更夫，與各機關連絡警備事宜。

## 10月22日　月

　　被八路軍給搶走的馬達等，得宗敏之兄的努力找得，今天派人取回來，外面的消息說八路軍要搶啟新、華新，下午召開各區長，討論萬一八路軍進廠而搶民房的對策。晚飯因茹譽勢的老太太七十一歲的生日被請，真熱鬧。工廠的職員差不多都敬祝去了，最近物質又一天比一天漲起來，法幣對聯銀券的比例又是傳說很多，大部分都是悲觀的見解，因為今天把現款都匯天津買股票。

## 10月23日　火

　　因昨天的謠言，今天下午偕同杜副廠長、徐副部長到米國兵營，討論關於廠裡警備強化問題，提出三個辦法，第一派米軍來保護工廠，

第二增加日軍，第三出事放氣時馬上派兵保護，三個辦法都給拒絕了，後來到唐山防衛司令部去，司令、參謀長都沒在，與張副官處長談了一會，可是不得要領，後來又到黨部回拜去。晚飯被李董事請，陪著來接收華新紗廠王仲宜君一行吃，談關於建設新中國的問題。

## 10月24日　水

十一點宋秘書派來唐地、楊中、朱龍、國寶四人送保衛工廠的說明書來，留他們吃午飯，他們說要住一天看廠裡工人，就答應他們了。晚飯請王仲宜一行在家裡吃飯，有李董華、杜、徐、瑞棠等人陪著。飯後又談閒話，今天蘇老太太與小姐突然來了，未知開灤還採用不要，因八路軍來了這四個人，對工廠、工人、外面的影響諒必很大。終夜睡不著覺。

## 10月25日　木

十點被康防衛司令請去，他說最近聽說三廠工人要暴動，下午三點打算要派二十七軍的一部在廠裡示威，十三點茹兄來訪，說昨天來的四位，晚上、早晨都對工人煽動要組織工會，一聽很不高興，十四點找唐地去，因下午三點二十七聯軍要到廠，叫他們趕快走，很後悔昨天與他們吃飯，下午三點二十七軍以王營長引導就到廠視察各地並教訓工人，昨天晚上與今天早晨八路軍來煽動，下午又二十七軍來訓教，使工人莫名其妙。可是在這樣的環境裡常有這樣的矛盾，最近一切的事情覺得很不順利，很想辭一切的公職，回故鄉過悠悠自適的生活，一方面也可以使淑英安靜地養病。

## 10月26日　金

早晨十二點康司令來訪，回來得遲的關係，工頭都散了，約明晨再來，下午因最近之中，中央軍要到唐山，而一營人擬駐我廠，到東、西、北各門、各房看看。

## 10月27日　土

早晨九點康唐山防衛司令因要對工人訓話到廠來，因環境的關係讓

杜、茹兩人引導他，對三百工人訓話，訓話完留他吃中飯，談些關於唐山防衛問題、國共問題。下午找小林君，談論日本戰敗原因。又拜訪金子部長去，與他談到六點回家。

## 10月28日　日

朝晨巡視給國軍住的房屋之設備、改造，一切都很順利的進行中。下午四點金子部長來訪，談論日本之敗因與日本之將來。與日本人共事十一年半，只得兩個比較好的朋友，一個是金子，一個是古家，下次得機會很想拜訪古家談一談。晚飯餞別濱田隊長，他駐廠差不多一年，雖然沒有獻多大功勞，可是為人忠實，頗為同仁尊敬，現在他是亡國之民，但是私情難捨，他也落淚而受，濱田、金子、杜、瑞棠五人一塊兒吃的。夜八點說國軍要唐與李董事、徐弗庵代表歡迎去，沒來，覺得黨部辦事很糟。

## 10月29日　月

國軍第九四軍四三師一二八團今天十二點半開到唐山，最近國共之關係由樂觀到微妙的關係的現在，國軍之到唐山很值得慶祝歡迎的。下午一點一為李少校因住房的問題來廠，這是八年來頭一次看見國軍的。下午四點綦團附帶了二百三十人來住舊華東警備隊，五點半偕同杜副廠長致敬去，綦少校很謙讓，其態度很可親敬。

## 10月30日　火

朝晨十一點偕同弗庵兄拜訪昨天到的國軍一二八團的團長，因開會沒得見。下午一點半團附高中校與胡營長來訪，商量警備方針，結果東門要駐一連人，華東警備隊也要住一連人，營部要設在舊華東警備隊房屋。

## 10月31日　水

整天忙得國軍住廠事，本來打算一連人駐廠，想不到要開三連人來，而且營部又要設在我廠裡面，因此忙得不得了。蘇小姐今天搬住開灤醫院宿舍去，老太太就在家裡住下去。最近物價又日益騰貴。

## 11月1日　木

今天到各處對國軍致敬去。先到東門見第一二八團第三營第七連長曹達遇上尉，再到華東警備隊第一二八團第一黨第二連陳佐搏上尉，再到第一營營部，見胡傳昭營長去。國家一盛旺，國家〔軍〕也就不一樣，現在的國軍與從前相比改良進步的大。

## 11月2日　金

趙廠長昨夜回來，報告他不在中的廠裡治安情形，最近每天都搜眾文學材料，打算把過去日記有記錄價值的整理整理來文學化，第一做南國月明之夜的回憶，是關於與月鳩的戀愛記錄，第二擬做與曹萍的戀愛記錄，第三做與貽美的戀愛，第四與月嬌……等等，因此在唐山交際少，以外沒有甚麼可消遣的，最好讀書寫文章，最後擬完成與淑英十年的生活紀錄文學化。

## 11月3日　土

早晨照例開廠務會議，對工人宿舍、工人學校、工人俱樂部提議盡力推進，以致早日完成實現，最近覺得一切的工作都沒有多大意義，很想回鄉，第一把北平的房子先想整理，回鄉最困難的問題就是小孩言語與學校的問題，回想辦一個雜誌社，來啟蒙故鄉同胞，把這殘生來貢獻於台灣的文化運動、啟蒙運動。

## 11月4日　日

國軍駐廠二百四十人，這天午飯請胡營長、羅營長以下各連長十一名，在趙廠長公館請的，聽列位勇士的過去八年奮鬥的經過。宴後與杜副廠長到教會，做禮拜的已經散了，被介紹王有德與王蘭亭兩君，在「寶順」樓上談到下午五點鐘，關於和平後的文化工作。

## 11月5日　月

駐廠國軍一二八團今天一早開往秦皇島，接換的是第五師人，早晨趙廠長來說袁九爺做詩罵我「日落楊失蔭，川息沙不留」，覺得公司小人太多，過去二年來對公司的一番熱誠很少人知道，過去祇有替公司爭

利，消極抗日，他們那些可憐蟲連六〔吭〕都不敢，還罵人，真可恨。下午與趙、徐兩君拜訪第五師團第十五團第一營劉文英營長去，與他談關於廠裡警備，又帶他到東門各地視察地理，並要求一部分人派東門保衛。

## 11月6日　火

朝晨十一點偕同趙廠長、徐副部長到第五師拜訪涂副師長、許十五團長去，都因公出門沒在，見了賴副團長致敬，晚上接收華北電業委員顧敬曾與范濟川請在「鴻宴」吃飯，被請的有姜軍長、康司令、涂副師長、許團長、張市長、羅開灤總務局長等二十幾位，與許團長談些關於重慶方面的消息，裡面的物價比淪陷區還貴。

## 11月7日　水

請華北電業唐山工廠的接收委員顧敬曾、范濟川、柯少如、李紹威、培密、魏子旽、陳祖貽、憚處長，廠方趙、杜、徐、茹各位在家吃晚飯，飯後談些關於中央接收華北各工廠的現況與裡面，尤其重慶的戰時生活，米軍合作的情況，機械的進步、發達等問題，十點方散。

## 11月8日　木

南門的日軍午後一點半來電話告稱，米軍已經下令撤退，從此可以不看日人於廠內，也很痛快，但夜十點又命令回來。最近很想把北平的房子退還公司，天津的房子收回來，未知現在天津的房屋變得怎麼樣？因此總是日夜不樂。

## 11月9日　金

早晨看糧食去，決定把壞糧食出售。十一點到西山興國寺砲樓巡察，國軍已經駐兩個砲樓了，從此西山大概可以大〔太〕平無事了，最近每夜都寫與月鳩的一段戀愛史，但是覺得很困難，有深刻的印象都表現不出來。

11月10日　土

早晨開廠務會議，提出資材的計劃化，討論半天的結果，保留研究。下午拜訪劉營長去，聽說他們明天要動身赴津，覺得很詫異，正好胡營長又回來了，與他們談國共問題，他們都說國共無法調整，國家的前途很闇淡。下午四點接收銀行，統稅局的石財政部特派員萬英來致敬。

11月11日　日

下午一點半起在俱樂部舉行慰勞國軍演劇大會，這次的演劇完全我出主意的，與淑德女校合作也是我出主意的，我的意思一方面慰勞國軍，一方面慰勞同人、家眷，「青天映白日，黃沙染碧血，八年奮戰殲倭寇，一曲高歌慰國軍」，結果很成功，台上人也高興唱，台下人、同人、家眷、國軍都很熱烈的看，幾年來沒有演過戲劇，尤其淑德女校的幾個女教青的熱烈演劇很可佩服。晚上七點在家裡請買開灤運務部長、劉開灤附業部長、耿大夫、趙廠長、杜副廠長、周部長，茹副部長、徐副部長、李部長進之十位吃晚飯，飯後大談國共問題。

11月12日　月

今日是國父誕辰紀念日，公司放暇一天，下午一點半繼續開慰勞國軍大演劇，因為瑪莉也上台，今天特別高興，今天來的國軍不單駐廠的國軍，差不多一二八團的各部分的人都參加，演員也比昨天更熟練，昨天演「紅鬃烈馬」，今天演「四郎探母」，演的人、看的人，被慰勞的國軍都很高興，瑪莉演的「客人來了」也很有意思，覺得這一次的慰勞國軍演劇很成功。

11月13日　火

這幾天淑英的咳嗽又厲害起來，看她的病又惡化了，一個家庭——主婦一病真是不得了，孩子也沒人看管，家裡也沒人料理，最近有一個蘇太太來幫忙還算好得多。今天晚上開始作與曹萍(陳華)的一段戀愛史。淪陷期間的增資，依10日的報子〔紙〕說要聽候政府的命令處置，如果無效，抗戰八年的奮鬥，等於空的了，一切都讓命運之神解決去吧。

## 11月14日　水

　　朝晨十時與趙廠長、徐副部長、陳出納科長、任運輸科長，先拜訪李士林第四十三師師長致敬，以後到統稅局回拜石萬英財政部特派員。今天日本軍隊得米軍命令全開走了，從此工廠一個日本人也沒有了，很痛快，與日本人在滿鐵、華北交通做十一年，因不喜歡日本人跑到啟新來，又有甚麼中平顧問、潮顧問、甚麼甚麼日系警備隊，還有甚麼大使館情報課三原課長特派的華東警備隊，1414部隊中島隊長特派的特務隊。日本投降以後，先把兩個顧問解除，又遣散華東警備隊、日系警備隊、特務隊，後來只剩日本駐軍，今天以後可沒有日本人了，工廠明朗了。

## 11月15日　木

　　朝晨八點二十分的快車因溫科長有事要到平，託他帶母親回平整理家事及探姊姊的病，等到下午五點車沒開的了。下午到一二八團第三營營部拜訪羅營長去，要請多派兵，保衛東門與南門，沒在，見了副官就回來。看《西安事變半月記》，真敬佩蔣委員長人格之偉大，在萬危之中始終不倔〔屈〕，以秋霜烈日的精神，願殺身成仁，反省自己覺得很慚愧。

## 11月16日　金

　　下午兩點胡傳習營長請吃飯，一共四桌，廠裡科長以上都去，以外還有開灤賈大夫、學所長、淑德女校、王、李、兩學校都參加，陪我們的是尹醫官，很會招待，因此喝不少酒，喝到三點半方散。陳科長又到別處喝去，七點才回來，醉的糊塗，把被窩都燒壞了。晚上九點四十分聽重慶報告，任命王松波、姚某人接收啟新，甚為意外。

## 11月17日　土

　　廠務會議討論煤的出廠問題，昨天重慶一廣播接收啟新，今天職員工的人心相當動搖，恐怕我在唐山的命運也不久，真想不到第一先是淪陷期新發的股票生出問題，第二，現在連自己的地位也發生問題。當然對啟新也沒有甚麼有留戀的。可是很希望等到恢復交通以後，才辭職。

下午三點新任劉灤榆區督察專員兼保安公司來訪。最近共產黨的交通破壞，各城市地盤的鬥爭愈顯得厲害，中國的全面內戰也就展開出來了，真不了解毛澤東先生的意思，八年來的痛苦，已經夠受的了，現在應該破壞轉為建設的時期的。

### 11月18日　日

早晨十一點與趙廠長、徐副部長到灤榆區行政公署回拜劉培初司令去，與他談些國共問題與灤榆縣的地方治安問題。母親之回平，因交通的關係，很沒有希望，但是北平等著解決的事情多著呢！現在唯二的苦惱就是天津的房子問題，請李君金源給辦，至今還沒有信，一個就是北平房子的結束問題。

### 11月19日　月

接收開灤委員王翼臣、王崇施、朱王崙昨夜到唐，今天在開灤舉行儀式，聽說明天發還，啟新聽說也不過如此。下午到營部見胡、方兩營長，談洽唐山、二城子砲樓問題、對唐山歡迎國軍組織問題、希望單獨辦。據今天開會的結果，還是成立唐山治安協助會，覺得很不合適，而且很不方便。

### 11月20日　火

因唐山治安協助會無法推動一切，現在廠方與國軍的空氣已不多好，因此下午四點偕同徐副部長拜訪康司令訴苦並研究對策，結果圓滿。又到營部見胡營長商量北山與二城子的砲樓進行步趨。

### 11月21日　水

早晨十點接收開灤的特派員王翼臣偕同張絜之、康秘書到廠來，召集科長以上人員在食堂舉行啟新接收典禮，由王特派員說明接收緣由，十一點典禮畢。午飯請王玉崙、顏、劉專員，還有開灤王崇植總經理，魏、羅、盧、賈等位在大樓聚餐，飯後領王玉崙君到廠視察。

## 11月22日　木

接收啟新公司的專員姒南生與王松波兩君到，今天到廠來，憶起過去兩年多在北平外交的第一線與日本消極抵抗，以致沒有使日本勢力侵占，想和平以後，一定有享樂的一天，真想不到，和平到來，可是政府不諒解，使三年的苦心付與流水，很傷心，聽說總協理各董事都要辭職。今天與趙廠長商量，三廠長應該也得辭，社長不贊成，對松波君的印象益不好，如果他當廠長，那非辭不可，很想南歸。晚上八點徐弗庵君來訪，宋敏之、鄧輝又來信想見，現在的環境無法見他們。今天午飯部長以上的請王、姒倆接收專員在大樓吃，正好李士林師長與康司令來訪，談論些國共問題。

## 11月23日　金

昨天來覺得不太舒服，傷風以致於頭暈、目眩。十點金子部長來訪，他說最近將要回國，想送給我一幅畫，以資紀念。晚飯在大樓與姒南生、王松波兩委員吃飯，飯後閒談，覺得這兩個人都無味得很，在唐山的命運不能長久，很想辭。

## 11月24日　土

早晨開廠務會議，議決工資問題，這次的增加達於一千七百萬。幾天來因感冒覺得很不舒服，下午四點就回家睡覺了，覺得一切都很不高興。

## 11月25日　日

今天起不來了，一會涼，一會熱，真難受。下午三點到金子部長公館拜訪他，又與他談些日本之將來問題，又到松本尋道君家去，聽說他三月失妻、八月亡國，也很可憐。今天接到老沙一封信，說新周經理想大用我之意。

## 11月26日—12月2日

病在床上整整一個禮拜，原因都是自己不小心，前四天每天都是39.7度，以為普通的傷風，想吃便藥就可了事，但是這使病一點沒有好

轉，到了28號方請耿大夫來看，是惡性流行感冒，吃他一包藥，溫度
也就下到38度，以後日漸好轉。29號就平熱了，不過食欲不振，頭還
是暈。在這病的期間中，有充分的時間來反省過去兩年在啟新所做的事
蹟，所做出來的事真不少，而且不小，如今提拔照顧的總協理這次全都
引責辭職，憶起啟新的政治環境最困難，外交工作很難推進的時候，總
協理說：「現在同患艱難，月明以後我們可以同享快樂」，他老是這樣
安慰我、鼓勵我，然而總協理都將辭職，唯有同患難，無法同享快樂，
使我流淚，使我決心與總協理辭職。在這病中把總所改組案給老沙，約
他7號在津一會，未知他來否。

## 12月3日　月

今天上班覺得身體還未完全恢復。公司自今天起每禮拜一舉行紀念
週，對員工加以精神訓練。

## 12月4日　火

晚上還是每天37.8度，早晨37.4度，這次的感冒當初起就不順調，好
了又不見好。現在淑英的咳嗽，三個孩子的發燒咳嗽，真使我覺得家庭
的黑闇。一家之中，一個主婦病了七、八個月，而且不單不見好轉，還
有惡化的現象，使我灰心，有甚麼可能的方法，很想送她回家調養去。

## 12月5日　水

因為硝礦又快完了，今天派溫科長到平運輸去。今天把消防隊的待
遇降下，與巡目一樣待遇。十一點半金子部長來訪，談些關於日本軍閥
害國問題。

## 12月6日　木

今天弗庵君到開灤交涉借黑色火藥，魏總礦司答應給十一箱。總所
對洋灰與花磚所定的價格相差太多，寫信問其根由。這幾天身體還是不
好，到了下午就37.7度的溫度，未知何因，老不恢復。

## 12月7日　金

今天從開灤借十七箱黑色火藥搬進廠來，到了15日可以無憂了。身體還是不舒服，到了三、四點鐘熱度就上了，今天又對耿大夫要求藥服用。

## 12月8日　土

今天車夫與警察集團衝突起來。今天發表平津漢奸，想周大文一定也在內，如此房門恐怕受封鎖，與他住同一院內的出入，搬運東西的出入，暫時大概無法許准，很為擔憂。本想早就回平，一病纏身，無法離唐，以至於此，命也。

## 12月9日　日

今天中午請李四十三師師長士林、康新八師師長、程參謀長、易團長，兩位主任在大樓吃午飯。聽康師長聽說黃南鵬也被逮捕了，這也是他的命運。今天未知何故，沒有熱度了，身體如恢復很想到津、平去一趟。中午有鄉友在四十三師陳萬春者持吳江雨兄的介紹片來訪，據說他以外還有六名，真想不到四十三師裡面，也有鄉友。瑞棠今天來信，說有要談要在津商量，因病無法赴津。

## 12月10日　月

今天的報看見被逮捕的漢奸裡頭有周大文，大概母親在北平為此事很著急，如果身體一恢復就想回北平看看。今天把警察、車夫衝突事件處罰了事。北平運來的硝2,500斤今天到唐了。

## 12月11日　火

下午與趙廠長、徐副部長到黨部，警察局長去都沒在，我的病二、三日前覺得好些，溫科長今天回來了，大概北平的房子出入可以自由，想後天到天津見總協理後再到北平處理房事去。

## 12月12日　水

趙廠長說14號一同到津，因此延期一天。第二批硝今天又到唐

了，這兩批一共五千市斤，可以供四十天之用。今天與趙廠長談些關於平和以後之環境之變移的處世問題，我擬淡白的對總協理請罪，如果慰留當然還效勞於公司，如果不慰留想辦法辭職回南方做小事。

## 12月13日　木

因明天動身赴平津，今天把部內一切事情都整理好。這次到津是想決定進退問題，到平是想歸東北平的家，因漢奸周大文被捕，怕影響北平房裡面的資產移動問題。屢次要到平津都很高興，這次很不願意去。

## 12月14日　金

早晨八點乘快車與趙廠長赴津，車內與開灤總務局長閒談時局問題，午飯與趙兄在「弟弟」吃，下午到公司見袁、陳總協理，想報告工廠業務，因這次接收以後要辭職的關係，都無心聽報告，與將當總經理的周協理略談總公司與唐山工廠的改組問題。五點訪問金源君，託他辦：(1)啟興公司的煤(2)六合買房子(3)六兩金子賣卻問題。八點拜訪袁總理去，謝謝他過去的愛護，因他這次被迫下台，自己也想辭職。十一點與趙廠長又拜訪陳協理，又同樣表示，但他們兩公都不肯我辭職，挽留甚懇。

## 12月15日　土

早晨到公司與周協理、趙廠長談論唐廠的改組問題，結論是總所比較要大規模的改組，是唐山委任廠長，看情形在必要的最小限度改組。下午與趙廠長稍微商量唐廠的改組方針，他主張最小範圍的改組，我主張比較廣範圍的改組，因我明天要赴平，趙兄希望我早日回唐，以便開會商量。下午到合豐行，三連兄赴平沒在，很覺失望，與張秋海君談些時局問題與合豐行的現狀，並託送售賣六合里的房子。晚飯與趙廠長、王松波兄兩君在公司吃，當初對於松波君很覺不快，但是一熟覺得並不討厭。晚上到金源家裡，本想與他看電影，一會兒玉燕來訪，她說後天要離津赴滬，並告訴我，在平宅所失東西與她無關，我也好言安慰她，因知道她平生為人很淡白，她又借兩萬元充當路費。我想與玉燕的關係，從此想斷絕，因為她怪癖固怪，二來因為她缺於情。晚上十點方回啟新俱樂部。

## 12月16日—1946年1月31日

　　朝8時啓新倶楽部前に於て沙兄と待ち合わせ共に9時の急行で北平に旅立った。車中は殊の外混雑を極め一等切符にて三等に乗車した。半時間遅れて12時半北平着、北風寒く剰へ蒙古の砂塵を混へて三箇月振りに見る北平の空は憂鬱な運命を暗示するかの如く自分を迎へた。和平以後一度北平を訪れたが当時中央軍いまだ北上せず街路に現れてゐる一切は和平前と何ら異なる所はなかった。然るに今度は三ヶ月前の旅行と全然異なり、第一に日本人は街路から姿を消し一切は活発に自由に流れてゐるやうな直感を受けた。寒風の中を傅君の車に乗って先づ弁公処に於て中食をとった。弁公処も人影淋しく嘗て沙兄と苦心して華々しく出発したあの日を憶へば日本の没落を象徴するかの如く寥々たるものである。

　　午後2時半三連兄を福栄公司に訪問し合豊の今後に於ける経営方針と和平以後の処世方針を語らうと思ったが多くの人が賭博してゐたので思ふやうに語れず6時頃一先づ姉夫宅に於て母に会ひ三条の家の状況をきいた。周大文が漢奸で逮捕されたので同院子にある自分の家も封ぜられたのではないかと心配して北平へ来たのであるが封ぜられざるをきき愁眉を開いた。呉姐夫宅は面目一新し噂にきく如く発財したらしく各部屋の家具は何れも綺麗になった。夕食後弁公処に帰り待ち詫びる四舅と不在中に於けるお互の境遇を語り合った。今日彼が啓新より追ひ出されて敵産処理局に勤務するに至った一聯の事情はやはり沙兄の毒計だと予感した。真に人心測り難いものである。心を許し合った四舅と語る事は淋しい唐山の六ヶ月間の寂しさを慰めるに充分であった。然し夜8時半弁公処に着いた時から自分の身体の変調が感ぜられ一風呂浴びればよくなるかと思ったら検温器は40度の高熱を示した。斯くして未だ嘗て遭はざる人生の悲劇は幕を切って落ちたのである。実際過去34年の人生は小さい試練はあるものの割合に順調な日を送って来た。特に七七事変の中に結婚し荒波の中に多少苦難を淑英と共に送った事もあるが概して良妻を迎えて平和な豊な家境に恵まれて来た。

　　唐山に於て既に三週間病魔に悩まされ漸く11日に熱がなくなり

14日早速旅行に出た。然るに一週間に満たないのに又しも病魔に犯されたのである。翌17日早速蒲大夫に見て貰ったが感冒との事でトリヤノンをくれて簡単に癒ると思ってゐた。然るに熱は下らず19日張嘉英君に見て貰った。病名は判らぬが高熱は依然として下らず21日母等に奨められて呉姐夫宅に引越した。22日早速鐘柏卿君に来て貰ひ診察して見たが何病なるかを知らず当初は感冒菌が肝脾臓に入った為の熱でなかなか下らぬとの事である。鐘君の献身的努力にも拘らず服薬も注射も更に効を奏せず40度の高熱は続きご飯は一粒も食べられず身体は衰弱するばかりである。血液検査の結果漸く25日頃に腸チブスだと判り愈々尋常ならざる病気なるを知った。24日身体の衰弱が余りに激しかったので生れて初めてリンゲルを注射された。病名の判明に依る適切なる処置とリンゲルの注射は衰弱を幾分か回復し28日より熱は下り初めた。以後母の細心にして周到なる看護と適切なる食事に依り病勢日益しに良くなり衰弱も日を逐ふて回復された。1946年のお正月は病床で迎へた。由来病気に対する経験のない自分は病気を非常に軽んずる傾向がある。1月6日青天白日の冬の麗かな朝を迎へて久振りに気分爽やかとなり21日高華里太平橋53号の呉姐夫宅に越して以来17日間初めて起床して顔を洗ひ部屋を軽く散歩した。偶々此の日は朝から見舞のお客が多数見えられ爽快なる気分に合せて大いに色々な事を語り合った。此の為か1月7日は再び高熱が襲来し今度の衰弱は愈々激しかった。そして病気による身体の苦痛も烈しさを加へた。当時病気と共に襲ひ来った諸々の不幸なる問題は暗い気持ちを更に暗黒にし、何等か自分の死期を考へ始めた。然し年老へる母、病弱の妻、8才、6才、4才の子供を思へばやはり死に切れず病魔と戦ふ以外に適はなかった。実際以下述ぶる病中の不幸なる諸々の出来事は身体の衰弱と病魔の苦痛と併せて一時死を希った程である。幸いに腸出血に至らずして1月27日再度下熱してチブスの再熱に依る苦痛は約二週間であった。以後鐘君のたゆまざる注射と母の手厚い看護、食事の増進と相俟って病勢は暫次回復した。2月1日の農暦大晦日を是非皆様と起きて楽しみたく専ら養生した。斯くして去年12月26日以来47日間の病魔は完全に征服された。勿論此の病気は唐山に

於ける病気の連続と言ふべく若し和平後の治安不寧、共産党の来襲等に依る約1ヶ月間の過労がなければ身体の衰弱があるまじく、身体衰弱せざれば病魔にも犯されずに済んだであらう。病中愈々母ある身の有難たさを痛感した。若し当時北平に母が居らなかったら、そして母の手厚い看護なかりせば或いは病気は最悪になって生命を失ったやも知れず、少なくとも斯くも早く回復は出来なかったであらう。病中在平の友達は病気を心配して多数見舞に来てくれた。見舞品も沢山貰った。実に友達の有難さが身に沁みた。斯くして身体の病気は癒り鐘君には十万円の謝金を与へて其の好意と努力を謝した。然し乍ら病気に随伴して来た心の病手は深く病中もそして恐らく病後も涙の中に暮した。先づ第一に唐山に於ける"被告事件"である。12月23日自分の不在中警察と憲兵は自分を漢奸として逮捕すべく唐山の住宅を襲ふた。何と言ふ皮肉な運命でありませう。生れて物識る時から祖国を思ひ今日迄そして今後も反日に終始する自分が今日親日分子として睨まれて漢奸として検挙されるとは天ならで誰が知り得よう。此の事実を北平で知ったのは12月25日深夜11時頃である。尤も天津から我軍、三連両兄が呉姐夫宅に此の事実を知らせて来たのは午後3時頃であったが当時自分は高熱の中に衰弱著しかった為姉さん達で何とかして妥当なる対策を協議したが適当なる対策なき為漸く11時頃自分に知らせたのである。当時の報告は自分が漢奸として検挙さるべく唐山と北平三条の住宅は既に封鎖されたので一日も早く此処から病院に引越してくれとの声だった。此の報告は然し自分としてはどうしても事実として信ぜられなかった。第一、八年間自分は公私共に漢奸として検挙される破廉恥的行為をした覚えが絶対にない。仮りに啓新に於ける日本軍、日本大使館との諸種の交渉が不可とすれば公司としては袁、陳両総協理が起訴さるべきであり、北平弁公処が親日的であるとせば沙処長も起訴さるべきであり、唐山工廠が問題なれば趙廠長が起訴さるべきであるべきで自分のみが起訴されることは条道が通らない。第二に若し斯の重大事件が発生したとせば自分は公司中の最高幹部の一人であり、唐山工廠の主脳者である故当然公司若しくは工廠から人を派遣して事実の詳細を伝へるべきであり、少なくとも天津に居る沙兄から

直接電話があるべきである。然るに会社よりも工廠よりも何等通告が
ない。第三に東四の家は本日元禧が行ったばかりで封されとは事は全
く虚偽であること。以上の三つの視点よりして唐山に於ける被告事件
は天津に於ける悪質なるデマであると断言し一同もほっとした。そし
て其の夜は何事もないかの如く冷静に寝た。然るに其の翌12月26日
沙兄が天津から帰平し22日約300名の兵隊が自分の唐山宅を包囲し家
庭はくまなく捜査を受け淑英は精神的の大きな打撃と肉体的に室内を
案内させられて疲労し切って病体が急激に変化せる旨伝へて来た。勿
論家は食堂と母の部屋以外の部屋は全部封鎖され、家族は一室にとぢ
こめられてしまった。当時淑英の病気は既に第三期症を呈し容易に三
人の幼心に伝染するは常識でも判断出来るのに何と畜生的なやり方で
あらう。いとしき夫の身を心配するの余り淑英は終ひに27日之も後
で分らしてくれたのであるが約臉盆二つに入る多量の喀血をし出しそ
して再び起てなくなった。此の事実はずっと自分の健康が回復されて
から知ったが然し40度の高熱下に何となく淑英は自分の病気と此度
の漢奸事件を心配して客体が急激に悪化しとても助からない予感がし
た。元気な顔で別れた淑英の美しき姿！それが一週間後の今日自分を
して淑英に対する絶望的な予感が何故起ったのか自分は知らない。従
って自分は自身の病気よりも、そして自分の漢奸事件よりも絶えず夜
の星を眺め天井をになんで奇跡を神に祈った。結婚して以来八年間自
分は淑英に惚れ、淑英も熱烈に自分を愛した。倦怠期もなく喧嘩した
事もなく淑英は唯私を慰める為にそして自分を喜ばす為に物質的には
勿論肉体的にも一切を私に捧げて来たのである。八年間は謂はば其の
日其の日が初恋の如き情熱と歓喜の連続であった。今日私は病に仆れ
彼女又300余粁も離れた唐山で容体は急激に悪化しつつあるときく、
何と呪はしい運命であることよ。今日こそ自分は一切を犠牲にして看
病してあげたいし、又彼女が健康であれば優しき彼女に自分も看病し
て貰ひたかった。それなのに、ああ、それなのに一人は北京の空の下
で、一人は唐山の山の上でお互に重態になって病魔に呻吟してゐる。
母は自分から離れられないし、自分去りて淑英は淋しからうと思ひ、
先づ郭清海君を唐山にやった。それから彼女のいとしき弟詹元龍君を

やった。更に許子秋君と張和貴君がよく心配して北京の寓居へ訪れて来てくれるので結核の専門家である張和貴君を煩はし前後三回看病、診察等に行って貰った。然し彼女の病勢は一進一退、元禧君から毎日病状（温度、脈拍、食事状況）を報告して貰ってゐたが何故か淑英の病気は絶望的な予感がしてならなかった。沙兄がちょいちょい中間報告に徐弗庵兄も二回自分を見舞方々淑英の病状報告に来てくれた。僅々六ヶ月間ゐた唐山工廠の同人の熱き人情に比して北京弁公処の連中は人情極めて冷たかった。それでも自分はやはり淑英の回復に一縷の希望を有って熱烈に其の全快を神に祈ったのである。

　次に訪れて来た不幸は天津の房子の問題である。英租界が封鎖される直前家の所有者は同僚李課員に懇願し自分に該房子を是非買ってくれと嘆願すること数回、当時一般市価に比して稍々高価だったが李課員の面子を思ひ買収して綺麗に改造した。自分はすぐ入って住ったが昭和15年5月自分が北京へ転勤すると同時に藤田君に更に其後順次日人に賃家した。日本の降伏前後情勢の非なるを見て金源兄に売却方お願いし、或ひは日人より取り返すやうお願ひしたのに彼は引受けて何等為してくれず終ひに日人の引越後、原所有者に占領されてしまった。而も原所有者が当時私が日本の勢力を借りて彼を圧迫し強制収売したるを以て其の返還告訴を警察局に提訴したのである。ああ中国人の良心よ、何と畜生的な破廉恥的な行為でせう。其の間呉三連兄、張秋海兄をして折渉せしめたが埒あかず沙兄にもお願ひしたがやはり積極的に動いてくれず其の上自分が漢奸の嫌疑で逮捕令中余り積極的にも出られず終ひに泣き寝りの己志なきに至ったのである。斯くして自分社会に出て勤倹した金で得た最初の不動産――それは本当に汗と涙の結晶で買ったものなのに……――は良心なき畜生に奪はれてしまったのである。

　続いて北京七条の房子は柳次郎と云ふ日本名義にしてゐた為に大使館から中国政府の財産移管目録に入れられてしまひ自分は所有権を喪失してしまった。悲しい知らせである。日本降伏前王乙金四舅に早く処分するやうお願ひして唐山に赴任し、其の間相当よい値段で売れる筈なのに母の欲張りからして商談を不成立に陥らしめ日本降伏後楊

基沢君が蒙疆から避難して彼を収容し其の為に売却出来ず終ひに斯く
の如き非運に陥ったのである。

　他方自分の事業を観るに天津に於ける明星、新中央両戯院は悪党
楊朝華と饒江河に計られて失ひ、三家店の二つの炭鉱は降雨侵水後日
本降伏に依って設備一切は匪賊に略奪されて潰れ、合豊行は陳哲民が
敵財隠匿で告訴されて封鎖されてしまった。事業関係も全部烏有に帰
してしまった。

　次に動産関係を見るに当時自分は白銀三千両、黄金十五両、啓
新の株券四千五百株、北京の三条に可成優美な家財道具と唐山に貴重
な什器、掛物等を沢山持ってゐたのである。先づ唐山の什器、掛物は
自分を検挙して来て全部封鎖され銀食器、中国の古画、自分の衣装、
淑英の見廻り貴重品、時計、十数個のトランク等何れも中国官憲に没
収されてしまった。北京での留守宅では食糧、石炭、ラヂオ、五百日
廻る時計等何れも盗難にかかってしまった。更に唐山から北京へ自分
を逮捕に来ると云ふので凡百の東四三条の家財道具を安価に売り払っ
た。銀三千両も安く売ってしまった。金十五両も安く売り払った。売
った後は総て大暴騰である。特に金源君は預けて処分した六両の金の
お金は陳姐夫に持ち去られて自分には一文も入らなかった。

　之等の生々しい不幸は何れも自分の病中に起きた出来事である。
自分は肉体的には病魔と戦ふ以外に精神的に如何に悪戦苦闘した事
か。幸ひにてん淡たる自分の性格と諦観的な人生観が自分の超然的気
質を培ひ一切を灰燼に帰せしめたる後は運命に一切を帰して心の苦悩
を軽くした。唯淑英の病気だけがどうしても諦めきれない。何かの超
自然的な力で是非之を救ひたい。

　だが運命の転落は斯くも早いものか。自分は幸福の絶頂から絶望
のどん底へつき落とされてしまった。過去学校を出て12年間寒さを
偲び苦しさを忘れて丹誠に今日を築き上げたなのに一瞬にして崩壊し
てしまったのである。ああ

**12月16日─1946年1月31日**

　早上八點與沙兄在啟新會合，一同搭九點的快車前往北平。車內意
外擁擠，一等車廂的票跟三等車沒兩樣。遲了半個小時，十二點半抵達

北平，北風蕭瑟，還混著蒙古的風沙，久違三個月的北平天空，彷彿暗示著憂鬱的命運般迎接我。和平到來後曾造訪過北平一次，但當時中央軍尚未北上，一切與和平前並無兩樣。但這次與三個月之前的旅行全然不同，第一，街上看不到日本人的影子，直接感受到一股活潑自由的氣分。寒風中搭上傅君的車，先到辦公處用中餐。辦公處也是人影稀疏，想到當初與沙兄還煞費苦心地將門面裝點得氣派非凡，現在宛如象徵日本沒落似地，看來格外寂寥。

　　下午兩點半本想約三連兄造訪福榮公司，一起討論合豐今後的經營方針與和平後的處世學問，但許多人在他家賭博，說不出口，六點先到姊夫家看母親，了解三條家的狀況。周大文被當成漢奸逮捕後，原本擔心隔壁的我們家也會被查封，所以來北平聽到沒事，這才放心。吳姊夫家煥然一新，果真如傳言所說發了大財，每個房間都換新家具。晚餐後回到辦公處，與等我甚久的四舅閒聊近況。我隱隱覺得他今天會被趕出啟新，跑去敵產處理局工作，這一連串的事情果然都是沙兄的詭計，真是人心難測。與氣味相投的四舅聊天，充分撫慰了我唐山六個月的寂寞。但晚上八點半來到辦公處時，覺得身體有異，想說泡個澡會好得多，體溫計一量竟有40度的高燒。看來過去從未遭遇過的人生悲劇這才正要開始上演。其實過去三十四年來的人生中雖有小小試鍊，但還算順利。特別是結婚時值七七事變，動亂中與淑英共同經歷多少苦難，但大體上仍是娶得良妻，家庭和樂富裕。

　　在唐山病了三個星期，11日總算退燒，14日馬上踏上旅途，但不到一星期又生病。隔天17日馬上去給蒲大夫檢查，原來是感冒，想說拿了藥以後就會好。想不到高燒不退，19日又去給張英君看病。不知道是甚麼病，但高燒不止，21日在媽媽的建議下，搬到吳姊夫家。22日馬上請鐘柏卿君前來診療，但仍不知病因為何，只知當初的感冒病菌如今已侵入肝脾臟，所以高燒不退。雖鐘君盡心盡力醫治，吃了藥打了針卻無法奏效，高燒到40度不退，滴食未進，身體衰弱。血液檢查結果是傷寒，才知不是尋常病症。24日身體病得嚴重，打了生平頭一遭的點滴。因為知道病症採取適當的處理，打過點滴恢復些許體力，28日開始退燒。之後母親細心照料，在周到的看護與均衡的飲食下，我的病才逐漸好轉，逐日恢復體力。1946年，在病床上迎接新曆年。過去以來沒生過甚

麼病，使我對病狀大意。1月6日看到晴朗的冬日，感覺到久違的神清氣
爽，從21日搬到高華里太平橋53號的吳姊夫家以來，這十七天中我第一
次起床自己洗臉，在房間裡漫步。剛好從這天早上開始，便有許多前來
探病的客人，精神爽朗地閒聊許多。但不知是否因為如此，1月7日開始
再度發高燒，這次十分衰弱，而且生病帶來的身體病痛更加劇烈。隨著
生病一起襲來的諸多不幸，讓我的心情萬分惡劣，甚至還想到自己是不
是死期到了。但想到年老的母親、生病體弱的妻子，8歲、6歲與4歲的
孩子，還是不能死，一定要與病魔奮鬥到底。其實生病期間發生的種種
不幸，隨著身體衰弱與病痛一起爆發時，一度讓我想死。所幸沒發生
腸出血，1月27日再度退燒，傷寒引發高燒所帶來的痛苦，持續兩週。
之後在鐘君小心翼翼的打針治療、母親細心的看護下，開始進食後，病
狀暫時好轉。2月1日農曆除夕，與大家一同共度，專心養病。如此一
來，去年12月26日以來維持47天的病況才算完全痊癒。這次生病應該可
說是延續唐山時期的病況，加上和平後治安不寧與共黨來襲，一個月間
操勞過度使得身體衰弱，若身體強健，也不會犯病。病榻間深深感受到
母親在身邊的幸福。當時若母親不在北平，少了母親細心的照料，我恐
怕是病入膏肓，一命嗚呼也說不定，至少不會如現在一樣迅速康復。生
病期間許多北平的朋友都來探病，表示關心，也得到許多慰問禮物，深
深感到朋友的好。痊癒後給了鐘君十萬圓感謝他的好意與努力。然而，
隨著身體上的疾病後接連而來的，卻是精神上的折磨，讓我在病中，甚
至是痊癒後仍然得在淚水中度過。首先是唐山的「被告事件」。12月
23日我不在家的時候，警察與憲兵襲擊唐山的家，欲以漢奸的名義逮捕
我，真是諷刺萬分。懂事以來時時心繫祖國，一路走來始終反日，但今
日竟把我當成親日分子檢舉，真是天大的冤枉。我在北平得知此事，是
12月25日的深夜十一點左右。本來下午三點，我軍與三連兄特別從天津
跑來吳姊夫家告知此一消息，但當時自己因高燒十分衰弱，姊姊們共商
善策，但卻苦無對策，直到十一點才通知我。他們當時是說，因為被當
成漢奸檢舉，唐山與北平三條的家都已經被封鎖，還是早一日搬到病院
去比較保險。這消息真是讓我不敢相信。這十八年來，於公於私，我萬
萬都沒有做過漢奸這種不恥的行為。若說啟新時期與日本軍、日本大使
館的種種交涉稱得上漢奸，那袁、陳兩總協理早就該被起訴；北平辦公

處算得上親日，那沙處長也逃不了關係；唐山工廠如果也有問題，那麼趙廠長是不是也該被起訴？單單找我開刀，實在是沒有道理。第二，若有重大情事發生，身為公司高級幹部的一分子，加上又是唐山工廠的主事者，公司或工廠應該會派人來說明詳細情形，至少天津的沙兄也會打個電話來才是。但公司或工廠都沒有任何消息。第三，今天元禧才去過東四的家，根本沒有被封。從以上三點看來，我判斷唐山被告事件應該是天津那邊惡意的謠言所致，大家這才放心。那一夜就彷彿甚麼事也沒發生般，冷靜入睡。但隔天12月26日沙兄自天津回到北平，告知22日約有三百名士兵包圍唐山的住處，家裡被徹底搜查，淑英精神遭受到莫大打擊，加上撐著病體前前後後招呼引導，操勞之餘再度發病。住處除了餐廳與母親的房間以外全部都被封鎖，一家人全關在一個房間。當時淑英的病已是第三期，任誰都知道特別容易傳染給三個孩子，竟然還敢做出這種畜生似的行徑。淑英終於在27日後被安排隔離，但擔心心愛的丈夫安危之餘，大量咳血，約有兩個臉盆之多，之後一病不起。這些都是我康復後才知道的事，但高燒40度時，對於淑英如此擔心自己病況與這次的漢奸事件以致病情惡化，總有種無力回天的預感。分開時淑英還是這麼健康美麗！之後的一個星期以來，我自己都不知道為何對淑英會有那種絕望的預感。夜裡我眺望著星星、看著天花板，為我的病、為漢奸事件，向神明祈求奇蹟。結婚以來八年，我深愛淑英，淑英也熱烈地愛著自己，不曾對彼此倦怠，也沒吵過架，淑英一心照撫我，為了討我歡心，不論是精神還是肉體，對我全心奉獻。八年來的每一天，都像初戀般熱情與歡欣。今天我生病，而她又遠在三百公里外的唐山，聽到她病情加劇，真是命運多舛。我真想犧牲一切去照料她，要是她還健康，溫柔如她一定也會想要照顧我。但事與願違，啊！一個人在北京，一個人在唐山，兩人都病入膏肓，受病魔摧殘。母親又不能離開我，想到我不在身邊，淑英一定萬分寂寞，馬上請郭清海君跑一趟唐山。另外請她要好的弟弟詹元龍前去。之後許子秋君與張和貴擔心我的病前來北京寓所拜訪，請他們去找肺結核專家，張和貴前後幫我看了三次病，進行診療。但她的病情時好時壞，我請元禧君每天對我報告病狀(體溫、脈搏數、飲食狀況)，但不知何故，我老對淑英的病感到絕望。沙兄定期向我報告外，徐弗庵兄也來探望我兩次，並報告淑英的病況。待在唐山僅

僅六個月，但與工廠同仁的熱情相比，北京辦公處的人卻是人情淡薄至極。我還是對淑英的痊癒抱有一絲希望，向神熱切祈禱早日康復。

之後接踵而來的不幸，則是天津房子的問題。英國租界被封鎖前不久，該房主人拜託同事李課員，找我商量好幾次，請我務必要買下那棟房子，雖然比一般市價稍高，但想賣李課員一個面子，便出面買下並整修得相當漂亮。我當時馬上就住進去了，但昭和15年5月調職到北京後，便把該住處租給藤田君，之後還有其它日本人。日本投降前見情勢不妙，委託金源兄幫忙賣掉，或是引渡給日本人，但金源兄遲遲未處理，終於，等到日本人都搬走後，那棟房子又被原屋主佔據。而且那個屋主還說我當時是藉日本人的力量逼他賣出，還告上警察局要我還屋。啊！這就是中國人的良心，行為像畜牲般可恥。吳三連兄與張秋海兄有居中協調，但不成，委託沙兄，但他也不積極處理，加上自己被當成漢奸通緝中不好出面，只能在病床上哭嘆自己有志難伸。那是我出社會後用自己的錢所買下的第一座房地產，全是血汗換來的，竟被那沒良心的畜生給奪去。

接著，北京七條的房子是用柳次郎的日本名字購買，被大使館移轉到中國政府的名下，我也喪失了所有權。真是傷心的消息。日本投降前，曾請王乙金四舅即早處理，回到唐山後，其間有談成好價錢，但因為母親貪心而談不攏，日本投降後，楊基澤從蒙疆前來避難，為了收容他而沒法賣出，終於演變成如今的慘劇。

看看自己其他的事業，天津的「明星」、「中央」兩戲院，被壞蛋楊朝華與饒江河設計而失手；三家店的兩個煤礦坑又因日本投降，一切設備被盜賊奪去；合豐行因陳哲民隱匿敵財被起訴，遭到查封。所有關係事業全化為烏有。

其次我還有白銀三千兩、黃金十五兩、啟新的四千五百股股票、北京三條家的精緻家具以及唐山的貴重瓷器與掛飾。首先，因為被通緝，唐山的瓷器、掛飾都被查封，銀食器、中國古畫、我的衣服、淑英身邊的貴重物品、鐘錶、十幾個大旅行箱都被中國官兵沒收。北京住處的糧食、煤炭、收音機、時鐘則都被偷光。而且還說甚麼會從唐山來到北京逮捕我，我急急把所有東四三條的家具廉價變賣精光。連三千兩的銀都廉價賣掉。金子也便宜賣掉。賣掉之後全部都大升值。之前金源君幫我

賣掉六兩金子的錢則被陳姊夫帶走，我未得分文。

　　這些悽慘的不幸全在我生病期間發生。肉體在與病魔搏鬥時，精神上竟也要與之苦戰。所幸天生性格恬淡加上達觀的人生觀，培養出我超然的態度，一切化為灰燼後命運一切從頭，倒也減輕心中苦惱。唯獨淑英的病讓我怎麼也無法放下，希望出現神力救她一命。

　　不過命運變幻的也太快了。我從幸福的高空重重地跌到絕望的谷底。學校畢業後忍受十二年寒冬才有今日成就，如今卻是一轉眼就化為流水。啊啊！

## 1946年

### 2月1日　金

今天是舊曆年的暮日，憶起每年都全家團圓圍爐合歡，今年卻在吳姊夫家裡，雖然人並不少，但心裡孤單寂寞，與母親遙想淑英的病，三個孩子未知怎樣過年，唐山雖有蘇太太代管家務，可是沒有父母在家，想一定寡興少歡。基進君帶了兩個朋友，元禧君都來加入，他們都惱〔鬧〕夜。好些年未曾聽過爆竹，今宵各家都放個很熱惱〔鬧〕。今天病後頭一天起來吃普通菜的，因為心裡相當不安，身在北平，心在唐山，早就床瞑想。

### 2月2日　土

今天舊曆年的元旦，和平頭一次的元旦，爆竹頗殷，被它惱〔鬧〕醒。早晨寫信給淑英，報告她自從唐山出發以後以至到現在的病態。自從她進醫院以後，不單沒有家人在旁，連信都沒給過，這一定使她精神上受到萬分的孤寂與苦惱。唐山每次來信都說她的病日見好，但自己料想不會這樣簡單。下午與吳姊夫、清海君、連君打牌消遣。

### 2月3日　日

因淑英的病，愈覺不安，今天派肺病專家張大夫偕同玉梅姊看她去。今天陰天又小雪，想他們都是朋友，因擔憂淑英的病，自己自動想看她去，感激得很。因這幾天睡眠不足，心裡又不安，身心疲憊。

### 2月4日　月

十一點鐘烈火君來探病拜年，他想慰藉我心身之寂寥，提議要打牌。現在的我，因極要忘卻現實，既不能出門，唯有在家打牌消遣，吳姊夫、清海君參加，打到下午六點多鐘。

### 2月5日　火

晚飯吳姊夫招待鄉友二十位，飯前姊夫做宗打牌九，飯後又牌九、打牌。他們這些人大部分都在賭博裡過他舒服的生活，但生活也很富裕。像我這幾年與牛馬一樣，在做事裡頭過很忙的生活，結果身被人

告。像淑英更不值，每天都過困苦忍從的生活，如今病得都不能起床。我真不了解這中國社會的黑幕，像這樣的社會如不改造，中國決沒有進步的一天。

## 2月6日　水

為慰問洪老太太起見，今天特與她打牌。今天鐘大夫來，看病的情形告一段落，以後一切都可以照普通行動。這一病差不多五十天，因有鐘大夫的懇切的醫療，母親的細心的看護，所以回復相當快，鄉友、親友也都很關心，現在病是好了，但是事情隨著病更繁雜。

## 2月7日　木

早晨賴尚崑君來訪，關於日本投降以後之事業的失敗，頗感同病相憐。下午病來頭一次出門，與母親、洪老太太、燕生、燕平到「大光明」看電影去。自到唐以後，七個多月就未曾看過電影，八年沒看過米國的新片子，今天才知道八年之間，米國的機械文明進步的想像以上。派到唐山去的張大夫未知怎麼還不回來，昨天曾夢見淑英，到唐山探她去，她能起來，她能說話，但事實不知道怎樣樣，很為擔心。

## 2月8日　金

早晨把兩個月沒有剪的頭髮理髮去，因此病態大部分都脫掉了。下午五點派到唐山的張大夫回來了，據他的詳細而且專問〔門〕的眼前，方知道淑英的病是我所預想以上嚴重的。憶起去歲12月14日早晨送我出來的時候，她的身體還看不出來病態，為甚麼這五十天之間病勢惡化得這樣厲害。據唐山開灤醫院主任大夫說，是經已無望，但張大夫看還有一點希望。我決意要留平等候她的病，在可能的範圍內，等她先能上車到平，再轉告，這也許要耽擱三、四個月，這也是無可奈何。現在我的心境、金錢、地位一切都不要，唯求淑英健康的恢復。如今唐山被告事件又沒有結束，連回唐山的自由都沒有，如果淑英萬一一死，三個小孩永遠失掉她的慈母，想到這一點淚珠流不住，無論怎樣犧牲都很想盡一切可能的方法來救她。十二點就起〔上〕床，但是一點也睡不著覺。人生運命之變化多麼快，快樂團圓的家庭，只因無故的告發而驚散，把

淑英的病又嚇得這麼嚴重，命運啊！你怎麼對我這樣冷酷啊！

### 2月9日　土

朝晨寫信慰問淑英，叫她多吃飯，須安靜精神，不許動，同時叫元龍每五天或者一個禮拜報告病狀，以資為張大夫參考並研究治療對策。下午四舅與徐炳南君來訪，我軍兄也由津回平來訪。因要慰藉我寂寥的心境，四舅提議要打牌消遣。現在最好能夠忘記一切，實在這空虛的心房，不時都在想淑英的病態，因此也就與他們來打牌了。聽說不久將有船來塘，遣送台胞回鄉，看他們雀躍將回鄉的朋友們，唯有羨慕。今天給四舅買了150股啟新股票，徐君與四舅晚飯後回去。

### 2月10日　日

因自前日起，聽淑英病的嚴重性，夜裡都睡不覺，朝晨就床睡覺。下午帶母親到「大光明」看慢〔漫〕畫電影。下午五點四舅來訪，決定禮拜二的飛機要回台，羨慕得很。晚飯被烈火君請去，飯後大家押牌九，與吳姊夫共同做宗，贏法幣三萬，十一點回家。

### 2月11日　月

今天是結婚八周年紀念，每年與淑英為永遠的愛，都很熱烈的祝賀今天，但是今年多麼不幸啊！早上寫信報告岳父淑英的病，下午炎秋兄來閒談，十六點訪問四舅、炳南兄去，被他們留著打牌、吃飯。黃紹皋君給一張藥方，說對肺病有很大的效果，都是很高貴的漢藥，如能救她，真是萬幸。

### 2月12日　火

朝晨仲岑君來看病，託他買漢藥，下午三點到福榮公司參加同鄉會，討論：1.產業處理問題2.僑胞遣回問題3.發行機關報問題。與深切君意見不同，大爭論。與三連兄到尚崑君家吃晚餐，飯後我軍兄、尚崑君、自己與姊丈、耀勳君輪流做宗押牌九，十二點散。

## 2月13日　水

昨天買五兩金子今天賣掉，利益法幣32,500元，投〔頭〕一次做投機事業。早晨四舅來訪，他明天乘機回鄉，與他商量回鄉以後的事業計劃。下午送來要給淑英服的漢藥，很著急想磨碎送唐。林太太、王太太來訪，加姊姊打牌消遣。因覺得同鄉會乏味，今天沒有參加。今天又接到元龍君來信，淑英的病態頗為擔憂。

## 2月14日　木

四十五天的病中，受各方面的朋友懇切的關心，尤其送東西探病也不少，今天為報答他們的好意，特請我幾位好友吃晚飯來慶祝恢復過來的身體，被請者——吳三連、賴尚崑夫婦、洪炎秋老太太與太太、鐘大夫夫婦、邱夫婦、張與許大夫、洪耀勳夫婦、張心深夫婦、郭老太太、張我軍夫婦、陳火斐太太、徐炳南、宋維屏、連夫婦、周壽源、陳先生、洪謀心等。飯前後大家戲玩牌九，十一點多大部分人散了以後，周壽源、洪太太、洪耀勳都不散，加吳姊夫一直押到天亮八點，結果大敗。

## 2月15日　金

早晨八點就床，十二點起來，下午三點半再睡覺，下午六點再起來，……身體相當累。

## 2月16日　土

早晨十一點徐弗庵君回唐山來訪，報告被告事情的詳細情形及與劉全員的交涉經過、淑英的病狀。對於被告事情，希望他回唐以後更加一層努力以了此事。因淑英的病十分嚴重，而且以不了而了，不知道要等到何時，尤其這事明明是虛事的，對於他的友情很感激。徐兄明早回唐，為要託他帶八寶散去，晚飯後偕同元禧君到徐炳南宅磨碎去，到了夜半兩點才研完。

## 2月17日　日

下午三點許、張、鐘大夫妻來訪，與許君研究在台創設製藥工廠問

題。四點沙兄來訪，他的意思大約是要勸我辭職。我堅決表明如果唐山事件不解決，我決沒有辭意，而且要由公司方面來解決，因為這明明是引〔因〕公被害的。

## 2月18日　月

下午到中行商行買五兩金子(146,100)，再到金城買二百元美金去。不到兩個月之間，金銀的損失超過法幣三百萬，實在很倒霉。今天接到淑英病轉好，所以很高興就買金與美金去。六點偕同元禧君到「大光明」看「衛我河山」，看見美國人為祖國而犧牲生命成仁，頗為感動。今天是農曆1月17日，父親的忌日，午飯請耀勳君、元禧君、吳姊夫全家小聚吃午飯。

## 2月19日　火

下午金順君與陳步我君來訪，加吳姊夫就打牌，打到晚上十點多鐘，本來晚飯張我軍太太請吃飯，也就沒去。聽說「海蘇丸」將要載平胞回鄉。今天基進、基樫、基澤、信夫、秋鳳、清海等多人來訪，因基澤君與基樫君被選入第一次遣送內，對基樫君供給法幣三萬二千元，對基樫君供給一萬八千元，不過對源撰遣人員的查定，有不公平的地方，很抱不滿。

## 2月20日　水

朝晨四點方就床，九點多起來，他們還很熱鬧在押牌九，自己也參加一會兒，損失法幣四萬元，到下午與吳姊夫共同做宗，纔贏回來。朝晨劉會長來訪，與他商量賣煤。張大夫也來訪，與他商量製藥工場事。因自昨天惱〔鬧〕夜，身體頗感疲倦。

## 2月21日　木

下午陳步武君偕同青島來的曾、張兩先生來訪，談些時局問題。

## 2月22日　金

今天接到弗庵兄來信，說淑英的病狀稍有好轉，頗覺愉快。

### 2月23日　土

早晨徐炳南君來訪，因這幾天東北的問題日趨緊張，使鄉胞不得在平安居，他來商量對時局的意見，我表現為東北不會再引起第三次大戰。下午張、許兩大夫來訪。據伯昭君來信說東北鄉胞逢嚴重困苦的環境，比華北還要屬害。十六點炎秋兄來訪，報告這次遣送鄉胞輪船的經過，與許、張兩君商量製藥計劃，與炎秋兄商量設立雜誌社問題。基樫君的問題真是頭痛，沒人收留，無奈再到三條住去。

### 2月24日　日

十一點陳天賜君與張金順君來訪，談些在北新成立的政治結合「革新同志會」，構造這個會的分子，都是社會的敗劣分子。下午睡覺。

### 2月25日　月

早晨寫稿子，下午到「中央戲院」看「天從人願」去，這一篇話劇覺得沒有多大意思，因看見白光客串所以看去，白光與少女時代也不一樣了，樣子都變了。訪問蘇子蘅君去，他們夫婦都沒在家。大概是因為生活孤單，總想一個同病相憐的蘇太太談一談，來解這個深刻的煩悶，但是她沒在家。晚上無精打彩的愁南歸，可是淑英的病何時才能好啊！

### 2月26日　火

早晨寫稿子，下午王英石夫妻來訪，因生活的無聊訪問毛昭江去，在那兒與徐炳南君、毛君、賴太太打牌。毛夫婦自從交通公司的家具惱〔鬧〕意見以後，對他的人格很輕蔑他，但是，今天覺得他們的態度還不錯。

### 2月27日　水

早晨星賢君帶邱登科君的令弟來訪，聽說邱君已經被槍決了，頗為驚訝而悵惘，想不到他一輩子的努力用功做縣長而喪命。徐炳南君與蘇子蘅太太也來訪，下午加星賢君、吳姊夫打牌，因夜深十二點方散。

2月28日　木

　　下午到崇美里劉宅開同鄉會去，對派代表到重慶去，決議派；看同鄉會的幹部現在很弱，頗有強化的必要。

3月1日　金

　　早晨寫稿子。下午與蘇、生到「大光明」看「東方四十強盜」去，順便訪問許、張兩君去，沒在。五點耀勳君來訪。

3月2日　土

　　下午三點耀勳兄、許、張兩大夫、徐炳南夫婦來訪。下午五點與姊夫、姊姊、耀勳夫婦、蕭夫婦、周大夫到陳步武君宅押牌九，熱鬧了一夜。

3月3日　日

　　下午許、張兩大夫偕同師大李先生來訪。李君現任師大教授，有意渡台，他的好友金君為台灣衛生局長，因回台以後擬辦製藥工廠，他之渡台頗歡迎。

3月4日　月

　　昨天元龍君，今天弗庵君來信，都說淑英很堅持要退醫院，很覺不安，最近想派張大夫再度赴唐探病。下午到「中央」看「野玫瑰」去，華北淪陷期間的知識分子的苦惱，表現得很好。

3月7日　木

　　今天接到元龍君來信，說淑英已經二日退院，看病態有轉為十分嚴重，頗為擔心，起居不安。

3月8日　金

　　外邊又下雪，春到人間，可是天氣始終不轉晴，陰天森森，好似替自己悲嘆目前的厄運，實在最近二個多月來，痛心的事，多麼難受啊！

## 3月10日　日

這幾天來的無規道生活，真使我討厭自己，很想清算這樣灰色的生活。十二點許、張兩大夫、楊基瀛君、王碧光君來訪，與他們談時事問題；希望張大夫最近能到唐山，因看淑英的病，自3月2日退醫院以後又轉惡。最近看書、看報都沒精神。

## 3月11日　月

下午偕同張、許兩大夫到附屬醫院看徐燦和君的病去，打算對徐君的病是不是張大夫還有甚麼特別的救濟方法沒有？但是！肺病沒有特效藥，也沒有甚麼對策。下午五點到信夫家裡看□仔去，只有很輕的胉膜炎，又帶他們到菜鋪買菜去。今天接到陳火斐太太電話，知道蘇太太已經回津。

## 3月12日　火

今天姊夫招待牌客，因此代他請火斐君。據他的太太說，淑英的病態轉為十分嚴重，現在連翻身都不自由，吃半碗稀飯也得費好幾個鐘頭，一聽心好似又被白刃刺下，眼淚不停地流著，心亂如麻。下午五點徐敦燦君由唐山回來，轉告唐山被告事件，徐弗庵君與劉全員接洽的結果，很難照辦，由此前途暗淡，恐怕與淑英最後也沒有一見的可能。與張大夫商量，請他明早與母親動身赴唐。晚上姊夫請了三十多人，很熱鬧地押牌九遊玩，但是我無心參加，獨自流淚暗淡。

## 3月13日　水

早晨七點半張大夫來，與母親乘九點的快車到唐山去，惜別的時候母親也許想起我孤獨的生活，掉下眼淚，我又想起淑英病狀的慘淡，負著憂鬱的心，也流下眼淚，噯！運命啊！命運啊！多麼殘酷啊！我過去有犯了甚麼罪惡，怎麼今天要受這樣冷酷的遭遇啊！

## 3月14日　木

下午與姊夫拜訪徐炳南君，又帶他們夫婦拜訪賴尚崑君去，沒在，到林權敏君家去，賴夫婦、沈君都在那邊。

**3月15日　金**

今天接到元龍君來信，報告淑英病狀，更加嚴重，心都要碎了。受不了孤獨，下午兩點，到「中央」看話劇「重慶二十四小時」去，戰時的重慶的知識分子的生活相當困苦，尤其對抗戰在米國還沒參戰以前，是相當黑暗的。

**3月16日　土**

又しもどんよりとした薄暗い天気である。雪はちらちら降り憂鬱な心を一入暗くした。寂しさに堪へられず古いアルバムを開けて淑英の娘時代の生活振りを写真を通じて想像した。あの朗らかな娘が今肺結核第三期で呻吟し瀕死の状態にあるとはどうしても信じられない。過去もっと早く淑英の病気を根本的に深く掘り下げて治療対策を講ずればよかった。今になって後悔しそして実に淑英に相済まんと思ふ。恐らく奇跡と神にすがる以外は最早彼女を救ひ得ないであらう。そして恐らく奇蹟は来ないであらう。春が来た筈なのに打ち続く暗い天気はあたかも自分の悲しい運命を暗示するかの如く雪はちらちらと降り続く。午後四時徐君、許君、更に唐山から帰って来た張大夫が訪れて来た。

淑英の容体は最早絶望的で最後の来臨は恐らく四週間を越えないであらうとの事である。既に覚悟してゐるものの流石に心の動揺と頭の混乱は避け得べくもない。熱い涙がとどめなく頬を伝へて流れた。彼女との八年間の生活が余りにも美しく、又彼女の散り逝く姿が余りにも若い。"紅顔薄命"とか云ふ。

淋しさに堪へられず六時頃耀勲兄の招待に応じて呉姐夫、炳南君と一緒に行った。自分の心は空漠として唯悲しみ閉されて居た。

**3月16日　星期六**

又是一個灰濛濛的陰天。天空飄下微微細雪，更添心中憂鬱。忍不住寂寥，翻開陳舊的相簿，看著淑英少女時代的照片想像。真不敢相信，那個開朗的少女如今竟因肺結核第三期鎮日呻吟、進入瀕死狀態。過去要是即早對症下藥治療就好了。現在才後悔，實在是對淑英萬分抱歉。恐怕要出現神蹟，淑英才能獲救。但奇蹟恐怕是無法出現了。春天

明明已經到來，但陰暗的天氣中還不停飄雪，彷彿暗示著我悲慘的命運。下午四點，徐君、許君，以及從唐山回來的張大夫來訪。

淑英的病況，預計撐不了四週。雖然早已覺悟，但還是免不了心頭一陣動搖與混亂。臉頰上淨是止不住的熱淚。與她八年來的生活實在太美好，她卻又太早走。紅顏薄命。

受不了寂寞，六點左右接受耀勳兄的招待，與吳姊夫、炳南君一同赴宴。我的心空蕩蕩，沉溺在悲傷的情緒裡。

## 3月17日　日

　　姉と淑英の葬儀に必要な着物、寝具等の準備にとりかかった。出来れば淑英と共に死にたい。唯瑪莉、璃莉、宗仁三人の子供を残すことを考へると死ぬ事はやはり出来ない。瀕死の重体にありながら未だに自分が麻雀で身体を壊すと不可ないからと注意してくれる優しい淑英！ああ後数日すれば永遠に別れるのを思ふと実に断腸の思ひがする。終日床に就いて起きられなかった。

### 3月17日　星期日

　　與姊姊準備淑英葬禮所需要的衣服與寢具。可以的話，真想與淑英共赴黃泉。但想到瑪莉、璃莉與宗仁三個年幼的孩子，終究還是辦不到。溫柔如淑英，自己都快死了，還擔心我打麻將搞壞身子！想到不久後就要天人永隔，實在傷心斷腸。一整天躺在床上起不來。

## 3月18日　月

　　朝岳父に淑英の病危篤なるを航空便で知らせた。同時に趙廠長に淑英の葬儀等を依頼した。午後姉と雪に溶けた泥水の道を辿って林建生君を訪問し、青島仙姑に淑英の病気を祈った。最早人間以外の力ではどうにも出来ない。今日旧暦十五日で仙姑は来られないとの事痛く失望した。帰路啓新弁公処に寄って天津へ電話し沙兄に株券の印章を持って帰るよう要請した。

　　余りにも淋しいので淑英の親友蘇太々を訪れて淑英の病状を報告し共に語り合ひたかったが生憎天津へ行って不在との事である。

### 3月18日　星期一

　　早上給岳父寄航空信，通知他淑英病危的消息。同時拜託趙廠長處理淑英的葬禮等。下午與姊姊踏著融雪後泥濘的道路前往拜訪林建生君，拜託青島仙姑救救淑英。除了人力之外的神力，別無它法。但今天是農曆十五，仙姑無法前來，很是失望。歸途經過啟新辦公處，打電話到天津給沙兄，請他帶股票的印章過來。

### 3月19日　火

　　今日淑英の祭文を書きあげた。一字一句深い悲しみに閉されて熱い涙で心はかき乱された。昨日来から心はちくちくと痛む。

### 3月19日　星期二

　　今天寫下淑英的祭文。字字句句滿是深深悲傷，熱淚讓我心思混亂。從昨天開始，心便覺得刺痛。

### 3月20日　水

　　淑英の病気は最早近代科学の力では解決出来ない。今は唯奇蹟あるばかりである。青島の二龍仙姑と梅蘭仙姑の霊験が数々の奇蹟を残してゐるのをきき今は過去の科学的頭脳も消え失せて午後1時陳武我君を訪問し一緒に林建生君の処へ仙姑に淑英の病気をきかうと思ったが不在なる為西老胡同へ直接番頭を訪問しそれから一緒に中老胡同二号の林宅へ行った。先づ番頭が線香をつけて祈り、自分も祈れば仙姑は声を発し、先づ自分の生年月日をきき自分が29才から発展し出し、去年旧11月小人の為非運にあるを謂はれ其の霊効に先づ一驚した。続いて淑英の病気が非常に重態なれども旧五月の節句には必ず快癒されると予言され舒肝丸と真珠散を服用することを命ぜられた。之をきいて数日来の憂鬱な心は晴れ早速武我君と前門同仁堂へ行って取敢ず二週間分の薬を買った。本日武我君の人間の良さを知り一人の友人を得たことを更に喜ぶ。

### 3月20日　星期三

　　淑英的病，已經無法用科學之力解決。如今只能靠奇蹟。聽到青島的二龍仙姑與梅蘭仙姑之靈驗，曾留下無數奇蹟，我擺脫過去科學至上

的想法，下午一點拜訪陳武〔步〕我君，一起到林建生處，請仙姑救淑英，但沒人在，之後前往西老胡同，直接找靈媒，之後一起到中老胡同的林家。靈媒先點香祈禱，我也跟著祈禱，之後仙姑現聲，問我生辰，說我二十九歲開始飛黃騰達，但去年農曆11月犯小人，走霉運，我驚奇之靈驗。之後又說淑英的病非常嚴重，但農曆5月便會痊癒，並命我讓她服用舒肝丸與真珠散。聽到此話，讓我數日來的憂鬱一掃而空，馬上與武〔步〕我君到前門同仁堂取藥，買了兩星期份的藥。今天發現武〔步〕我君是個好人，得一好友更是開心。

## 3月21日　木

本日元禧君の手紙に接し、淑英の食欲が少しく良くなり、熱が非常に変化大なる旨報告して来た。朝步我君を訪問し、未金を売り色々淑英への贈物を買ひに行った。夜我軍太々に招待され、行く気はなかったが姉にすすめられる侭に御馳走になった。

### 3月21日　星期四

今天接到元禧君的信，說淑英的食欲稍稍轉好，高燒則時好時壞。早上訪問步我君，把金子賣了，買了許多要給淑英的禮物。晚上我軍太太請客，本來不想去，但因姊姊勸說，後出席。

## 3月22日　金

今日元禧君を唐山にやった。仙姑の薬と万一の用意の品物を携帯さした。若し万一淑英がなくなれば自分が居ないのでせめて二人の弟を傍に侍させて慰みとしたい為である。母を送り更に元禧君を送って今は孤独の自分になった。午後最近の煩はしさと悶への為に非常に疲れて眠った。18時炎秋兄来訪され色々輓近の同郷会の事や時局問題を語られた。愈々同郷の一部が救済総署の船で帰る事になり、昨日基樫君に150万円の旅費を渡した。

### 3月22日　星期五

今天派元禧君去唐山，將仙姑的藥與以備萬一的物品帶去。若是淑英有甚麼三長兩短，我不在身邊，至少還有兩位弟弟隨侍在側，足以告慰。把母親送走，又把元禧送走，留下孤單的自己。最近操煩鬱悶，下

午累得睡了一覺。晚上六點炎秋兄來訪，聊了許多最近同鄉會的事與時局問題。一部分同鄉搭了救濟總署的船回去，昨天交給基樫君150萬圓的旅費。


### 3月23日　土

　　朝步我君を訪問し、北平と天津の家を法幣100万と120万計220万で売却し、其の中200万円を受領した。天津の家の明渡しに就ては些か不安であるが幸ひ昨日行政院令で台人の財産を没収せざる旨規定してゐるので多少自信を得た。午後四時步我君夫妻と一緒に「大都市」へ影画を見に行き印度の神話を内容としたものであるが興味があった。夜信夫、耀南君送別の宴を姉は張り、数人の親友も来られ、宴後牌九を夜明け迄やった。

### 3月23日　　星期六

　　早上拜訪步我君，把北平與天津的家用法幣100萬與120萬共計220萬圓售出，收下其中200萬圓。本來對讓渡天津住處一事帶有些許不安，但昨天行政院發布命令表示，不得沒收台人財產，因此多少有點信心。下午四點與步我君夫妻一同到「大都市」看電影，內容關於印度神話，相當有趣。晚上姊姊設宴為信夫、耀南送別，多位親友前來，飯後打牌九到天明。


### 3月24日　日

　　朝寝た。午後6時頃呉姐夫と京屋君宅を訪れ晩飯の招待を受けた。うつろな心ではあるが一緒に十二時過迄遊んだ。

### 3月24日　　星期日

　　早上睡覺。晚上六點左右與吳姊夫造訪京屋君，京屋君請客。雖然心情鬱悶，但還是一起玩到十二點多。


### 3月25日　月

　　『紅楼夢』を出して読み返した。黛玉の最後が宝玉の結婚を聞いて急に命を縮めたるを憶ひ、肺結核の精神的衝動が非常に病勢を悪化するを今更乍ら痛感した。本日徐弗庵の手紙に接し既に"後事"の万端

の準備を整へたるをきき仙姑にお参りして以来の朗らかな気持ちが又しも壊された。自分は今奇蹟を熱望してゐる。仙姑の奇蹟以外に最早淑英を救ひ得ない。

3月25日　星期一

　　拿出《紅樓夢》重讀。想起黛玉最後因聽到寶玉婚訊而猝死，更讓我感受到肺結核受到情緒上的波動，病情便會急速惡化。今天收到徐弗庵的信，信上說已經做好後事準備，見過仙姑以來的好心情再度被打壞。現在熱切期待奇蹟，除了仙姑出現奇蹟，淑英才得以活命。


3月26日　火

　　寂しさに堪へられず朝炳南君を訪問しそれから一緒に茂蟾君を訪れ中食の御馳走になった。藤田君も来られ大東亜戦争に於ける日本政界の政治的混乱を解説して興味深かった。午後三時半炳南君と一緒に中南海公園を散歩し、ありし日淑英と共に散策したるを憶ひ悲しかった。夕飯炳南君に御馳走になり馬鹿話を10時迄やった。

3月26日　星期二

　　難忍寂寞，早上訪問炳南君，之後一起去找茂蟾君，被他請吃中餐。藤田君也來，解說二次大戰期間日本政界的混亂，引人入勝。下午三點半與炳南君一同散步中南海公園，想到過去與淑英散步的情景，悲從中來。晚上炳南君請客，聊玩笑話聊到十點。


3月27日　水

　　永らく淑英の夢を見たことがないのに一昨日姉を入れて淑英と三人で白馬の馬車に乗り唐山から故郷の鹿寮に行く夢を見、昨夜又しも淑英が亡くなり悲しい心を抱い、て自分が白衣の姿にて祭祀してゐる夢を見た。悪夢から醒めて淋しさに堪へられず『紅楼夢』を読み続けた。午後2時唐山、元禧から手紙が来、旧暦十八日の夜仙姑が唐山へ行かれ淑英の病気を癒し、そして注射を5本打った事を報告し而も毎夜行ってゐるのをきいて今は奇蹟以外に救ふ方法がないのでもしかしたら治るかもしれないと云ふはかない望をもってゐたが三時唐山から電話がかかり元禧君と弗庵兄から淑英が本日十二時五十五分に永眠さ

れた旨報告して来深い悲しみに落ちた。昨夜の悪夢は本日現実となり淑英は永遠に此の世を去り、自分の最愛の人は永久に相見える事が出来ないのである。悲しさに堪へられず次の歌を作った。

　　悲時序之遞嬗兮　又屬初春　感遭家之不造兮　獨處離愁

　　此時炳炳兮　何以忘憂?　無以解憂兮　我心咻咻!

　　雲憑憑兮東風酸　步中庭兮白雲乾　何去何從兮

　　失我故歡!　靜言思之兮側肺肝!

　　我之遭兮不自由　她之過兮多煩憂　她之與我兮　心焉相投!

　　人生斯世兮如輕塵　天上人間兮感夙因　感夙因兮不長懡

　　素心何如天上月!

　　風瀟瀟兮寒氣深　親人永別兮獨沉吟

　　望故鄉兮何處?　倚欄杆兮沾襟!

　　山迢迢兮水長　耿耿不寐兮　銀河渺茫

　　悲心炳炳兮　　發我□吟　吟復吟兮　痛別親人!

故都は雨しめやかにして淑英の死を悲しむが如きであった。彼女と12月14日に別れて茲に103日、1日とて彼女の全快を祈らざる日はない。8才、6才、4才の幼な子供を残して彼女は永遠に此の世を去ったのである。最愛の人も終に彼女の最後に侍れず空しく古都の暗い空を仰いで熱い涙にくれるのみである。唐山に居られる母、元禧、元龍も定めし自分を同じ心を抱いて彼女の死を嘆いたことでせう。斯くして三十六年間断なく努力して来た自分の一切は淑英の死と共に潰滅してしまった。

午後5時炎秋兄と耀勲兄が来訪、明朝炎秋兄と清海君に唐山へ発たせ葬式其他一切の世話を依頼した。

### 3月27日　星期三

好久不曾夢到淑英，前天夢到與姊姊、淑英三人乘白馬馬車，從唐山回到故鄉鹿寮，昨天又夢到淑英病逝，我傷心地穿著白衣祭拜。惡夢醒來難忍寂寞，繼續讀《紅樓夢》。下午兩點唐山元禧來信，說農曆18日夜裡仙姑到唐山治療淑英，之後打了五針，之後每天晚上都去。現在除了奇蹟出現別無它法，希望還有一線生機。但下午三點唐山打電話來，元禧君與弗庵兄說淑英已於今天十二點五十五分長眠，我感到無

限悲傷。昨晚的惡夢今日成真，淑英與世長辭，我再也看不到心愛的人。難忍悲慟作了此詩。

悲時序之遞嬗兮　又屬初春　感遭家之不造兮　獨處離愁

此時炳炳兮　何以忘憂？　無以解憂兮　我心咻咻！

雲憑憑兮東風酸　步中庭兮白雲乾　何去何從兮

失我故歡！　靜言思之兮側肺肝！

我之遭兮不自由　她之過兮多煩憂　她之與我兮　心焉相投！

人生斯世兮如輕塵　天上人間兮感夙因　感夙因兮不長愴

素心何如天上月！

風瀟瀟兮寒氣深　親人永別兮獨沉吟

望故鄉兮何處？　倚欄杆兮沾襟！

山迢迢兮水長　耿耿不寐兮　銀河渺茫

悲心炳炳兮　　發我□吟　吟復吟兮　痛別親人！

故都霪雨霏霏，彷彿在為淑英之死悲泣。與她12月14日一別103天，無一日不祈禱她能病癒。她留下8歲、6歲、4歲的幼子永辭人世。最愛的人到頭來沒辦法送她最後一程，仰望故都空蕩陰暗的天空，我只能流下熱淚。唐山的母親、元禧、元龍一定也和我一樣，抱著同樣的心情，感嘆她的早逝。三十六年來我從不間斷努力得來的一切，全與淑英的死一同灰飛湮滅。

下午五點炎秋兄與耀勳兄來訪，我請炎秋兄與清海君明天出發到唐山，處理葬禮等一切。


## 3月28日　木

一夜眠らず去りし日、淑英と睦まじく送りし過去を顧みた。思ひ出は余りにも優しく余りにも気高き淑英の深刻な印象を胸に植えつけて一入と淑英に対する追慕の念を深くした。

朝9時の汽車で炎秋兄と清海君を唐山に出発させた。床から起られず胸のチクチク痛むを覚えた。侘しきままに『紅楼夢』を読み、宝玉の宿命と自分、黛玉の宿命と淑英とを比較した。そして結核が精神的刺激により極めて急速に悪化するを今更の様に知り、淑英の死が唐山に於ける自分の被告事件に依り確かに致命的な打撃を蒙ったのであ

る。それ故に彼女の死は余りにも自分を悲しませたのである。

　午後鐘大夫、許子秋、張和貴、徐炳南君等がお悔やみに来てくれた。

### 3月28日　星期四

　一夜無眠，回想與淑英和睦共度的過去，回憶裡淨是淑英既溫柔又高貴的形象，深深印在腦海中，加深我對淑英的思慕。

　請炎秋兄、清海君搭早上九點的火車出發唐山。我起不了床，感覺心痛至極。寂寞地讀著《紅樓夢》，比較寶玉與自己、黛玉與淑英的宿命。現在才知道結核受到精神的刺激會急速惡化，淑英會死，一定是因為唐山的被告事件遭到致命打擊的緣故。她的死讓我極度傷心。

　下午鐘大夫、許子秋、張和貴、徐炳南等前來悼念。


### 3月29日　金

　朝から久し振りに春の青空を見た。朝丈人、四舅、肇嘉哥、三連兄等へ手紙を書き淑英の死を知らせた。十二時姉と一緒に駅へ本日帰郷する信夫、基沢、基樫、特に頼滄洧君に丈人へのことづけをする為に見送りに行った。滄洧の太太に淑英の最後を語り涙にくれた。姉と中山公園を散歩し、去りし日淑英とよくお茶を飲んだ上林春で今日もお茶を飲んだ。沈思瞑想せめて四舅でも居ればと思った。切ない心を懐いて堪へられずすぐ帰り途中炎秋兄が逮捕されるをきき洪太太を訪問し対策を練った。

　夜呉姐夫と帰郷の打合をやった。そして淑英去りし日華北の土地から一日でも早く帰りたい。出来れば家族も皆連れて帰りたい。

### 3月29日　星期五

　早上看到許久不見的春天晴空。上午寫信給丈人、四舅、肇嘉哥、三連兄等，報告淑英死訊。十二點與姊姊一起到車站送今天歸鄉的信夫、基澤、基樫，還有特別委託拜訪丈人的賴滄洧君。聽滄洧的太太訴說淑英死前的狀況，我哭了。與姊姊散步中央公園，過去常與淑英一同在「上林春」喝茶，今天也在這裡喝茶。沉思瞑想，好想四舅也在身旁。忍不住滿懷的悲哀，早早離去，途中聽到炎秋兄被捕，造訪洪太太共商對策。

夜裡與吳姊夫商量回鄉一事。想早日離開這片與淑英昔日一同共度的華北土地。可以的話，想帶家人一起回去。

## 3月30日　土

麗かな春の朝である。軒下で青空を仰いで淑英を考へた。彼女が非常に倹約でありそして全部の愛を自分独りに捧げた関係上殆ど友達を有たずその美しき心を今更のやうに追慕した。余りにも美しい八年間であった。失意の時はよく自分を慰め、戦乱の苦しみの中にあって一度も自分に不平がましいことを洩らしたこともない。なんと気高き女性でせう。彼女去りて三日になるのにせめて夢にでも現れてくれればと希がったが何故か夢にも出て来ない。

本日午前9時淑英の葬儀が唐山で厳かに行はれた。墓地は西門外に選択したさうである。趙、杜両君特に徐弗庵に御世話になった。今日七条の鍵を歩我君に手交し正式に家の引渡手続をとった。天津の家は原所有主が所有権を主張して呈文を出したときいて些か憂鬱である。三条の家にも寄ったが淑英と睦まじく生活した跡を顧み転々感慨に堪えない。廖永堂宅にも寄って色々語ったが慰みにならない。淋しさに堪へられず18時頃徐炳南君の招待に応じ例の如く牌九を遊んだ。清海君が唐山から帰りたるをきき取急ぎ家に帰った。29日の朝、任君は又しも憲兵と警察を連れて自分の行末を追求したさうである。而も任君は自分に対して大きな誤解を有しているらしい。終夜寝られず姉さんと色々対策を講求し、結局近日中に荷物を整理し北平を去ることに決心した。

## 3月30日　星期六

晴朗和煦的春天早晨。在屋簷下仰望青空，思念淑英。她非常節儉，對我一心一意，幾乎沒甚麼朋友，讓我更加緬懷她的美德。這八年實在太美好了。失意時安慰我，在痛苦的戰亂中從未對我透露過不滿。真是位高貴的女性。她已經走了三天，本希望她出現在我夢中也好，但卻沒出現。

今天早上九點，淑英的葬禮在唐山莊嚴舉行。聽說墓地選在西門外。趙、杜兩人特別照顧徐弗庵。今天把七條的鑰匙交給步我君，正式

完成讓渡手續。天津的家則因為原屋主堅持所有權，聽說他還呈交公文，讓我有些憂鬱。經過三條的住處，回想與淑英和諧共度的生活，忍不住感慨萬千。路過廖永堂家，聊了許多，但心情仍無法平復。受不了寂寞，晚上六點接受徐炳南請客，照例玩起牌九。聽到清海君從唐山回來，馬上趕回家。聽說29日早上，任君又帶憲兵與警察來問我行蹤。看來任君對我似有極大誤解。一整晚睡不著，與姊姊思考對策，結果決定近日整理行李，離開北平。

### 3月31日　日

　　朝12時頃炎秋兄も唐山から帰り色々任君との応答に対する報告をきいた。何と呪はれた運命であらう。淑英なき後の自分の運命はどうあっても構はないが冤罪である自分にとっては何と言っても自首する気持ちになれず他面子供、母とも別れたくない。然しやはり一日も早くこの窒息するやうな北平から去りたい、そして岳父に会ひ思い切って泣いて見たい。夜淋しさに堪へられず清海、燕平を連れて長安戯院へ革新同志会主催の"鄭成功"を見に行き、その憂さに満ちし生涯を感激を以て見た。炎秋兄にも離京を奨めた。

### 3月31日　星期日

　　上午十二點左右，炎秋兄也從唐山回來，告訴我他與任君交手的經過。真是倒霉至極。少了淑英在身邊，我的命運怎樣都無所謂，但這種天大的冤枉，我是絕對不會想自首，而且也不想與孩子、母親分開。想早日離開這讓人窒息的北平，與岳父見面，好好痛哭一場。晚上難忍寂寞，帶清海、燕平到「長安戲院」，看革新同志會主辦的「鄭成功」，感動地看完他憂鬱重重的一生。炎秋兄也支持我離開北京。

### 4月1日　月

　　今日元連君の居る部屋に移転した。同時に淑英のアルバムを整理した。彼女去りて残るは僅かに写真を通じてありし日を偲ぶのみとなった。だから極力集録し永遠に彼女を紀念したい。今日曽君が家を借りて多数の友人を招待した。今自分の心境としては誰にも会ひたくなく、何処にも出たくない。午後6時頃同郷会から電話がかかり泰豊楼

に三連兄が来てゐるとの事で参加した。然しやはり面白くない。

## 4月1日　星期一

　　早上搬到元連君房間。同時整理淑英的相簿。她走了，只留下些許照片以供追憶。因此我極力搜集，想要永遠紀念她。今天曾君借我家招待多名友人。我現在沒有心情與任何人應酬，也不想去任何地方。下午六點左右，同鄉會來電話，說三連兄來「泰豐樓」，所以我前去參加，但還是不好玩。

## 4月2日　火

　　朝昨日に引き続きアルバムを整理した。午後三連兄、火斐兄、尚崑兄来訪、色々お悔みしてくれた。重たい自分の心は更に浮かばない。何と深刻な憂鬱であることよ！午後我軍の太太がやって来て色々語り合った。

## 4月2日　星期二

　　早上整理昨日未完的相簿。下午三連兄、火斐兄、尚崑兄前來追悼。原本就沉重的心情更是怎麼也好不起來。真是無盡的憂鬱啊！下午我軍太太前來聊了許多。

## 4月3日　水

　　朝尚崑兄がやって来、色々時局談をした。何とかして早く荷物を整理し一日も早く北平を離れたい。

## 4月3日　星期三

　　早上尚崑兄前來，聊很多時局之事。無論如何，總想早日整理行李，早一步離開北平。

## 1946年を顧みる

　　苦悩の一年であった。悲哀の一年であった。寂寞の一年であった。悲しみは深く胸を閉し語るに友なく夜半殆ど淑英を偶んでは夜空に向ひ天井を睨んで泣いた。何と大きな運命の転換でありませう。

　　憶へば昨年日独が続いて降伏し世界が再び平和になり台湾が51年振りに祖国中国の懐ろに帰り多年の宿望茲に成り8月15日正午12時

日本の天皇が降伏を世界に対し放送せし時、唐山より天津合豊行に呉三連兄と感激の握手をして雀躍せしも束の間、其の日よりして悲しい運命は自分を訪れたのである。何と皮肉な運命でありませう。

唐山に米軍が入り日軍が武装解除され共産軍、土匪が付近を襲撃し、徐弗庵君と二人で共産軍地区に入って共産党首脳部と啓新工場の安全保証を要請し其の後国民党軍が唐山に入り工廠の治安漸く愁眉を開きしも労苦著しき為に自分は病魔に悩まされ淑英の病状又悪化の一途を辿り12月14日微笑を含んで玄関迄自分を見送って自分は天津に二泊し16日着平と共に高熱に呻吟し北平弁公処に倒れた。12月23日軍統局と警察局が自分を漢奸として唐山自宅に闖入し、淑英為に病状急激に悪化し、自分も弁公処より高華里の呉姉夫宅に引越して鐘柏卿君に治療して貰った。二月中旬に漸く全快したものの淑英が開灤病院から唐山自宅に退院し病状益々悪化を辿り而も漢奸問題終ひに解決せず為に是非一目淑英に会ひたいと思ったが結局会へず、3月27日正午12時55分自分の生涯を通じて最愛の妻は無念の中に此の世と永別したのである。生前に於ける彼女の自分に対する愛が斯くも深く自分又彼女に対し常に"世界之中愛妳最烈"の気持ちを変へなかったのである。そして彼女の一挙一動を思ふと胸を痛め彼女の逝去は自分の生活意義一切を葬ったのである。北海に残りし子供を連れて彼女を偶び中山公園に彼女を歩みし日を憶ひ痛恨の涙を流して"今後如何にして生きて行くか"と自ら問ふのでした。

啓新の同人は自分に冷たかった。唯僅々半ヶ年の短期ではあったが唐山工廠の徐弗庵、趙慶杰、杜芝良の三兄はよく自分の運命に同情しよく面当を見てくれた。北京弁公処の沙詠滄、特に王仲岑と兄弟の関係を結び自分が今日斯くも大きな困難に際会した時初めて彼等の不人情を知った。今迄自分は全く沙処長に利用されたのみである。

3月27日に此の世に恨を残して去った淑英の身辺には瑪莉（8才）、璃莉（6才）、宗仁（4才）のいたいけな三人の子供の外に母、元禧、元龍、清海等の身内の者が居たが彼女最愛の夫たる自分には終ひに会へず3月30日午前9時杜副廠長の世話でキリスト教式により葬儀し死体は工廠入口の附近に埋葬した。自分が行けないので洪炎

秋兄にお願いし一切の世話を依頼した。今日自分が斯くも惨めな運命に遭遇しながら呉姉夫、姐姐何れも自発的に唐山迄出かけて自分を手伝ほうとせず今更乍ら世の中の無常を悲しんだ。

　自分の病気、淑英の死に続いて財政的にも全面的に崩壊した。漢奸の嫌疑で北京迄自分を逮捕しに来る説が飛び自分の財産も早急に整理する必要を感じ先づ銀、金、東三条の家具等を売払った。然るに物価は自分の売出後狂気じみて暴騰した。多年の大陸に於ける汗と涙の蓄積は日増に価値を失ひ現金を抱いて貧乏化して行ったのである。事業関係にしても先づ明星と新中央両戯院は奸党楊朝華と饒に取られ、三家店の炭鉱は降雨の沈水と日本降伏後共産党と土匪の跳梁に依って全面的に破壊されて無価値になり、合豊行は陳哲民が日本品隠匿の嫌疑を受けて封鎖されてしまった。残るのは台湾の丈人に送った二十数万円の財産のみとなったが之も帰台後二十数甲の土地は一甲僅々九千円にて処分され剰へ家は全然買はず僅かに台中の市街地のみ残り、地租は上らず税金のみあって頭痛の種のみ残った。憶へば淑英と八年間苦しみも忘れて倹約して貯へた地と涙の金、斯くして淑英が去りし如く一切を失ってしまったのである。若し斯くなる柄にはもっと淑英と華やかに使ひ美しい青春を色どりべきであったのに何と無念でありませう。

　尤も其の間二つの事業を計画した。一つは天津に陳歩我（後から陳茂蟾、呉敦礼加入）と三美行を計画し、対米貿易をやることにし4月1日資本金一千万円（法幣）の二分の一払込で自分が150万、呉敦礼50万、陳茂蟾50万、陳歩我250万と500万で堂々と営業を開始し、歩我を総経理、茂蟾を経理、自分は監理として華々しく出発した。

　次にもう一つは沈文閑を中心として張継、高紀毅、郎扶済、蕭学然等と中南輪船公司を計画し、自分と呉敦礼を籌備人とし台湾支店を設置する事に話が纏まり自分等は母、瑪莉、姉等を北京に残し5月18日北平を出発し、自分は呉姉夫、元禧と基栄の助力を借りて璃莉、宗仁を連れて生れて初めて味ふ真実の苦難の旅をしたのである。淑英が結核に斃れし不幸のみならず三人の子供は全部感染を受けて一日一日

蝕まれ衰弱して行く三つの幼い霊、海路淑英の御霊が子供を加護する
を祈りつつ真に言語に絶する苦難の旅をしたのである。駅頭に自分を
見送る白髪の母、そして八つになる瑪莉、嗚呼若し共産党と国民党の
衝突がなかりせば淑英も諸共に懐しい故郷へ一緒に帰れたのに何と呪
われた運命でありませう。悲しみを一杯胸に秘めて母よ健やかなれ、
瑪莉よ早く丈夫になれと落涙を如何ともすることが出来なかった。

　天津から出た船は六日振りに漸く上海に着き大東行で肇嘉兄の
所に厄介になった。然し肇嘉兄は全然昔と変り非常に自分に冷たかっ
た。もう既に人生の薄情に泣いて来た自分ではあるが一入と悲しく思
はれた。其の上宗仁と璃莉の容体は日増しに悪化し巳むなく陳有徳君
の家に引越した。そこでペニシリンの注射を打って先づ中耳炎を全治
させ併せて安静と栄養を与えて稍々取戻した。もう肇嘉兄とは再び親
しい感情を結ぶべ可らずと決心した。

　台湾行の船は漸く6月16日に出帆し生れて初めて甲板に寝起きし
而も台湾に着く前の夜に大雨に降られ天幕の下に自分は璃莉と宗仁を
かばって実に悲惨な後悔を味ったのである。嗚呼中国人になる事は斯
くも惨めであるか。光復に歓喜し中国人になって喜んだ事が寧ろ可笑
しく狂気じみて感じられた。中国人になった現実的の苦悩の如何に深
刻であることよ！

　6月18日船は基隆港に入港し、戦後の姿がまざまざと痛ましい程
に眼前に展開された。爆破された船、家房、美しいありし日の基隆が
今は全身創傷、それにしてもよはり懐しい故郷の姿である。若し淑英
も一緒に帰って来られたら此度の旅行は如何に意義ありそして喜び溢
れた事でせう。故山の烈日は容しゃなく照り輝き璃莉と宗仁には直ち
に氷と沢山のバナナを与えて母なき子を慰めた。今は帰るに家はなく
元禧と一緒に当岳父人の家で厄介になり、そして彼等と淑英を語り、
淑英を憶ひ、淑英を祈祷して其の霊を慰めたかった。汽車が懐しの故
郷清水を過ぎる頃車窓より顔を出してあの日淑英と結婚せし神社は闇
の中に消えて淑英と初夜を過ぎし我が懐しの家にも降りず其の侭彰化
に直行し岳父の家に着いたのは十時過であった。岳母は自分の姿を見
るなりわめき出して泣き崩れた。嗚呼人生の諸行無常、人の子として

人の母として誰か其の永遠の別離を悲しまない者があらうか。暫らくして岳父も帰って来られた。自分は岳父と岳母に自分足らざる努力と不注意の為に淑英を死なせし罪を詫びた。断腸の思ひである。

　6月19日誉て淑英を愛せし沢山の親戚は続いてお悔みに来た。何れも熱い涙を残して淑英の病状と最後をきいた。数日して月鳩さんも来られた。過去烈々の情熱を捧げし人！彼女はやはり多情であった。然し今は四人の母親として幾多語りたいことがあるのに一言も口にせず彼女も涙して淑英の死を心から悲しんだ。

　6月19日の夜から約四ヶ月間岳父の家でお世話になった。岳母の心尽しの歓待は益々自分をして淑英に対する思慕を加重した。人の見えざるところで、そして夜中自分はよく淑英を追憶して涙を流した。そして心がちくちく痛み堪へられなくなって死を思ひ、或ひは何処か山奥のお寺に入り静かにお経を読みたいと想念するやうになった。此のぬぐひ去り得ざる悲しみ、此の洗ひ去り得ざる悶へ、自分は今後どうして生きて行けるかとすっかり人生の自信を亡くしてしまった。四ヶ月間北方の空を眺めては唐山で永遠に眠れる淑英を想ひ、北京の空を眺めては母と瑪莉を考へて苦しい日々を送り続けた。岳父の家に宿り岳母と暮して初めて赤貧の中に斯くも美しい家庭であるを知り、そして此の美しい家の環境に育みし淑英の美しき性格も又宜なる哉と思った。元禧、元祐、元吉（元龍は北京滞在中）の三人の男兄弟、絹絹、淑慎、淑姿、淑茹の四人姉妹、兄弟姉妹終日寂として声はなく、母の子に対して語る時は春風の如くに優しく子の母に対する又実にうやうやしいものであった。斯の如き家庭を見て自分は幾時しか淑慎を秘かに憶ひ悩んだ。然し彼女は今年僅かに18才、自分は36才、其の上三人の子の父親であるを憶へば此の恋は到底結ぶべくもなく自分の気持ちを打ち明ける勇気も全然なかった。それでも彼女が学校から遅く帰り或ひは休日に外出すると自分は堪まらなく淋しかった。それも彼女の何処かに淑英の面影を偲ばせる処があり、淑英に捧げし熱烈なる愛情は彼女に親しき者に対して総て親しく感じられたからでもあらう。四ヶ月間自分はあらゆる機会を利用して彼女と接近し自分の恋を打ち明けたかったが結局終ひにその勇気なく、王四妗に之を打明けて

子の結婚の斡旋を依頼したが岳父も岳母も余り賛成せざる如く勿論淑慎の気持ちも恐らくその意志全然なく四ヶ月間の歳月は空しく過ぎ去ってしまった。生れて初めて失業しそして初めて斯くも長期間休み遊び明かした。但し其の間呉姐夫と絶えず連絡をとり中南輪船公司台湾分公司の準備と建台公司の創立に努力し前後三回台北に出て一回は陳煌宅に二回は王四舅宅に厄介になり新公司の事務所と自分の住所を物色し、更に商売上の人的連絡を図った。然し此度帰台して深く感じた事は数年来の戦争の影響の為か昔の友達も古い親戚も非常に冷たく感じられた。そして人を訪問する事も人に会ふ事も実に嫌である。昔懐かしい友達であった陳傳攢、梁財、李君晰、張煥三すら何だか昔日の親しみは更になく、自分は淑英に死別した深い悲しみを紛らすべく相語る友は一人もなかった。

　国民党と共産党の妥協は政商協議を通じ更にマーシャルの絶大なる努力に期待してうまく行く事を心に念願したがなかなか妥協つかず中原の大地に戦争は不断に継続拡大して行った。北平に残りし母親と瑪莉、此の夏津浦線が開通したら北平へ行って連れて帰る約束を北京に残して帰国したが津浦線の破壊は更に大きくなり悶々の歳月を相隔てて生きるの已むなきに至った。されど共産党の脅威が平津地区に拡大するに及んで自分の心は益々あせり出し漸く八月末二姐一家と諸共に上海を経由して母と瑪莉は帰台した。自分は基隆に間に合はず台北の旅館で会って母の苦労を感謝し永らく沈みきった心を慰めた。台北四妗宅に三泊して大甲、清水へと旅行した。そして清水で初めて三ヶ月余振りに一家団欒したのである。そして自分も久振りに清水に帰り淑英と新婚を過し寝室に宿泊し去りし日を追憶して涙を新しくした。

　九月末には全島に未曾有の惨害を与へた大暴風が襲来した。民家の被害は八年間の戦争にも増して大きかった。岳父の家も大きな損害を蒙った。農産物、果実は大きな被害を蒙り、其の為に物価は食料品の（特に米）騰貴に続いて全般的に暴騰した。中央政府の腐敗、台湾省長官公署の貪汚無能は此の経済的変動を孕ませて台湾の社会的不安は日を逐ふて深化した。自分は一家を連れて10月15日台北に移転し大安十二甲301番地に陳燕生より購入せし小さな家に家族と共に入っ

た。数年来大きな洋館に住み慣れし自分にとっては最初は可成苦痛だったが歳月の流れると共に日本式の家も生活には非常に便利であるやうに感じられた。

11月1日萬華西門町二の六に中南公司準備処、建台公司は正式に成立し資本金僅々台幣153万円、理想ひどくかけ離れて店員は僅かに侯翁、詹元禧、林江中、陳翠瓊四人で使用人老朱を加えて五人であった。

10月28日侯翁を天津に出張さして水菓を販売せしめたが大損失を蒙って先づ出発点に一大頓挫をきたしてしまった。建台公司の成立の影には楊老居先生の大きな助力があり自分は其の友情に深く感激した。

此れより自分は再び給料生活に入り台北の高物価下に昔日の生活様式は一変し極度に切下げて辛うじて苦しい月日を送った。而も其の間陳姉夫の家族は絶えず殆ど一家を挙げて台北へ遊びに来られ苦しい生活を更に苦しくした。斯うした苦しい生活の中に呪はしい1946年は暮れて行ったのである。嗚呼呪はしい1946年よ！36の青春よ！汝は我が最愛の妻を奪ひ我が汗と血にて築き上げし莫大の富を失はしめ我より此の世の希望と理想を全部奪ひ去ってしまった。我は暗い洞穴の中にて嘆き悲しみ青空を仰いで吐息をつくのであった。我は朝に夕に淑英を偲んでは熱い涙を人知れず流した。そして心の痛みは極度に精神を興奮させ世情の慌しい濁流と共に肉体的に沈倫し精神的に頽廃した。嗚呼！去れ！速やかに逝けよ！36の青春よ、呪はしい36の青春よ！

## 回顧1946年

真是苦惱的一年。悲苦的一年。寂寞的一年。悲傷深鎖心頭，無人可以傾訴，半夜幾乎都想著淑英，對著夜空、盯著天花板哭泣。這是何等命運的轉變啊！

回想去年日本、德國一一投降，世界再度回復和平，台灣歷經五十一年重回祖國懷抱，多年宿願成真，8月15日正午十二點，日本天皇投降的消息對全世界放送時，我還從唐山到天津合豐行與吳三連兄感

動地握手，雀躍萬分，但只是一轉眼，悲慘的命運也從那日開始造訪於我。真是何等諷刺的宿命啊！

美軍進入唐山，日軍被解除武裝，共產黨、土匪相繼襲擊周邊，我與徐弗庵兩人深入共產軍陣地，拜託共產黨首腦們保證啟新工廠的安全，之後國民黨軍進入唐山，工廠治安逐漸安定，但我也因為操勞過度為病魔所擾，回想淑英病狀，12月14日還笑盈盈地在玄關送我離開，我到天津兩天後16日到北平便發高燒，在北平辦公處倒下。之後12月23日軍統局與警察局把我當成漢奸，闖進唐山住處，淑英病情因此嚴重惡化，當時我也從辦公處搬到高華里的吳姊夫家，請鐘柏卿君治療。2月中我的病好了，但淑英卻從開灤病院搬回唐山住處後病情每下愈況，我雖想見淑英一面，卻又因漢奸問題遲遲無法解決，無法見面。3月27日正午十二點五十五分我這輩子最深愛的妻子永別於世。生前她對我的愛之深，我對她也是「世界之中，愛妳最烈。」每每思及她生前的一舉一動，總讓我心痛，她的離去，讓我失去一切生命意義。想到在北海時與她帶孩子，以及與她散步中山公園的往日時光，我流下痛苦悔恨的淚水，不免自問：「今後該如何活下去？」

啟新同仁對我很冷淡。反倒是才相處短短半年的唐山工廠徐弗庵、趙慶杰、杜芝良三人對我的命運卻是寄予無限同情，相當照顧。北京辦公處的沙詠滄，特別是我還與王仲岑結拜兄弟，但今日碰上這麼大的困難，才發現他們的不近人情。一直以來，自己完全被沙處長給利用了。

3月27日空留餘恨離開人世的淑英身邊，除了有瑪莉（八歲）、璃莉（六歲）與宗仁（四歲）三個孩子外，還有母親、元禧、元龍、清海等親人在，但她始終無法見到最心愛的丈夫一面。3月30日早上九點，在杜副廠長的幫忙下，舉行基督教式葬禮，埋葬在工廠出口附近。我因為無法親自前往，拜託洪炎秋兄照料一切。今天我遭受如此悲慘命運，吳姊夫與姊姊卻不會自動幫我到唐山，更是感受是人世間之無情。

自己重病與淑英之死後，接連而來的是經濟上的全面潰敗。因被懷疑是漢奸，會追來北京逮捕我的傳聞囂然塵上，我感覺應該即早處理掉自己的財產，先是把白銀、金子、東三條的家具賣了，但物價卻在我賣出後暴漲。多年來在中國投下的血汗全部作廢，成了只有現金的窮鬼。

相關的事業也是，先是「明星」與「新中央」兩戲院被奸徒楊朝華與饒所奪，之後三家店的煤礦又因降雨積水與日本投降後共黨、土匪的肆虐全被破壞掉，變得一文不值。合豐行則因陳哲民被懷疑藏匿日本貨被查封。現在僅存台灣丈人所送的二十多萬圓財產，但回台灣後，二十多甲的土地，一甲僅用九千圓處分掉，連個家也買不到，只剩下台中市街的土地，地租漲不了價，徒留稅金，讓人頭疼。想到與淑英八年來不辭辛苦節儉存下的土地與金錢，都隨淑英辭世似地付諸東流。這些本該是我與淑英共同享受、點綴青春的美麗回憶啊！真是無限感概。

這期間我計畫了兩個事業。其一是在天津與陳步我（之後有陳茂蟾、吳敦禮加入）計畫三美行，決定對美貿易，4月1日匯入資本金一千萬圓（法幣）的二分之一，我出一百五十萬、吳敦禮五十萬、陳茂蟾五十萬、陳步我兩百五十萬，以五百萬圓的資金開始營業，步我擔任總經理、茂蟾任經理，我則是監理，風光出發。

其次是以沈文閑為中心，與張繼、高紀毅、郎扶濟、蕭學然等計畫中南輪船公司，我與吳敦禮擔任籌備人，決定設置台北支店，我把母親、瑪莉、姊姊等留在北京，5月18日從北京出發，借吳姊夫、元禧、基榮之力，帶璃莉與宗仁展開生平頭一遭的苦難之旅。淑英死於肺結核，不幸的是三個孩子全都被感染，逐日衰弱，我祈禱淑英在天之靈能夠保佑三個孩子熬過這場海路，踏上這場無法言喻的苦難之旅。到港口送我的是白髮蒼蒼的母親，還有八歲的瑪莉，啊！要是沒有共產黨與國民黨的衝突，我早就與淑英回到掛念的故鄉，真是被詛咒似的命運啊！滿腔悲痛，心中祈禱母親健康，瑪莉早日康復，光流淚也無濟於事。

從天津出發的船隻花了六天終於抵達上海，在大東行肇嘉兄的住所打擾，但肇嘉兄態度與過去全然不同，對我十分冷淡。雖早已看透人間冷暖，但這下更是徒生悲傷。另外，宗仁與璃莉的病情日漸惡化，不得已搬到陳有德家。在那邊注射盤尼西林，先把中耳炎治好，安靜休養，補充營養，總算略見起色。我決定再也不要與肇嘉兄親近。往台灣的船隻終於於6月16日出航，生平頭一遭睡在甲板上，抵達台灣前還下大雨，我用身體為璃莉、宗仁擋雨，悲傷後悔交集。啊！當中國人竟是如此悲慘。想到光復時還歡天喜地成為中國人，更毋寧令人覺得可笑又瘋狂。成為中國人所帶來的現實苦惱，竟是如此深痛。

　　6月18日船隻進入基隆港，眼前出現的令人痛苦不堪的戰後情景。被炸的船隻、房子，過去美麗的基隆，如今竟是瘡痍滿目，但仍然是我懷念的故鄉。若是與淑英一同歸來，這會是多有意義、又多值得高興的旅程。故鄉烈日高照，我買冰與許多香蕉，安慰璃莉與宗仁這對沒娘的孩子。如今無家可歸，與元禧一同去岳父家打擾，想與他們聊起淑英、緬懷淑英，並為淑英祈禱以慰她在天之靈。火車駛過令人懷念的故鄉清水，車窗映照著自己的臉，那日與淑英結婚的神社消失在黑暗中，經過與淑英度過初夜的老家也沒下車，一路駛向彰化，到岳父家時已過晚上十點。岳母一看到我忍不住哭了出來。啊！人生諸行無常。親子天人永隔，任誰都是傷心至極。不久，岳父也回來了，我為自己的努力不足與不小心害淑英喪命向岳父、岳母謝罪，想來仍是斷腸。

　　6月19日過去喜愛淑英的許多親戚陸續前來追悼。大家都流著淚傾聽淑英的病情與死前的事。數日後月鳩也來了。過去我曾對她如此傾心！她也多情。但如今她已是四個孩子的母親，想與她聊很多，但一句話也說不出口，她也對淑英之死難過地流下眼淚。

　　6月19日那晚開始，我約在岳父家打擾了四個月。岳母對我盡心款待，更讓我多添對淑英的思念之情。一個人獨處時、半夜我邊想淑英邊流淚。心痛的想死，甚至還想躲到山中的寺廟裡唸經。這等無法抹滅的痛苦，這等無法洗去的苦悶，不知今後該何去何從，我已完全對人生失去信心。四個月來眺望北方天空，思念永眠唐山的淑英，遙望北京天空想到母親與瑪莉，每天都是痛苦。借住岳父家，與岳母生活的日子裡，第一次嘗到貧困中也能有美滿的家庭生活，這樣美好的環境下成長的淑英，難怪能有如此美好的性格。元禧、元佑、元吉(元龍滯留北京)三位兄弟，絹絹、淑慎、淑姿、淑茹四姐妹，兄弟姐妹終日和睦，母親對孩子如沐春風似的溫柔，孩子對母親也是恭敬有禮。看到這樣的家庭，不知何時開始，我對淑慎產生掛念。但她年方十八，我已三六，又是三個孩子的父親，每思及此總覺不妥，到底是鼓不起勇氣告白。但當她從學校晚歸，或是假日外出時，我總覺得寂寞無比。她的某些地方讓我彷彿見到淑英的影子，或許是對淑英深深的愛意，讓我對她親近的人也抱懷好感。四個月來，我利用種種機會想要親近她，對她表達我的愛意，但終究沒有勇氣，原本對王四嬸透露此事，想拜託她代為斡旋，但岳父母

似乎都不大贊成，而且淑慎似乎也沒有意思，徒然任四個月的時光流走。生平第一次失業，也是第一次休息遊玩這麼久。但這期間不斷地與吳姊夫保持連絡，準備中南輪船公司台灣分公司，並為創設台新公司做努力，前後到台北三次，第一次做客陳煌家，第二次在王四舅家打擾，物色新公司的事務所與自己的住處，更希望拓展商業上的人脈。但這次歸台深深發現，因數年來戰亂影響，過去友人與舊親戚都十分冷淡。而且我對於拜訪他人、與人會面一事實在討厭。連過去懷念的老朋友陳傳攢、梁財、李君晰、張煥三等人也少了昔日的親密，找不到半個人可以一聊自己與淑英生離死別的悲哀。

國民黨與共產黨之間討論妥協，原期待透過政商協議以及馬歇爾的努力能順利進行，但談不攏，中原內地戰亂持續擴大。本答應夏天津浦線開通後就要前往北平把留在北京的母親與瑪莉帶回來，但津浦線遭到嚴重破壞，束手無策，只能眼睜睜看著時間流逝。共產黨的威脅擴大到平津地區，令人焦急，總算8月末二姊一行人經由上海回來，母親與瑪莉回到台灣。我趕不到基隆，在台北的旅館相會，感謝母親的辛勞，心上大石總算落下。在台北四嬸家停留三天，之後到大甲、清水旅行，在清水享受久違三個月的一家團欒之樂，我也回到久別的清水，留宿與淑英渡過新婚之夜的寢室，追憶過往，又掉下眼淚。

9月末大颱風襲來，帶來全台前所未有的災害。受害的民家比八年戰爭帶來的災害還多。岳父家也遭到前所未有的損害。農產品、水果都深蒙其害，因此繼食品(特別是米)漲價後，物價也跟著全面暴漲。中央政府的腐敗、台灣省長官公署的貪污無能，造成經濟如此變動，逐日加深台灣的社會不安。10月15日帶著一家老小移居台北，自陳燕生手上購入大安十二甲301番地的小住家，全家一起居住。數年來住慣了大洋房，一開始十分痛苦，但過了一陣子，逐漸覺得和式住家的生活也十分便利。

11月1日在萬華西門町二之六處成立中南公司準備處，建台公司正式成立，資本額僅台幣153萬圓，與理想差距甚多，店員僅有侯翁、詹元禧、林江中、陳翠瓊四人，另加上雇員老朱，總共五人。

10月28日派侯翁前往天津從事水果販賣，但遭受奇大損失，起跑點就跌了大跤。建台公司的成立，幕後楊老居先生給予大力支持，我對其友情深表感激。

　　從此，我再度有收入，但在台北的高物價下，我一改昔日生活方式，過著節儉忍耐的日子。其間陳姊夫一家不時北上前來遊玩，生活上更是苦上加苦。在艱苦的生活中，可恨的1946年就這樣度過了。啊！可恨的1946年啊！三十六歲的青春啊！奪我愛妻、奪我血汗經營的莫大財富，將我這輩子的希望與理想盡數奪去。留我在黑暗的洞穴中仰望青空悲嘆喘息。我朝夕思慕淑英，流著不為人知的眼淚。心痛至極，情緒激動，肉體與人世間慌亂的滾滾濁流一同沉淪，任精神荒蕪頹廢。啊！去吧！速速流逝吧！三十六歲的青春，可恨的三十六歲青春啊！

## 1947年

### 1月1日─4月9日

　　悲嘆に暮れし1946年の悲劇は希くば昨日を以て終りと致し度、既に人世の感激と興奮を喪失したる自分にとっては年改たまりて1947年を迎へしも更に希望がない。暗い気持に年は終り平凡な気持で新年を迎へた。中南輪船公司は相変らず遅々として其の設立は捗らず建台公司又天津に於ける香焦の大損失を被って以来意気頓に消沈し何事にも手を出し得なくなってしまった。砂糖こそは値上がりすると思って僅かに残れる5両の金を安値で賣って砂糖を買ったら林喜一は2月1日手付金30万円を受取った侭140俵の砂糖を引渡さず而も金は賣價2万2千円から6、7万に飛び諸物價は新年早々大変動を来し上海市場は極度の混乱を呈してしまった。物価は数日の中に鰻上りに暴騰し全く終戦当時の天津市場を偲ばせた。

　　建台公司はアルミニュームの臉盆を3,300個買ひ一個110円で買った数日間に300円に暴騰し天津に於ける水果の損失を漸くカバーし得た。然し之も續いて生起せる二二八事件の為に良い値で賣るチヤンスを失し大して儲けなかった。全く不運時は何も彼も不運のみである。

　　2月27日専賣局の警察が煙草賣の中年女の煙草を没収し、此の女は夫を南方に派遣中失ひ、幼児を抱へて他人より借金せる僅かの資金で煙草の小賣を営めるを以て煙草の没収は一家数人の生命を奪はれたも同然。哀願するに剣銃で殴打されて負傷し周囲の台胞の公憤と同情を買って終ひに民衆は警官隊に向って抵抗し出し、警官連は泡を食って之の騒ぎをきいて見物せんとする陳某氏を殺し、事件は益々発展し、翌28日には民衆は警察局、専賣局を包囲し正午過ぎ長官公署に陳情せんとするや憲兵又民衆に発砲して無辜の民衆を殺戮したのである。之より先、兇手の引渡と処刑を要求したる民衆は当局の無誠意を知るや専賣局分局を焼き出し、其の職員を殴打して重傷に到らしめ、長官公署前の惨劇が演ぜられるや外省人に対する鬱憤は爆発し外省人を見るや一様に之を殴打したのである。十時過有徳君と華南銀行の二階より専賣局の焼け様を視察し、中食後更に二人で城内、大稲埕、万

華を一巡したが外省人を殴打せる現場を一つも見なかった。陰雨永らく綿綿と降り續いて漸く久振りに28日に晴れたせいもあらうか街路は人の山を築き到る処で47年型の立派な自動車の焼痕の残滓が残ってゐる。当時台湾には兵力薄く政府の無能無力と相俟って台地は無政府状態を呈し政府当局の負責者は何れも逃亡し社会の秩序は井然と台胞に依り保たれたが人心は極度に混乱に陥った。光復以来政府に対する鬱奮は終ひに此の事件を契機として忽ち全島に波及し、台北に於ては28日、1日の二日間外省人に暴行を加へ彼等をして驚怖のどん底につき落としたのである。然し3月2日になるや民衆も冷静になり社会人士又之を抑圧したので暴行を終息を告げた。同時に蒋渭川、王添灯等政治建設協会を手動として事変処理委員会が成立し徐々に秩序の恢復と台胞の政治的要求を提出して台湾政治の全般的改革を企図するやうになった。吾等も処理委員会にこそ出席した事もないが心中如何に台湾政治の革新を熱烈に希望したか！顧みる満洲國成立して間もなく自分も丁度満洲に居て同窓、先輩、同僚等が冷下数十度の極寒をものともせず、各地に蟠居せる義勇軍、土匪の恐畏も顧みず大きな書類と地圖をもっては日夜の別なく満洲國の建設に如何に眞面目な態度で之に当ったか！然るに今日台湾の官吏は徒らに高位高禄を占めて専ら自分の栄達と私利の貪求に余念なく異民族たる日本人の漢民族に対する態度と同民族たる外省人の台胞に対する態度を比較、対照すると転々感慨無量で涙を禁じ得ない。政府官吏の無能と貪汚、工業生産機械の破滅と農村経済の肥料缺乏に依る衰退、貿易局、専賣局、各公共事業所の独占に依る官僚資本の跋扈の必然的結果として民間商工業の沈滞、更に海外歸還者の失業漸くして社会の全面的貧困と飢饉、最早台胞は忍び得ざるして到頭立ち上ったのである。2月28日より3月8日迄の十一日間台胞は実に勇敢に而も秩序井然として戦ったのである。唯、指導層の政治認識の缺如、特に中国官僚のづるさに対する不認識等よりして3月9日より未曾有の惨劇は美しき郷土に醜しき鮮血を染めたのである。3月8日の夜國内から派遣兵が到着するや直ちに戒嚴令が宣告され9日朝より手当り次第、人を見次第官兵は民家を破壊し民衆を殺戮したのである。何と呪はしい運命の訪れであることよ！事

変関係者は勿論、今迄政府に善意的の忠告をなし来りつ一流の紳士も全部逮捕され、裁判にもかけずに殺してしまった。林茂生、陳炘、宋斐如、林桂端、林旭屏、鄭倉、林連宗、王添灯……等々、ああ、書き連ねるのも恐ろしい。政府官兵は悪魔の如く政府官吏は狂人の如くに台胞を殺したのである。之が祖國の姿であらうか。全國の輿論は極端に台胞に同情しつつも終ひに如何ともし難かった。漸く3月14日に白崇禧國防部長が来られてから虐殺は終止若しくは頓化したのである。然れども白部長も事変の原因を政府の代辦者の如くに五十一年の奴化教育に依る無頼の徒の仕業なりと訓示放送し、17日対全国放送をきくに及びそして台湾の各團体が何れも当局の令若しくは保身の術として眞因を曲解し陳儀の留任運動をなし或ひは政府に謝罪して事実を枉げたる通電を全國に発するを見て慨嘆に堪へず。17日約3、4時間に亘り久振りに一文を作りて肇嘉哥に事変の原因、経過、結果を自分の知ってゐる範囲内の材料で整理して命懸けで上海に送った。当時の戒厳令と恐怖政治下にあっては全く命懸けだったのである。後で知った事であるが此の文は直ちに中國文に譯され各新聞紙に掲載され更に後で“前鋒”と云ふ雑誌にも出された。青白いインテリは眞に悲しい。全島騒動の眞只中で而も人一倍の熱情と正義感を有し乍ら自分は処理委員会に一回も顔出ししなかった。淑英を失ってから自分は一切の社交性を失ひ、更に仕事、政治、事業にあってもさうであるが一切の情熱を失ってしまった。之が今般自分をして何等事なきを得た由因である。淑英地下にあれども其の霊未だに自分を保護して離れざるの感なきを得ない。3月7日華北、東北の諸代表が公司に来られ、東北華北の聯合会を結成すべく余り慫慂されるので8日に大会を開催する事になったが7日の晩より林卓章、黄千里、陳有徳と麻雀をやり降雨と共に自分も参加しなかった。斯くして自分は此の惨劇から全然事なきを得たのである。実際3月7日以後殆ど毎晩のやうに麻雀をやった。そして其の為に多くの社交と、政治的雰囲気から免れた。斯くして二二八事変は台湾の徹底的惨敗に終ったのである。我々は確かに戦ひに敗れたのである。然し子を失ひ、親を失ひ、そして夫、兄弟を失って残りし幾多の遺族更に親しい友達を失った。幾多の同胞は今後祖國

に対し陳儀の一派に対しそして外省人に対し其の永遠に消え得ざる心傷をどうしませう。最早台胞と祖國には大きな溝が出来てしまったのである。國民党は我が最愛の妻淑英を間接的に殺しただけで蒋主席にあれだけの尊敬をして来た自分も國民党に対し不倶戴天の敵と考へ得ざるを得なくなった。そして此の国民党に依って組織されてゐる台湾の長官公署に対しても自分は積極的に協力する意思が全然ない。然し二二八事件後、自分の心境は多少変ってしまった。それは不協力のみでは問題を解決し得ないのを痛感したのである。政府が旧来の観念を清算したる後は一流の台胞は政府に参加すべきだと考へるやうになった。

そこで王四舅に適当なポストを物色方依頼した。勿論自分が官吏になる事は決して中国社会の一環たる台土をよりよくしたいとの希望からであるよりも台人が官吏を崇拝し、目下自分の一番当面してゐる婚姻の解決はやはり官吏になった方が早道だとの結論を得たからである。自分は斯の如き低級なる政府──淑英を死なした國民党の政府と協力する考へは毛頭ない。勿論台湾の政府がよくなり人民の生活が改善される事を望んで息まない。然し此の改善を自ら乗り出してしたいとの意欲は更にない。官吏たる自分に於て出来れば閑職で地位が高く換言して言へば婚姻を成立するに人を眩惑する程の地位が欲しい。結婚が成立したら同時に官吏を辞めてもよい。我等の理想政府が成立する迄自分は野にありたい。野にあってもっと民衆と接觸したい。21年も別れた懐しい故郷である。今日台湾の民衆は極端に窮乏に陥ってゐる。自分だけ栄華の夢を貪りたくない。

淑慎を妻に迎へたかったが結局岳父、母の賛成が得られず駄目らしい。其後廖恩人太太より嘉義の王円花嬢との縁談をもって来たが之も遅々として進捗しない。

事変後に於ける建台公司も更に発展せず結局悶々の中に陳有德、林卓章、黄千里、蕭再興等と麻雀に紛らして一切を忘れることであった。

幸ひに子供達は台北へ移転してから徐々に健康は恢復し日増しに丈夫になって来たやうである。唯連綿として降りしきる雨は幾時迄経っても息まず瑪莉、瑠莉が毎日濡れて学校へ通ふ小さい姿は若し母あ

りませばもっと幸福だったであらうと我が子を見ては其の母──そして淑英を思ひ出して涙するのであった。

## 1947年

### 1月1日──4月9日

　　希望悲嘆就此結束、1946年的悲劇就到昨天為止吧！對生命早已失去感動與興奮的我而言，儘管一年復始、1947到來，也是了無生趣。在陰沉的心情中過完一年，又在平淡的氣氛下迎接新的一年。中南輪船公司還是老樣，遲遲沒有新的進展，建台公司又因天津那次香蕉大失敗以來，意志消沉，完全不想再插手去管。想想只有砂糖在升值，便用便宜的價格把僅存的五兩金子賣掉，打算換砂糖，但林喜一在2月1號收了訂金30萬圓，也沒把140俵的砂糖交出來，而且金子也從當初賣價的二萬二千圓飆升到六、七萬圓，各種物價從新年開始便大幅變動，上海市場呈現極度混亂。物價在數天之內暴漲，讓人想到戰爭剛結束時的天津市場。

　　建台公司以一個110圓的價位買進三千三百個鋁製臉盆，數天之內，一個便漲到300圓，總算彌補天津水果的損失。但之後碰上二二八事件，錯失高價賣出的機會，沒賺到錢。時運不濟時，做甚麼都不順。

　　2月27日專賣局的警察沒收香煙鋪中年婦女的香煙，這個婦女的丈夫被派遣到南洋後失蹤，帶著稚子的她只能向他人借得一點資金，做些香煙的小買賣，這回沒收了香煙，形同奪走一家人的維生工具。她苦苦求饒，卻被警察用槍柄毆打，引起四周的台灣同鄉的公憤與同情，最後演變成民眾向警察抵抗，警察受到驚嚇，誤殺一時好奇站在旁邊觀看的陳某，事件越演越烈，隔天28日民眾包圍警察局、專賣局，過了正午準備向長官公署陳情，但憲兵又對民眾開槍，屠殺無辜的民眾。之後，要求引渡兇手並處刑的民眾發現當局毫無誠意，便放火燒專賣局，將職員打成重傷，長官公署前上演的慘劇引爆對外省人累積已久的鬱悶與憤恨，民眾只要見到外省人便一律毆打。過了十點，與有德君從華南銀行的二樓觀看專賣局被焚燒的情形，中飯過後，兩人在城內、大稻埕、萬華一帶巡視，但沒碰上外省人被毆打的狀況。那幾天陰雨綿綿，下個不停，到了28日才總算天晴，不知是否因為如此，街上圍了一大群

人，那邊有輛47年型的豪華轎車被燒的痕跡。當時台灣兵力薄弱，加上政府無能，台灣形同無政府狀態，政府當局主事者每個都逃跑了，雖台胞們努力保持社會的井然有序，但人心陷入極度混亂。光復以來對政府的憤慨，經由這個事件終於爆發，波及全島，台北28日與1日兩天內，便出現對外省人的暴力行為，使得外省人陷入極度恐慌。到了3月2日，民眾總算平靜，加上有社會人士出面制止，暴行總算平息，同時蔣渭川、王添灯等人著手政治建設協會，成立事變處理委員會，逐漸恢復秩序，並提出台胞們的政治要求，企圖全面改革台灣政治。我們雖連處理委員會都沒有出席，但心中強烈期盼台灣政治的革新！回顧滿洲國成立後不久，我剛好人在滿洲，與同窗、學長、同事等人，不辭零下數十度的嚴寒、不畏盤踞各地的義勇軍、土匪，帶著一大堆資料與地圖，不分晝夜地投入滿洲國的建設，那種認真的態度正如今日的他們一樣！但今天台灣官吏徒居高位、尸位素餐，滿腦子淨是自己的榮達富貴與貪念私利，想想異族日本人對漢民族的態度，再看看身為同民族的外省人對待台灣同胞的模樣，兩相對照，不禁感慨無量地掉淚。政府官吏的無能與貪污，工業生產機器被破壞，加上農業經濟因為缺乏肥料而衰退，貿易局、專賣局與各公共事業被獨占而造成官僚跋扈，這些必然的結果更讓民間工商業停滯，連帶使海外歸國者失業連連，造成社會全面性貧瘠，台胞忍無可忍，最後終於挺身而出。但是，這些領導人缺乏政治認知，尤其是不懂中國官僚的狡猾，3月9日發生前所未有的慘劇，醜惡的鮮血染紅了美麗的鄉土。3月8日夜裡，國內派遣兵一到，便直接宣布戒嚴，9日一早，官兵們見民房就毀、見人就殺。這是何等的詛咒啊！別說是事變相關人員，就連一直以來對政府抱持善意建言的一流紳士們也全被逮捕，連判都沒有就直接被殺了。林茂生、陳炘、宋斐如、林桂端、林旭屏、鄭蒼、林連宗、王添灯……等等，啊，我連寫起來都覺得駭人。政府官兵如惡魔、政府官吏如狂人般地殘殺台胞。這就是祖國的模樣麼？全國輿論雖對台胞寄予無限同情，但終究是無能為力。到了3月14日，白崇禧國防部長來台，終止屠殺。但白部長以政府代理者之姿廣播放送，將這次事變原因歸咎成五十一年來奴化教育下的無賴行徑，17日聽到這則全國廣播，看到台灣各團體都礙於當局之令或為明哲保身，曲解真正原因，甚至還有陳儀留任請願運動，以及不顧事情原

委地發電全國要向政府謝罪，忍不住感慨萬千。17日約過三、四個小時，許久沒寫文章的我作一文給肇嘉哥，就我所知範圍內盡力整理事變原因、經過、結果，送往上海。在當時戒嚴令與恐怖政治之下，這是玩命的舉動。事後才得知，這篇文章直接翻譯成中文，刊載在各報紙中，之後還被登在《前鋒》雜誌裡。身為沒有行動力的知識分子真是悲哀。全台動亂中，自己雖比他人多一倍熱情與正義感，卻連一次都沒參加處理委員會。淑英走後，我失去一切交際心情，連對工作、政治、事業也喪失一切熱情。這正是為何我這次完全束手旁觀的原因。我不得不感覺，這是淑英地下有知保佑我。3月7日，華北、東北的各個代表來到公司，打算組成東北華北的聯合會，在大家慫恿下，決定於8日召開大會，但7日晚上與林卓章、黃千里、陳有德玩麻將，加上下雨天，便沒參加。這讓我與這次慘案扯不上關係。其實，3月7日以後，我幾乎每晚都在打麻將。也因此，我少了許多社交與接觸政治的機會。二二八事變在台灣慘敗收場。我們的的確確在這場戰役中失敗了。遺族失去兒女、失去雙親、失去丈夫、失去兄弟，也失去了最親愛的朋友。成千上萬的同胞今後面對祖國、面對陳儀、以及面對外省人時，該如何處理這份永遠無法抹滅的傷痛。這終於造成台胞與祖國間巨大的鴻溝。國民黨間接殺死了我的愛妻淑英，雖然對蔣主席十分尊敬，但我仍不得不對國民黨抱持不共戴天的仇恨，我完全無意積極支持這個由國民黨組成的台灣長官公署。但二二八事件之後，心境多少有點轉變。畢竟這樣的消極完全無法解決問題。政府在清算舊有觀念後，我認為應當有一流台胞參與政事。

我請王四舅為我物色適當的職務。想當官，為的不只是讓中國社會一角的台灣好，是評估後發現台灣人崇拜官吏的習性，我現在當前的問題就是想早點結婚，當官是解決婚姻問題的捷徑。面對這種低級政府──這個害死淑英的政府，我根本無意參與。當然，我也希望台灣政府變好，人民生活有所改善。但我無意身先士卒推動改善。若當官，最好是輕鬆、地位高，換言之，我希望是個地位誘人到足以讓人想與我結婚。一旦結了婚，就算辭官也無妨。在理想的政府成立以前，我還是希望在野。在野可以多與民眾接觸。別離21年、讓人懷念的故鄉。今天台灣民眾陷入極端貧困，我不想貪圖榮華富貴。

本想娶淑慎為妻，但似乎得不到岳父、岳母同意，無望。之後廖恩人太太又來為嘉義的王圓花小姐說媒，但遲遲沒有進展。

事變後，建台公司更無進展，苦悶中，我與陳有德、林卓章、黃千里、蕭再興等人沉溺麻將，忘卻一切煩憂。

所幸孩子們搬到台北後，日益恢復健康，身子變得強健。但連綿數日的細雨始終不停，看到瑪莉、璃莉每天淋著雨上學的小小身影，若是她們的母親還在，會是何等幸福啊，看著孩子想到她們的母親淑英，我溼了眼眶。

### 4月10日　木

朝、呉姐夫、姉さん、燕生と一緒に宗仁を連れて草山温泉へ遊びに行った。青空高く晴れて如何にも初夏の爽やかさを偲ばせて気持がよかった。北投へ行くにしろ草山へ来るにしろ常に思ひ出されるのは淑英である。若し彼女が生きて居り一緒に此の故里の景色を探勝出来たら如何に愉快であらう。今は彼女の残した宗仁を連れて僅かに心を慰めるのみである。林以徳夫婦は生憎台北を出て留守だった。昨年呉姐夫と来た時と同じ衆楽園の同じ部屋に泊った。午後五時頃林以徳夫婦が歸られ一泊するやう奨められたので夜、張耀東兄等も入り賑やかに晩く迄飲んだ。

### 4月10日　星期四

早上，與吳姐夫、姊姊、燕生一起，帶宗仁到草山溫泉遊玩。晴空萬里，讓人想到初夏的清爽，心情大好。不論去北投還是來草山，我都會常常想到淑英。若她還健在，與我一同欣賞故鄉景色，是何等愉快。今天把她留下的宗仁帶來，稍稍得以安慰。林以德夫婦難得離開台北不在家。留宿去年與林姊夫來時「眾樂園」的同一間房間。下午五點林以德夫婦回來，請我們前去留宿一晚，晚上張耀東兄等也加入，熱鬧喝到夜深。

### 4月11日　金

朝、皆で草山を散歩してから久振りにピンポンをやり11時過のバスで歸り、中食張秀哲宅で御馳走になり途中頼尚崑宅と李振南宅に

立寄り雑談を交した。宗仁が円山から家迄歩いて帰れたのが意外である。蔭仔母子は既に帰りお母さんは帰らなかった。

**4月11日　星期五**

　上午，大家一同散步草山，打了久久沒玩的乒乓球，搭十一點多的車回家，中餐在張秀哲家吃，途中經過賴尚崑、李振南家閒聊。宗仁竟能從圓山走回家，真是意外。蔭仔母子都已回來，但仍不見母親蹤影。

**4月12日　土**

　朝、出勤途中頼尚崑君に会ひ一緒に救済総署へ徐炳南君を訪れ日産工廠の拂下方に付、何かの力になって貰ほうと思ったが何等期待する処なく11時頃省商会へ王四舅を訪れたら、昨日長官公署交通処へ陳啓清氏と一緒に任処長に面会し、自分の履歴書を手交したる処、任処長は殊の外喜び早速月曜日会ふ約束をしたとの事である。中食後頼君と呉姐夫を招待し新世界へG・G・Sレヴュー一團を見に行った。始めて台湾のレヴューを見たが幼稚である。夜、許子秋と林君が来遊され色々長官公署の改組と雑談を交した。

**4月12日　星期六**

　早上上班途中去見賴尚崑，一起到救濟總署找徐炳南，希望可以借助他的力量完成日產工廠的收買，但不成。十一點去省商會找四舅。昨天到長官公署交通處與陳啟清一起會見任處長，親手呈交我的履歷表，任處長特別高興，馬上約我星期一見面。中餐後請賴君與吳姐夫去「新世界」看G.G.S歌舞團，第一次看台灣的歌舞團，覺得還不成氣候。夜裡，許子秋與林君前來，聊了許多長官公署改組的事。

**4月13日　日**

　朝、子秋君が来て一緒に帰還日人の家財道具を見に行く約束をしたが何故か来られず、其の儘理髪に行った。中食、楊景山、頼尚崑夫妻と姉さんに御馳走になった。林以徳夫妻が来られることになってゐたが終に姿を見せず、色々二二八事件の話に花を咲かせた。……

**4月13日　星期日**

　上午，子秋君約好要一起去看歸國日人的家具，但不知何故未出

現，我就去理髮。中午與楊景山、賴尚崑一同被姊姊請吃飯。之前林以德夫妻也來，但沒碰到，聊二二八事件聊得盡興。……

**4月14日　月**

　　今朝任交通処長に会ふ約束をしてゐたが昨夜徹夜したせいか本日頭痛がして十時半漸く賴君宅を出て先づ四舅を訪れ、二人で任処長を長官公署に訪れたが紀念週典礼の為会へずに空しく歸った。中食後中山堂へ花束の娘を見に行ったが思った程よい映画ではなかった。午後三時過改めて四舅と任処長に会ったが非常に気持のよい紳士で早速徐鄂雲委員を紹介されて鉄道の関し暫らく意見を交してから早速薦任一級、本俸四百元、交通処視察として採用するに決定、明日より早速出勤されるやう要望された。自分としては簡任を望んでゐたので些か不満だったが兎も角、現在自分としては余り華やかな職に就きたくなく、其の上薦任も恐らく改組迄の暫定的措置にして改組されたる曉は恐らく相当の役に就く事が約束され、夜、姉さん、姐夫とも色々相談し結局受諾する事に決定した。生れて始めて官たる身分にありつき喜ぶべき筈なのに更に感激がない。

**4月14日　星期一**

　　上午本與交通處長相約見面，但打了通宵的麻將頭痛的要命，十點半才從賴君家出發，先去找四舅，兩人前往長官公署找任處長去，但今天是紀念週典禮，沒碰到面，只能空手而回。中飯過後到中山堂看「拿著花束的少女」，不如想像中好看。下午三點多與四舅見著任處長，是個感覺很好的紳士，他馬上介紹徐鄂雲委員給我，就鐵路問題短暫交換意見後，立刻採用我擔任薦任一級、本俸四百元的交通處督察，並希望我明天就開始上班。我原希望是簡任，雖有不滿，但想想自己現在本來就不想擔任甚麼太風光的工作，而且他們也約定薦任應該只是改組前暫定的措施，改組後會派與相當的職稱給我，晚上與姊姊、姊夫討論後，決定允諾。生平頭一次當官，本該高高興興，但我毫無歡欣之意。

**4月15日　火**

　　朝、呉姐夫と大華一号機帆船の件で本源行侯翁を訪れたが不愉快

裡に共同経営を断念し、雨新兄を訪れたが不在だった。午後三時頃初
めて交通処に出勤し、早速徐委員に案内されて人事へ着任の挨拶に行
った。圖らずも交通処で陳家霖君と李太太に会ひ、一緒に大安へ遊び
に来られて呉親家の縁談を相談し、夜興楽で徐委員並びに陳君と李太
太（明日の船で上海へ行く）を御馳走し夜十時過帰宅した。始めて接
した徐委員であるが意外に面白く其の上明朗で学問も深い。任処長が
今を時めく陳誠参謀総長の部下たるを知り更に喜んだ。

#### 4月15日　星期二

　　早上，與吳姊夫就大華一號機帆船一事拜訪本源行的侯翁，但不甚
愉快，打消共同經營的念頭。去找雨新兄，不在。下午三點，第一次到
交通處上班，徐委員馬上領著我為新上任一事四處打招呼。偶然在交通
處碰到陳家霖君與李太太，一同到大安遊玩，並討論吳親家的親事，晚
上在「興樂」請徐委員、陳君以及李太太吃飯(明天的船前往上海)，晚
上十點回家。與徐委員素昧平生，但令人意外的是他很有趣，而且個性
開朗、學識豐富。得知任處長是陳誠參謀總長的部下，更覺高興。


#### 4月16日　水

　　午前出勤したが徐委員を待てども来られず10時頃廖太太を訪問
した。帰還日人の家具を購入することよりも瓊仔の縁談を依頼し併せ
て自分の縁談の結果もききたいと思ったからである。姉さんも来られ
て色々雑談を交して12時過に公司へ帰り午後2時半に出勤し交通処の
首脳部に徐委員に案内されて着任挨拶をやった。陳有徳君が台南から
来られ家に宿泊した。夜、子秋、林君等が来訪され陳君を交へて政府
の改組に付雑談を交した。

#### 4月16日　星期三

　　上午到交通處找徐委員，但他始終沒來，十點左右訪問廖太太，與
其去買歸國日人的家具，我還比較想去拜託她為瓊仔說媒，並請教我之
前說媒的結果。姊姊也來了，閒聊許多，過十二點回公司，下午兩點半
又到交通處上班，被徐委員帶著四處認識打招呼。陳有德君從台南前來
家裡留宿，晚上，子秋、林君等來訪，與陳君就政府改組一事閒談。

## 4月17日　木

今日初めて机を貰ひ、意外に小さな机であった。これでは日人時代の平職員にも相当せず机の並べ方、備品、消耗品の支給方一つとして満足なるものはなく、其の上室内同省人一人もなく限りなく淋しかった。朝、公文、午后戦後経済を勉強した。

## 4月17日　星期四

今天第一次見到自己座位，意外的是張小桌子。這連日本政府時代的小職員辦公桌都比不上，不論是擺設方式、日用品、消耗品的使用方式，沒一個讓人覺得滿意，加上辦公室內一個本省人也沒有，無限寂寞。早上讀公文，下午用功研究戰後經濟。

## 4月18日　金

十時過、王四舅を総商会に訪問し色々雑談を交した。廖揚満、張金順も来訪され皆で一緒に中食をとった。金順君に子供服の販賣方を依頼した。中食後景山君を電影公司に訪問し肇嘉哥の人格に付語り合った。夜、有徳君と廖能君を訪問し明日技術者を派遣して基隆にて大華一号の船を鑑定方依頼した。歸りに夜来香喫茶店に立ち寄りお茶を飲んでゐる処へ邱、王両医師に会ひ色々語り合った。

## 4月18日　星期五

十點多，到總商會拜訪王四舅閒聊。廖揚滿與張金順都前來，大家一同用中餐。請金順君找賣小孩服飾的地方。中餐過後到電影公司找景山君，討論肇嘉哥的為人。晚上與有徳君造訪廖能君，請他明天派技術人員到基隆鑑定大華一號的船。歸途經過「夜來香」茶店，喝茶時碰到邱、王兩醫生，閒聊許多。

## 4月19日　土

朝、十時交通処の幹務会議が開催され正式に主要幹部に紹介された。僅々一回の会合であるが任処長の人間性が痛く好かれ、彼の部下になり得たるを喜ばしく思った。午後処長と相談し榜〔枋〕寮台東間の鉄道資材購入の為自分を日本へ派遣する事に決定した。中食時商会へ寄り乙金、黄棟、徐炳南に会ひ、中南で郭欽禮、有徳が来訪され邱

小姐の縁談に付色々語り合った上、明日見合をする事に決定した。午後三時久振りに楊鑫淼君に会ひ屑鉄販賣に付語り合った。夜、陳慶華君を訪れ陳姐夫の就職に付援助方御願した。

**4月19日　星期六**

　　上午十點交通處召開幹務〔部〕會議，正式介紹主要幹部。才見過一次面，但我實在很喜歡任處長的為人，能成為他的下屬真是開心。下午與處長商量後決定，為了買進榜〔枋〕寮台東間的鐵路設施，派我前往日本。中餐時經過商會，碰到乙金、黃棟、徐炳南，中南則有郭欽禮、有德來訪，討論邱小姐的婚事，決定明天相親。下午三點，與許久不見的楊鑫淼君見面，討論鐵屑販賣。晚上拜訪陳慶華君，請他為陳姊夫介紹工作。


**4月20日　日**

　　朝、徐委員と吉見猛氏を訪れるべく来訪を約束したが十時に至るも来られず已むなく独りで行ったが四舅、四姉は既に立ち去った後でした。奥さんと色々語り合ひ、吉見氏も昨日漸く釈放されたばかりださうで衰弱もひどく気の毒であった。奥さんの妹さんに家迄来て貰ひ、今後何か自分の力になることがあれば……と思って家へ案内した。美人ではないが感じのよい女性である。ラヂオ付の電気時計を一つ紀念に戴いた。12時半杏花天で郭欽禮君の御紹介で邱瀛子嬢との見合をやり其の妹、更に郭君と郭君の許婚者、陳有德君と自分を入れて六人で食事をとった。思った程の美人ではないが割合に感じのよい女性である。二時頃別れて歸宅したが黃基統君等一行が慶仔の見合に来てゐた。頼もしい青年である。16時過、子秋君の家へ蕭再興、陳有德、林卓章と四人で夕食其処で御馳走になった。

**4月20日　星期日**

　　早上原本與徐委員約好拜訪吉見猛氏，但到十點他都還沒來，不得已只好單獨出發，四舅、四舅媽才剛離開。與他太太談了許多，聽說吉見氏昨天剛被釋放，現在還很衰弱，讓人同情。他太太的妹妹也來了，大概是希望今後自己可以為他們出點力，她妹妹帶我看房子。雖不是美女，但是個舒服的女性。她給了我一個附設收音機的電子鐘以資紀念。

十二點半在「杏花天」經郭欽禮君的介紹，與邱瀛子小姐相親，雖不是美女，但感覺很不錯。兩點左右離開回家，黃基統君一行為慶仔婚事前來。感覺是個靠得住的青年。過了下午四點，到子秋君家，與蕭再興、陳有德、林卓章四人晚上在其住處用餐。

## 4月21日　月

　　11時頃四舅を訪れ一緒に台湾銀行へ行って瀛子の妹に彼女に渡すべき手紙を依頼し、公司へ寄れば李金鐘、陳有德、梁財等が来て自分の就官を喜んでくれた。台湾はやはり官吏がもちる世の中である。中食後、金鐘、元禮両君とお茶を飲み色々語り合った。退勤後、吉見宅を訪れ肝油をさしあげてお見舞し、先方から油繪をくれた。

## 4月21日　星期一

　　十一點造訪四舅，一起到台灣銀行，請瀛子的妹妹轉交一封信給她。到公司，李金鐘、陳有德、梁財等都來，祝賀我當官。在台灣果然還是當官吃香。中餐後與金鐘、元禮兩人喝茶聊天。下班後造訪吉見家，送上肝油慰問，對方回贈我一幅油畫。

## 4月22日　火

　　11時東方出版所に於て邱瀛子小姐と会ひ、二人きりでお嫁として迎ふべきや否やを決定しようとして昨日妹に手紙を託したが、11時15分頃妹から本日姉が用事あって来られざる旨傳へられ非常に失望した。そして二人の運命は斯くして縁なきものと考へる以外に方法がない。中食公司へ行ったら賴尚崑、王萬賢、特に王錦江君が来られ大華一号の検査の結果思った程優秀船に非ること判明し購入を断念するに決した。

## 4月22日　星期二

　　昨天寫信請邱瀛子小姐的妹妹轉交，希望十一點在東方出版所兩人單獨見面，討論是否應該結婚，但十一點十五分妹妹來，說她姊姊有事不克前來，好生失望。看來我們兩人是無緣了。中午到公司，賴尚崑、王萬賢、還有王錦江君都來了，經過檢查後，聽說大華一號並非如想像中優秀，決定放棄購買。

## 4月23日　水

　　朝、航業公司の陳炳煌君来訪され倪主任と三人で日本旅行に付打合をなしたが旅行は意外に困難なる事が判明された。十一時頃雨新君を訪れ、大華第一号購入を断念する事を告げ、中食四舅、有徳と一緒に公司でとり、本日発表されたる新台湾省主席魏道明氏を巡り色々雑談を交した。

## 4月23日　星期三

　　早上航業公司的陳炳煌君來訪，與倪主任討論三人前往日本一事，但意外發現困難重重。十一點雨新君來訪，告知放棄購買大華一號一事。中餐與四舅、有德一同在公司進餐，閒聊今天發表魏道明接任新台灣省主席一事。

## 4月24日　木

　　早晨十一點與王四舅到華新行見郭雨新君商接經營大華機械船之事，因第一，鄭兄這個人靠不住，第二，船並不能說很好的，加之公司資金不豐富，最好斷念之。十七點來調查戶口，簡單得很。今天母親因家事回清水，與三個孩子頗覺詫異。陰雨又霏霏的下，僅與有德君雜談解悶。

## 4月25日　金

　　又是陰雨森森。五點有德君來訪，一同到林卓章君家裡打牌，很不願意與再興君，可他有來參加了，結果又是一敗塗地，以至徹夜。

## 4月26日　土

　　早晨找林朝權太太去，因她要給介入台中顏有福的小姐，因先到吉見宅耽誤，未得見著，聽說昨日她帶她到家裡。十點的會報確定我之赴日，又很想去又不太想去。晚上拜訪周耀星兄去，與他談到深夜十二點才走。

## 4月27日　日

　　早晨十點在商會，會同陳啟清、黃國壽、黃棟、紀清水、吳敦禮、

Yang Jizhen's Diary
with the Anthology

王乙金，一同到任交通處長家裡致敬。十二點在「大中華」被商會請吃中飯，同席有周一鶚處長，盧明民的第二科長、任處長、陳厚吉主任秘書、徐鄂雲委員，飯後又到私窯喝酒去，下午拜訪廖太太、速水、洪耀勳各君，請他們代為介紹在日人士，晚上拜訪吉見、林小姐。

### 4月28日　月

為赴日事，今天到處找朋友，因要託介紹駐日朋友。晚上八點，林卓章君來訪，石錫純君也來訪，談此省政府改組問題。午飯時竹南王先生來訪，商給經營煤鐵問題。夜，十點與林卓章、有德、吳姊夫打牌。

### 4月29日　火

早晨到基隆貿易公司訪問馮總經理商洽赴日船位與打聽一切手續問題，下午會同浦承烈工程司、倪主任到台灣銀行、公路局、貿易局，陳華洲打聽獲得日金方法並赴日手續。下午六點邀同景山兄晉見林獻堂先生雜談。乘夜快車到彰化，談下於台中，在「福祿壽」旅館住一夜。

### 4月30日　水

早晨七點帶宗仁到彰化，拜訪岳父、楊老居、林榮、楊以專、李君晰各先生，報告赴日情事並且報告建台公司的近況。乘十一點半的火車回北，中途在清水遇見素貞女士，給她介紹林鳳麟、李國楨兩君解決明發君的冤枉事件。在大甲會同家母回北，車中碰見喜仔送來廖太太介紹的像〔相〕片，一見這位小姐相當漂亮，晚飯林以德君在家一塊兒吃，並且住夜閒談。今天台灣省政府的各委員並重要人事發表，陳啟清兄也在委員之一，很高興。但是看不見任處長的名字，很是詫異。

### 5月1日　木

早晨賴尚崑兄、廖太太來訪。到交通處方知赴日之事，因政府改組不得不緩期。十點拜訪劉明朝、林益謙兩先生閒談，午飯時莊天祿、楊景山、王乙金來訪，談些省政府改組問題。下午國大代表簡文發、吳國信兩君來訪。聽說柯子彰君對任處長對我報告，並不存好言，覺得台胞實在劣等民族，很失望。今天徐委員說，最好到管理委員會當車務處

長，不過我覺得現在的客觀情形之下，不如還是做比較不惹目的職為適當。

## 5月2日　金

早晨與吳姊夫到林嘉一家裡解決砂糖，未知這次他能不能照口約履行，也是疑問。再到文裕茶行見陳步我君，與他談三美的問題。午飯時蔡竹春、邱君、張星賢君、賴尚崑君來訪，叫星賢君來交通處幫忙，他堅辭不來。午飯後到商會拜訪四舅，與他找周處長、鄭法制委員去。今天再託王四舅對岳父請求允許淑慎親事，如決定不行，才想與其他女子結婚。下午八點許伯昭太太從高雄來，託與伯昭君連絡一點兒事情，帶她到東君家去，與東君談些台灣政治現狀。

## 5月3日　土

十一點多找王四舅，一塊兒到公司吃午飯，飯後到中山堂看「圓舞曲」去，沒有多大意思。晚飯在四舅家裡，與岳父、三舅一同吃，未知何故，嘉義王小姐其後沒有消息，就是不來北，應該也得告說一聲。夜十點獨自四舅家回來，月亮很亮，使我憶起過去甜蜜的夢啊！那已經過去的夢啊！

## 5月4日　日

早上整理行李，十一點多尚崑兄來訪，與王太太、吳姊夫打牌。晚飯請岳父、三舅、四舅、吳姊夫、姊姊吃飯，閒談政府改組事宜。

## 5月5日　月

十一點到商會見王四舅去，想打聽他對淑慎親事岳父所抱的意見，因他有來客，不好意思問他。午飯時李金鐘、賴尚崑、張金順各兄閒談商情並且在公司吃午飯，飯後找景山兄閒談去。晚飯與陳主任秘書厚吉、徐委員鄂雲在「蓬萊閣」被徐土生君請，飯後到徐委員公館坐去。

## 5月6日　火

十點王四舅來訪，一同到「大世界」看「湖上春恨」。午飯李金

鐘、王乙金兩君一同去。今天吳姊夫到梧棲看船去，本人只覺現在船業經已太晚，經營難以上算。飯後與楊景山、金鐘兩兄又到「大世界」看「密曲」去。下午五點帶三個小孩到保健館見王耀東君要救濟總署的牛奶去。六點找景山兄去，一塊兒到林助公館去，他介紹林季商(祖密)的小姐，林阿〔双〕昭小姐，聽說今年二十四歲，台南長老教高女的出身，不十分漂亮，不過還可愛，但是看她脾氣相當驕傲，恐怕做後妻不甚適當。今天喜仔又來了，很希望嘉義的女郎能快些來，也許可安慰無聊的心事。

5月7日　水

　　早晨王四舅來訪，已經得醫療公司的董事辭令，為他祝賀。十一點簡文發君來訪，談些鐵路改組問題。十一點徐土生君來訪。午飯陳步我君來訪，一同吃午飯，飯後帶他到工礦處給他介紹江君辦木材加工品輸出事宜。

5月8日　木

　　今天交通處把家具都送來了，很失望，都不好的。林以德來訪，飯後看電影去。今天母親有些不舒服，消瘦得多，實在自從淑英逝世以後，累她很多，決心早些結婚，以解除她的痛苦。

5月9日　金

　　徐委員說我鐵路將成立獨立機構，陳清文將長之，一聽很失望，十點想拜訪陳啟清、林獻堂商量這個事情，但是據《新生報》中央社訊又說任處長可能回台掌交通，因此沒有找他們去。午飯金鐘兄一同吃飯後，在商會談些政府改組事情。晚上林卓章、許子秋、張和貴各君與喜仔來訪，雜談親事。

5月10日　土

　　早晨十點與徐委員到醫院看耳朵去。午飯時廖揚滿、張金順兩君來訪。如果運鐵販賣能成功，對公司的財政基礎可以加強。三點到商會與王四舅商量，今天晚上要請陳啟清省委員。四點到紀清水家去，未遇。再到新生活賓館找啟清兄去，少談後回交通處。下午六點又到新生活賓

館與啟清兄雜談政府改組事宜。晚飯在新生活賓館與王乙金、吳敦禮、楊景山、李金鐘、陳朝乾、張和貴、林卓章、許子秋會同宴賀陳啟清兄就任台灣省政府委員。

## 5月11日　日

早上十一點徐委員來訪，與他談些這次交通處的改組。在家吃午飯後，邀同王四舅、吳姊夫、姊姊、鄭法制委員夫妻、陳慶華乘兩點四十五分的車到板橋參觀林本源花園去。車站徐月娥、稅關秘書室呂月霞，農林處蔡保蓮三小姐等候我們，並且引導我們參觀本源花園。看完四點多鐘，到徐小姐家裡被請，因看呂、蔡兩小姐有意思，與她們喝不少酒，他們都趕五點多的車回北，但是呂君與呂小姐不放，又與他們吃第二次。

## 5月12日　月

早上呂君來訪，一同回北，徐小姐也同車，覺得心身俱疲，很想回家睡一覺。十點多到中南，揚滿、金順兩君來訪。最近公司財政十分吃緊，吳姊夫唯有計劃，缺於實踐，糖、臉盆、小孩衣服，無有一件解決，頗覺灰心。

## 5月13日　火

到商會與王四舅商量，請託陳清文一件，任處長不回來，本人在交通處當空權視查〔察〕，毫無意義，還是希望鐵路管理委員會當車務處長一職，比較可能發揮自己才幹，這除與陳清文主任委員結識不可，託王四舅打探張延哲先生是否與他有交情，然後進行計劃。十點半到連震東宅拜訪洪炎秋兄，在座有蔡先於、張聘三、張煥珪、葉榮鐘、吳春霖各君，稍談辭回。

## 5月15日　木

今天十二點新任魏道明主席與各廳長蒞台，連小學生都在沿道而歡迎。十一點拜訪景山兄雜談。今天有德君帶他太太、小孩來北，住家裡。據說他打聽他姊姊關於她的小姐與我的親事，她姊姊頗贊成，但是

小姐(張碧蓮)並無表示。晚上林卓章、許子秋來訪,加陳有德君四人打牌通宵。

## 5月16日　金

早晨睡覺,今天正式省政府成立,下午三點在中山堂開敬〔慶〕祝大會,因下雨沒有上班,與有德君雜談。

## 5月17日　土

交通處的機構尚未決定,處裡人心鬱悶。下午吳三連兄來訪,報告天津販賣啟新股票事,一天損眠三天苦,今天還覺得頭暈。陳有德君的外甥女也不來,圓花也不來,殊覺詫異。

## 5月18日　日

早晨與有德君拜訪廖能去,因要與澎湖縣長商洽輪船事,外出沒見。訪問陳炘太太去,安慰這個可憐的太太。又到連震東家裡找炎秋兄去,沒在。家裡有累、寇、炎秋三兄等候。累、寇因基隆房子事來商量。在家午飯後,與炎秋、有德到吳石山、楊基榮、洪耀勳家去。今天由朝啟〔棨〕兄聽說林茂生、陳炘先先以下七十多名二二八事變關係者經已槍決的消息,使我很憤慨,二十世紀豈有這樣黑暗野蠻的事情,實在他們死得真可憐、可悲、枉冤。在洪君家裡,炎秋、基宗、朝啟、星賢、有德、郭德欽、洪夫婦玩牌九,以至夜二時才方散。

## 5月19日　月

朝晨十點到處,因昨天發表陳清文為交通處長兼鐵路管理委員會主任委員,諒今天必到處訓話,很多的同志都要離開交通處,自己覺得很孤單,未知去就,根本自己就沒有黨派觀念,決定見陳清文以後,看他對我的態度,然後決定。下午王四舅來訪。午飯時王錦江、郭耀君兩君來訪。

## 5月20日　火

知道陳主任秘書、徐委員都要堅辭,很覺寂寞,與任處長相識以來

剛一個月有餘，期間是很短，但相處很好，一但將要離散，頗覺孤獨，今天與陳主任秘書商量去就，他很慰留我，可是客觀條件，也許迫得非走不可。今天陳親家從花蓮到此，又是迫介紹陳姊夫職業事情，現在的四圍〔四周〕，不是要錢，就是要職，使得很不好過日子，自己的問題還無法料理，別人的事又是那麼多。午飯時李金鐘、郭氏、郭欽禮來訪，欽禮君來催促與邱小姐的親事，很想與嘉義圓花一見然後決定。十點到商會與啟清兄雜談，再到華南銀行託高湯盤君為信夫之職，請他代為引進華南銀行。

## 5月21日　水

早晨與陳厚吉主任秘書商量關於此次改組的去就問題，結論是希望到鐵路管理委員會當車務處長去，據徐委員說是決〔絕〕沒有這個可能性，因為陳清文交通處長很蔑視台灣人，不過希望他給提攜看看，如果在交通處很沒有意思，那才走也不晚，所以暫時留任。今天知道過去相處不錯的幾個頭都要辭走，殊覺無聊。午飯在徐委員家裡與陳主任秘書、顏秘書、孫國衡主任、簡文發、蔣專員一同被徐委員請進餐，飯後與陳主任秘書、徐委員、簡文發四個人商量今後之對策。夜九點拜訪千里君的新家庭，又到耀勳兄公館玩牌九到深夜四點半，當夜就與有德兄在他家裡過夜。

## 5月22日　木

今天接技術室的職掌定座位，我與吳文煌、楊孟學二兄同一處，憶起過去所管部下都不少人，而且獨占一個屋子，如今又恢復幾年前，變成一個單純的職員，自己擬稿給人家看，頗覺無聊。午飯時王萬賢、郭君來訪，託萬賢君將小孩夏衣售出，郭君擬要售販塗料與交通處，請求代為幹旋。晚上十點廖恩人太太與喜仔來訪，報告王小姐圓花的親事，月底可以來北一見。

## 5月23日　金

今天頭一次辦公文，過去三十七年就沒有寫過中文的公文，無法做出來，十點半請教王四舅。午飯時廖揚滿、張人驊兩君來訪，覺得這幾

天沒有一天睡好，十點就寢。

### 5月24日　土

　　林喜一本擬今天來解決砂糖事，他又失約沒來，我看對他非動法，恐怕此事不得解決。今天領下半月薪水，很覺在處裡沒有意思，不過利用這機會來練習公文也少有意義，不過心裡總覺得孤單得很。下班後俞專門委員安錕邀同到徐委員鄂雲公館去，接見後方知他連鐵路管理委員會都被辭掉了，與他不過一個多月的交情，然而很惋惜他離開交通處，與他研究種種對策，晚餐在他家裡與顏秘書之良、俞委員被徐委員請，二十一點方回家。

### 5月25日　　日

　　整天下雨，天氣又忽然冷起來，早晨無事就睡覺。十一點鐘楊基樫君來訪，談些中部二二八事變現場的實在情形，同吃午飯後，邀同有德君、二姊打牌消遣。今天二姊提出二個意見，第一老朱與瓊仔之行動容易使外人誤會，請使他們暫時離開，最好使老朱離開公司。第二，自己與玉英外邊頗有謠言，最好趕快辭去她，以免社會的誤會。我覺得她所提的兩件事都很值得注意，打算等吳姊夫回來先把老朱辭掉，改就於港務局。第二玉英仔今後不理她，以使她懊惱而自辭回家。也許是命運使然，何以自淑英逝世以後，一切的遭境都這樣使人灰心，財產也烏有了，事業也失敗了，地位也動搖了，現在連親事都無從談起。就是夢裡也好，真想拉著淑英痛哭一場，逼她何以忍心就離開我去世，獨留我過著苦難之道。

### 5月26日　　月

　　自從進省政府以來，今天頭一天照時間上班，趕上汽車。午餐有德兄、楊基里、二姊同到「涼蘭」吃日本飯。飯後到中山堂看古裝西洋片子去。晚上十點多鐘吳姊夫從旅途回來，陳姊夫與張泰喜也一同來，與他們談到夜裡一點鐘。

## 5月27日　火

十點有德君到處來說，他的姊夫經已由軍法處交給法院，因此擬找彭警備司令，以商是否有解求的辦法，與彭司令有交情者，許前鐵管會華高雄辦事處長和陳啟清兩位，馬上帶領到鐵管會，但華處長沒在。與有德君在中南吃午飯後，四點拜訪賴尚崑宅，……。晚餐正翁招榮二週年忌，在翁宅被請。宴散後三連、哲民、尚崑、黃、翁太太諸位聚集開合豐股東會，我主張時局十分緊張，合豐行應該立即結束整理，以便清算，對我的貸款，也請快交還。

## 5月28日　水

早晨八點自賴宅到交通處，因整夜沒睡，在交通處坐一會兒就回家就寢。下午六點林炳坤兄來訪，留他與陳姊夫、張泰喜在家吃便飯。

## 5月29日　木

十一點找林喜一去，又沒在家，看這個人本是一個流氓，恐怕要解決問題，希望很少，非動法律也許不能達到目的，歸途到商會給王四舅借一萬元敷基隆房錢之用。中飯林以德、陳有德、大甲男仔來訪。午飯後帶有德君找啟清兄，沒在。下午五點再訪他去，擬請他給介紹彭司令，以解陳有德君姊夫之計，但被他拒絕。與他雜談政事。

## 5月30日　金

午飯時張金順君來訪，關於鐵板事情大約與吳姊夫談得有些眉目，景嘉兄也來訪，與他談關於林妻一事，因林君本來就由他介紹，因信任他纏引起今天這樣事來。

## 5月31日　土

十點有德君來訪，據說碧蓮小姐今朝抵北，他姊丈已被判決為十二年，看是否有解救辦法。領他到法制委員會找鄭、鄒兩委員，商量辦法。他們說，禮拜一可以回答。午餐時，王文義外二人，王錦江兄來訪，與錦江兄商量以漢藥抵押借款事，與錦江兄商量租船事。下午石錫勳、朱華陽兩兄到處來談天，六時回家。頭一次與張碧蓮小姐見面，她

給我的印象很好，難怪過去陳有德君誇讚，實在值得誇讚，值得讚美，如果能得到這麼一個賢慧的女子，我覺得將來的人生一定也很可以萬福的。但是，回想自己已經三十七歲，與她相差十五歲之多，而且已是三個孩子的父親，實在沒勇氣對她求婚，她又是這樣純真，她又是這樣美麗地小姐。晚飯後帶她與陳、林二君找慶華君去，沒在，與她談些閒話。

### 6月1日　日

碧蓮小姐早晨帶瑪莉、璃莉、宗仁三個孩子到圓山動物園玩去。午前徐褒風、楊緒銘兩先生來訪，褒風說四日將離開台灣赴廣東，很是詫異。午餐請徐鄂雲、陳慶華、陳清棟、張泰喜、王耀東、吳三連(因事辭謝)、王錦江、陳步我夫婦、石夫婦(上海回來)、陳有德夫婦、張碧蓮、楊基堅、吳姊夫夫婦、王乙金、林諸位，分兩桌吃飯。酒中楊基堅、陳慶華、王乙金、陳有德四兄都相當醉，尤其基堅君醉得種種暴行，使我一時很生氣，打他一個嘴巴，後來很後悔，因他是醉了。整天因為這幾個醉人，纏的甚麼事都無從辦。碧蓮小姐與林君出門，晚十點方回來，與她談一會兒就睡覺。

### 6月2日　月

十一點為基堅君職業事到農林處託陳錫卿君，順便訪問蔡、徐兩小姐。十二點半拜訪徐鄂雲兄去，與簡文發、王有祥二兄被請吃午餐，談些關於將來台灣鐵路應該改革的問題。餐後帶徐兄到郭欽禮兄店舖去。下午三點碧蓮小姐到處來，一同拜訪鄭法制委員會委員去，託他做上訴文。四點與她到喫茶室吃冰激凌，與她談些二二八事變問題與她過去的生活。今天更覺得她之可愛可親，很希望與她能做一個很好的朋友。晚上又打牌消遣。

### 6月3日　火

早晨十點半帶基堅君到農林處託陳錫卿君給他介紹職業。十一點碧蓮小姐到處來，把今朝鄭委員寫的稿子給她看。十二點與碧蓮小姐到王有祥家裡餞別徐委員鄂雲、簡文發代表，李配車股長也來參加。四點

鐘邀同碧蓮小姐到高等法院找陳慶華君去，沒有多大用處，再找黃演渥推事、鄭國華庭長去，請他受理張旭昇先生的上訴狀，沒有結果，很失望。晚上與碧蓮小姐談得更親蜜，看她失望的樣子，很同情她。

## 6月4日　火

早晨帶張碧蓮小姐由蔡章麟委員介紹方學李律師，沒在。到公司去，由我自由起案上訴文，在公司吃午餐後，一同看電影去，中途為信夫職業事找陳振東去，又到商會看四舅去。四點到交通處，碧蓮小姐在旁邊清寫上訴文理由書，愈看愈愛她，她沒有淑英之美麗，可是她的體格比淑英好，她的學問、社交辦事都比淑英好。回家後，為試她的心，我送給她一個美國製的「コンパクト」(譯者按：連鏡小粉盒)，她很自然而且很高興就接收了，使我有點意外。晚餐後與她到王耀東君探病，因王君禮拜在家吃午餐後生病，頗覺對不起，九點辭走，細雨綿綿，與她同一傘下，送她到車站。車將開時，碰著鄭瑞麟兄，與他說些話並託他照拂張小姐，夜車整十點開。與張小姐只有這短短五天的相識，但一見如故，如今她一走，覺得很寂寞，未知她對我的印象如何？更未知她感覺到我的愛否？現在我是三子之父，她今天纔二十二歲的華年，又是那麼樣的美麗活潑，實在沒有勇氣對她求婚，或告白我對她的愛意，夜裡頭筋總是為了碧蓮小姐纏著，睡不好。

## 6月5日　水

因昨夜睡不好，今天覺得頭暈而且不快，腦子裡面總想張小姐，這樣的歲數還這樣純情，自己也莫名其妙。午飯時郭如意、景嘉(以外三位)到公司來，郭如意公司預備將要採用他，景秘書與寇先生是為基隆房子事情來的。下午覺得頭暈，早回家睡覺。……。

## 6月6日　金

午飯到中南，接到碧蓮小姐來信，知道在台南上訴也不收，她說明天要到台北來，想不到這麼快就能再見面，下午馬上給她回信。三點陳仲凱君到處來訪，與他相離整兩年，啊！這兩年我是家破人亡，他是人傷財破，兩年前真想不到會這樣的遭遇，實在一言難盡。四點一同回

家，他在家裡吃晚餐，又在家裡住，互相談這兩年來的一切。

## 6月7日　土

　　早晨到交通處時，張小姐正在門前等候，一見她很高興，與她在交通處談別來兩天的經過。十點一同到商會找陳啟清，到台灣劇院找楊景山，到中南公司請吳姊夫給改上訴文。十二點與徐鄂雲、王兆年廠長、張小姐在榮町吃日本料理，飯後與張小姐到喫茶店喝茶談話。一個多麼天真爛慢〔縵〕的小姐，啊！覺得她的一切都可親可愛。下班後到林桂端宅，慰問林太太。晚飯後到黃演渥家裡，沒在。細雨夜道，靠著她在雨中夜裡談話，實在也很有意思。回家後又與有德、陳、吳兩姊夫打牌。

## 6月8日　日

　　早晨九點帶張小姐到黃演渥宅找黃推事商量上訴上的手續要領，因他家裡家人不少，十點就告退。十點四十分與張小姐到北投拜訪楊蘭洲兄，稍後歐陽餘慶兄也來訪，三個人談別後兩年來，尤其蘭洲兄談脫出哈爾濱的情形，共產黨的政治下之東北情況頗有趣，在他家裡吃午餐山海珍味，洗澡後，五點的車回台北，在太平町下車，陪張小姐買鞋後回家。路中到「夜來香」茶房，外邊雨聲滴瀝滴瀝，好比一對情人之呢喃，可不知道張小姐對我之意思如何？她好像對我有意，然而又好像只為了事情而來，而且因求事而故意接近我，我是三孩子之父親，也無法對她求婚，或者問她的意思。下午八點又是雨下漫步回家，我覺得有德夫婦對我們稍微詫異似的，也不好意思告說他們今天的行動，晚上說笑話過夜。下午玉英走了，想她到家以來半年有餘，在很薄的待遇之下相當苦幹，實在很感激。我也知道她並不是單純為了幫忙料理家務，尚有野心想與我結婚，然而她的教育、環境、教養、身體、脾氣等等，一切之一切都使我討厭，無法收留她，半年有餘相處一同，今天既然不辭而走，也許她對我抱恨懷冤，那也無可奈何。

## 6月9日　月

　　早晨在交通處整理張旭昇先生陳情書。十一點半張小姐到處來訪。

十二點一同到「祿官」吃午餐，飯後一同到植物園、博物館遊覽。百草青青，百花爛漫，雨過天晴，真覺青春之寶貴。三點又到「麗都」茶房休憩去，四點半在省政府別離。今天寫信給信夫與陳文毫，請速為代覓一傭女。下午六點半回家，碧蓮正睡醒起床，我洗澡去間，未知何故，她與有德君有何意見衝突，哭一會兒。晚餐後八點半，她就離開家裡要到車站。我要送她到車站，她也不肯，送她到大安橋，路中催回我好幾次，態度忽然變得冷淡，使我莫名其妙，使我很失望。回家來，滿懷離愁，想起今天在「祿官」，我故意叫兩碗麵，一碗是湯麵，一碗是炒麵，我吃一半後，互為交換，她可也高興就接收，看她這樣，好像對我有一點兒意思，但她臨走時，為何這樣冷淡。

## 6月10日　火

十一點到中南去，鄰居黃君帶葉君為設立通運公司來訪。今天又領到林喜一君30萬元，好幾天都沒有錢，實在近來未曾過這樣窮苦的生活，而且客人又這樣多，一住都是十幾天。午餐後慶華君來訪，打聽林糊事。下午因昨夜為碧蓮小姐睡不好，頭痛，不上班就回家睡覺，上次也是如此，一離開她就心亂如麻，如今她的影子深入我的心肝，但是她的意思未知怎樣？按現在的家庭情形，我是在今年中非結婚不可，外顧內慮實在是可惱的生活……。

## 6月11日　水

早晨在交通處寫信給碧蓮，報告與主席會見之始末，明知道對主席陳情並不會有何效果，因此也就安慰她而已。午餐時在中南，葉君為設立通運公司來訪。晚上張星賢、許子秋、張和貴三君來訪，閒談到十一點方散。今天心裡覺得很悶，也許因沒有接到碧蓮來函，尤其她臨走時掃興而走，更使我難過。

## 6月12日　木

這幾天為碧蓮腦筋全部給占住，無意辦公事，好在我公事也很少，今天就把存件兩個解決。午餐歸途中碰見錫純君，他要求基隆房子給一半，我對他沒有好感情，很不願意援助他，與他到商會跟陳啟清委員談

一會兒就到中南。有德君、陳姊夫、二姊來訪。三點帶有德君找南志信，陳啟清、洪炎秋都沒在，因下雨也就不上班回家。下午七點多廖恩人太太來訪，希望明天到她公館與圓花見面，現在我的心頭全被碧蓮占滿，實在無餘地再看別的小姐，可是與圓花之結親已閱數月，而且她也從嘉義到台北來的，不好意思拒絕她，九點多鐘她走了，於此有德、陳、吳兩姊夫就說要打牌，一直打到深夜兩點半。

今天接到碧蓮一封信，說她的父親上訴已經受理了，看她的信對於我好像有意思，又好像沒有意思，很難測。這幾天很苦悶，不料這年齡還有這樣的熱情。

### 6月13日　金

早晨出門時，本想請母親對陳太太給做媒與碧蓮提親，我還沒開口前，母親就說今天接見圓花小姐，務必細看，如能滿意，提早結婚。對於碧蓮，據陳太太說，她的父母並不高雅，碧蓮也縱情浪漫，不得合婚，使我頗覺失望。這幾天與碧蓮相處有一個多禮拜，我所受的印象可太好了，陳太太為何這樣批判？可是陳太太是一個很率直的好人，她決不會別用容易〔別有用意〕，使我寸心亂如麻。早晨就繼續下著雨，今天特別大，大安一帶的道路積水都有一尺深左右，這雨好像要阻擋我與圓花小姐見面似的，實在對圓花自從接到她的像〔相〕片，看她很漂亮，老早就求一見，但是結果，期間有種種的阻礙，以至於今天，也許天不給人緣，若不然怎樣會這樣。下午三點雨仍然下得很大，然而如果圓花果然到廖太太家裡來，處女之羞恥心既然冒雨來，不好意思傷壞她的自尊心，因此冒雨水到廖宅，可是沒來。與廖太太公子閒談二二八事件在上海之反響，他交給我的《前鋒》裡面有一片〔篇〕我寫的文章。……

### 6月14日　土

早晨寫真〔信〕給碧蓮，今天又接到她信，說她生病，並說她家裡從前用的女中可以讓給我。下午又寫一封信給她，請馬上叫人給帶來。這幾天來因為晚睡而且又睡不著的緣故，每天都頭暈，心裡又痛，不知何故，心痛的這樣厲害，四點回家。……

## 6月15日　日

昨天來，身體有一點異變不舒服，原來是著涼了。朝晨十一點與有德君到「夜來香」茶室，與他談關於與碧蓮的親事，並且問他日前碧蓮掃興而回，到底何故，據說關於碧蓮親事母親不贊成，諒必難辦，目前因為碧蓮太過浪漫，因此對她稍表意見而已，今天託送表明，我很心愛碧蓮，而且希望此親事能成功，請他務必幫忙。下午睡覺，四點起來頭又格外痛，晚上又打牌消遣，很不高興，說話太隨便，她老人家是最好沒有可就是話太多些。

## 6月16日　月

也許因鐵路不通的緣故，今天沒有接到碧蓮的來信，很覺寂寞，很希望在最近之日子能與圓花小姐一見，她既然自嘉義來到台北，為何不快些見，與她見後馬上就將決定婚事，一方面可以安定心裡之動盪，一方面可以減輕母親在家裡之勞苦。如果圓花可以滿足，那麼馬上想對碧蓮問她的意思，碧蓮如能同意與我結婚，當然就沒有問題了，如果她不答應就馬上想與圓花結婚，因此與圓花一見是要解決婚姻的根本問題。今天身體覺得比昨天還要屬害。……

## 6月17日　火

今天又不斷地下雨，火車已經不通了，米又漲到一斤六十元了，菜、魚、肉都漲得屬害，因下雨陳有德夫婦又回不得，陳姐夫更不知何時纔能找到事情，家裡沒有傭人，而客人竟比主人還多，實在苦死母親，疲死母親，今年六十三歲還得為這麼些人做這麼多事，碧蓮又沒有來信，未知是因為火車不通，或者她就沒寫。今天為交通處李當發、賴秋鴻兩君推薦到航業公司，在船上服務，未知是否能通過？午餐後與有德君到中山堂看「怪人ビクトル〔Victor〕」去，好久未曾看過法國電影。下午五點拜訪陳啟清兄，恭祝他就任台灣航業公司董事，由他介紹與南委員志信見面，因為碧蓮很希望我與他一見，給她父親想個辦法，明知南氏決不會有何辦法，可是因我愛碧蓮，她之所望者，我不辦實在過意不去。六點半與徐委員在珆祥家裡見面，其實與他又沒有甚麼可談，但是總想一見他，晚餐在「涼蘭」被他所請，他貢獻一點兒材料，並不很重要的材料，十點告辭，雨中走回來。

## 6月18日　水

大肚鐵橋被洪水沖毀，百物由此而漲，然而交通處毫不關心，下午與王全員、魏主任談及對策，先要明白實際情形。四點拜訪陳工務處長、劉車務處長去，得到詳細的報告，回來給他們報告。今天陳處長要人事方面找我的履歷片，當然對我的移動也許將要考慮，可是我出身不出身，倒是次要問題，現在最傷腦筋的事情還是婚姻問題，今天也得不到碧蓮來信，明知道因鐵路不通的關係，然而又想也許因為別的原因，在此與我相當親密，可是這是她的手段，或者她的性格，我希望都不是，我希望她是由於愛情而來，煩惱得很。今天告訴母親想與碧蓮結婚，母親仍然反對，我覺得很疲，實在對於人生太疲倦了。

## 6月19日　木

自從淑英逝世以至到昨天，雖夢過她幾次，然而未嘗看過她。昨夜夢見淑英，頭一次看見她，夢中的淑英很瘦而且衣裳都很樸素，醒過來以後使我很覺痛心，而且她的心情好像不怎樣快樂，啊！天啊！美麗的淑英，快樂的燕子，何至於如此，是的，昨夜是回台整一年，也許淑英之亡靈還在關心我，可未知何故，做淑英幾次夢，都有二姊，一個是我最痛愛，一個是我最痛恨的，愛與憎，好似影與形，老跟在一塊兒，未知有何緣故。

早晨十點拜訪新生報社社長李萬居氏去，與他談些關於大肚溪橋的實際情形，請他在報上登載實在，以資壓低物價。在李社長那邊不意碰著黃江鎮君，這個騙子，未知回鄉來何幹。午餐被徐委員請，又到「涼蘭」吃飯去，同伴的有簡文發國大代表、王有祥、呂傳杏、鐘秋樊、李配車股長。

今天接到碧蓮來信，今天的信纔知道對我抱著相當的愛情，因她為火車不通，接不著我的信竟惱夜苦悶，由此而愁，那幾天她也跟我一樣相當著急，我很高興，高興她愛深情濃。六點多陳親家由大甲而來，未知這老人家何以需東奔西跑？家裡又沒有傭人，客人又這樣多，實在討厭，尤其陳姊夫一家無時不來打擾，陳姊夫一來就不走，未知何時纔能脫離這苦環境。……

## 6月20日　金

昨天與李萬居社長談的關於大肚溪橋的事，今天很小出在報上。中飯在「祿官」與陳啟清兄一同吃，請他給介紹陳處長清文，並且很想轉到鐵路管理委員會去。早晨莊天祿來訪，談些他在社會處的待遇問題。下午三點與楊月娥小姐到鐵路管理委員會與工務處接洽參議會提案的答案後，帶她到陳啟清公館去，少談後就回交通處。五點半陳啟清兄來訪，本想由他給介紹與陳清文處長一見，以便託他推進轉到鐵路管理委員會，然而處長不在。與他邀同楊月娥，又被啟清兄請吃晚餐，飯後到啟清公館休憩，我帶莊天祿兄找李翼中社會處長去，替莊兄要求地位與提高待遇，得不到效果。十點送月娥回家，也就回來了。宗仁下午八點從椅子摔下，以至傷手，也許因痛的關係，哭兩次，很覺可憐。

## 6月21日　土

今天接到碧蓮來信，看其內容，對我頗有意思。下午也給她回信，請她再到台北來一次，很想能與她見一面，當面問她是否有意與我結婚，因現在處境很苦，母親又這樣老衰，不應該再來勞苦她。早晨到赤十字社醫院訪問楊黃飛副院長去，商量母親的眼睛的治療對策，很悲觀的結果。回家以後，陳姊夫又是等著要打牌。這幾天來夜裡都睡不著覺，實在很疲倦了，尤其心頭亂如麻，碧蓮的影子老纏在心頭。……

## 6月22日　日

早晨林金造、楊基榮、王耀東、吳敦燦、郭欽禮，下午賴尚崑、張泰喜，晚上許子秋各兄來訪。今天下午得閒與陳太太談些關於碧蓮之為人暨她的家庭關係，據她說碧蓮的確是一個很好的小姐，不過她的母親、她的家境也許差一點兒。據母親的意思，不多希望與碧蓮的婚姻，母親的毛病就是希望闊家子女，自己的女孩子因貪闊家的子弟已經演成一個悲劇，她如今又不想這個道理，將要重演悲劇，無論如何，只要碧蓮有意與我結婚，我將排除一切困難與阻礙，將使其實現。實在悶得很，因有德夫婦今天要回南為簡單餞別的意思，預備粗餐餞行他們，張泰喜、賴尚崑兩君也來參加。

## 6月23日　月

十一點陳清文君叫我到處長室去，自己以為有何重要差時，真想不到與他十分鐘的談話滿是污辱，自生以來，就沒有這樣被人家污辱過，日本待我，現在想起來可以說相當厚，然而真想不到同胞待同胞會這樣苛薄，這樣大的污辱無論如何都得想報復。過去常聽徐委員講，說陳清文這個人是不講理的，想不到他之為人不但不講理，而且對台人，簡直看不起台人，是一個無賴之徒的口舌。忍從或者報復，要走哪條路？午飯時把一切情形講給吳姊夫與王四舅聽，都恨透了，我看還是要等陳啟清來，再與他商量辦法，再見黃國書求他意見，然後再決定方針，不過精神上自今天起已經脫離交通處了，與這樣無賴處長，而且在他底下做事是毫無意義的。回家也是很苦的，躺在床上，座〔坐〕在椅子上都不對，苦惱得很，陳姊夫、張泰喜屢次要來叫打牌，然而怎麼會有精神打牌呢！這個心境也無人可訴。

## 6月24日　火

很無聊，十點到吳三連公館去，一談到三點鐘，談時局問題、肇嘉哥的問題、大公企業問題、爾後的生活問題，實在眼前所展開的問題太多了。兩點多正好楊景山兄也來訪他，三個人談得很有意思。下午四點回到交通處，想碧蓮一定來候著，可是沒來，很失望，但是回家一會兒，碧蓮就帶小女足仔來了，實在她替我真盡心，很感激她，路這麼遠，雨下這麼多，很謝謝她。心中是千頭萬緒，想告訴她好多事情，然而一見她都說不出心中話，也許因張泰喜君與陳姊夫在家的關係，她不敢進我房子來。八點多鐘覺得全身冷，一定是今天下大雨，雨衣濕透了，因此著涼。

## 6月25日　水

昨天整夜發燒發得屬害，全身汗，連衣裳都溼透了，苦了一夜，早晨起來頭痛得不得了，碧蓮九點多鐘就到基隆去，本想下午到交通處，但是實在太苦了，起不來，熱度相當高，結果整天不上班。下午三點碧蓮就回來了，想不到她會這樣早就回來，她甚麼時候都不會使我失望，雖然躺在床上，她在傍〔旁〕邊稍稍的照撫慰安，使我快慰，也許是她

的力量，我的病到了晚上就好多了，今天請她給抄一篇長文。

## 6月26日　木

　　早晨八點就到交通處，十點半到商會，帶一傭人給王四舅。十一點到中南，與碧蓮到大公企業總經理謝國城君，對他陳述關於大公董事長後任，請他務必推薦肇嘉哥，他也很贊成。在中南午飯後，帶碧蓮到草山去，五點的車趕回來，在這四個鐘頭中，始終想開口問她與我結婚的意思，但是不敢說出來。回到台北後渴得不得了，先吃冰去，再到「康樂」吃晚餐。晚後拜訪陳啟清、南志信兩兄去，與他們談了一會兒，九點告辭。……

## 6月27日　金

　　乘七點四十分的車回台北，在車站送碧蓮乘八點半的快車再回交通處，在車站碰見李君耀〔曜〕君，與他談了一會兒，因病後昨夜又整夜沒睡覺，今天相當苦。為王齊勳親戚林某覓職事找江君去，一談談一兩個鐘頭，十二點回家吃午餐，母親都以為我送阿蓮到台南去，我告訴她們，昨晚為陳啟清招待，因喝酒大醉，以至不能回家睡覺，他們也就信了。午飯後就床睡午覺，兩點三刻徐委員與俞專門委員、馬全員到家來接我，一同出去，天氣熱，四個人就吃冰激陵去。三點半帶徐委員到商會，把他所做一文煩阿蓮給抄，但錯字很多，請她再更改。五點與他找景山兄，把原稿託他在上海報紙登載。五點三刻到台北旅舍拜訪賦仔哥，談些二二八事變前後問題。晚飯後母親提起她贊成與阿蓮婚姻，不過恐怕因她父親來〔未〕出獄前難以結婚。但是現在的家境已不許再延宕，因為要求與圓花一見，我答應，我想再與郭欽禮君之嫂子之妹也一見，如相當能滿意，以此推進阿蓮，如阿蓮不答應，只好也得放棄了。因現在我很希望求心身之平靜與家庭之安定。

## 6月28日　土

　　早晨寫信給阿蓮，今天的信完全變為Love　letter，十幾年來沒有寫過，未知她頭一封信要寫甚麼內容的信來，好幾天都沒看公報，下雨就看公報。今天鄭委員來訪，要借桂瑞兄事務所，實在不好開口，但是

答應給他交涉。下班後回家，甚麼話也不高興談，甚麼書也不高興看，甚麼事也不高興做。

### 6月29日　日

　　整天沒人來訪，聽無線電的音樂消遣，下午整理淑英的行李，一切都使我傷心，使我悲傷。下午八點老朱送來碧蓮的來信，她說離別後很苦，而且不希望再見，因一見離別後很苦，雖然她有很多對我好的話，然而都被這句話打消，很苦惱。太無聊，先找桂端太太交涉事務所事去，再到三連兄家裡，他沒在。回家後躺在床上，千頭萬緒，方寸混亂。廚房又因明日給淑英做三年祭做糕、圓〔元〕宵等忙碌，睡又睡不著，哭又哭不出來，實在難過，嗳！戀愛怎麼這樣苦啊！

### 6月30日　月

　　早晨寫信給碧蓮，約她禮拜六到嘉義一見，未知她來不來。今天十點在家舉行淑英逝世三年祭，未得參加。下午邀同三連兄到商會與乙金兄雜談，晚上七點請三連夫婦、王四舅、四妗、陳姊夫、二姊等吃晚飯，紀念淑英，但是對於淑英說的太少，都是雜談，想起自此與淑英陰緣也將斷，很覺詫異這幾天都天晴氣朗，今天下午可又下雨了，好像天也替我悲哀。結婚時，她逝世時，出葬時，一年祭時，三年祭時，無一天不下雨，淑英妳死得太可憐了，而妳是太可愛，不但我悲從心中來，連天也替我悲之。一年半有餘，我的確是在黑闇裡過活，思念她，悲傷她，這深刻的悲傷最近與碧蓮相認，方少解悶，如今碧蓮來信，好像又與我所計劃的有些不對，我實在太苦惱了。

### 7月1日　火

　　早晨為京滬鐵路局與福建農林公司所訂購之枕木交貨情形，見章港務局副局長調查一切事情，又見景秘書託老朱事，十二點回北。今天台北有名的聖皇爺祭日，日昨陳玉燕小姐曾到過家裡來請吃飯，但是自從那一天事件以後，我對她就失了一切的興趣與愛情，當然今天也不願意去，下午在家裡睡覺，因這幾天都想碧蓮，晚〔上〕都沒睡好，陳親家又來了，談了些事情他就走了。吳姊夫今天回來，與他談些公司改組事情。

## 7月2日　水

　　早晨報告昨天出差的調查結果，十點到法制委員會找鄭委員去，給他報告與林桂端太太商洽的結果。十二點到中南，青山(吳君)來訪，說擬借一部分事務所。接到碧蓮來信，她說她不能再見我，不能與我結婚，我真不懂她的意思，整天苦得很，真想不到，我們快樂的日子就這樣短促。三點回家，躺在床上，睡不著，我看與碧蓮已經走到不回頭的死路，無法挽回，這樣苦的心境，實在使我無法再活下去。晚餐後與母親商量想見圓花，我想就結婚以解悶現在的痛苦。陳姊夫與二姊一定要我打牌，可是無精打彩。今宵舊14號月亮是很光亮的，但是任我百般訴苦，她都不會答應。

## 7月3日　木

　　整天為碧蓮無法工作，無意看書，但是我可知道與碧蓮之結婚經已無望，如今心裡重受傷痕，為安定心神起見，唯一之道只有結婚。早晨因此見郭欽禮君，託他介紹他兄嫂之妹，他很高興說要在他家請吃飯給介紹，我希望禮拜天可實現。同時派陳姊夫到廖太太家去，催促與圓花一見，這也蒙於允許，在最近之內，可帶她到家一玩。下午心覺很痛，回家休息，躺在床上，想念碧蓮，千緒萬條，交迫於心頭。下午因太無聊，與足仔問起她的家庭生活。今宵是十五夜，九點如碧蓮所囑帶小孩到郊外賞月，破鏡難圓，明知道與碧蓮經已無法挽回，然而寫一信給她以做最後的表示。

## 7月4日　金

　　今天在公司接到碧蓮來信，她表明對我拒絕求婚，未知何故，恐怕是有比我還好條件的對象，我也不並想勉強她，因愛情決不能強迫的。我最不懂的，她決心不與我結婚未知何時決定的，……可是實在我太愛她了，與她的永別也使我感覺錐心的痛苦，我想起太白的一段詩「棄我去者昨日之日不可留，亂我心者今日之日多煩憂。」下雨到中南，許建裕君來訪，談起過去一兩年的境遇與將來的計畫，尤其他說月嬌在上海的生活十分困苦，毫無早日風姿，很覺自己的責任，實在痛心。這一段戀史無法挽回，真是失一足成千古恨。今宵是16日明月，在月下徘徊

不止，碧蓮的影子仍然在腦筋轉回，淑英、碧蓮、月嬌的影子如走馬燈似的，交錯在腦筋轉回。

### 7月5日　土

今天抄寫〈祭妻〉一文送給《新生報》，未知肯給登載否？因好久沒有給岳父寫信，今天作一信給他問候。下午五點找郭欽禮君去，真倒霉，很好的天氣，忽然下大雨，未知李英小姐今天是否能到士林去？六點與郭君到他公館去，李小姐早就來了，一見確實美人，但是太瘦了，晚餐與她的姊姊，姊夫郭欽義君、她、欽禮君等五人一同吃。因與她坐斜對面不能仔細看她，她給我相當良好的印象，八點回家，不過想起如與李小姐結婚，永別碧蓮的一天，實在心裡很難過，對碧蓮有無限的愛惜。

### 7月6日　日

整天在家裡悶得很，不過4、5日接到碧蓮的來信，空氣稍微緩和一點兒，本想寫一封信給碧蓮斷絕一切的關係，可是她說禮拜六要在台中一見，又很想與她見面後，纔決定態度，因此不敢寄去，但是最少限度也得表示一點兒不滿，所以這幾天都故意不寫信去。晚上曾秘書與耀星君來訪，談得也沒有多大意思。

### 7月7日　月

今天是七七事變紀念日，歲月如此，啊！因事變我失了淑英，恨日本帝國主義真不應該惹起這戰爭，她也為此亡國狼狽，我痛恨七七事變，很想見一見圓花小姐而決定態度，因李英小姐既然看了也得給她一個回答，對碧蓮的態度也得決定。正好晚上廖太太帶圓花(還有她弟弟、妗仔)到家裡來，但是一見很失望，與像〔相〕片完全不一樣，並不美，實在無法答應她，白等了兩個多月，到了十一點她們纔回家去。

### 7月8日　火

朝晨三連兄、蘭洲兄、天碌兄來訪。今天打算寫一封信給李英小姐，請欽禮君給代送，因沒有時間去，沒送。正好碧蓮來信，說她很愛

我，我們之關係讓命運來解決一切，她的心裡又變了，與她的結婚好像有一點兒希望了。下午兩點半到廖太太家裡，因她吩咐下午雨天務必到她家，圓花也同時到她家，可以借〔藉〕此互為一敘。圓花兩點半與她妗仔一同來，今天好像比昨天稍漂亮一點，與她們談兩個鐘頭，廖太太也回來了，都是雜談。五點半告辭，一同到榮町，帶她們到公司，看見玉英在公司，因她避我，我也裝看不見。在「興樂」請她們二位吃日本料理，晚餐後到「國際戲院」看電影，因天氣酷暑，散後吃冰激陵去，又到公園少憩告別。在影場一個多鐘頭圓花始終煽我，初見的小姐敢如此對我，可見她對我的愛厚矣，但是我對她就不十分感覺愛情，實在下午不應該招待她，如果此婚姻不得成立，對她的刺激恐怕不小，因她是一個純情的鄉下小姐，也許愛人之心也特別隆重。十一點回家，對母親報告今天的情形，心裡還是想碧蓮，同時對母親正式發表打算與碧蓮結婚，如果不成再考慮別人。

## 7月9日　水

早晨找三連兄想託他到哲民宅領錢去，沒在。又到郭欽禮君志信行去，想託他帶信給李小姐，也沒在。到商會與四舅一談，下午三點與簡文發、王育祥兩君找徐委員去，與他商量對付辦法，他都贊成。因昨天翠池來了，想給她找是否有職業，也託褒風兄代為設法。今天潮捷君又來了，也要找事的。下午五點法制委員會鄭委員來訪，帶他找林桂端太太接洽事務所。晚上陳姊夫、吳姊夫、二姊都來，批判王圓花小姐，他們都很希望我與圓花結婚，但是我覺得對她並沒有抱多大熱情，況且今天又接到碧蓮熱烈的來信。

## 7月10日　木

早上九點半三連君來訪，一同找哲民兄去，沒在，從他太太領台幣十萬元，未知何故不清算。又到郭欽禮君公司去，正好碰著他哥哥，請他到李小姐家，是否明天可一見？下午一點多王小姐與她妗〔妗〕仔到中南來訪，一同乘兩點的公共汽車到草山，就到中南俱樂部，林以德君沒在，洗一個澡，睡一覺，乘五點的車就回來，在「掬水軒」吃晚餐。八點到中山堂聽音樂會，因太熱半途退場，到公園去談些人生問題、婚

姻問題，今天她的妗仔問我意思怎麼樣？無法解答。第一對碧蓮的關係
尚未決定，第二對李英小姐尚未詳細考察，實在無法解答。今天看圓花
又比前天還漂亮一點兒，自己頗為煩悶，對圓花的態度是否太過親密，
如果不能與她結婚，她的打擊恐怕很多。

### 7月11日　金

　　早晨十點蘭洲兄來訪，談論他將進建設廳的待遇問題。據他說，
李英小姐的妹妹打聽他關於我的情形。十一點找欽禮君去，還沒有回答
來，與蘭洲兄邀同鄭瑞麟兄吃午飯去，與親友一敘實在很有意思。下午
二點半欽禮君來訪，同時帶李小姐一封信來，聽說李小姐是病了，今天
不得見面，與欽禮君到「紅玉」喝一杯冰水，雜談一會兒纔回交通處。
這幾天夜裡都睡不著，白天很難受。

### 7月12日　土

　　乘早晨八點半的快車到台中，車站有王圓花小姐姊妹，請她們一同
上八點半的快車，可是說要乘十點半的普通車，很感激她，這樣早就到
車站來等候。無奈我的心裡全向於碧蓮身上，顧不著她，也就在車站別
了。車中有林獻堂、陳啟清兩先生，一路談得很有意思。午餐被啟清兄
請，到台中先定旅館去，然後十五點拜訪台中站洪站長雜談車務，十五
點半在車站接碧蓮，一同到集賢館旅社。十七點張煥三來訪，一同喝茶
雜談去，十八點回旅館，看碧蓮因我之出門沒有多大意思，談起我們的
結婚問題，她所謂不能與我結婚的唯一理由是因她父親被囚，不能馬上
結婚，恐怕耽誤我，當初我以為不能與我結婚的理由是嫌我再婚或是三
個孩子的問題，如果是結婚時期的問題，那根本不成問題，我提議一個
月以內我們的事可以先訂婚，結婚可以從緩，我看如訂婚後叫她快一點
結婚，那也是很容易的事。她說本要來拒絕，但因為很愛我也就答應我
的提議了。……

### 7月13日　日

　　十四點纔去吃飯，乘十五點四十分的車南下，車中碰見元禧與淑
慎，一看相當難過，因我愛淑慎經已久矣，如今我將與碧蓮訂婚，今天

又偶然同車，他們一看大概也可以看出來我與碧蓮的關係。送阿蓮到員林，本想送她到台南，一來覺得很累，二來覺得肚子不舒服，也就不送了。十二點纔到家裡，但是這次不像前次那樣苦，也許我們之間已有默約婚姻，是故不著急。

## 7月14日　月

早晨寫信給碧蓮，同時寫一封信給有德君，正式介他對碧蓮求婚，無論如何請他代為設法。不過這封信一定會遭到碧蓮拒絕，這是預定的行動，然後未知她將採取何樣辦法來解決此問題。下午與姊夫、二姊定〔訂〕鞋去，路中碰見徐水德君，一同到他們工廠見謝文達兄、徐東海兄去，在那邊雜談一小時，與文達兄談得很有意思。

## 7月15日　火

今天把十萬元借給月娥，月息一分，同時寄兩萬元請她給代購衣料。十二點顏德修、林阿讓、郭欽禮三兄到中南來訪，談些關係軌道公司內容。午飯被顏德修兄請，到「興樂」吃日本料理。十五點徐褒風到中南來訪，一同吃冰去，以後慢步。

## 7月16日　水

早晨三連兄給帶神戶哥哥一封信來，他在神戶還算安居樂業，聊以告慰。十點拜訪王四舅去，託他整理一篇文章，在那邊碰見炳南君。今天接到碧蓮一封信，她的寫法也完全變了，以我的愛人自任，甜甜蜜蜜的，同時回她一封信，擬訂婚以前到台南一走。想見見高院院長及首席檢察官，很想早些結婚。一回家圓花也來信，她以為我是愛上她了，實在對她很對不起，這都是碧蓮做的，如果與碧蓮的關係早些定規就不會見她，見她以後我都站在被動的地位，但是她又相當積極，我又不好意思不從，是以一同到草山、看電影、聽音樂會，給她大概留了一個不可磨滅的印象。如今，決定要與碧蓮訂婚了，圓花的純愛也難得棄卻，使我立場很困難。晚上和貴君來訪，互談婚姻事，都覺得很痛苦。張月登〔澄〕君也來訪，打聽將自朝鮮購船入省手續問題。

### 7月17日　木

　　早晨給圓花回信，信內暗示她我們見面已經太晚了，未知她會不會理解我的意思。九點為碧蓮父親事請吳姊夫一同拜訪省府張人事處長去，擬由他給介紹台南高院分院長、首席檢查〔察〕官、警備司令部軍法處長，然而他說都不熟，使我很失望。今天十一點多王錦江君來訪，手交台幣40萬給我，看這個人很老實。午餐後以德君到公司來訪，商量要買甘蔗生。晚飯後與二姊、姊夫談婚姻問題。

### 7月18日　金

　　早晨九點到招商局、中國旅行社、航業公司調查船運價。十點半到中南，王耀東君來訪，報告小孩的身體還須注意，尚未十分恢復。午餐後帶母親、瑪莉、璃莉、宗仁會同吳姊夫、姊姊、四個孩子到草山一遊，以德君正在旅社候著。對這小旅館頗覺舒適，高大夫、張耀東、大公企業莊君也來，很熱鬧，我卻覺得很詫異。在旅舍談二二八事變、國共關係、將來中國之命運，但是我都沒有精神談起，因為一切的現狀使我太失望了。晚上做夢，與碧蓮都是苦甜備嚐，上次也是如此，與她的戀愛也是如此，今天應該來信，可沒來，使我焦慮，草山並不涼快。

### 7月19日　土

　　早晨乘八點的公路回北，先到中南看有否來信，沒來，很失望。再到航業公司找蔣全員給他要資料，十點多到交通處，也沒有來信。怎麼這麼些天沒信，也許碧蓮心境又變了，於此我又苦痛起來。午餐回家吃，母親帶三個孩子也都回來了，她們都說累得很，想睡一會兒，怎麼都睡不下去，碧蓮的影子老纏在腦筋，其中真有變故，若不然何故沒來信了？又想與碧蓮終不能成婚，也許與圓花有姻緣，但是……啊！我現在所走的路是錯的嗎？碧蓮對我之愛情是不是勉強的，是不是因為我太積極，使她避不開、跑不了，如果這樣，我們結婚以後決不會幸福的，我是衷心愛她，但是她的性格實在說不能使我滿意，是否像往年月嬌與我的關係，她的性格是否太驕傲，這都是我最憂愁的地方，想的又是我苦悶、失望……噯！人生怎麼這樣苦惱！十六點上班，到鐵路管理委員會見工務處長調查水災未恢復區間，又到陳啟清兄公館，託南志信介紹

彭司令去，據說沒有用處，最好對法院陳情附帶連名(名士)嘆願，晚上本想到耀勳兄家找炎秋兄去，因下雨未得去，悶得很。

## 7月20日　日

早晨八點到耀勳兄家去，炎秋兄聽說已經回台中了，與他們雜談，洪太太又要給我做媒，一會兒到千里君新家庭去，碰見瑞麟兄，一同吃午飯去。飯後拜託蘭洲兄、吳耀輝兄去，因下雨也就回家了。聽說今天廖太太來訪，大概是要打聽我對圓花的意思，現在碧蓮的意思也許尚未堅決，有德君又沒來信，實在無法決定。第一，我無論如何是要與碧蓮結婚，如不成，再考慮第二個女人，這方針是堅定的，如今第一問題未得結論，第二問題就無法解案了，晚上把這事情實告母親，使她知道我的心中。

## 7月21日　月

早晨啟清兄來訪，一同見建設廳長去，沒在，到外邊溜達吃冰激陵去。今天接到碧蓮一封信，不怎樣親熱，她又在苦惱之網，戀愛的確是苦的。午餐時張月登〔澄〕兄來談，關於朝鮮購買漁船事情，回處與鮑技正商量，可以辦。晚上拜訪許建裕宅，沒在，與太太談一會兒，再拜訪廖太太去，與她談很久，對圓花婚姻問題很不好開口拒絕，只暗示她，我對廖太太很有興趣，很感謝她，二十四點方回家。

## 7月22日　火

李崇禮先生來訪，一同見建設廳長、副廳長去，蘭洲兄也來訪，談做官之道。今天接到碧蓮三封信，省政府收發真沒有責任，好幾天的信一塊兒來，讀她的信覺得碧蓮很可愛，尤其她把以前愛人寄給她的信都送來給我看，的確很純情，同時也覺得很慘酷，本來她們是互愛之關係，因我之出現，使她們破鏡不能收圓。但是我需要碧蓮，我現在不能顧如何理由，我想與碧蓮一定要結婚，因為我愛她，今天寫一封信給她，也寫一封給張旭昇，安慰他、鼓勵他。下午六點與陳啟清、南志信、吳三連、吳敦禮、徐炳南諸兄，被乙金四舅請吃晚餐，據說明天是四舅、四妗結婚二十週年紀念，傾杯敬祝，人生經能這樣二十年的結婚

生活，聊無多人，憶起淑英如果在世，今天一定很有意義，如今⋯⋯
噯！真使我傷心，宴席上啟清兄等都與我開玩笑，說我將要與碧蓮結
婚。

**7月23日　水**

　　早晨把張氏釋放嘆願書做好，到法制委員會去與鄭委員商量文章，
同時請莊天錄、楊蘭洲、李當發給蓋章。下午三點徐褒風到中南來訪，
也請其簽名。下午又到農林處找胡煥奇、歐陽公廷、陳錫卿諸兄給簽名
蓋章。今天碧蓮沒有來信，很覺詫異。今天又把昨天接到的信看一回，
心裡有一點兒痛，甚麼都是命運，當時我將結婚時，也正與月嬌戀愛，
現在碧蓮卻與別的男子戀愛，天理都有報應似的，可是我與淑英很幸
福，可未知我與碧蓮結婚是否會這樣幸福？回家接到碧蓮來信，在家裡
接到她的信很高興，碧蓮真可愛，她的一舉一動、一文一字都能使我滿
意。

**7月24日　木**

　　早晨乘七點五十分的車到淡水學院去，為打聽音樂科招生，探望
陳敬輝教務主任，並且由洪妙小姐引導參觀學校宿舍。淡校位置風光明
媚，使人迷戀，很希望碧蓮朋友能考上，以後可以到淡水常玩去。下午
接到有德君來信，關於碧蓮婚姻問題，因她姊夫羈押於囹圄，難期照
辦，這當然是反應碧蓮的意思，可是我總覺不應該如此，因由此苦痛者
還是我們兩個人。今天又寫一封信給有德君，要求下月訂婚，同時叫碧
蓮不要再拒絕，使能下月可以圓滿訂婚。下午六點徐鄂雲兄到交通處
來，交代一點兒小事。晚餐與林炳坤兄在家裡吃，今天他來勸我加入青
年黨，在這個時期加入政黨還是要考慮的，因為祖國法之基礎尚未堅
固，政見之異常以武力解決。這幾天為碧蓮夜都睡不好。

**7月25日　金**

　　早晨八點到中國航空公司去送行徐褒風兄。九點到商會請陳啟清、
劉明朝、南志信、王乙金、鄭瑞麟，又到保健館請王耀東給簽名嘆願
書。午餐在中南見楊子文、郭欽禮夫婦閒談，郭君今天沒有提起親事，

我現在也沒有意思再見李小姐，我想突破一切難關務必與碧蓮結婚。下午三點到鐵路管理委員會檢標二水機關庫工程，隨便請簡文發兄簽名嘆願書。今天接到碧蓮來信，因弟妹病，她不想到台北來，很覺無聊，但是確信她一定會來的。

## 7月26日　土

把張旭昇自作的上訴書，託王全員齊勳給改文章，就上訴理由書來當陳情冤枉理由。九點到建設廳，找蘭洲兄商量借住北投別莊一兩天，並不為理想，恐怕不能去。十一點去買東西，中南碧蓮沒有來信，頗覺奇怪。中飯後尚崑兄來訪，他說買賣很不好做。未知明朝碧蓮是否能來，下午把陳情書整理起來。

## 7月27日　日

早晨接到碧蓮兩封信(一封是昨天寄到中南來的)說改為28日夜快車到北來，這幾天她的信都是平淡得很，未知何故，也許因為她弟妹病，未能顧及愛情，或者心裡有何變化，與她的結婚覺得不易。第一，她父親未知何時能自由，而且未知答應不答應。第二，她有愛人，愛戀是否能斬斷。第三，我的境遇未知她們周圍是否能贊成這婚姻。真是千頭萬緒，多麼悲，又想斷念此婚姻，與圓花來圓滿婚姻。晚上因想見吳國信署名嘆願書，到他公館去，沒在，到賴尚崑公館閒談去。

## 7月28日　月

早晨與李當發君到吳國信辦公處去，又沒在。到志明行找郭欽禮君去，他說所寄之金經已賣出，很失望。下午神戶回來的楊啟帶哥哥的信來，好幾年沒見，頭一句話還是要錢。晚飯後翠瓊仔回來，報告大姊在花蓮很苦，她擬明天到花蓮接去。痛恨陳姊夫實在可惡，叫他接去，他說腳病。晚飯後與二姊談對於我婚姻的心中話。

## 7月29日　火

碧蓮與江櫻櫻七點到，在路中碰著她們，一同到洪耀勳兄家去，請耀勳、黃千里君蓋章與嘆願書，又帶她們拜訪林秋錦女士，因考試人是

她，請她特別關照。到台銀給鄂雲兄電匯台幣25萬元，找蔡秘書副主任與吳耀輝君。下午乘六點的車與碧蓮到草山，本想在草山招待所與最高法院鄭烈檢察長訴冤張旭昇氏事，但因嘆願書沒有做好，也就不見。住中南俱樂部，由林以德太太接待。她(碧蓮)說如果我不娶她，她將一輩子不結婚。想不到她的貞操觀念這樣堅固，覺得我選她為妻是沒有錯誤的，差不多整夜都沒有睡好。

### 7月30日　水

早晨十點的車回北，有莊氏會同陳姊夫到交通處來訪，說將組織台灣省建設公司，資本20億，務必請肇嘉哥回來當董事長，只怕莊氏是大言，不能實行。下午回家睡覺，十六點陳步我君來訪，商量解決三美行事，請他趕快清算，對三美實在討厭。晚飯請清海君、櫻櫻、碧蓮、陳姊夫，飯後與碧蓮、櫻櫻、清海到新公園聽音樂會去，十一點方回家。

### 7月31日　木

今天寫信報告徐鄂雲兄報告所託之事，十一點到顏秘書公館，替徐兄還十萬元。在家午飯後帶碧蓮、櫻櫻到北投蘭洲公館一遊，沒意思。乘四點五十分的公路局汽車就回來，我再到交通處上班。六點半在太平行再會同碧蓮、櫻櫻，隨便吃晚餐後帶她們二位到四姑家去。我的意思是要介紹碧蓮給四姑，因過去四姑很痛恨淑英，我的結婚很希望她能同意。今天走得太累了。

### 8月1日　金

朝8時の公路局汽車で碧蓮を伴って仙公廟へ遊びに行った。彼女に会った時から何時か彼女と二人のみで此の情緒豊かなる小山を登り一日の楽しいハイキングをしようと考へたのである。出発時刻、幸ひ櫻々が未だ眠てゐたので二人だけで旅出来る喜びを胸一杯に感じて出発した。恋しい人と共に並んだせいか大して疲れもせずに頂上迄登った。途中碧蓮の膝を枕にして仰向けに横になって青空を眺めて甘き語らひに耽り、特に頂上に於て彼女は自分の頭を抱いて憩はせ実に純情

可憐な乙女であった。中食後、繊〔籤〕詩を占ひ、父は秋頃に出る
し、自分との結婚はすばらしく良縁とのことで彼女は有頂天になって
喜ぶ姿を見ると実に可憐であった。それから後山高くよぢ登り、涼し
い夏の風に当り乍ら彼女を愛撫し、許婚、結婚後の生活設計等をいと
も甘く語り合った。午后4時20分のバスで木柵から帰北した。早速頼
勵之科書を彼の宅に訪れ、徐鄂雲兄の金を受取り、七時半頃辞去し
た。……

**8月1日　星期五**

　　早上八點乘公路局汽車陪碧蓮到仙公廟遊玩，與她認識以來，我
一直想著有一天要和她單獨兩人出來愉快健行、爬這座風情萬種的小
山。出發時，好在櫻櫻仍在睡覺，我心中充斥著兩人單獨旅行的喜悅下
出發。不知是否和心愛的人一起的緣故，我毫不費力地就爬到頂。中途
曾靠著碧蓮的腿、仰望青空，沉浸於甜言蜜語，特別是到山頂後，她抱
著我的頭讓我休息，真是個純情讓人憐愛的少女。中飯過後，卜詩籤，
說父親秋天左右就會出獄，與我結婚也會是段良緣，她高興得不得了，
讓人看了更添憐愛。之後又爬上後山，沁涼的夏日微風下，與她聊著許
婚、結婚之後的生活規畫。下午四點二十分的巴士從木柵回北。馬上造
訪賴勵之科書，拿到徐鄂雲兄的錢，晚上七點半離開。……


**8月2日　土**

　　朝、基隆の機関庫の験収に行き管理委員会からは曽勤勉工程司が
来られ、包工蔡木成君も会同されて十時頃験収を終へ、茶菓のお馳走
になって11時20分の汽車で家へ帰った。中食後碧蓮、櫻々を連れて
14時20分の汽車で北投へ行き蘭洲兄の別荘に入ったが温水出ず冷水
で一風呂浴びて興少く帰って来た。碧蓮も昨夜の疲れで夕食後すぐ床
につくのをすすめて自分は新生活餐館で開催される東北会の集ひに出
席した。別れて二年にもなる友達に多数会ひ、約二十数名極めて和や
かに聚餐した。会中、よく自分と碧蓮の恋愛が話題にあがりそして罰
杯を飲まされた。九時半頃早く碧蓮に会ひたい一念にかられて中途で
帰った。家には素貞が来られて色々明発君が警備司令部から逮捕令が
出てゐるから何とかしてくれと懇請され、自分は数日来の不眠と疲労

で眠くて仕方がなかった。……

**8月2日　星期六**

　　早上到基隆的機關庫驗收，管理委員會的曾勤勉工程司前來，連同包工蔡木成，於十點左右驗收完畢，被請吃茶點，坐十一點二十分的車回家。中飯後帶碧蓮、櫻櫻坐下午兩點二十分的車到北投住蘭洲兄的別墅，但沒有熱水，泡了一個冷水浴後，掃興而歸。碧蓮昨晚疲勞未消，我勸她早點上床休息，我則出席「新生活餐館」舉辦的東北會聚會。碰到許多兩年沒見的朋友，二十幾個人和樂融融地用餐。會中一直提到我與碧蓮談戀愛的事，被罰喝了不少酒。一心想著早點回去找碧蓮，九點半就中途離席。素貞來家中，說明發君被警備司令部發出逮捕令，請我無論如何要想想辦法，我因連日來的睡眠不足與疲勞，想睡得不得了。……

**8月3日　日**

　　本日正午港務局徐局長、章副局長から招待を受けてゐるので10時50分の汽車で碧蓮、櫻々を帶同、駅にて更に銀河竝彼の友人と落合って基隆へ行った。港務局に着いたら港外の遊覧は10時から船が出たとの事でひどく失望した。結局1時頃彼等一行が歸り港務局餐廳で三テーブル賓主計約30人で賑やかに中食をとった。午后2時40分の汽車で歸り、台北へ着いてから碧蓮と櫻々は方々買物に行き5時過漸く歸宅した。夕方頃から空はかき曇り8時頃から大雨が降り出した。明日旅行に出るので早く就寝することにした。……

**8月3日　星期日**

　　本日正午，接受港務局徐局長、章副局長的招待，帶著碧蓮與櫻櫻坐十點五十分的車出發，在車站還碰到銀河與他朋友，一起前往基隆。到達港務局後，才知道港外遊覽的船已在十點出航，萬分失望。結果等到下午一點他們回來，在港務局餐廳席開三桌，賓主共計三十人，熱熱鬧鬧地用中餐。下午兩點四十分的火車回來，到台北之後與碧蓮、櫻櫻四處購物，過五點回家。傍晚天空烏雲密布，八點下起大雨。明天要出遠門，決定早早就寢。……

## 8月4日　月

早晨乘七點二十分的車與碧蓮、櫻櫻、燕生南下，中途燕生在大甲下車，碰見賦仔哥自清水上車，給碧蓮介紹認識，並且告訴他將要與她訂婚。彰化下車，管理委員會與包工某人在車站接著，一同帶碧蓮、櫻櫻到「招仙閣」，被包工某請吃午餐。三點多驗收檢車區新築工程，半個鐘頭完畢，乘十六點二十五分的車與碧蓮、櫻櫻南下，二十點五十分到台南。……

## 8月5日　火

朝晨由碧蓮引導拜訪陳有德夫婦，剛見面覺得並沒有以前的親熱態度，一切都是由碧蓮的問題而起的。與他談些碧蓮的婚姻問題，他答應要幫忙，我求他寫信得他姊夫的承諾，他說好，一同找劉明哲、黃百祿、侯全成去，中飯餐都在他家裡吃，聽說有德君今天來罵碧蓮同她母親，說不應該昨夜留我在碧蓮家睡覺，應該叫人帶我到他家裡睡覺去，還罵碧蓮不要臉，與我太過親蜜〔密〕，使碧蓮哭得難堪，一看她眼睛通紅，很難為情。晚上十來位太太們在張宅等候著，要我引領她們見鄭烈署長去。下午九點半帶他們到住在地方法院院長公館的最高法院檢察署鄭檢察長烈去，因他太累，由台北高等法院葛主席檢察官代為引見，我把二二八事件的內容說得很詳細給他聽，尤其對張旭昇能十二分同情，撤消〔銷〕原判，交保自新的辦法。他很熱心聽我的說明，十一點方辭而回家，太太們都很感激我。

## 8月6日　水

朝晨七點半與碧蓮拜訪張台南師範校長，與他談了一小時，希望請他能對張旭昇給幫忙，對彭司令能疏通，他好像對旭昇很不滿，不過他說一定要幫忙。下午在有德君家睡午覺，四點與碧蓮訪問許丙丁、沈榮去，晚上與碧蓮拜訪孫高等法院台南分院院長，因為他有應酬，與碧蓮到舊郡役所廢墟上面坐坐，談一切。今天下午三點多在刑務所與張旭昇先生見面，我把過去的工作與鄭烈檢察長見面的結果，略加說明，但是他對碧蓮說，第一，除關於釋放活動以外的事，務需等他恢復自由以後纔能考慮，第二，碧蓮之到台北，往後不要去。我很失望，這等於對

我間接拒絕與碧蓮的接近，因今天有德君經已寫信告訴他我對碧蓮的求婚，他也不太贊成我們的婚姻。我與碧蓮談這問題，她說要負責任解開爸爸的誤會，同時無論如何她都要與我結婚的。十點半與孫院長見面，請他務必幫忙，他也很爽快，他要調查書類，使其快解決。

### 8月7日　木

早晨與有德、碧蓮拜訪翁金護先生，請教被放經過情形與今後運動方法。下午最後在碧蓮床午睡，乘六點多的車回北。碧蓮到站奉送，中途在彰化下車看岳父、母，乘夜快車回北。

### 8月8日　金

昨夜整夜沒有地方躺，坐著睡覺，八點半快車方到基隆，先到莊銀河君那邊請他給保管行李，八點三刻找港務局趙工務組長去，先與高之潘副工程司驗收二、三號碼頭擴音器去，然後與趙組長乘汽車到西防波堤驗收辦公室一幢、倉庫三幢、沉箱渠倉庫一幢，做工很粗，勉強使之合格，乘十一點二十分的車回北，十二點半到家裡。

### 8月9日　土

今天上班交通處，早晨趕忙寫信給碧蓮，告訴她離別以後的離愁，告訴她看四圍的情形暫時不想結婚問題。下午寫信給淑慎，因四點在鐵路管理委員會要監票去，沒有功夫寫信了，想來想去，真不懂淑慎為甚麼忽然會寫信給我。午餐後到中山堂看電影去，沒有意思。

### 8月10日　日

整天不出門，也沒有客人來訪，今天接到碧蓮兩封信，說她父親對於我們的婚姻問題相當誤會，尤其有德君對她母親表示反對我與碧蓮的婚姻，使我真意料之外，一切都靠不住，想不到有德君之態度竟會變到這個樣子。整天在想，想我與碧蓮也許緣分薄，恐怕終不能成為夫妻。今天寫一封信給淑慎，如果淑慎能投到我的懷抱裡，一切都能解決。

## 8月11日　月

　　早晨寫信給碧蓮，今天又接到她兩封信，說據翁氏調查的結果，她父親的上訴書類都押在警備司令部。早晨帶李當發、賴兩君見陳炳煌商洽採用他們二位為海員事，又訪問海員工會王總幹事振銘領帶看房子去。下午訪問楊景山兄，聽他自上海回來的種種消息。一同到旅館找李清漂兄，一別竟兩年多了，見他很高興，帶他到建設廳見楊蘭洲兄。

## 8月12日　火

　　早晨與李當發君找吳國楨為蓋章於嘆願書，他的美意說一部分提出黨部，而且他可以介紹。十點拜訪鐵路管理委員會華總務處長，託他到彭司令部那邊當面給說說情，准予釋放，交保自新，他答應一定要奔走一趟。十一點找林炳崑兄去，請他對紐先銘副司令懇請轉呈陳情書與彭司令，並不十分有熱意，但非靠他也沒有辦法，勉強利用他。午飯後找黃參謀上校去，一點兒沒有用處，很失望。又拜託景山兄，請他內遞給調查邱耕心。四點半訪問吳國信，因他沒有功夫，今天不能到黨部見主任委員去。下午六點半在小安料理店以東北會為中心歡迎李清漂君，參加人有鄭瑞麟、楊蘭洲、許建裕、黃千里、高湯盤，三位邱，一共十位，宴後又被清漂兄請到一酒家喝到十二點多鐘，回到家裡已經是一點多鐘了。今天宴會又是多半談我與碧蓮之戀愛關係，怎麼會這麼多人知道。

## 8月13日　水

　　早晨寫信報告碧蓮昨天的活動情形。十一點到林朝權家去，沒在。到中南坐一會兒，到省立工業技術養成所託當局給魏主任親戚給留兩個位子。今天回家睡午覺，下午四點半找吳國信兄，一同見台灣國民黨部主任委員李翼中，提給他陳情書，懇求他以黨的立場給幫忙，他說要想辦法。晚上母親又來說，要等與碧蓮結婚不了時，因她的父親未知何時纔能出來。想來想去，我也頓覺苦惱，我實在愛她，我願意與她結成一對很美滿的夫婦，我請求母親忍耐。

### 8月14日　木

　　早晨整理日記並寫信報告徐鄂雲兄所囑託之事的辦理情形，會計清算技術室發表調在工程組服務，很覺詫異，我並不是技術人才，真是亂來。我的主要工作恐怕是驗收，借〔藉〕此機會到處出差，也不錯，因現在腦筋亂如麻，無法辦事。午餐後到「國際戲院」看「沙羅美」去，很不錯，裝Arma Maria的主演女郎，有些像碧蓮，希望她能與Salome那樣烈情之女。

### 8月15日　金

　　早晨帶三個孩子本想乘七點二十分的普通車到彰化，沒有趕上八點半的快車，二姊、娥仔也同車。到彰化，娟娟、淑慎等六個姐妹兄弟都來迎接，娟娟與元吉到月台裡來，淑慎一見我好像有些不好意思，三個小孩讓給她們，我被莊永和君邀同到一喫茶店吃中飯去。一會兒彰化土建公司董事長劉見村先生來見，三點半會同彰化站長、李工務分段長驗收彰化車站天橋新築工程，完畢拍一個兒紀念照像，乘四點二十五分的車到台南，碧蓮到車站來迎接。一同到青年旅舍24號談了一會兒她就走了，使我很失望，她說晚上不自由出門，並且丟了兩個弟弟。在旅館真無聊，本想可以與她談到半夜，不料到台南來找無聊，但是也許累的關係，十一點也就睡著了。

### 8月16日　土

　　早晨八點半碧蓮來訪，報告今天夜快車要到台北去，務必一同去。……在「紅雀」吃中飯，乘下午一點二十分的車到彰化。車內碰見蔡謀海談日本現狀很詳細，又碰見賴尚崑君談東海岸方面商況，又碰見林鳳麟兄託送楊明發君的事情。到彰化下車後就訪問彰化土建公司，由常務董事魏玉章君招待到古月旅館去，在旅館與他還有顏工務所工手三人喝酒，喝到十點半方告辭。回到岳父家裡，恰四妗自北回彰，瑪莉、璃莉都已睡著了，唯有宗仁還很高興的與淑茹遊玩，每次淑慎都很早睡覺，今天她不睡覺陪我到過夜半一點多鐘，未知何故，岳母又特命淑慎、元禧、元佑送我到車站。我看淑慎今天很高興，如果啊！我能與淑慎能結婚，那麼我是多麼高興，一輩子是怎樣有著光明的前途，但是年齡隔閡我們，境遇不許

我們團圓，這也是命運使然，無可奈何。碧蓮過來、三個孩子睡覺，與她談得很親密，想這次她到台北可住一兩個禮拜。

## 8月17日　日

因昨夜沒睡好，今天相當睏，碧蓮帶柯太太一同來住家裡，柯太太也與碧蓮一樣的命運，她的先生為二二八事變被當局所誤會，被判徒刑十二年，因此協同合作到北來運動。今天她們到北就訪問警備司令部蔡挺起少將去，十一點多鐘回來，據說將要把他們的案件移交給高等法院辦理，如果到法院想可以比較好辦一點兒。下午彰化工務分段，顏工手、李包工來訪，談二個鐘頭回去。午飯時銀河君來訪，一塊兒吃午飯，兩點多鐘回去。晚飯後她們又找蔡少將去，十一點多鐘方回來，知道此案將移交法院。

## 8月18日　月

早晨會同顏工務分段長一行驗收大嵙崁溪橋南台工程去，特開摩托車，很覺爽快，十點多回來到公司去。……

## 8月19日　火

今天本繼續出差，沒有上班在家休息，一早她們就去出。午飯後她們又出去，四點多鐘纔回來，柯太太說事情已經告一段落，她今晚要乘夜車回南，碧蓮也說她要同車回南，使我很生氣。我——我是抱著熱烈的愛情，為要見她一面不辭百里之遠，不顧這樣的熱天氣自北而南，然後她家裡也沒有急事，尤其希望她逗留兩三天可以與葛檢察處長見面工作，但她拒絕一定回南，於此對她宣告，此後我絕不到台南，也不預期與她見面。她好像很受刺激，但我故意也不安慰她，因我想使她難過。晚餐後八點帶了三個小孩，送她們到房後的一條小道，別了。回家來覺得無限寂寞，心身俱累，雖然鋤仔來也不招呼他，入床就睡。

## 8月20日　水

早晨到基隆港務局見趙工務組長，先看廢鐵後，在會議室監票〔標〕，投票〔標〕的一共三十二家，到的二十三家，正中行以31,000

元的價格得票〔標〕。午飯被趙組長招待吃廣東料理，乘一點四十分的車回北。到了公司，寫一封信給碧蓮，稍微責怒她，如果她不高興我的過火的行為，那麼我到了訂婚以前一指也不染，看她要回甚麼樣的信來。十七點林以德君來訪、雜談。下午六點半到三連兄事務所開合豐行股東會議去，都是頭痛的事情，三連兄與哲民兄竟當面衝突起來，我就中仲裁他們。實在合豐行到這個地步，也不是三連兄的責任，也不是哲民兄的責任，實在是政治腐敗使然的。合豐行用了很多的錢，已判了無罪，應該早就啟封，已閱過兩月有餘，至今毫無動靜，這誰都想不到的，如今損失實在很大，以至於股東惱出種種的意見。我提出條件與他們調和，結果解決全盤問題。

## 8月21日　木

早晨九點多鐘，月娥自香港回來，因沒有接著，但還沒有受甚麼損失，乃放心。十點半楊明發君來訪，一同到高義閣旅館找天賦哥去，研究進行方案，我指示到人事處與民政廳長解說，一同到中南吃飯。兩點帶林以德君到基隆港務局交涉梧棲的租金。晚餐後被姊夫請，共祝燕美合格初中。

## 8月22日　金

早晨明發君來訪，一同訪問蘭洲兄，本想請他給介紹民政廳副廳長解說他的冤情，後來看民政廳與此事件沒有多大關係，也就罷了。十點半吳國信君來訪，提起基隆房子事情與林秋錦的婚姻問題，恐怕都不能成功。午餐時洪天裕君與楊子文君來訪，因沒事碰著林以德君，一塊兒談話吃冰激陵去，再訪問景山兄、乙金兄去。下午月娥來談得好久，與她開很多的玩笑。昨天接到碧蓮的熱烈的信，我故意對她的態度相當成功，往後她大約可以照我的意思行動。今天是七娘媽祭，憶起牛郎織女一段豔史。九點訪慶華君去，與他商量張旭昇事件的進行方法，據說可能在台北受判，如能這樣，我們的工作可能有成功的希望。

## 8月23日　土

早晨七點半拜訪啟清兄，據說對月娥要〔有〕戒心，因看這女子

並不純情，想不到衣料竟如此貴，我當然也不高興，因啟清兄面子上纔交她，如啟清兄沒有意思，毫無意義，往後對她當然得冷淡。午飯時金鐘兄來訪，談買花生油與煤油的事情。今天寫信給碧蓮與慶華談的消息，回家後接到碧蓮兩封信，說警備司令彭正式通知她，張旭昇「撤消〔銷〕原判」，我也很高興。她要求我立刻到台南去，但是未決定審判的地方以前，到台南也沒有意義，無法活動，所以告訴她，如有必要時，禮拜二到台南去。

## 8月24日　日

朝晨訪問慶華君，沒在，回家睡覺。十一點碧蓮來信，說要我到台南，若不然她要到台北來，現在未知審判地方，到台南也沒有用處，請她禮拜一晚車來。下午五點喜仔來訪，說圓花一行昨天來北，務必請決定婚姻。下午八點半訪問廖太太，告訴她與碧蓮的一切情形，因此與圓花無緣，使她斷念，十二點方回家。

## 8月25日　月

想不到碧蓮早晨七點多由台南來了，很高興。九點石錫勳兄來訪，雜談。十點半與碧蓮出去，找葉先生，沒在。到公司吃午餐，飯後到「國際戲院」看電影去，到喫茶店吃冰激陵後又到台北旅館找葉先生去，又沒在。下午四點洪天裕君來訪，與他談輸入魚船問題，六點與碧蓮同車回家。晚餐後周太太來訪，她說要搬到昭和町去。彰化女子中學某教師來訪(忘了他的姓名)，談些學校情形。晚上八點半帶碧蓮訪問慶華君去，因看他家裡有來客，也就不上去。與碧蓮到板橋國民學校高台看月亮，夏夜的風又真涼快，……實在是人生最快樂的一頁。農曆10日的月亮又是那樣撒嬌，又是那樣醉人，碧蓮！……我應當以十二分的愛情來愛妳，纔對得起妳。十點半回家，談了一會兒，吃了龍眼各自就寢。

## 8月26日　火

叫碧蓮早晨訪問翁金護君，探知書類送達機關，因未知台北或者台南高院，無法運動。早晨在交處沒有事情做，也就完成在舊都病之兩個月的慘痛日記。午飯十一點碧蓮來訪，一同回家，下午四點一同出去。

晚飯後她也不回來，因月亮很好，獨自到外散步，正好賣藥唱歌仔曲，唱得很可笑，就聽她唱。碧蓮差不多十一點方回來，心裡有些焦急，但深信她的理智與能幹，決不會有何差錯，一回來纔知道，有不良分子追她，她害怕得跑回來。她報告會同翁金護接見邱耕心的結果，書類8月18日經已由台北警備司令部送到高雄司令部，不久將移交給台南高院，因此司令部沒有運動的必要，我們的目標決定在台南高院運動解決辦法。……

**8月27日　水**

這幾天與碧蓮談得很晚，心身俱累，下午七時回家。碧蓮實在可愛，當初我擔憂她的性質相當嬌嫩，如今我對這個問題可以不必憂慮。晚飯後一同訪問陳慶華君去，與他商量進行辦法。今天因在草山玩得太累，回家就睡覺。

**8月28日　木**

早晨帶碧蓮到高等法院見葛首席檢察官去，擬請他給介紹台南高院程檢察官，他說因所屬關係，不便介紹，不過可以通信代為辨明。十一點多又麻煩吳姊夫到高等法院訪問許書記官長，據說他不認識程檢察官，在公司吃午飯後就回家。後天舊曆7月15日中元節，碧蓮在家給做蕪子。晚上起每秒三十公尺的暴風襲台北，隔壁的圍牆都倒了。……

**8月29日　金**

昨夜襲來的暴風愈加厲害，無法出門，早晨沒有上班，因瓊仔、池仔、足仔都到外邊煮蕪子、做糕去，家事都由碧蓮做，好像新娘子，愈看愈可愛。下午冒大風上班，碧蓮因做糕去，下午七點纔回來。因這幾天都很累，早就睡覺。……她一切都很聰明，使我陶醉快樂。

**8月30日　土**

早晨乘快車到基隆港務局出差去，工務組長趙兄與他先商量松風丸投票〔標〕方法，因投票〔標〕唯有四家，乘十一點二十分的車就回來。今天是農曆7月15中元節，家裡也拜好兄弟，相當熱鬧。六點多鐘

賴尚崑兄帶陳太太、莊太太來訪，為解求〔救〕莊太太丈夫莊茂林事來商量。晚餐也請燕生、燕平、燕琛來過節。九點帶碧蓮訪問邱耕心(軍法處督察)先生去，給他要台南高院陳推事一封介紹信，又找蔡挺起少將，沒在，就回來。今天碧蓮很高興，與她談很多的事情。……

## 8月31日　日

早晨五點鐘就起床，與碧蓮乘七點二十分的車到彰化，途中二姊由大甲上車，到彰化換乘快車，正好啟清兄、啟川兄、石純兄三兄也同在此快車。初面識啟川兄，很覺能投機，與他談的很多關係台灣政治問題，並且託他明天一同到高雄要塞司令部，都受他承諾，在台南分袂。晚飯後帶碧蓮訪問張台南師範校長去，懇求他此後必須繼續幫忙，與他談四十分鐘，辭走。再到翁金護先生家，都沒在，就住在碧蓮家裡。

## 9月1日　月

早晨八點半鐘出門，帶碧蓮先到台南高院拜訪陳推事，託他幫忙，看他沒有多大力量。乘九點四十二分的車到高雄，因時間不早，改自下午去，與啟川、啟琛二兄雜談台灣的政治。午飯到「新高雄酒樓」被啟川兄招待，同席有啟琛兄、葉君、碧蓮，主客一共五人。餐後啟清兄也來，下午三點半請啟川兄帶我們到高雄要塞司令部去。司令、參謀長都沒在，恰好項主任克參〔超〕上校招呼我們，書類是來的，而且他說可以特別提前送給台南高院，因達到目的，很高興就搭四點三十五分的車回台南。六點多鐘嘉義賴太太、台南彭太太也來訪，都為夫訴冤，懇請幫忙。有德君也來訪，談了一會兒。飯餐後八點就出門，與碧蓮到「南風茶房」談了一會兒，乘十點的快車回台北。

## 9月2日　火

六點五十分到台北上班，因昨天沒有睡好，也沒有精神做事，十點半就回去睡覺。瑪莉、璃莉學校已經開學，只剩宗仁一個遊玩。啊！五歲他就沒有母親，實在可憐，與碧蓮結婚以後，未知家庭是否能圓滿？想到此點，萬感交迫。下午四點又上班，因很累，晚上早就睡覺了。

### 9月3日　水

早晨寫〔信〕謝謝陳啟川，今天是九一三勝利紀念日，兩年前！啊！兩年前！那時候是多麼幸福啊！真想不到勝利會帶給我這樣慘淡的命運，想起九一三在唐山時，五臟將裂，豔致而溫柔的淑英已在九泉之下，華美的家庭零落到此地步。交通處派我參加中山堂與圓山敬祝會，在敬祝中我只憧憬過去的懷想，這青天白日與過去在北平是一樣的，然而我的命運皆非了。午飯到中南吃去，先是李清奇兄來訪，為了買土地冤枉事給他介紹陳慶華君，劉萬與李金鐘君來訪，他們要我動員鐵路員工一萬五千人來應援林子畏競選立法委員。林子畏我是不認識的，我約他們見一見再考慮。到交處中途碰著吳三連兄，據說他將由台南縣參加競選國民大會代表，我很贊成，但是他又要我應援謝南光競選立委，剛答應林子畏，現在又來了謝南光，未知怎麼決定好。今天整理張旭昇氏申訴理由書給寄去了。晚上與吳姊夫談談去。據二姊說，近來母親的身體頗為衰弱，叫我預備後事，使我很難過。我希望家母再能活十年、二十年，看看她可憐沒有母親的孫女，如果萬一有不幸，我的家庭不知道要變得怎樣？與碧蓮的結婚又因她父親的不幸，短期間無法實現，實在使我進退兩難，啊！命運為甚麼這樣慘酷呢！

### 9月4日　木

早晨寫幾封信，三連兄來訪，要我為肇嘉哥解消戰犯嫌疑連名嘆願書簽名，董萬山也自台中來訪，大家談了一會兒就走了。午飯時，星賢君、劉萬兄來訪，雜談社會問題。今天寫一封信給圓花，約她下禮拜一見面，想把實在情形告訴她，使她斷念與我的婚姻。晚上翠瓊帶夏太太來訪，她是在美國成長的，談了一會兒就走了。乘十點的快車赴高雄，中途自台南碧蓮上車，一同到高雄。

### 9月5日　金

快車八點到高雄，先與碧蓮視察高雄市，破壞得難堪，〔也〕許在台都市中，破壞最烈者以高雄為首。九點半到南和公司，與啟琛兄談赴日問題，啟川兄十點半纔來，先到他公館，坐了一會兒，加他太太四個人坐他的汽車到台南。先在「貴賓館」由碧蓮請吃午餐，飯後在碧蓮家

小憩。四點到楊文富商行會同啟川兄一同到高等法院。先到孫院長調查
警備司令部的書類是否已經來到，調查結果還沒來，因對孫院長早到他
高堂說明過，今天唯希望他再給幫忙，由他給介紹程首席檢察官。因不
准予家族會面，我與啟川兄二人去，略加說明並把呈文嘆願書交給他。
他的態度和藹而懇切，約一定幫忙，如此我很有希望，很高興告辭，孫
院長務必要請吃晚餐，後來與啟川君、通譯、主審四人到鐵路飯廳吃晚
餐。飯後與他們告別，報告碧蓮以今天之情勢頗有不起訴之可能，到碧
蓮家裡又與有德君再吃晚飯，彭太太又來求幫忙，下午八點半告辭張太
太。……

## 9月6日　土

碧蓮八點來旅館，乘九點的快車一同到新營，吳敦燦到月台來迎
接，用他的汽車給送到關子嶺飯店。他說吳君病，而且要哺乳，他就
走了。關子嶺想不到這樣好的地方，因地高相當涼快，旅館的設備也不
錯，現在避開人目，在旅館與碧蓮談了很多關於結婚後的一切生活問
題，……，晚飯後一同登山看風景，晚上打乒乓球。

## 9月7日　日

早晨九點方醒，吃早餐後又睡覺。一點吃午飯，乘三點的公共汽車
到後壁，一同到嘉義，想見一見曾人模太太，找了兩個鐘頭找到鄭瑞麟
公館，見了太太、小孩，她們都很平安，但是曾太太聽說已經搬回到北
港去，很失望，碧蓮乘九點一刻的車回台南，我乘十一點半的快車回台
北。

## 9月8日　月

郭耀庭君同車來北，沒有回家就到交通處，也沒有甚麼變化。早晨
筍山號造營廠陳春林君、楊蘭洲、莊秘書(營建局)來訪，談了一會兒就
走了。因昨夜睡不太好，本想早回家一睡，因來客不得回去。到了下班
回家，宗仁一看見我高興得不得了，真有一點對不起他們，最近一個多
月差不多都與碧蓮在一起，所有的放假都沒有工夫與小孩遊玩。午飯後
就睡覺，本與圓花相約兩點在公司一見，但一直睡到三點方醒，與圓花

無緣，最後一見都未能實現。下午月娥還來12萬元。晚飯後與吳姊夫談去，聽說林喜一砂糖事也許可以解決，如此就萬幸。

### 9月9日　火

早晨沒事，看這幾天都沒看的報。午飯後賴尚崑君與劉萬君來訪，談了一會兒。四點與吳姊夫為林喜一砂糖事找劉旺才律師。下午把月娥押品還給她。晚上九點多子秋君與和貴君來訪，雜談婚姻事情。

### 9月10日　水

早晨看了一點公文作法，十點鐘到烈火君那邊談去，再到南豐行對石錫純君解決房租事。十一點見郭欽禮，談起石棉工廠頗感興趣，找劉萬兄商量，定下午五點再商洽。下午兩點林喜一君到中南來解決砂糖事，所說各節都不合道理。四點多到交通處遇著大雨，因市內各水溝不通，滿街積水，不能走，差不多六點纔到交處。因這幾天很累，九點就睡覺。

### 9月11日　木

早晨接到碧蓮來信，說台南縣市二二八關係者李國澤外19名交保自新，但張旭昇氏連書類都還沒移交法院，意氣消沉，今天寫信鼓勵她、安慰她。九點陳仲凱君來訪，略談平津事情。下午又治療腳氣去，今天已經第四次的X光線了，然而都沒有轉好。昨天一雨，今天秋色深矣。碧蓮來信說公文已經從高雄要塞司令部移交台南高院，未知將來結果如何。這幾天身心很累，一躺就睡覺。

### 9月12日　金

十二點拜訪啟川兄於光漢旅社，一點半同他太太三個人到勵志社請他們吃午餐，再到中南休憩。林喜一竟不來，也許非訴訟無法解決。今天沒有接到碧蓮來信，因她回家到歸仁，無暇做信，但是很覺枯寂。

### 9月13日　土

十點半到商會見啟清兄報告啟琛兄赴日事、洋服布事，再到劉旺

才律師打聽林喜一事件之經過，又到五〔伍〕順行託王錦江君解決此問題。下午一點到志誠行與劉萬兄等陳阿西說明石綿工廠內情，沒來。與欽禮君雜談，真討厭月娥老來拜託種種事情，又要來託對商會借款。今天接到碧蓮來信，請我一定今晚下南，但總不想去，覺得太累了。……

### 9月14日　日

早晨十點炎秋兄來訪，一塊兒談了一會兒，一同到吳石山家去，在吳宅吃午飯，兩點回家，阿海自基隆來玩，下午就睡覺。晚飯後到曾秘書公館談談去。今天接到碧蓮來信，因不去台南，很可愛的生氣，據她的脾氣，很懷疑將來家庭生活是否能完美。

### 9月15日　月

早晨李清漂、陳振茂、林三江君來訪，一同給蘭洲君、甘君調查拍賣工廠，午飯在「興樂」請他們吃。今天碧蓮來一封很沉痛的信，他方母親也以沉痛的態度告訴她近來身體頓衰，也許不能持久，叫預備後事並且趕快結婚，聽得很痛心。與碧蓮到了這個地步，絕對不能拋棄她，但她父親的問題又暫時不能解決，實在進退兩難，但眼見母親衰弱悶苦的樣子，實在難忍，或者當初我應該選擇圓花，現在後悔已經來不及，煩得很，悶得很。

### 9月16日　火

早晨寫一封信給程檢察官，希望他能提早偵察〔查〕，釋放回家，同時寫一封信安慰碧蓮。十點到台陽訪問許媽瑄，請他幫助解決林喜一砂糖事件。又到衛生處找張弘貴，請他給母親看病。下午到區公所手續國民身分證。今天起修理圍牆。晚上張和貴君同許子秋君來訪，檢查母親身體，結果並無大病。

### 9月17日　水

早晨九點多到公路局見邵督導課課長商洽豐原土牛輕便鐵路事宜。十點到景山兄公司閒談。十一點到中南，楊基流君、郭君、李金鐘、王萬傳、賴尚崑、謝、蕭合純各兄來訪，談經濟界的將來及價格之變動。

下午六點半到景山兄公館，他請李清漂兄約我作陪，同宴會還有黃千里、楊蘭洲、周耀星、陳振茂諸位，宴後互相談論台省政府之無能與中國政治之腐敗，談到十點多鐘纔回家。聽說今宵明發君來等半天。

### 9月18日　木

早晨八點半到法院，因今天明發君由警備司令部審判戰犯軍事法庭偵察〔查〕，與天賦哥、徐松柏、吳彩、楊基立等人在側護慰他。十一點多由軍法官黃偵察〔查〕完畢，他被扣押，給他辦具保出外。十二點帶遊〔游〕庭丁來對保，因吳姊夫回來，也就叫他給辦。飯後易金枝、李金鐘等來訪談話。下班後看吳姊夫尚未回來，很不安，是否沒有保出來。到了七點多鐘，吳姊夫回來，知道已經保出來，方放心。

### 9月19日　金

早晨李當發君來商量海員合作社問題，給他幾點指示，中飯時在中南與吳姊夫、郭君商量，他們都很贊成。兩點很無聊，到「國際」看電影去，沒有意思。四點帶景山兄到建設廳找蘭洲兄、甘競昌君打聽香水工廠事情。晚上元雄君為投考中央政治學校事來訪。這幾天都沒睡好。

### 9月20日　土

早晨乘七點二十分的車南下，在彰化換快車到了嘉義下車，圓花在車站等候著，與她到了一間茶房吃冰，告訴她我已經不能與她結婚請不要等我，看她今天很沉重，怕這樣延下去耽誤她的青春。乘四點二十五分的車由嘉義到台南，圓花到車站來送行，碧蓮自新營站上車來歡迎，看她很可愛。……。吃晚飯後拜訪程檢察官，等一個鐘頭，他回來，懇請他速辦張旭昇案且早日結束放回歸家，他也很誠意答應。

### 9月21日　日

早晨八點半碧蓮到旅館來訪，與她談訂婚、結婚日期，並計劃婚後的生活方針。我希望她父親10月上旬能恢復自己〔由〕，10月下旬可訂婚，11月可結婚，未知事情是否照人願。……。晚飯後她母親又來了，她因要送我到車站內來的，並且希望我到南師張校長，求他幫助。

我雖認為不必要，但為使她放心起見，假裝拜訪張校長去。乘十點五分的快車離開台南返北。

## 9月22日　月

　　早晨七點到台北，先回家再到交通處，沒有事，十一點回家睡覺，下午再上班。今天起辦公時間改為上午八點至十二時，下午一時半至五時半，頓覺下午辦公時間太長。四點訪問蘭洲兄去，一同喝花生仁湯去。晚上月鳩弟弟與他岳父詹和君兄來訪，說後天要請吃飯，因很累，他們走後就睡覺。

## 9月23日　火

　　早晨陳亭卿君與楊明發君來訪，談了一會兒關於二二八事變事情。與明發君到農林處看基銓君去，下午在建台與金鐘君談買鐵釘事。七點多楊明發君、二姊到陳春印公館去，到處談的都是大同小異，批判政府的作風。因自己的床讓給明發君，整夜睡不著覺。

## 9月24日　水

　　李當發君今天送一部海員服務社規章，以資參考。高雄葉君與李金鐘君來訪，昨天鐵釘沒有買成功。因昨日沒有睡好，累得很，下午四點叫交通車送米回家，就在家少憩。六點被詹和兩先生請吃晚餐，據說今天是保儀大夫生日，他們就敬慕他的遺德祭之，同席還有民眾教育館長王潔宗與張和貴兩君，與他們談得很久。今天母親發燒到39度，很不放心。碧蓮她父親的書類尚未送到法院，很詫異。

## 9月25日　木

　　十點半到商會見陳啟清兄，聽說他老兄明天到北，務請一同到基隆去一趟，我答應他。十一點到公司，金鐘、尚崑、香港吳君來訪。最近到處檢收都不叫我去，覺得很沒有意思，啊！這樣的社會實在難於生存。今天母親的身體稍微好一點，圍牆好了一半，前庭看得廣，而且幽靜地多了。

### 9月26日　金

　　早晨南京回來的楊杏庭君來訪，與他談了幾十分鐘的台灣社會經濟現況。母親的病還是不好，下午宗仁到公司來，帶他們到保健館去，王博士沒在。晚上吳耀輝君來訪，一同訪問陳慶華君去，打聽關於審議二二八事變的關係者。不在中王博士來看母親的病，回來時太晚，沒有見著他，很惋惜，想細聽他母親的病狀與治療方法。

### 9月27日　土

　　早晨十一點到光漢賓館拜訪陳啟琛兄去，沒在。午飯時賴尚崑兄來訪，為買油事談了一會兒就走了。下午四點再訪啟琛兄去，他希望我一同到基隆去，我看他為人相當誠懇，擬與他走一趟。圍牆今天竣工，使我很不滿意。母親的病今天好像更衰弱，傭女足仔尤其可惡，現在家裡狼狽的這個樣子，她說要走了，蠻女無法教導。因這幾天太累了，晚上很早就睡覺。

### 9月28日　日

　　母親的病，今天更是衰弱，如今尚未知何病，心裡很煩悶、擔憂。十點董丁山君來訪，十一點拜訪景山君去，沒在，留董君在家吃中飯。下午陳仲凱君來訪，商量海員工會合作社事。五點王耀東博士來訪，他說母親是腎盂炎，相當麻煩的病，不許吃太多鹽分、蛋白質東西，可以說沒有東西可吃。今天接到碧蓮一封信，說她父親的關係書類已經送達到檢察署，但是擔任的不是程檢察官，是另外一個余檢察官，很失望。過去的工作——啊！那艱難的工作，都變成水泡，心裡實在難受，母親又責備與碧蓮未知何時再能結婚，她的身體已經太衰弱了，無法管家。想來思去，萬緒千愁，覺得人生在世，實在乏味，又想起淑英在世，實在多麼快樂過日子，如今一天活一天愁，明月在上，告訴流淚，她都默而不語。

### 9月29日　月

　　8月15中秋節又來到人間了，8月中秋——啊！這是何等可紀念的一天啊！過去與淑英在中秋節每年都請客賞月，與她永別兩年將要過去

了，這兩年是多麼寂寞啊！今天是基榮兄結婚的好日子，也就參加他的婚式，在中山堂舉行，一共來了六、七十人，因吃西餐的關係吧，覺得並不熱鬧。回家已經九點了，想昨天吃藥，母親的身體今天一定好得多，但是不但不見得好，而且更衰弱了，溫度又老在39度上下，很是擔心，也無精神看月亮，如果萬一⋯⋯我要怎麼辦，想起來真暗淡得很。我實在太對不起母親，應當早一點請醫治療。過去我在北平病的時候，母親多麼親切為我看護，啊！我是一個不孝子，尤其最近的精神都被碧蓮一個女子占領，未顧別事，愈想愈傷心，對明月獨自流淚難過。

## 9月30日　火

早晨到保健館見王館長，與他商量對母親的病態當如何措置。他勸我入醫院並且告訴我，她的病相當嚴重，自保健館一直回家，今天依然小便很少，大概王博士診斷她是腎盂炎是不錯的。兩點到付〔附〕屬醫院與第一內科翁醫長商量入醫院事，他也答應。四點就把母親送到醫院第11號室。經翁醫長診斷的結果並沒有那麼嚴重，稍微放心，一直跟母親在醫院，到了七點鐘回家，晚上使瓊仔陪伴她住院，這幾天精神上的疲勞，使我糊里糊塗就睡下去。

## 10月1日　水

早晨八點到醫院看母親，溫度並不下來，下午五點又到醫院去，據許大夫說母親不算是腎盂炎，也許可能患傷寒病，這使我更擔憂。午飯到中南，乾兄與朱啟全君為樸〔墣〕耕事來訪。下午三點半於交通處開業務座談會，新設福利委員會，被推為委員。四點陳中凱君為合作社事來訪。晚上與三個小孩很寂寞地想母親，八點接到碧蓮電報，叫我乘夜快車南下，但是現在母親的病這樣嚴重，有甚麼方法去呢！噯！命運啊！

## 10月2日　木

早晨七點約仲凱君到基隆，因暴風雨未得去，到醫院看母親，還是一樣發燒，又到保健館訪問王耀東兄去，沒在。十一點到交通處，正乾兄與啟全君來訪。十二點冒著大雨回家，進門道路都水滿滿地，璃莉

也濕得怪可憐，沒有母親的孩子真可憐，沒有人給她照管。三點在暴雨中帶著三個孩子到保健所給王博士檢查身體，說璃莉還是不大好。又帶三個孩子到醫院看母親去，她的病並沒有變化，發燒是在38度，今天搬到第一號室，病名尚未明確。七點離開醫院回家。今天使瓊仔在醫院住。

### 10月3日　金

今天叫池仔請假一個禮拜，住醫院侍候母親，但是結果沒請假。到了上班後到醫院時，母親哭出來說不要她，放置她一個人在醫院，正好大甲大姊與大姨今天到台北，暫時可以請大姨給看家，請大姊在醫院侍候母親。十點拜訪啟琛兄去，沒在，到鐵路管理委員會工務處找俞事員，為樸〔撲〕耕事託他去。十一點到公司，正午景山兄與錫純兄來公司，錫純兄因領汽車照牌是來拜託，午飯到「興樂」被他請。晚上董萬山君自斗南來北，帶他找景山兄去，沒在，十一點回來。

### 10月4日　土

十一點到醫院，又帶董君見景山兄去，沒在。十二點被啟清兄請吃飯，與啟琛、錫純就在「國際飯店」吃午餐。下午到醫院，與許成仁大夫談母親的病，大概不太要緊。三點又帶萬山君見景山兄決定職業。四點半回來交通處，因明天要出差，恐怕有職務須整理。下班後到醫院看母親，並見許大夫，據說這病不十分厲害。

### 10月5日　日

早晨乘七時二十分的車南下，在清水站見景山與站長，為景山覓職事情請站長幫忙，但沙鹿碰見義夫、松齡談些閒話，在彰化換快車，魏主任也同車，碧蓮到台南車站來等候，一同到興南旅舍，因馮所長來訪問的關係，她一會兒就走了。下午七點她再來，說起因家母病間我未能南下時，她一人見余檢察官的經過，實在表現她之勇敢能幹。憂喜交錯於我心上，……一會兒，她母親就到旅館來，我們三個人一直談到十點多鐘，話題總離不開旭昇問題，十點半她們回去睡覺。

## 10月6日　月

　　早晨八點多碧蓮來訪。我獨到「紅雀」吃午飯去，碧蓮十二點半就來了，……一會兒，她母親又來了，於此我們三個人又談了好久，三點她母親又走了。五點半辭退了旅館，與碧蓮先見傭女菊仔去，約9日一同上北，六點拜訪有德君。晚餐後一同找陳推事去，據說因張小姐活動太厲害，余檢察官不得不把張案慎重偵察〔查〕。回途找碧蓮去，她沒有精神，也許她看有德的態度粗暴而嫌惡所致，我叫她不必太活動，靜待之。

## 10月7日　火

　　早晨與有德君到警察局後，找碧蓮去，在她家裡吃午餐，三點多鐘告辭，四點拜訪劉明哲兄去，談了一會兒就走了。晚餐後與有德君看歌仔戲去，因太無聊，本想今天到新營看三連兄去，據耀南君說三連兄已經回北去。今天閒得沒有事件做，我看陳君到〔倒〕是與以前一樣懇切。但是陳太太的態度與從前是不同了，冷淡得多了，我在有德家恐怕這次是最後的。

## 10月8日　水

　　早晨到碧蓮家與碧蓮告辭，與有德君乘九點五分的快車回台北，有德君在新營下車，我在彰化下車，在食堂簡單吃午飯後就拜訪岳母去，正好岳父、絹絹、淑慎都在家，一會兒乾兄與朱啟全君來訪，兩點多一同到工務分段去，先見鄭工務員解決樸〔贌〕耕事情，三點驗收機關庫去。七點被筍山號陳春林君宴請於「招仙閣」，工務分段大部分人士也同席，菜並不好。九點告辭，與元禧君看三舅去，託他寫聯，他正病得發燒，又訪問君晰去，沒在，回家來與岳父、岳母、淑英諸兄弟姐妹閒談，獨絹絹不回來。絹絹最近對我態度突變，我也明知其緣故，但命運所馳，我也無可奈何，到了十一點多鐘她纔回來，談了一會兒就散了。

## 10月9日　木

　　早晨拜訪楊以專、楊老居兩兄去，報告公司內容並聲明年底開股

東會，十一點再訪工務段託李逢心段長採用景山事。乘快車回北，車中與許乃邦、郭天二〔乙〕閒談，到了台北先看母親病去，好在比臨走時稍微好轉一點兒，但是至今尚未明瞭甚麼病。六點接新雇來的女傭菊仔去，怎麼找也找不著，失望而回，到了七點鐘她才乘人力車來了，方放心。回家一看，天氣這樣冷，三個孩子都沒有添綿衣，不覺使我傷心。

## 10月10日　金

早晨陳仲凱君來訪，商談海員工會合作社的組成問題，十一點一同看母親去。十二點到他家裡吃午飯，並且看他家譜。在這變亂中，能平安回故鄉來，不覺也替他們高興，午餐後一同訪問四舅去，閒談好久，再到醫院看母親，回家已經七點多了。今天讓足仔回台南，傭三個多月，也灰心使她走，傭人不易。因是國慶，台北都美裝，到處也都很熱鬧，但是我在千愁萬緒中，過著苦悶的日子。

## 10月11日　土

早晨寫一封比較長的信安慰碧蓮，使其不要灰心，靜待命運之展開。下午在中南見了陳啟琛、石錫純兩兄，閒談一會兒就到了醫院看母親去。下班後回家，覺得身心俱喪而且累，醫院的費用、家裡的費用實在無法解決，愈想愈傷心，這樣的日子實在活一天苦一天。

## 10月12日　日

早晨李當發公子、顏水還帶一朋友，徐鄂雲、洪炎秋、林朝啟〔棨〕、張先生、阿海還帶一友，顏海玲等君來訪，徐鄂雲大談政治現況，國家到了最後的關頭，如果到年底沒有大變動，人民再活不下去了。到東門食堂請徐鄂雲與洪炎秋吃午餐。下午三點到吳國信家裡去，與邱總幹事、李當發、陳仲凱諸位高談組織海員工會合作社事宜，散後拜訪啟琛兄，談了一會兒，到了醫院看母親，再與仲凱君吃晚餐去，九點多回家。

## 10月13日　月

接到碧蓮來信，信裡有一封陳情書使各校校長說明張旭昇演講內

容，請楊孟學君加以改文，就以快信給送去。早晨十點與徐鄂雲在公路局監理處見面，為石純兄汽車照牌與張科員面洽後，到南豐行見郭君。下午到醫院見許大夫請求退醫院，他說還不到時。晚九點陳有德君與王耀東兄來訪，談了一會兒，十點半就走了。據說張旭昇也許在最近之中沒有放出來的可能。

## 10月14日　火

早晨到醫院看母親去，一天比一天好了，下午又去了，碰見有德君來醫院探病，與他談到三點多鐘回交通處。啟琛兄來電話，下班後到光漢旅館拜訪他去，洗一澡後一同到「松林花」喝酒去。好久沒有到 coffee [café] 去，如今窮人這樣多，但是花錢如用水的人又這樣多，叫四、五個姑娘侍候，裡頭有秀卿、寶珠比較談得來，今宵的音樂很多是 Algertine Tango，過去一聽這些曲子我就在地上跳起來，啊！心裡的鬱悶啊！今天喝不少酒，喝而不醉，在這酒杯裡想起淑英，過去常常帶她到舞場，一到舞場有時也喝酒，如今她已不在人世，這使我如何傷心。我實在沒有法子再忍耐在這酒家喝下去，我希望趕快回家，在我睡房裡來見淑英像〔相〕片，於此十點半我們兩人就走了。啟琛兄他把家眷放在日本，沒有希望的日子，也使他與我一樣乾燥無味，是故借酒解愁吧了。

## 10月15日　水

早晨陳仲凱君來訪，邀同李當發君到呂金定君宅，與他們四位商量組織海員工會福利社事，決定資本五百萬元，午餐由呂君請，飯後一同到基隆去看房子，大體商妥。四點丘乃平君又來加入，又在李君岳父家被請吃晚餐，飯後與丘、仲凱兩君到市黨部見徐指導員，商量黨營事業承辦事，八點回到台北看母親去再回家。

## 10月16日　木

早晨找啟清兄去，聽說已經走了，就到醫院去。午飯到中南吃，金鐘君談了一會兒，又到保健館去照X光照，已經照了五、六次都不見好。下午又看母親去，今天更見好了，回家想來想去，實在太命苦了，

想明晚到台南縣與碧蓮一見。

### 10月17日　金

早晨仲凱君來訪，商量組織海員福利社事，大有眉目。十點在大公企業公司與陳君見、顏世昌、徐志剛，商量黨營事業，略有頭緒。午飯到永樂市場被陳君請，飯後到建設廳與蘭洲、郭松均〔根〕博士四人閒談。四點到醫院，母親希望今天要退院，與大夫商量，下午六點多退醫院了。

### 10月18日　土

為月娥借款事一同到商會後，就到醫院辦退院手續。十二點在新中華被陳重光兄請吃午餐，同席者有舊東北關係者不少。今天舊曆9月5日是阿媽忌日，本想昨夜快車到台南，但是一來因家母剛退醫院，二來今天是阿媽忌日，也就延於今宵。想起昨天為此事，母親還說我不孝，實在很難過，心在台南，但又不敢去，忽然又想起淑英，如果淑英在世，今天不必如此操心。昨夜整夜睡不著，愈想愈傷心，現在我這樣苦，母親不能了解我，忽然真想自殺，為人不易，做人更不易，心裡痛哭一場，坐夜快車到台南，啟清兄也同車，今天一等沒人，車掌對我也很不錯。

### 10月19日　日

碧蓮到車站來接。十點拜訪程元藩主席檢察官去，沒在，可在路上碰著，據說可以把案子趕快結束，又是空洞話。順便拜訪林澄模學兄去，沒在。下午張太太來訪，談了半天，總沒有好方法，在「產飯店」吃晚餐後，拜訪陳推事去，碧蓮沒有進去，談了一會兒也沒有甚麼結果。今天談的多半是關於結婚問題，她十點半回家去。

### 10月20日　月

據說柯賢湖君今天十點不起訴而出來了。一聽這消息一方面很高興，因想張旭昇君也有不起訴出來的可能性，同時很失望，因為我們如此工作，但還不如柯君，現在遲遲不能解決，我看碧蓮消沉得很，用種

種的話來安慰她。下午玩到七點多鐘就與碧蓮做洋服去，八點到「貴賓館」吃晚餐，十點到車站時，張太太與碧蓮妹妹來站報告，有高雄黃清水者，係張旭昇舊同窗，為張君事見余愉檢察官，促其早日釋放，希我與黃君一見，今宵再度到余宅一談，因車快開，沒有十分說話，也就決定回台北了。

## 10月21日　火

早晨七點到台北，因昨夜沒有睡鋪，覺得很累，頭暈。到家看母親的病，略好些。八點到交通處，九點仲凱君來訪，一同訪問呂金定去，十一點三個人到基隆，佈置事務所，並且到海員工會見吳國信、邱乃平兩君去，在「北平飯館」吃午餐，四點多鐘回台北，與仲凱君看榮町有一所事務所，很合適。……

## 10月22日　水

早晨九點半拜訪仲凱君去，與他商量公司合併事宜，他不贊成。千里君也來訪，三個人談了一會兒，寡歡而散。到公司報告吳姊夫，想種種的打開策，但是總沒有好辦法。下午三點林以德君與吳姊夫到交通處來訪，到蘭洲君那邊談民營事業事情，正碰著郭松根兄與吳昌禮兄，請昌禮兄到大安給母親看病並打一針。晚餐被以德兄請於「小春園」。八點多鐘纏回家。今天賴尚崑夫婦來探病，又接到碧蓮來信，說黃清水兄之努力，旭昇氏大體下禮拜一、二可以自由。又說她24日夜快車要到台北來。兩個好消息，使我很高興。

## 10月23日　水木

早晨在交通處看《民主憲政論》。仲凱君來訪，商量基隆房子事，雖與建台，他不贊成合併，但新公司之組織非進行不可，為使新公司能早日成立，也就房屋無條件借與新公司，同時對仲凱君覺得沒有以前那樣親熱。午飯後參加板橋國民中學的家兄會，光復後台灣文化之衰亡潰滅竟波及到國民學校，如今學校之慘淡經營，使聞者同情流淚。

## 10月24日　金

張行政院長群今天抵台，動員學生到機場歡迎。台灣官僚真會媚上。九點仲凱君來訪，叫一同到基隆，沒有熱心想去，但他一定要我去，十點到基隆，把新公司佈置好，後到「北平飯店」吃午餐。下午三點回北，到商會收乙金舅台幣十萬股款。今天接到碧蓮來信，據說明25日早晨可到北，但也許沒有時間來訪，很覺詫異。

## 10月25日　土

今天是光復二週年紀念日，台北各處到〔倒〕很美麗地修飾起來，五彩燈、展覽會、運動會、體育會、音樂會，啊！看熱鬧的人是何多啊！但是因為光復吃不得飯的人又是何多啊！我痛恨這個假熱鬧、假興奮。朝晨仲凱君來商量新公司組織問題，他走後把夏天的衣服整理起來，因天氣日日加冷。午飯後帶瑪莉、璃莉到新公園玩去，正碰著化裝行列，長至有兩個多鐘頭纏過完。因碧蓮說惱病不能到北來，覺得寂寞得很，在這幾十萬的民眾裡頭我找不出一個親熱的人，本想就回家，但又擔不起這深刻的寂寞。到了仲凱君家去，與他談了一會兒，就到川端町農園去，想紀念碧蓮二十二歲誕生，來種幾棵樹，找的〔了〕半天，買了二棵松表示永遠，二棵桂花表示香貴，二棵Itakaliagura表示繁茂，使他舊9月15日來種。在仲凱君家裡吃飯後，九點多纏回家。那天旭昇先生也沒有第二審，台北高院連郭國基、潘□□、□□□放出去了，余檢察官真有一點開玩笑，愈想愈不滿意，這幾天都想累了。

## 10月26日　日

本想今天到大甲、清水、彰化去，但心身俱倦，不想去了，天氣晴朗，早晨帶三個小孩理髮去，順便找林朝啟〔槑〕君，沒在。下午因在家裡前面做光復戲，也就帶小孩玩去，沒有意思，一會兒就回家。晚飯後也帶他們玩了一會兒，因有明月高懸在天空，又憶起碧蓮來，未知我們幾時才能結束這艱難的因緣，想得千頭萬緒，都積到心上來，不由得流淚嘆息，運命一點也不放鬆，是這樣殘酷。昨夜做了一夢，好像是淑英，啊！怎麼這樣瘦，瘦得使我心痛。噯！淑英如果還在世，今天我就不會過著這樣困苦的日子，現在過一天，一天苦，想起殘生未知多長，

只覺荊棘之道，如果能這樣全家死滅下去，不知道如何爽快，啊！世情又是這樣冷淡，這幾天每天一到半夜就醒，睡不下去。

## 10月27日　月

　　早晨九點仲凱君來訪，今天寫一封比較長的信安慰碧蓮。下午回家到〔到家〕，種樹的沒來，三點到鐵路管理委員會驗收警察室扣留所去。為甚麼要設警察室，對陳情處的政策很抱不滿。下午四點半在建台公司見陳仲凱、呂金登、李錦外新公司股東會，審議章程，到了九點鐘完，一同到「涼蘭」吃晚飯去。九點多回家。細雨綿綿，更愁殺我，家裡前面還是繼續歌仔戲，但毫無興趣。

## 10月28日　火

　　下午兩點參加廖季鷥第二小姐廖雪香與黃雲裳先生結婚典禮，在中山堂很盛大舉行，婚禮按基督教式隆重嚴肅。我的結婚典禮也決定要按基督教式，因中國式婚儀用印太多，結婚好像是一種契約似的。三點三刻典禮完畢，就開始祝賀會，今天看見楊基銓太太稍微像淑英，雖沒有像淑英那麼漂亮，但眼睛很像，跟石錫純太太坐在一齊〔起〕，很想找個機會與她一談，可沒有機會。自淑英去世以後，到處都找像淑英面貌之女，不可得，就是她的妹妹，也沒有她的像貌，四點三刻大家都散了。晚上六點在「蓬萊閣」開祝賀宴，在宴席上碰著王清吉先生，他自己介紹來見我，十點與李燦生先生等坐李耀星君的汽車回家。

## 10月29日　水

　　昨天阿海來訪，帶了碧蓮一封信，據說她父親還得三個禮拜再能出去，失望得很，明知道不起訴，為甚麼要等三禮拜，實在余檢察官太豈有此理了。10月過完，11月快到了，如此遷延下去，今年中不能結婚了，而且就是旭昇先生出來，對我們的婚姻是否馬上能贊成，這也是一個嚴重的問題，想來想去，夜半就睡不著。今天整天頭痛得很，下午到公司與吳姊夫清算在北平的賬，吳姊夫短我錢就不還於我，如果我有錢也無所謂，如今我窮到這個地步，實在無法再不要這筆錢了，就是不要，他也不會感謝人家之恩的，過去一生之中就沒有過像今天如此狼狽。……

## 10月30日　木

　　楊老居先生約今天來訪，可沒來，找蘭洲兄談了一會兒就回家準備到彰化，因沒有錢，請吳姊夫給預備，結果只得四千元。帶宗仁乘下午二點四十分的普通車到彰化去，車中碰見蔡謀燦，憶起昔日被壓迫事情，因他家產殆盡，怨恨尚未消，是故不理他。到了彰化下車後，帶宗仁就到岳父家裡，元禧明天將行結婚典禮，家裡十分忙碌，最近絹絹對我頗冷淡，明知其故，也無可奈何。

## 10月31日　金

　　早晨四點起來，與王四舅、六嬸、七嬸陪伴元禧君分乘兩輛汽車到太平鄉迎新娘去。中途過溪，種種千苦萬難，於八點鐘才到太平鄉林德音公館。休息兩個鐘頭，吃了朝宴，拜了祖先，九點半離開太平鄉，因汽車被小孩放氣，又到南台中灌氣，耽誤了一個鐘頭，下午一點方回到家裡。他們伴嫁是賴榮木與她弟弟兩位。午宴開了四桌，宴後覺得很累，睡了一會兒。晚上七點開披露宴，來客一百多人，分十桌，很盛大，到了九點多客人才散。今天元禧完婚，以姊夫的立場替詹家實在感覺愉快，如果淑英在世未知多麼快樂。晚上在姨仔床上與宗仁睡覺，憶起淑英不覺流淚，很盼望一夢，但夢難成。

## 11月1日　土

　　早晨乘九點四十分的車到台中，見了華南銀行信託部經理劉喜陽氏商量台中市土地委任經營事，得他快諾。十一點到了泰成行見朱啟全君，再訪問張煥三君，午飯在「泰成」與煥三、信夫兩君被啟全君邀請，乘十三點的快車南下，車中碰著幾個朋友，談話解悶。十七點到台南，碧蓮到月台上來迎接，她叫我一同到高雄一見黃清水君，也就與她去了。她告訴我，25日她的確到台北，我一聽很失望，已想到台北她可以忍心不見我就回南，真不了解她的心，這使我一個很大的打擊。在「新高雄酒店」見黃清水君，本來黃君就是老同學，今天他如此成功，據說余檢察官三個人要求60萬台幣，五天以內可以放出來，噯！中國之貪官污吏啊！你們的國民的吸血兒，清水也說過你們是畜生，不是人，大所失望而回台南，先到洋服鋪做衣裳去。……

## 11月2日　日

早晨七點三刻碧蓮來訪，……她給帶來便當。今天她很快樂，她說禮拜二決定她父親第二審，她務必明天工作余檢察官，解決她父親事，到了最後階段無法幫忙她實在很難為情，但是也沒有辦法。乘九點的快車北上，在車站與她握別。車中劉振長、楊文富等同吃，在彰化元禧、新娘等一行上車，今天三日新娘回娘家，我是陪伴他們的。到了太平鄉已經下午兩點，吃完午宴後，頗覺身心疲累，在長椅上躺了一會兒，帶一行到先於兄宅休息，談了一會兒，乾兄夫婦也來訪，聽說自從小妾過房以後，乾仔嫂都在逆境，勸乾兄勿負心。下午八點多的車回彰化，本想今夜快車回北，但身心累得很，也就再住一天了。

## 11月3日　月

早晨帶元禧、新娘到老居先生、二舅家裡去致敬。我又到南郭拜訪君晰兄，談了一會兒就走了。午餐後乘十二點半的快車回台北，宗仁因皮膚病尚未好，就留在岳父家裡以便治療。到了家裡聽說傭女菊仔患肺病，很擔心，但確實而且不輕。覺得很累，躺在床上，憶起淑英，不覺流淚。

## 11月4日　火

今天到交通處，聽說魏主任找過我，沒事情做，實在難堪，並不是我沒有責任心、不耐，沒事做，因而常離職。下午到「國際飯店」看「A Song to Remember」。最近很少見名電影，這音樂電影還不錯，感慨而回。晚上在中山堂參加敬〔慶〕祝鐵路管理委員會二週年紀念平劇大會，沒有意思，九點就回來。

## 11月5日　水

下午將菊仔送回鄉，早晨寫幾封信託找傭人，公司正培蘭與人家進行親事。今天接到碧蓮來信，據說昨日並沒有第二審，她父親也沒有出來，使我很失望，想她想得夜裡都睡不著。11月已經過五天了，未知何時再能出來。12月的結婚是否可行？想得前途暗淡。八點仲凱君來訪，請吳姊夫參加討論基隆房子事。

## 11月6日　木

早晨寫一封信給碧蓮，想禮拜六到台南，並很想與余檢察官一見，積極解決，以了此案。李金鐘、吳析兩君到中南來訪。午餐後到合作金庫找瑞麟、廖能兩兄閒談。晚九點陳慶華君來訪，商量關於他參加競選監察委員事。今天沒接到碧蓮的信，寂寞得很，夜裡睡不著覺。

## 11月7日　金

悶得很，因沒事做，又寫信給碧蓮。未知何故，近幾天對碧蓮抱不安起來，明知她是一位聰明的女子，但癡心多疑無可奈何，使我心不安。下午帶譚君見張耀東博士去，商量他太太懷孕解釋辦法。回家接到碧蓮一信，果然與所料相合，余畜生要求她做愛人，如此對她父親馬上可以釋放。噯！畜生！這樣的民族、這樣的國家怎麼稱得起近代國家，是一個流氓政府，整夜一點睡不著，懷念碧蓮。

## 11月8日　土

早晨乘快車到台南，車中碰見獻堂、金海兩先生，與金海兄輕談之中，他請我給介紹有為青年，馬上想起信夫事，託他代為設法引進彰銀。車到了新營，有德君上來，覺得很失望，碧蓮到車站來迎接，她就走了。與有德君到「崔飯館」吃晚餐後，拜訪陳推事去，沒在，而且據說今天不能回來，就到了碧蓮家裡，談了一會兒，與碧蓮本想見一見余檢察官。道中聽碧蓮說明與余交涉當中，余所表示的態度大為憤慨。余畜生要求20萬元賄賂，送給他時，他又不接收了。他又變了方法，要求碧蓮做他的愛人，實際上他是要求碧蓮的貞操，我聽到此點怒從心中湧出，我絕對不能見這樣畜生讓事情隨便，就是旭昇被判死刑，我也不能求於這畜生，也許碧蓮所持的態度是對的，但是我總想當場應該給他一個厲害，使他畜生知道受過高等教育的台灣女性，絕不如他畜生所想像那樣廉價出售的。至此對張案堅持兩方針，一是求慶華託劉檢察官告訴余畜生使早日釋放。二是叫有德君求陳推事以金錢解決之，除此兩方針外，一概不理。嚴令碧蓮以後不許見余畜生與第二科長，碧蓮所走之路，也是受我指示的，因此自責自嘆。過去在舊都常看到孝女為父母怨〔冤〕枉告於法院，法官憐惜她們的孝心，成功之例很多，想不到余畜

生真是人面獸心，使碧蓮痛心萬分。……

## 11月9日　日

　　早晨七點一刻，碧蓮送我到車站，心身疲憊、勞累，在彰化下車，訪問君晰君，沒在。聽月霞說傭女已經人家要去了。又訪問岳父家去，正淑慎一個人在寫字，與岳父談了一會兒就到清水。先到信夫家，又到明發家，都找不著傭女。在失望中乘下午六點清水開的普通車回台北，台北正在狂風暴雨之下，在這黑暗風雨之中，走到家裡已經深夜一點多了。陳姊夫又來了，談了一會兒，兩點多鐘才睡覺。

## 11月10日　月

　　早晨到交處寫一封信給碧蓮，下午就不上班，帶三個孩子約元禧夫婦乘二點十分的車到北投，憩於台銀俱樂部，因下雨水涼，沒有意思，留宗仁，我帶瑪莉、璃莉回來，雨不斷地下，覺得相當冷，聽說親家、親家母都來了。這次到台銀也有一點收穫，就是今後可以常利用台銀俱樂部了。到家裡已經九點多鐘，很累就睡了。

## 11月11日　火

　　早晨仲凱君到交處來訪，據說資本只聚一半，很難成立，一同到建台閒談。下午約元吉、瑪莉、璃莉到草山一遊，三點半回家。五點到新高木材行周先生招宴，九點回家。沒有到草山去，元吉、元樞、陳親家、陳姊夫到，住在家裡。

## 11月12日　水

　　早晨帶元吉、元樞、瑪莉、璃莉到草山去，因想草山硫黃溫泉可以治好小孩的皮膚病。到台銀俱樂部找元禧君夫婦，因細雨綿綿，沒有多大意思。五點回來，途中車胎破裂，到了六點半才到家，親家、陳姊夫都回家了，據說今天報紙已經揭載陳姊夫為青年黨推薦為國大代表及省參議員。今天本約元禧夫婦吃晚餐，敬祝他們而設宴，境仔、玉燕、元吉、元樞也來參加，但是我心裡寡歡不樂，因為禮拜一、二、三都沒有接到碧蓮來信，真想不出來為何她不寫信來，一定有甚麼變故，不然

何至於此，她也知道我很焦急想知道有德君與陳推事交涉的結果。自從與她認識以後，就沒有這樣久沒有接到她的信，尤其如今事情在萬急之秋。今天宴後九點找慶華君去，他說可以與劉檢察官到台南走一趟，求余使旭昇早日釋放，他幫我忙，同時對他參加競選監委，我可幫他的忙。晚上想碧蓮想得都睡不著，啊！戀愛是這樣苦，未知何故對碧蓮最近心求愈烈，如果此段戀愛未能成功，實難生存於世，這三天是多麼苦啊！

### 11月13日　木

早晨使菊仔回家，以便治療身體，使其早日恢復健康。早晨寫一封長信給碧蓮，並且報告她劉檢察官與陳慶華今天夜車到台南為她父親工作，啊！是多麼苦啊！整天就不知道做甚麼好，看書也不入神，今天以為碧蓮會到台北來，也沒來，實在這幾天每天都好苦啊！下午王四舅來訪，閒談一會兒，又與蘭洲兄談一會兒，更覺在交通處沒有意思。下班後到「鈴瀾」與玉燕、境仔、吳姊夫、姊姊、廣仔同吃晚餐，用他們昨夜輸贏的錢。宴後與境仔、玉燕看「清官外史」，做的還不錯，戲散時已經快十二點，與境仔談話回來，很焦急想看碧蓮的來信，但不知道宗仁給藏在甚麼地方。

### 11月14日　金

早晨看碧蓮的信，啊！我的多疑一時變為笑話，我是多麼一個傻子啊！這幾天她沒有寫信是為工作忙，她在台南與我一樣時時刻刻都在懷念我呢！她叫我務必帶宗仁今天快車去，因台南今天很熱鬧，但是我還是今天晚車與慶華同車為妙。元禧夫婦昨夜也住家裡，還有陳親家母、境仔，沒有傭人，累死母親，很壞，對不住母親，希望旭昇事早日結束，以與碧蓮早日成親。乘夜快車南下，車中找不著慶華君，很失望，也許他們可能昨天已經走了。

### 11月15日　土

早晨七點四十分到台南，碧蓮到車站來迎接，一同吃早餐，十一點找沈榮律師去，據說慶華沒來，很意外。與碧蓮別後到黃谿泉公館找

蘭洲兄去，沒在，在「崔」吃午餐後回旅館閒談。六點十分到台南車站與蘭洲兄一見，告訴我不能到麻豆，碧蓮也沒來，就回旅館小憩。八點四十分到車站，與碧蓮慢〔漫〕步神社舊址，並且在草地上談心，……夜半十二點才送她回家。

## 11月16日　日

早晨七點到車站，想也許慶華乘此車來南，但也是失望，乘九點的快車返北，途中在彰化下車，元禧與海令來迎接。下午一點多傭女楊月娥也自清水回來，十三點半拜訪岳父母，談了一會兒，乘十四點半的普通車帶月娥回台北。車中碰見洪火煉先生，商量慶華君競選監委事，請他幫忙。至台北又是在風雨之下，哭著。

## 11月17日　月

今晨肇嘉哥自滬回台，很想到基隆接他們去，因想打電話告訴碧蓮，未能離開交通處。早晨見翠霞才知道慶華禮拜六南下，今天在台南，很希望碧蓮與他今天在台南能連絡。下午兩點拜訪肇嘉哥於「高義閣」旅館，因客人很多，與他也沒機會說話。下午三點半他出去，我到樓下與黃炎生、楊基先、楊基全閒談。新來的傭女還不錯，因這幾天很累，晚上九點就睡覺。

## 11月18日　火

早晨九點半啟清兄來訪，一同到「高義閣」拜訪肇嘉哥，很多人來找他談話。十一點帶肇嘉哥、湘玲、基椿太太等訪問景山先生宅、我家、慶華宅去。午飯與啟清兄本約與彭女士餞別月娥，但很不想去，因見彭女士好像對不住碧蓮似的。五點下班後又到「高義閣」去，仍然很多人在與肇嘉哥說話。午下六點在「蓬萊軒」被黃國書、陳啟清宴請。今天接到碧蓮來信說，16日下午清水君來訪，據說禮拜六余與第二科長拜訪他去，說最近中可恢復旭昇先生自由，很高興，但慶華尚未回來，未知何時可出來，交涉結果如何。

## 11月19日　火

早晨七點二十分到車站送肇嘉哥回清水，因昨天半夜商量後，再睡不下去，今天頭痛。下午仲凱君來訪，說殖元行也許可能流產，萬事實在不容易。今天託楊月娥買一皮箱，寄她台幣一萬元，未知她是否能買得使我滿足？因上次託買洋服料子使我很不滿意。下午六點慶華來訪，據說旭昇事近日中可能結束，但這禮拜恐怕回不來。

## 11月20日　木

早晨寫信告訴碧蓮，慶華的詳細報告，十點找莊天錄君閒談去，再到民政廳第二科找黃專員打聽選舉事。十二點半天乙君來訪，他託我為他競選立法委員幫忙。晚上七點五嬸帶景山為職業事來訪。

## 11月21日　金

擬對台灣交通寫一篇論文，今天開始收集材料。十點與蘭洲兄到農林處寫關於農林問題。國大代表自今天起開始投票，但毫不感覺興趣，今天調查景山君書類，從彰化還沒寄來。下午兩點簡文發君來訪，閒談一會兒就走了。本想明天到台南與碧蓮一敘，回家看到碧蓮來信，說務必乘今天夜快車南下，明早一同到高雄，再見清水轉告余氏。一想有理，也就乘夜快車到台南去，啟清兄也同車，李師車長給一個睡鋪，但是睡不著。

## 11月22日　土

碧蓮到車站來迎接，據說張旭昇案已由余轉為程檢察官，很高興，一直就到程公館去。但他太太拒絕與我見面，頗為失望，因此很不想到法院去，但是碧蓮懇求，無法，也到法院去。第一工作今天被叫為證人的八位學生，使他們〔作〕對張氏有利的證言，十一點二十分證人、張氏都須審完畢，見程氏要求釋放，他說「還得考慮」，使我很失望。看今天程氏態度跟先前之和藹態度完全兩樣，使我很痛心，也無話可安慰碧蓮。……六點她見書記官去，七點半到她家，很意外她還沒回來，未知有何多話她竟與書記官談了一個半鐘頭，她八點才回來，明知道書記官歡喜與碧蓮說話，她要利用他不得不應付一下，但心理感覺不痛快。

八點半與碧蓮出來，到旅館談了一會兒，十點半送她回家，弦月在天上，在月下與她甜談蜜話，十一點半回旅宿休息。

## 11月23日　日

七點半碧蓮帶了一條肉魚來訪，很感激她這樣早就到東港買這一條魚來，她的純情的確很可佩。……到車站，火車都已經進站了，她送到月台，正好啟川兄、林益謙兄、辜偉甫等都同車，閒談很有趣。午餐在車內一同被啟川兄所請，本想在台中下車，因身心頗感疲勞，一直回北。小孩們都到草山去，母親一看到這樣大的肉魚很高興。

## 11月24日　月

早晨陳仲凱君來訪，閒談一會兒他就走了。我想一兩天不寫信試試碧蓮，但是又想一個純真的少女，我怎樣能如此殘酷的對待她。下午仲凱君又來閒談，晚上因身體疲累早就床，但九點鐘左右許子秋、張和貴君來訪，閒談很多事情，尤其感趣者，就是許君擬與翁金護的大小姐結婚一事。他怎麼選這樣的浪漫女子，真莫明了解。

## 11月25日　火

國大代表今天大部分都發表了，幾個朋友都當選了，很無聊，在交通處看世界劇集〈エグモント(譯者注：「Egmont」，歌德戲劇之一)〉與〈ステッラ(譯者注：「Stella」，歌德戲劇之一)〉，兩篇都很好，很想給碧蓮一讀。中飯時碰見慶華君，託他再寫信給程檢察官，使其早日釋放張旭昇兄。下午因想治全家皮膚病關係，三點就回家了，晚上信夫來訪，身體尚未恢復，很早就睡覺。

## 11月26日　水

下午無聊，獨自看「歌侶情伴」去，是Janette　Macnald主演的天然色音樂影片，她演得很好，在場不料與林秋錦坐為鄰席，閒談一會兒。這幾天未知何故，很懷念圓花小姐，自覺對她很不住，而且常懷與碧蓮不如與圓花小姐結婚，可能使家庭美滿，但事到如今，已無可奈何。今天接到碧蓮來信，不安的心稍微靜下來。下午郭教君來訪，請求

我保結。晚上信夫君來訪，閒談一會兒，九點就睡覺。

## 11月27日　木

早晨寫一封信給碧蓮，安慰她免為掛念。十點慶華來訪，帶他到民政廳第二科見盧科長、黃專員商量競選監委事。十一點半郭教來訪，給他保結書，下午拜託景山兄去，沒在，與董萬山君閒談一會兒就走了。今天陰曆10月15日各地都謝平安祭，家鄉聽說也很熱鬧，天氣很好，月亮真美，獨自到家前小道慢〔漫〕步。憶起碧蓮，她現在也看這同一的月亮，今天沒有接到她的信，很覺寂寞。晚九點多陳姊夫來訪，他還以為國大有希望，台灣是自由競選，他不明白這個意思。

## 11月28日　金

早晨拜訪啟川兄去，沒在。下午林以德君、吳姊夫來訪，一同拜訪陳華洲所長去，沒在。晚上與吳姊夫、蘭洲兄被林以德君宴於「大上海酒家」，菜很不好吃。下午九點一刻到家，接到碧蓮來信，務必請我去，但因回家太晚，沒有趕上夜快車，躺在床上睡不下去。

## 11月29日　土

乘早晨八點半的快車到台南去，車中碰見金海君，託他採用吳姊夫事，又與李金鐘君閒談。在車裡見了吳三連兄，他這次國大代表以最高票當選，我也很高興。碧蓮到車站來迎接，一同到旅館，旭昇先生還是沒有出來，……她六點半接高院書記官去，晚餐後七點半在神宮裡相候，一同散步去。……十點半，到運河買魚去，十一點送她後，十二點回旅館睡覺。

## 11月30日　日

早晨七點半碧蓮到旅館來訪，她與昨天的態度完全不同，據說她母親昨夜給鬧一夜，說我們活動最厲害，但是最後留在裡頭，程檢察官心裡一定抱不規〔軌〕，逼我務必再見他一次。我實在不願意再去，上禮拜他太太不讓我見程氏的時候，我已受了極大的侮辱，我怎能再見他去。我對旭昇先生怎樣關心，旭昇案怎樣冤枉也給他說明得很詳細了，

現在只要他的決斷放不放的問題，再沒有見的必要。但是為了要安慰她，更要安慰她的母親，我不得不假裝到他家裡去，其實我到工商銀行找林亦佑兄去，沒在，與鄧經理閒談一會兒，再到她家裡。她母親也對我很興奮，從來就沒有看過她這樣的態度。但是經過我的安慰，她也稍微沉靜下去，十一點我就走了。吃了午飯，睡了一會兒碧蓮就來了，因朝晨她很悲觀也沒有精神，下午她又完全兩樣了。她四點回家給宗仁做褲子去，六點半她再來，出去吃晚餐，八點半回旅館，張太太已經到旅館來了，又安慰她，她也沒有像朝晨那樣悲觀。乘十點的車離開台南，她母女都送我到車站，我告訴她們下禮拜我不能再來，也不需再來，因旭昇先生在下禮拜中可能回來。車中沒有睡鋪，躺在椅子上可〔又〕睡不好，與韓石泉談了一會兒時局時評，相當懷疑程檢察官是否因為要貪污，固〔故〕意不釋放他回來。

## 12月1日　月

　　早晨七點到台北，回家吃早餐後就上班。七點仲凱君來訪，談了一會兒，找蘭洲兄去，想有德君到台南慇懃招待我，昨日他從台南來訪時，我又沒在，今天到王耀東君、郭欽禮君家找他去，都沒在。十一點到陳廉記旅社找清漂兄去，仲凱、三連、千里、蘭洲都來，一同到「雙鳳」為慶祝三連兄當選與歡迎清標君來北，被蘭洲兄請為陪客，景山兄、有德君也來了，談得很有意思。中餐後又到景山兄事務所閒談去，十八點到莊秘書公館與清漂、仲凱、有德等打牌消遣，但一直打到天亮。

## 12月2日　火

　　早晨六點回家，讓有德君睡我睡鋪，我到交通處，因這幾天都沒有一天睡好，累得不得了，八點半就回家睡覺，十二點璃莉、宗仁送碧蓮來信，才知道旭昇先生昨天四點保釋回家。啊！天啊！真是！整六個月，我與碧蓮經過多少的苦難，今天方能恢復他的自由，二二八事變將永遠刻印在台灣同胞的腦子裡頭。在家中餐後與有德君出去，下午寫一封信恭賀碧蓮，下午五點與有德君到仲凱君家裡被請吃晚餐，還有李清漂、鄭瑞麟、黃千里各兄，談到四點，身心俱累，回家睡覺。

12月3日　水

　　中飯後覺得無聊，路中碰見有德君，一同看「亡命之徒」去，沒有意思。晚上想早睡，廖恩人太太來訪，談得很晚才回去，與她談話實在可笑。

12月4日　木

　　早晨到台北旅社拜訪天賦哥去，談了一會兒到陳廉記旅社找清漂君閒談去，與他找莊世英兄去。十一點以德君來訪，接洽投標紙業工廠事，午飯一同到「明星」吃。飯後到參議會找天賦哥去，談了一會兒，沒有多大意思。晚餐到「上林花」被欽禮君請，沒有意思，九點回家。昨天、今天碧蓮都沒有來信，心裡感覺不安、無聊。自從她父親回來後就簡單寫幾行報告外，並沒有音信，也許她父親反對與我交際，我也就不做信給她，夜裡一個人頗感寂寞。

12月5日　金

　　早晨八點半到保健館找耀東君，沒在，九點到鐵委會，見簡文發君。九點半會同何建築科長、審議處、陳第煜君驗收台北機廠湯氣工廠，十二點在「掬水軒」與他們一同吃午餐，碰著子秋君與翁金護的小姐吃午餐，他們的婚姻大概相當進展。下午兩點到公司，仲凱、千里兩君要找打牌，到桂端君舊事務所打牌，六點散了回家。接到碧蓮來信，說她父親大概可能贊成我們結婚，頗可告慰。

12月6日　土

　　早晨在家寫一封信給碧蓮。十二點到基隆，先到基隆市復興公司吳肇基經理調查鐵委會投標玻璃情形。兩點半到港務局見莫材料廠長驗收新購道奇卡車，乘下午五點的汽油車回北。今天碧蓮又沒有來信，最近不接到她的信，心裡總覺寂寞，很希望早一點兒了結這一段苦惱的戀愛。

12月7日　日

　　好幾個禮拜沒有在家裡過著禮拜，今天天氣特別好，買了幾株鮮

花來家裡，碧盛的秋天真爽快，整天整理障子。十一點李進添君來訪，晚餐後到廖太太公館，本想提燕生親事，因耀星夫妻在座，不好意思提起，大家打牌，十一點散了回家。陳姊夫深夜一點來訪，又被騷醒，就睡不下去。今天碧蓮來信說她父親對我們的結婚問題直接問她的意思，可能實踐。

## 12月8日　月

十點仲凱君來訪，一同到商會見王四舅，說明殖元行流產經過。因昨天沒有睡好，今天頭暈。今天寫信請碧蓮務必禮拜三到台北來，因心覺深刻的離愁，又經八天沒有相見了。下班後回家接到碧蓮來信說她父親禮拜三不能來，但她秘密想到台北來見我，不過叫我對有德君提親很懷不滿，實在我不想對有德君表示我的意思，因為他現在反對我與碧蓮結婚。今天聽四舅說，絹絹將要與賴和妹子之息〔兒子〕訂婚，為她很高興，明知道她對我的愛，但我無法接收。

## 12月9日　火

今天仲凱君、石錫勳兄、聯捷君、李進添君、吳昌禮兄等來訪，都來拜託事情。碧蓮今天又來信，叫我到台中相見，然後的行動再商量，因好久沒有見她，很想到台中一見。下午七點大姊又從社尾來北了，家裡又住滿人，累死母親。

昨夜夢見淑英，啊！那是何等可愛窈窕，她穿頭一次見我那時的衣裳，以處女的熱烈的愛情與優雅，握著我的手，在花開的曠野慢〔漫〕步，醒後我是怎樣得興奮。淑英！離別後將兩年的歲月了，但妳連夢都叫我難成，雖然也幾次夢過破碎的夢，但總沒有像昨日那樣逼真清楚，可愛的淑英，如今尋不著妳，我希望往後妳能常到夢裡來相見，以告慰我這零落寂寞的心。

## 12月10日　水

早晨乘快車到台中，碧蓮與高雪貞小姐到車站來迎接，一同看省運動會去，碰見星賢君與清海君。看見碧蓮態度比從前冷淡一點兒，也許因為有朋友的關係，一同乘下午三點一刻的車到台北來。九點到北，就

到北投台銀俱樂部住去，尤其覺得與碧蓮感情好像疏隔些了，一來她的外公、有德君、阿妗現在都不大贊成我們的結姻，她的父親又抱著做我的後妻是不名譽的事情，碧蓮的態度又沒有以前那樣熱烈，思來思去，不如拒絕這婚姻改娶圓花。最近對碧蓮浪漫的性格有些討厭，她的性格不比淑英純情，也不比圓花鎮靜。……苦悶的整夜，憂鬱的一夜，啊！命運啊，我將往何處走，自到嘉義見了圓花以後，她也許受到深刻的打擊，連一封信都沒有，自覺很對她不住。

## 12月11日　木

七點起床，因整夜沒睡的關係，頭暈。乘九點半的車離開北投，十點一刻到交處，瑞麟兄來訪，談了一會兒，讓碧蓮、雪貞在樓下等，一同到附屬醫院。因雪貞要看附屬醫院陳炯輝君，一見印象很不錯，午飯請她們在「鈴爛」吃，飯後到「國際戲院」看「芳魂歌」，三點就與她們分別了。四點在華公路局長客廳與徐鄂雲君相見，華局長也參加，談台灣交通問題。今天看碧蓮沒有像以前那樣親熱很覺失望，下班後回家頓覺疲倦，瑪莉發燒剛好，璃莉今天發燒，沒有母親的孩子，晚飯後抱她就睡，睡十幾個鐘頭。

## 12月12日　金

早晨賦仔哥來訪，想見處長，沒在。午餐時碰見金鐘君，託他關於瓊仔的親事給促進一下。下午明發君與基銓君來訪，據說檢察處要通告他不起訴，因而叫他方放心。早晨因驗收彰化合庫事與羅武口爭，很不痛快他，真想辭交通處，未知國貨公司是否有希望？下午叫我驗收去，如今可以多滯台南幾天，很方便了。下午五點碧蓮到交通處來訪，一同到太平町散步與看家具。……

## 12月13日　土

今天被派為參加居院長歡迎會，乘這機會想與碧蓮南下。早晨與碧蓮乘六點四十二分車返台北，她回古亭區，我回家，因明發君與陳姊夫住家，與他們吃早餐，因而沒趕上快車。乘十點五分的普通車到台南，車中與碧蓮、雪貞開很多玩笑，很有意思。八點五十分到台南，我住興南旅社，碧蓮回家。

## 12月14日　日

早晨七點碧蓮到旅館來訪，九點到她家裡見了張旭昇先生，很抱好感，因頭一次在刑務所他對我冷淡，我有一點兒不好意思見他，但是一見如故，一直談到夜裡，晚上住在她家裡。

## 12月15日　月

早晨七點的快車帶張太太、碧蓮到北港，先到曾人模公館見曾太太，好幾天沒見，她老多了。憶起過去與人模君的熱烈友誼，曾太太也誠心歡迎我，在她家裡吃午餐，舊學友顏木杞君也來陪。中餐後與碧蓮、張太太到媽祖廟燒香，曾太太送我們到車站，嘉義因有時間看賴祺祥去，又與碧蓮看家具去。下午八點五十分到台南，在「崔飯店」吃晚餐回家，今天又住在她家裡。

## 12月16日　火

整天在她家裡與旭昇先生、碧蓮閒談。早晨張先生下樓見客，晚上與旭昇先生、有德君看電影去。

## 12月17日　水

早晨與旭昇、碧蓮到赤崁樓參觀，十點到車站打電話洽彰化工務段延期驗收。乘下午三點五十分的車到彰化，就在岳父家住。

## 12月18日　木

早晨十點拜訪呂世明君，七點半驗收華北倉庫，十一點半被包工請吃午餐，乘十二點多的快車返北。在彰化與有德君夫婦同車，他頭一次話說「恭喜」，萬事已妥當，很高興，張先生答應與碧蓮的婚事，他們夫婦在家裡住一夜。因兩姊夫來閒談，有德君也沒有詳細說明。

## 12月19日　金

早晨與褎風兄閒談，到「高義閣」訪問肇嘉哥，沒來。到鐵管會調查豬遺失案與景山就職事，碰見柯子彰君，據說陳交通處長叫他轉告我，現在鐵管會沒有位置，股長如何？如不滿意要介紹到糖業公司。對

陳處長頗抱不滿，日人對台胞尚未如此刻薄，科長我都幾年前已經做過，現在小小一千多公里的鐵路擔一個股長，未免太凌辱我，嗳！台灣的光復！是何等可憐啊！下午到糖業公司見李際潤專員調查彭啟明案。有德君來吃晚飯，飯後他詳細告訴碧蓮婚議經過。

## 12月20日　土

　　早晨乘八點半的汽油車到基隆港務局會同張業務課長與張警務局員調查福建農林公司被扣枕木一事，很簡單就在警察局第三科檔案裡找出兩張證據，斷定是農林公司的。午餐被糖業公司基隆辦事處主任邀請到「大上海」吃，下午二點多報告作完，乘三點的汽油車回北。到了交通處說獎金沒有發下來，給二姊借四千元改為賀禮，下午五點半參加郭欽禮君、林雙霜女士披露典禮，在台灣未曾有的最新式典禮，宴後開舞會，頗盛大，跳到十點多鐘回家。

## 12月21日　日

　　早晨陳金萬君來訪，關於福建農林公司一案，據說枕木的確是他的，訴很多冤枉，好在昨天尚未報告出去，還有辦法挽回，在姊夫家裡吃午飯後，他就走了。下午顏海玲君來訪，談一會兒也走了。晚上慶華君來閒談。

## 12月22日　月

　　昨天接碧蓮來信，因明天要請客，務必叫我今天到台南去，但是現在事情那麼多，實在無法去。朝晨因吳萬子樸〔撲〕耕問題給介紹余主任秘書。十一點仲凱君來訪，十二點千里君也來，一同到「興樂」吃午餐去，因喝一點兒酒，頭暈，本與千里君約四點到北投溫泉過一夜，沒去。下午五點陳姊夫兄弟來訪，仲凱君也來訪，一同拜訪宋委員文箔去，參加青年黨並縣市參議員問題，我推薦幾個好朋友。

## 12月23日　火

　　早晨乘八點半的汽油車到基隆去，繼續調查枕木案，先到共同運輸找證據，知道是台閩公司所有。到警察局見廖第三科長，請他共同調查

此案，以會同報告，費了一天的功夫，調查未了。十六點回到交通處，碰見顏木杞君來訪，他們一行十來個人為東石港、布袋港問題來陳情。晚上廣合林君為與翠瓊婚姻問題來訪，看這青年還不錯。八點多陳金萬君又來訪，與他談枕木事，明知道他的冤屈，如果查出來的事實，可證明他的，那麼很想幫他的忙。

## 12月24日　水

因昨天沒有了結枕木案，今天又去了。經過鄭科長詳細調查之後，下午四點方把報告書作成，但是涂港務局長無論如何都不蓋章，決裂而回，六點才回家。晚快車到基隆，家裡中沒有錢，一輩子之中就沒有如此狼狽，經〔給〕母親六百元，自己帶了二百元就到台南去，正好碰見許子秋君同車，給他借五千元做旅費，跟子秋君談他與淑治的關係，談到半夜三點多鐘，越談越有趣。

## 12月25日　木

七點到台南，碧蓮到車站來接，一同到嘉義去，十二點吃午飯去。飯後定家具去，一共十三萬兩千元。吃了晚飯後，乘下午六點五十分的車回台南，見了碧蓮父母都高興得歡迎我，一會兒彭啟明君來訪，把糖案報告給他。

## 12月26日　金

早晨乘十點五十分的車偕同旭昇先生、碧蓮到高雄去，先到三民化學借汽車，再到王青佐、楊金虎、蘇律師、陳啟川、陳啟清公館歷訪道謝去。午飯在警務處宿舍被陳先生侄子請，我與碧蓮又到尚□兄、林權敏家去，乘五點多的車回台南。晚飯後與碧蓮到神社……，嗳！碧蓮實在可愛！

## 12月27日　土

今天本來想找孫院長、程首席檢察官去，但因暴風大雨裡無法出去，整天在家裡與旭昇先生、碧蓮閒談。十點多有德君來訪，我提起舊18日訂婚，2月1日結婚事，請他務必幫忙，他說太早些。碧蓮的確是理想之妻，與她越談越感情濃厚。

## 12月28日　日

本想今天回家，因昨天風雨來的未得出門，今天早晨與碧蓮到程檢察官公館去，沒在，與王書記官談了一會兒就走了。十一點偕同旭昇、碧蓮拜訪孫高院院長去，與他談了一個鐘頭，很有意思。下午找有德君去，他也一同來了，又談起訂婚事。本擬今晚快車回北，但因碧蓮挽留說明早一同到台北一遊，也就改明天了。晚餐後與碧蓮到街上漫步。……

## 12月29日　月

早晨與碧蓮乘九點快車回北，與碧蓮同車很覺愉快，她歌唱給我聽，她告訴她的戀愛史、她的學生生活，她是一個甜蜜的女郎，回家後看母親很衰弱，真心痛。啊！最近我為碧蓮都不顧母親、孩子，真是何等不孝啊！晚餐後與碧蓮到太平町漫步去，十點走回來，碧蓮多麼天真爛漫。十一點回家，……。

## 12月30日　火

早晨到交通處，把基隆枕木案報告給王齊勳、魏主任，研究對策，結果可以照我的意思。十點仲凱君來訪，他請我與碧蓮、三連兄到「國際飯店」吃午飯。飯後叫她帶宗仁至附屬醫院看手去。下午四點她到交處來，一同到「鈴爛」吃晚餐，看電影去，是「尼姑拉女皇」，很不錯。

## 12月31日　日

七點半理髮去，九點叫碧蓮帶母親到太平町看病去，我到商會與四舅談青年黨事。十一點半到附屬醫院找碧蓮去，沒有找著。中餐在「明星餐館」被陳金萬、林柳濱兩兄邀請吃「すき燒」(譯者按：日式料理壽喜燒)，吳姊丈也同席，我把枕木案的經過大概給他們說明。兩點半回中南，與碧蓮、母親、宗仁到西門市場買菜後，先送母親、宗仁回家。碧蓮跟我到交處，中途她找清見小姐與林益謙去。下午四點她到交處來，五點一刻回家，本想先去跳舞來紀念1947年的最後一天，後來因看家母的身體不十分好，也就不敢出去。……

## 1948年

**1月1日　木**

　　七點與碧蓮帶瑪莉、璃莉、宗仁到四舅家去過新年，中餐與四舅、四姨、碧蓮飲酒取樂，與四舅也談得很有意思。三點回家，五點又與碧蓮出門。到太平町在「天馬」喝茶蜜語，七點半到中山堂聽省府交響樂團主演的音樂會。九點在光復廳參加舞會，十點回家，與她走回去。回家後又抱她在我房間睡覺。1948年從今天就開始了，38歲的青春——十年前我曾結婚，十年後的今年我也將與碧蓮成婚，希一切的幸福能與十年前一樣來臨於我。

**1月2日　金**

　　乘七點二十分的火車與碧蓮到台南去，車中在一等車很覺愉快，本想在大甲下車，因碧蓮不肯，就到嘉義下車了，交涉家具去。他很爽快馬上就取消了，改乘六點五十分的車到台南。車中碰見楊孟學兄一行，到碧蓮家很受歡迎，馬上就出來，假縫洋服去。……

**1月3日　土**

　　早晨乘七點半的公共汽車與碧蓮偕同孟學兄一行到安平一遊。登了ジルラン城(譯者按：即熱遮蘭城)高塔眺望四海，春風微微，很覺愉快。九點回南後逛赤崁樓、武廟、媽祖廟、□神社各處，十一點請他們到碧蓮家裡吃了一點兒點心，下午帶碧蓮照像去，晚上阿海、有德來訪，加張先生打牌消遣。……

**1月4日　日**

　　本想乘今天的早車回北，碧蓮挽留著不讓走。早晨十點與她逛開山神社、法華寺去，很清靜幽雅，下午又玩牌消遣。今天告訴有德新婚日期與結婚日期，晚餐後與碧蓮逛夜市去，給三個孩子買了衣服料子。……

**1月5日　月**

　　乘十點半的車回北，碧蓮送到車站，又要嚐嚐離別的痛苦了。下午

九點多到家裡，被母親罵得厲害，母親哭起來說我不孝。想起來，實在對不起母親。自從去年8月來，差不多每星期都到台南覓樂，與碧蓮之濃厚的愛情抹消了母子間之愛，生活的困苦更使我難堪，實在不想再活下去。想起過去十幾天來與碧蓮過度甜蜜的生活，現在由天來責罰了。雖然很累，但是睡不下去，如果萬一母親的病好不了──那怎麼辦啊！

### 1月6日　火

今天到交處，據說昨天處長找我兩次，魏主任告訴我，最近處長很注意我的行動，很想辭交通處，這樣的處長實在無法忍耐。九點仲凱君來訪，談茶葉公司職業事，十二點半錫純岳父來訪，下午準備明天開福利委員會的資料。下午五點與仲凱君來「高義閣旅館」拜訪肇嘉哥去，沒在，與天賦哥談一會兒。據說處長叫他轉告我轉勤到鐵委會當股長去，實笑話，我恨處長，恨到骨髓。在圓環與仲凱君吃晚餐後找漢藥先生，再找李金鐘君，八點半找郭雨新君託他周旋仲凱君之職，在他家裡談起日本投降後在北平生活之恐慌，回想起來，痛恨祖國政府之措處〔處置〕，應該以德收回台灣，一想悲傷的過去，在我生涯上是永久忘不了的。

### 1月7日　水

早晨九點給石純兄借啟川兄汽車回家帶母親看病去，先到太原街洪桃婆上找漢藥先生去，再到保健館照X光線，又到共濟醫院見莊醫院長徹底檢查，結果判明是動脈硬化症。午餐被林澤章、張和貴強拉到家裡去吃，送母親、宗仁回家。從下午三點在大衛室開交通處福利委員會，我說明設立經過並決定幹部，我被選為總幹事與購配組長。晚上拜訪王耀東君，送他一幅聯、以資酬過去他的好意。

### 1月8日　木

早晨乘八點半的汽油車到基隆港務局見港警察鄭第三科長要關於農林公司被扣枕木案的資料，到了阿海那邊談了一會兒就回來。十點半到台北，一直找肇嘉哥談去，他所談的都是空洞話，午餐一同到林正霖先生公館吃飯，同席還有林獻堂、王金海、林劍清、楊景山、李崑玉等

兄，好菜、好酒真夠讚美。下午與肇嘉兄一同到參議會、衛生處、廖太太公館、杜聰明公館、李石樵家去，在石樵公館看他的アトリエ(譯者按：畫室)，很富於藝術味兒。藝術家真幸福，在這時代他也可離開人世來創作他的藝術。晚上與小孩兒玩，看母親的病相當擔憂，但是怎麼辦才好？

## 1月9日　金

早晨做枕木案報告，本想與肇嘉哥到各廳處長致敬，因林正霖先生沒在，未得去，仲凱君又來訪打聽職業事。下午偕同高視察到商會、物資調節委員會請求物資去，在縣商會得到62包砂糖的配給。下午五點半在「天馬」與以德君喝茶談砂糖配給事，六點半到「蓬萊閣」赴李崑玉兄的招宴，同席有肇嘉哥、基先君，王柏榮、顏春和、鄭鴻源等兄。十一點回家，大姊夫、姊姊又來了，未知何故，這幾天晚上都睡不著覺，我沒有工夫寫信，碧蓮也沒有來信。

## 1月10日　土

早晨為辦理台北縣商會配給砂糖事東奔西跑，到了下午一時多鐘才弄好，台灣現在的銀行制度可以說退步好幾拾年了，結果能完滿解結。午飯後到了台北旅舍拜訪賦仔哥，聽說慶華君以最高點當選監委，很高興。晚上九點廖太太來訪，談到十二點多才回去。

## 1月11日　日

早晨吳石山，楊基榮兩君來訪，景山也昨天為覓職業事來訪。下午兩點仲凱兄來訪，三點一同拜訪朱文伯委員，舉行加入青年黨宣誓典禮，後悔加入青年黨。五點參加東北同鄉歡迎肇嘉哥聚餐會，會後與蘭洲、千里、仲凱三兄打牌。

## 1月12日　月

因昨夜沒有睡覺，早晨到交處辦理福委員文件就回家睡覺。下午三點到中山堂參加華北同鄉會歡迎肇嘉哥座談茶會。今天寫信給碧蓮與旭昇，告訴訂婚與結婚期日，因一個禮拜沒有給她信，她心裡一定很著

急。晚上到慶華君家裡慶祝當選監委。

### 1月13日　火

早晨到物資調節委員會、油脂公司、實驗經濟農場交涉花生油、肥皂、醬油去。十點半到中南，以德君來訪，一同到三達行，然後與三連兄、吳姊夫、莊世英到「鈴爛」吃中餐。下午兩點到廖太太公館參加二二八事變蒙難太太座談會。本是請肇嘉哥參加的，我與吳姊夫、基先作陪賓，一共有二十幾個太太，相當有意思。座談會後被宴請吃晚餐，據說圓花小姐婚姻已快定，大概舊曆年底將要出嫁，為她恭喜，同時可卸一半責任。

### 1月14日　水

早晨到縣商會商量輸送砂糖事，決定下禮拜一到新營洽購去，順便找鄭瑞麟兄去，談加入青年黨事，再到和泰行接洽購買肥皂事。十點半拜託肇嘉哥，閒談一會兒，與黃炎生君拜訪許丙先生去。啊！他已經老了，光復後他能受這樣虧實際萬想不到的。種種安慰他，午餐在他家裡吃，下午整理福委會文稿。今天與慶華君連名寫信給程檢察官請飭提早送來不起訴書類，晚飯後早睡。

### 1月15日　木

早晨十點鄭瑞麟兄來訪，據說十二點要開東北會。十二點到「明星」，來會者有林金殿、李清漂、歐陽公廷、楊蘭洲、許建裕、陳仲凱、黃千里、柯子彰、邱昌河、鄭瑞麟、王萬賢等。好久沒有見金殿君，尤其日本投降後，他被蘇軍帶到蘇聯去，今天能相見，很覺痛快。鐵委會要糖，未知何故，下午沒來交款。下午為福委會事很忙，四點林以德君來訪，一同到物資調節委員會見陳尚文常務董事交涉酒精去。夜裡又睡不著。

### 1月16日　金

早晨為配給方法定出辦法。又到縣商會、鐵路管理委員會商洽砂糖運送事宜，又到建設廳商業科為以德君交涉土地登記事。下午為洽購肥

皂來傷腦筋。我覺得大家事不好辦，打算福委會上軌道就辭總幹事。午飯時叫吳姊夫與以德君接洽建台行合併問題。夜裡做淑英與碧蓮的夢。最近實在太煩惱了，家母的病好像一天比一天嚴重，經濟又如此困難。

## 1月17日　土

　　早晨到中聯行接洽肥皂事，一切都可以照我們的意思減價。下午到中南，飯後與石純君看電影去，法國電影，為肺病而死的一箇〔個〕薄命的女子，好比淑英的命運，不自不覺流出眼淚來。下午把肥皂送到交處，並辦出差中的交代事件於高明輝君。晚飯後七點陳仲凱君來訪，談了一會兒，一同到石錫純家裡去，是為翠瓊仔與王捷陞君的婚姻，想給他們介紹，因這青年看得很不錯，但慶仔無論如何都不同行，對她很不滿。

## 1月18日　日

　　朝8時30分の急行にて員工福利委員会砂糖運送の目的にて台南へ出張す。事前に既に丸台運送店董事長簡氏と打合し、税契、電車、運送等万事依託したので呑気な出張が出来、予め各処を見物する積りなのだ。李清漂兄、黄千里兄も同車で早速遊覧プランを樹てた。中食、急行車食堂にて清漂、千里、東方書店王経理等を御馳走した。台中から啓川兄と黄棟兄が乗り、台南迄語り合った。台南駅頭に着いたら碧蓮の姿が見られず途中で出会った。張宅へ着いたら張太太は熱心に歓迎してくれたが旭昇先生は寝そべって何等か冷たいので失望したが後で彼の性格だと分った。夕食後洋服をとりに行き一寸買物して神社を散歩した。月光は冴えて麗らかな夜であった。……夜は何故か余り寝られなかった。

## 1月18日　星期日

　　搭早上八點三十分的快車為員工福利委員會砂糖運送一事出差到台南。事前已與丸台運送店簡董事長討論，請他準備稅契、電車、運送等事，因此這趟出差十分輕鬆，打算到各地參觀。李清漂兄、黃千里兄都同車，馬上計畫遊覽計畫。中午請清漂、千里、東方書店王經理等在快車食堂用膳。啟川兄與黃棟兄從台中上車，一路聊到台南。到台南車

站後，沒見到碧蓮的身影，途中才碰著。到了張家，張太太熱心地歡迎我，但旭昇先生兩腿一伸顧著睡覺，感覺冷淡，讓我有點失望，後來才知道他就是這個脾氣。晚餐後去拿洋裝，逛了一會兒街，到神社散步。這是個月光皎潔的美好夜晚。⋯⋯晚上不知何故，睡不大著。

## 1月19日　月

　　朝、碧蓮と散歩し十時頃有德君を訪れた。有德君と種々許婚の打合せをやり大体私の希望通りに一切の事が運ばれた。然るに十一時頃陳太太が私に張太太の希望として糖果、冬瓜が必要であり、更に大鼓吹迄要求してゐるのをきいて非常に面白くなかった。張太太が斯うして迄私にお金を使はせたいとはどうしても思はれない。儀式——而も旧来の陋習故の浪費は馬鹿げて使ふ気にどうしてもならない。何とか返事したかったが張太太の意思なら已むを得ないと諦めた。然し物笑ひにされたくないので碧蓮より母に言ひきかせ若し事実ならざれば相手にしないと決意した。中食有德君のところでとり、二時頃碧蓮宅へ歸った。丁度張先生、張太太が顔春和立委應援の為に田舎へ歸り有德君も同じ自動車で行った。⋯⋯夕食後散歩に出かけ、ワイシャツのきぢ、小弟竝母のきぢを買って更に碧蓮と神社を散歩。⋯⋯

## 1月19日　星期一

　　早上與碧蓮散步，十點左右有德君來訪。與有德君討論種種許婚的事，大抵不出我所料，一切如常運行。但十一點陳太太來說張太太希望準備糖果、冬瓜，還希望有樂隊吹奏，實在無聊。真想不到張太太竟要我花錢花到這種地步。我完全不想傻傻地把錢花在儀式上——這是種浪費鋪張的陋習。本想回答些甚麼，想到是張太太的意思，不得已只好住嘴。只是又不想貽笑大方，決定請碧蓮去探探她母親的意思，若真是如此，我是決計不從。中午在有德君家吃中餐，兩點左右回到碧蓮家。剛好張先生、張太太為顏春和委員站台要回鄉下，與有德君同車而去。⋯⋯晚飯後出外散步，買了襯衫的布、要給弟弟與母親做衣服的布，又與碧蓮散步神社。⋯⋯

## 1月20日　火

　　朝10時26分の汽車で碧蓮と烏山頭嘉南大圳見物に行った。車中清漂君と落合ひ、林鳳營駅頭には千里君が来て待ってゐた。東方書館の王経理一行等も一緒になり一同中食千里兄宅で御馳走になった。食後一時半のバスで烏山頭へ行き台湾屈指の大工事を初めて見学出来た。水は枯れて水中の機械は丸見えだった。だがやはり満々と漾へた貯水の雄壮な姿が見たかった。参観後、廟にお参りし5時過の汽車で歸南した。碧蓮と夕食をとりそれから神社へ散歩に行った。……九時頃歸れば張先生は意外に機嫌悪く、一緒に塗〔涂〕地方法院長を訪問したが不在だった。今日も母と子供の事が心配になって寝られなかった。

## 1月20日　星期二

　　搭早上十點二十六分的火車，與碧蓮到烏山頭嘉南大圳參觀。車中遇見清漂君，千里君在林鳳營站等我。與東方書局的王經理一行人一同在千里家吃中飯。飯後一點半搭火車前往烏山頭，參觀台灣首屈一指的大工程。因枯水期，水中的機器看得一清二楚。但我還是想看蓄水時盈滿的壯觀模樣。參觀後，前往寺廟參拜，搭五點多的車歸南。晚上與碧蓮一起吃晚餐，後到神社散步。……九點回家後，張先生看起來心情很糟，一起去找塗〔涂〕地方法院長，但找不著。今天又擔心母親與孩子的事，睡不著。

## 1月21日　水

　　朝、六時の汽車で旭昇先生、碧蓮と四重渓へ行く目的で出発した。橋仔頭から清漂兄が乗り合せた。高雄にて朝食をとり、屏東線に乗り換える林辺で下車し林辺から恒春行バスに乗って車城で降りた。林辺から約二時間かかり途中海辺を周ったがやはりホコリがたって余り愉快ではなかった。風俗、習慣共変ってゐた。早速陳振茂君を訪れ、中食皆で御馳走になった。中食後モーター三輪車で四重渓に行き更に竹門、琉球五十四人墓、蕃社に入って蕃人の生活、風俗を具さに研究した。碧蓮を夕食に□びかけに山路を走る。モーターに立って落日を見る爽快な気持は実際譬へやうがなかった。早速清原旅館に入り

楊基振日記

341

一番上等な部屋をとり宮殿下の風呂に入り、夜は陳振茂君に御馳走に
なり実に愉快に飲んだ。特に清漂君の明朗な性格は全座を賑やかにし
た。……九時頃旅館に歸り其の夜は旭昇と碧蓮、自分と清漂と一緒に
寝た。木枯しは波の音のやうにざわめいてきこえた。

## 1月21日　星期三

早上搭六點的火車與旭昇先生、碧蓮到四重溪。清標兄在橋仔頭上
車會合。在高雄吃早餐後，換屏東線在林邊下車，從林邊搭往恆春的巴
士，在車城下車。從林邊花了兩個小時，中途在海邊逛逛，但風沙大，
感覺不甚愉快。這邊風俗習慣都不一樣。馬上去找陳振茂君，他請我們
吃中餐。中飯過後，坐電動三輪車前往四重溪，又到竹門，去看琉球
五十四人墓，並進蕃社具體研究蕃人的生活習慣。碧蓮叫我吃晚餐，重
回山路。坐在三輪車上看夕陽，那種愉快真是無法比擬。到清原旅館住
上等房，洗了帝王般的澡，晚上陳振茂君請吃飯，愉快暢飲。清漂君開
朗的性格，讓整桌氣氛熱鬧。……九點回到旅館，那天晚上旭昇、碧蓮
睡一間，我則與清漂同房。波濤聲中，寒風颯颯。

## 1月22日　木

朝七時起床、早速一風呂浴びて朝食は太原旅館主王進発先生と其
の息子王栄鈴君に御馳走になった。鰻とからすみに鶏は実に美味だっ
た。王先生は二代蕃人と生活を共にし牡丹社を普く踏破し、其の深き
性格から色々蕃人生活、蕃人哲学、蕃人の中國観、更に光復以来の彼
の生活体験を実に有意義に且つ面白くきかされた。特に彼が中國の兵
隊から堪へ難く辱められた一幕は深刻に印象づけられた。十一時頃漸
くバスがきて車城に降り茲から自動車二台に分乗して台湾の最南端鵝
鑾鼻へ行った。自分と碧蓮、旭昇一台、清漂、振茂、栄鈴一台と南端
の海辺に沿ふて、烈日の下を走った。燈台に登って南海を眺望し、途
中船板岩等を背景に寫眞をとって恒春にて彼等と別れ、私共三人は其
の俟林辺行のバスに乗り途中林辺で夕食を済して汽車に乗り換へ更に
高雄にて夜行に乗りかへて十一時頃張宅に着いた。簡単な点心を食べ
て床についた。二日間実に愉快な旅でした。特に陳振茂、王進発親子
の心からの歓待は痛く自分を感激さした。純樸な人情──ああ、何と

美しく我が脳に残った事でせう。

## 1月22日　星期四

　　早上七點起床後沐浴，太原旅館主人王進發先生與他兒子王榮銓請我們吃早餐。鰻魚與烏魚子，配上雞肉，實在美味。王先生兩代都與原住民一同生活，對牡丹社極熟，聽他講述各種蕃人生活、蕃人哲學、蕃人的中國觀、以及光復以來他自己的生活體驗，真是有趣又有意義。特別是對他被中國軍隊無情羞辱的那一段，印象格外深刻。到了十一點才搭上巴士，在車城下車，之後分乘兩台車前往台灣最南端的鵝鑾鼻。我與碧蓮、旭昇同車，清漂、振茂、榮鈴同車，在烈日下沿著南端海邊飛馳。登上燈塔、眺望南海，途中還以船板岩為背景拍了幾張照。在恆春與他們告別後，我們三人直接搭上往林邊的巴士，途中在林邊用晚餐，後換火車回高雄，又換夜車，十一點回張家。用過簡單點心後就上床就寢。這兩天真是愉快的旅行，特別是陳振茂與王進發父子盡心的款待，讓我深深感激。純樸的人情，啊，真是深深印在我的腦子裡。

## 1月23日　金

　　朝、陳姐夫と有德君が訪れて来た。一緒に色々お喋舌りし青年党の事を打合せた。中食皆で張宅にて御馳走になり、四時過有德夫妻来られて一緒に許婚のお菓子を注文しに行った。菓子は約13万円かかり其以外に冬瓜と氷糖、花に1万円合計14万円先に7万円支払った。思った程安くすんでよかった。陳太太も先日の如きうるさい条件を持ち出さなかった。斯くして碧蓮許婚の準備は大体整ったのである。夜6時半旭昇、陳姐夫、王万傳と有德君に御馳走になり8時頃辞去し、9時頃再度塗〔涂〕院長を訪問し約30分間雑談を交し特に火曜日の旭昇先生出廷の内諾を得た。午后高雄から蘇律師が来られ、彭滋明兄も来訪され砂糖の件には種々打合せた。

## 1月23日　星期五

　　早上陳姊夫與有德君來訪，一同閒聊，討論青年黨一事。中餐大家都在張家吃，下午四點有德夫妻前來，一起去訂喜餅。喜餅花了13萬，加上其他冬瓜、冰糖與花的1萬圓，合計12萬圓，我先付了7萬圓，還好比想像中的便宜。陳太太也沒有像先前一樣，再提一些囉嗦的

條件。如此一來，我與碧蓮的訂婚準備算是大功告成。晚上六點半與旭昇、陳姊夫、王萬傳被有德君請吃飯，八點離開，九點再度拜訪塗〔涂〕院長，閒聊三十分鐘，特別得到星期二為旭昇先生出庭的允諾，下午蘇律師從高雄來，彭滋明兄也來訪，討論種種砂糖之事。

## 1月24日　土

本日の急行にて歸北せんとしたが啓川兄が未だに来られず月下氷人を依頼しようと思ってゐたので彼と面談する必要あるを以て出発を延期した。朝、工商銀行へ林亦祐を訪れ2月1日の儀式の同行と聘金20万円の一時立替を依頼したが何れも心よく承諾してくれた。啓川兄は三時頃来訪、一緒に法院へ行って程検察官に会ふべく依頼したが彼は行きたくないとの事で取止めた。2月1日の儀式にも所用ありて来られず残念だった。……

## 1月24日　星期六

今天本欲搭快車歸北，但未見啟川兄，本想請他擔任媒人，有必要與他見面討論，因此延後出發。早上到工商銀行拜訪林亦佑，請他2月1日同行，並替我暫墊20萬的聘金，他爽快地允諾。啟川兄於三點來訪，本欲一起到法院見程檢察官，但他不想去而作罷。而且他2月1日有事不克參加，讓人惋惜。……

## 1月25日　日

朝の急行で歸北の途に着いた。張太太に頼んで作った腸詰めを重くさげて碧蓮は駅迄送ってくれた。途中彰化に下車し、岳父の家に寄り中食の御馳走になり、娟々祝儀のきぢを渡した。娟々は愈々1月31日に結婚する。丁度彼女不在で残念だった。お祝の一言でも彼女に直接言ひたかったのに……思へば大部世話になった。特に凄惨な気持を抱いて約四ヶ月寄居してゐた時はよく子供の面倒を見てくれた。2時40分の普通車で海岸線□□に歸北し、九時半頃に家に着いた。子供達は既に寝静ったが私の声をきいて夢から目醒め三人共我が傍につきまとふた。いぢらしさは譬へようもなかった。母は幸ひに思ったより元気だったが相変らず起きられず寝てゐた。不在中家の一切は大姉が

世話してくれてゐた。何等か疲れきったやうな気がして暫くしてすぐ
床についた。

**1月25日　星期日**

　　早上搭快車回北。沉重地提著託張太太做的香腸，碧蓮到車站來送
我，中途在彰化下車，經過岳父家吃中飯，給娟娟布匹當祝禮。娟娟終
於要在1月31日結婚，她剛好不在家，真可惜。本想親口跟她道賀，感
謝她幫過我許多忙，特別是那心情淒然的四個月寄居生活裡，她常常幫
我顧小孩。下午兩點四十分的普通車，沿著海岸線回北，九點半到家。
孩子們本已入睡，但聽到我的聲音又從夢中醒來，依偎在我身旁。可憐
的模樣，無法言喻。母親幸好比預期中健康，如往常一樣睡得很沉。我
不在家的時間，都是大姊幫忙照料。覺得疲憊不堪，不久後即就寢。


**1月26日　月**

　　早晨到交通處，據李尚發君與賴君報告，醬油、肥皂都已經配給
了。九點陳振茂君來訪，商量鴨蛋事，他很高興承諾了。九點半衛生處
來電話，說張和貴君昨天下午五點多逝世——啊！真是青天霹靂，我未
曾知道他的病，而且他素來都那樣強壯，實在想不到他會這樣蔥蔥〔匆
匆〕就與世長別，好像在做夢似的，因為他過去對我已故的淑英，還有
三個孩子、母親都很照料，又他性格之美，今天他的不幸使我無限的悲
惜。十點到台北醫院內科病室，見他已經斷氣的屍體，跟生前一樣，稍
微變黃色以外，都沒有兩樣，然而他已經永別了。我們是沒有再見了，
十二點參加在台北醫院舉行的告別式，衛生處很多人參加，我一點多鐘
退席。下午整理日記及聽我不在中的福委會的報告，整天因和貴君之
死，很消沉，晚飯後早睡了。


**1月27日　火**

　　整天忙著福委會事，陰雨又連綿地下，晚上與以德、敦燦兩兄閒
談。


**1月28日　水**

　　今天特別接到碧蓮來信，據說旭昇先生不起訴書經已送到。早晨

十一點以德來訪，午飯與吳姊夫、吳敦燦、張耀東給以德兄請於「雙鳳」吃「スキヤキ」(譯者按：日式料理壽喜燒)，下午回交處，整理福委會事。

### 1月29日　木

早晨到商會與四舅接洽借款事，千里君也來訪，辦理入青年黨事。午飯時仲凱君送來5萬元，啊！債務如山，怎麼辦？下午到公路局借卡車要運糖，沒有成功，又到丸台公司見簡董事長交涉運送砂糖事，見黃神火君交涉彭啟明砂糖事，找賴尚崑太太借金環事。下午寫信給碧蓮通知禮拜要與她訂婚。

### 1月30日　金

早晨八點到丸台運送砂糖，九點半與仲凱君、曾茂君到玻璃公司見陳尚文廳長洽購茶葉，見四舅借5萬元，見廖太太借金環。下午整理一月份洋車錢清單。本想今天配給砂糖，因秤尚未備妥，未能實現。晚上未知何故，睡不好。

### 1月31日　土

朝、一寸交通処へ顔を出してから八時半の急行で碧蓮と永久の契りを結ぶ為に台南へ出発した。車中、洪火煉兄、李崇禮氏、黄朝清、林以德、陳慶華諸兄に会ひ、賑やかに語り合ひ、特に中食は朝清兄に御馳走になり種々語り合った。16時50分台南着、碧蓮はやはり駅頭に待ってゐてくれた。……

### 1月31日　星期六

早上到交通處露臉，坐八點半的快車前往台南與碧蓮永結同心。車中碰到洪火煉、李崇禮、黃朝清、林以德、陳慶華等人，熱鬧地聊天，朝清兄特別請我吃中飯，閒聊許多。下午四點五十分到台南，碧蓮在車站等我。……

### 2月1日　日

昨夜の雨で今日の天気を心配したがどんより曇って雨は降らなか

った。支度は一切有徳太太に任し、八時半頃有徳君と先ず自動車を交
渉しに行き、それから菓子を作りに行った。案外美味で立派な菓子で
ある。菓子代は氷糖、冬瓜を入れて約14万円其他自動車5千円、雑費
7千円合計約15万2千円使った。十時頃駅へ慶華君を迎へに行ったが
来られず、其の侭自動車店へ行って自動車を傭って菓子を受取り、有
徳宅で色々支度して張宅に送り先方からも礼品が来て有徳君夫妻、林
亦祐と一緒に張宅へ婚約の儀式に行った。祖先の前で有徳太太指導の
下に種々儀式を行ひ、花をつけ、珠を飾り、最后にお互に指輪をはめ
あって儀式は成った。大勢の人が見てゐるので何等か恥しかった。遅
い乍ら慶華君も参加され厳粛に中食を終って有徳夫妻、亦祐を送って
借金を返還し、それから慶華と一緒に沈榮宅を訪問し、陳傳芳君に案
内されて安平へドライブし夜は貴賓で沈榮、劉清井氏等に御馳走にな
り、宴後劉欽哲氏が一緒に岳父宅に訪れ十時近く迄雑談を交した。有
徳君の家へ歸って寝ようと思ったが岳父が頻りに宅で寝ろと云はれて
張宅にとまった。結婚日の繰上をお願いしたがなかなかきき入れず、
碧蓮と色々打合せをし更に岳母から説得するやう希望した。

## 2月1日　星期日

　　昨夜下雨讓我擔心今天的天氣，天空看起來陰陰的，但沒下雨。一
切交由有德太太準備，八點半與有德君先去交渉車子，之後去作喜餅。
喜餅比想像中的美味又氣派。喜餅錢加上冰糖、冬瓜等，約十四萬，其
他還有轎車費五千，雜費七千，合計花了十五萬兩千圓。十點多到車站
迎接慶華君，但他沒來，之後直接到車行傭車拿喜餅，在有德家準備，
張家的禮品也送到了，與有德君夫妻、林亦佑一同到張家參加訂婚典
禮。有德太太的指導下，在祖先面前行禮，戴花戴飾，最後互相交換戒
指，儀式才結束。許多人在旁觀看，很不好意思。晚一點慶華君也參
加，在肅穆氣氛下吃完中飯，送有德夫妻與亦佑回去，並把借款還清。
之後與慶華一同到沈榮家拜訪，在陳傳芳的帶領下，到安平開車兜風，
晚餐時沈榮、劉清井等人把我當貴賓招待，飯後與劉欽哲一起拜訪岳父
家，雜談到近十點。本想留宿有德家，但岳父叫我回家睡，我便回到張
家。我請岳父提早完婚，但他遲遲不肯，與碧蓮討論希望請岳母去遊
說。

### 2月2日　月

朝七時起床、朝食を済して早速有德君宅を訪れ、荷物を片づけて、其の夫婦の御盡力と御好意を謝し、八時駅に向ひ、碧蓮と落合って一緒に嘉義迄見送ってくれた。車中結婚に付色々語り合った。台中にて洪火煉、竹南にて郭耀庭が乗りこみ、台北迄色々語り得た。家に帰れば母の病体よくならず寧ろ悪化さへしてゐた。婚約の詳細を報告し、疲れてゐるので早く寝た。

### 2月2日　星期一

早上七點起床，用過早餐後就去有德家，整理行李，感謝他們夫妻倆的全心全力與好意，八點到車站與碧蓮會面，她送我到嘉義。車中討論許多結婚的事。在台中碰到洪火煉、竹南碰到郭耀庭，一路聊到台北。回家後，母親身體沒變好，反而惡化，報告訂婚詳情後，因疲憊，早睡。

### 2月3日　火

早晨到處處理福委會配糖等事，十點到四舅那邊去，商量砂糖事，十點半找郭欽禮君，商量伴郎、新娘事，又一同到中山堂交涉會場後，午飯他請我吃。今天把會場都定好了，晚上回家開始整理行李，並且與陳姊夫商量車票事。

### 2月4日　水

早晨與華利行到丸台公司見簡董事長交涉砂糖事，十點半找益謙兄去，與他談一點半鐘，十二點到中南。下午華利行又來要糖，沒到，沒法子先給交通處糖。下班後到廖太太公館，託她幫忙一切，尤其請陳牧師，vail種種都麻煩她，她也很誠懇地答應我。

### 2月5日　木

早晨九點到陳溪圳牧師家裡去，沒在。今天糖已經來了，叫華利行來領去。同時他還退給交通處33包。下午到公賣局買紅露酒，晚上歸東西。

## 2月6日　金

早晨九點找陳牧師去商量結婚典禮事,他就答應我了,一切他可以設法。下午買建台行四桶油,因舊曆年迫在眼前,擬配給與同人,晚上歸東西。

## 2月7日　土

今天到商會見四舅要糖款,還不給。又到物資調節會辦配給油的手續。下午印招待狀去,今天下午來修理玻璃,晚上歸東西。

## 2月8日　日

早晨接到碧蓮來信,她在台南很忙似的,尤其身體的變化使我擔憂。早上把東西差不多歸好了,下午四點到「蓬萊閣」參加許子秋君與翁淑治女士的結婚典禮,六點告辭到許丙公館,他請我們吃晚飯。

## 2月9日　月

早晨因物質調節委員會配給油事,忙了一天,結果下午解決,先收41萬元,砂糖事也解決,華利行送來了13萬元多。今天又東奔西跑,請帖今天印好,先開16萬給吳姊夫。晚上整理新房間,大概都預備好了。今天農曆過年,全家圍爐,大姊也參加。

## 2月10日　火

今天舊曆新年,早晨到交通處,不辦公,就借〔藉〕此機會寫請帖,並寫一封信給肇嘉哥,請他當主婚人。因這幾天來都睡不好,下午想休息,正基銓夫婦來訪,因他太太有些像淑英,對她抱好感。下午六點董萬山君與楊信夫君來訪,留他們在家裡吃飯。這幾天都睡不好,很覺苦惱。

## 2月11日　水

因明天要到台南,今天把所有的殘務都料理完了,車子、vail、酒、宴席、旅館、祝辭等等都得自己操心,家母身體又不太好,家裡請大姊關照,璃莉也不太舒服,萬感交集,一言難盡,噯!命運啊!是否

苦楚的生活將可告一段落。晚上又興奮不成眠。

## 2月12日　木

　　朝8時半の急行にてお嫁迎へに台南へ発つ。車中諸友に会ひ、特に台中より啓川兄乗車し、中食三連兄、翁金護等と一緒に彼に御馳走になった。駅には碧蓮が迎へに来られ、二人で旧路を歩みて帰った。其の夜は一家睦まじく語り荷物等を片づけた。夜、碧蓮と娘としての最后の散歩をなし、十時頃帰って床に着いた。

## 2月12日　星期四

　　早上八點半的快車出發到台南迎娶。車中碰到諸位朋友，啟川兄特別從台中上車，中飯與三連兄、翁金護等人一起被他請客。碧蓮到車站來接我，兩人走舊路回家。那夜一家和樂融融地整理行李，晚上與碧蓮散了她當女兒的最後一次散步，十點回來就寢。

## 2月13日　金

　　朝9時の急行で有徳夫妻、娟々、岳母、碧蓮五人を連れて周駅長に見送られ、一等車特別室に座をとって台北向け出発した。岳父が所用で同伴出来ないのが些か遺憾であった。車中賑やかに語らひ、一緒に中食をとった。午后5時15分、汽車は定時に台北駅着、郭欽礼兄、呉、陳両姉夫に迎へられ、有徳君、岳母等一行は陳廉記旅舍へ私と碧蓮は荷物を乗せて二輌に分乗して帰宅した。二人で色々荷物を整理し、夕食後旅館へ彼等を訪れ、一風呂浴びて帰宅した。色々部屋の装飾をして十二時頃床に着いた。

## 2月13日　星期五

　　早上九點的快車，在周站長的目送下，帶有徳夫婦、娟娟、岳母、碧蓮五人，坐一等車特別座出發前往台北。岳父有事不克同來，有些遺憾。車中熱鬧地聊天，一同用中餐。下午五點十五分，火車準時抵達台北，郭欽禮兄、吳、陳兩姊夫前來迎接，有徳君、岳母一行人住「陳廉記旅館」，我與碧蓮則將行李分兩車，回到住處。兩人整理行李，晚飯後到旅館找他們，泡澡後回家。佈置房間後十二點就寢。

## 2月14日　土

　　朝、旅館へ彼等を訪れ、欽礼君と中山堂へ光復廳の交渉に行った。同時刻に新聞処主催にて催し物あるとの事巳むなく呉第三科長と折衝し、挙式のみ光復廳にて挙行し、宴会は和平廳にてすることに妥協した。午后四時頃朱文伯氏の自動車に迎へられて先づ旅館を訪れたが碧蓮は未だに外出から歸られず、欽礼君の自動車にて陳牧師を迎へに行ったが既に出掛けた後なので更に旅館を訪れ、碧蓮を乗せて五時過中山堂に着いた。儀式は五時半頃陳溪圳牧師に指導されて聖歌團合唱団に先づ私が伴郎欽礼兄と主婚人肇嘉哥に案内されて入場し續いて碧蓮は主婚人張旭昇氏に伴はれて入場され、花籃も美々しく娟々と三弟が花をまき乍ら静かに陳牧師の前に進み永遠の契りを結んだ。聖書、聖詩、賛美歌何れも感激の美辞美句を連ねて、茲に碧蓮との結婚式は美々しく飾られた光復廳にて六時半和やかに終了した。眞中には紐警備副司令先銘の紅聯、両側には黄國書、李万居、呉敦礼、黄朝清、洪炎秋等多数の花輪が飾られ、高慈美太太のピアノ伴奏等何れも思ったよりも順調だった。七時頃開宴、月下氷人林献堂氏先約ありて参加出来ざる為林朝棨君が代理を務め、續いて黄千里君、洪炎秋夫妻、黄万山、荘氏等の祝辞、肇嘉哥の謝辞等ありて欽礼君の進行係よく勤めて座を相当賑やかにした。碧蓮は眞白な花嫁衣裳から薄ピンク色のイヴニングに着換へ、美々しく着飾った衣装は其の天然の麗質と相俟って殊の外美しかった。碧蓮と二人で欽礼夫妻に伴はれて13卓の来客に酒を奨め、九時過母と子供達を伴って我が家に歸った。暫くして瑞麟、清漂、千里、欽礼夫妻、耀星夫妻等多数の親友が来襲し、非常に面白く騒いだ。清漂、耀星等は呉姐夫宅で徹夜して麻雀をやった。12時頃碧蓮と床に着き、……唯酒にあふられた情熱と花嫁姿としての彼女の新鮮味からして彼女を眞裸かにし自分又眞裸になって情熱の一夜を明した。自分としては予想外に良き妻を得て非常に嬉しかった。病床に永らく伏してゐる母迄が起き上り式に参加し宴終了迄居て嬉しかった。岳父、岳母それに有徳夫妻も宴□□られて満足げに歸られた。

## 2月14日　星期六

　　早上到旅館找他們，與欽禮君到中山堂交涉光復廳。因同時間有新聞處主辦的活動，不得已與吳第三科長起衝突，協調後決定儀式在光復廳舉行，宴會則在和平廳。下午四點朱文伯開車來接我，先去旅館，但碧蓮外出仍未歸，後乘欽禮君的轎車迎接陳牧師，但他已出門，後又回旅館接碧蓮，五點多到達中山堂。五點半在陳溪圳牧師的指導下舉行儀式，聖歌班合唱團的歌聲下，我在伴郎欽禮兄與主婚人肇嘉哥的帶領下進場，接著碧蓮在主婚人張旭昇氏的陪伴下進場，花籃美麗，娟娟與三弟撒著花瓣，我與碧蓮安靜地在陳牧師的面前結下永恆的誓約。聖經、聖詩、讚美禮歌，在這些令人感動的美麗辭藻下，我與碧蓮的結婚典禮在美侖美奐的光復廳中，於六點半和諧地完成。正中央有紐警備副司令先銘的紅聯，兩旁有黃國書、李萬居、吳敦禮、黃朝清、洪炎秋等多人的花圈裝飾，還有高慈美太太的鋼琴伴奏，一切的一切，都比想像中順利。七點半開宴，月下老人林獻堂有約在先，無法參加，請林朝棨君代理，接著是黃千里君、洪炎秋夫妻、黃萬山、莊氏等人的祝辭，還有肇嘉哥的謝辭等。欽禮君善盡主持人的職責，在座相當熱鬧。碧蓮從原本雪白的新娘禮服，換成淺粉紅色的晚宴裝，美麗的服裝與她的天生麗質相互照映，格外嬌美。與碧蓮兩人在欽禮夫妻的陪伴下，向十三桌的賓客敬酒，九點一過在母親與孩子們的陪伴下回家。不久，瑞麟、清漂、千里、欽禮夫妻、耀星夫妻多位親友前來，非常好玩地鬧了一陣。清漂、耀星等人在吳姊夫家徹夜打麻將。十二點多與碧蓮就寢，……酒後的熱情與她的新娘裝扮讓我備感新鮮，褪去她的衣服、我也脫去自己的衣物，熱情地度過一夜。我心中對得此美眷感到十分歡喜。連久病在臥的母親也起來參加晚宴，晚宴結束後看起來依然高興無比。岳父、岳母還有有德夫婦，也對晚宴相當滿意，心滿意足地回去。

## 2月15日　日

　　朝碧蓮は7時頃起床、自分は昨夜の疲れで起きられず漸く7時半頃起床、朝食もとらずに駅へ駆けつけ岳父等一行を見送りしようとしたら其の姿なく、夜行に延期したのであらうを知って二人で太平町へ記念寫眞を撮りに行った。案外時間がかかって終ったのが10時近

く、早速旅館へ訪れたら皆浮かぬ顔。１０時過欽礼君も旅館へ現れ皆
で草山へ一遊したいと申出たので早速快諾したが岳父母、有徳夫妻、
欽礼夫妻等で乗りきれず、碧蓮と１３時のバスで別途草山へ行った。
先づ電力会社の倶楽部に入り、それから彼等と落合ふべく普く捜した
が誰も知らず、一風呂浴びて興少く１７時半のバスで帰北した。朝、
彼等の旅館代を全部支払ったので彼等も心残りなく夜行で皆発つ事
になり二等切符を買って１０時に碧蓮と駅へ彼等を見送りに行った。
皆、満足げに帰南した。見送り後、碧蓮と二人で夜道をそして疲れた
身を歩いて家迄帰った。

**２月１５日　　星期日**

　　早上碧蓮七點起床，我因昨晚疲憊起不來，七點半才起來，早飯也
沒吃就前往車站，準備為岳父等人送行，但不見人影，才知道他們延到
晚上坐夜車。之後兩人去太平町照紀念照片，意外地花了不少時間，結
束時已近十點。馬上到旅館找大家，大家看起來都不太高興。十點一過
欽禮君也來旅館，約我們前往草山一遊，我馬上答應，但岳父母、有德
夫妻、欽禮夫妻等坐不下，與碧蓮搭下午一點的巴士另外出發。先到電
力公司的倶樂部去，之後前去找大家，但怎樣都找不著，泡過溫泉後坐
五點半的巴士掃興歸北。早上已經把旅館錢付清，他們無後顧之憂，等
著坐夜車，我與碧蓮買了二等車票，十點前往車站為大家送行。大家心
滿意足歸南。送完大家後，我與碧蓮兩人拖著疲憊的身子走夜路回家。

**２月１６日　　月**

　　朝は仲々起きられず、漸く９時過起床した。取り乱した荷物を片
付け、中食後先づ陳牧師にプログラムの金とお礼を述べる為に訪れた
が不在だった。其の倪聖美嬢を訪れて、李太太にピアノ伴奏のお礼を
謝し、それから欽礼君を訪れた。此の度の結婚で非常に世話になった
ので厚く感謝し、徳馨兄の自動車運転手に対する謝礼を渡した。夕食
どうしても一緒にとってくれと言ふので已むなく御馳走になり、食後
国際へ彼等夫妻と共にアラビアナイトを見に行った。到頭廖太太、
林朝棨兄の家へお礼に行けず、夜１０時頃我が家に帰った。１１時頃就
寝、暫らくして碧仔姐、月霞様等がやって来、碧蓮は頭痛を忍んでお

茶を出して皆さんに挨拶した。何等か心身共に疲れて明日の台南行が非常に重荷の様に思はれた。

**2月16日　星期一**

　　早上大家都起不來，九點才起床。整理凌亂的行李，中飯過後先去找陳牧師，答謝他並給他活動的贈儀，但他不在。之後又去找聖美小姐，給李太太鋼琴伴奏的謝禮，之後去找欽禮君，這次婚禮多虧他幫忙，表示感謝。還送給德馨兄的司機謝禮，晚上他說甚麼也要請我客，不得已只好出席，飯後到「國際」與他們夫妻去看「一千零一夜」。結果不能去向廖太太、林朝榮兄致謝，晚上十點回家，十一點就寢。不久碧仔姊、月霞小姐也來，碧蓮忍著頭痛奉茶，向大家打招呼。身心疲憊，想到明天的台南行就頭痛。


**2月17日　火**

　　朝8時半の急行にて碧蓮の里歸りを伴ふて台南へ發つ。車中林献堂先生と同列車で丁度挨拶の機会を得、更に三連兄も桃園迄同車、黃烈火君も同車で面白く語り合った。碧蓮と一等車に乗り割合疲れも感ぜずに16時45分台南着。ホームには有徳君夫妻等が迎へに来てゐた。周駅長に挨拶してから高等法院へ孫院長、程首席検察官に挨拶しようとしたが会へず、果物、菓子を買ってから岳父の家へ行った。中食既に多数のお客を御馳走され、大部帰ったとの事だがそれでも可成家の中はこんでゐた。自動車の中で大部待たされ、それから榮沢がお盆にみかん二つ乗せて迎へ出され、續いて祖先の前で碧蓮と並んで焼金し、それから良沢が四種類の吸物を次々出して其の都度之を食べた。台南は色々面白い儀式がある。7時半頃から開宴、私のテーブルには林亦祐、梁、金土地銀行経理、欽栄、張校長等色々賑やかに喋舌た。宴の半ば頃各テーブルに酒を奨めに行き宴後二階へ上って碧蓮の親友とも少し語らひ、特に有徳君隣りの張小姐と語り合って10時頃中和旅館14号に碧蓮と二人で泊りに行った。一風呂浴びて早速就寝した。

**2月17日　星期二**

　　搭早上八點半的快車陪碧蓮回家，往台南出發。車中幸與林獻堂

先生同車，得以打聲招呼，三連兄也與我們同車到桃園、黃烈火君也同席，聊得很有趣。與碧蓮坐一等車，一點也不覺得累，下午四點四十五分抵達台南。與周站長打過招呼後，前往高等法院欲拜會孫院長、程首席檢察官，但不在，買了水果、餅乾後前往岳父家。聽說中午大請客，雖然大部分人都回家了，但家裡還是一堆人。在車中等了許久，榮澤把兩個橘子裝在盆裡出來迎接，接著與碧蓮在祖先面前一起燒金紙，之後良澤拿了四種湯出來，讓我們一一喝下。台南有許多有趣的習俗。七點半宴席開始，同桌的有林亦佑、梁、金土地銀行經理、欽榮、張校長等，熱鬧閒談。宴會途中我到各桌敬酒，宴會後到二樓與碧蓮的親友稍微閒聊，特別與有德君旁的張小姐聊了許多。十點左右，與碧蓮入住中和旅館14號，洗澡後早早就寢。

## 2月18日　水

　　朝9時過起床、岳父は法院へ出勤の途次、旅館へ寄られ、10時頃歸宅して碧蓮と二人で朝食をとった。中食には有德君も来られ午後来客と色々語り合った。午後3時頃旅館へ行って碧蓮と晝寝し、一風呂浴びて五時過歸宅。旅館をひきあげて岳父宅に泊まった。夜岳父と程檢察官を彼の家に訪問したが不在だったので名刺だけ置いて、碧蓮と二人で夜の散歩に出掛けた。今宵は自由の身となって碧蓮を抱擁して此の懐かしのベッドにて一夜を過ごしたのである。

## 2月18日　星期三

　　早上九點起床，岳父要上法院工作前，途中經過旅館來找，十點回家，與碧蓮兩人一同吃早餐。中飯時有德君來訪，下午與前來拜訪的客人閒聊。下午三點到旅館，與碧蓮睡午覺，洗過澡後五點回家。退掉旅館，改在岳父家留宿。晚上與岳父到程檢察官家拜訪，但他不在，留下名片，後與碧蓮兩人出外散步。今天名正言順地抱著碧蓮，在這張懷念的床上渡過一夜。

## 2月19日　木

　　朝、8時半起床、朝食後有德君が見えて色々おしゃべりして歸った。碧蓮は色々荷造りで多忙を極めた。中食後一緒に散歩に出かけ、

林先生の家を訪問して楊桃を戴き、夜は一緒に昇平戯院へ行って、久し振りに京劇を見に行った。当初碧蓮は余り見たくないとか言ってゐたが説明してやれば案外面白さが出て岳父、母と11時過帰宅した。昨夜は程検察官不在の為張有忠推事を訪問し面白く語り合ったが、今宵は又中国劇を面白く見て一日を楽しく過ごした。

**2月19日　星期四**

　　早上八點半起床，吃過早飯後有德君來訪，閒聊許多後回去。碧蓮忙著收行李。中飯過後一起去散步，造訪林先生，他送我們楊桃，晚上還一起到「昇平戲院」看了久違的京劇。本來碧蓮說不想看，但解說過劇情後，意外看得津津有味，十一點才與岳父母回家。昨晚程檢察官不在，改去找張有忠推事，聊得很有趣。今晚又看了有趣的中國劇，度過愉快的一天。

**2月20日　金**

　　朝、来客あり、続いて林先生来訪、一緒に中食をとる迄語り合った。午後は鴨蛋商賣の事で具体的に計画を進め多少見極めがついた。夜、林先生と一緒に再び中国劇に行かうと思ったが、林君見えず終ひに子供達と麻雀をやって遊んだ。有徳君は夜行で香港向け発った。

**2月20日　星期五**

　　早上有客人，之後林先生來訪，一起閒聊到中飯時間。下午為鴨蛋商賣一事，做了具體的計畫，多少有個底了。夜裡又想與林先生一同去看中國劇，但不見他蹤影，最後與孩子們玩麻將，有德君夜裡前往香港。

**2月21日　土**

　　朝9時の急行で岳母に見送られて碧蓮と台南を発って帰北した。員林から劉明朝兄が、台中から彭司令等一行が乗り、車中劉兄と語り、お土産が多いので台北着後劉兄の自動車を借りて帰宅した。母は相変らず衰弱してゐた。夕食後碧蓮と荷物を片づけ、すっかり疲れてしまった。

**2月21日　星期六**

　　早上九點的快車，在岳母的目送下，與碧蓮從台南出發回台北。劉明朝兄從員林上車、彭司令則在台中上車，一同乘坐，車中與劉兄閒聊，因為禮物過多，到台北借劉兄的車回家。母親還是一樣虛弱。晚餐後與碧蓮整理行李，實在累。

**2月22日　日**

　　早晨辛主任來訪，據說梁財兄因案被押，現在雖然保出走〔來〕，但是事情尚未解決，務請幫忙。因梁兄係生交，馬上與敦禮姊夫研究對策。下午有姓劉者被玉英姊弟偕同來訪，因要瓊仔一見，但她姊妹早晨搬出公寓，未得一見，很希望瓊仔的親事能早解決，今天他們姊妹搬出外住，實在忍不下去。但是看見陳姊夫如此不自覺，也不想再照料她們下去，過去一年五個月住在我家，她們一點都不幫忙家務，使家母勞心殊深，使我對她們灰心，然而我也整天不高興，因前幾天陳姊夫又打姊姊，本來今宵想罵姊夫，他老在四疊半不出來，也就沒有機會說他了。

**2月23日　月**

　　早上到交通處，處理懸案，並且到台北醫院找張耀東兄去，沒在。本想與他商量血柴事，下雨回家，不上班，睡了一會兒，細雨連綿。晚上吳姊夫請我與碧蓮吃晚餐，還有「一六軒」黃夫婦，南洋來的楊天恩兄，尤其與天恩兄痛飲，因看他憶起天求兄，喝不少酒。

**2月24日　火**

　　細雨連綿，整天與碧蓮整理行李，今天先給按電爐工錢兩萬五千元。華利行又寫信來說上次糖款差七萬多，希追補。今天接到岳父來信，據說鴨蛋已經有眉目，近日中可實現。早晨祭天公。

**2月26日　木**

　　早晨整理過去與碧蓮往來的書信。下午到公司調查鴨蛋銷路去，又與碧蓮帶瑪莉到台北附屬醫院找翁先生去，沒在。六點到車站，因今天張岳父來信說，鴨蛋今天可到北，但沒來。晚餐請陳仲凱老太太與周先

生、吳姊夫等吃，今天是舊曆年正月17日父親的忌日。

## 2月27日　金

　　早晨蔡來順君來要回糖款五萬元去，十點多宋光萬君與藍茂山君來訪，拜託鋼軌被交通處扣押事。下午整理日記，信夫來訪，據說要等轉差到板橋彰銀當營業主任。晚餐後偕同碧蓮訪問王耀東君，商量家母的病，因這幾天好像愈厲害似的。

## 2月28日　土

　　可恨的二二八，今天整一週年，憶起這一年來，台灣的政治立場毫無改革，但二二八這事變，影響我的命運，倒是不淺的。第一，因二二八事變，我方與碧蓮相識，如此又相識而相愛，由相愛而結婚。第二，因二二八事變，我才進交通處的。今天的天氣又是陰森森的，好似二二八的冤魂不散。早晨到赤十字醫院拜訪張耀東博士去，與他商量血紮的事，據說他將轉差到台中去，真是倒楣。十一點到「麗鴻」取像〔相〕片去，拍得並不好。今天是阿公忌日，午餐回家吃，碧蓮哭得眼睛紅，她的脾氣相當大，未知往後家庭是否風浪大？下班後到家時，耀星兄與尚崑兄來訪，在姊夫家打牌，晚餐在家裡一同吃，打到十點多就散了。回房的時候，碧蓮還在哭，本想動氣，但看她那樣子不像沒有理由，盤問很久才知道，她盜看我的日記，知道我與玉英等女的關係，她受到莫大的打擊。很覺對不起她，把實情告訴她，她也就好了，夫婦間不許有任何秘密，倒不如這樣好，經我解說，她也了解了。

## 2月29日　日

　　碧蓮昨夜沒有睡好覺，頭痛。今天約耀星兄等擬到草山一遊，八點吃早餐與碧蓮帶三個孩子坐耀星兄汽車到草山，同車去的耀星夫婦帶二個孩子，吳姊夫夫婦帶五個孩子，賴尚崑夫婦帶兩個孩子，大姊帶池仔，一共二十二人，相當熱鬧。到教育會館洗澡後，與耀星、尚崑、吳姐夫打牌，五點叫碧蓮與三個孩子先回家，我們八點才散，到「三谷軒」吃sukiyaki去，吳姊夫請的。回家馮□已經送鴨蛋來了，與碧蓮恢復以前的感情，我不在中，碧蓮都給處理得很好。

## 3月1日　月

宋光石君與藍君來訪，約他們明天在交通處見面。三點瑞虎拉鴨蛋來了，同仁嫌價錢高，鴨蛋小，決意退去。本想看電影去，但心身俱累，悶得很。下班後回家，萬事都很不容易，晚上因太累，早就睡覺。

## 3月2日　火

曚曨中聽說母親的病不好，叫娥仔快一點請王耀東兄去，心很著急起來，好像黑天地闇，尤其是心臟痛。據耀東兄說，叫母親入院比較妥當。本想下午就到醫院商量去，但是母親說打針後很不錯，再要看幾天。

## 3月3日　水

今天母親覺得爽快得多，她說不進醫院，晚上宗堯君來給她打針，碧蓮今天相當恢復了，十二點一同到公司，本想一同看電影去，她說要回家睡覺，途中到物資調節委員會打聽布疋、麵粉的配售事，下午三點半回家。陳姊夫一家一來就是四、五天，實在討厭，負擔這一批浪費。午飯時吳姊夫說乘鐵路局改組，請丘念台運動車務處長，在交通處實在沒有意思。

## 3月4日　木

早晨偕同鄭嚴德君到物資調節委員會擬購買麵粉去，但與市價並不差多少，結果沒買。又到合作金庫找瑞麟兄，廖能兄閒談台灣的命運，再與王熙宗君到油脂公司拜訪，顏春安兄託他提早配給天香肥皂事，他介紹林營業主任，午飯在中南會同碧蓮吃，叫她處分鴨蛋。下午青年黨陳立森君來訪，談了一會兒就走了。晚上宗堯君來給母親打針，今天她的病好像又惡化，使我很心痛。

## 3月5日　金

早晨請宋光石君來處，商量鋼鐵事，他好像想不會到充公地步的。十點與碧蓮到「麗鴻」照像館去，完成出來的像〔相〕片，看得很不滿意。十一點半到中南，郭大甲鎮長來訪。飯後與金鐘君談了一會兒，就

到黨部，因丘主任委員在開會，見了李秘書，把履歷說明了一會兒就走。晚上宋光石又來訪，他好像不大信用鋼軌已經充公，我實在不高興幫忙。晚上宗堯君又來打針，母親的病並不轉好，伯昭太太與兩個孩子今天來投宿。

### 3月6日　土

早晨九點拜訪黃國書先生去，一會兒吳姊夫也來了，跟他談鐵路管理委員會剛改組，請他推薦為車務處長，實在不願意留在交通處。九點半見李萬居先生，他說剛好跟朱文伯、紐先銘兩先生提出魏主席推薦，下午想請兩姊夫工作去。晚上因青年黨開小組會到朱文伯公館，到的同志很少，就流會，帶了碧蓮謝謝朱文伯夫婦，同時跟朱氏談我為何希望到鐵路管理局的緣故。八點告辭，到三連兄家與太太談了一會兒，又拜訪劉明朝公館去，閒談一會兒就回家了。

### 3月7日　日

早晨莊銀河、黃宗堯、基榮夫婦來訪，帶碧蓮與基榮夫婦訪問廖太太去，沒在，又訪問陳仲凱君去，在他家裡吃午飯後一同訪問洪炎秋君去，沒在，與洪老太太，洪太太閒談一會兒就回來。家裡有許伯昭太太帶兩個小孩，據說沒有可靠的人，沒有辦法，來依靠我，等月底回日本。又有景山因新進鐵路〔局〕，很高興來訪，還有顏海令與他朋友，又陳姊夫一行，客人滿屋，很熱鬧。吃晚餐後，因今天步行很遠路，覺得疲倦，與碧蓮早睡。

### 3月8日　月

福利會的事情也討厭了，我一番的熱腸子，現在同人〔仁〕不單不體諒，反而以種種不客氣的言語來刺激我，往後想讓其自然了。十點半陳茂松大夫與李當發君令尊來處，馬上帶他們到大安診療母親去了，據說此病並不厲害，吃幾服藥可能治癒，很堪告慰。午飯留他們在家裡吃便飯，因喝了一點酒，躺了一會兒，下午三點半到交通處，下班後賴尚崑君與毛昭江君來訪，一同在家裡吃晚飯，閒談一會兒他們就走了。宗堯來打針，閒談了半天他才走。

## 3月9日　火

路上碰見黃呈祥君，據說鐵路管理局各處長已經決定了，失望得很。我的工作已成水泡，無聊得很。早晨到公開事業管理處，與周耀星君聊天去，要請他改善家裡自來水管。下班後信夫君來訪，吃了漢藥以後，母親的病好像好一點兒。晚餐後帶碧蓮、伯昭太太訪問許建裕君、歐陽公廷君去。

## 3月10日　水

十點吳姊夫來處，一同拜訪丘念台先生去，沒在。午飯後偕同陳姊夫、吳姊夫、碧蓮拜訪鈕副司令去，也沒在。大概我與車務處長是無緣的，想斷念運動。下午六點蘭洲君、晨耀君尚有台中來的煥三君來訪，一同在晨耀君家裡吃晚飯後打牌消遣，煥三君住家裡。

## 3月11日　木

今天是我的生日，吃了早飯後同煥三君出勤，十點半到太平洋公司與萬賢君閒談，十一點到亞東行見蘭洲兄。十一點還在東方書館〔店〕與碧蓮到工商銀行找晨耀兄去。午飯到「神田」與晨耀、蘭洲、煥三、碧蓮吃，飯後到「太平洋」喫茶，再與碧蓮看電影去，是デアナダービン(譯者按：英國女演員Deanna　Durbin　(1921～))主演的「彩鳳清歌」，看電影後覺得很累，一同回家。晚飯請煥三、蘭洲、晨耀、陳姊夫等稍微慶祝我的生日，飯後又到晨耀兄家打牌消遣。煥三君又住家裡，閒談很有趣。

## 3月12日　金

早晨到水道課與江自來水課長談判家裡水道改良事宜。他說沒有在今年計劃之內，不便承認。沒有水是一件苦惱的事情，因這幾天來，夜睡的少，尤其鐵路管理局的改組使我很失望，在家裡吃中飯後不想上班，也就抱著碧蓮睡午覺。晚飯後劉金水兄弟來訪，閒談到九點半，才與碧蓮黑夜散步去。新婚被了這些客人，又因為家母之病，破碎的心一點兒也沒有樂趣。

## 3月13日　土

早晨山西回來的王君佐君來訪，得悉山西以及華北一帶的現況。一會兒吳振輝君來訪，閒談一會兒，午飯時到亞東接到祝賀結婚款一筆，碰見李金鐘、李宗仁、呂永凱，一同到「神田」吃中飯去。飯後又與兩李到「太平洋」喫茶，閒談到三點半才上班，在交通處辦公實在苦惱。晚上許建裕君夫婦來訪，雜談得很有趣。

## 3月14日　日

早晨朝棨兄來訪，閒談一會兒就走了。十點半仲凱君來訪，帶碧蓮一同到景山兄家裡玩去，談一會兒到朝棨兄家，參加東北會，遲遲不到，來的人陳錫卿、許建裕、黃千里等八個人，覺得大家都缺少熱心，如錫卿君當台中〔彰化〕縣長去，請他起用我當建設局長，因想完成台中港。聚餐後同千里、仲凱君到家，吳姊夫、莊晨耀兄也來參加玩牌九，晚飯後九點才散。正玩中，因家母與陳姊夫口爭，很覺不痛快，以致大敗。對陳姊夫也很不滿，過去三年間差不多都在家裡，也很客氣招呼他，他的家裡沒落，一部分也由我來負擔，加之每次來北就是算月，每日三度酒三度飯都是特別，我處在經濟極度困難之下，也忍耐。但他對家姊不但不愛她，還時常挨打，使起家母很不滿，使我很不滿，實在野蠻到了極點了，如今他走了，覺得也高興，將來未知還來不？很希望從此斷絕關係，整夜不痛快。

## 3月15日　月

早晨十點望眼欲穿的陳茂松大夫到交處來訪，即刻請他到家看母親的病，據說母親的病比上次來時稍微好一點兒。兩家姊、瑪莉也請他開方，十點半他就走了。今天福委會取的肥皂30箱，下午三點給張岳父覓書，隨便到「三義行」談一談去，碰見李清漂君、星賢君閒談，晚上信夫來訪。

## 3月16日　火

母親自與陳姊夫賭氣以後就覺不舒服了，今天好像更惡化。九點半吳姊夫到交處來訪，據說帽蓆公司將成立，以建台一部分投資，很

贊成，只怕不得成功。決定買四桶油，今天把空桶賣出去。今天接交處43萬，開20萬給建台還帳。下班後一回家，母親就說肚子痛得不得了，又吐又拉，一會兒又全身震動起來，馬上請王耀東君來看，據說是中毒，打了針就好了。大姊今天沒有回來，如去也許可能與陳姊夫更好的感情，與碧蓮商量清理負債。

## 3月17日　水

早晨作信給油脂公司要求四月份肥皂，花生油四桶今天送來。下午二點半徐鄂雲兄到交通處來訪，一同回家搬運他所寄託的家具，想託他再活動車務副處長看看，好像又有一點曙光似的。下午下班時，把淑英購買的自行車帶回。母親今天看的，並沒有好轉，心裡很擔憂，晚上就修飾食堂(四疊半)。

## 3月18日　木

今天母親的病好像好轉一點，碧蓮九點來訪，據說昨天買的自行車不克使用，要求修理。早晨檢查福委會的帳目相差三十多萬，一定是會計方面有問題，擬徹查一下子。十一點半到南豐行閒談，午飯在「興樂」由石錫純兄請吃。兩點帶碧蓮到「大世紀」看chaplin的「gold lash」去，舊片重演，但很覺有趣。五點到中南整理鴨蛋。晚上與母親雜談。

## 3月19日　金

今天接到總值日班通知，因明天碧蓮要回南，實無意在省府住夜。十一點半訪問郭欽禮君，他給我酒的代價。十二點到中南，碧蓮一點多鐘才來，午飯後一同拜訪徐鄂雲兄，沒在。晴天炎日之下，真熱。三點到交處，淺野樣來訪，要具保送還日本，四點作好交給他。晚上碧蓮為明天要南下，忙得不得了，我很累，早睡。晚上鄂雲來訪。

## 3月20日　土

早晨先到總值日班寫報告，八點半到車站送碧蓮去，肥皂四箱也送去了。午飯在「太平洋茶店」與許建裕兄吃飯。因陳錫卿兄榮轉縣長可

能在這一兩天內發表，他來打聽是否真要下就建設局長一職，因在交處沒有意思，我回答他如果台中或者台南可引受局長一職。午飯後拜訪景山兄，閒談到三點半多，自覺生活枯寂，前途渺茫，人生沒有意思。晚飯後李定君由彰化來訪，託為長男年亨覓職，當夜就住在家裡。因福委會的糖受炎熱流汁，想賣卻四包，與魏主任意見衝突很覺不快，很希望辭掉總幹事，實在小鬼們閒話太多了。

### 3月21日　日

早晨八點半送李定君回家，與徐鄂雲兄約會要拜訪黃國書兄閒談，因黃兄要到草山拜訪吳鐵城秘書長，改為下午，利用這時間拜訪李萬居社長去，談了最近的政治情勢後，十點鐘就告辭了。下午因碧蓮沒在，無聊得很，挪起舊日與碧蓮來往的信閒看，一會兒睡下去。今天對陳親家頭一次表示對陳姊丈的不平給他聽。晚上梁葉之四男為覓職事來訪。

### 3月22日　月

早晨寫簽呈為李昌盛君購買自行車，十點和泰行曾君來訪，據說請轉與公路局商量タイア一(譯者按：輪胎)事情，很高興就答應他。十點半許建裕君來電話，據說錫卿君最近之中可能轉出為縣長，建設局長一職務必請我充當，中餐請到空軍俱樂部會同錫卿君以便商量。十一點半先訪和泰行，與黃烈火君談洽關於タイア一事。午餐在空軍俱樂部與錫卿、建裕被黃烈火君、曾、施三君請吃。錫卿君說如派到台南、台中去，建設局長務請我來擔任，我很高興地接受了。下班後無事可做，為解悶把與碧蓮的回信重看，覺得很有出版的價值，因為這是一片二二八事變的裡面史。這幾天夜裡又睡不著覺。

### 3月23日　火

早晨研究基隆港務局前面的民治里房屋折廢案，午飯在「鈴爛」被以德君與吳姊夫等請吃飯。下午到基隆港務局見章副局長，商洽折廢民治里民房事。班〔辦〕完後到銀河君公事房，據說他們公賣局團體利用28、29日兩天暇擬遠遊阿里山，請務必參加。六點拜訪徐鄂雲公館，請他轉告華局長關於タイア一事。母親今天好像比昨天好一點兒，博學

今天回北，在家吃飯。

## 3月24日　水

　　早晨寫信給碧蓮，叫她利用28、29兩天休日到阿里山一遊。十點到農林處與陳錫卿君、毛昭江君閒談。下午想帶錫卿君見邱〔丘〕念台先生去，錫卿君沒來，碧蓮走後頗覺寡歡。今天又來鴨蛋，一切都使瑞虎解決。

## 3月25日　木

　　早晨炎秋兄來訪，閒談一會兒，錫卿君也來訪，一同拜訪丘念台先生，沒在。下午兩點又帶錫卿兄拜訪丘念台先生去，又沒在。到農林處去閒談。四點偕同錫卿君拜訪林獻堂先生，請他幫忙，未通知結果如何，頗關心。

## 3月26日　金

　　早晨寫信給元禧與碧蓮通告阿里山之遊，十點到和泰找曾君一同見公路局劉局長談輪胎事情，又找瑞麟兄閒談時局事，下午算蛋帳，盼望錫卿君的消息，但都沒有。自從碧蓮南下以來，夜不成眠，身心覺得不舒服。十六點半阿海來訪，託他碧蓮衣服，並告她到阿里山遊覽事。

## 3月27日　土

　　早晨拜訪陳牧師溪圳去，沒在，請他蓋章於婚書。回路訪問星賢君，閒談一會兒回交通處，但交通處遊歷阿里山一案經已打消，頗為遺憾。下午五點參加沙臨川與章玄士女士的結婚式，在勵志社舉行，璃莉與宗仁為她們拉沙〔紗〕。乘晚快車帶宗仁赴嘉義轉旅阿里山，車中與黃聯登兄初相識而廣談，以致不曾安眠，元禧君由彰化上車，一同到阿里山。

## 3月28日　日

　　早晨五點半到嘉義，碧蓮與阿海來接，張岳母帶珠江兩個男孩子，碧蓮帶三個女同學，還有元禧、阿海一共十二人，乘七點十分的林產管

理局的車上山，因兩天放假的關係，人太多了，擠得車裡頭都沒法子動，受苦十個鐘頭，下午五點到阿里山，但「阿里山閣」已經人滿，無法投宿，跑到附屬旅館，又髒又擠，實在難忍，但因昨夜未曾睡，加之今天白天站了好幾個鐘頭，疲倦得很，也就馬馬糊糊睡下去了，十二個人同間，倒也很有趣。

### 3月29日　月

早晨四點半起床，早飯前一同登祝山，看自新高山出來的太陽，展望很好，華公路局長、程首席檢察官也同行，雲海在腳下，新高山、次高山、大雪山、小雪山都在遙遠東空之內，景致雄壯。六點半下山，七點吃早飯。十點由阿里山回嘉義，車比來時更擁擠，下午三點半到嘉義，乘四點二十五分的車與岳母、碧蓮等十人回台南，晚餐後，洗澡後與碧蓮到街上慢步後就睡覺了。

### 3月30日　火

早晨乘八點的公共汽車由珠江領帶，與宗仁到了白沙倫，問漢藥大夫治母親的藥方，下午十二點回來。本想上一點多的車回北，因有德君也來訪，談得又趣，而且覺得很累，也就改明早走了。下午彭啟明君來訪，商量材木事情，晚餐後與張岳父拜訪張有中推事閒談。

### 3月31日　水

早晨乘七點三十分的普通車回北，岳母與珠江都送到車站，中途在彰化下車，與碧蓮、宗仁拜訪詹岳父家去。與岳母，諸姨子等吃了午餐後，拜訪老居兄去，閒談一會兒，與詹岳父同車回來。詹岳父說要住乙金家裡，因沒有地方也不強留他。下午九點多到家裡，看見母親的病，少微好些，頗以告慰。

### 4月1日　木

休息四天後，今天到交處，福委會互在對帳。十一點半到「和泰」見曾君，據說與匯通未能疏通好，改為台灣汽車公司，答應他直接與黃朝琴兄商洽。下午還覺疲倦，三點回家。晚餐後，帶碧蓮到李清漂兄家

閒談去。

## 4月2日　金

　　早晨把有德兄的請求大夫證書關係書類作完，十點周植冬君來訪，要我解決得標保證問題。十一點半到工商銀行擬見黃朝琴兄解決輪胎事，沒在。午餐與莊晨耀兄在空軍俱樂部被周植冬先生請，餐後乘一點半的公共汽車到基隆港務局與趙處長交涉，結果得他快諾。下午四點回交處，因明天淑英忌日，晚上全家都做糕，很熱鬧。

## 4月3日　土

　　今天是舊曆2月24日，淑英逝世二週年，應當是春光好日子，但今天是陰森森，悲從中來。兩年來，一切都仍然使我頹廢、消沉，雖然我又重新結婚了，可是在這新婚好日子裡，還喚不起從前那樣的熱情，更是心與事異，萬事不如意。十一點半特回家在淑英的靈前進香，一念祈禱保佑三個孩子。獨臥於床，憶起過去，眼淚自流。晚餐請詹岳父、小姨娟娟與姨丈、鄭瑞麟夫婦、李清漂夫婦、王四舅、張坤燦、李當發各兄來家裡坐吃，紀念淑英。

　　下午三點在技術室召集第二次福委會常會，飽〔鮑〕委員所陳各節使我很不滿意，決意堅辭總幹事一職。下午六點又聽說錫卿君決定轉為彰化市長，建設局長一職經已無望，加之詢問劉公路副局長，知道輪胎也無望。覺得一切使我灰心，望故妻的悲傷混在這客觀的困難，更使我苦惱。

## 4月4日　日

　　今天是兒童節，應該帶小孩們出去玩玩，但是因心裡的深痛苦悶，以致不願出門。早晨周植冬兄來訪，十一點信夫君帶王捷陞君為瓊仔的親事來訪，找不著瓊仔，就留他打牌。下午三點基流、金進偕同堂嫂等來訪，晚上恩人太太來訪，午飯、晚飯都留他(她)們在家吃，據說廖文圭〔奎〕先生又被逮捕了，很想到上海救救他。

### 4月5日　月

　　下午兩點多碧蓮到交處來訪，一同拜訪許丙先生去，沒在。取照片後到公司去，約大姊、二姊、信夫、捷陞、瓊仔等人到「鈴爛」吃晚餐去，因很希望瓊仔與捷陞的親事能成功。晚餐後到「台灣戲院」看「藍色狂戀曲」去，一片偉大音樂片子，最近很少見這樣好片子。

### 4月6日　火

　　早晨十一點碧蓮到交處來訪，一同拜訪許丙先生去，沒在，與素娥少談一會兒就走了，午餐與梁財、王萬傳君等被吳姊夫請。下午三點在技術室開福委會，結果請飽〔鮑〕尚文當總幹事，沈鍾鈺當主委，我當調查組長，如今我的責任輕得多。覺得心身俱累，晚餐後就床就睡。夜半十二點瓊仔與治仔大聲哭來，說陳姊夫打她，這畜生——連天倫最初的道德都沒有，頗為憤慨，因家母病得這樣厲害，希望刺激少，但差不多每天都因為陳姊夫一家都有多少的刺激，一打針兩千元，實在白費一樣。

### 4月7日　水

　　早晨十點上班，因頓覺乾燥無味。十二點在「迎賓樓」與吳姊夫被梁財君請吃午餐。下午準備交福會的移交，五點半梁財兄到家裡來訪，談到八點多他就走了。今天瓊仔與池仔又說要搬進來，拒絕她們，因現在我希望清靜，而且經濟上也做不到。今天下午三點與徐鄂雲拜訪劉公路局副局長，知道輪胎已經絕望了，一切都絕望了，怎樣活下去。財兄說每天唯待死而已，實在的心境就是如此的灰色苦悶，加之母親的病好像日增惡化。

### 4月8日　木

　　早晨交鄭嚴德君短的款24,000元整，十一點碰見陳錫卿君、勸他就任彰化市長，與碧蓮在公司吃午飯後到中山堂看台北市國民學校敬〔慶〕祝兒童節遊戲大會，因璃莉、瑪莉都上台表演，表的〔表演得〕很不錯，四點回交通處。晚餐後與碧蓮慢〔漫〕步一會兒就早睡覺，因這幾天很苦悶，累得很。

## 4月9日　金

　　早晨翁金護君來訪，據說他有一批小鋼軌被馬秘書扣押，請代給求情解押。十點仲凱君來訪，帶他到許丙公館介紹水仙肥皂，伯淵君案內到三重埔看工場去。午飯後又看中山堂的兒童節慶祝會去，三點半回來交通處與馬秘書交涉翁兄所託之件。五點半廖太太和她的小妹到家裡來訪，討論解救廖文圭〔奎〕的方法。如果母親不病，很想替他們到上海跑一次。

## 4月10日　土

　　早晨八點半偕同碧蓮、翁金護兄到馬秘書公館，懇請他對翁案特別加予方便，得他承諾，又被請吃早餐。十點偕同仲凱君到南豐行交涉米的事情，下午本想辦移交，因飽〔鮑〕尚文君不在，未得辦到。今天天氣陰涼，本想晚上到耀勳公館參加玩牌九，因天氣關係也就早睡，晚九點多與碧蓮在床上喝酒取樂，以後想每個禮拜六喝一次。

## 4月11日　日

　　今天舊曆3月3日，三月節，碧蓮忙著做春餅，我倒懶得起床，等了十點才起來。祭祖後十一點半大家吃春餅。下午王捷陞君來訪，瓊仔來訪，一同打牌。晚八點帶碧蓮到中山堂光復廳參加跳舞去，因碧蓮不會跳，與她的朋友跳得很有趣，好久沒有跳，很希望常常有這樣機會，十一點散會回家。

## 4月12日　月

　　早晨閒得無事，與夢學兄上圖書館後看少年棒球，很有意思。下午三點開福委會組長會議，這幾天來一天比一天消沉，想借〔藉〕此機會多閱覽書籍。

## 4月13日　火

　　十一點到南豐行，與建裕、錫純兄拜訪錫卿兄，沒在，後來在中紡碰到，一同到「新中華」吃午餐，還有蘭洲兄、宗耀兄等人。今天是錫純兄給錫卿兄餞別之宴，我當陪客。餐後與碧蓮想到「大中華」看電

影，時間太晚，看少年棒球去。四點半回交處，米的移交問題稍微發生小問題，晚餐後帶小孩捉螢〔火〕蟲去。

## 4月14日　水

十二點到中南與碧蓮到「大中華」看「簡讓」去，一篇陰森的片子。這幾天看母親的病愈加重了，人又消瘦得那樣厲害，心裡很懊惱。

## 4月15日　木

早晨炎秋兄來閒談時局，十一點到商會，與啟清兄少談，中餐參加早大同學會，會後聽林世宗的日本見聞談，聽得很有意思。晚餐後帶碧蓮看「明末遺恨」去，想給她貫注中國歷史。

## 4月16日　金

十點半看少年棒球去，午餐與李曉芳君被吳姊夫請於「迎賓樓」，中餐後參觀新開的國貨公司去，建台的帽蓆零售也在裡頭。下午又看少年棒球。今天母親因牙齒痛更顯衰弱，又加一層苦惱。

## 4月17日　土

早晨移交福委會花生油四桶，午飯回家吃就不上班，因這天來精神上、肉體上都受了很大的打擊，尤其母親的病一天比一天衰落〔弱〕下去，前途幾乎絕望——這使我苦悶深刻，我不能忍耐如此環境，是故把一切要忘卻，就想逃避現實，明知道不該出門，但今宵也要尋求瞬間的娛樂。帶碧蓮先是到「台灣戲院」看「愷撒與cleopatora」，看後到中山堂參加舞會，沒有，又看「新世界」的京戲去了，回家已過十二點，與碧蓮小酌而睡。

## 4月18日　日

母親的牙痛已經不能再拖延了，今晨請邱昌麟兄來家診察，結果尚不是絕望，留他吃午餐，三點他才走。早晨仲凱君、景山君來訪。下午與玉燕、二姊、碧蓮打牌消遣。

## 4月19日　月

　　中華民國第一任大總統以2,430票選出來蔣介石了，早就意料中的人，全市慶祝。下午不舒服沒有上班，母親今天可以起來了，如今大概可有希望了。晚餐後到apart看翠瓊仔去，那個外省人在一塊兒，頗覺不快。回家時與碧蓮到錫紹君宅閒談，到十一點才回家。

## 4月20日　火

　　早晨看《世界第二次大戰史》，未知何故，最近很懶看書，而且一看就困〔睏〕得很。下午因下雨，那兒都沒去。晚上六點冒著雨，先到「迎賓樓」與碧蓮、玉燕、英英吃晚餐，後到中山堂光復廳參加市敬〔慶〕祝總統舞會，我們這一班很多人，跳得很有趣，十點半坐耀星兄的汽車回家。

## 4月21日　水

　　整天看書覺得很累，下午一點到「國際」看電影「火牛陣」，毫無意思。晚餐後與碧蓮到國際飯店參加舞會，哲民、劍清兩兄也帶了不少人在那邊，因人太擠，沒有多大意思。今宵月娥也來了，與她跳一回，回家深夜吃點心，很有意思。

## 4月22日　木

　　這幾天晚上的勞苦，使我早晨無法上班，吃午飯後才上班。午下〔下午〕四點半徐鄂雲兄來訪，因碧蓮常說要回台南，整夜覺得很不痛快。

## 4月23日　金

　　早晨林邊陳振茂君來訪，談了一會兒就走了。午飯後帶碧蓮看牙齒去。下午吳姊夫為土地事情來訪，給他介紹胡體仁君。

## 4月24日　土

　　下午不上班，在家裡睡了一會兒，五點鐘與碧蓮到清漂君〔處〕閒談，七點到耀勳家去，並碰到德欽君還有幾個學生，一同玩牌九，大

敗，到了過半夜四點多鐘回家。宗仁、娥仔都因傷風發燒，母親也罵得厲害。實在不應該深夜回家，很後悔出門玩牌九，一來浪費金錢，二來刺激母親，寡歡而睡。

### 4月25日　日

早晨睡覺，十一點多蘭洲君來訪，一同參加在太平行開的東北會，因錫卿君來參加，出席的人差不多三十人。會後由林含鈴君講「蘇聯近況」，很有意思，四點半回家。飯後二姊來閒談，又責備我的舉動，因很不痛快，與她吵嘴，以至聲明絕交。因母親在病，很不高興與她惱事，她偏要來尋事，刺激母親的病，實在不痛快。

### 4月26日　月

九點與碧蓮到邱牙科醫院去，治療後到中山堂看郎君的照像展覽會並訪問王白淵君，談學生帽的推銷問題。午下三點，王君佐君來要女外套款22,000元。因昨天與二姊吵嘴不痛快的印象不消，今天看書都看不下去。又是陰雨沉沉的一天，自覺很累，加之瑪莉今天又發燒，小孩子又不寧，母親今天稍微病狀又惡化了，一切使我消沉下去。

### 4月27日　火

早晨十點帶碧蓮到邱牙科醫院去，十一點到建台，與姊夫談了一點兒帽子推銷方策。下午看完《世界第二次大戰略史》，感慨無量。今天也下雨，悶悶與碧蓮擁抱而早睡。

### 4月28日　水

早晨到圖書館借了兩本書，就到建台去。碧蓮帶珠江來，據說珠江是今天早晨到的。下午等千里兄沒來，三點多為岳父購買書去，沒有。晚飯後本想帶珠江、碧蓮散步去，珠江昨天乘夜車，諒必很累，也就早睡了。

### 4月29日　木

九點千里兄來訪，談論學生帽推銷問題。一會兒宋君也來訪，託他

連君的沙金問題，十一點訪問謝國城君去，錫純君也一塊兒，聽他滯在南京所聞的消息。下班後媽祖生被李當發君邀請吃晚餐，來客不少，八點半告辭，到張坤燦君家裡坐了一會兒，九點多回家。

## 4月30日　金

九點同碧蓮到邱牙科醫院，十點到益謙君那邊閒談去，十一點到建裕君那邊，午餐到台銀同瑞麟、廖能等被耀輝君請，到建台處理公司事務。又與大夫商量母親的病，得了藥，但今天母親喝此藥頓覺苦悶，極為惡化。晚餐後帶碧蓮、珠江散步去。

## 5月1日　土

今天起實行夏令時間。早晨到牙科醫院，十一點半翁金護等來訪，懇託貴州丸打撈事，下午回家，沒上班。三點許建裕夫婦來訪，談到四點半他們就走了。晚餐後帶碧蓮、珠江想到光復廳參加舞會，因門嚴不得進去。到郭欽禮宅坐一坐就回家。到家後三個人喝酒，一切都很不如意，愈來愈頹喪。

## 5月2日　日

早晨乘九點一刻的車，帶伯昭太太、孩子、碧蓮、珠江、小孩們一共九人到北投台銀俱樂部去一天，洗澡、睡覺很好。下午三點與碧蓮拜訪陳茂源君去，閒談一個鐘頭，乘六點的火車回家。

## 5月3日　月

早晨帶母親到昌麟醫院拔牙齒，十二點回家。下午與馬秘書吃冰激陵，談翁案與小鋼軌車事情，與譚布泉談貴州丸事。伯昭太太回日本的日期又展期了。夜裡惡夢很多。

## 5月4日　火

早晨十點半在報紙看見全國水泥公會在台北中山堂舉行，袁總理心武、陳協理範有都來了，很高興跑到中山堂去了，一見都很高興，還有痩〔庚〕宗規、王松波等。據說袁心武現在是江南水泥的副董事長。

陳範有是總經理、趙慶杰是廠長，真是感慨無量。午飯公會請，省政府各主管長官在鐵路飯店吃，我也被請了。下午拜訪耀星去，少談回家。一會兒陳範有先生來訪。晚餐後偕同碧蓮到鐵路飯店拜訪袁六爺去，他九點回旅宿，與他談到十一點半，託他：(一)轉告陳處長我的過去與登用，(二)請代為介紹碧蓮進水泥公司，(三)唐山被押的東西請設法調查。

### 5月5日　水

因伯昭太太後天要離開台北，想託她吉見的存款，但王四舅沒來，商會無法連絡。一兩天來母親的病又轉重了，本想今天送醫院，但母親希望明天去。下午宋君來訪，據說沙金權利已經得到了，想通知連君，請千里君連絡，貴州丸事沒有希望。

### 5月6日　木

早晨九點借交通處的汽車送母親進台北住院，碧蓮、珠江、宗仁都一同去，在醫院碰見邱小姐，感慨殊深，當時如果成功，現在是一對的夫妻。母親進了「217號」，希望她十天能出醫院，本想叫碧蓮住院，但是沒有地方睡覺，讓她獨在院實在心裡很過不去。今天寫一封信給伯昭兄，一封給哥哥，一封給吉見，託伯昭太太帶去。

### 5月7日　金

伯昭太太與兩孩子今天要離開台北集中基隆，乘11日的輪船回國，想起她們自3月5日來兩個月有餘，因自己受到經濟極端的壓迫之下，無法週〔周〕顧，但也勉強度過這艱難的兩個月，今天能平安送她們回國，這對於伯昭兄也盡了一點友誼，很告堪慰。早晨十點到車站送她們就到醫院看母親去，下午四點又到醫院。晚餐後帶碧蓮、珠江到「大世界」看「water to bridge」去，一段悲劇，很不錯。

### 5月8日　土

早晨連君來訪，十點到牙科醫院談，十一點到醫院，十二點帶碧蓮到「山水亭」被連君請，共祝金山獲得權利。餐後又到醫院，因下雨就

回家，沒有上班。

5月9日　日

　　早晨乘九點一刻的車帶碧蓮、珠江、三個孩子到北投去，今天在台銀俱樂部特別室，很舒適，孩子們也很高興，乘下午四點的車回北，一同到醫院去，八點回家。自今天起，叫喻仔晚上看護母親。

5月10日　月

　　十點看母親去，因看母親一天比一天衰弱下去，心裡很難過，無心做事。下午也看母親去，今天母親連起床都不行了，日愈嚴重，自己也覺得很苦。

5月11日　火

　　與謝國城到了黨部，見鐘委員為張丁乙房屋糾葛事聲請，但黨部無法解決。下午到醫院與郭內科醫長、林大夫商量母親的病之對策，據說是カラザール(譯者按：黑熱病)，如果是此病也許得救。下午從心骨髓〔髓〕抽血液檢查，但結果未得此菌，頗為失望，也許是傷了風，今天腦筋更重，下午沒有上班。

5月12日　水

　　早晨白延君與喜仔來訪，一同到茶業公司交涉肥皂去。十點半宋君來訪，帶他拜訪馬時先生去。下午到醫院，據林大夫說カラザール細菌還是沒有，很失望，如果是別的病，恐怕就生命無望了。三點與碧蓮到太平間給母親豫備後事的衣服去了，同時又做了夏天的洋服。

5月13日　木

　　今晨到牙醫院去治療牙齒。下午到醫院，今天知道母親的病是カラザール，少微告慰。四點找藥去，到處卻找不到。

5月14日　金

　　今天檢查母親的眼睛，知道母親的腎臟很厲害，恐怕希望很少，一

聽楊燕飛大夫說明，意氣消沉，整夜悲傷。

5月15日　土

　　早晨請林博士來醫院與林大夫商量治療方針。午餐出席早大會，下午診所陳哲民太太給她請求カラザール的特效藥。得了藥以後馬上到醫院與林大夫商量，但是未知何故，母親今天又發燒，不得打針。大姊、大姨今天來北。

5月16日　日

　　早晨躺在床上，因這幾天來母親的病使我精神上相當受苦悶。十二點出席東北聚餐會，在中山堂南星房開，聚者三十人，吳三連兄報告出席國大情形。三點到醫院，看見大姨在看護母親，與上次一樣，七點多鐘回家。

5月17日　月

　　早晨本想馬上到醫院，因為福利會的事情，翁金護來訪等等，未得分身。下午到醫院，看母親的病十分嚴重，又併發肺炎，今天打不少針，使碧蓮在房間守護。我在最苦悶的情形下，八點離開醫院，但是很不安，睡不好。

5月18日　火

　　今天差不多整天在醫院，因為母親的病脫不了危險狀態，下午七點回家。碧蓮也許過勞所致，夜裡發燒，好像懷孕似的。

5月19日　水

　　今天發表調整待遇。又是整天在醫院。母親的病好像好一點，但下午又發燒，在憂愁中四點離開醫院。

5月20日　木

　　今天因總統、副總統就職，放假一天，因這幾天來，精神上的過勞，早晨休息半天。下午一點蘭洲兄來訪，一同到莊晨耀兄加廖能君打

牌，因心在醫院，沒有精神打牌，回家後心裡很苦，整夜睡不著覺。

5月21日　金

　　早晨八點半到醫院，看母親的病更嚴重，下午到交處預備後事，三點多又到醫院，母親已失了意識，精神很亂，亂言百出，何傷心啊！

5月22日　土

　　早晨八點半就到醫院，母親今天發燒完全沒有了，但是衰弱到此地步，是否有希望是問題，差不多整天在醫院侍候。下午五點林約東大夫與郭醫長說要輸血，把自己的血抽了50cc注入筋肉內，雖然很痛，如果能因此輸血能恢復一點，也做人兒子稍微盡了一點義務。下午六點回家，晚上未知何故，心裡很焦悶。晚上陳姊夫與大姊聽到母親的惡消息由大甲到北。

### （母の死　5／23　旧4／15）

5月23日　日

　　昨日母の容体が少し良くなったので多少安堵の余裕を得た。昨日輸血したせいで精神的に疲れを覚えて今日は日曜でもあるので特に遅く起きた。10時頃李昌盛君来訪、昨夜彼の父が母逝去の夢を見たのでかけつけて来たとか雑談を交して11時去った。暫くして呉三連兄、洪炎秋兄、周耀星兄、頼尚崑兄来訪。何れも母が昨日午後4時逝去されしとてお悔やみに来られた。どうした間違ひであらう。昨日こそは熱も下り、脾臓も小さくなり肺炎も大部よくなって輸血迄したのに……。そして自分は神にすがり如何に母の恢復を念願したことか。12時頃五嬸、乾兄、基流、義夫が清水からかけつけ、やはり母の不幸をきいて急ぎ清水より来北されたとの事だ。薄気味悪い乍らも此等のお客接待の為に終ひに午前中は病院に行けなかった。博学の報告では昨日と大差ないとの事である。然るに1時頃瑞虎が病院よりの報らせで母の容体が今朝急変し極めて警戒すべき情態にあるとの事で急ぎ碧蓮に後事の一切を準備させ三人の子供を携へ、今朝駆けつけた親属をも連れて病院へ着いたのが午後3時頃だった。母は苦しさうに昏睡

状態を繼續し、入院以来の諸先生の努力も空しく全く絶望状態に陥り、唯時間の問題となった。今は泣くに涙さへなく、母としても三人の可愛い幼い孫を殘して死に行くはいかに辛いことでせう。23才にして未亡人になり今年64才の母の一生は文字通一切を子供の為に犠牲にし、特に自分を誰よりも可愛がってくれた。憶へば一昨年自分が二ヶ月間病床に伏した時、ああ母は如何に手厚く、慈み深く自分を看護したか。それなのに入院以来18日母は私が病院で寝る苦しみを察して自分を宿泊させなかった。一切の思出は走馬燈の如くに走り自分は堅く母の手を握り乍らも何かの奇蹟なきやと最后迄望みを棄てなかった。6時頃肇嘉哥、呉金川、基椿等も病院へ見舞に来てくれた。然るに6時半頃脈が急に弱くなりあっと云ふ間もなく6時35分に最后の息をとってしまった。ああ神よ！運命に何故に斯しも我に苛酷であるか。二ヶ年二ヶ月に先づ最愛の妻を失ひ、今茲に慈母を喪ふ。私の深き悲しみはぬぐふべくもない。身辺には二人の姉、碧蓮、五嬸と自分が居た。死体は7時頃礼堂に移され6時40分頃林約東先生が日曜にも拘らずかけつけてくれたが終ひに間に合はなかった。旧暦15日の夜の月は殊の外に冴えて自分の悲しみを一層深めた。生れて初めて人の最后を見、生れて初めてお通夜した。二人の姉、碧蓮そして景山、義夫等とお通夜した。今日朝肇嘉哥から清水へ移棺して埋葬しろと云はれて自分の計画に動揺を生じこの事は私に大きな苦痛を與えた。通夜の間に間に月光を浴びて街路を彷徨ふた時も此の事は強く頭脳に残って悩まされた。だが第一に自分の経済はとても肇嘉哥の提議に応ずる余裕なく更に家族の健康も之以上の奔走は許されざる程に、全部疲れ切ってしまった。何しろ母は一年来病気して来たのである。碧蓮は妊娠中だし、三人の子供は健康未だに恢復せず自分も精神的に疲れ切ってゐる。そして明日火葬にするを決心し午后3時に此の礼堂にて告別式をやることにした。

**(母親之死　5/23　舊曆4/15)**

5月23日　星期日

　　昨天母親身體看来好許多，多少有點安心。昨天不知是否因為輸

過血，精神不太好，加上今天是星期天，所以起得特別晚。十點左右李昌盛君來訪，昨晚他父親夢到母親過世，所以特別前來，閒聊許多，十一點離開。不久，吳三連兄、洪炎秋兄、周耀星兄、賴尚崑兄前來，他們聽說母親昨天下午四點過世，前來弔唁。真是大錯特錯。明明昨天燒才退，脾臟小了，肺炎好多了，連血都輸過。我一心祈求上天，讓母親康復。十二點五嬸、乾兄、基流、義夫從清水趕來，都是聽說母親病逝，急忙從清水來北。讓人感覺不大舒服，但仍為了招待他們，上午沒去醫院。根據博學的報告，聽說與昨天狀況無異。但一點瑞虎從醫院來告，說母親身體在早上突然出狀況，現在進入緊急警戒的情況，急忙拜託碧蓮準備一切後事後，帶著三個孩子，以及今天早上急忙趕來的親屬前往病院。母親看起來很痛苦，持續昏睡，入院以來諸位醫生的努力全部白費，我完全絕望，現在只是時間的問題了。我現在欲哭無淚，連母親都要丟下三個可愛的孫子離去，事實何等殘酷。二十三歲喪夫，今天六十四歲的母親一生都為孩子犧牲，對我尤其疼愛。回想前年我病臥兩個月時，母親是何等細心慈愛地照顧我啊。但入院以來十八天，母親卻體諒我夜宿醫院的痛苦，不讓我留宿。一切回憶如走馬燈般快轉，我用力地握著母親的手，到最後仍不放棄希望地乞求奇蹟出現。六點，肇嘉哥、吳金川、基椿等前來病院探病。但六點半時脈搏突然變微弱，沒多久，六點三十五分便嚥下最後一口氣。啊！神啊！命運為何對我如此殘酷。兩年兩個月前先讓我痛失愛妻，如今又喪失慈母。我深切的痛苦無以復加。母親身邊有兩個姊姊、碧蓮、五嬸與我。遺體於七點時移往禮堂，六點四十分林約東先生不顧星期天，兼程趕來，但還是來不及見到最後一面。舊曆十五日的滿月格外皎潔，徒然加深我的悲哀。生平第一次送人最後一程，第一次守靈。今天早上，肇嘉哥說要移棺到清水埋葬，我的計畫產生動搖，這事讓我很痛苦。守靈時頂著月光在大街上徬徨，這事更是清楚映在腦裡，困擾著我。但第一，我的經濟狀況還沒好到可以答應肇嘉哥的提議，而且家人已經十分操勞，身體也不堪如此長途拔〔跋〕涉。更何況母親病了一年了。碧蓮還在懷孕當中，三個孩子又沒有恢復健康，我精神上也十分勞累。決定明天火葬，下午三點在這個禮堂舉行告別式。

**5月24日　月**

　　朝、呉姐夫に親友への通知と葬儀、告別式を託し、自分は倒れさうな身を6時頃公司へ行って約二時間休み、8時に礼堂へ歸り、10時移棺式を済し更に雑用を片づけて12時頃歸宅、2時頃碧蓮と一緒に礼堂へ行った。約30箇の花輪が式場を美しく飾りたて約百人近くの親属、親戚、親友参加の下に午后3時半から告別式は開始された。昨夜、更に今朝8時二回の読経を終へて式は更に読経に始まり、張我軍兄の祭詞、肇嘉哥の挨拶、焼香後約4時半頃に終了した。瑪莉、瑠莉のみは眼も赤く泣き崩れ、いたいけな宗仁は何も知らず寝そべってしまった。5時半頃音楽に送られて火葬場へ行き本日火葬にしたかったが薪なき為明日に延期された。夜は禧仔にきて貰ひ、料理を作って二テーブル皆を御馳走した。ああ常にソファに苦しき身をもたれし母、今や空しく、其の寂しさは譬へやうもない。

**5月24日　星期一**

　　早上拜託吳姊夫通知親友並處理葬禮與告別式，我拖著快累垮的身軀六點到公司休息兩個小時，八點回到禮堂，十點進行完移靈後，處理雜事，十二點回家，下午兩點與碧蓮一同去禮堂。三十個花圈將會場裝飾得很美，在親屬、親戚、好友近百人的參加下，下午三點半舉行告別式。昨晚與今天八點念了兩次經，現在又再念一次，張我軍兄祭詞、肇嘉哥致詞，燒過香後下午四點半結束。瑪莉、璃莉紅著眼哭泣，幼小的宗仁不知世事地睡著。五點半在音樂聲中前往火葬場，本想本日火葬，但沒有柴，延期到明天。晚上請來禧仔做了兩桌菜請大家。啊！想到平常將痛苦身軀倚靠在沙發上的母親，我現在的空虛與寂寞無以言喻。

**5月25日　火**

　　今朝張丈姆は台南からかけつけてくれた。乾兄、基流、景山、義夫、五嬸等は本日清水へ歸った。衛生院と交渉した結果、朝に火葬場へ薪が到着、午后4時半碧蓮と火葬場へ行き黙火を見てから歸った。歸りに李君の家に寄り葬儀屋に明朝行くやう厳命した。本日遺骨を父と一緒に埋葬するを決定し、基流に準備方依頼した。

5月25日　星期二

今天早上張丈母娘從台南趕來。乾兄、基流、景山、義夫、五嬸回
清水。與衛生院交涉後，早上柴送到火葬場，下午四點半與碧蓮前往火
葬場，默默看著火葬後回家。歸途經過李君家，耳提面命請他明天一大
早跑一趟葬儀社。今天決定將遺骨與父親合葬，請基流幫忙準備。

5月26日　水

朝、碧蓮に骨拾ひのつぼを買はせ10時半頃に火葬場に到着し
た。二人の姉さんは九時頃から行って待ってゐた。11時頃に骨拾ひ
をやり11時半に歸宅。ああ母が今白骨となって歸ったのである。悲
しみの如何に深き！お晝は賑やかなお祭りをした。何等か全身疲れき
ってしまった。

5月26日　星期三

早上與碧蓮去買骨灰壺，十點半到火葬場。兩位姊姊九點就在那邊
等著。十一點開始撿骨，十一點半回家。啊！母親如今化為白骨西去。
悲痛至極！白天熱鬧地舉行葬禮。全身累得不得了。

5月27日　木

寂しさに堪へられず午后張丈姆、美櫻、瑠莉、宗仁を連れて仙公
廟へ母の瞑福を祈ると共に嘗て張丈人受難の時の返願の為燒金に行っ
た。数回登ったせいか案外疲れなかった。不在中に色々お悔やみのお
客さんが来られた。

5月27日　星期四

難忍寂寞，下午帶張丈母娘、美櫻、璃莉、宗仁到仙公廟，為母
親祈福，並為先前張丈人有難時還願，前往燒金紙。不知是不是爬過幾
次，意外地不覺得累。我不在的時候，許多客人來憑弔。

5月28日　金

寂しさに堪へられず今日は嘗て母が云ひ残りし庭園の花の手入れ
をした。生前何回となく自分に手入れを希望し、母も自らよく手入し
を憶ひ出してやったのである。煉瓦の事で又しも二姉と衝突し、口喧

嘩した。実に不愉快な日である。そして終ひに永遠に絶交する決意を
するに至った。夜、呉姐夫から陳□龍と黄家璋が落花生油を調査に公
司へ行った旨きかされ実に不愉快を更に深めた。

### 5月28日　星期五

　　寂寞難當，過去母親念念不忘庭園的花，我今天著手整理。想到母
親生前好幾次都叫我保養，母親自己也會動手整理。又為磚瓦之事與二
姊起衝突，吵了一架。真是不愉快的一天。我甚至還想永遠斷交。晚上
吳姊夫說陳□龍與黃家璋到公司調查花生油，更加深我的不快。

### 5月29日　土

　　朝、公司へ李氏に交通処へ落花生油の始末を報告せしめ、午后再
度公司へ行き陳、黄両氏が第二回目の価格が高いので調査せるを知り
憤懣に堪へなかった。張丈姆と美櫻がどうしても今日の夜行で歸南す
ると言ひ出し碧蓮と駅迄送らせた。

### 5月29日　星期六

　　早上到公司請李氏到交通處報告花生油事件的始末，下午再度到公
司，陳、黃兩人說第二次價格貴，才著手調查，聽到後氣得不得了。張
丈母娘與美櫻無論如何都要坐今天的夜車回南，與碧蓮到車站送行。

### 5月30日　日

　　本日全島的に戸口調査が施行され、朝、調査に来た。續いて李昌
盛君が更に林桂端太太がお悔みに来られ、陳仲凱君も来られた。15
時頃石朝波君がタイヤーの件で依頼に来た。

### 5月30日　星期日

　　今天全島實行戶口調查，早上有人前來調查。之後李昌盛君更與林
桂端太太前來憑弔，陳仲凱君也來。下午三點石朝波君前來拜託輪胎一
事。

### 5月31日　月

　　朝、出ようと思ったが身体が意外にだるく、床に横になって『第
二次大戦史』を読破した。今日は非常に暑く、午后元禧が来られ、午

后区公所へ戸籍の手續きに行った。夜、元禧と信夫等と夕食をとり、数日来の結算をして見た。

## 5月31日　星期一

早上本想出門，但全身軟綿綿，躺在床上看完《第二次大戰史》。今天很熱，下午元禧前來，下午到區公所辦理戶籍手續。晚上與元禧、信夫等共進晚餐，結算這幾天的錢。

## 6月1日　火

朝9時頃に保健館へ瑪莉のX光線寫眞を見に行き、耀東君から状態がよくないときかされて悲しかった。それから圖書館へ行き石朝波君を公路局に案内してタイヤーの事で華局長に引見さしたが駄目だった。午后学校へ瑪莉、瑠莉の級主任に二人の容体を報告し、それから区公所へ入籍其他の手續をとりに行った。総て暗い故に気持は憂鬱に閉され、特に瑪莉の最近のやせ方を見て心痛の至りである。夜三連兄を訪れ、列車事故に絡み路政の改革意見を述べ國大聯誼会への建議の参考にした。

## 6月1日　星期二

早上九點前往保健館看瑪莉的X光照片，聽耀東兄說，狀況不是很好，覺得很難過。之後去圖書館，帶石朝波君到公路局，為輪胎一事將他引見給華局長，但不成。下午到學校跟瑪莉、璃莉的年級主任報告兩人的身體狀況，之後前往區公所辦理入籍手續。諸事不順，心情憂鬱，特別是看到瑪莉最近瘦得不成樣，心痛至極。晚上拜訪三連兄，對於列車事故表達我的路政改革意見，請他建議國大聯誼會當參考。

## 6月2日　水

朝、簡文発君に来て貰ひ、列車事故の調査方依頼したが彼は眞理を把握する精神に缺き、徒らに路局をかばほうとしてゐる態度に飽きたらず今日三連兄との会見にも行かなかった。午后路政の改革意見を書かうとしたら玉燕がやって来て邪魔され終ひに書けなかった。

## 6月2日　星期三

早上請來簡文發君，請他調查列車事故，但我受夠了他欠缺實事求

是的精神、老想著要袒護路局的態度，今天連與三連兄見面都沒去。下午本想寫路政改善意見書，但玉燕來訪打擾，終未寫。

## 6月3日　木

朝9時頃梁基樫君が更に李当発君が来訪。色々お悔みに来た。10時路局へ簡文発君を訪問、一緒に郎局長に会って事故の顛末をきいた。11時國大聯誼会を訪問、三連兄、陳天従等に郎局長に会ったあらましを報告し、中食三連、及時と國貨公司でとった。午后簡単に路政に対する改革意見を草し、三連兄に渡した。

## 6月3日　星期四

早上九點梁基樫君來訪，李當發君也來，來弔唁。十點到路局找簡文發，一起去找郎局長，聽事故始末。十一點造訪國大聯誼會，對三連兄、陳天從等報告與郎局長見面的經過，中餐與三連、及時在國貨公司用餐。下午簡單起草路政改革意見，交予三連兄。

## 6月4日　金

朝、清水から樹林仔の息が来られ就職世話方依頼して来た。実に就職の斡旋は頭痛の種である。本日兄に母の逝去を知らせようと思ふ。

## 6月4日　星期五

早上，樹林仔的兒子從清水來，拜託我幫忙找工作。幫人斡旋求職最是頭痛。今天想告知哥哥母親過世的事。

## 6月5日　土

朝、早く起き母、七旬の典儀を挙行。紬姑も6時にお経を開始。7時半終了。大姨と昌仔の妹に留守を託して8時半の急行にて碧蓮と母のお骨を奉帯して清水へ歸還。車中馬時に会ひ例のレール賣買を相談大体まとまった。清水では基流、基鈺、景山等親同に迎へられ、彰化から岳父も来られてゐた。早速鹿寮山に直行、地理先生陳天賜に案内されて13時半に埋葬、14時頃に終了。父と合併葬で一つの墓だった。途中阿媽の墓に焼香し、それから鹿寮へ姑丈の病気見舞に行っ

た。夜碧蓮、義夫、基流を伴って肇嘉哥を訪問、興少く去り、丁度彼も新築喬遷で多数の客との宴会中なので暫くして清水街仔へ遊び、亦祐と永昌宅に立ち寄って夜は我が部屋に宿った。感慨無量である。結婚前、日本から歸ると夜明け迄語り合ひ、新婚の時は又淑英と初夜を明かし、それなのに二人の最もいとしき人は共に此の世を去ってしまった。一夜思ひ出に心は乱れ、眼は涙にかきくもらされた。

**6月5日　星期六**

　　早上早起舉行母親的頭七。紬姑也從早上六點開始念經。七點半結束。拜託大姨與昌仔的妹妹在家留守，我捧著媽媽的骨灰，與碧蓮乘八點半的快車回清水。車中碰到馬時，商量鐵軌買賣，大致抵定。基流、基錄、景山等親友前來清水迎接，岳父也從彰化來。馬上前往鹿寮山，在地理先生陳天賜的帶領下，下午一點半埋葬，兩點結束。與父親合葬一墓。途中替阿媽的墓上香，之後回鹿寮探望姑丈病情。晚上在碧蓮、義夫、基流的陪伴下拜訪肇嘉哥，聊得不甚有意思，剛好他也為慶祝喬遷宴客中，不久就告辭前往清水街上逛逛，與亦祐到永昌家，夜裡在自己的房間過夜。感慨無限。結婚前，從日本回來就聊天聊到深夜，新婚時又在這裡與淑英度過初夜，如今這兩個最親愛的人都離開人世。一整晚被回憶攪亂心思，淚溼眼眶。

**6月6日　日**

　　朝9時の汽車で碧蓮と大甲へ行き、先づ公司へ寄って帯を買ひ、基仔哥の処に寄って感謝した。10時に社屋に寄り、錫賜、親姆と色々語り合った。碧仔も来てくれたが、彼女の台北行は到底実現の見込なく失望した。中食御馳走になり、午后3時過の汽車で碧蓮は台南へ、自分は彰化で下車し、岳父の家に行った。宗仁宅に寄って彼の結婚を祝し、夜は岳父、岳母と生活の近況、母の病況を語り合った。

**6月6日　星期日**

　　早上九點的火車與碧蓮前往大甲，先到公司買帶子，後經過基仔哥家致謝。十點經過社屋，與錫賜、親姆閒聊。碧仔也來了，知道她終究無法來台北，很失望。中餐被請客，碧蓮乘下午三點多的車回台南，我則在彰化下車，去岳父家。經過宗仁家祝賀新婚，夜裡與岳父、岳母聊

近況，談到母親的病。

## 6月7日　月

　　朝、8時の汽車で台中へ行き先づ深切宅に寄り、不在の為太太と10時過迄母の病況を語り合ひ、11時煥三君を訪問、台中の土地とレールの賣買を相談し、中食翼で共にとった。午后3時乾兄を訪問。乾仔嫂を見舞し、慰めた。5時玉梅を訪問。夜乾兄に御馳走になり午后8時過の汽車で彰化に歸った。車中呂世明と一緒になり列車事故を語り合った。

**6月7日　星期一**

　　早上八點搭火車前往台中，先造訪深切家，不在，與他太太聊母親病況聊到十點多。十一點訪問煥三君，商量買賣台中土地與鐵軌一事，中午在「翼」一起用餐。下午三點拜訪乾兄。探望慰問乾仔嫂。五點拜訪玉梅。晚上乾兄請客，後坐八點多的車回彰化。車中與呂世明同座，閒聊列車事故。

## 6月8日　火

　　朝、君晰君を訪問。久振りに面白く語り合った。彼が近く彰銀に入社し来北されることを喜んだ。中食到頭御馳走になり雨の為5時過辞去し、夜岳父家族と11時迄色々語り合ひ、第一に台中の土地、第二に彰化の土地、第三にレール賣買資金には協力方お願ひした。

**6月8日　星期二**

　　早上拜訪君晰君，許久沒見，聊得很有趣。他最近將入彰銀，高興他可以來台北。到頭來中飯還是被請，因雨，五點告辭。晚上與岳父一家人聊到十一點多，第一是台中土地，第二是彰化土地、第三則請他幫忙籌買賣鐵軌的資金。

## 6月9日　水

　　朝、8時の汽車で清水に歸り、早速肇嘉哥を訪問色々語り合った。数年来の誤解が氷解されて割合に和やかに語り合へた。湘玲、李太太とも面白く語った。中食後荔枝をお土産に貰って2時の急行にて

碧蓮と落合って歸北。車中慈美と一緒になって自動車を貸してくれた。歸れば大姨はよく家を管理してくれ、三人の子供は雀躍して迎へてくれた。

## 6月9日　星期三

　　早上八點的車回清水，馬上拜訪肇嘉哥，討論許多事。數年來的誤會冰釋，聊得格外和樂。與湘玲、李太太也聊得有趣。中飯後買荔枝當土產，搭兩點的快車與碧蓮會合回北。車中與慈美同座，她把車子借給我。回到家，大姨把家裡整理得很好，三個孩子高興迎接我們。

## 6月10日　木

　　肇嘉哥に依頼された荔枝を上海の肇嘉嫂へ送るべく崑玉、湯盤、欽礼、尚崑等に会ったが中興輪は今朝出帆して駄目だった。13時空しく歸り、15時頃張星賢来訪、夜鄂雲兄来談遲く迄語り合った。

## 6月10日　星期四

　　受肇嘉哥所託，要把荔枝帶給上海的肇嘉嫂，與崑玉、湯盤、欽禮、尚崑等見面，但中興輪已於今早出航，作罷。下午一點空手而歸，三點張星賢來訪，晚上與鄂雲兄聊到夜深。

## 6月11日　金

　　数日来の不眠で朝も午后も寝た。梁氏、親同旭仔が又しも就職でうるさく訪れて来た。

## 6月11日　星期五

　　因數天來失眠，早上、下午都在睡覺。梁氏為就職事又帶親戚旭仔前來叨擾。

## 6月12日　土

　　馬君から快信が来、至急高雄へ来られよとの事だが現在の心境では何にもしたくない。其の上、李清漂君来訪されず方針未定にて困ってゐる。憂々しい毎日の生活である。

## 6月12日　星期六

　　馬君送來急訊，請我馬上到高雄，但我現在的心情，甚麼都不想

碰。而且李清漂還沒來訪，方針未定愁煞人。憂心忡忡的每一天。

### 6月13日　日

　　朝、台南から張岳父来訪、駅へ迎へに行った。律師検験の件で彼のみは法院から通知なく一歩早めに上北されたのである。朝食後一緒に陳墩樹、蔡伯汾律師を訪問し、午后一家打揃って北投台銀倶楽部へ一遊した。夕食後一緒に黄演渥氏を訪れ、夜半遅く迄台湾司法界を語り合った。

### 6月13日　星期日

　　早上張岳父從台南來訪，我到車站迎接。律師檢驗一事，只有他沒收到法院通知，所以早一步上台北。早餐過後一同拜訪陳墩樹、蔡伯汾律師。下午一家集合前往北投台銀倶樂部一遊。晚飯後一同造訪黃演渥氏，聊台灣司法界到半夜。

### 6月14日　月

　　朝、張岳父を連れて高等法院へ許書記官長を訪れ、趙文書科長に紹介されて律師検覈の件に付、伺ひ万事好都合に進んだ。それから欧陽、蘭洲等を歴訪し、去る陳情書に捺印せるを謝した。午后瑪莉を連れて陳玉燕を訪問、一緒に媽祖廟へ病気を見て貰ったが医者来られず其の足で我軍兄を訪問した。久振りに彼と永く語り合ひ、出来れば何とかして昔日の仲に返したい。張岳父はどうしても本日の夜行にて帰南するとて夕食後雑談を交してバス停留所迄見送った。

### 6月14日　星期一

　　早上帶張岳父前往高等法院造訪許書記官長，在趙文書科長的介紹下，請教律師檢覈一事，萬事順利進行。之後造訪歐陽、蘭洲，感謝他們在陳情書上蓋章。下午帶瑪莉造訪陳玉燕，一同去媽祖廟看病，醫生沒來，前往造訪我軍兄。許久沒與他閒聊這麼久，可以的話，希望可以回復往日情誼。張岳父說甚麼也要今晚搭夜車回南，晚飯後閒聊，送他到巴士站。

## 6月15日　火

　　徐鄂雲君が来訪、新店渓列車事故に関し自分の國大聯誼会にて意見を発表したいから交渉してくれと依頼されたので引受けた。彼は再度鉄路局入りを画策してゐるらしく、其の成功を祈って息まない。丁度沙臨川君が来られたので彼に三連兄の御来訪を託し、5時頃彼は見えられた。一緒に色々語り合ったが18日に開催する事に決定した。

## 6月15日　星期二

　　徐鄂雲君來訪，他打算在國大聯誼會上就新店溪列車事故發表意見，請我幫忙交涉，我接受。看來他打算再次進入鐵路局，希望他能成功。剛好臨川君也來，我請他幫我找三連兄前來，五點他來了，一起討論許多事，決定18日舉辦。

## 6月16日　水

　　碧蓮は最近妊娠の為、苦しみ出し、それでも日々多くの仕事をしなければならず仲々大変である。早く傭人が来ればよいと思ふが短期□□本問題は解決しさうもない。夜、瑪莉を連れて景山君を訪れ、色々彼が大学総務長に就職した後の大学経営の経緯を具さにきかされた。沙臨川の就職問題を彼に依頼した。

## 6月16日　星期三

　　碧蓮最近為懷孕所苦，但近日有許多非做不可的工作，相當辛苦。本想早點請佣人，但短期內□□本問題看來還無法解決。晚上帶瑪莉訪問景山君，聽他具體描繪擔任大學總務長後的大學經營過程。把沙臨川找工作一事拜託給他。

## 6月17日　木

　　数日来何故か非常に心苦しい。特に母ありし日の数々の事が偲ばれて胸はチクチク痛む。ああ母ありし日の心の故里よ！母ありし日の我が家の歓びよ！二年二ヶ月の間に妻と母を喪くしてしまった。而も母の死は予期しない□□けに悲しみは深い。慰められざる苦しき心を懐いて今後如何に生活して行くかに迷ふ。

## 6月17日　星期四

　　數天來不知何故，覺得非常心痛。特別是想到過去母親的種種，胸口便痛得厲害。啊！母親是我過去心靈的故鄉！母親是過去我們家裡的歡樂！兩年兩個月間喪妻又喪母。而且母親的死是無法預期的突然，悲痛之深。抱著無以堪慰的痛苦，真不知今後要怎麼活下去。

## 6月18日　金

　　朝、陳姊夫兄弟来訪。大甲商工銀行の設置に関し、欽錫に経理就任方運動してくれとの事だった。はっきり不適任だと知り乍ら推薦する気持にどうしてもなれない。彼等も失望したらしく朝食もとらずに去り其の侭還って来なかった。10時國大聯誼会主催、新店渓の事故に関し徐鄂雲兄の意見をきいた。集ふ者三連兄以下、国大代表、省参議員約十名だった。会後蘭洲兄を訪問、東北会の件に付語り合った。

## 6月18日　星期五

　　早上陳姊夫兄弟來訪，拜託大甲商工銀行設置與欽錫就任經理一事。明明就不適任，我實在沒辦法推薦，他們看起來很失望，連早餐都沒吃就走了，一去不回。十點去國大聯誼會主辦的會議，聽徐鄂雲講他對新店溪事故的意見。參加者有三連等國大代表、省參議員等約十名。會後拜訪蘭洲兄，討論東北會一事。

## 6月19日　土

　　数日来雨は降り続いた。今日も雨である。清水から例の服務生受験の為に二人来られ、挨拶に来た。四十名の給仕の採用に対して実に志願者が一千数百人である。台湾の失業は何と深刻であることか。忌日の休暇は本日がおしまいである。

## 6月19日　星期六

　　數日來雨下個不停。今天也是雨天。為了那個服務生考試，有兩個從清水來打招呼。採用人數四十名，志願者有一千數百人。台灣的失業問題竟是如此嚴重。今天是喪假的最後一天。

6月20日　日

　　雨の中を翁金護と許子秋がやって来た。早速馬案を持ちかけて相談した。やはり翁氏の力□と共力した方が無難のやうに思はれる。本日蘇聯新進作家K．Simonovの"望穿秋水"を読破した。非常に強い印象を受けた。そして淑英を偲び母を憶ふた。ああ何と現実は苦しいことか。二人の最も懐しい人を失って心は張り裂けるばかりである。此の苦しい現実を以後如何に暮しそして生き永らへて行くか。我迷ふ、迷ふ？！

6月20日　星期日

　　翁金護與許子秋在雨中前來。馬上與他們商量馬案。看來，果然有翁氏的幫助，一切沒有大礙。今天讀蘇聯新進作家K．Simonov的《望穿秋水》。印象非常深刻。想到淑英，想到母親。啊！現實竟如此苦澀！失去了最懷念的兩個人，心都裂了。這麼痛苦的事實，要我以後如何活下去。徬徨！徬徨啊！


6月22日　原稿不明


6月23日　原稿不明


6月24日　木

　　早晨九點陳鐵□來訪，一同到工商銀行見黃逢平兄，請任命他為大甲分行經理又到華南銀行見高湯盤君，商量借五百萬元事，他承諾。又到南豐行見錫純君，閒談下午顏水龍君與賴木杞君來訪，託復職事。□□來訪，閒談一會兒，今天福利會開委員會改選主任，並審核第一期損失案，他們都決定由我負責賠償，很不滿意，但忍耐不訴苦，雖然損失幾萬元，但得到一個很好的教訓，整天不樂，有理講不通，冤屈無法伸，很想辭交處，但目下轉業又不容易無可奈何。


6月25日　金

　　早晨九點半到路局帶賴木杞君復職事與樊工務副處長見面，據說考慮□見何建築科長去閒談，因碰見幾位台籍高級職員，就談起團結來

改組問題。下午與仲凱君到「高義閣」找肇嘉哥去，沒在，下午六點回家，褒風兄正來訪，談起罐頭事情，想給□□□。

### 6月26日　土

早晨找簡謙泰閑談砂糖□□賠償去。他承認一半，午飯到帽□□吃，與□□、□□□閑談，下午褒風兄又來訪，他希望我馬上到華南借款，但禮拜六不辦公，未得去，鏡仔來訪，請她吃晚飯。

### 6月27日　日

早晨到「高義閣」拜訪肇嘉哥，因獻堂、啟清、朝清、榮鐘諸先生先座，不好意思談話。十點半與碧蓮拜訪許丙先生去，閑談，在他公館吃午飯，碰見景嘉君也來，午飯後與素娥找基銓君去，沒在。他太太出來閑談。四點拜訪瑞麟兄去，閑談到五點回家。

### 6月28日　月

早晨九點到華南給褒風兄交涉借款五百萬元，很順調就借到了。這是高湯盤兄的好意，很感謝他的交情，下午三點得到，馬上與褒風上到物調會辦手續去，沒辦完。晚上六點在蘭洲兄家裡被他請吃晚餐，主賓是郭壽華先生，尚有許丙、鄭瑞麟、高湯盤，許建裕，黃千里，陳生諸君，蘭洲兄想像借郭先生力量，推進東北會各員，未知郭君有多大力量，十一點多回家。午餐時聖美與雪貞來訪，都在家吃午飯。

### 6月29日　火

早晨等褒風沒來，閑看書，下午他來了，帶他到華南辦提出提貨單的手續，銀行要我擔保此事，由我作借條，此種責任擔當大，冒險得很。雪貞今天回去了，最近碧蓮□□懷孕有月，身體不舒服，覺得性質暴燥，很不□。

### 6月30日　水

早晨把關於提出鐵路改革案打字，梁兄來報告他還決定建台灣□史館，很高興。下午找李萬居先生談鐵路提案去，沒來處，在建台會合仲

凱君、千里君，到千里君家吃飯，晚飯後加清漂君打牌消遣，十二點回家。

## 7月1日　木

早晨帶龔榮宗君到高等法院辦律師檢覈手續去，今晨美櫻自台南來北，陳姊夫也出席參議會來家投宿。下午欽梓君來訪，□□□□□□□晚餐後碧蓮與美櫻出門，與三個孩子□□□□□□□。

## 7月2日　金

早晨整理鐵路專門學校以上出身的名單，下午金梓君送路局一等站長名單來，沒在，由此可以整編資料。

## 7月3日　土

早晨帶二□□□□□□□□□□□□看病去，據說□□病□最不好，頗為憂鬱，十二點回家，下午看省府提出省參議會的施政報告，粗漏不堪，可推省府人員施政□□□□低！晚餐後碧蓮與美櫻出門。

## 7月4日　日

天氣酷熱，都不願出門，整天在家裡與小孩遊玩，晚餐後帶碧蓮與小孩們、美櫻散步去，找金章君閒談，六、七年沒有見過他的太太了，他們由太原都能安抵台灣，為他們慶賀。

## 7月5日　月

碧蓮今天乘八點的快車到台南去，一個□□□手術去，實在心裡過意不去，晚餐被吳姊夫請，在「新中華」，因天求、天華君來台，同席尚有王民寧、楊天賦、張國健、□處長、許法規書記官長、黃明日君等。下午起台北暴風厲害，全市無電燈，坐張處長的汽車回家。十七年沒有見天求面，一見很覺親密。

## 7月6日　火

接到碧蓮寫信□□□就動手術，早晨因颱風太大了，沒有法子出

門，天求、天華在家吃早餐。下午三點半來處，天求、天華兄為機票事來訪，吳承柳、陳欽梓君也來訪，談路局人事問題。天求兄投宿我家，談得很親密。……

### 7月7日　水

早晨與天求兄等乘王民寧處長的汽車出門，因飛機不飛，十點鐘天求兄又來訪了，宋君、王君也來訪，各有工作，早晨為天賦哥所託，寫「台灣鐵路應隸屬省府經營由書」。九點陳姊夫來訪，談起我的提案問題，約黃聯登等中午在台北旅舍見面，我說明鐵路現狀給黃聯登、洪火煉、丁瑞彬、李崇禮諸代表。兩點半賦仔哥與陳姊夫回來，據說賦仔哥與李友三為我的提案，訪問過郎局長，他希望我到路局當副處長職，相約明天找郎局長去，三點與黃純青君閒談，六點到車站碰見君晰君與朝權兄閒談，很高興君晰君到台北來就職，又得到一個好朋友。今天碧蓮沒有回來，很失望得回家。

### 7月8日　木

早晨八點半拜訪賦仔哥，一同找郎局長去，他也很爽快說要請我幫忙，可以給副局長或者委員會的立委，談的〔了〕半個多鐘頭，簡文發□□□□□□□□□□□□□□□□回交通處。下午到參議會聽交通報告去，黃聯登先兄對新店溪事故□□□□□□□□□□□決定□□□□□□□□□□□花蓮港辦事局副局長□□□□□，我告訴他第一希望車務處，第二□□□□□□□。七點回家，碧蓮已經平安回家了，她又是從前明朗的小姐了，她告訴我手術種種的苦痛。

### 7月9日　金

因交通報告沒有完，今天帶碧蓮又旁聽去了，郭國基投炸彈，攻擊郎局長很厲害，簡文發說郎局長希望我擔任花蓮港辦事處副處長，很失望，請天賦哥與陳姊夫再跟郎局長說去，務必總務副局長。十四點回家，有德君來訪。三點半到合豐行開會去，三連、哲民、尚崑、子文、翁太太都出席，商量對合豐的辦法。八點回家，有德君來家裡住。

**7月10日　土**

　　早晨找賦仔哥去，據說他與郎局長談的結果，決定總務副處長□，很高興就回交通處了，想今天之中要與郎局長見一面，對他面謝，同時想與他商量對國大的和解辦法。下午到路局去，先找吳水柳君，由他介紹岡本君，又請簡文發君來，談國大的問題，但郎局長已經今朝到南京去了。據簡君說可能照我第一希望當車務處副處長，也就聚吳水柳、簡文發、陳欽梓三君商量關於擁護郎局長的方策，下午七點在「仙樂」請吳水柳、簡文發、東、岡本各位，給賴尚崑君請吃晚餐，吃的、喝的很有意思，九點半偕同簡文發君與鐘秋樊君找郭國基君去，沒在，與啟清兄閒談。十一點回家，有德君起來喝酒，再睡。

**7月11日　日**

　　早晨與有德君拜訪三連兄去，沒在。夜裡睡不著覺，早晨與碧蓮說一會兒，梁君今朝來修復門，下午乾兄與孔雄來訪，又來託找職業，又姓郭者也來託找事情。有德君乘夜快車回南。

**7月12日　月**

　　下午到華南給褒風兄換票去，沒有問題就通過。

**7月13日　火**

　　早晨乘七點五十分的車到□□找田土仙求藥，未知此藥是否真可能治好，過去給□藥是一□再談，但現在也沒有辦法。十一點找黃國信去閒談，我看他這個人相當充實可靠。十一點半褒風兄來訪，□□□與陳樹曦□□□□□□□□結果告訴我，據說陳處長不歡迎我□□□□□□，很失望，然而我覺得這話裡頭總帶不少政治意思。下午帶孔融君見星賢君去。

**7月14日　水**

　　早晨到帽蓆公司少談後，找陳仲凱君與郭雨新君，託他為元佑君覓職業。下午簡文發君為郎局長事來訪，晚餐後找三連兄談新店溪事故的處理問題，希望國大、省議不再追究，明天送小孩到台南、彰化。

### 7月15日　木

九點到合作金庫找瑞麟兄、廖能兄閒談，碰見張煥三君談台中的土地問題。下午簡君又來電話詢問新店溪問題，約他明晨找修副局長去。

### 7月16日　金

早晨八點半到路局去，先找簡文發君，由他給介紹修副局長與顏主任秘書。我把國大聯誼會對新店溪事故以致發展打倒郎局長的經過詳細給他們說明，以資檢討對策，對他們二位印象極佳。十點半借路局的汽車到公司，到陳仲凱公司詢問元佑君職業問題，到亞東與蘭洲兄閒談，下午蔡東魯君為大肚橋再建造一案來訪。

### 7月17日　土

把蔡君造橋一案送給鐘□君，以資參考。十點找尚崑兄去，要見星賢君打聽孔雄職業，沒來。下午到鐵路黨部拜訪吳國信，與他談兩個鐘頭關於路局問題與航業公司問題，希望他能對郎局長表示，我除車務以外不大想進去路局。

### 7月18日　日

早晨賴尚崑君與毛昭江君來訪，十二點到中山堂出席東北會，出席者約十六人，下午三點會完，與蘭洲兄到尚崑宅，與昭江、尚崑三兄打牌，碧蓮帶宗仁也來，在賴宅吃晚餐，十點半盡歡而回。

### 7月19日　月

昨夜睡不好，早晨十點回家睡覺，中途看《全民日報》知道親友梁財兄被告，自慚力薄無法挽救他。回家接到瑪莉、璃莉都來信，據說她們都很快樂，如能健化身體，頗堪告慰。

### 7月20日　火

整天在交通處看小說，□□□。

## 7月21日　水

早晨報上看見郎局長已經回北了，今天等了一天，但始終就沒有來請我，覺得也許他心境又變了。自悔說話太多了，不應該對我們副局長、顏主任說話那樣多，尤其太率真，實在悶。

## 7月22日　木

早晨九點多與吳國信君相約見郎局長，因局長沒在，只說一點兒關於路政事，十點辭出。拜訪陳天順先生去，想對他說話諒解郎局長事，正反對派沈某在場，十一點多辭出。下午與國信兄見郎局長，談得很親密，決定總務處副處長，很希望在車務處，局長說總務處沒有人，一定要我強化，也不好意思再強辯，決定下月一回到路局辦公去，總得到一個結果，也頗堪告慰。晚餐後一來因為結婚時招待不周，二來想把轉路局事情與魏主任商量。八點半帶碧蓮、宗仁一同拜訪魏主任去，等到十一點沒有回來，白去了一趟，回家。

## 7月23日　金

早晨把到路局後的「挨拶」寫一點兒。十點參加福利會委員會。下午陳金梓君來訪，把轉出路局事密告他。晚餐後本想出門，因下雨沒能得去。

## 7月24日　土

早晨拜訪徐鄂雲兄，因這幾天他都沒來，銀行的期限又快到了，一見他還是很誠懇，與他談很多問題，關於借款、關於我進路局，現下的政治、軍事批判等等，十點半才告辭。今天整天整理名片。下午六點半仲凱兄來訪，談了一點關於茶業公司改組問題。九點本約在千里君宅打牌消遣，因看千里宅正在請客，沒進去。帶碧蓮、宗仁到廖太太公館閒談去。

## 7月25日　日

今天又是颱風警報，整天不敢出門，早晨睡覺。下午七點子秋君來訪，他與衛生處長大概發生甚麼衝突，想要進鐵路醫院，像這樣缺德的

人無心成就他，談到十點鐘他也走了。我的轉出路局，未知是否別的障害？

### 7月26日　月

早晨十點出席國大聯誼會，希望他們與路局方面開座談會，李友三兄頗支持我的意見，結果決定禮拜六三點半在中山堂開會，馬上通知郎局長。下午三點半到華南銀行，四點褒風兄也把450萬元送來，以還借款，這使我放心了，他交了一張35萬的支票轉送。下午魏榕主任來訪，我把轉出路局的事情告訴他了，他也很贊成，談一個多鐘頭，他又走了。仲凱君也來訪。晚餐後帶碧蓮、宗仁到林茂生君家裡玩去，談改革鐵路醫院事。

### 7月27日　火

整天整理名片，今天郎局長到交處來訪，好像提起我轉任的事情，但是處長亦沒有來找我，心理有些著急。

### 7月28日　水

月霜與曾君帶兩個小孩自長春退出，經過艱難辛苦的旅程，□□□□清漂君家裡，早晨八點偕同碧蓮訪問去，談了一會兒，到工商銀行找莊君，想替褒風兄借錢，不行。領了25萬到□□□□□□仲凱君，一同買金子，下雨還是□□□□。晚上七點曾夫婦、□□□□□小弟、一個姪子、信夫、義夫、翁君一共七人在家裡吃晚餐，星賢君也來參加，談種種問題，十二點才散。

### 7月29日　木

褒風兄借款甚切，但銀根很緊，無可奈何，但他就賴上我，使我不痛快。晚餐後帶碧蓮想拜訪李清波、郎局長去，都沒在，九點多回家，未知轉路局事□□□□□很覺詫異。

### 7月30日　金

早晨九點拜訪郎局長去，據說他與處長都談過，公文也送到交通

處來了，希我聽處長指示。九點半約褎風到華南見高君，商量借兩百萬事，據說不行，又帶他到帽蓆公司找吳姊夫，請他給想辦法。十一點與郎局長到化學工廠找三連兄去，想與他談明天開會事，沒在。十二點回交處，問魏主任關於我的轉路局事，魏主任希望今天下班後到處長公館一談。下午六點半頭一次與魏主任到處長公館去，給處長慢〔謾〕罵四十分，一來他是我的長官，二來就是轉出路局，也是交處之一部分，我一句話都沒有還他。處長罵我幾點，第一，閩台一體，我之附郎局長，就地文上說不對，第二，我與簡文發等策動幫忙郎局長很不對。第三，任處長時代我結託他，認識不夠。第四，郎局長是短命的，我附會他是短見。第五，郎局長是要利用我的，使我做他的傀儡，絕不會給我實權的，七點鐘告辭，他連送都不送。歸途到魏主任公館，把冤屈說給他聽，希望他能對處長解說我的冤枉。因我不希望處長誤會我來離開他，夜七點半到基榮君宅，今天是他生女孩子滿月之喜。夜裡轉側睡不下去，對陳處長今天之慢〔謾〕罵很覺不痛快。

## 7月31日　土

早晨九點多到附屬醫院參加基樫葬式去，對他感覺著無限的憐愛與怨恨。回台後沒有幾個月，身體調治得很好，然而因他生平的放蕩，又把身體摧殘致死。他二十九年的人生，只給父母身子無限的痛苦，看他可憐的父親，悲痛欲絕的少婦，同情萬分，叫少婦一同回我家休息，她帶女孩子吃完中、晚餐就走了。下午三點到中山堂參加國大聯誼會，招待郎局長說明新店溪事故，吳三連兄當主席，還有蘇紹文、李清漂、黃及時、李友三、李萬居代理、呂永凱、何義等。因我想對雙方要調解開的，很怕生出意外的波瀾，但還算平平過去了，六點散會。開會前郎局長告訴我，陳處長與傅車務副處長對郎局長說很多的壞話，當一個首長這樣沒有人格，使我寒心。六點參加在中山堂開始同學會，肇嘉哥、黃朝琴、陳慶華、郭天乙等都來會參加，今天外省人參加很少，開得相當熱鬧，十一點鐘才散會。

## 8月1日　日

早晨睡了一會兒，下午賴尚崑君來訪，一同到千里去，又到耀勳

宅玩牌九，一敗塗地。與尚崑君完餐後又去，輸得更厲害，後來人雜得很，中途就走了，累得很。

### 8月2日　月

　　早晨到車站送肇嘉哥，希望改良與他的惡感情，把調派路局與基樫君之死略為報告。八點四十分碰見賦仔哥，希望他今天的駐委員通過□賣航業公司。九點拜訪廖能，讓他搜集關於航業公司的資料，他叫翁君來，同時叫海員工會也提出資料。十點半錫卿兄來處，託關於高賓閣案，李沈流君也來訪，□□打撈行登記事，下午睡覺。今早美櫻帶三姊妹(為考上級學校)，良澤(為上醫院檢查身體)與璃莉回來，璃莉好像比從前胖一點。晚餐後帶碧蓮，頭一次拜訪郎局長公館去，他太太也出來接見，九點到談至深夜十一點半才回家，覺得很□□□。

### 8月3日　火

　　九點錫卿兄帶高賓閣問題來訪，教他提案方式。九點半到台北醫院，請黃錦江君看良澤心臟病還有寄生蟲，想後天到路局辦公。下午接到張岳父急電，說三姨妹台南的學校交涉好，務必馬上回南，她乘夜快車回家。下午九點基榮君來訪，談到十一點他回家。

### 8月4日　水

　　今天結束交通處的工作，想起來一年三個多月，當初在任處長之下一個半月，相當有意思，但是自陳處長來了以後，他對我成見很深，既不重用，我又不願意接近他，因他的一黨都很沒有人格的，這一年是苦惱的一年，今天看到轉局的辭令，很可告慰。

### 8月5日　木

　　早晨八點半到路局見郎局長，他給介紹費副局長等主腦部人，頭一次見孟總務處長，他為人相當誠懇真摯〔摯〕，由他介紹各處長。十點與顏主任秘書拜訪陳啟清兄去。下午拜訪魏榕主任去，告訴他明天要到路局報差。晚上仲凱君來訪，談改組茶業公司事。

## 8月6日　金

今天開始辦公，公文寫不少，台籍員工知道我到處來，都見致敬。十點多到交通處見處長與各主管並技術室同仁辭行，陳處長今天也很高興。下午與顏主任秘書拜訪黃聯登兄去，沒在，與他太太談了一會兒。晚餐後與碧蓮拜訪費副局長、孟處長、許丙先生、王耀東君、修副局長、顏主任秘書，都沒在。

## 8月7日　土

早晨帶全家送美櫻去，碰見瑞麟夫婦，送他們回家後，拜訪黃國書先生致敬去。又訪問四舅、娟娟，十點半回家。正魏榕主任夫婦來訪，談了半個多鐘頭回家。下午四點尚崑夫婦來訪，與敦禮、蘭洲兄到晨耀兄宅打牌消遣。

## 8月8日　日

早晨忙於批公文，下午帶吳姊夫，李曉芳君到林產管理局，見邱副局長去，沒在。六點接慶華君去。六點半在「仙樂」被總務處張專員、柯子彰等五個人請吃晚餐，並奉告總務處的內部情形。九點拜訪景山兄交涉天賦哥令郎投考台大事。

## 8月9日　月

早晨帶吳姊夫、李曉芳君到林產管理局，見邱副局長去談配售檜木以興帽業事。十點拜訪啟清兄、謝東閔兄，請為保證人。晚餐後八點帶碧蓮與小孩拜訪顏主任秘書去，談到十點。拜訪修副局長去，沒在。

## 8月10日　火

早晨十點拜訪旅行社李有福君去，又到了醫院參觀醫院去，由醫院院長領看院的一切設備。

## 8月11日　水

今天公文特別多，十二點回家時，碰見郭天乙君、一同到「三樂」吃午餐去。十四點拜訪李友三兄，報告調整運價事。十五點天乙君一同

來訪，十八點回家。修副局長來訪，談了局內幾個問題，十九點他回家。

8月12日　木

孟處長商量調換江君，因陳慶華上次來訪，未便同意。下午六點鐵路與比律賓黑白隊在公園球場比賽籃球，與孟處長參觀去。八點在鐵路飯店參加路局歡迎會，賓主盡歡而散。十一點江君來訪，把孟處長意思告訴他，他堅辭不調換。

8月13日　金

早晨叫柯子彰、簡文發來，與他們相〔商〕量人事問題，午餐也在「迎賓樓」請，邱欽堂君為帽子公司配給木材案相〔商〕量，吳姐夫、李曉芳君也同席。晚上賴尚崑君請吃飯，叫岡本夫婦、東太太同去，十一點才回家。

8月14日　土

早晨七點到車站接美櫻去，傭人又沒有雇好。十點帶碧蓮、美櫻、璃莉、宗仁參加東北會家族會去。十二點在鐵路飯店歡迎楊綽庵市長，參加的人蘭洲兄以下十一人，十四點繼續在植物園開家族會，十六點先走到北投台銀俱樂部洗澡去，十八點參加平津同鄉會歡迎林東權先生聚餐去，一共五十多人，一場很熱鬧的聚會，看見很多好久沒有見的人，十一點散會。

8月15日　日

午餐到台灣帽蓆公司見李君商量木材事。十三點在鐘秋樊君宅招集路局主腦部，關於改組後的路局人事問題。十八點找尚崑君與昭江君等打牌消遣。回家後知道曾人模君太太來訪過，娟娟也來訪。

8月16日　月

碧蓮乘七點二十分的車到彰化，八點半到朱崔〔昭〕陽君宅訪問人模太太去。曾小姐已經十六歲了，相別十星霜感慨無量。下午三點頭一

次出席局務會議，晚上被林根生舅招待到「蓬萊閣」喝酒去，還有賦仔哥、君晰君等，宴後又到「上林花」去，十一點回家。

### 8月17日　火

仲凱君、星賢君、廖能君等來訪。下午拜訪徐鄂雲兄去，談公路局存款事。

### 8月18日　水

下午三點開台灣博覽會準備資料討論會，這幾天實在太忙。下午蔡東魯君來訪，商量房子修理問題。

### 8月19日　木

早晨到彰銀見君晰君、拜託美櫻就職問題。又到華銀見高湯盤君談公路局存款問題，到台銀見建裕、耀輝君談草山台銀俱樂部問題，局長今天又叫我商量江星祥君問題，下午五點半到廖能公館帶曹太太與她小姐到家裡，美櫻預備晚餐，本想晚餐後到草山，因汽車沒來未得去，到張星賢君公館談去。她們今天住我家，與曾太太談仁〔人〕模兒，互為流淚。

### 8月20日　金

早晨帶曾太太到黃演渥公館，又到吳三連公館，派車送曾太太、吳太太到草山台銀俱樂部後，到局來已經十點了。君晰君來訪，託他美櫻事情。下班後與曾太太到仲凱君公館，晚餐由他請的。談起過去大連時代之青春時代生活，真是感慨無量。餐後九點一同到翁(航業公司)君公館，並碰見朱崔〔昭〕陽君夫婦，談了一會兒，十點半回家。

### 8月21日　土

早晨到車站見王金海兄，託他美櫻的事情。十一點星賢君來訪，託人事採用問題。昨天發表幣值改革，受深影響市面。下午請鄭君又來，給介紹陳車務處長，他一事就答應。

## 8月22日　日

昨夜全夜都沒睡，很累。

## 8月23日　月

王耀東君到處來，給他介紹各主管，午餐於鐵路飯店請他，並請周院長、辛主任做陪。晚上在空軍俱樂部請總務處關係工會代表十四位之晚餐，八點半先走。帶美櫻等十幾位到「美都華」看電影去，因酒喝多，渴得厲害，尤其對美櫻很不客氣，覺得很抱歉，好在事沒有成。

## 8月24日　火

早晨參加第二次員工代表大會，在中山堂光復廳堂皇開幕，十一點閉幕，參加照像〔相〕後，十一點半被大會請於空軍俱樂部吃午餐，李友三、陳天順兩兄都參加，下午三點拜託肇嘉哥去，沒在。

## 8月25日　水

早晨到石炭調整委員會見總經理，沒在。八點到車站與慶華君送肇嘉哥去。下午八點接碧蓮去，她果然帶瑪莉回來了。一個多月沒有看見她，好像比從前胖些，一家又團圓了。

## 8月26日　木

早晨叫碧蓮帶宗仁考員工子弟學校去，使瑪莉到醫院照X光線。今天有德君來訪，晚上與他談種種的問題。

## 8月27日　金

今天帶碧蓮、美櫻、三個小孩到草山台銀俱樂部玩去，在柒號室，自與元禧到此經已好幾個月，當時正在思念碧蓮，曾在此做一首詩給她，現在她已為我妻，感慨無量。下午三點建裕一家也來了，一同玩、談、笑得很有趣。到華南俱樂部洗澡，到山本公園去晚餐，被建裕君所請，十點回家。

**8月28日　土**

　　早晨案內有德君到各處去，下午請明天想請的人去，都沒在處，晚餐後與有德君談天。

**8月29日　日**

　　因慶華君今晚要請客，改為請午餐。早晨為此連絡君晰、建裕、仲凱、德欽各君，十點回家。今天祭母親逝世百日祭啊！母親啊！歸來撫慰我的心傷吧！想起來心腸將斷。十一點半祭到十二點多，請楊金章夫婦、君晰夫婦、郭欽禮夫婦、陳慶華、陳有德、陳仲凱等都來痛快喝、吃、談、笑，但我心總是濃重。他們五點多鐘回去，下午八點又慶華君請，有吳姊夫、姊姊、君晰夫婦、黃錦江等，十點盡歡而散。

**8月30日　月**

　　早晨到獻堂公館謁獻堂先生，商洽借150萬元，劍清兄也在場，他們沒有二句話就答應，很感激。下午看七叔去。

**8月31日　火**

　　晚上五點半在「二鶴」，路局股長以上台籍員工三十多人開歡迎會，由陳欽梓君司會，柯子彰君介紹，鐘秋樊君祝辭，我也說了二十多分鐘，希望他們團結，認真做事，九點盡歡而散。

**9月1日　水**

　　今天很多人來訪，公事又特別忙，由孟處長交查辦產業課長失職案。六點洪炎秋太太來訪，八點許伯埏、徐玉田、梁大夫等來訪。九點到草山華南俱樂部被許丙先生請吃晚餐，還有慶華君等，十二點盡歡而散。

**9月2日　木**

　　下午徐水德兄來訪，託他令弟囑託醫事情，同時託他元祐君進農林處事，下班後鐘秋樊君請我在他家裡吃晚餐，也簡文發君等七、八個人，八點半回家。

9月3日　金

　　早晨為統計訓練班分配人員主持開會，為產業課土地問題相當傷腦筋，下午下班後拜訪陳哲民君公館，很標緻的公館，晚餐在國貨公司五樓被廖秀鸞女史請、為餞別她的女婿。

9月4日　土

　　早晨李友三先生來訪，洽商「麗園」回收事宜。這幾天碧蓮身體欠佳，米粒不進。下午來友很多，蘭洲兄等打電話來約下班後到莊宅一玩，沒來，晚上早睡。

9月5日　日

　　早晨訪問廖太太，本把車借她到基隆送她女婿到船，沒有要，只把行李送到車站。拜託李友三兄談「麗園」事。十點回家。王書記官、阿海、義夫等來訪。午餐後帶全家、美櫻、阿海、王書記官到淡水一玩，先到海水浴，再到海濱飯店、高爾夫場、私立淡水中學等地，很有意思，因累了，晚上早休息。

9月6日　月

　　狂風吹得厲害，今天帶宗仁上課，晚上寫一片〔篇〕登《路工》的原稿，好久沒動筆，很難成文章。

9月7日　火

　　基隆放款事辦妥，下午到彰化銀行辦手續。下午參加局務會議，在總務處很沒意思，一切都是零碎的雜事，想寫一點關於交通的資料。

9月8日　水

　　早晨到彰銀辦借款手續，十點帶碧蓮、美櫻到基隆把70萬交給莊銀河君，80萬要匯給岳父。本想今天夜車到台南，正接到岳父來信，說不必去。晚上就一點關於登載《路工》資料。

9月9日　木

　　早晨陳姊夫來訪，談關於此次時刻表的調整問題，一同到公路局見華局長後回家吃午餐。下午陪姊夫到省參議會、紡織公司等。下午乾兄來局閒談，晚餐請陳姊夫、乾兄、碧蓮在鐵路飯店吃，乾兄在家住一夜。

9月10日　金

　　早晨帶厚生課林股長看房子去，打算買下來，解決員工困難，下午又去了。晚上在家寫稿子。

9月11日　土

　　午餐在鐵路飯店由華旅行社董事長與黃總經理所請，今天請的郎局長以下都是鐵路關係人。今天相南照相館又來局，談的半天又是沒有結果。下午六點帶碧蓮在福利餐廳由何、張、王、石四專員請吃晚餐，四專員是因為要餞送處長小姐，請我作陪的。晚餐後就回家了，早睡。

9月12日　日

　　林理髮師來給小孩剪頭，十點莊晨耀兄來訪，十二點多景山、賴木杞、顏海冷等來訪。下午來莊宅與仲凱、周耀星等打牌，打徹宵，苦得要命，沒有意思。

9月13日　月

　　朝6時頃に歸り床に着いた。8時頃起床、平生の如く出勤した。再度何工程師を帶同して万華裏駅の家を見に行き、大体買ふ決心を堅めた。歸れば物主が局で待って居り相変らず2,250万円を主張して讓らない。工務処の査定に依れば1,786万円なので2,100万円にて若し先方賣らざれば本取引を斷念するに決した。結局2,100万円以上の価格を作り工務処の同意を得て、局長、副局長の認可を得た。夜、早く就寝しようと思ったら來客多く終ひに10時に到って万身疲労の身を床になげた。

## 9月13日　星期一

　　早上六點回家睡覺。八點起床，如常上班。又帶何工程師去看萬華裡站的機房，堅定我買下的決心。回去後屋主在局內等我，仍堅決主張2,250萬圓不變。根據工務處的查定是1,786萬圓，決定若對方不接受2,100萬圓的價錢我便放棄。結果，2,100萬圓以上的價格仍獲得工務處的同意，也得到局長、副局長的認可。晚上本想早早就寢，但來客眾多，十點才拖著疲憊的身軀上床。

## 9月14日　火

　　朝、仲凱君を帶同し朱文伯に会ふべく陳君を訪ねたが、不在なので商工銀行に立寄り、莊晨耀兄の紹介で王玉田経理、劉科長等に会ひ140万円借款するに成功した。孟処長は明日の飛行機にて上海、南京に出張するに決し、色々事務上の打合をなした。先づ土地租借と宿舍交換の問題の処理方と万華家屋の購入に付局務会議にかけた。其の結果万華の家屋は自分の意志通り購入するに決し、土地交換の方は路局不利なるを以て更に一棟の家屋を要求するに決した。午后本問題の相手方李順天兄に局へ来て貰ひ事情を具さにきいた。結局之以上の条件にては成立せざるに決し本問題は一応、本原則にて自分が促進するに意を決した。夜、大泰紡織廠に招待され、蓬莱閣にて修副局長等以下と痛飲した。

## 9月14日　星期二

　　早上帶仲凱君去找應該拜訪朱文伯的陳君，但不在，經過商工銀行，透過莊晨耀兄的介紹，與王玉田經理、劉科長見面，成功借到140萬圓。孟處長決定明天搭機前往上海、南京出差，討論許多工作上的事。先就土地租借與宿舍交換問題的處理方式，以及萬華機房的購買進行局務會議。結果萬華機房如我所願決定買下，土地交換則因對路局不利，決定多要求一棟機房。下午請對方負責人李順天來局裡，具體聽取內情。結果決定以上條件不成立，我決定這問題原則上還是我自己想辦法。晚上被大泰紡織廠招待，在「蓬萊軒」與修副局長等人痛飲。

## 9月15日　水

　　本日万華家屋の購入にて、一切の手続を完了すべく多忙を極めた。孟処長は本日の飛行機にて出張し残務は全部自分が責任を負ふて処理することになり、本日は又来客多く其の応待中にも多忙を極めた。夜、李順天君来訪し、簡単に挨拶してすぐ帰宅した。本日徐鄂雲君に商工の借金全部を貸した。

## 9月15日

　　今天忙著完成購買萬華機房的所有手續。孟處長搭今天飛機出差，我負責處理剩下全部的工作。今天訪客又多，忙著接待。晚上李天順君來訪，簡單打招呼後回家。今天找徐鄂雲君把商工的借款全部還清。

## 9月16日　木

　　本日、土地、家屋交換案を提げて費副局長、郎局長に説明し原案通り決行するに決し、早速、李順天君に来て貰ひ、此の旨を告げて先方の準備を促した。12時頃陳麗生君を訪問し、彼より是非四、五軒譲渡方懇請され、5時頃李君に再度来て貰ひ、大体□希望を入れてくれた。退勤後賦仔哥を高義閣に訪問し雑談した。

## 9月16日　星期四

　　今天向費局長、郎局長説明土地、機房交換案，原案通過決定執行，馬上請李順天君來，報告此事，請他準備。十二點訪問陳麗生君，他請我們一定要讓渡四、五間，五點再度請李君前來，大部分都照我們所需安排。下班後到「高義閣」找賦仔哥閒談。

## 9月17日　金

　　十時より碧蓮を伴ひ、國民党部にて呉國信氏の結婚式に参加した。知人多数に会って久濶を叙し、式其のものは中国式に依り興味少なかった。中餐の時に新店迄の鉄道の買収議が起り之を決行するべく助力を與へる事を約した。本日は風雨凄しく、午后子供達を連れて寫眞を撮らうと思ったが電気きれて空しく帰った。午后謝華飛君に招待されて帰るが風雨の為行かなかった。中秋の明月は風雨にかくれて面白くない中秋節を送った。

**9月17日　星期五**

　　十點陪碧蓮到國民黨部參加吳國信的結婚典禮。碰到許多友人一敘久別之情，儀式採中國方式，沒趣味。中餐時有人提到購買新店鐵路，答應助其一臂之力。今天風雨交加，下午本想帶孩子去照相，但停電，悵然而歸。下午因被謝華飛君請客而回家，但因風雨沒去。中秋明月被風雨遮蔽，度過無聊的中秋節。

**9月18日　土**

　　万華の家屋買収案は局内の意見消極に依り審計部より明細書を請求された。工務処の估價に対しても憤慨した。愈々厚生課改組を痛感する。午后家族と寫眞を撮り、3時頃局長に呼ばれ、股長以上の聯誼会は中止されるやう要請され、中國の非民主的なるに驚いた。だが局長の立場もある故、中止するに決し、丁度今夜共同浴場にて第一回会食を開催さるるを最后とすることに決した。退勤後、黄木通君を招致し産業課長のポストに付打診した。気持のよい男である。6時頃家族を連れて北投共同浴場に開催せる局内股長以上の聯誼会に出席した。飲み興じて面白かった。明月は中天に□□て大地は白き光波に蔽はれ、夏の夜の微風を浴びて気持は実に爽快である。宴後、更に北投の公園を散歩し、円山前の淡水跨橋に憩ひ、家へ歸れば小庭に佇みて明月を充分に賞した。

**9月18日　星期六**

　　萬華機房收購案因局意見消極，被審計部請求明細表。我對工務局的估價感覺憤慨。深深感覺厚生課不得不改組才行。下午照全家福照，三點被局長叫去，要我中止股長以上的聯誼會，我對中國的不民主感到驚訝。但局長有他的立場，決定中止，把今天晚上在共同浴場的第一次聚會當成最後一次。下班後找來黃木通，打聽產業課長的職務。這人感覺很好。下午六點帶家人出席北投共同浴場舉辦的局內股長聯誼會，盡興暢飲，十分有趣。明月高掛，大地被潔白的月光遮蔽，夏夜微風徐徐，真是爽快。宴會後，還到北投公園散步，在圓山前的淡水跨橋小憩，回家後在庭院前佇足欣賞明月。

## 9月19日　日

　　朝、8時半碧蓮と謝華飛を訪れ、更に仲凱君と朱文伯氏を訪れて仲凱君の茶業公司に於ける地位を総経理と談判するやう要請し、其の足で碧蓮と修副局長を訪問したが不在だった。10時陳麗生君来訪され、家屋の件に付種々懇談した。午后鉄道烏□工廠史を執筆すべく原稿を書いてゐたら耀星に来訪され、呉姐夫と一緒に夕食の御馳走になり、蘭洲兄を入れて麻雀をやった。

## 9月19日　星期日

　　早上八點半與碧蓮訪問謝華飛，又造訪仲凱君與朱文伯，請他們幫忙與總經理談判仲凱君茶業公司的地位。後與碧蓮造訪修副局長，不在。十點陳麗生君來訪，懇談種種機房一事。下午本在寫鐵道烏□工場史原稿，耀星來訪，與呉姊夫一起被他請吃晚餐，後蘭洲兄加入，一起打麻將。

## 9月20日　月

　　朝、郎局長と総務処内、厚生、産業両課長の移動を打合せたが余り誠意がないので局内の一般的移動の問題に觸れるのを止めた。何等郎局長の政策は、当初自分が抱懷せる理想と合致せず、□き失望を感じつつある。仕事せずんば色々の疑念が生ずる。仕事せずんば何の為に此の地位についたかが分らなくなる。旅行社と懸案を解決すべく李副総経理、周先生と三人で鉄路飯店にて中食を共に取りつつ色々語り合った。退勤後汪秘書より人事問題に付、郎局長の意志を傳へられ、非常に不愉快に思った。夜、碧蓮も美櫻も洋裁を習ひに行った。独り筆をとるべく瞑想したが世相の雑念去らず、独り中秋の明月に見入り乍ら激しく苦悶した。

## 9月20日　星期一

　　早上與郎局長討論總務處內厚生、産業兩課長調動一事，但對方沒誠意，故不再碰局內一般調動的問題。郎局長的政策與我當初所抱的理想大不相同，很失望。工作越久，懷疑越多。工作越久，越不知道自己為何在此。要解決旅行社懸案一事，與李副總經理、周先生三人在鐵路飯店共用中餐討論。下班後汪秘書傳達郎局長對人事問題的意見，感到

很不快。晚上，碧蓮與美櫻都去學裁縫。本想提筆寫些甚麼，但雜念無
法抹去，一個人盯著中秋明月，十分苦悶。

## 9月21日　火

　　朝、林永生等一行新店迄の鉄道讓渡に関し、車務、工務、機務各
処長に紹介し、日曜日を利用し、視察旁々新店遊歴を企圖した。午后
交通処に赴き、離職の手續をとり、4時合豊行整理打合会に参加し、
三連兄の煮えきらない態度に失望した。夜、工商銀行の招宴に臨み、
費、修副局長等と痛飲し、久振りに吐いた。同時に瑪莉、宗仁何れも
具合悪く瑪莉を直ちに耀東に見て貰った。自分は吐き出した後割合に
気持好くなった。

## 9月21日　星期二

　　早上與林永生一行，向車務、工務、機務各處長介紹新店為止的鐵
道讓渡，利用星期日，遊歷新店周邊。下午前往交通處辦離職手續，四
點參加合豐行整頓辯論會，對於三連兄曖昧不明的態度感到失望。晚上
工商銀行招宴，與費、修副局長等痛飲，還吐了。瑪莉與宗仁同時身體
出狀況，帶瑪莉直接去找耀東。我吐過以後，精神比較好。

## 9月22日　水

　　朝、宗仁と瑪莉を連れて病院へ行った。9時半頃処に出たらお客
さんが殺到してゐた。儘ならぬ総務処の仕事に愛想をつかし、失望し
つつある。早く孟処長が歸れば何とかなるのに……頭痛の種である。
瑪莉と宗仁は相変らず苦悶する。事務的にも家庭的にも面白くない。

## 9月22日　星期三

　　早上帶宗仁、瑪莉到醫院。九點半本要出辦公處，但碰上客人來
找。總務處的工作不順，讓人無心戀棧，真失望。孟處長要是早點回
來，事情大概尚有轉圜……真是頭痛之源。瑪莉與宗仁病痛依舊。工
作、家庭都不順心。

## 9月23日　木

　　朝は終日雑務に追はれ、午后万華の家、購入に付、審計部、交通

処、局内工務処、会計処、総務処（産業課、厚生課）を召集し、自分が主席となり漸く6時頃妥協し、2,080万円で賣買成立した。午前中は陳啓清兄と雑談を交した。夜碧蓮と東氏を訪問し、局内の業務を聴取した。戴氏来訪され、運送店開設に関し晩く迄邪魔された。

## 9月23日　星期四

一整個早上被雜務所擾，下午請來審計部、交通處、局内工務處、會計處、總務處(産業課、厚生課)討論購買萬華機房一事，由我擔任主席，到六點才達成共識，決定以2,080萬圓購買。上午與陳啟清兄閒談。晚上與碧蓮訪問東氏，聽取局內業務。戴氏來訪，為開設運送店一事打擾到很晚。

## 9月24日　金

午前中は家屋手續等に関し多数の人殺到し、特に招待所は局長の命令にて十日を限りに追ひ出されるので訓練所の改造を馮所長と種々打合せた。局長より明日のダイヤ改正に省参議会を招待するので其の連絡にも多忙を極めた。朝、李友三兄来訪、麗園の件に関し解決策を議した。午后三連兄来訪され、就職の件で種々語り合った。有徳君来訪され夕食後一緒に仲凱君を訪れ、晩く迄雑談を交した。

## 9月24日　星期五

早上許多與機房手續相關的人士來家裡，特別由於局長命令要在十天內撤除招待所，因此我與馮所長進行種種討論，想改造成訓練所。局長指示，明天要為時刻表改正一事請省參議會吃飯，我為連絡忙得不可開交。早上李友三兄來訪，討論解決麗園的事。下午三連兄來訪，討論就職事。有德君也來，晚飯後一起造訪仲凱君，雜談到很晚。

## 9月25日　土

万華の家屋は本日漸く決済を了した。朝、田課長等を伴ひ、更に家を見に行った。中食、興楽にて有徳君に招待され仲凱君も一緒に飲んだ。退勤後、又しも劉耳鼻科医を伴ひ、宗仁を見て貰った。夜、謝華飛に招待され、碧蓮と10時頃迄彼の宅にて去りし日北京にて一緒に楽しき日を送りし友達と愉快に遊んだ。

### 9月25日　星期六

　　萬華機房一事，今天總算解決。早上陪田課長再到機房看一次。中餐在「興樂」被有德君請，仲凱兄也一起喝一杯。下班後帶劉耳鼻喉科醫生去給宗仁看病。晚上謝華飛請客，十點才與碧蓮離開他家，我們聊了許多以前在北京的快樂時光，玩得盡興。

### 9月26日　日

　　朝8時半荘晨耀、楊蘭洲等を伴ひ全家族と共に新店遠遊へ旅立った。本日は新店鉄道視察旁々遠遊を目的とし修副局長、陳、傅車務処長、樊工務処長、蒲機務処長等一行実に三十名、特別車一輌つけて貰ひ、新店到着後は吊橋を徒歩し、小憩して旅館に歸り賑やかに中食をとった。2時半頃ボートに乗り瑩橋橋迄実に気持よく乗った。微風になびかせ乍ら新店渓を下る気持は何とも云へない。子供達は面白くはしゃいだ。6時半蘭洲を伴って歸宅。荘、呉姐夫等と12時頃迄麻雀を遊んだ。

### 9月26日　星期日

　　早上八點半陪莊晨耀、楊蘭洲等，一家人齊到新店郊遊。今天除了視察新店鐵路之外，目的還有郊遊，與修副局長、陳、傅車務處長、樊工務處長、蒲機務處長等一行三十人一輛車，到新店後漫步吊橋，小憩一番後回旅館熱鬧用中餐。兩點半搭船到瑩橋，坐得很舒服。微風徐徐，沿新店溪順流而下，真是舒服得沒話說。孩子們好玩地嬉鬧。六點半陪蘭洲兄回家。與莊、呉姊夫等人玩麻將玩到十二點。

### 9月27日　月

　　朝、車務処孫炎武が鉄道の公房を売却して上海に逃亡するを抑へ、其の為に忙殺を極めた。午后張專員等を伴ひ、市政府日産清理室に行って調査した。碧蓮は本日も苦しさうだ。夜、陳金祥、陳仲凱、張星賢等来訪し遅く迄雑談した。

### 9月27日　星期一

　　早上為了車務處孫炎武賣了鐵路公家住宅逃往上海一事，忙得焦頭爛額。下午陪張專員等，到市政府日產清理室進行調查。碧蓮身子今天

似乎又不適。晚上陳金祥、陳仲凱、張星賢等來訪，閒聊到很晚。

## 9月28日　火

本日も孫炎武案で可成多忙を極め、お客さんが沢山殺到した。孫炎武は孟処長の暖かき同情心に依り、保釈された。同時に産業課と厚生課不正事故が續々発見され、肅清の為張専員を起用、一切の調査を命じた。

## 9月28日　星期二

今天又為孫炎武案而忙，殺來一堆客人。孫炎午在孟處長溫暖的同情心下獲得保釋。同一時間，產業課與厚生課陸續爆出不法情事，為了肅清，雇請張專員負責調查一切。

## 9月29日　水

朝は公文多数たまった上にお客さん多数殺到し、多忙を極めた。3時頃李友三氏を帶同し、鹿園の李年慶氏と三人で会談し、鹿園の回収方に付談合したが彼仲々頑固でとても当方の要求に応じさうもない。結局武力か契約を継続するか何れかの一途より外ない。鹿園にて簡単に食事をとった後、友三兄と丸仲運送店に御馳走になり、10時過歸宅した。

## 9月29日　星期三

早上處理堆積如山的公文，加上一堆訪客，忙到極點。三點帶李友三與鹿園的李年慶談判，討論徵收鹿園一事，但他相當頑固，完全不理會我們的要求。結果最後只能在武力或續約間二選一。在鹿園簡單用餐後，與友三兄到丸運送店應酬，10點多回家。

## 9月30日　木

有徳君は本日歸南した。景山も本日歸った。金源君から二年振りに便りがあり、警務処に留置されてゐるとの事で本日馮股長にお願ひし第三科董股長に紹介され、保釈を許してくれ、早速其の手續をとったが到頭本日は出してくれなかった。夜、許丙氏、黄逢時氏を歴訪し、土地租借と家房の交換に付意見を交し、合意した。夜転々として寝られず眞に苦しい。

### 9月30日　星期四

有德君今天歸南。景山今天也回去。兩年不見的金源君來信，說被拘留在警務處，我今天請馮股長給我介紹第三科董股長，他答應保釋，我馬上辦理其他手續，但到頭來今天還是沒有被放出來。晚上拜訪許丙、黃逢時，就土地租借與機房交換一事交流意見，達成共識。晚上翻來覆去睡不著，真痛苦。

### 10月1日　金

昨夜転々として寝られず、本日頭が曇って苦しい。金源君は幸ひ本日釈放された。朝、李順天兄来訪し土地、家房交換問題の不成立を宣した。中食、國貨公司にて逢時、許丙先生と中食を共にし鉄道土地問題を語り合った。午后3時頃、鐘秋樊を帯同し、人事処張國健処長に面会し、台籍人事行政の改善方を要望し、併せて鐘深長の課長資格承認方に付打合せた。4時頃賦仔哥と一緒に李友三、馬友岳等に会ひ、土地家房問題に付懇談した。夜、茶業公司にて満鉄、華北交通両社の懇親会に出席し旧歓を暖めて非常に愉快だった。

### 10月1日　星期五

昨晚輾轉難眠，今天腦袋昏沈，很痛苦。好在金源君今天被釋放。早上李順天兄來訪，說土地、機房交換一事不成立。中午在國貨公司與逢時、許丙先生一同用餐，商量鐵路土地問題。下午三點帶鐘秋樊拜訪人事處張國健處長，請他改善台胞之人事行政，並討論鐘深長的課長資格承認問題。四點與賦仔哥一起去找李友三、馬友岳等，懇談土地機房一事。晚上到茶業公司出席滿鐵、華北交通兩社的懇親會，敘敘舊，十分愉快。

### 10月2日　土

朝、雑務に追はれて多忙を極めた。数日来土地交換問題で疲労其の極に達し、本日は早く寝ることにした。

### 10月2日　星期六

早上為雜務忙得不可開交。數日來因土地交換問題精疲力盡，今日早早休息。

## 10月3日　日

　　朝9時家族を伴ひ、北投麗園にて李年慶と麗園の回収に付懇談したが到底見込はないやうだ。新北投の駅長もやって来て一緒に中食をとった。3時の機動車にて歸北し、途中耀勳と尚崑の所に寄った。夜、陳欽梓、蘇倩霞、荘、顔海令等がやって来、晩く迄□談した。

## 10月3日　星期日

　　早上九點在家人陪伴下，到北投麗園找李年慶懇談麗園回收一事，但看來還是希望渺茫。新北投站長也來一同用中餐。三點的車回台北，途中經過耀勳、尚崑家。晚上陳欽梓、蘇倩霞、莊、顏海令等前來，聊到很晚。

## 10月4日　月

　　朝、呉姐夫を伴ひ、工商銀行へ周総経理を訪れ、借金を斡旋したが不成立に終った。其の間を利用し、黄逢時兄を訪れ、土地交換問題を議したが不成功に終った。思ひ疲れて工商銀行へ荘と相談し、更に和泰へ黄純青と相談した。午后呉深淵君来訪、打合の結果、夜、荘君を入れて三人で協議することにして大体を言ひきかせて歸らせた。夜9時荘宅で密議し大体目的を達することが出来た。本日美櫻、蘇倩霞と二人で交換手の試験をしたが段課長にお願ひし採用方を要請した。

## 10月4日　星期一

　　早上在呉姐夫的陪伴下到工商銀行找周總經理，斡旋借款，但不成。利用空檔造訪黃逢時，商議土地交換問題，但終究失敗。腸思枯竭，到工商銀行找莊商量，又到和泰找黃純青。下午呉深淵君來訪，商討後他聽我話，答應晚上找莊君三人協調，後歸。晚上九點在莊宅密談後，大致沒問題，達成目的。美櫻與蘇倩霞兩人考了接線生，今天拜託段課長務必採用。

## 10月5日　火

　　朝、土地問題にて色々の人が面会求めて来た。12時半美櫻と大世界へ"八年離乱"と夜"天亮前後"を碧蓮と見に行った。実に現社会を表現したるよい映画である。悶々たる心情を抱いて夜淋しく碧蓮と自

ら慰めた。

## 10月5日　星期二

早上為土地問題，一堆人求見。十二點半與美櫻去「大世界」看「八年離亂」，晚上與碧蓮看「天亮前後」。實在是部反映現實社會的好電影。懷著鬱悶的心情，晚上覺得怪寂寞，藉碧蓮得到慰藉。

## 10月6日　水

最近房荒の圧迫愈々度を加へ辦公房は常に此の問題で息詰る思ひをして実に面白くない。一部北投の麗園に宿を当てようとしたが断られてしまった。万華の家房は買へども原住人〔元住人〕は引越さうとせず、一切の計画に一大支障を来たしてしまった。三重埔の家も交渉遅々として進まず、価格又吊上げられて通りさうもない。夕食後李清漂兄を見舞に行った。夜晨耀兄来訪、土地交換問題に関し懇談した。今日から華南銀行に依託された原稿に手を入れた。

## 10月6日　星期三

最近機房一事越來越吃緊，辦公室常因這問題弄僵氣氛，真無趣。本打算把一部分廠房設在北投麗園，但被拒。要買萬華機房，原屋主又不肯搬，造成所有計畫出現障礙。三重埔的機房交涉遲遲沒有進展，價格又被抬高，看來不樂觀。晚餐後去探望李清漂兄。晚上晨耀君又來訪，懇談土地交換問題。今天著手寫華南銀行拜託的稿子。

## 10月7日　木

本日陳東成代表を寄越し、三重埔の家房の値段に付、来たが先日の態度が気に食はぬのではねた。午后許建裕君が新竹の運送屋許君を連れて来て色々語り合った。夜、附属病院の楊建徳君に招待され、魏院長及両許君と福利餐廳にて烤鴨子の御馳走になった。荘晨耀君来訪され、土地の交換問題は恐らく絶望なるを宣した。

## 10月7日　星期四

今天陳東成代表前來，為三重埔機房的價格而來，但他前幾天的態度讓我耿耿於懷，所以拒絕他了。下午許建裕帶新竹送貨公司的許君前來，聊了許多。晚上被附屬病院的楊建德君招待，與魏院長、兩位許

君，在福利餐廳吃烤鴨。莊晨耀君來訪，告知土地交換問題可能失敗。

## 10月8日　金

朝、碧蓮を伴ひ病院へ行った。歸りに合作社、汽車保養所を視察し、更に彰銀へ利息支払旁々合作社の一千万円借款を申込んだ。16時林猶龍竝林劍清に相談した。夜、王有祥君に招待され、母90才の誕生祝賀会に参加した。夜楊連捷君等来訪、運送店に付色々語り合った。

### 10月8日　星期五

早上陪碧蓮到醫院，回程到合作社、火車保養所視察，又到彰銀支付利息，另外申請合作社的一千萬元借款。下午四點與林猶龍與林劍清等討論，晚上被王有祥請客，參加母親九十歲祝壽大會，晚上楊連捷等來訪，討論運送店種種。

## 10月9日　土

早晨七點半的快車到基隆，先到公賣局找莊銀河君，使他到彰銀提錢，利用時間到港務局與陳主任秘書雜談，又到車站與王站長閒談，並視察基隆站、警務分註所。下午帶碧蓮買布、裝米種種。上海搶購的風波也影響到此地，一切東西搶購得一空，為顧慮時局也得準備，晚上又寫稿。

## 10月10日　日

早晨寫稿，下午楊景山、董萬山兩君來訪，請我替找事務主任、大學事務主任一職，學校行政看起來相當重要，擬推選林金殿君。晚上又寫稿，覺得很累。碧蓮的身體又不太好，早睡。

## 10月11日　月

因產業課停止放租，事情少得多了，早晨吳金川君與許建裕君來訪，談了一會國內情形。午飯時間被簡文發請，據說今天中庸，祭祖。總務處很弱體，孟處長人格高尚，但太軟弱。他的作風與我相反的地方太多，自覺乏味，很想藉機出差，孟處長也一肚子氣。下班後找景山兄

告訴事務主任的交涉顛末，晚飯後寫稿。

### 10月12日　火

整天都很不痛快，今天孟處長為房子糾葛事，生氣回家。路局毫無秩序，員工流亡化，不聽命令。下午局務會議，看局長的態度種種，都很不高興。下班後拜訪孟處長，勸他不要辭職。悶悶不樂。早晨林雲龍、林鳳麟、楊蘭洲諸兄來訪。晚上寫稿，昌仔帶下女一名來。

### 10月13日　水

孟處長今天沒來，對總務處事很覺乾燥無味，早晨接待很多客人。下午帶東君到松山鐵路工廠與大同工廠視察，晚上寫稿。

### 10月14日　木

早晨與郭欽禮君看房子去，順便到飛機場，又到市政府辦印鑑事，到徐鄂雲君催債款，下午批公文，接見客人。晚餐後帶碧蓮拜訪林茂生兄打聽碧蓮的病症，再訪問孟處長，請不要辭職，又找陳仲凱閒談。九點四十分到車站接美櫻去，十點義夫君來訪，閒談。

### 10月15日　金

徐褒風君借的錢，昨天到期，找他兩次，都不回消息，很覺詭異。最近負債累累，都不能解決。晚上華森、李君來訪，談半個鐘頭回去，綿綿細雨。

### 10月16日　土

孟處長今天也上班，大概不會辭了。今天萬華房錢也交清楚了。下午乘十二時四十分的快車帶碧蓮回清水，先找基流君祝賀喬遷之喜。六點半參加酒宴，沒有意思。二十點訪問許有權君，二十點半訪問吳金川君，談國內情形與台胞之將來，二十四點方睡覺。

### 10月17日　日

今天舊曆9月15日，碧蓮誕生日，這次遊玩清水也因她生日，藉此

祝賀。乘七點十八分的車帶金川、碧蓮到彰化，先借錫卿君車到岳父家裡去，一同拜訪陳市長去。乘十點的車到台中，先到基先君家，林鳳麟君也來訪，借農會的車到金源家，談了一會兒就走，到北平飯店吃午飯，飯後到乾兄公館表敬意，乘三點二十分回彰化，元禧也同車。岳父、吳水木君也到車站來送行，乘五點的快車回台北，同車的有基椿君、廖太太，談得很有意思。

## 10月18日　月

早晨派美櫻到基隆去，銀河君沒在，下午再派碧蓮直接找彰銀辦手續，今朝到合作金庫辦借款去。下午簡董事長來訪，六點到車站接碧蓮，一同到「第一劇場」吃晚餐去。

## 10月19日　火

今天公事倒不忙，早晨林清輝先生來訪，談林內站租地問題。許建裕兄來訪，談24、25兩日放暇旅行問題。台大的事務主任問題尚未解決，今天景山兄又寫信來催。晚上陳仲凱君來訪，閒談時局與今後的生活方針。

## 10月20日　水

早晨在路局整理公路資料，下班後到景山兄公館，報告大學事務主任一職，希由黃演渥來擔任，他又希望我找人事主任。晚上把公路資料整理起來。

## 10月21日　木

早晨黃純青君來訪，談房子、土地問題。最近閒得很，下午到公司並合作金庫見廖能君商洽借款事，下班後到吳阿琴家，被她請吃晚餐。

## 10月22日　金

最近未知何故，公文都不給看，很覺沒有意思。早晨四舅帶紙業公司黃昇君來訪，下午看博覽會、招待所去，陳金梓君來商量轉業事，晚上寫稿。

## 10月23日　土

這幾天都沒事，早晨吳金川君來訪，一同找李君晰君閒談去。下午凌交通部次長到局來訓斥，五點下班到工商銀行，本想到莊君公館與金川兄、蘭洲兄吃晚餐、遊玩，後來因找不著金川兄，也就散了。今天美櫻朋友來家住，晚餐後與碧蓮散步消遣。

## 10月24日　日

早晨與碧蓮、美櫻到中山堂聽音樂，因會場改為師範學院，我就到亞東行，與蘭洲、千里、陳重光、羅經理閒談一會兒，到「新中華」由葉仁和、紀阿仁等請，還有王金海、周菩堤等，下午兩點到淡水參加高湯盤令尊葬式，人山人海參加，頗覺現在在金融界活動的，實在紅極了。四點半與蘭洲兄到尚崑兄玩牌九，七點回家。今天本來徐水德君請吃晚餐，沒去。

## 10月25日　月

早晨帶碧蓮去散步，到李曉芳兄公館剪花，不意說要打牌，打到晚十點方回家，今天玩得很有意思。

## 10月26日　火

早晨送姊姊、姊夫到萬華站，然後到合作金庫交涉借款，十點半徐灶生君等來訪，下午沒有事做。下班後先送孟處長回家，到萬裕行出席東北會，今天是歡迎吳金川兄、陳重光兄的，出席人員三十幾位，盡歡而散。

## 10月27日　火

整天沒有甚麼事做，今天美櫻正式奉職旅行社，頭一天上班。下午與局長談總務處的業務，局長對總務處很不滿，我自己也不滿，如何改革總務處，第一，孟處長如此消極，第二，各課長如此庸才，真沒有辦法，現在進退兩難，想辭職回家，但……鄉下也不能安慰枯燥的心。

## 10月28日　木

早晨南志信等來訪，要求洋灰〔水泥〕價錢減低，元佑君進台糖，美櫻的職業也解決了，下午到產業課與俞課長談論產業課的改革問題。與他談兩個多鐘頭，令他改革幾個問題，晚上悶得很，寫一點統計資料。

## 10月29日　金

早上到合作金庫，見廖能、鄭瑞麟兄借150萬元事，辦妥使碧蓮送到基隆去。下班後到仲凱兄家，談畫的事情，有德君有意600萬元要，但他又不肯放手。晚上五嬸仔、二嫂仔、林金進、信夫、義夫等到家來訪，談鄉間各種消息。

## 10月30日　土

今天又恢復看公文，我想還得努力下去，以挽回總務處的不名譽。吳祈君等來接洽購米事，下午為房子事想解決一下，請陳金梓君幫忙，使他到淡水交涉去。晚餐請二嫂、五嬸來吃，飯後閒談、早睡。

## 10月31日　日

早晨八點半到碧蓮到炎秋兄宅見彼閒談，並談台北大學內容。到蘭洲君宅，又到義夫宅送二嫂、五嬸到哪兒。到尚崑宅，一同到蘭洲宅，與林金殿、賴武明君兩兄打牌消遣，打到十點多才回來，今天玩得很痛快。

## 11月1日　月

最近都不太忙，下午到合作金庫與瑞麟兄談台南張小姐與吳振輝兄的親事，請他幫忙。今天碧蓮的朋友後藤夫婦、澎湖黃小姐來訪，晚餐後帶碧蓮、黃小姐到「新世界」看「亨利五世」，不太好。

## 11月2日　火

今天來客很多，接踵而來，三連兄也來訪，要求他整理合豐行事，對於房屋事情無論如何想弄出一個辦法出來。下午帶黃小姐到林朝棨兄

想託他與林耀堂君進行親事，沒在。下午陳生君來訪，商量華南所託的資料，下班後再訪朝桀兄商量耀堂君親事，他很贊成，晚上連續寫稿。

## 11月3日　水

朝桀兄來訪，據說耀堂君不能來，改為明天。下午到警務室與黃主任商量業務改革事宜，晚上整理稿子。

## 11月4日　木

下午到華南研究室與陳生兄閒談商洽原稿事，下班後帶黃小姐與碧蓮到朝桀兄公館見林耀堂兄，希此親事能成功，談到十點半回家，雙方都沒有表示意見。

## 11月5日　金

早上到彰化，丸義吳兄弟來訪，談了一會就走了。下午拜訪鄭瑞麟兄，談張小姐親事，據說吳振興兄旅新竹尚未回來，又要求朝桀兄商量耀堂兄進行親事，但據說無法連絡。今天覺得很累。

## 11月6日　土

早晨與耀堂兄連絡無緒，決定黃小姐同車南下，同時斷念耀堂這親事。下午十一點回家，帶碧蓮、黃小姐乘十二點五十分的快車南下，車裡碰見謝挣強、鄭鴻源兩兄，談到新竹，又新竹與劉萬君談到大甲，一路很有趣。九點半到台南，岳父、岳母都到車站來迎接，十點到「Sakariba」吃點心去，談到十二點才睡覺。

## 11月7日　日

早晨高喬木等來談，北門區長高之蠻行失職事，為正義感所動，很想對他幫忙。九點與岳父拜訪程首席檢察官、林澄藻、王開運等兄，下午與葉君、碧蓮找有德君，又與碧蓮到「南風」出席她們同學的聚會，有後藤、chibe、林夫婦、詹小姐、黃小姐等，談的、吃的、笑的很有意思。晚餐後有德兄來訪，九點回北，到車站路中碰見吳振輝兄，與他

談張小姐親事，又與碧蓮到林夫婦新家庭，乘十點三十五分的夜快車回北。

## 11月8日　月

七點半到台北，慎仔、下女都來了，方放心。九點半到基隆，見銀河收回150萬給彰銀。六點拜訪仲凱君商洽有德君所託油畫事。七點半拜訪四舅，並詹岳父在吃晚餐，一同吃一會兒，與岳父、慎仔等到「高義閣」訪問金川君，據說蚌埠已經陷落，上海國際管理，和平到來，但我認為謠言，但時局的確到最後關頭了，一切也許都在變之中。晚上詹岳父與慎仔都來了，談到十一點睡覺。

## 11月9日　火

早晨送岳父與慎仔到七叔家裡，知道昨天的和平消息是大多數人的希望的觀察。

## 11月10日　水

早晨局長叫我去，通知免總務處副處長，改派為私鐵監理委員會副主任委員，一肚子氣，想離職，又是一位空職。時勢迫我落後，也沒有辦法。五點四十分碧蓮帶阿公、岳母、阿美來，等了一個多鐘頭，又是一肚子氣。碧蓮又丟了翡翠的brook，很值錢的，又是一肚子氣。下午七點林以德兄請到「萬里紅」吃飯，還有林猶龍兄、江金泉兄，十點回來。

## 11月11日　木

新總務處長徐繼善今天到任，想不到他是北寧舊同事。午飯廖太太在家請客，上有金川、君晰、吳姊夫等夫婦。下午到彰銀交涉借款事，與劍清兄稍談。晚上在福利餐廳由總務處股長以上主管主催，開新舊處長歡迎會，孟處長、徐處長都起來說離任、到任之辭，我本想說幾句話，但是萬感交集，還是不說話為妙。下午就搬到私鐵管理委員會來，又是一場傷心的局面，算了，還是辭職吧！或者忍耐下去啊！真煩！實在煩惱得很！

**11月12日　金**

　　早晨叫汽車也不來了，傷心帶外公、岳母、全家、施、王兩小姐一共十一人到北投麗園去，不是洗澡去，而是洗心去，洗得乾乾淨淨，對俗世一點兒慾望也沒有，「失意泰然」。旅館主人李君送茶、送酒，真過意不去，飯後他又送我蘭花，還有許多花苗，因宗仁突然發燒，心裡很著急。

**11月13日　土**

　　今天又沒有車來，鬥氣就不上班了，在家裡種花。十一點仲凱君來訪，談畫的事，談時局，祖國的一切，最近轉變太急，國民黨的軍事到處都失利，台灣的命運也不知道將怎樣變化，累得很，煩得很。下午三點多，台南洪君來訪，談了一會兒，帶阿公、岳母、碧蓮到尚崑兄家，今天他請我吃晚餐，飯後玩牌九，十點回家，談到十二點睡覺。

**11月14日　日**

　　早晨七點帶全家送阿公、岳母到車站，運價漲三倍，旅客還擠得厲害，送她們到萬華，全家到新店找大姊去。看她生活困苦，很同情她們，玩了一會兒，乘十一點的車回地〔家〕。下午碧蓮女朋友來訪，顏海令君也來訪，晚上很累，早睡。

**11月15日　月**

　　今天也沒有車來，又不上班，在家整理原稿。整天寫稿未知何故，傷心殊深。晚上無事，早睡。

**11月16日　火**

　　今天也沒有車來，本想不上班，但也想到路局看看，很想辭職。萬事都不如意。早晨乘公共汽車來局，很多人來訪，都慰留不要辭職，煩得很。下午車又沒來，不上班。早晨孟處長來訪，下午送有德君買畫的錢四百萬元給仲凱君，在他家裡閒談。拜訪孟處長去，沒在，拜訪清漂兄去。晚餐後陳欽〔金〕檸君來訪，據說外面謠言我因貪污被轉任，很憤慨，打消辭意，如果現在辭職白留污名，決意不辭了。基流君與金進

君也來訪。

## 11月17日　水

早晨，下午代基流君到糧食局見施第二科長、林股長商洽大糧戶供米事，未得圓滿解決，賦仔哥等也來訪，大家都慰留，不要離開鐵路。下午宗仁又上學了，看他天真可愛，因為自己失志，想把他學校休校，但他很希望上學，看得也可憐，今天又給他上學，他很高興，晚上又清理原稿。

## 11月18日　木

早晨到基隆，因銀河君沒有準備好，又展期五天。今天拜訪孟處長，他也極力慰留不要辭職。下午很多人來訪，因太無聊了，頭一次召集蘭洲、毛昭江、賴尚崑三兄打牌消遣。但一到賴宅人很多，並玩牌九，與碧蓮在他家裡吃晚餐並玩牌九，但九點就回家了，因怕宗仁太晚、太累。

## 11月19日　金

早晨車又沒來了，九點半上班，看一看原稿，到合作金庫與廖能兄閒談，下午帶碧蓮參觀博覽會第二會場。回路到亞東行與蘭洲兄閒談一會兒。晚上郭德欽太太由花蓮到此，請她在家吃便飯，並談時局問題。

## 11月20日　土

早晨整理原稿，十一點君晰君來訪，據說彰銀借款已經出來，整天沒有甚麼事。下午到帽蓆公司與姐夫商量建台公司開股東會事，購買亞東行帽子事，又到國貨公司見黃及時總經理，據說台北放款很有利，曉芳兄當協理，祝賀他。晚餐後帶碧蓮到曉芳兄宅，打牌消遣。因心悶得很，這幾天，都由我主動招呼人家的，這樣的消遣可以解消心裡的萬愁。

## 11月21日　日

早晨帶碧蓮拜訪莊晨耀兄，閒談一會兒，找慶華君去，正好慶華已

經由南京回來，與他談到十二點，得到南京、上海、國內最近一切的政治、經濟、社會消息。他的看法，以蔣總統的性格看起來，在最近中和平很難企望。下午睡覺，因這幾天又睡不好，晚上與小孩玩。

### 11月22日　月

早晨打電話問及時兄，放款事可以進行，今天完成華南所託原稿，已整理清楚。下午到基隆見銀河君，告訴明天收回放款事。到景秘書閒談，請她幫忙基隆房子讓渡事。在總務處三個月，有意熱心做事，結果未能得上峰認識，以後打算混飯吃，一天等一天，先做經濟基礎起來為要，在這幾個月中想起活動一下子，使失業後也不受經濟上的困難。

### 11月23日　火

早晨到基隆找銀河君收回3,774,500元，託及時兄放華光行3,965,000(由光隆行樹仔經手)，一個月後可以得650萬，同時工商銀行已經到期，使碧蓮到彰銀借150萬還工商借款140萬，早上把一切手續都辦完了，下午研究私鐵法規，晚餐後拜訪景山兄，他已經辭大學總務長，閒談到八點多鐘才回家。

### 11月24日　水

早晨拜訪廖能兄介紹徐鄂雲兄，希他與華公路局長接洽把公路局一部分放款移於合作金庫，九點半帶基流君到糧食局見施科長，解決大糧戶供米事。又到公司見吳姊夫，商量基隆房屋讓渡合作金庫事。下午把完成的原稿帶到華南銀行研究室，見胡喚芳、陳全力兄，閒談時局。晚餐後找金章君，沒在，慢〔漫〕步回家。

### 11月25日　木

早晨拜訪三連兄，閒談一會，到合作金庫，與廖能兄到合作金庫見總務主任商洽基隆房屋事，十點到辦公室。下午到合儲公司拜訪金鐘兄去，出來喫茶店喝可可，談黃國書與陳振東紛糾事。晚餐後因傭人又打破玻璃，更覺不痛快，想聽日本廣播又聽不見，煩而睡。

## 11月26日　金

　　今天繼續研究私鐵法規。早晨許建裕君來訪，商量到竹南一遊事，下午江呈祥、陳金梓等兄來訪，閒談路局業務事。台南阿霞來訪，在家住夜。

## 11月27日　土

　　早晨與修副局長商量民營、公營鐵路監理委員會組織問題、業務方針諸問題，下午乘十二時五十分的車南下，車內與楊陶兄大談台灣政治、中國社會、政治、經濟諸問題。車經過大甲時，清海君沒來站，很失望。到清水時，基流君又沒在，與碧蓮先回家。晚餐，雪玉殷勤招待，餐後帶碧蓮、義夫、景山拜訪賦仔哥去，沒在。與賦仔嫂閒談，與義夫君談台灣經濟問題。

## 11月28日　日

　　早晨七點十八分的車帶碧蓮、景山先到彰化，懇託岳父借錢與找台中房屋事。乘十點的車到台中訪問乾兄，召集義夫、基錫、朱啟全等談論組織房屋買賣公司，原則上都同意。午餐乾兄請吃，下午鳳麟兄等來訪，閒談一會兒，乘四點的車回彰化。岳父到車站來訪，據說一千萬可以借給我。乘四點四五分的快車回北，車內陳金梓君來訪，相談到北。

## 11月29日　月

　　早晨本想到各銀行活動去，因公文費時間，沒出去。今天宣佈停止汽車，很失望。下午因沒汽車，沒上班，悶得很，煩得很。最可憐者為宗仁，因父親失勢得停學，覺得人生沒有意思。

## 11月30日　火

　　早晨到合作金庫換單，借款再展期一個月。午飯到公司吃去，與姊夫、李先生談公司事情。碧蓮到公司來找，借〔接〕到詹岳父基隆米款可以借的通知，乘兩點五十分的車到基隆去，找忠二路53號源成行王田先生去，據說米價不好，還沒賣出去。到華森找李先生去，被他殷勤招待，到酒樓吃晚餐，談很多問題，覺得還是多接觸多方面人為妙，乘

五點五十分的車回北。

### 12月1日 水

早晨到會，悶而不樂，把會組織規程擬完。十一點到公司，基隆房子不好解決。午餐被吳姊夫邀請參加歡迎黃萬居、蔡謀□兩夫婦在「迎賓樓」宴會，據說家兄在日本逆境，賣買情形不好，很失望。下午到工商銀行拜訪莊晨耀兄，據說將轉任到嘉義，又失了一好朋友，由他介紹劉科長借150萬成立。

### 12月2日 木

整天悶得很，早晨歐陽股長來通知關於汽車事，請直接與修副局長商量。下午與修副局長商量，暫時借他的車接送。下班到公司，與姊夫到華南借款，大體沒問題，又到工商銀行辦手續。晚餐被徐道先生邀請在「新中華」吃，有羅理、陳錫卿、周天碧、謝東閔等，宴後到周天啟家閒談。

### 12月3日 金

昨夜十一點有德君來訪，早晨等半天車都沒來，不得已乘公共汽車上班，帶有德君到鐵路醫院。下午與義夫君到基隆，先到源成行，據說米價落下去，無法出售，是故沒有錢。又到義重町看公司房子去，崑山兄沒在，與吳森炎兄等喫茶並託他介紹售出該房，十八點回北。

### 12月4日 土

早晨上班，沒事，現在的心境也沒有精神做事。下午與義夫君到賴尚崑兄宅託他售出住房，決定辭職，售房度日。在路局本想做事，但無法做事，辭職為策，隱居南部，等待時機。下午沒上班，晚上吳金川、陳慶華、陳仲凱等來訪，仲凱、有德等在家，加碧蓮打牌通宵。

### 12月5日 日

早晨想睡，金章兄夫婦來訪。十二點到三連兄家吃便餐，尚有金川、慶華、金殿諸君，談閒話到四點方回家。吃晚餐後就睡覺，很苦，

心身都苦悶。

## 12月6日　月

　　早晨到路局，十一點到公司去，與郭君談基隆房子事，也許很難收回，想不到崑山之人格如此惡劣。下午與曉芳、林君請到「大世界」看電影去，題目是「失去的週末」，並不好。沒上班就回家，還是苦悶得很。

## 12月7日　火

　　早晨做出差日程表，十一點到華南信託部，又到南華化學公司找林以德兄，請他做保人，午飯與雲龍、吳姊夫被以德兄請吃。二點上班，繼續做日程表。晚上成功中學校長何敬燁君來商量收買我的房屋，半個鐘頭就解決，以九千萬元售定，也覺很高興，交定款五百萬元，想把家眷疏散台南。

## 12月8日　水

　　早晨帶何校長為登記房子事，找陳麗生兄去，沒在。因何校長要房甚急，擬禮拜五搬給他，今天金子少漲，運氣真不好，想買它就漲起來。午飯帶碧蓮到「涼爛」吃，飯後到公司。下午到光隆所等碧蓮，由工商、華南借款合房屋定款，一共借給華光七百多萬元。晚上何校長來訪，見了張君以後交定款二千五百萬元，也覺得很高興，想種種計劃，夜都睡不著覺。

## 12月9日　木

　　早晨何校長來訪，據說因產權無法確定，希退定款，照他的意思，一切都進行。八點拜訪陳處長請文，一同到洋灰〔水泥〕公司同徐總經理拜訪孫多鈺先生去。十一點何校長來局，他無意一同到市政府去看，這樣恐怕無意進行購房屋事，下午三點他再來，一同到市政府找王代書去，結果知道登記可以進行，才放心，如今他沒有別的理由來拒絕。今天真苦，本想已經成功了，想不到迂餘曲折能如此，碧蓮也喪氣。晚上九點何校長又來了，又是沒有結果，一切的命運都放於明天，但行李一樣進行搬家。

12月10日　金

　　早晨等何校長，一同到陳麗生君去，請他做賣主，但他怎樣都不肯，一同找市政府王代書去，結果公契上他可以做賣主，但私合同還是我做賣主，如此耽誤到一點多方解決。馬上到合作金庫找柯文寶兄，一同買金條去，今天得定價六千萬(五百萬已七日晚上收到，實收五千五百萬元)中只買到港金五條(30兩)，也總覺得很高興。六點回家，碧蓮、永仔、喻仔都忙於整理行李，已經載一車送到公司去，又請陳金梓君幫忙，開車的也來吃晚餐，晚餐後又搬到車站去，苦心慘淡，深夜一點才搬完。

12月11日　土

　　何校長九點鐘才來，接到剩額三千萬元。帶碧蓮、三個孩子、傭人阿玉乘路局TRUCK就走了。先到車站後，再到路局，與仲凱君換二百萬現款，到國貨公司找曉芳君，託他買金子。乘十二點五十分的快車南下，在車裡發現丟了四百萬元，使碧蓮還回台北找，因此懊惱到極點，信夫、元佑、娟娟都來談，但心花總不能開。九點半到台南，岳母等都到車站來迎接，因丟大款，總不痛快，悶而抱著小孩睡覺。

12月12日　日

　　台南的房子很貴，而且很難找，實在後悔搬到台南來，有德君也來報告，沒有希望。早晨與岳父拜訪陳亭卿君、周有泉君去，想打聽借錢與找房子，結果都得不到甚麼結果，下午看一所房屋去，不能滿意，但地點很不錯，如三千萬元擬買下來。行李整理到五點多鐘，大體好了，晚餐後與岳父看戲去。

12月13日　月

　　早晨看幾所房子去，又壞又貴，太沒意思了，失望得很，還是進行那個千萬的為上策。乘十三點的快車回北，車裡又碰見李志一君。與陳友、謝東閔兩兄吃晚餐。

**12月14日　火**

　　早晨上班，仲凱君來訪，他的房子尚未能賣出去。早晨金價又漲起來，午飯到公司吃，下午走太平町，又買一兩金子，到華南研究室與益謙君閒談一會兒。

**12月15日　水**

　　早晨拜訪陳八爺去，據說他今天的飛機將飛滬，見他的小姐談了一會兒話，就到板橋國民學校辦瑪莉、璃莉的轉學手續，再到區公所辦移轉登記。今天金子、布又落下來了。

**12月16日　木**

　　早晨基錫君等為台中租地事來訪。據說最近清水土地價格突告暴落，擬買三甲，安定生活，很想把最低生活確保，以後再圖活動。三甲土地，一所優雅的房屋，一百兩金子，如此最低生活完成就可以安定無憂。下午又買一兩金子。鐘柏卿君來訪，請他到「涼爛」吃晚餐，飯後與美櫻買布去。

**12月17日　金**

　　今天搬到樓上來，比樓下大一點。昨天買布，正沒有錢時，今天胡煥奇兄送華南稿料35萬元。時局逐日緊張，百價都再落下，借款買金事，未知可否上算？

**12月18日　土**

　　因皮膚病不會好，今天又到醫院，打針、照太陽光。乘十二點五十分的快車回台南，車裡與米穀公會理事長陳坤來君慢〔漫〕談台灣糧政問題。碧蓮到車站來迎接，據說已借二千四百萬元，金子買十六兩多，很滿意。房子事擬暫時放棄解決，新婚不如重見，吃當歸鴨後熱烈地抱而睡，三個孩子也都起來，也都進學校了。

**12月19日　日**

　　早上由張來受指導學騎自行車，自少而大志，本想非汽車不坐，

誰料如今尚得學騎車。午餐與碧蓮到街上閒走，又定購買一兩金子。晚上又與碧蓮跳舞去，但因今朝、黃昏兩次學騎車，腳很累，跳得沒有意思。晚上與岳父談訴訟事件，十一點就床而睡。

12月20日　月

　　早上乘九點五分的車回北，碧蓮送至車站，與台南站長少談車就開了。車內與陳稽查談種種問題，十三點到台中，與煥三兄到他公司休息一會兒，就到乾兄家閒談去，託他找土地與蓋房屋。乘四點的車來彰化趕快車回北，美櫻到車站來迎接，清海君、楊君都自大甲來此，與他們喝一杯酒，美櫻今天發燒得厲害。

12月21日　火

　　早晨上班，也沒事。四舅來訪，為啟清兄租地事。下午鐘柏卿君來訪，帶他到省立醫院見黃副院長、保健館見王館長，請他們幫忙鐘君就職事。晚上與林泉、郭清〔海〕、王昆座等到萬華徐先生公館打牌消遣，早上四點方回家休息。

12月22日　水

　　因晚睡，早晨十一點回家睡覺，今天又把華光650萬展期一個月。下午到高院見黃演渥兄，打聽張岳父懲戒事，途中到亞東與蘭洲閒談。

12月23日　木

　　早晨看書，陳八爺小姐來此託調查房子事與辦理戶口事，下午到市府給查房子事。下午五點拜訪蘭洲兄，六點在空軍俱樂部請三連、蘭洲、賴武明、林金殿、郭清海各君。宴後拜訪黃演渥君，為張岳父被控告事探其內容，八點半到三連兄公館與宴客幾位打牌消遣。

12月24日　金

　　早晨到彰銀給利息184,100元，明天沒有放暇，但想到台南一行。每天都苦幹，乘十二點五十分的快車赴南，在嘉義碰著國大代表謝掙強與台南縣長薛人仰，與他們談公營鐵路解放為營業線問題。碧蓮到車站

來迎接，一同吃點心才回家，三個小孩尚未睡覺，與岳父、岳母等談到十二點鐘才睡覺。

## 12月25日　土

早晨帶碧蓮訪問有德君去，談了房子合作問題，他好像有意合作。下午談房子事，決定1月10日給兩千萬元，2月10日給兩千萬元，如能答應，可以購買。晚餐後睡了一會兒，又與碧蓮慢〔漫〕步去。

## 12月26日　日

早晨帶有德君到帥監務局副經理家去，乘九點的快車回北，中途到台中找王芹藻君去，一同看房子，破爛房子要陸千萬元，真笑話。到乾兄家裡商量買土地事。乘了三點二十分的車到彰化，詹岳父沒在，與岳母、元禧君稍談，乘四點四十三分的快車回台北。

## 12月27日　月

早晨九點多拜訪肇嘉哥去，訪客很多，沒能說時局話，十一點回局，楊維命君來訪，為枕木事要找我給介紹局長，恐怕引起誤會，沒給介紹。午餐在「二鶴」被他請吃飯，想起當初剛到路局，受台胞在此屋熱烈歡迎，如今不到三個月就零落到如此，真是感慨無量。下午到合作金庫見瑞麟兄去，打聽時局並經濟動向。下班後與維命君到新生旅館洗澡吃飯，碰著獻堂先生，少談就回家。

## 12月28日　火

早晨華森運送店來訪，閒談一會兒就走了。十一點回公司，接到碧蓮寄來1,070萬元，自彰銀領後，拜訪賴茂生兄，存一個月後為1,400萬元，並得到14萬周旋料。晚餐後拜訪賴尚崑兄去，閒談一會兒就走。

## 12月29日　水

最近金價又波動得厲害，早上到醫院為皮膚病去，聽賴外科主任很多關於醫院經營不良的事實。何課長來閒談，下午與曉芳兄到國貨公司少談，下午四點到「高義閣」拜訪肇嘉哥去，碰見金川、維梁、景山兄

等多人。六點參加廖太太家裡聖誕祝賀會，蔡江琳等名音樂家也參加，很有意思。九點回家，尚崑兄等來訪。

## 12月30日　木

今天在醫院所費的時間很大，十點多到局，下午與石錫純兄先到黃演渥君家裡送小禮，然後到王四舅家探病去，看他的病狀尚好，大概不會變廢人。晚餐林泉君請，飯後與郭清海、林泉、李曉芳打牌。

## 12月31日　金

乘十二點五十分的快車帶美櫻回南，李曉芳君、張我軍君也同車，到台南，碧蓮來站迎接，並一同吃sukiyaki。

## 1949年

### 1月1日　土

早晨陳有德君來訪，因昨天相當累，今天躺床一會兒，看今天蔣總統文告，他將下野求和平，如此今年政治上的變化，可能未曾有。午飯後與岳父、岳母、碧蓮到高喬木公館看房子去，很失望。一同到「Sakariba」吃晚餐去，晚上與家人打牌消遣。

### 1月2日　日

早晨帶碧蓮乘九點的快車到彰化，拜訪岳父、岳母拜年後，帶元禧君到清水一遊。先到天賦哥家裡拜年，然後到義夫家裡，他今天宰豬殺羊祭天地，晚上與碧蓮在舊家住。晚餐被義夫君請，同宴者有金川夫婦、人端夫婦、乾兄、基流等，談話的主題還是和戰問題。

### 1月3日　月

早晨乘八點的車到大甲，先到湖仔哥菜舖，然後拜訪王萬傳、財仔嫂，商量財兄事件。十點到頂店拜訪大姨、三舅、三妗去，母親辭世以後就是這些親戚，他們一看我，也很高興。清海君一定不讓走，但趕十一點的車到新竹，下車後拜訪許振乾君去，沒在，帶碧蓮慢〔漫〕走新竹市內，新竹的戰爭破壞並不厲害。乘三點半的快車回北，車中與獻堂、杜聰明、蔡挺起三先生同車，談時局問題。晚餐在高湯盤公館開東北會歡迎肇嘉哥，宴上討論並分析時局相當詳細。宴後與千里、星賢、昭江三兄到賴尚崑公館打牌徹宵。

### 1月4日　火

在賴君家裡吃早餐後，就到局辦公，坐了十分鐘就走了。碧蓮早起，來等我回家，睡到十二點半才起來吃午飯。乘兩點的車帶碧蓮到新店看姊夫的病去，相當厲害，乘四點的車回台北，晚飯後就睡覺。

### 1月5日　水

早晨到醫院與辛主任、徐內科醫長商量陳姊夫入院事。九點半乘車到新店帶陳姊夫、姊姊、永仔一同到醫院。高醫師診察結果知道相當嚴

重，進特別室病房。下午請簡君來談，時局嚴重，希望暫時保持沉默為利，下班後到醫院看陳姊夫去。據高大夫說，他的病十分嚴重，希望很少。五點半帶碧蓮到「高義閣」看肇嘉哥去，談了一會兒就到玉燕家裡去，屢次請我吃飯都沒有去，因結了婚了，所以去。兩桌客人，鬧得很好玩了，宴後跳舞，這樣的聚會，覺得很有意思，跳到十一點回家。

### 1月6日　木

早晨使碧蓮到華光辦金融事項去，同時還合作金庫150萬元，下午又叫他到華光存100萬元，今天共存1,400萬元。今天碧蓮身體不舒服。下班後到醫院看陳姊夫去，他的身體比昨天好得多，晚飯後覺得很累，三個人就睡覺了。

### 1月7日　金

早晨大安何先生為房屋登記事來訪。十一點找麗生兄去，沒在，就到「高義閣旅社」拜訪肇嘉哥。他們決定今天回清水，給他們準備車位種種，很多人到車站送他們。下午碧蓮電告大正町有房子，一同看去，很不錯，給他100萬元定金，總價4,532萬元。六點半在「凱歌歸」東北同鄉會，歡迎旅東北台胞，覺得很親密，也許因為命運共同使然的。

### 1月8日　土

早晨訪問陳麗生君去，要合同來做參考，草案大正町房屋讓渡契約書。十點到市政府調查該房屋，確是個人租下來的。他方使碧蓮到華光領錢去，給應昌立君定款台幣2,200萬元，如此十二點契約成立。在尚崑宅吃午餐後。帶碧蓮看四舅去，他的病好一點兒。晚餐後與維命君到「新世界」看電影去，好片子，十點回家，碧蓮買Sushi去，歡而吃之。

### 1月9日　日

早晨八點送碧蓮到車站，碰見謝東閔廳長，與他談鄭瑞麟的人事問題。碰見吳材料處長給他介紹維命君，託他枕木事項。九點拜訪許丙先

生，拜年去，閒談一點鐘。十點拜訪瑞麟兄，託借款事。十一點一同拜訪仲凱君，打算三人合組私人公司，利用合作金庫款事，瑞麟君也很贊成。下午四點辭別。晚上在公司打牌消遣。

## 1月10日　月

今天整天與仲凱君到合作金庫辦借款手續，因少小說錯，結果只借出兩仟萬元，很遺憾。後來又用吳敦禮的名義借兩仟萬元，未知能否成功，不至憂慮之至。午餐、晚餐都給仲凱君請。下班後與蘭洲、星賢君到仲凱公館打牌消遣，夜一點半回家。

## 1月11日　火

早晨到合作金庫領昨天許可出來的借款，同時仲凱君名義借的兩仟萬元也今天借出來，因20日須給房錢，暫時放款，仲凱君的以205萬一兩買金子十兩。下午回去睡覺。晚餐後曉芳、林泉君要打牌，最近連輸三陣，很奇怪，心身俱累。

## 1月12日　水

早晨在會看新聞雜誌，下午到合作金庫再辦兩仟萬元的借款手續，真想不到3,600萬借不出來，4,000萬倒借出來，把錢交予仲凱君，如此合作金庫暫時可以不必來了。

## 1月13日　木

今天差不多整天在公事房。四點到亞東，據蘭洲兄說中壢有土地五甲多，一來因資金無法調動，二來中壢的土地不好，拒絕他。他又說上次與鄂雲兄對華南借款所得利益要捐給東北會事，當時一番好心，但是沒能成功，以招誤會，很覺沒有意思。晚餐後悶悶不樂。林泉君要打牌，借牌消愁。

## 1月14日　金

早晨在會議室開第一次民營、公營鐵路委員會，修副局長當主席，一切都以楊常委為中心，很不滿意，因現在根本不想做事，也無所為。

十點維命君來訪，一同找工務處長去，據說因局長沒來，等下午決定。十一點金川君來訪，一同見車務處長，研究吳金川丟東西事件，午餐一同到「涼爛」去吃。下午到彰銀，領碧蓮自台南寄來的1,260萬元，交給華光一口370萬，一口1,430萬元，正好路中碰見仲凱君，與他商量合作金庫借款也存華光事。五點四十分的車帶美櫻、金川、維命等君到北投一遊，因「麗園」休業，到「嘉賓閣」去，在旅館吃晚餐後洗澡，都維命君請的，乘九點的車回北。回家後，林泉君等正打牌，本想早睡，他們一定要我參加，不得已參加了。

## 1月15日　土

　　早晨帶維命見工程處長商洽枕木案，結果未能成功，對維命這幾天來的奔波很同情他。鐘君來說，據說決定進電力，共祝他成功。午餐在林泉君宅吃。今天金子又落了，叫仲凱君再買試試。好幾個禮拜來，禮拜六都不上班，今天特別上班。下班後到醫院看陳姊夫，這兩天沒有來，想他的病一定好轉了，想不到這一兩天據說很嚴重，今天雖比較好得多，但是比前幾天的確嚴重，他說要退院回家，我不能同意。晚餐後徐、林泉兄弟又要打牌，打到十二點多鐘才睡覺。

## 1月16日　日

　　昨晚睡不好，今朝墮〔惰〕懶不想起來，九點才起來吃早餐，後又趟〔躺〕下去，慢看《婦人公論》，有幾扁〔篇〕新婚日記，憶起與淑英新婚當時，現在人亡，再沒法體會，一時傷心尤深，不覺淚流如水。又憶起母親起來，更加傷心。中年失妻，這是何等悲傷的事情，一想起淑英就想王四舅，病得這樣厲害，本很反對他回家，但他一定要這樣，無可奈何，又想擔不了那麼大的責任，萬一如果在醫院死亡，對我懷恨連綿，而且他對漢醫很有信仰，如此只有答應他。四點半到王四舅家，他今天起來可以走路了，一看也很高興，想不到這樣快就恢復了。與他談時局很久，他久居病床，也很想知道外界的事。晚餐就在他家裡吃，九點才回來睡覺。

## 1月17日　月

早晨到鐵路醫院與高大夫商量陳姊夫退醫院事，高大夫也反對，不過今天的經過比較好，結果他也答應退醫院了。十點到路局，徐鄂雲兄又因生活困苦來訪，要借150萬，帶他到合作金庫與鄭經理商量，一句話就答應了。十二點上市政府，又訪問賴尚崑兄，託他辦理大正町房屋的轉租手續。十二點半到車站，送陳姊夫回大甲，從醫院到車上已經夠嚴重了，車上四個鐘頭實在真可慮，祈天保護安抵大甲。下午台北鐵路林君來談，林建仁兄也來訪，下班後到仲凱君宅，他又放今天利息，也好，在他家裡吃晚餐後，請他到家裡來打牌，大輸。

## 1月18日　火

早晨與徐鄂雲兄到合作金庫辦借款手續去，乘十二點五十分的快車到台南，車內看《新聞天地》，的確時局轉變得不可收拾的樣子。九點半到台南，碧蓮到車站來迎接，東西都已經裝好貨車，來受、來福、江丁等三人將壓車到台北，先與碧蓮到處〔厝〕吃點心，岳父母懇懇地歡迎我，三個孩子、碧蓮都胖得多，甚可告慰。

## 1月19日　水

昨天借750萬，今天又借900萬，碧蓮忙得要夠，買東西種種，乘十三點的快車回北，只剩下三個孩子，實在不忍心，與碧蓮在車內只兩人，到了竹南，修局長到，七、八個人上來同車。到了台北，美櫻來站迎接，帶了一條狗回公司過最後的一夜。

## 1月20日　木

早晨公司讓碧蓮收拾，我訪問仲凱君要錢後，到大正町房屋，還有毛太太、賴太太一同去，應太太與我辦手續，一會兒公司的東西也隨碧蓮來了。路局派卡車一輛、工人二人，這裡台南來三人，新店來永仔、瑜仔二人，一共七人，因房狹，東西多，亂得很，一直到晚上尚未能弄好。今天給應太太2,200萬元，毛太太（仲人〔媒人〕）100萬元。

## 1月21日　金

早晨十點到會，沒事。中飯後使碧蓮給仲凱君要合作金庫借來兩仟萬元放華光。今天東西差不多歸好了，瑜仔、來受、來福、江丁都前後走了，只因房屋太狹，但住得也很舒服，累了，晚八點就睡覺。

## 1月22日　土

蔣總統昨天下野了，李宗仁當總統，是否可能和平統一？早晨拜訪許建裕君聽取意見。今天又接到台南寄來154萬元，連岳母65萬，存放華光330萬元，又到合作金庫見鄭兄，聽取時局觀感。總而言之，物價一時可落下，但不久會再漲。晚餐後帶碧蓮到北投「麗園」洗澡去。

## 1月23日　日

早晨帶碧蓮慢〔漫〕步，路過金鐘宅，談了一會兒就回來。十點金鐘兄來訪，下午許建裕、石錫純、陳仲凱等來訪，都是談時局及台灣的前途問題。據說國民黨已經可能接收中共提出來之八條件，和平將可實現。晚餐後帶碧蓮到「新世界」看「聖女之歌」去，太沒意思。因美櫻摘很多柑仔回來，大部分煩許子秋君帶到台南，以供小孩吃。

## 1月24日　月

時局有突變之可能，早晨擬法將借款全部整理，想到下月底將全部借款償還。今天各方人士都說和平很可望，台灣的命運可能也由新政府來接收，一切都得按此命運佈置。一大雨大正町的街路真不好走，滴滴的春雨使我討厭上班，下午也就不來了。飯餐後與碧蓮到尚崑兄宅打牌徹夜，又是輸得厲害。

## 1月25日　火

早晨五點回家睡覺，九點起床，到仲凱君家取回1,605千元，還彰銀1,506千元。十點半上班，維命君為賣枕木又到台北來訪，他叫碧蓮給存放200萬元。晚餐後仲凱君、尚崑君、維命君來訪，談時局到十一點才走。

## 1月26日　水

　　早晨種花的來了，小院子種了幾棵花，好看得多。中飯請維命君吃，他又從埔里寄來800萬元存華光，下午談到三點多鐘才上班，下班後到新生旅舍拜訪維命君，洗澡後帶他來家吃晚餐，閒談到八點他才走。

## 1月27日　木

　　早晨丸義運送店主江呈祥到局來訪，閒談。午餐後江丁來報告陳姊夫已昨天逝世，很悲傷，他一輩子都不好，最近才趨改好，從此盼望他能改頭換面好起來，想不到沒幾天他就與世永別了。在鐵路醫院好好的養下去，也許尚有希望，但是無奈他一定要回家，當送他到車站時，就看他病狀嚴重萬分，可能沒有再見了，想不到想像這樣早就變事實。家裡正沒錢，給尚崑君借40萬做明天的路費，晚上都沒有睡好。

## 1月28日　金

　　早晨乘七點半的普通車到大甲，與吳姊夫同車，先到萬傳君宅借汽車，隨便在他家裡吃午飯，雖吳姊夫一定要我到他家吃飯，因與二姊的關係，拒絕去。下午三點到陳姊夫家裡，一見姊姊、親家、親母，不覺流淚，陳姊夫至死尚不能改性，如今才知道，他因為貪吃阿片才急回家，因回家才喪命，如果知道這內幕，即時絕不讓他退院回家，這也是他的惡果，無可奈何。萬傳兄開車送我到車站，車內碰見王四舅夫婦、曾仁〔人〕端，九點半到台南，小孩都已經睡覺了，出去吃晚餐才回來睡覺。

## 1月29日　土

　　早晨與岳父、岳母閒談，乘下午一點的快車到彰化，帶三個孩子、英姨、繁座〔坐〕特別室，元禧、元吉君到車站來迎接，岳父、岳母、阿媽都很高興接待，大家很高興吃晚餐，如果淑英在……又是一番傷心淚。晚餐後拜訪黃文苑兄去，又拜訪石錫勳兄去，十點與岳父回家睡覺，未知何故，睡不著。

## 1月30日　日

　　早晨拜訪娟娟，祝賀她生男孩子去，八點半三孩子、英姨、繁、淑慎、淑茹、淑珠登八卦山去，又想起當日……回家中途丟了宗仁、繁，頗為著急，但他們自己回家，才放心。午餐娟娟請吃，尚有詹岳父、王四舅、元禧等。乘五點的快車帶詹岳父等回北，車內碰見石錫純、劉明朝、陳天順等，一路談得很有意思，到台北後明朝兄的車送我們回家，岳父與合作社某君也到家來一宿。

## 1月31日　月

　　早晨託鄭瑞麟兄與詹伯父到合作事業管理處見張第二課長談彰化合作社事，岳父等乘十二點多的快車回彰化去。回去睡覺，下午三點半上班，整理幾天來的日記。下班後拜訪仲凱君，在他家裡吃飯後拜訪許建裕君聽經濟情形，九點回家。

## 2月1日　火

　　最近看和平無望，物價又在波動，金價又高升到280萬。早晨張坤煥君來訪，託他買radio，吳士春君來訪，為租地問題來的，車中碰見的鄭君來訪，為房屋讓渡事來的。下午叫碧蓮給找房屋，下班後到賴宅，與洪耀勳、炎秋、蕭昆如等夫婦玩牌九，輸了100萬，以後絕對不玩牌九，夜半一點多鐘回家，傷心睡不著覺，100萬──如用此款救護大姊，啊！不知何快！倒霉！倒霉！

## 2月2日　水

　　早晨頭痛起床，九點多王君由台南帶傭女一人來，看的還不錯，為鄭君房子事，早晨與朝權太太看去，覺得還不錯，打算把現住房賣給鄭君，換大一點兒的房子。碧蓮說五條通的房屋很不錯，擬再添245百萬元換大房子，但未知此房是否賣得出去？早晨又拜訪仲凱君去，與他商量賣金子事，昨天起金價大漲。下班後拜訪瑞麟兄去，想藉此機會多借出錢，據說立□困難。晚上張坤燦兄帶林生旺君帶無線電來，很不錯，想給他買，不過200萬也相當貴。

## 2月3日　木

　　早晨為大安十二甲房子登記事與陳麗生君到市政府，等的〔了〕半天，才把一切的手續辦完，從此可以了此麻煩問題。中飯後，錫純君來訪，要賣鋼琴，帶碧蓮等看去。早晨與廖繼成君商量他的房屋讓渡事。又到日產與陳雨亭總務組長打聽去，據說沒有問題，未知此事是否可能實現，晚上聽無線電取樂。

## 2月4日　金

　　午餐時張坤燐君來訪，託他裝電線。下午三點訪問廖太太，好多青年以謝南光君為中心改〔開〕座談會，謝先生解說日本的政治、經濟、社會各情形很詳細，但他老是以治者的地位、看法來解說一切。會後好多青年又以我為中心，另開座談會批評南光氏意見，我總不能滿足南光氏的種種見解。晚餐在廖太太家吃，飯後閒談到十點半方回家。台北的治安不好，夜路稍稍可怕。

## 2月5日　土

　　早晨大姊等來訪，留她們吃中餐，大姊夫如此逝世，真可慨嘆，把財產都浪費完，他就死去了，現在大姊身邊凄涼得可憐，在可能範圍內想幫忙她。下午楊杏庭、胡煥奇等來訪，晚上沒事，早睡。

## 2月6日　日

　　早晨八點帶碧蓮、女華、繁等到北投「麗園」一遊，與林以德君同車回來。午餐在「狀元樓」被以德君請吃飯，飯後午睡，下午四點魏榕先生來訪，雜談。晚上帶碧蓮到謝國忠、廖能家送一點東西，隨〔順〕便到君晰家，金川君來北，談到九點多回家。

## 2月7日　月

　　仲凱君來訪。金價始終在300萬元關上下。中午坤燦君、林成旺君又來試驗Radio，結果不覺滿意，但還是想買下來。兩點多與碧蓮出門。今天台北利息大落，頗為失望，因3,700萬的利息一個月差8萬元，頗為沮喪。到經濟農場給歐陽小姐送薄儀。晚上寡歡而早睡。

**2月8日　火**

早晨台南縣建設局長莊維藩君，為台南縣私鐵解放營業來訪，陳親家、張泰喜為新店木材行事來訪。中午為解決新店木材行以維持大姊一家生活計，請林炳坤、吳敦禮、陳親家、張泰喜等來家吃午飯，商量辦法。晚上陳仲凱君來訪，閒談、閒玩到十二點才回家去。

**2月9日　水**

早晨看《鈕司》，和平的前途看得很無望。今天電燈、電爐都裝好了，但是一共花了30萬，想不到如此之貴。最近物價波動很厲害，時局又動盪不定。下午與碧蓮漫步太平町，晚上仲凱君來訪，閒談。

**2月10日　木**

早晨仲凱君與有德君來訪。碧蓮與女華、繁今天回台南。十一點與仲凱、有德兩君到仲凱宅，尚崑兄也來，在仲凱君家吃中、晚兩餐，四個人打牌，打到兩點鐘。下雨暗夜，幸而有汽車，夜半帶有德君回家。

**2月11日　金**

今晨頭痛，不上班，在家睡覺。下午尚崑君來請，在他家與仲凱君、毛太太又是打牌，十二點回家。今天整日沒有上班。

**2月12日　土**

早晨到華光辦展期，領現款，再到華南、工商、合作金庫納入利息，辦到十二點多才完。與仲凱君到他家裡吃午餐，又請尚崑君、曾茂君打牌，打到十二點多回家。

**2月13日　日**

早晨想到新店看大姊去，沒趕上汽車就沒去。又到仲凱家，一同到尚崑家叫李曉芳兄，又開始打牌，十一點多鐘散。最近覺得打牌太多，生活太腐敗，應該革新，往後想每禮拜打一次，不能再多。

## 2月14日　月

自今天起，想認真到會辦公，無奈沒有事情做，又推進不動。早晨有德、高淵源君來訪，碧蓮帶三個孩子，下午六點的慢車回北，三個孩子身體好得多，而且很活潑，覺得高興。去年的今天是結婚的日子——時日真飛也似的過去，一年來家庭還美滿，最遺憾就是母親逝世，最幸運就是把大安的房屋賣掉，因而經濟稍微富裕起來，碧蓮可說理想的妻子，希望我們的愛永恆無變。

## 2月15日　火

有德君今天走了，早晨為購買三輪車事，想與仲凱君合買，與他商量，得他同意，到順興找周植冬，到中山堂找曾人端，到國貨公司找李曉芳，想解決房屋修理、三輪車事，都未能解決。下午帶碧蓮到大世界看電影去，很好的一個片子，受到深刻的印象，「空谷芳草」的確好片子。

## 2月16日　水

早晨境仔來訪，希望我投資於木材公司，我是不大希望的，不過為了救濟姊姊也無可奈何。今天把三個孩子帶來鐵路學校報名。十一點半周植冬先生來訪。下午一點半帶工人到家裡來，請他明天起，開工修理房屋，他很爽快就答應。下午賴、毛、星賢太太來訪，清見小姐也來訪。據說有鋼琴，真想買。據說鋼琴非八兩金子不行，這未免負擔太大，但為了兩個小天才還是想設法買下來，同時也交涉三輪車去。

## 2月17日　木

早晨碧蓮又交涉鋼琴與三輪車去，十一點半一同看鋼琴，結果2,330萬元買了，下午四點半送來，三輪車是680萬元，兩個禮拜後得〔要〕。啊！如此大的負債，有些不好。中餐李法森君請，因喝一點酒，睡午覺，三點醒時，不想上班。黃君四點半送鋼琴來時，小孩、碧蓮都很高興，如此也值得買的。

### 2月18日　金

早晨親家來訪，要我投資新店木材，小小幫忙也不得已，今天付2,330萬元鋼琴、300萬元車骨的錢，瑪莉、璃莉、宗仁來投考，在監委會愈來愈沒有意思，上下都看不起我，我也不想幹，因不想幹，所以少管閒事，利用這個機會，還是活動充實自己的經濟，因現在負債甚重，晚上與碧蓮研究這個問題。

### 2月19日　土

早晨帶美櫻看病去。簡君來訪，閒談台灣小運送問題。今天付車骨300萬元，並付周植冬君100萬元。下午四點帶碧蓮、美櫻、三個小孩到北投「麗園」洗澡去，七點回家，晚上早睡。

### 2月20日　日

早晨帶碧蓮乘八點半的快車到新竹，同車有連振〔震〕東夫婦、周天圭等，許振乾君與新竹站長到月台來歡迎。在新竹下車後，借許君的汽車到頭份，竹南吳站長同車到獅頭山，先到勸化堂，在開善寺吃午餐，再到獅巖洞、海會庵，看海會庵景致好，又是近代式建築，擬一定與碧蓮住一夜，吳站長從此回竹南去。四點又與碧蓮到靈霞洞、海佛寺。六點回海會庵，很累，先吃晚餐後，洗澡，幾位尼姑都對我們很好，人情之美真使我佩服，真想離俗界，永遠住這裡。晚上與碧蓮同床睡，據說按一般規則，男女應該分睡，同床是異例待遇。

### 2月21日　月

早晨六點起床，雲海在眼下，其美景真不可言，啊！自然真美。早餐後下山，乘八點五十五分的公共汽車回竹南，乘十點四十五分的車到清水。車中與友三兄同車，先到老家，四點祝賀其炘君的結婚式去，參加在中山堂的披露宴，台中幾位老朋友出自遠而來，十點半回老家，與義夫君談商界到五點方止。吃點心後，與碧蓮乘夜三點十五分的快車回北。

## 2月22日　火

因火車滿員，整夜沒睡，先回家。據說璃莉因成績差，再念二年級，很生氣。睡到十點半再上班，與學校交涉念三年級，可是說不成，因年幼，也無所謂。今天工人沒來，下班後到糖業公司參加招宴，一共三桌，修副局長以下工、運都有。宴後到中山堂參加第二七次省交響樂音樂會，林秋錦的獨唱還不錯，九點回家，瑪莉、璃莉也帶去了。

## 2月23日　水

早晨乾兄帶紀、蔡兩人為標售優線工廠來訪，一同到建設廳去，今天工人二人來開始動工了。中餐時尚崑君來訪，下午一同拜訪仲凱兄。下班後與賴、蘭洲在仲凱家打牌，打到夜半兩點多鐘。

## 2月24日　木

今天工人來了四人，美櫻乘十二點五十分的快車回台南，託她帶九百萬元還負債之一部，同時到華光換票。午餐時周植冬先生來指導工人。覺得很累，晚餐後早睡。

## 2月25日　金

早晨周植冬君來訪，給他介紹工務處長，參加投標事。下午與仲凱、尚崑、蘭洲在仲凱君家打牌，九點方散。

## 2月26日　土

早晨義夫君來訪，談些商況。八點上班，頭一次這樣早上班。下午因困〔睏〕得很，到仲凱君家裡，一同到賴尚崑家裡打牌消遣，但打通宵。

## 2月27日　日

本想今天帶家眷到草山一遊，因下雨又繼續打牌，到二點方止。洗澡後，正要睡時魏榕夫婦來訪，繼而大姊也來，乾兄夫婦、玉梅等來訪。晚餐後又基錫、啟明、烟仔等來訪，十點多才回家。

### 2月28日　月

早晨工商銀行劉科長等來訪。下午想賣金子，訪問仲凱君去。晚上拜訪魏榕先生，談些公務員生活之道，勸他借款再放息辦法。

### 3月1日　火

郎局長換了，上下九點半帶簡文發、鐘秋樊、王習孔三君到台銀俱樂部拜訪任顯群先生去，談得很爽快，正好新任鐵路局長莫衡先生也來訪問任處長，由他介紹而與新局長談半個多鐘頭。下午與碧蓮拜訪仲凱君，以350萬元的單價賣出4.42兩金子。

### 3月2日　水

房子的修理遲遲不進，今天警察又來干涉，很覺討厭。今天金價又少漲。局長一換，空氣實變，在局沒有多大意思。晚餐後帶碧蓮到「新世界」看「悲壯交響曲」法國電影，很不錯。

### 3月3日　木

吳豐村君由通運希轉入本會，與修副局長商量，未能解決。十一點多，天賦哥來訪，希望參議會與新局長談些人事問題。

### 3月4日　金

早晨見新局長，九點半拜訪任顯群，約他禮拜聚餐。下午三點新局長訓辭，下午為請任處長到處奔走，晚上簡文發、李炳森、王習孔來訪，談些關於工會最近的動向，林直中一派又要上來，一同到郎局長公館，談到十點多鐘方回家。

### 3月5日　土

早晨乘七點半的車偕同碧蓮回清水，由車站一直到山上至母親墳墓，啊！母親逝世也已經十個多月了，今天祭墓，感慨殊深。下午三點拜訪天賦哥，說明鐵路局改革事項，五點在二嫂仔家吃了晚餐，乘五點半的快車回台北。

## 3月6日　日

　　早晨九點鄂雲兄來訪，相談任處長在台的使命，並今後的出路。十二點接徐鄂雲、郎鍾騋、任顯群到許丙親家公館吃飯，主人尚有簡文發、鐘秋樊、吳水柳、李炳森、王習孔、王□，與許丙親家都談得很和藹，餐後到仲凱君家與尚崑兄等打牌，晚餐在「蓬萊閣」被元華行呂先生請，還有鄭瑞麟兄等合作金庫諸位，很痛快喝到八點半，又到仲凱宅打牌。

## 3月7日　月

　　早晨吳國信君來訪，談論鐵路工會事，下午沒上班，在尚崑兄家與仲凱君等打牌消遣，房屋改革工作遲而不進。

## 3月8日　火

　　早晨與碧蓮做洋服去，下午到許丙先生公館，還他禮拜請客欠的錢。晚上叫工人做夜工，趕快修理房屋，每天一個工人，實在頭痛。今天利息超過一元，晚上監督夜工。下午帶魏榕先生到工商銀行借款去。

## 3月9日　水

　　早晨與仲凱君到和泰行看三輪車去，與純清君談時局問題。下午帶魏榕、碧蓮到工商銀行領款去，銀根緊，沒有現款。下午本會許君與葛君互打的不祥事件，不出主意。為黃鏘土地侵占問題與警務室黃主任商洽去，下班後被黃鏘君在圓環附近藝姐家請吃晚，尚有鐵路有力人十幾個人。宴後偕同簡文發君拜訪任顯群閒談，十一點回家。

## 3月10日　木

　　今天四個工人來參加改築工事，如此可以早日完成，又為黃鏘事找徐處長。下午拜訪仲凱兄，今天改築工事大進展。晚上為資金計劃傷腦筋，合作金庫的兩千萬與台南的三千萬，簡直沒有辦法。

## 3月11日　金

　　今早到合作金庫交涉展期事，給瑞麟兄碰釘子，很覺不快。十點到

工商銀行借500萬（實額456萬），加有德君500萬元，擬14日還給合作金庫，但台南的三千萬尚無辦法。今天工人又減少。下午天賦哥來訪，說我的提案已經通過駐委會，送給路局。黃錦江君也來訪，四點半仲凱君打電話來說華光的經濟恐怕有問題，使我更惶恐，整天消沉，啊！人生何苦！對銀行利用金錢覺得沒有意思，4月一定總清算，只剩下自己的錢來活動。

### 3月12日　土

今天工人又增加了，為解決台南借款的事，與碧蓮乘十二點五十分的快車赴台南，車中與天賦哥夫婦、以德夫婦、耀星夫婦、黃清水夫婦、陳錫卿君、周天啟君等同車，談笑有趣。下午九點半到台南，晚飯後與岳父母談得很親密，為借款事引起不大好的感情，為緩和感情，此行是值得。

### 3月13日　日

為19日三千萬事岳母與碧蓮奔波，託黃先生大致可改〔解〕決。今天5,700萬元又延展一月，變為7,300萬元。中午岳父母祭祖請客，下午與碧蓮拜訪有德君，晚餐後與岳父等看電影去，乘十二點的夜快車偕同碧蓮回北，車中空席頗多。

### 3月14日　月

早晨先到仲凱宅，商量償還合作金庫四千萬元事，由他籌備，十點回家，工作仍然遲遲不進展。下午兩點到合作金庫換六千萬元，又使碧蓮還華南一百萬元。三點與仲凱君訪問蘭洲兄，閒談半小時。五點在尚崑宅四人又打牌，因昨夜沒有睡多少時間，覺得很累，夜深兩點回家。

### 3月15日　火

早晨十點到會，乾兄與基流來訪，一同到草山一遊，金源、玉梅也在草山，因下雨未能與碧蓮到外春遊。中餐在旅館被乾兄請，乘五點二十分的車回家，未知何故，覺得頭暈將吐，晚飯後就睡覺，今天又沒來油漆，很不高興。

## 3月16日　水

早晨王四舅來訪，閒談一個鐘頭，吳豐村君正式派來本會工作，仲凱君又來報告華光市面風評很不好，恐怕有關門的可能，但現在也無可奈何，愈覺懊惱，如果萬一有一失，將奈何奈何？下午為黃鏘君事想見局長，老沒在。今天油漆又沒來，很生氣。晚上褒風兄來訪，閒談路局改革事，尤其陳清文事，現在我很消極，甚麼都不想做。

## 3月17日　木

早晨乾兄來訪，談家庭紛爭，九點半帶他到廣華行賣金子去。十時為黃鏘君事拜訪局長訴冤，他表示郎局長幹的事，他不願意干涉，又找蒲處長、警務室、產業課各主管，研究對策，下午請黃鏘、陳金梓兩君來，告訴他們對策。泰喜君來訪、閒談。璃莉、碧蓮都不大舒服，加之華光謠言頗多，也是苦惱之一。近日來的確心情又不安又不好，為〔未〕知何故，好像重石壓心似的。晚餐後拜訪褒風兄，相約一同拜訪任處長，但因任處長尚有約會，沒去。今天室內油漆好，一切的家具都稍微鋪置好了，心也開一點兒。

## 3月18日　金

早晨十點在副局長室開會討論接收台光鐵路公司辦法，下午三點偕同簡文發君到華處長公館拜訪任處長，褒風君也在座，商量改革交通處問題。下午五點請尚崑、仲凱、張兄等在家打牌，乾兄、金源夫婦也來訪，一同吃晚餐，夜半一點鐘才散。

## 3月19日　土

瀉肚子，早晨在家睡覺。今天路局開運動會，下午三點到會，四點半回家。在尚崑家與昭江、蘭洲、仲凱等又打牌，覺得沒有意思。第一，打牌顧不著別的事。第二，人格低落。第三，損精神，壞家庭合和。以後想最多一禮拜一次。

## 3月20日　日

早晨十一點半在商會介紹林當權、吳新池兩兄給沈清兄，為牧場買

收問題請他幫忙，午餐在「老正興」與碧蓮被林君請吃飯。下午睡覺，
五點帶小帶〔孩〕等散步去，每走大道，就憶起母親，帶他們到火葬場
去，啊！母親就在此地燒化的，叫緒永把紀念母親的花移回來種下。

### 3月21日　月

　　早晨拜訪仲凱君，分合作金庫借出來的錢放利清算，結果得了650
萬的純利益，送瑞麟兄700萬元。下午魏主任來訪，送一條小狗。又與
電燈舖清算。決定30日出差視察。

### 3月22日　火

　　早晨到會，很多客人來訪。下午兩點與有德、尚崑君在仲凱君宅打
牌。十一點我主張回家，他們希望打下去，結果打到翌晨八點，很累。

### 3月23日　水

　　早晨到會，九點就回家睡覺。下午鄂雲兄來訪，閒談。晚上請尚
崑、蘭洲、曉芳、林泉、敦禮、郭、建財、信夫、有德等九位吃晚餐，
餐後打牌取樂，大家十二點才散，很有意思。

### 3月24日　木

　　早晨到合作金庫給襃風兄辦借款展期，碰見三連兄談出差事誼
〔宜〕。下午請簡文發、李炳森、吳竹性、鄭祥、鐘勝火、陳有德五君
在家吃便餐，談到十點多。今天台南又來信，據說存在台南的金子被盜
賣出去竟達十兩，精神頹唐，心情懊惱。

### 3月25日　金

　　早晨偕同鐘秋樊、李炳森、黃鏘三君為黃君的事情陳情責備去，
先到產業課，再到機務處去。十點帶碧蓮到彰銀電匯一千萬元到台南還
債，想起台南的事情真頭痛，未知結果是否可能圓滿解決。

### 3月26日　土

　　下午三點在仲凱君家裡與有德、尚崑打牌徹夜，很沒有意思，以後

再不想打牌了。

## 3月27日　日
整天在家休息，今天來油漆、換玻璃，房屋一新。

## 3月28日　月
禮拜三電匯台南的錢，沒有接到，很生氣。工會又惱事。早晨吳國信、簡文發、王習孔等來訪。……。

## 3月29日　火
今天放假，早晨賴尚崑、陳建德等君來家打牌，下午蘭洲兄、仲凱君也來，整天打到十一點鐘。因明天要出差，十點整理行李，今天來客很多，……。

## 3月30日　水
乘八點三十分的快車偕同楊琳生、葛工程司、王機務處副處長、蔣貨物課長由台北出發，車上碰見陳交通處長，交涉交通處派人，陳處長由新竹命考核委員會劉委員迪德參加。在車上中餐後，十二點四十分到豐原，台中張段長、莊運轉主任、豐原站長、徐灶生、丸二運送店常務董事等列站來迎接。乘貨物列車到后里，由后里乘專車到月眉，雷月眉鐵道課長引導視察月眉大甲間鐵路。晚餐由簡廠長、鐘總務課長等分兩桌招待。餐後乘六點四十八分的車到豐原，由林產局八仙山林廠余工務課長招待，住林廠招待所。

## 3月31日　木
早晨六點起床，七點在招待所一共九人吃早餐（路局五人，加王之一中華日報記者、基隆許站長、莊運轉主任、余課長）。八點由余課長引導，先到八仙山林廠見正、副廠長，並聽取事業概況，八點半分兩班專車視察豐原到土牛的鐵路，到土牛因壞了，改乘卡車，由和盛又改成汽油車拉客車，經過馬鞍寮、麻竹等，在麻竹簡單吃午餐，又經久良栖等地，四點三十分才到加保台。先視察製材工廠，因最近的山火停工，

這工廠是以水力代電力的特殊設備。因天晚了，一行就到八仙山林廠加保台俱樂部休息，洗澡後，七點大家由余課長慇懃招待，九點就睡覺。

### 4月1日　金

早晨七點一同由余課長案內座〔坐〕incline（纜車）上山，因時間關係，只上第一段，八點十分視察加保台鐵路修理工場，八點三十分乘專車（motor car）回土牛，途中因車壞了，下來推車，十二點才到土牛。由土牛合流另一班余課長等，改乘快車到豐原，接省鐵快車到台中，由台中糖廠章鐵路課長案內在台中「大上海」酒家吃午餐。晚〔飯〕後參觀台中糖廠，並與於台中廠長談到四點，乘專車由台中到南投，在南投見陳南投廠鐵路課長，說明該鐵路運輸概況。很想在南投與月鳩一見，因不知道她的住址，來到南投未能見她，很佗異。五點由南投乘汽車到彰化糖廠，由唐廠長、楊鐵道課長引領，晚餐在廠長公館吃，餐後拜訪陳市長錫卿、詹岳父去，十點回糖廠招待所，王彰化運務段長來訪，十點半睡覺。

### 4月2日　土

早晨八點三十分由彰化糖廠動身，交通處劉委員迪德趕來參加，楊鐵道課長陪同乘專車先看和美、線西，再回彰化到鹿港，由鹿港到溪湖，由溪湖糖廠葉鐵道課長、鄭總務課長引導在溪湖糖廠招待所吃午餐，下午兩點由溪湖動身到員林，研究糖廠員林站的移轉問題。下午四點三十分改乘省鐵到田中，五點由田中改乘專車到溪洲糖廠，由陳鐵道課長、潘業務股長招待，晚餐就在招待所吃。飯後與元祐君到街上慢〔漫〕步，大家雜談後睡覺。

### 4月3日　日

早晨七點三十分視察溪洲機關庫，八點三十分由溪洲到斗南，由斗南到虎尾，邵第一分公司鐵道處長、蔣鐵道課長來迎接，十點十四分到的，在第一待賓所休息到十一點三十分就吃午餐。下午一點乘專車由虎尾到龍岩、海口，回途由龍岩糖廠、王鐵道課長在待賓館茶點招待，四點由龍岩經過大有、背嵜兩線到西螺，在街上稍參觀，七點回虎尾。晚

餐在虎尾「待賓館」由第一分公司任副理、邵鐵道處長等招待。他們都吃醉了，我不希望喝酒，早離開宴席，先就床睡覺。

## 4月4日　月

早晨視察虎尾糖廠、酒精廠、修理工廠、洋灰枕木廠、機關庫，十點由虎尾乘專車到大林糖廠，再到北港糖廠，在招待所由鐵道課長招待午餐。飯後曾人模太太來訪，談了一會兒，送她到新港。兩點由北港到嘉義，嘉義下車後到溶劑廠，由沈廠長領導視察溶劑廠，又視察農事試驗所，五點三十分到公園溶劑廠招待所。晚餐在嘉義「嘉賓館」由沈廠長招待，宴後到莊晨耀經理公館，與晨耀、蘭洲兄談到十點三十分才回公園招待所睡覺。

## 4月5日　火

在溶劑廠招待所吃早餐後，七點到車站，七點五十分乘專車（皇太子乘的車）上阿里山，阿里山林場孫場長到車站來送行，派鄧段車同行案內，除了原來六人之外，尚有蘭洲、晨耀兩兄，台北女一中教員四人，史稽查、徐灶奎等一共十八人乘貴賓車。密雲霧霞蔽山，車裡與四教員、兩好友談笑有趣。下午三點三十分到阿里山，中餐是晨耀兄請的，到阿里山後，先到林產管招待所，然後參觀博物館、小神木，又到阿里山閣拜訪台北女一中陳校長。三點三十分、六點三十分在招待所吃兩次便餐，今天惱〔鬧〕肚子，晚餐後早睡。

## 4月6日　水

因霧雨無法出去，八點早餐後閒談，乘十點三十分的快車回嘉義，蒜頭糖廠許鐵道課長、阿里山林場陳總務課長、汪工務課長等到站來迎接。晚餐被林場孫場長請到「嘉賓閣」招待，六點三十分乘蒜頭糖廠派來的專車到蒜頭糖廠，由該廠程、陳正副廠長招待，在「待賓所」又吃一次晚餐，十一點睡覺。

## 4月7日　木

早晨八點由蒜頭到港墘，再回蒜頭對程廠長告辭，九點三十分到

南靖，由該廠廠長、總務課長、鐵道課長招待，由水上乘省鐵十一點九分的慢車到新營，由王第四分區鐵道處長、汪鐵道課長迎接，在該廠招待所分兩桌吃午餐後，一點三十分到布袋參觀鹽田、港口。五點三十分回招待所吃晚餐，餐後吳三連兄、謝掙強兄、建設局長、各鄉鎮長、區民代表等多人來訪，希望糖廠原料線解放為營業線，談到九點三十分方散。與三連、建設局長找蘭洲兄去，談到十點三十分回招待所睡覺。

## 4月8日　金

八點三十分由新營乘專車到烏樹林、白河，由白河改乘汽車到關子嶺溫泉，在關子嶺閣洗澡後，十二點回烏樹林糖廠，由林第三分公司鐵道處長、鐵道課長招待午餐，二點乘汽車回新營，三點看學甲線、佳里線，王處長送到學甲，蕭隴〔壟〕虞鐵道課長迎送到佳里，由佳里到麻豆、總爺，晚餐王第三分公司副理、廠長、林鐵道處長招待。下午八點乘專車到番子田，改乘省鐵八點的快車到台南。見岳父、岳母聽取吉禮事件，真沒挽回金子，只嘆命運之薄，該損失的，就住在岳父家過夜。

## 4月9日　土

九點的快車到番子田會同他們一行到烏山頭看嘉南大圳去，十一點三十分回總爺，午餐後乘兩點三十分的專車到番子田，改乘省鐵到屏東，許第二分公司鐵道處長、鐵道課長來迎接，到該廠第二招待所吃晚餐後，談到十點睡覺。

## 4月10日　日

八點參觀屏東市，九點到里港，十一點三十分回招待所。午餐正碰見經濟部吳技監，分兩桌吃，許處長醉意酒興，餐後到他公館喝咖啡、吃西瓜。三點四十分由屏東到九曲堂、旗尾，魏鐵道課長到九曲堂來迎接，先參觀旗山，後到該廠第一招待所吃晚餐，該招待所面臨下游溪，環境優雅，但時局緊張，金價波動厲害，已經超過七百萬元，此次台南的損失太大了，為此心裡懊惱。

## 4月11日　月

八點由旗尾動身，經過九曲堂、屏東，十一點三十分到溪洲東港糖廠，午餐在梅廠長公館吃，他們乘兩點三十七分的車到高雄去，因討厭琳生不聽我指揮，不願與他們同行，獨自留在東港。三點偕同陳鐵道課長乘卡車視察東港港口、林邊，到林邊拜訪林壁輝君，五點多回東港糖廠，在招待所吃晚餐，吳振儒同學來訪，一同吃晚餐。餐後梅廠長、陸總務課長、農務課長、陳鐵道課長、吳工務課長等來訪，閒談到十點才走。

## 4月12日　火

早晨陸總務課長陪同吃的，餐後到梅公館告辭後，陸、吳兩課長送到車站，乘八點十七分的省鐵到林邊，由林邊乘九點二十分的公共汽車經過枋寮、楓港、大武、太麻里等地，四點到台東。在大武吃中餐，到台東後先到鐵路招待所，五點多他們也到了，晚餐在招待所由王運務段長、馬工程段長設宴招待，台東糖廠王廠長也來訪。

## 4月13日　水

六點三十分獨走慢〔漫〕遊台東街，規模相當大，七點三十分在招待所吃早餐後，八點乘糖廠派來的卡車到馬蘭糖廠，九點乘專車視察原料線（知本線、旭線），十點三十分回糖廠招待所，午餐由王廠長招待，乘省鐵一點五十分的車到台安糖廠，吳廠長、鐵道課長都到車站來迎接。花蓮辦事處派鐘副處長、魏課長來迎接，八點三十分到台安糖廠招待所，九點開宴，大家談到十一點才睡覺。

## 4月14日　木

七點三十分早餐後，乘八點三十分的省鐵到萬里橋站，轉到林田山管理處，由黃副處長引導從森榮俱樂部到溫泉視察該專用線，午餐在該俱樂部吃。由萬里橋乘省鐵二點二十分的車到壽豐，台安鐵道課長領的看豐年幹線、豐年第一支線、豐年第二支線、豐年線等。下午五點由豐年站改乘省鐵motor　car到花蓮，黃處長、許總務課長都到車站來迎接。晚餐在大觀園由木材公司胡主任招待，住糖廠俱樂部。

## 4月15日　金

七點四十分到花蓮辦事處，八點三十分乘motor　car先到田甫看糖廠吉安支線，再到池南站轉看木材公司線，十點三十分看鯉魚池，景致不錯，十一點三十分回木材公司吃午餐，二點五十分回花蓮，在辦事處改乘汽車視察港口，晚餐在「山水亭」被服務所經理陳仲都君請，徐土生君來訪。

## 4月16日　土

六點吃早餐後就到公路局站，黃處長、鐘副處長、陳課長、魏、許課長、許土生等多人來送行，公路汽車正六點三十分開，經過新城、南澳等地，十一點十五分到蘇澳。沿線細雨綿綿，車老沿著太平洋角口走得危險萬分，簡單在蘇澳吃午餐後，乘十二點四十五分的省鐵到礁溪鐵路招待所，此地的溫泉還不錯，把二十天來的旅塵洗後，由礁溪乘四點五分的快車到台北。碧蓮到車站來迎接，晚餐後就睡，真是「新婚不如久遇」。

## 4月17日　日

正〔整〕天在家休息，下午一點吳萬站長來訪。晚餐後與碧蓮乘新購的三輪車到公司走一趟，車子很壞，很失望。

## 4月18日　月

八點三十五分的快車到羅東，除三元來七人外，加王之一與他的朋友秦記者、王副處長妹妹、黃木通、曹宜蘭副站長等一共十三人。十一點三十分到羅東林場，由孫技正招應，先到俱樂部吃午餐後，視察貯木場、製材所、修理工廠等。下午兩點由竹林到土場，加掛貴賓車，四點四十五分到土場，在車站休息後到俱樂部，林產局的經營到那兒的俱樂部都經營的不好，晚餐就在該俱樂部吃。明天是否上太平山，分了兩派，我覺得難得的機會無論如何都要上山，早睡。

## 4月19日　火

早晨五點三十分起床，昨夜又是徐灶奎先生鼾聲太大，不能睡覺，

今天精神不好。劉迪德、徐灶奎、楊琳生、蔣課長、王副處長與他妹妹、葛工程司等，他們都不敢上山，六點早餐後他們都走了。我、黃木通、曹宜蘭副站長、王之一、中央社秦記者五個人決定上太平山。我們七點出發，八點上第一索道，雖有些不安，可也上去了，第二索道故障，跋山上去，費了七十多分鐘，相當累，到了第三索道已經十點半了，因上第三索道，又坐山上火車，到太平山俱樂部都已經過十二點了。吃了午餐後，兩點由莊分場主任領導看南星線，在終點看集材、砍材現場，頗有意義。四點半鐘回旅社，五點半吃晚餐，因很累，八點就睡覺。

## 4月20日　水

早晨五點三十分起床，六點吃早餐，六點三十動身，走到第三索道，七點三十分走下第二索道，九點走下第一索道，九點四十分到土場，站長慇懃招待，乘十點二十一分的車回羅東，劉運務股長來迎接，乘十三點十一分的車到宜蘭，黃、劉兩君招待吃午餐後，慢〔漫〕遊宜蘭市後乘十六點的快車回北，袁段長、范站長、木通兄等都到車站來送行。頂雙溪碰見謝呂西先生，聽他的遭難記。六點四十七分到台北，碧蓮、乾兄來迎接。晚餐後，乾兄來商量解決姨太太問題，約他禮拜六到台中給他解決。

## 4月21日　木

因覺腳痛，今天決意不上班，房子尚沒修理好，很困〔睏〕，在家睡。下午信夫君來訪，談路地放租問題，晚餐後，他就走了。與碧蓮出來慢步，訪問尚崑君，他們正打牌，一會兒就走了。金子已經突破1,200萬關，很懊惱，啊！命運啊！與台南作事都不行，國內國共和談破裂，又打起來了。

## 4月22日　金

早晨上班，整理文書，下午取洋服，物價暴漲，無法下手買東西。下班後到「高義閣」拜訪肇嘉哥，六點參加早大同學會，在太平町華南銀行俱樂部開的，沒有意思。九點就與星賢君到尚崑宅打牌，本想往後

461

不在他家打牌，自覺意志薄弱。最近因金價大漲，使我更失望，心裡難過。一點多鐘回家，最近瘋狗很多，夜裡走街很不安。

## 4月23日　土

肇嘉哥九點半來訪，與他談兩小時，都是無聊的話，愈來愈沒有意思，往後絕對不想與他談政治問題，他的政見、人格都叫人失望。與碧蓮乘十二點半的快車赴台南，車中與顏欽賢、周菩提〔堤〕、黃朝琴等兄談台灣經濟問題。六點半到台中，基哲兄等來訪，託他們買糖。晚餐後與乾仔嫂慢步去，打聽她對乾兄討姨太太的事情聽取意見，她贊成。晚上十二點才睡覺。

## 4月24日　日

早晨與碧蓮到公園散步去，憶起戀愛當初是否可結婚，在此地決定，台中真與我的婚姻有緣，當初與淑英也在台中決定的，我對台中的印象也很好。九點拜訪金源兄，談了一會兒就走了，十點半與乾兄夫妻拜訪耀明，他成功了，最近賺很多錢，得意滿面，想不到一箇不良少年，如今能得此機會。利用一些兒時間拜訪茂堤兄，午餐耀明請的，下午兩點回乾兄宅，砂糖才買了30包，給乾兄辦的事也辦好了。下午三點二十分的車離開台中，到彰化後拜訪詹岳父去，託他購買砂糖。乘四點四十五分的快車回台北，車中與楊金虎兄同車，談些政治問題。

## 4月25日　月

早晨乘七點四十分的快車到基隆，由基隆乘汽車到八尺門，還是交通處劉處長、鐵路局五人，加上基隆段段長、許站長、王之一記者，一共九個人，由八尺門到水南洞，沿著海岸，景緻不錯，水南洞由黎課長、許業務組長領導，先在俱樂部吃午餐後，視察鍛金、銅廠去，規模相當大。下午三點半坐專車回八尺門，由基隆坐公共汽車回台北，六點到家。今天米價大漲，一漲是三億。有德君來住。

## 4月26日　火

早晨乘九點五十分的車到萬華，先在台北鐵路公司聽取材料。十點

三十分乘專車視察萬華、新店間，此段鐵路早該接收。午餐在新店「新香居飯店」被請，餐後坐船浮遊碧潭納涼，下午三點三十分回台北。有德君在家，與他談時局問題、經濟問題。

**4月27日　水**

　　早晨與有德君出門，接到彰化來電話，據說糖一包60萬，希望能早日匯款，但現在未知是否可以領到？大姊與葉仔來訪。下班後有德君帶千里兄來訪，正好信夫君也來訪，就打牌消遣。

**4月28日　木**

　　早晨在會整理日記，下午本有德君約千里君等來打牌，沒來，覺得很困〔睏〕，睡到三點半，也就不上班了。下午四點賴尚崑兄、仲凱兄來訪，因有德君沒有回來，無法打牌，談時局問題、台灣經濟問題、幣制改革問題，十一點鐘方散。

**4月29日　金**

　　整天整理筆記。下午劉委員迪德來訪，談到三點多鐘走。仲凱兄以我的名義由合作金庫借出五千萬元。彰化今天也來電話說買了100包的砂糖，但是因沒有現款，無法寄去，結果取消。下班後魏主任來訪，談目前的經濟問題。晚餐後與有德君拜訪金鐘君，聽取各種情報。

**4月30日　土**

　　早晨到會整理日記，下午不上班，尚崑、仲凱來訪，加有德君打牌消遣，打到下午七點。耀東君來訪，坐他的汽車七點與有德君到士林郭欽禮君家，他今天為小孩滿月招宴，碰見瑞麟兄，與他商量五千萬元借款事，他答應。今天又接到彰化來信，說砂糖不能退，借款買了也好。晚上因檢查戶口，九點就回家。

**5月1日　日**

　　早晨兩點半來檢查戶口，玉燕沒有戶口外，一切都沒有什麼。下午兩點仲凱君來訪，有德、美櫻等四人打牌，因下雨打到早晨四點多，很

累，我四點睡去。

5月2日　月

　　早晨十點半才起來，本想到合作金庫去，因時間太晚，沒去。一點仲凱君來辦借款手續，下午二點半到合作金庫，得瑞麟兄答應交涉借五千萬元，三點到和泰行與黃純青兄閒談，四點上班，晚餐後沒事，早睡。

5月3日　火

　　早晨賴尚崑兄帶吳兄（高雄牛乳廠）來訪，關於促進牧場拂下事。十點半到合作金庫辦理借款手續，據說下午才能出來，到公司借印去。下午一點清海君等來訪。下午到合作金庫碰見哲民兄，請他幫忙華光的事。下午五千萬借出來，晚上與仲凱、信夫、有德打牌消愁。

5月4日　水

　　早晨整理出差報告，下午有德君來報告台北的地下錢莊四十幾家都倒閉，很悲傷，未知將要怎樣發展，自覺責任重。三點上班後，仲凱君來電，四點多回家，五點多仲凱、尚崑來，加有德君四人打牌。賴太太、毛昭江、毛太太、廖太太、石錫純、信夫君等也來訪。

5月5日　木

　　整天整理出差報告，有德君今天南歸，晚餐後與碧蓮拜訪哲民兄，打聽華光事，不意翁太太為翁先生四週年忌日請客，也被邀臨時加入，都是過去在平的朋友多。藍振德兄也光復以後頭一次見著的，真是感慨無量，十一點多才回家。

5月6日　金

　　整天整理出差報告，晚上早睡。

5月7日　土

　　整天整理出差報告，下午與以德兄看房子去。

## 5月8日　日

　　早晨金鐘來談到一點，談很多的社會、經濟、中國歷史等問題。下午仲凱君送由合作金庫借出來所得的利益270萬元來，此次利益不好。今天據日本廣播，上海已被共軍打進去了，一切的政治、經濟都將大變化，蔣總統也到台灣了，物價也在波動。

## 5月9日　月

　　早晨研究日管時代私鐵協議會，下午出席在會議室開的私鐵視察報告會。席上我報告視察的綜合報告。這幾天未知何故，心裡悶得很，性格粗暴，也許因華光的倒閉，影響生活的環境，華光短我四千多萬，這是現在生活的源泉。

## 5月10日　火

　　早晨研究日管時代私鐵關係法規。今朝工人又來，將完成修理房屋工作。台南岳母帶兩個小孩下午五點二十三分的快車到台北，一同吃晚餐。台北實熱，夜裡都睡不著覺。

## 5月11日　水

　　早晨石錫純君來訪，商量此次他將赴日，想洽購鐵道材料，請我幫忙。建裕兄也來訪，一同拜訪蘭洲兄，他新開興安行。午餐與尚崑、蘭洲、王玉仁、黃逢平等被哲民兄請，做晨耀兄的陪客，餐後到公司要錢回來，三點在尚崑兄宅與蘭洲、晨耀打牌消遣。

## 5月12日　木

　　早晨帶岳母、碧蓮到醫院，與辛主任、楊婦科主任商量岳母手術事。十二點到南豐行存款。十二點半與三連、晨耀夫婦等在國貨公司吃中餐，今天是舊曆4月15日，母親逝世一週年忌日，啊！母親！離別已經一年了，再沒有日子可以再見了。兩點回家祭母親。大姊與炎生以外更沒有別人參加。本想請幾個親友參加，但因碧蓮身孕，岳母又有病，以而中止。夜裡夢見母親回家來，在夢中可以夢見，也堪可告慰。

**5月13日　金**

　　下午叫碧蓮帶岳母進鐵路醫院。三點到南豐行與錫純談赴日後獲得鐵路資材問題。四點拜訪三連兄，在座有金殿、金鐘、徐炳南等兄。晚上信夫、基流來訪。

**5月14日　土**

　　早晨花蓮鐘副處長等來訪，談得許久。下午拜訪陳仲凱、賴尚崑、莊世英等聯絡清漂君餞別會。五點到醫院看岳母，已經手術完了。六點半到三連公館參加餞別清漂兄，過去連綿幾年來的好朋友，他將南遷開工廠，祝福他的前途，祈禱他的成功，十一點回家。

**5月15日　日**

　　早晨清漂夫婦來訪。下午楊杏庭兄、晚上台南法院王書記來訪，都是談些時局問題。整天在家，都不出門。

**5月16日　月**

　　今天該給彰化糖廠6,106萬，合作金庫五千萬，但是華裕、尚崑都拿不到錢，急得一點兒沒有辦法。一直到了下午五點尚崑兄來還，結果合作金庫還五千萬元，但是彰化無法還他，整天心裡很痛苦。晚餐由陳重光先生招待，碧蓮也一同去，十點才散。歸途到麗生兄宅為大安房屋事找他，談到十一點才回家。

**5月17日　火**

　　華裕說八點要送錢來，也沒來，很不高興，整天也為這筆款擔心，都沒有結果。早晨仲凱君、柯子彰君來訪。下午史河、蔡東魯君來訪。為華裕事心裡還是沉痛的。

**5月18日　水**

　　早晨到南豐行，託炎君帶1,700萬元還彰化的債務。因錫純君今天要飛赴日本。午餐在勵志社由啟川兄等餞別，我也參加。下午到合作金庫給瑞麟兄借五千萬元，結果成功，但要提貨單做押，對以德兄交涉暫

借。晚餐後到醫院看岳母。八點半拜訪聖美、益謙君去，談時局問題，
十一點方回家。

5月19日　木
　　早晨到大建行，給清漂君介紹鄭樺山站長。在家等彰化的提貨單，
沒來。下午到合作金庫辦借款去，以德兄供給180袋砂糖貨單做押借
五千萬元，但手續尚沒趕上，今天沒出來。下午五點半哲民兄請振德、
尚崑、瑞麟與我等到草山一遊。晚餐在草山別墅吃，十點多回來。

5月20日　金
　　早晨叫碧蓮到合作金庫辦借款手續去，沒辦好，十二點多才辦去，
託十二點五十分南〔下〕的□翁兄帶給交鄭站長轉交岳父。總額4,724
萬2千元。今天李清漂兄離北赴高雄，隨〔順〕便送他。下班後到華
裕，又是領不到錢。岳母今天退院。

5月21日　土
　　早晨十點以德兄來訪，一同與雲龍兄拜訪合作金庫朱崔〔昭〕陽
兄交涉借款事。午餐在國貨公司7樓，雲龍兄請。下午一同拜訪李友邦
兄，商會林永生兄。彰化鄭站長說，昨天的款已經接到了。下班後回
家，晚上與岳母等說閒話。

5月22日　日
　　早晨十點與尚崑兄到晨耀兄宅，還有蘭洲兄等打牌，打到晚上九
點，一直到車站送岳母等，她們乘十點的夜快車回南。

5月23日　月
　　早晨到華裕又是沒有結果，午飯時拜訪魏主任談借款事。午餐後訪
問紀阿仁去。晚餐在「福利餐廳」請鐘花蓮副處長，餐後到家閒談去。
詹岳父乘快車來，談起在合作社的困苦，他老境真不好。晚上魏主任來
訪，打算關於紀阿仁借款事，不讓成立。

**5月24日　火**

早晨與詹岳父出來，他到南豐行。下午兩點拜訪肇嘉哥，一同到合作金庫後，看台陽畫展去，了〔潦〕草得很。關於紀阿仁借款拒絕他。

**5月25日　水**

為肇嘉哥所託台陽畫展入場卷100張，託陳金梓、林益謙、蔡東魯、吳豐村、楊蘭洲、賴尚崑、陳仲凱等兄分銷，今天到處為此事奔波。下午黃木通君來訪。晚餐後帶碧蓮到「美麗都」看「jiblartar」去，法國的好片子，受了相當大的印象。上海、蘇州南，國軍早已失守了。

**5月26日　木**

有德君今天到台北來，想解決華光事。他四點來局說基隆華光有房屋將一億元標賣，馬上到基隆看去……，因房子很不錯，馬上到欽禮君找有德君，又到錦町找信夫君，商洽合購。

**5月27日　金**

早晨九點到華光，知道一億元不是價格，而是標賣的保證金，很失望。下班後叫信夫來，與有德君三人商量對華光的態度，去張售讓支票。下午到公司見建材兄打聽華裕事，這也很困難。一切都將碰見很困難，未知6月4日到期的合作金庫五千萬，將作如何對策，大概非賣金無法償還。

**5月28日　土**

上海昨天完全陷落，時局又加一層緊張。早晨與有德君談時局問題，十一點才上班。下午不想上班，到仲凱君家閒談，又到興安行與蘭洲兄、三連兄閒談。又到公司與吳姊夫等閒談，本想找建材兄請代為設法洽商華裕取款。晚餐後與碧蓮散步去。

**5月29日　日**

朝晨楊杏庭、林永芳、陳仁和夫婦來訪，雜談到十二點回家。下午

本想到外邊找朋友，尚崑兄來請到他家打牌，打到十一點回家。因地下錢莊倒閉，經濟困難，連打牌都不敢。

## 5月30日　月

早晨想整理與碧蓮的一段戀愛史。下午到華裕行參加債權者會議，沒有結論。下午六點半信夫、有德、哲民三兄來訪，商量華光討款事。

## 5月31日　火

早晨找哲民兄託他對華光討款事請他幫忙，又見高湯盤君請他幫忙。上午毛昭江、林再來、審計部劉秘書、方股長等來訪。下午給尚崑兄送小港條兩條借他。晚上請仲凱君一同到「永樂戲院」看「玉釧記」去，顧正秋唱得很不錯。

## 6月1日　水

今天是端午節，尚崑與台南岳母送粽子來，碧蓮自己也做了。今天華裕再聚會，還是沒有解決辦法。晚餐後與碧蓮散步去。因地下錢莊的倒閉，最近生活覺得很苦。

## 6月2日　木

早晨整理信，下午帶以德君到合作金庫見瑞麟兄去，沒有結果。晚餐由有祥君招待，他離開鐵路以後，今天相當成功。宴後到哲民宅，請他幫忙華光案。

## 6月3日　金

昨天合作金庫五千萬到期，因華光、華裕都沒法解決，不得已賣金償還，每兩1,580萬，一共4.9兩，得7,742萬，還金庫五千萬，存台銀黃金存款2,700萬（2台兩）。今天叫碧蓮工作玉燕與王有祥的親事，希望能成功。

## 6月4日　土

下雨，不想上班。下午帶碧蓮想看電影去，先到尚崑宅，賴太太要

打牌，打到十二點，輸得沒法，與毛太太打牌一定會輸的。

## 6月5日　日

早晨泰喜與緒永來訪，午餐後走。下午三點尚崑、晨耀等來訪，打牌消遣，十二點多方散。詹岳父由彰化來北。

## 6月6日　月

早晨與詹伯父談台中土地出售問題。九點多到南豐見錫純兄，又找王有祥君商洽下午到草山一遊事，再到源成行接洽木棉事。下午不上班，帶玉燕、碧蓮、美櫻到草山民寧公館一遊，有祥君先去，晚餐在草山，有祥君請，未知玉燕與有祥君是否可成？十點半回北。

## 6月7日　火

早晨上班，十二點回家。據說李君要請吃午餐，與尚崑、哲民等在「狀元樓」由李君等請。飯後因喝酒回家睡覺，乾兄正來訪，談到四點多鐘。五點多對面日本姑娘帶一上海人來看房。晚餐後帶碧蓮、美櫻看「The Red shoes」去，很美麗的電影。

## 6月8日　水

早晨為毛昭江君放款事拜訪南豐行見王君，又到公司見吳姊夫、林泉君等。今天又下雨，下午不上班。到尚崑宅與尚崑、昭江、李先生等打牌消遣，十一點多回家。

## 6月9日　木

早晨到源春行，沒開門，到樓上問永樂旅社去，據說不要木棉。十二點李炳森君宅請吃午餐，今天是聖王爺生。餐後因喝酒回家睡午覺，不上班。因雨下大，不出門，本來玉燕請吃晚餐的，在家悶得很。

## 6月10日　金

早晨、下午都整理信件，希望把與碧蓮的戀愛以二二八事變做背景來小說化，未知我的野心是否可以實現？

## 6月11日　土

今天又是雨，很不想到台南去，但非去又不可。十一點回家，還是乘十二點五十分的快車赴彰，車內與賦仔哥、劉明朝兄同車，談時局問題，他們對台灣將來的命運看得很簡單。到了彰化後，因台中線不通，也就在彰化住一天，與岳父商量去售台中土地問題。

## 6月12日　日

早餐後與元禧探望四舅去，他休養之身最近又加病，身體更是衰弱。乘九點五十七分的車到台中，到乾兄家去，解決乾兄家裡的和靄〔藹〕問題，又解決景山的婚姻問題。中餐後乘一點五分的快車到台南，與岳父、岳母談得很多的問題，勸他賣土地修理房屋，又談到台灣的將來問題。

## 6月13日　月

本想今天到歸仁給阿公拜壽去，因他的生日是5月19日，太早，不得已在台南等一天，明天去。因台南的氣候太熱，無法出門，在家看《岳飛傳》。下午有德君來訪，與他談放款問題。

## 6月14日　火

早晨十點乘汽車與岳父、岳母、有德夫婦到歸仁給阿公拜壽去。歸仁是一個平靜的鄉下，到了鄉公所、合作社、岳父的幾個朋友家閒談。午餐阿公請客。與岳父乘四點三十分的公共汽車回台南。晚餐後與岳父到「金成〔城〕戲院」看「聖樂韓德爾」去。乘零點的夜快車回台北。

## 6月15日　水

因車中未能十分休息，早晨不上班。基榮君來訪，商量投資鐵工廠的事。下午上班，看報以外沒事。晚餐尚崑君請吃。

## 6月16日　木

整理文章，杏庭兄來訪，下班後在尚崑君家打牌。

### 6月17日　金

早晨辦登記台中土地的各種證明書。下午整理信件，碧蓮到華裕登記去。昨天發表幣制改革，今天發表公務員待遇改善。晚上對面的日本姑娘來訪，看她可能是肺病。

### 6月18日　土

早晨帶日本姑娘到保健館看病去，請王館長詳細檢查一下。下午三點到公司開股東會議，我的意見左右大體，決定一半增資、一面處分房屋等，趕快消除借款。七點尚崑、蘭洲、星賢來家打牌消遣。

### 6月19日　日

早晨清海、清平兩君來訪，星賢也來，又是打牌，大姊來了，大甲碧仔也來，她想來找職業，仲凱君也來訪，清平、清海兩君在家住。

### 6月20日　月

早晨上班後就到公司與吳姊夫商量把公司的借款換借金子，以減輕利息負擔。下午到尚崑家與毛、星賢、賴各太太打牌。六點帶碧蓮、美櫻到「維納」給清海君請吃飯。餐後一同到「永樂戲院」看顧正秋的「十三妹」去。

### 6月21日　火

早晨到公司，與林泉君商量整理財務方針，因彰化詹岳父來催迫趕快開建台行，以杜彰化股東不平，實在吳姊夫真沒有責任。十一點到南豐行請錫純君強烈對吳姊夫抗議，同時聽到詹岳父在合作社賣米時，所處環境頗為不利。下午林泉君來訪，詳談公司改革方案。整天諸事纏心，悶得很。

### 6月22日　水

早晨到公司處分十兩金子14,400萬給林泉，以便整理大甲的負債。境仔自新店來訪，給她寫介紹陳市長片。下午賴、毛、張三太太要打牌，陪她們打到十一點半，打牌解悶。

## 6月23日　木

因尚有的十兩金子純分不好，今天未得處分剩下的十兩金子，請李曉芳君想辦法。境仔今天又來訪，希一同到彰化，不能去。下午把一切書類送給詹岳父，以售出台中土地。下午四點杏庭君來訪。六點下班時到賴宅，碧蓮與毛、張、賴三太太正在打牌，一看怒氣沖天，我很反對女人打牌，我繼續打下去，因不痛快輸了335萬的大款。自打牌以來尚未輸過這樣多的錢，但我覺得這樣可以教訓碧蓮的賭博性，所以並不苦悶。

## 6月24日　金

整天整理信，晚餐後散步去。

## 6月25日　土

今天華裕可能解決一部分，使碧蓮解決去，下午拿到二成的現款。下午不上班，與毛、張、賴三太太徹宵打牌，很累。

## 6月26日　日

因昨夜徹宵，困〔睏〕得很，整天在家睡覺。下午三點衛生處蔡君等來訪，晚餐後早睡。

## 6月27日　月

早晨拜訪哲民兄，希望幫忙解決華光債權事，一同到華南銀行見高經理。下午使碧蓮在華光等陳朝琴君解決，但他沒來，沒法解決。晚上有德君來訪，他帶一億現款要來解決華光事。

## 6月28日　火

早晨帶有德君拜訪哲民兄，又到華南給現款，下午託有德君解決。碧蓮賣金子沒有賣妥，無法交華南。

## 6月29日　水

今天動員所有的存款，送四千萬現款給華南，下午有德君辦手續

去，大概明天可以解決。

### 6月30日　木

有德君今天送華光的 (譯者按：縫紉機)回來，如此華光的問題解決了。下午帶敦禮、雲龍兄、任顯群兄託他解決高雄南華倉庫事。

### 7月1日　金

整天整理信。下午下大雨，沒上班。晚餐後到公司散步。

### 7月2日　土

早晨整理信件，十一點找蘭洲兄，與三連、晨耀、瑞麟、孟君等在興安行吃午餐。下午一點與蘭洲、晨曜、孟兄等三人打牌。

### 7月3日　日

早晨欽禮君來訪。下午兩點與星賢太太、仲凱、有德君等打牌，打到十二點多鐘。

### 7月4日　月

整天整理信件。晚餐後帶碧蓮到「大世界」看電影「碧水良緣」，很不錯。

### 7月5日　火

整天整理信件。晚上想打牌，星賢君沒在，仲凱君來訪，閒談到十一點方回去。

### 7月6日　水

今天初步脫稿與碧蓮的戀愛小說。

### 7月7、8、9日　木、金、土

每天在看並訂正該小說。禮拜六美櫻將轉任到高雄去，覺得很寂寞，對李經理請求，希望不要將她轉任。十一點半拜訪陳茂經君。

**7月10日　日**

　　早晨正木孃來訪，她的病好得多。下午星賢君來訪，一同到興安行與清漂、蘭洲、千里、孝存打牌。

**7月11日　月**

　　早晨與詹岳父到糧食局，今天叫陳金梓君到旅行社為美櫻事見李副經理，結果還是不行。十二點到興安行吃午餐。一點半又開始打牌，今天因人多，分兩桌，打到十二點多，自打牌還沒有像今天贏得這樣多，但因與千里君鬧意見，很不痛快。

**7月12日　火**

　　早晨郭君送金的利息730萬，紹介費190萬，計920萬元來。下午毛太太又來請打牌，打到十點多回家。

**7月13日　水**

　　早晨為美櫻職業事見美通公司黃天邁董事長，請其採用，未得到任何結果。下午下班後邱君又要打牌，打到十二點多散。

**7月14日　木**

　　今天日南站務員鼻孔君帶家眷來玩。下午到賴宅打牌。

**7月15日　金**

　　詹岳父給賣出砂糖40包，一部分錢3,780萬元由南豐行寄來。下午到南豐行見錫純、景山等兩兄閒談。

**7月16日　土**

　　早晨到合作金庫，據鄭兄說砂糖將大漲價。下午林以德君來訪，閒談。四點又到賴宅打牌，十二點多回家。

**7月17日　日**

　　早晨林慶亭君來訪。十一點林雲龍、吳敦禮兩兄來訪。與以德君等

到國貨公司吃中餐。下午帶美櫻、三個小孩到新店碧潭遊船。晚餐給泰喜君請，夜十一點半才回家。

**7月18日　月**

早晨與雲龍兄拜訪任處長去，沒在。下班後六點半在台銀俱樂部歡迎李延禧先生，他已經68歲的老年，宴中談論日本經濟，夜九點多宴散回家。

**7月19日　火**

早晨十點與雲龍兄又拜訪任處長去，沒在。到善後事業保管處去，也沒在。到台銀俱樂部拜訪鄭道儒副主任，他不大懇切。晚餐後帶碧蓮到「新世界」看「西宮秘史」。美櫻帶兩個小孩（宗仁、璃莉），今天到台南去。

**7月20日　水**

下午三點到賴宅打牌。今天彰化糖款全部解決，暫時想存著。

**7月21日　木**

晚餐後帶碧蓮到太平町買布、看電影去。下午到閩台行署見慶華君，為張岳父所託之事與他談一個多鐘頭。

**7月22日　金**

這幾天都整理信件化為小說。

**7月23日　土**

早晨劉萬君來訪，下午到賴宅打牌。

**7月24日　日**

今天在新店開同學會，沒有意思參加，在家與毛、張兩太太、邱君等打牌消遣。

**7月25日　月**

　　今天接到吳姊夫來信，將在台中開建台行股東會。乘一點的快車帶瑪莉到台中醉月樓，已經各股東來齊，等我開會。七點開會，很意外，老居先生等都不發言，會很順調地過去。會後開宴，九點閉宴。金源與黃炎生兄也來，一定要請，又過一席，阿梅、秀琴女招待都不錯，十二點回家。

**7月26日　火**

　　早晨九點拜訪金源兄去，乘十點五十五分的車偕同清海君到彰化。在詹岳父家吃午飯後看王四舅的病去，乘五點十五分的快車帶淑慎回台北，車中碰見楊陶、吳瑞泰兩參議員，談省政。

**7月27日　水**

　　整理二二八事變記，晚上仲凱君來閒談。

**7月28日　木**

　　整理二二八事變記。

**7月29日　金**

　　整理小說。下午毛、張兩夫婦、邱君、翁太太等來打牌。今天賴太太還港條十兩，以現款償還。

**7月30日　土**

　　早晨到醫院。下午五點美櫻帶璃莉、宗仁回來。六點到黃維械君家與蘭洲、黃炎生君打牌，打到午前五點半。

**7月31日　日**

　　早晨乾兄等來訪。下午到賴宅打牌，因昨夜沒睡，心身俱累，今天十點就回家，想暫時不再打牌。

### 8月1日　月

下班後早吃晚餐，帶淑慎、三個孩子到「新世界」看disreny [disney]的漫畫去。碧蓮因生孩之兆，十點到鐵路醫院，我也十點由電影院趕到醫院，碧蓮自十點就陣痛，留我與美櫻在側。產婦科謝產婆與林護士照料一切，過夜一點四十分破水，二時零四分生一個很可愛的男孩子，等謝女士給小孩洗澡後，與美櫻回家。

### 8月2日　火

早晨與陳院長交涉病房，由接生室搬到特別病房，一切都很順事，差不多整天在醫院，馬上用電話通知台南給岳父母知道。

### 8月3日　水

早晨金源君來訪，約他下午五點見面，下午兩點半拜訪炎秋兄商量金源所託的投考台大事宜。三點一同拜訪由北平回來的梁永□〔祿〕君，談解放後的北平情況。下午五點金源君來訪，告訴他無法可幫忙。

### 8月4日　木

下午三點冒著大雨拜訪梁永祿君去，說明台灣的實況，尤其關於政治、經濟很詳細地給他說明，叫他不必觀望態度，為建設新中國、新台灣努力，談到差不多六點鐘才告辭，晚餐後又到醫院。

### 8月5日　金

下午岳母由台南到台北，帶了24個雞，張來受君陪同來的，還帶來很多東西，岳母住醫院。

### 8月6日　土

下午帶美櫻出席吳振輝兄在中山堂光復廳的結婚披露宴，一對新夫婦很不錯。下午六點碧蓮退醫院，自1日起，只住六天，出醫院時，有一點熱，很不放心，不過回來家裡萬事方便得多了。

**8月7日　日**

　　上午建裕君來閒談到十二點多鐘。下午三點蘭洲兄來訪，一同到維械兄家與炎生、邱四人打牌消遣，深夜兩點方散。

**8月8日　月**

　　有德君來訪，談論時局問題。今天困[睏]得很。淑慎今天回彰化，看她寂寞的樣子，自己也覺得很寂寞。

**8月9日　火**

　　早晨到法院給辦證件退回手續。今天王萬傳君差蔡謀達君送來黃金價格14,550萬元來，存南豐行去。中飯錫純君招待，碰見以德兄，到南華閒談。

**8月10日　水**

　　早晨帶有德君到華山站，丸台運送店接洽輸送裁縫機事。下午到賴宅與毛、賴兩太太、邱君打牌。

**8月11日　木**

　　早晨研究美國發表的對中國白皮書。下班後到陳東興君公司閒坐一會兒。晚餐後吳量進君來訪，談時局問題，到十點多回家，十一點多有德君回來。

**8月12日　金**

　　下午為基隆房屋事到基隆與林君交涉，差不多要打起來，真是一個無賴之徒。光復後台胞因政府無能，誰都不守法。晚餐後到賴宅與毛、賴、張三太太打牌打到早晨五點半。

**8月13日　土**

　　九點半方醒。下午四點到黃維械兄宅，與炎生、蘭洲等打牌。

**8月14日　日**

　　早晨十點到黃宅，與炎生、邱君又打牌。下午五點回家。六點出席華南銀行俱樂部歡送郭松根博士赴美宴會。

**8月15日　月**

　　因玉燕下女種種的不法與不快的事情，想給她辭掉，換一個新的。今天起開始第三回的原稿訂正。

**8月16日　火**

　　岳母今天乘十點半的夜快車回南。信夫晚上來訪。

**8月18日　木**

　　帽蓆公司借的十兩金子，今天到期，送來12,000萬元。晚餐後拜訪瑞麟兄，沒在，與黃遵芬兄閒談。晚上黃維械兄來訪。

**8月20日　土**

　　改第三回稿。今天調查三輪車，想購買新的。

**8月21日　日**

　　早晨與美櫻到處調查三輪車，又到朝杰君宅託他基隆房屋與林錦坤糾紛的調解。下午到賴宅與星賢、邱君等打牌。

**8月22日　月**

　　下午四點蘭洲兄、太太來訪，五點廖太太來訪，談到九點她才回家。他來談關於台灣託管運動事，但據我看台灣絕體[絕對]不致於託管。深夜淑英的相片掉下來，好像有不去之象，以後想特別注意，對一切的政治行動，拒絕參加。

**8月23日　火**

　　下午賴宅來請打牌，與邱、陳、賴太太打到十二點回家。

**8月24日　水**

下午到興安行與三連、耀星、蘭洲各兄等閒談時局。今天寫信給林君，希望他幫忙完成小說，未知是否可答應？

**8月25日　木**

下午元吉、淑如由彰化送禮物來。

**8月26日　金**

碧仔母女來北，想找職業，暫住家裡。下午與黃維械兄、劉、邱三君在黃宅打牌徹宵。

**8月27日　土**

早晨金鐘夫婦來訪，談時局問題。下午賴、張太太、邱、維械、蘭洲、小邱、來受等很多人來訪，打牌消遣。

**8月28日　日**

早晨陳欽梓等來訪，下午到賴宅與張太太、她的弟弟等打牌消遣，今天接到林君來信，他表示不能合作，很失望。

**8月29日　月**

想31日宗義滿月，請親友吃便飯，今天送請帖並託高湯盤兄代為周旋廚房。

**8月30日　火**

下午到賴宅打牌消遣。

**8月31日　水**

早晨到建設廳找工業科長陳運中君談禁止興利工廠在台南設廠。十一點交通處方主任秘書來訪，據說陳交通處長希望我兼任什麼革命作戰委員會當委員，我不希望去，把這個意思告訴莫局長。晚餐為祝賀宗義滿月，請吳三連、楊蘭洲、高湯盤、許建裕、鄭瑞麟、郭雨新、陳仲

凱、林永生、林慶華、陳金梓、蔡東魯、吳敦禮、林泉、李曉芳、張星賢夫妻、李清漂、陳哲民太太、翁太太、賴太太、楊信夫、廖太太等來共飲一杯，大家盡歡而散。

### 9月1日　木

早晨到交通處見陳清文處長，想拒絕被薦為革命實踐研究會研究員，因我現在沒有意思參加任何政治團體，但陳處長一定要我去，沒法。下午到興安行與蘭洲、清漂、國城三君打牌消遣。天生今天回南，碧仔到翁太太家去，境仔來訪。

### 9月2日　金

早晨報告莫局長與陳處長的交涉經過，同時與他談些路局問題。下午到賴宅與邱、張太太等打牌，輸620萬，自打牌以來沒有輸過這樣多的錢。輸錢不要緊，對賴太太的騙局覺得很不痛快。

### 9月3日　土

早晨礁溪站長來訪，與運務處傅副處長談俱樂部的人員調度問題。十一點到省府見陳主席，現在要組織革命實踐研究會實在已經太晚了。下午又到賴宅與張太太、邱君等打牌。

### 9月4日　日

瑪莉這幾天來發燒厲害，吃藥也無效，使我相當著急，早晨請鐵路醫院黃主任，沒在，又請黃維槭君弟舅來看，下午發燒退了。在黃宅與邱水德、黃朝欽君等打牌消遣。

### 9月5日　月

宗義身體也不好，今天帶到醫院看病。小孩子今天起開學。下午仲凱君來閒談，一同訪問維槭兄去。朝欽、王君等著我打牌，十二點方散。

9月6日　火

　　因林君不協助我完成一部小說，決意自力寫成，今天在集材料。

9月7日　水

　　下午到公司，基隆的房屋買賣不得成立。四點訪問洪文□君，結果談得圓滿，以口約一億五千萬售出。晚餐後帶碧蓮到圓山一遊，晚風明月真美景，尤其夜光出，使我憶起北載[戴]河之夜！

9月8日　木

　　早晨見局長談出差事，未獲准。下午到瑞麟兄處，碰見耀星、仲凱閒談。晚餐後帶碧蓮、美櫻、小孩等觀月。

9月9日　金

　　前高雄站黃站長又來訪，他又出了事，叫吳豐村君給他調查。洪文□君介紹的王君，可能不會成立買房合同，基隆的房屋真傷腦筋。晚餐後邱水德君來訪，一同帶家族看月亮去。

9月10日　土

　　早晨吳豐村君來報告調查情形，下雨約黃維械君要在他家打牌，但因參加分子都是投機性的商人，不希望參加。到賴宅與張太太、邱君等打，又輸了，最近的輸牌好像有什麼不吉的前兆。

9月11日　日

　　早晨十一點賴、張太太、邱君等來打牌，打到十一點，又輸了，真奇怪，連輸數陣。

9月12日　月

　　覺得很累，五點邱水德君來訪，給小孩照相。九點到維械君家打牌，打到天亮。

### 9月13日　火

沒睡，就到路局，頭痛得不得了，十一點回家。今天碧蓮要回台南，與美櫻送她到彰化，換車到台中。聽乾兄說義夫的地下錢莊已經將倒壞了，很心痛，因他過去為人不錯，所以他的失敗更使我傷心，不可避免的破滅將臨到他的家來，痛哉！傷哉！

### 9月14日　水

早晨乘九點的車到彰化，暴風細雨，詹岳父告訴南豐已經面臨最後命運，啊！一切的財產都在南豐，將如何是好？最近看石錫純心沈的樣子，都可以斷定不吉的前兆，為何這樣不謹慎，將如何是好！本想看四舅去，沒心去，乘二點的車回清水，慰藉義夫，看他的樣子真傷心，但已經無可奈何了，給他設法種種的對策。風又很大，四次快車慢七十分。帶美櫻到清水街上一遊，回到台北，因暴風失電，黑暗的街路，回到家裡已經十二點了。

### 9月15日　木

早晨到南豐行去，真領不到錢了，南豐的命運已經完了，我也將完了，痛心、悲傷。一切生活的源泉，將奈何。晚上邱水德君、李君、許子秋君、鐘伯卿君等來訪，雜談到十一點，又叫信夫來，告訴他義夫的內容。

### 9月16日　金

整天為南豐行的款子奔走，請調度室配車到合作金庫交涉款子等等，忙了一天得到相當的結果，但心裡總不安。

### 9月17日　土

早晨交涉款子去，只得了四千元。今天報紙發表為革命實踐研究院的研究員，很不希望去。下班後到興安行見蘭洲、商滿生，為貨車事，一同到「精美」吃晚餐。耀星兄希望打牌，但因心裡悶得很，早回家睡覺。宗仁今天感冒發燒。

9月18日　日

　　早晨邱水德君來訪。下午兩點在賴宅與張、賴兩太太、邱君等打牌，十點多鐘散了。宗仁的病還沒好，晚上又發燒。

9月19日　月

　　早晨到合作金庫與金川兄談南豐行的款子，因王君希望給四千，也難拒絕，結果只得到4,000元。下班後找仲凱買港條十兩、美票七十元。晚餐後到許丙公館，談時局問題，十點告辭，到車站取台南送來的水果。

9月20日　火

　　今天大掃除，進仔很賣力氣。南豐行的債權還是無法收回。

9月21日　水

　　下午到維械君家打牌。

9月22日　木

　　南豐行今天宣告破產。下午李金鐘君與郭欽禮君來訪，商量前後措置〔處置〕。啊！我也完了，一切的資產都在南豐行，懊惱殊深。八點多與邱水德君到維械君家打牌去，以牌消愁。

9月23日　金

　　下午兩點出席南豐行負債整理委員會，被選舉為整理委員，六點半閉會，回家後心亂得很。

9月24日　土

　　早晨出席南豐行監理委員會，在路局草一整理案，開會討論結果都通過。下午兩點又召集大口債權會議，大體通過。六點到吳水柳家，參加他小姐定婚祝宴。

9月25日　日

　　朝晨與建裕兄到石錫純宅慰問他的太太。十一點到王耀東宅閒談。下午三點邱水德君來訪，一同到維械宅，大輸，一點多先告辭。

9月26日　月

　　早晨起草寫一封信給啟川兄。下午出席南豐行監理委員會，信也照樣通過，六點散會。精神亂，身體累。

9月27日　火

　　早晨到炎秋兄宅，他今天尚未釋放。下午又到南豐行，今天空氣大變。會散後另與金鐘、振德、江海流兄商量辦法。六點到興安行，與蘭洲、清漂等友吃晚餐並打牌消遣。

9月28日　水

　　早晨到南豐行。十三點的快車與三連、伯榮南下，車上碰見天賦哥、楊陶等，閒談時局。車中與三連、伯榮研究對策，都在台南下車，他們住四春園旅社。十點與張岳父拜訪他們，閒談後一同吃點心去，一點多才回家與碧蓮見面。

9月29日　木

　　這幾天來精神上受的打擊，使我覺得很累，整天在家睡覺，下午看岳父的新建房屋，晚餐後拜訪有德君，沒在，買了一點兒東西，回來後早睡。夜十點到四春園找伯榮、三連，知道交涉結果未得啟川兄滿意。

9月30日　金

　　早晨乘八點三十分的快車回北，車中碰見王開運、三連兩兄，我帶碧蓮在彰化下車，請賴通堯君來商量辦法。下午三點拜訪王四舅，他身體並不好轉。乘五點二十分的快車回台。在彰化給碧蓮發表南豐行倒閉。

## 10月1日　土

早晨到南豐報告與啟川兄的交涉結果，又到公信行與藍、江海、金鐘商量另行辦法。下午三點又到南豐行，伯榮兄已經由高雄回來，報告他的交涉結果。會散後又到公信行商量強行辦法，我看成功的希望很少，精神上覺得很累。晚餐後早睡。美櫻明天要回台南，今天整理行李。

## 10月2日　日

早晨到南豐行，想聽三連兄的報告，他沒回來。又到公信行商量辦法，把支票交給林江海君。下午邱水德君來訪。五點請林慶豐、賴水秀、賴太太來家打牌消遣。美櫻今天乘一點的快車回台南。……

## 1 0月3日　月

整天整理小說，碧蓮丟了diamond，很惋惜。早晨陳金梓、礁溪站長來訪，晚上累的早睡。

## 10月4日　火

早晨到南豐開會，沒有結果，三連兄回來報告，晚餐後應邀到維械宅與邱、鄭等打牌消遣。

## 10月5日　水

因南豐一件，精神上受了相當大打擊。早晨到合作金庫見金川君，下午到炎秋兄宅，他回來了，他恢復自由而回來了，很高興。下午沒有上班，與他談半天。

## 10月6日　木

早晨又到南豐開會，又沒結果。下午又開會，決定派江海、金鐘兩兄對啟川兄要求50億，但事情不會成功的，對南豐的前途很悲觀。今天中秋節，但月亮在荒風秋雨之中，心理是濃〔嚴〕重的憂鬱。八點月亮稍露出來，與小孩共賞不大明的明月，心裡是沉沉的。

**10月7日　金**

　　早晨張泰熙君代蘇副站長來訪，請他們在家吃午餐，陳玉燕也來，他們提議要打牌，請維槭君來參加，打到晚夜裡三點，敗得厲害。張夫婦住夜。

**10月8日　土**

　　早晨完成小說。下午維槭君要打牌，與王、鄭兩兄打，打到了三點，瀛[贏]不少，但鄭君不給，覺得很不痛快。帶邱水德君來住夜。

**10月9日　日**

　　早晨林江海君來訪，報告南豐行整理有眉目。與他談後拜訪振德兄去，沒在。下午到賴宅與賴、張兩太太、楊子文兄打牌。

**10月10日　月**

　　本想到北投一行，因這幾天都沒睡，早晨睡一會兒。賴、張兩太太、陳建德兄、子文兄等來家打牌，打到十一點多。

**10月11日　火**

　　早晨到南豐行，希望今天能開會討論，但劉氏不露面，我看希望很少。與江海、振德等兄閒談。

**10月12日　水**

　　今天義夫君等來訪，看他顏色好、精神充分，很可告慰。留他在家住一夜。南豐行今天還是沒有消息。

**10月13日　木**

　　整天整理小說。晚餐後帶碧蓮拜訪吳水柳兄，祝賀他小姐出閣。悶得很，今天廣州已經陷落了。

**10月14日　金**

　　因南豐行久而不決。早晨到友信行，見振德、江海、金鐘商量辦

法。下午召集委員會，啟川態度不明，只好宣告破裂。前途希望很少，悲觀很深，失去一切的精神。

## 10月15日　土

早晨又聚首商量，與江海君拜訪顏春安兄與春和，研究控告啟川問題，很難成立，不能使其破裂。下午兩點到興安行見三連、柏榮、郭啟、秋煌、金鐘、江海等兄再議。三點在南豐行議決啟川20億、松波、傳能20億、秋煌5億、江海等5億，一共50億，再進行，會圓滿進行，這比較有可能解決。

## 10月16日　日

整天沒事，晚上李宗仁、李君等來訪。

## 10月17日　月

晚餐後帶碧蓮到「大世界」看「茶花女」，看她臨終所愛的人沒來，等待著，憶起淑英的最後也是一樣的命運，悲從心中來，感慨無量，流淚不已。

## 10月18日　火

早晨十點到南豐行與江海、捷陞、天庚等作負債財產表，並評價資產。晚上到「美都麗」劇院看話劇，主演的女主角很像淑英，而且最後也是肺病死，又憶起淑英，又是痛哭。

## 10月19日　水

下午鐘副處長來訪，一同談到三點多鐘，又拜訪劉兼善省府委員。最近關於台灣的地位，巷內議論紛紛，但我是很悲觀的。

## 10月20日　木

早晨江海君來訪，談些南豐行的事。一同拜訪柏榮兄，使其督促。下午四點在賴宅與賴、張兩太太，楊子文君等打牌。

10月21日　金

　　早晨整理南豐行整理案，下午三點半到南豐行開會，意見紛紛，空氣緊張，通過我的整理案，前途很悲觀。晚餐後到維械宅與邱水德君等三人打牌消遣，義夫君、水德君都在家住。

10月22日　土

　　早晨仲凱、江海兩君來訪。草稿瑪莉國語比賽的原稿，題目是「勸大家學習國語」。晚餐後訓練瑪莉演講。

10月23日　日

　　早晨九點帶碧蓮到北投看江海君別墅去，他留我們吃午飯，三點回北。在賴宅與張太太、邱水德、黃維械兄打牌。

10月24日　月

　　瑪莉沒有報告，很憤慨學校當局的不負責態度。下午與江海、三連商量南豐行的事。下班後到賴宅，與張太太、賴太太、邱君等打牌消遣。

10月25日　火

　　今天是台灣光復四週年紀念，早晨帶碧蓮到圓山慢步，又到新公園看省運動會，人山人海。下午兩點，賴、張兩太太、邱君等來打牌。

10月26日　水

　　最近看南豐行遲遲不能解決，想與江海兄先把大安房屋買起來，解決現在的窘境。下午到賴宅打牌。

10月27日　木

　　整天寫小說。

10月28日　金

　　因天氣很好，下午到台大帶碧蓮看運動會去，中途訪問她的窗友翁

太太。

## 10月29日　土

　　早晨十點江海君來訪，一同到化學公司拜訪三連兄，促進解決南豐行事。柏榮、林木土、林以德君也來訪，羅克典也來，大家談時局問題。午餐在皇家與江海君被以德君請。下午到賴宅與賴、張兩太太、邱君等打牌。

## 10月30日　日

　　早晨仲凱、杏庭兩兄來訪。下午陳建德、邱、賴太太來打牌。這幾天覺得很累，也許打牌太多。

## 10月31日　月

　　午餐到「鹿鳴春」參加東北會餞別高湯盤君赴日旅行，歡迎金川、鳳麟兩兄。

## 11月1日　火

　　整天整理小說。

## 11月2日　水

　　整天整理小說。晚餐後帶碧蓮到「皇后戲院」看「仙女下凡」。

## 11月3日　木

　　星賢君令堂昨夜逝世，今早帶碧蓮看他們去。關於南豐行，據說當局已經召開債權者大會。下午到南豐行研究對策。晚餐後到建裕君宅，他的長男不幸死亡，種種安慰他。

## 11月4日　金

　　早晨江海君來訪，商量售出大安石錫純房屋事，一同到南豐辦手續。下午一點參加星賢令堂告別式。晚餐後帶碧蓮慢步去。

## 11月5日　土

今天陰曆9月15日，碧蓮生日，中午在家小小祝賀。下午三點參加建裕君長男的告別式。四點在家，邱、建德、賴太太來打牌，金川夫婦、月霞也來訪，一直打到天亮，很累。

## 11月6日　日

早、午到睡覺，林卓章君來訪。今天香港郭天庚君來住。通知南豐的解決案。晚餐後帶碧蓮訪問維械君，要打牌。

## 11月7日　月

下午三點在南豐行開會討論香港案。晚餐後帶碧蓮到大安訪問江海兄。昨天碧仔又失業來住，看她身邊零落，也很可憐。

## 11月8日　火

晚餐後到石晰君宅，碰見肇嘉哥，據說他來見蔣總裁，台灣將有政變，他對我態度冷淡。又拜訪郭雨新兄去。

## 11月9日　水

晚餐後拜訪許建裕兄，碰見益謙兄也在座，談論台灣地位的問題，對益謙君抱惡感。

## 11月10日　木

早晨帶益謙、建裕拜訪肇嘉哥，今天在《新生報》看見藍振德、林江海新聞記事，對於南豐行要單獨行動。中午伯埏君來訪，談諸問題，談到五點多。晚餐後帶碧蓮拜訪星賢君、瑞麟兄。

## 11月11日　金

早晨拜訪江海兄，再拜訪三連兄，與他商量對南豐行與台灣的政治問題，一同拜訪肇嘉哥去，沒在。下午三點到興安行與三連兄談台灣政治問題，五點與他到他公館，等肇嘉哥，想共商大事，但他沒來。六點回家。

11月12日　土

　　早晨帶碧蓮訪問楊杏庭、楊蘭洲、楊景山諸兄。下午出席南豐行債權者大會，又被撰〔選〕為委員。下午與建德、林卓章、邱等君打牌。

11月13日　日

　　早晨到江海宅，與他商量對策。十一點又在家與昨天的朋友打牌，卓章君有事，換張太太。今天一敗塗地，一點辦法都沒有。

11月14日　月

　　碧仔今天回大甲，碧蓮說神經痛。下午在南豐行開新清理委員會，心情不快。

11月15日　火

　　下午開財產處理小組委員會，但對於南豐行愈絕〔覺〕討厭。

11月16日　水

　　早晨江海君來訪，談南豐行事，整天整理小說。

11月17日　木

　　下午又開清理委員會，討論又沒有甚麼結果。四點在賴宅打牌。

11月18日　金

　　整天整理小說。

11月19日　土

　　早晨江海君來訪，對南豐行決定強硬辦法，十一點到興安行與三連兄商量對南豐行的對策，柏榮、江海、振德也來。下午三點在南豐行開會調停江海、振德案。下午六點在家請邱世洪、賴太太、張星賢三君來打牌。

**11月20日　日**

早晨十點帶碧蓮拜訪金鐘君閒談，再拜訪李燦生先生。下午兩點請世洪、陳建德、賴太太打牌。

**11月21日　月**

今天開始研究《復活》。晚餐後帶碧蓮到中山堂看「斷腸花」。夜十一點多，也許中毒，吐、拉，非常厲害，苦了一夜，宗仁也如此。

**11月22日　火**

今天苦得不能上班，請高大夫來看。早晨江海君來訪，談得很有意思，但下午頭又痛起來，全身覺得很不痛快。

**11月23日　水**

身體已經回復，早晨上班。繼續寫下去。

**11月24日　木**

今天到南豐行，一切都在順利地進行。

**11月25日　金**

早晨王柏榮君帶石錫純君的信來訪。下午境仔來訪。召集張、賴兩太太，邱世洪君來打牌。

**11月26日　土**

下午四點多到賴宅與張太太、陳建德、邱世洪君打牌。

**11月27日　日**

早晨拜訪江海君，他翻了前言，他說不參加今天的競賣，以致南豐行的債權者大會無法進行，會中覺得很不痛快。下午兩點，陳建德、邱世洪、郭清海、賴、張兩太太來打牌。我早睡，他們徹宵打到早晨九點半，清海君住家裡。

## 11月28日　月

十點上班，這幾天來都睡不好，頭痛。下午請張星賢夫婦、清海兄打牌，今天又徹宵，很苦。

## 11月29日　火

早晨睡覺，下午出席南豐行的清理委員會，沒有結論，而且覺得很不痛快。七、八點與莊晨耀、蘭洲、金川、柏榮、詩[施]樑山等給簡萬全〔銓〕請吃晚餐。他最近被裝炸彈，幾將被炸死，但發現得早，今天大家來慰問他。

## 11月30日　水

今天還是覺得不舒服。十一點看謝國城君，因他被逮捕，昨天放釋出來。十一點半拜訪蔡章麟君商量南豐行清理事，對南豐行很覺悲觀。

## 12月1日　木

早晨十一點出席南豐行清理委員會，有陳秀清者，自稱有辦法，願意負全責任討債權。會後一同吃中飯，飯後到興安行閒談。最近對路政也很失望，南豐行也無法解決，覺得公、私都很苦，未知現在的生活，可以繼續多長？

## 12月2日　金

早晨拜訪江海君，沒在。十二點清海君來訪。下午請邱世洪、張太太來打牌。最近打牌的成績都很不好。

## 12月3日　土

早晨在會議室開私鐵會議，討論議題，修副局長當主席，下午莫局長出席訓辭，中、晚兩餐分四桌招待他們，都在「狀元樓」。今天空氣還好，但我意念統一私鐵的運價沒有通過。

## 12月4日　日

今天做母親的三年祭，因沒有親戚參加，很簡單，本想招待幾位客人，因經濟困難也無法招待，只有徐鄂雲兄與王有祥君來訪，留他們吃中餐。下午邱世洪、張太太、陳建德等君來打牌消遣。

## 12月5日　月

宗仁的病很憂愁，今天照X光，衰弱得厲害，因此心裡很苦。今天看完《復活》。

## 12月6日　火

碧蓮、宗義、玉燕乘十點的車回台南，心裡悶得很。下午到南豐行，又到興安行，在那兒與三連、蘭洲、千里等兄閒談。

## 12月7日　水

早晨帶宗仁看病去，下午在賴宅打牌。

## 12月8日　木

早晨在家準備旅行，乘十二點五十分的車到台南，因宗仁的身體不大好，帶他到台南休息幾天。岳父的新房屋想像以上的好看，來客很多。

## 12月9日　金

十一點多糖廠派總務、鐵道兩科長來迎接，在貴賓吃中餐後視察關廟線去。晚餐車璐乾[路墘]廠長在招待所請吃，回到岳父家裡時，宴會都快完了。岳父的新房屋我覺得真值得慶賀，因這完全他自己努力的所得的。

## 12月10日　土

早晨九點的車帶岳父、美櫻到埔里去，糖廠第二分公司派蘇管理師、第一分公司派許鐵道課長一同去。在水里玩，糖廠沒車來，坐公共汽車在魚池換糖廠的車，六點多到埔里糖廠，晚餐廠長自己在招待所招

待。宴後與糖廠長一同拜訪羅萬俥先生，談到很晚。

## 12月11日　日

早晨九點離開糖廠，總務、鐵道兩科長陪同到日月潭一遊。先遊湖、看高山族跳舞，中餐在涵碧樓由糖廠招待。宴後視察外車埕糖廠輕便鐵路，由濁水換汽車到南投，由南投廠長招待。宴後訪問月鳩去，她的丈夫沒在，十幾年來的感情在心裡跳得厲害。

## 12月12日　月

早晨視察鄉親寮線，十一點鐵道課長陪同到二水，乘十二點的車回台南。這一次遊日月潭本想多待幾天，但因岳父今天請法院的推事、檢察官，非趕回來不可，因此了〔潦〕草幾天，覺得很可惜。晚餐岳父招待法院與程檢察官，尤其地方法院長喝酒喝得不少。

## 12月13日　火

早晨乘十點多的車帶碧蓮、美櫻到高雄一趟，孟處長到車站來迎接，先到南華化學工廠，因風沙很大，本想多找幾個朋友。中餐後與林以德君等找第一商業銀行莊晨耀君。本想下午四點的車回南，因汽車壞了，沒有趕上火車。在南化俱樂部與以德、清漂、敦燦等兄雜談。晚上拜訪清漂兄。

## 12月14日　水

早晨與清漂兄視察唐榮工廠，唐傳宗兄殷懃招待。乘十點的車在岡山下車，見高聖美小姐，自她與益謙君戀愛失敗後，看她很悲痛，種種安慰她。乘十一點多的火車回台南，下午睡覺。晚餐後彰化銀行經理招待舞會。

## 12月15日　木

乘十點的車帶碧蓮、宗仁、宗義、美櫻、　等回台北。我在彰化下車，看四舅去。晚上帶淑慎拜訪錫卿市長去，託他為淑慎的職業關心。晚上與岳父談種種的問題。

## 12月16日　金

乘八點多的車到清水，因聽說台省府改組，據說蔣渭川、彭德、陳清芬〔汾〕等為省委，政府之荒唐真不可救。在清水下車與肇嘉哥談論時局，又商量他的進退問題，結論是絕對不受省政府委員。乘一點多的車到大甲，本想找清海君解決他的問題，沒在，與財兄談談，他請吃晚餐。乘六點多的快車回台北。

## 12月17日　土

早晨到興安行，蘭洲、俊芬、金川等攻擊新人事很厲害，先拜訪林江海君，一同拜訪羅克典去，沒在。下午三點又去了，告訴他肇嘉哥堅辭省委，並且攻擊此次人事很厲害，他馬上連絡吳主席，並派他與我到清水去請肇嘉哥。晚上在黃維械家與邱、黃等打牌消遣。

## 12月18日　日

早晨仲凱、邱建德等來訪，打牌消遣，鐘副處長來訪。下午一點的快車陪同克典兄到清水，見肇嘉哥。在車內與克典兄對台省政治、經濟談得很多，到了清水以後與肇嘉哥談得更多。晚餐後一點兒都睡不著。肇嘉哥出來，我也必得出來，但是這政府是否真正有誠意？最要緊的美援真可以來嗎？一切都是煩惱的，怎樣想，美援都是靠不住的。這一夜也是我生來最煩、最惱的一夜。

## 12月19日　月

肇嘉哥決定北上，見吳主席後面辭。乘八點十二分的車到台北是下午一點三十五分，一同到「老正興」，由羅克典兄請吃午餐。下午四點一同見吳國楨主席去，他慰懃萬分，無論如何，請肇嘉哥必得幫忙。第一、美援一定可以得到的；第二、新政府可以肇嘉哥做中心；第三、參議會現在惱〔鬧〕得厲害，並且已經停會，一定請肇嘉哥出來調停。五點由主席公館出來，又到克典公館商量一下，我先到台北旅社，但參議員到草山見蔣總裁去，無法見他們。晚上劉明朝、邱[丘]念台等兄來訪，討論對策。

## 12月20日　火

早晨七點半到台北旅舍見天賦哥、洪火煉、林壁輝、丁瑞賓〔彬〕等，告訴他們緩和參議會的空氣，極力幫忙政府，不滿的人事慢慢可以調整。八點半訪羅克典，談了一會兒，就到慶華公館見肇嘉哥。一會兒滿堂是客，忙了一天。到了下午三點鐘，天賦哥來報告，工作已經成功。參議會三點開座談會，明天可以復會，馬上告訴吳主席。

## 12月21日　水

今天在慶華公館，整天見客。

## 12月22日　木

早晨到參議會，聽吳主席的施政報告，他的演講很好。下午到「麗都」給三連兄請吃午餐。下午拜訪彭司令去談關於釋放朱崔〔昭〕陽、朱華陽君的問題。晚餐王耀東君請吃。

## 12月23日　金

早晨找江海君去，談時局問題，想開物價、金融安定策的座談會。與肇嘉哥到各地方拜客。午餐在許丙家吃。晚餐賴太太請吃飯。宴後回家休息。有德君自台南來訪。

## 12月24日　土

今天與肇嘉哥、羅克典拜訪于右任院長、張道藩、王世杰、韓國申錫雨大使。午餐韓大使在「老正興」請我們吃飯。下午兩點與景山兄看房子去。下午三點與姓楊的定賣房的合同，晚餐後帶碧蓮看顧正秋的「鴛鴦緣」去。這幾天來很累。

## 12月25日　日

早晨九點與肇嘉哥拜訪任顯群，談了一會兒。午餐在慶華家吃的。十二點五十分送肇嘉哥回清水。一點多邱世洪、邱水德、賴、張兩太太、陳建德、陳仲凱、黃維械等君打牌。鐘副處長、李有福等來訪。

## 12月26日　月

因昨夜打牌徹宵，今天沒有上班。下午仲凱君等來訪。晚上星賢、有德君等來訪。

## 12月27日　火

早晨拜訪陳清文處長去，他說外邊謠言很多，希望我慎重。好像是好意，又好像不是好意。下午錢仔來訪。今天考慮陳清文的言辭，實在覺得鐵路局長一職很討厭，這個國家非垮不可，事到如今，現在還是唯利是顧。

## 12月28日　水

早晨研究地方自治。今天文毫兄帶碧仔等來。下午八點拜訪朝槳兄去。十點同金川、星賢到車站接肇嘉哥去，十二點才回家。

## 12月29日　木

因長期免票的事情見局長、修副局長，他們都不給似的。本想局長一職，對主席表示不接收，但看外省人這樣驕傲，想接收，為台胞開新局面。一點與肇嘉哥到北投拜訪韓國申大使，沒在。到茂源兄宅一敘，一同出北，在「鈴爛」吃午餐。下午找崑玉兄等。晚上維械、卓章、水德等君來家打牌。陳金梓君為房子很奔走。

## 12月30日　金

朝晨仲凱君等來訪。十二點半偕同肇嘉哥給任顯群請吃午餐，席上任廳長報告他的財政政策。下午五點與碧蓮看房屋去。六點糖業公司招待，宴後拜訪江海兄，一同看肇嘉哥去。

## 12月31日　土

朝晨九點看肇嘉哥去，松齡君不希望我搬到他的三樓去。十一點一同看林偕堂先生。午餐在慶華宅吃。下午偕同肇嘉哥看朱華陽去。四點看白部長崇禧去。今天報紙發表美援的一部分，吳主席談話的內容可能實現，決心出來活動。1949年除夕，回家與家屬共歡過年。

## 1950年（民39，40歲）

**1月1日　日**

　　早晨八點起床，八點半到魏榕主任公館拜年並商量旅角板山事。九點半與家屬、魏君家屬，本想到圓山一遊，因人太多，到林木土兄公館一遊就走，擬使永芳君與美櫻能得機會交際。十點半到慶華公館給肇嘉哥拜年，一同到吳國楨、張道藩、王世杰、羅克典、于有〔右〕任、顧鴻傳等公館拜年。在慶華宅吃中餐後，送肇嘉哥到車站後與君晰君看市內。三點仲凱君與黃君來訪，繼而君晰君與月霞來訪。這幾天來很累，本想早睡，但晚上王耀東、邱君又來訪。

**1月2日　月**

　　早晨帶碧蓮到許丙公館拜年，碰見很多賓客。中餐後回家，……元禧君也帶來幾個朋友來訪，張道藩先生也來回拜，熱鬧一天。

**1月3日　火**

　　早晨仲凱君來訪，希望運動做茶業公司的總經理，不想給他幫忙。因他不夠人望。……元禧君很晚才回來。

**1月4日　水**

　　早晨偕帶碧蓮看兩所房屋，都很不錯。十點到辦公室，吳水柳君等來訪。晚上接肇嘉哥去。

**1月5日　木**

　　早晨與肇嘉哥看房子去，不大合適，一同到省府看蔣民政廳長去商量下午的自治案小組會議。午餐在慶華宅吃，三點鐘上班。

**1月6日　金**

　　早晨帶碧蓮看松齡君的房屋去，打算暫時搬去住。下午鏡仔帶蘇副站長等來訪。晚上林卓章等來訪。

## 1月7日　土

　　早晨拜訪肇嘉哥去，王世杰、楊金虎等很多來客，他乘十二點五十分的快車回清水。下午陳仲凱、黃君、林江海等兄來訪，一同談時局問題。下午江呈祥、鍾秋樊等君來訪。晚餐後帶碧蓮到「大世界」看電影去。

## 1月8日　日

　　早晨與碧蓮找房屋去，沒有適當的。下午鐘副處長、林江海、郭水泉、林乃[迺]信等很多客人來訪。晚餐後到賴太太家打牌。

## 1月9日　月

　　今日忙著搬家的準備。晚上林卓章帶許夢蘭、賴肇東、邱等兄談改革衛生處的事情。

## 1月10日　火

　　今天由長安東路一段六十五巷一衖一號搬到天水路二十一號三樓，來幫忙的人很多。搬完後到仲凱君家洗澡去。此房賣125,000元。下午江海兄來訪。

## 1月11日　水

　　早晨把賣房子的款殘額68,000元也寄存公司。十二點與任廳長到慶華宅見肇嘉哥去，沒在，覺得很不痛快。明約這時候要來找他，他好像故意逃避，與任廳長講兩個鐘頭，他主要的目的是為更換交通處長一事而來的。在這樣的環境裡，我絕不希望擔交通處長。六點出席三連兄招待的晚餐，這是要幫忙肇嘉哥的能腦團。來者有陳慶華、洪炎秋、吳金川、許建裕、陳漢平、盧志中、楊天賦、楊蘭洲外，肇嘉哥、三連兄，連我一共十一人。今天對肇嘉哥更覺得失望，以後想與他不能同一步調走路。

## 1月12日　木

　　早晨拜訪肇嘉哥報告任廳長的話，他叫我人選民政、建設兩廳長、

台北市長，找羅克典談了一會後，召集三連、蘭洲兩兄商量，決定民政廳長第一案由肇嘉哥兼任，第二案由謝南光充任，建設廳長由劉明充任，台北市長由鄒清之兼任。十二點半報告他，但吳主席好像要總辭職，所以沒有決定。在慶華宅與肇嘉哥中餐後就走了，以後擬不與肇嘉哥接近，想離開政潮，悠悠自適，因政治太複雜。吳水柳、陳仲凱、陳欽梓等君來訪，松齡君也談得很晚。看這幾天的空氣很緊張。

## 1月13日　金

整天在路局。下午六點拜訪天賦哥。關於自治案政府與參議會今天妥協完成。最近政府緊張的空氣可以緩和。六點半到杏庭公館，碧蓮、美櫻也都去，林永芳君早就來了，大家吃Sukiyaki，宴後永芳君又到家來談得很久。

## 1月14日　土

早晨江海兄來訪，談得很多關於最近的政潮。下午楊永茂君來訪，想找任廳長去，沒在。下午四點半楊子文、張星賢夫婦、邱世鴻君等來打牌，打到一點多。

## 1月15日　日

早晨帶碧蓮到圓山一遊。十一點又是昨天的人來打牌。下午赤十字陳大夫來參加，仲凱君也來訪。陳大夫輸得很多，打到三點才散，覺得打牌不好，如果能改，想以後不打了，或者少打一點兒。

## 1月16日　月

昨夜晚睡，精神不好。十點到十一點多在路局，就回去休息。下午三點聽任部長的講演去，沒有意思。四點林以德君來訪，四點半到郭水泉醫院與林江海、張文環兩兄談時局問題，晚餐江海君請的。七點到許丙公館，據說肇嘉哥來訪，八點到大安找他，沒在。九點與許丙親家到「永樂」看顧正秋的「昭君和番」去，做得很好。肇嘉哥到戲院來找我，叫我明天到台中工作省議員去。

## 1月17日　火

早晨與豐國赤糖工廠董事長楊永茂君找任廳長去，為想從台灣銀行借款，以維持該工廠。他派袁秘書看大安二條通26號的房屋去。十一點半到許丙公館，據說狀勢變化，今天不必到台中去。晚餐後本想早睡，但林以德、林根生等兄來閒談，談到十二點才回去，中心問題就是南華工廠信用的問題。

## 1月18日　水

早晨王耀東、簡文發等兄來訪。中飯時林江海、李君晰、吳耀輝等兄來訪，與江海君談到下午四點才到路局來。晚餐後仲凱君、林卓章君等來訪，與仲凱君拜訪許丙先生，一同到「永樂」看「珠痕記」去，看戲後到「天馬」與許丙先生等談到十二點多才回家。

## 1月19日　木

早晨與碧蓮看房子去，十點找肇嘉哥。他說省府決定不改組，我覺得很不對。吳主席就任以來一個月過去了，一切的事都因為人事的糾葛，到現在還不能進行一切。我希望吳主席有決斷力，把人事問題解決，真做事起來。中餐在慶華宅吃。晚餐東北會敬祝肇嘉哥就任省委。宴後很有意思，不知道東北會離〔裡〕頭有這樣多藝的人。今天回台南。

## 1月20日　金

早晨十點拜訪羅克典兄去，把昨天告訴肇嘉哥的意見說給他聽，他很同意我的意見。中途到廖太太家去閒談，中餐後江海、仲凱來訪。下午三點中師同窗石再祿君來訪。五點林以德君來訪，一同到「三樂」吃晚餐，還有吳姊夫、徐鄂雲、莊世英各兄，九點回家。任廳長來訪，與他談省府改組事誼〔宜〕，十點多他們才回家。我對任廳長當以別的眼睛看，因他的意思與我的思想有些不同。

## 1月21日　土

早晨梁財兄來訪。昨天肇嘉哥已經答應就任民政廳長，事逼到如

今，實在沒有辦法。早晨為肇嘉哥的護士奔走，結果省立病院得一個附添人。十二點五十分的車送肇嘉哥去。下午四點財兄、仲凱、君耀、星賢、霜冷、月霞、世鴻、子文等兄來訪。以德兄以南華的事告成功來道謝。

## 1月22日　日

早晨拜訪羅萬俥兄去，閒談時局。下午張星賢夫婦、仲凱、水德等兄來打牌消遣。維命為他的小孩的學校事來訪。江海兄為三連兄不接收台北市長來商量，本想晚上九點到三連兄宅拜訪，勸他出馬，因打牌，耽誤未能去。

## 1月23日　月

早晨本想到三連公館去一趟，因車沒來，不想去了。九點半車來了，到了他的公館，沒在，到新公司與他談了半天，他始終不肯就任，乘十二點五十分的車離開台北。下午四妗與她的妹妹來訪，留她們吃晚餐。晚上鐘國權、林永芳、陳、林卓章等兄來訪。十點二十分到車站接肇嘉哥去，帶去的附添人不能用送回來。

## 1月24日　火

早晨拜訪肇嘉哥去，往後想少與他來往。中餐後見歐陽餘慶君出來擔任民政廳的主任秘書協助肇嘉哥。下午四點到路局，吳國信、吳水柳等兄來訪。晚餐後沙麗川、賴、鄭瑞麟夫婦等來訪，談到十一點多鐘才回去。這幾天來睡得很短。

## 1月25日　水

整天在路局整理原稿。中餐時乾兄、石再祿來訪。晚餐後仲凱、林卓章等來訪，都是要來找事情的。

## 1月26日　木

整天在路局整理原稿。中餐時王彩雲兄來商量關係他的房屋，我想如果有美國人要租，我可以六個月後搬進去。以美國人的租金與不足

的現款，一共九億想買下來。晚上仲凱君為職業事又來訪，我覺得很討厭，他自己不活動，老要來靠我，但是，又想給他幫忙。

### 1月27日　金

早晨拜訪王彩雲兄，以昨天的條件與他商量房屋事情。十點到路局禮堂看員工學校的學藝會。下午為仲凱君找啟清兄去，商會沒法採用他。又為台南興利工廠事找張建設副廠長、蕭工業科長去。晚上與碧蓮到「蓬萊閣」出席林慶豐君的結婚披露宴。宴後，景山、金章、千里、賴君、清漂、孝存、星賢等兄來訪……。

### 1日28日　土

早晨在家睡覺。中餐後，星賢、清漂兩太太、王雲龍君等來訪。下午四點仲凱、子文、世鴻、星賢夫婦等來打牌，因昨夜沒睡，我打一會兒就睡覺去。晚上黃維械、賴耀奎等兄來訪。

### 1月29日　日

早晨十點帶碧蓮拜訪景山兄、蘭洲、千里、金鐘各兄。下午三點世鴻、子文、仲凱、星賢太太等來打牌。李清漂太太也來訪，打到十二點，覺得很累，最好希望往後少打牌，多訪問朋友連絡感情。

### 1月30日　月

今天蕭工業科長來公文說明興利工廠事。這幾天因睡眠不足，身體很困憊。下午蔡東魯兄為房子事來訪。下午三點本想帶碧蓮看電影去，因漲價，到處看委託商行。五時半到中山堂，參加同學會慶祝肇嘉哥就任民政廳長。所聚的同學一共六十多人，也算一夜的盛宴。

### 1月31日　火

早晨與蔡東魯君到建國北路看房子去，房子本身不太好，但是環境不錯，尤其學校、市場都很近。這個時代，住太太的房子也不大好，所以決意想買。下午帶碧蓮為池仔的親事，到新店看張君去，還不錯。晚上在境仔家裡吃飯。飯後逛新店溪去，十點多方回家。

**2月1日　水**

　　早晨為王彩雲兄的房屋租出問題找陳士賢、徐經理等去，都沒有效。下午到蓬萊旅社找關錦飛君去，談北平近況。晚上請他與我軍兄、李太太來吃晚餐，喝酒喝得很痛快，台中景山仔、元吉等，仲凱也來訪，談到十點多他們回家。

**2月2日　木**

　　今天元吉帶宗仁、璃莉到彰化去。下午六點與三連、蘭洲、華宗、龔聯禎、莊局長到「ダルマ」（譯者按：店名「達摩」）吃晚餐，談了關於三連兄就任台北市長的問題，還有龔聯禎工廠做豆餅事，九點多回家。

**2月3日　金**

　　早晨帶碧蓮到建國北路看房子去，覺得很遠，修理又要化〔花〕很多的錢，想斷念買房子。回途看林江海君去，但他已經搬家了，房子已經賣出去了，房子已經賣三、四天了。但他始終沒有來報告，使我莫名其妙。記得過去金鐘說，這時代看人要當賊，像與他這樣的友誼，他對我這樣的態度，使我感覺無限的寂寞。下午三點帶龔、蘭洲、華宗、莊局長見任廳長商量黃豆加工為豆餅事。又到E.C.A見Wilder去，事情馬上就成功。今天又到建設廳給陳廳長道喜，並到工業科見方股長為興利鐵工廠事與他商洽取消許可問題。下午六點到「鹿鳴春」與昨夜的一批人一同吃晚餐。孔雄等來訪。

**2月4日　土**

　　早晨沙麗川、蔡東魯等來訪。下午七點半請仲凱、維械、子文來打牌消遣，竟徹宵，很不愉快。

**2月5日　日**

　　早晨睡覺，下午莊世英、張我軍、洪炎秋、楊子文、邱世鴻、陳建德、陳仲凱、賴耀奎、張太太、黃維械等來訪，分兩桌打牌。心神都覺得很累。今天進仔辭職，在家半年多也頗精勤。

## 2月6日　月

早晨境仔來，說要借三百元。下午邱君與張永林君來訪，談起官廳行政效率增進問題。我叫張君把文書整理與文書簡單化問題案研究。今天楊金國君又來要四輛貨車。今天到民政廳頭一次看肇嘉哥去，並且託他對我軍兄的小孩加以特別關照。

## 2月7日　火

早晨基流君等來訪，告訴他與乾兄的紛爭應予中止，他抗辯很多，留他在家裡吃晚餐。下午金梓君來訪，留他吃晚餐。晚上鐘副處長來訪，談得很多的問題。乾兄也來訪，談到十二點半。

## 2月8日　水

早晨到市政府看三連兄去，蘭洲、千里各兄都在。給千里君介紹張永林君為秘書兼總務課長。下午千里君來訪，此事就成了。早晨台南來電話，陳華宗君一定希望我到台南去，趕快連絡林產管理局，決定明天走，碧蓮等也想到台南一玩去。下午五點回家後，接到電話，說修副局長不讓出差，很奮〔憤〕慨，小小出差他也要干涉。六點與他通電話，結果私費出差，算了吧。晚上仲凱君等來訪。肇嘉哥也來訪問松齡君，其態度之傲慢，使我對他全面失望。

## 2月9日　木

早晨乘八點半的特別快車與Mr.Jodd（農村復興委員會）、Mr. Beeb（E.C.A）、張思讓、章元義等到嘉義。陳華宗兄到車站來迎接，先到林產管理局給他們交涉上阿里山的一切事誼〔宜〕後，乘華宗兄派來的台南縣參議會議長汽車經由民雄、大林、斗南、斗六到林內工務所。晚餐後與Mr.Jodd與章元義君商量農興〔復〕會要幫助嘉南大圳做內面工事與林內濁水河床工事條件。今天下大雨，與華宗兄同床睡覺。

## 2月10日　金

早晨七點與Mr.Jodd、章元義、陳華宗、吳松江由林內俱樂部動身經過斗六工程所虎尾分會、土庫、北港分會、牛桃〔挑〕灣、北港、嘉

義視察馬公厝支線（內面工）、土庫（小田支線）及幹線內面工事、牛桃〔挑〕灣排水工事。中飯在北港分會吃西餐，晚餐在嘉義分會吃便餐。乘十五列車到台南，但是碧蓮沒有乘此車。到台南後再接她去，瑪莉、璃莉也來了，總覺得岳母的態度不如從前和善，到台南也覺得沒有多大意思。今天虎尾林會生區長、北港廖昆金區長到〔倒〕來迎接。

## 2月11日　土

早晨乘特別快車到新營，車內碰見Mr.Beeb與張思讓兄，龔聯禎、陳華宗兩兄到車站來迎接，一同到龔聯禎農產物加工所視察他的工廠去。很好的工廠，而且對龔氏的人格很感激，他對工人之好，自己吃苦的精神使我很感激。中餐在事務所吃西餐後，一同到烏山頭貯水池視察水利工作去。由翁主任總欣、萬副主任獻堂親自案內說明後，我與華宗、獻堂兩兄驅車經過新營、柳營、林鳳營、六甲、烏山頭工務所、官田（縱貫道路）、茄拔、新市、新化、左鎮、玉井、楠勢（沿著曾文溪）到青潭（烏山頭東口取入所）視察烏山頭貯水池。是日天氣溫暖，汽車只能到楠勢，從楠勢沿著曾文溪是走的，走差不多一個半鐘頭到青潭，風景之好，科學之深，真使我忘了一切俗界的煩悶。六點半到青潭，已是黃昏時候。晚餐在山嶺招待所吃Sukiyaki，很好吃。聽著水聲入睡。

## 2月12日　日

早晨五點起床，早餐後六點動身，只穿內衣、短褲登烏山嶺。一個半鐘頭就到山頂，眺望烏山頭貯水池的山嶺，一望瞭然。在西口招待所休息一會兒，下山上小蒸氣船，沿著曾文溪下烏山頭貯水池，雨中河流，真是妙景。十二點到烏山頭工務所，先到萬副主任公館洗澡後，到八田技手紀念館吃中餐，休息一會兒。三點半由烏山頭乘汽車與林蘭芽副主任委員、陳華宗等三兄到台南，晚餐後拜訪華宗、有德。

## 2月13日　月

早晨十點偕同華宗、楊請副議長到市政府見卓市長、陳商工課長商量興利鐵工廠問題。乘二點的快車到大甲，先由梁財兄請吃晚餐後到社

尾見姊姊去，談了她的家境，種種慰問她，親姆也來談談。

## 2月14日　火

早晨九點偕同姊姊看大姨去，看她瘦了，很傷心，告訴她碧仔8日離開家庭的情勢。乘十二點十五分的車到甲南看阿姊去，十幾年沒有看過她，一見都很高興，她馬上就預備米粉、雞鴨去。與姊姊別離，乘三點多的火車到清水，先到天賦哥家裡，與他談了一點兒政治問題。晚餐在社會館被天賦哥、李奇、楊維嶽、基流請。餐後九點多鐘住在天賦哥公館，談了肇嘉哥的問題。

## 2月15日　水

早晨九點找基流去，十點多到鹿寮拜訪姑丈去，看他身體強壯，很可告慰。招嫂馬上就預備中餐，十二點多離開，乘一點四十分的汽車與基流到大突寮拜訪秀霞去。她也一看見馬上就準備酒菜，十幾年沒有見過，她還是一樣強壯。三點四十分的汽車與基流回清水。晚餐在基流家與小學同窗陳培蘭、李丁、基流聚餐，談得很有意思。

## 2月16日　木

早晨乘十點的車到沙鹿，見蘇站長，由他案內看明發君去。在他家裡吃中餐後看王育仁君去。乘四點多的火車到彰化，今天是舊曆除夜，在岳父家與他們過年，加倍憶起淑英，尤其看見淑慎很像她，更使我悲傷。這次得了一點時間，各處拜訪母親的舊友親戚，到處談到母親事，也使我想起母親，如此除夜感慨無量。

## 2月17日　金

早晨與岳父、元禧看四舅去，他的病還是沒有十分恢復，中餐在四舅家裡請吃的。餐後看三舅去，再到車站接碧蓮、瑪莉、璃莉、宗義、美櫻、久江去。下午帶他們到八卦山看溫泉新築房屋去，晚餐在岳父家團圓。

## 2月18日　土

早晨乘十點多的車到台中，全家族以外還有美櫻、久江、淑慎、元吉一共十人。車擠得很，乾兄到車站來接，中餐後到台中公園散步，又到基先家想見肇嘉哥，沒在。晚餐後到先於家看他的長男去，因淑慎想嫁他，據我看這姻緣是不錯的。淑慎、元吉下午回去。

## 2月19日　日

早晨乘八點的慢車回台北，美櫻、久江她們也乘八點的車回台南，因過年的關係，車很擠，一點半到台北。四點多裕仔與池仔等來訪，因沒有傭人，一切都得自己幹，晚餐後早睡。

## 2月20日　月

今天上班，一切如舊，沒有變化。蔡東魯、陳金梓、吳水柳等來訪，邱兄也來談了一會兒，高湯盤君也為了信託部的存立問題來訪。下班後沙麗川、張大材、陳仲凱、徐鄂雲等來訪，談到十點多鐘才回家。

## 2月21日　火

整天悶得很。今天江海一案老在腦裏纏繞。晚餐後帶碧蓮到尚崑家裡，他們很多人正在玩牌九，我也與他們玩到十二點方走。

## 2月22日　水

早晨以德兄與秋榜君來訪，與以德兄、雲龍兄到財政廳見袁秘書（廳長沒在）談關於基炘君職業問題、華南信託部問題等，又見肇嘉哥去建議更換縣市長問題。中餐在「狀元樓」與三連、蘭洲、介騫等兄被以德、雲龍兩兄招待。下班後，金梓、高君、林君、耀奎等很多來訪。

## 2月23日　木

下午到台北旅舍拜訪陳華宗兄，談了很多關於水利局的問題，尤其他主張章局長將辭職，希望由我們推薦局長，以便把握台灣農村的勢力，對嘉南大圳也談得很久。晚餐後拜訪許丙先生去，與他談了很多關於糖業公司的事情，我很希望糖業能歸省營，並且由台人主持。

## 2月24日　金

早晨與許丙先生拜訪張群前行政院長，與他談一個半鐘頭關於改革台灣政治的問題，他也很熱心傾聽，並且希望我能寫一點兒東西給他。下午到市政府見三連兄商量陳華宗兄的競選應援問題與財政局長更換等問題，請吳金川兄轉告肇嘉哥，對於處理嘉義市長問題。晚上賴尚崑兄來閒談到十點多鐘才回去。

## 2月25日　土

早晨仲凱君來要借一千元，結果由公司要三百元，連自己的借給他五百元。今天祭天公、祭母親、淑英，開始寫張院長希望的台灣政治改革方案。下午四點賴尚崑、邱世鴻、蔡某等來打牌消遣。

## 2月26日　日

早晨十一點邱世鴻夫妻、蔡某、陳仲凱、黃維梲夫婦、張星賢太太等來打牌。晚餐到許丙親家，出席招宴。

## 2月27日　月

早晨寫作，下午回去睡覺。晚上陳仲凱、賴耀奎等來訪。

## 2月28日　火

早晨楊杏庭、梁基煌等來訪，杏庭君為販賣ink，基煌君為職業事。今天台北施行防空演習。宗義今天發燒，晚上早睡。三輪車今天以一千元賣給林元彥君。

## 3月1日　水

今天蔣總統復職！早晨林元彥、黃維梲、陳仲凱等來訪。晚上林以德君來訪，一同到「狀元樓」吃晚餐，第一合作金庫的人也同席。八點半到南豐，他們已經散了，與謀啟君談了一會兒就回家了。

## 3月2日　木

下午王錫麒君來訪，一同拜訪吳市長談南豐行事，同時相約四日為

華宗選舉事與他南下。晚上在「蓬萊閣」與Mr.Beeb給南華請。十點回家，張永林君與陳君來訪，談到十一點他們才回去。

### 3月3日　金

今天蔣總統就任慶祝式。早晨寫稿。下午到維械公館打牌去，十點多鐘就回來了。有維械、黃先生、邱世鴻、張太太等一共五個人。

### 3月4日　土

早晨寫稿。今天路局成立四週年紀念，我都沒有出席慶祝會。下午賴尚崑、王雲龍、陳建德三兄來打牌，基先君、耀奎君等來訪。晚上乘十點半的快車與三連兄南下。

### 3月5日　日

早晨四點五十分在斗南下車後，在李茂炎兄宅吃早餐，華宗兄等來迎接。這次南下是因應援華宗兄出馬嘉南大圳水利會副主任委員的競選。到虎尾區、北港區、東石區、台南縣（新營）、台南市見各關係人。因汽車在朴子郊外故障，未能到嘉義，成績還不錯。在張岳父家只有五、六分鐘。中餐在曾人端家，晚餐在華宗宅吃，乘十一點的晚快車與三連兄回台北。

### 3月6日　月

早晨七點半到台北。松齡來訪，今天因頭痛沒有寫稿子。下午鏡仔送二百元來，還短一百元，又來託蘇換松君事故。下午與賴運轉課長商量對策，同時告訴陳運務處長。晚上太累了，早睡。基先君來託台中林助租地事。

### 3月7日　火

早晨李有福君來訪，為地政局土地事。下午南豐行王捷陞君來訪。今天彰化寄了375元來，據說賣台中土地的一部分。中午邱、商、陳金梓君等來訪。晚上出席賴尚崑君的招宴，同席者有蘭洲、三連、千里、炎秋、世鴻、瑞麟等兄，宴後與蘭洲、世鴻、增禮、尚崑、星賢等兄打

牌徹宵。

### 3月8日　水

　　早晨沒有到局，杏庭、吳量進、劉明哲、吳君、耀奎、蘇換松、金梓等君來訪，差不多沒有睡覺。下午三點到局，因頭痛又回家。泰喜與鏡仔來訪。晚餐後拜訪肇嘉哥，談了一會兒，與肇嘉嫂到「永樂戲院」看顧正秋的「玉堂春」。

### 3月9日　木

　　早晨帶吳鏡澄君到財政廳，任廳長沒在，見袁秘書，又到建設廳見方股長為興利鐵工廠事。簡文發、吳豐村、王耀東、賴尚崑等來訪。晚餐後到許丙親家給他明發君的申請林學田獎學金，八點與他到「永樂」看顧正秋的「孔雀東南飛」，看後又到「天馬」吃點心，同時與他談時局。

### 3月10日　金

　　早晨梁財、清海君、許、邱、等兄來訪，朝餐後他們出去。金梓與林君來訪，為愛國公債事，清海君與邱朝陽君在家吃中餐。晚上清海、梁財、梁秋榜、邱世鴻君來訪，打牌消遣。

### 3月11日　土

　　早晨賴尚崑來訪，給他介紹工務處長。下午一點到我軍兄，為張太太逝世燒香去。下午清海、梁財、梁秋榜、賴尚崑、邱世鴻、黃維械等來訪打牌消遣，下午九點仲凱、林君也來參加。

### 3月12日　日

　　清海君今天回大甲。下午與林以德君到金鐘公館吃午餐，明哲、炎秋等兄也被邀請。宴後一同帶家眷到草山一遊，因好久沒有到過草山，好久沒有與家族玩了，山本公園的花開得很好看。在以德別莊碰見逢源兄，一同到第一旅社吃晚餐。餐後到逢源別墅住一夜，很好的房屋，很好的溫泉。

## 3月13日　月

在逢源公館朝餐後，與以德、楊延齡兄等回台北。午餐後，王雲龍君、陳新造、蔡東魯君等來訪。到路局後，王錫祺君來訪，報告南豐行事。晚上本想請陳新造、李清漂君同餐，後來以德說要請，一同到西門町吃日本料理。我們以外還有林雲龍、莊世英、陳重光、楊延齡，喝酒很多，笑話百出，十點回家，新造君來住。

## 3月14日　火

早晨陳振茂君來訪。十一點到林產管理局見邱副局長為振茂君事洽談。下午賴尚崑君來借美金40元，邱世鴻來借港條一條。約陳振茂君到家來吃晚餐，餐後張大材君來訪。

## 3月15日　水

早晨千里君為保結事來訪。今天繼續寫稿。耀東君為免票事來訪。下午六點黃烈火兄來訪，閒談。七點到彰化銀行二樓陪宴任顯群廳長，主人是南華以德、雲龍、敦禮、延齡等兄，客人是任廳長外，陳主任秘書、袁琮兄等。……

## 3月16日　木

整天寫稿。下午六點帶家眷與邱世鴻、賴尚崑、黃維械三兄到北投邱兄親姆別墅一遊。先到台銀洗澡，晚餐後與三兄打牌消遣。

## 3月17日　金

早晨先送小孩回台北上學。今天又整天與三兄在別墅打牌消遣。下午六點回台北，來受君來訪。晚上鐘副處長，賴耀奎君來訪。關曉村在家吃晚餐。

## 3月18日　土

今天美櫻由台南來，家庭能得到一幫手很愉快。下午林卓章、邱醫師、邱世鴻等來訪，又打牌消遣。晚上七叔與七嬸、陳宗明君等為日產租約事來訪。今天打牌打到五點多，很討厭林卓章君。中餐與以德、敦

禮在國貨公司七樓給戴君請。

3月19日　日

　　早晨睡覺，他們三人都在家住，世鴻十點多回家，十點張大材君來訪，商量整理原稿事。十一點景山、海泠君來訪，中餐後回去。下午三點陳建德、邱世鴻、張星賢夫婦、賴尚崑等來訪。又是打牌消遣。一點多散，覺得很累。

3月20日　月

　　今天覺得很累，繼續寫稿下去。晚餐後拜訪王雲龍兄談中山路房屋事，打算給他買。他也答應我的提議。晚八點張大材君又帶程參與來訪，他們無論如何都希望我出來主持路政，但我尚在慎重考慮中。

3月21日　火

　　中午十二點在「東興」給程兄介紹吳三連兄，三連兄也贊成我出來主持路政，但其進行方法，並沒有結論。談到三點，與程兄吃點心後，拜訪許丙親家，請他代為介紹。許先生答應介紹任顯群與吳主席。晚上帶小孩到「國際戲院」看Disdeny的「狂想曲」。以德君來訪，談到十一點回家，託他美櫻的職業，他答應南華採用。

3月22日　火

　　朝晨拜訪許丙先生，十二點陳華宗兄來訪，一同到家少憩。十二點半王雲龍君來訪，合同購買中山路2段39巷14號房屋，以二萬二千五百元價格。今天先交他7,500元，此時買房屋不適合，但過去為地下錢莊慘澹倒閉，不如置產買房。下午四點帶程、張兩兄到許丙公館。晚餐後與陳新造君散步。仲凱君來訪，送100元利息來。

3月23日　木

　　早晨以德君來訪，中午一同到「松月」吃中餐，尚有雲龍、莊世英君。下午六點帶家族與以德、詹君到草山以德別墅，很好，過一夜。晚餐也吃得很熱鬧。⋯⋯

## 3月24日　金

早晨洗澡後，早餐，到山本公園看花去，九點半回台北。中餐在國貨公司七樓被千里兄招待，尚有程、張大材兩兄，喝得相當醉。下午三點林卓章、邱君、黃宗焜、林以德、王雲龍君等來訪。下午六點出席中山堂千里君的招宴。宴後，張星賢、賴武明來訪，與卓章、邱、陳新造打牌。

## 3月25日　土

早晨寫稿。下午三點半陳新造、賴尚崑夫婦、張星賢夫婦、邱世洪夫婦、林卓章、黃維械夫婦等來訪，打牌消遣。下午鐘副處長來訪。

## 3月26日　日

早晨十點程、張大材、董萬山等兄來訪，帶程、張兩兄見許丙親家，談台灣政治改革。十一點昨天的人加上陳建德兄分兩棹又打牌，這幾天成績都很不好。今天交換台，林小姐來家住。

## 3月27日　月

這幾天因睡眠太少，頭痛，好在原稿已經禮拜六寫好。早晨吳豐村、陳仲凱兩兄來訪。下午五點半到三家旅舍拜訪程全蔚兄，談談目下情況與政治環境。晚餐偕同張大材君等三人吃西餐去，回家來知道帽蓆公司經濟緊迫，可能倒閉，心煩不能入睡。

## 3月28日　火

早晨帶簡文發君到市政府交涉中山堂租借事。早晨以德為帽蓆公司商量善後對策，覺得很頭痛。下午杜香國小姐為土地事來訪。下午五點吳姊夫來訪，商量帽蓆公司對策，勸他以私財贖還債務，不要表面化。七點偕碧蓮、陳新造君出席「狀元樓」南華公司的招宴，以德、雲龍夫婦都來了。

## 3月29日　水

今天是青年節放假。早晨李清漂君來訪，午餐後與碧蓮到尚崑兄

宅，參加打牌。下午四點林建才、李曉芳君來訪，忠告帽蓆公司事。下午六點以德君來訪，託他帽蓆公司事，他不肯，很覺頭痛。

### 3月30日　木

今天由南華借7,500元以抵帽蓆公司對我的債權，一共送18,500元寄存萬華信用合作社，以便充15號的房屋剩價。下午四點與邱世洪君到北投別墅，偕同賴尚崑夫婦、黃維械夫婦打牌消遣。

### 3月31日　金

早晨洗澡後又打牌。十一點帶碧蓮回家，本想十二點五十分的快車到彰化，因兩點多與吳姊夫商量事情，沒能去。看吳姊夫狼狽情形也很可憐。下午碧蓮帶宗義參加乳兒健康比賽。晚餐後拜訪王雲龍兄去，訪房屋土地問題，十點二十三分到車站接美櫻去。

### 4月1日　土

早晨九點帶美櫻到南華公司去。這幾天咳得厲害，十點半就回去休息。下午四點維械、世洪、張太太、陳新造等打牌消遣。廖恩人太太、霜冷等來訪。咳得厲害。

### 4月2日　日

早晨十一點昨天的人都來了，又打牌，打到夜裡十二點半，覺得很累。最近的生活太放蕩，應該勤肅下去纔對。

### 4月3日　月

早晨十一點回去睡覺。四點帶碧蓮、美櫻、元吉看台陽美術展覽會去。晚餐後到仲凱君宅閒談去，談到十一點多方回來。

### 4月4日　火

今天是兒童節，宗義參加比賽，沒能得賞。今天由彰化匯1,425元（土地代價之一部分）。林壁輝、簡文發、吳水柳等兄來訪。下午寫信給岳父報告建台帽蓆公司結束事。晚餐後帶碧蓮散步買東西去。

**4月5日　水**

　　早晨與陳金梓君為愛國公債事見三連兄，同時託賴武明君到新房屋建設水洞事。晚餐後賴耀奎君來訪，談到十一點多，梁財兄也由大甲來訪，談公司事，對公司的整理頗為焦急。

**4月6日　木**

　　早晨胡兆輝副主委為民營交通調查事來訪。下午三點徐鄂雲、吳敦禮兩君來訪。三點半出席帽蓆公司股東會，自民35年10月設立建台實業社以來三年半，吳姊夫努力之下，比較健全地發達來的公司，也受了時流的逆境，以今宣告結束，實在痛心之至。吳姊夫負全部責任，梁財負一部分責任，就開始整理。七點會散，大家以沉痛的心情聚餐而散。晚上詹七叔、梁財、郭清海、王金海等來訪。

**4月7日　金**

　　下午維命來訪，商量他的孩子的事情。杜小姐為土地事也帶她的丈夫來訪。五點與維命到新生旅社，六點半到了「蓬萊閣」出席王金海兄的招宴，還有林劍清、林雲龍等兄，九點半席散回家。

**4月8日　土**

　　早晨接到彰化詹岳父電話，告訴買主只給500元。十點洪公川兄來訪，談了半小時就走了。今天與糖業公司開連運會議，沒出席。今天基全〔銓〕君的妹妹結婚，帶碧蓮參加儀式，借劍清兄的汽車到萬華基督教堂，式後宴席，九點多回家。

**4月9日　日**

　　早晨林卓章君等來訪。一點李曉芳兄來訪，一同看房子去。下午兩點在維械家與張太太、卓章、邱太太等打牌消遣，兩點多方回家。

**4月10日　月**

　　早晨蔡謀榜君來訪，張大材君也來訪。十點半楊國喜、蔡垂和兩君來訪，一同出去案內垂和君到油輪公司、台安公司、金銅礦務局等處。

午餐在勵志社由國喜君請吃。晚餐在家歡送垂和、陳新造兩君，晚上改印出來的原稿。今天是淑英逝世五週年紀念，悲從心來。

## 4月11日　火

早晨九點拜訪許丙親家。下午兩點天賦哥來訪。晚餐帶陳新造君，到許丙親家與蔡垂和君等給請。宴後周耀星兄以下很多朋友來，訪問陳新造君。

## 4月12日　水

早晨與許丙親家拜訪張群前行政院院長，提供我的著作〈台灣經濟建設論〉，此論頗能得到許丙先生的償〔賞〕獎，但不想公開發表。下午五點半到賴宅打牌。

## 4月13日　木

早晨基流君來訪，商量到日本去事。十點秀鳳也來，據說她的小孩王為清君被扣，叫碧蓮與歐先生連絡刑警大隊。乘十二點五十分的車到彰化，車內與天賦家、慶華、郭國基談得很有意思。在詹岳父家吃晚餐後，到老居家開建台實業社結束工作。邀請老居、以專、林榮等兄來，結果圓滿。錫卿兄也來訪。乘十一點的晚車到台中，與乾兄談到深夜兩點。

## 4月14日　金

早晨為淑慎親事拜訪先於兄，九點與乾兄乘公共汽車到清水，在蔡水性代書辦理土地售讓手續。中餐前辦完並且在烏仔請吃飯。乘兩點四十三分的車回台北。晚九點到台北。張來受等來幫忙搬家，大體已經好了。

## 4月15日　土

今天搬家，由天水路21號搬到中山北路2段39巷14號，如此由大安搬到大正町等搬三回了。因款子事，陳金梓君未能照約付款。王雲龍兄急得一點鐘才給他。賴尚崑家來了兩個人，連來受一共三個人，公用事

業管理處派卡車來，搬到下午四點，整理行李，覺得很累。

**4月16日　日**

整天整理行李。晚餐後到尚崑兄家洗澡，到維械家打牌。

**4月17日　月**

早晨有繼續整理行李。鄭姑丈與他孫子等為司事考試、秀鳳事情等來訪。下午尚崑、維械、世洪等來訪，三點開始打牌。晚上國喜、耀奎、星賢夫婦等來訪，一點多才散。

**4月18日　火**

下午三點想借車上班。尚崑兄勸與星賢太太、世洪等打牌也就沒有上班了，打到一點多鐘。

**4月19日　水**

早晨上班。鄭姑丈等一行今天回清水。這幾天來都睡眠不足，下午痛快得睡一整午。晚餐後與小孩散步去。

**4月20日　木**

早晨上班，看《改造》。下午三點與碧蓮出席在雙連基督教會開催的廖史豪與陳娟娟的結婚典禮。禮後請蘭洲兄來家看水溝問題。プロカー（譯者按：仲買人）又來鬧，很生氣，嚴詞罵他，他也謝罪而去。五點半拜訪周田兄，六點到廖公館出席祝宴，與肇嘉哥同席，但都沒有說話，十點回家。有德君由台南來住，談了一個鐘頭。大部分都是關於南豐行的冤枉事。

**4月21日　金**

早晨十點為秀鳳孩子事（王為清）拜訪許丙親家，因看他很忙，託伯埏君。下午出來辦公，晚餐後七點到賴尚崑宅打牌消遣。

4月22日　土

　　早晨上班看《改造》。下午帶碧蓮到台北橋花園看要種的花，今天花工也來整理花木。下午六點張秘書來訪，借他的車到廖太太家赴宴，宴後跳舞。未知何故，今天的宴席並不覺得好受，同時跳舞也不感興趣。十點借林永芳君的車回家，與有德君談話，談到十二點多。

4月23日　日

　　早晨張來受君來訪，指導他修理房屋各地方，整天忙的〔著〕修理工作，都沒有出門。海南〔島〕丟了，時局又加一層嚴重起來。

4月24、25日　月、火

　　李彩蘭新婚夫婦來訪。下雨，沒出門。

4月26日　水

　　阿娥帶了她的姊姊來住，今天BROKER又來倒〔搗〕亂。

4月27日　木

　　中餐與以德、雲龍兩兄到「麗都」吃飯，並對時局談論，經濟稍微波動起來了，但予想不久之將來，經濟可能加緊混亂，未知生活將奈何，頗為不安。晚餐碧蓮開同窗會、歡迎李彩蘭夫婦，談到十點鐘才散。

4月28日　金

　　連日綿雨，今天雨過天晴，早晨來種花了，房屋增加美觀，同時以後想多對植物、種菜加趣味，以資精神上的修養。下午五點帶以和君為磁器事見任廳長去，請他幫忙。

4月29日　土

　　早晨汽車工場張君為修理汽車事來訪。十點上班，下午叫尚崑兄家裡景仔、維械兄家裡有福仔兩君來家裡種菜，搬石頭。

**4月30日　日**

　　早晨種菜。杏庭兄來訪雜談，東魯君也來訪，送雞來，以後多種菜養雞。下午三點尚崑兄、星賢太太、陳介民君等來訪，打牌消遣。

**5月1日　月**

　　今天五一勞動節。早上上班，下午為借款事找尚崑兄，與世洪、星賢太太等又打牌，一敗塗地，以後想除了禮拜六、禮拜以外決不打牌。下午兩點半袁兄來訪，商量共同經營電影事業。

**5月2日　火**

　　早晨來種芝生（譯者按：即草坪），庭園的工作今天可能完工。BROKERS事情也已經禮拜給他100元酬勞解決，如此只剩下登記，房屋就完全解決了。中餐為電影等事與以德、以和、雲龍、敦禮等吃飯。早上十一點半尚崑兄來借3,500元。晚上張訓、賴耀奎、許伯埏、張大材等兄來訪。

**5月3日　水**

　　晚餐在「蓬萊閣」招待財政廳袁琮、陳科長紹興、何視察家駒，為黃豆輸入免稅事、□□事、電影事。宴後又與袁琮兄、以德兄到「萬里紅」，十一點多才回家。

**5月4日　木**

　　今天碧蓮為避孕手術事，由黃錦江兄給介紹徐婦科醫長。晚上王定石君為請任廳長事來訪，陳慶鈕為兵役事來訪。

**5月5日　金**

　　早晨張訓君為房屋登記事來訪。下午二時碧蓮到省立醫院施行手術，但到了四點二十分才開始，五點半完，六點回家。今天送五個片子到新聞處，未知是否可能通過。因藥太厲害，碧蓮老在睡覺不醒。

5月6日　土

　　碧蓮今天好得多，但還說頭痛。下午無事可做，又出勤，細雨綿綿，也就早睡。

5月7日　日

　　今天是翁〔厝〕公生日，中山區一帶很熱鬧。這樣迷信如果能早改革，民國的負擔可能早解決。下午林泉、賴耀奎君等來訪。三點拜訪黃維槭君，看他們打牌。七點被張訓君邀請他宅宴席，宴後因宗仁出去看戲，很晚沒有回來，我等〔到〕深夜一點多鐘。

5月8日　月

　　碧蓮今天好些，但是瘦得厲害。晚上張大材君來訪，談起張訓君的修理汽車事。上午九點拜訪許丙親家，又帶伯埏到E.C.A找林洒敏君談肥皂美援事，到新聞處找周涵源君。到《全民日報》找黃錦城君為王為清事洽談。下午三點到刑警大隊找林習之副隊長，但沒結果。

5月9日　火

　　早晨十一點找袁琼君談日本影片輸入問題。中午與以德、敦禮吃便飯。下午簡文發、楊義夫兩君來訪，晚上張訓、賴耀奎君來訪。

5月10日　水

　　十三點找袁琼兄為日本雜誌、影片洽談。十三點半出勤南……。（以下原稿遺缺）

(5月11日～5月17日　原稿遺缺)

5月18日　木

　　（以上原稿遺缺）……同宴者有肇嘉哥、三連、游彌堅、慶華、江山等人，十一點散會回家。

**5月19日　金**

舟山已經撤退，時局又加一層緊張起來。晚上維械、尚崑、世洪又來打牌消遣。

**5月20日　土**

早晨廖秀□太太帶杜秋雲女士來商量地租問題，她們從九點談到下午三點。據說託管派也被逮捕了。……今天綿雨連續的下，整天沒上班。

**5月21日　日**

早晨張大材、張訓、楊子文、林泉、賴耀奎、賴尚坤等兄來訪，一同到北投彰化銀行俱樂部一遊。中餐、晚餐都在俱樂部由張訓兄請的，與尚崑、林泉、子文三兄打牌。晚餐後回到台北，又來打。這幾天連續打牌，很覺身累，很希望還是每禮拜打一兩次。

**5月22日　月**

昨天把地租也解決了，每坪一月給五角，先付六個月，秋雲女士也很滿足就回家了。下午三點拜訪維械兄去，他近日中將搬回員林鄉下住去，想給他餞別，他為人很好。下午七點吳水柳君、林泉君、賴耀奎君來訪，七點多維械夫婦、邱世洪一家、林泉等又開始打牌消遣。

**5月23日　火**

昨天張秘書送來市公共汽車免票一張，今天起利用公共汽車上班，但覺等車太久。晚上黃金柱君來訪，給他介紹財廳袁琮君。今天又存700元於中興以補生活費，但未知安全否？

**5月24日、25日　水、木**

早上上班，下午與尚崑、維械、世洪打牌。最近因維械兄將回員林，為慰藉他，真每天打牌。

## 5月26日　金

　　早晨賴錫祥君為運送店事情來訪。晚上約維槭、尚崑、世洪打牌消遣，同時餞別維槭君夫婦，在家設宴招待，盡歡而散。

## 5月27日　土

　　為廖綉鸞被押事，今天由何耀玉君介紹見到警總隊長劉戈青君，要求他給保釋，他答應，為保釋手續忙了一下午。到益謙公館見他，告訴由劉隊長聽的關於他的消息。晚上建德、尚崑、星賢夫婦來打牌消遣。

## 5月28日　日

　　今天訪客很多，林益謙、莊建設局長、吳金川、楊信夫、楊忠錒、張訓、賴耀奎、林泉、梁基樫等很多人。下午星賢夫婦、子文、林泉等來打牌消遣。

## 5月29日　月

　　今天十一點五十分被刑警總隊召喚，內容是廖文毅獨立宣言裡面有台灣建設協會，而該會的負責人是我。事前一點不知道，真是禍由天空而來，莫名其妙。在副總隊室客問，受到隊長與林股長訊問，得了劉戈青隊長種種好意設法，沒事，中飯也由他請。下午六點多，林益謙、廖太太和我三人一同回來。晚餐後與尚崑兄到肇嘉哥家面陳經過，報告一切。

## 5月30日　火

　　今天很多朋友來看我，看這不料之禍，做中國人的生活，真是不知道災禍要由何而來。下午七點半娟娟來訪，種種慰問她，一同拜訪肇嘉哥去。今夜的劉戈青隊長來會晤肇嘉哥，以便解決史豪的事情，由九點談到十一點多。第一點研究現在被捕的許多青年，看是否可能保釋，以另設學校教化；第二囚糧改善；第三逮捕的機關太多，是否可能統一；第四關於託管問題的處理方法。他走後我差不多十二點回家。

**5月31日　水**

　　早晨拜訪王金海、許丙。中午廖太太母娘、顏海伶等來訪。晚上請林雲龍、吳敦禮、楊延齡、林益謙、許伯埏、賴尚崑、吳國信、楊基銓、王雲龍等吃飯，由基銓太太指導做的料理，大家雜談到十一點多鐘才散。

**6月1日　木**

　　又是綿雨連續的下，已經一個多禮拜了。早晨鐘秋樊兄來慰問。下午三點廖太太等來訪，下午給劉總隊長以電話聯絡，據說案情將惡化了，不能簡單結束。與尚崑拜訪三連，請他叫培火兄轉告蔣經國先生，但他說培火兄與經國先生不熟。又到華南見益謙，據說他不便託啟光先生。喝一杯咖啡後碰見何輝玉兄，到他家裡談了一會兒。晚餐後，與廖太太、阿娟等商量對策，今天阿娟見Mr.Rasen，請其代為解釋，蘭洲兄來慰問。

**6月2日　金**

　　又是下雨。下午墮〔懶〕得上班。請尚崑、子文、星賢夫婦來家打牌。覺得一切的空氣很沉悶的。

**6月3日　土**

　　早晨十一點與劉總隊長戈青連絡，據說案情將發展強制收容。下午想見他，沒在。拜訪許丙先生，想借他一助，以使事件免於擴大，沒在。悶悶之情。下午五點請尚崑、星賢太太、林泉等打牌消遣。

**6月4日　日**

　　又是雨。早晨帶碧蓮到堀川散步去，遙望遠景，憶起母親火葬之事，無限傷心。下午兩點又是尚崑、林泉、星賢太太來打牌。今天頭一次大勝，瀛〔贏〕了1,300多點，可說未曾有。

**6月5日　月**

　　早晨江呈祥來訪，商量他將當民政廳事務股長，贊成他去，因在最

近之中，我決〔絕〕沒有意思出馬以收容他。晚餐後到哲民兄家慰問阿娟去，但據說史豪不久就可以出來，為他們很高興。

6月6日　火

據說中興公司將倒閉了，真倒霉，存到那，那裏就倒閉。最近金價更漲得厲害，台灣的經濟可能踏入危險時期。因世洪君買賣不好，家庭經濟碰到嚴重的困難。下午又是下雨，墮〔懶〕得上班，在家休息。晚上張訓君、自由鄰鄰長等來訪。

6月7日　水

午餐到「麗都」與以德、雲龍、尤〔猶〕龍夫婦吃日本料理。餐後回家午睡。四點尚崑、林泉、星賢夫婦來打牌。今天中興的錢領出來，真危險。

6月8日　木

早晨與碧蓮到王雲龍家，談了一會兒。午餐在勵志社請袁琮來談話，關於南華與物資調節委員會豆餅的合作問題、日本電影的輸入問題等懇談。下午六點蘭洲、子文、徐秘書、尚崑、林泉等來打牌，十二點多才散。

6月9日　金

早晨想給碧蓮買錶，走遍各鐘錶店，很貴。晚上許建裕、高湯盤兩兄為歐陽公廷君將轉職的事情來商量，答應他們與肇嘉哥商量。

6月10日　土

下雨又是綿雨。尚崑、星賢太太、林泉、陳介民等君來打牌，打到十二點多，我就睡覺去。他們四個人徹宵打到天明八點半才散。

6月11日　日

想出去玩，但又是下雨，困得不得了。朝晨鄰長為愛國公債來訪。下雨林木土君的公子來訪，談了七點多才回去。晚餐後因失電早睡。

## 6月12日　月

禮拜六據尚崑君說邱世洪家境慘澹，很詫異，生活幫助所託，全寄託他，如果被他倒閉，生活將被迫於絕鏡，很苦惱。下午六點多到賴宅與高雄來的蔡君，還有黃君、徐秘書、子文等打牌。

## 6月13日　火

下午沒上班。徐秘書、子文、尚崑等又來打牌。廖太太也來訪，報告史豪的事情，據說將送去保安司令部。

## 6月14日　水

早晨上班。陳慶華君為設立運送店事情來訪。下午下雨，沒上班。叫碧蓮與邱世洪君商量債權的解決方法。

## 6月15日　木

早晨維命君帶林聯登君來訪。午餐後請張秘書來宅商量售出mobileoil的事情及採用邱世洪的事。下午五點到新生旅社拜訪維命君去，在旅館吃了晚餐以後與以德等一同拜訪肇嘉哥去，沒在，八點回家。

## 6月16日　金

早晨以德君為南華的大豆分配來訪。下午到民政廳拜訪肇嘉哥，給他報告獨立運動問題、美援枕木在台購買問題、南華與救濟總署接觸問題。下班後廖太太、阿娟、尚崑等來訪，討論對史豪釋放的問題。晚餐後徐秘書、楊子文等來訪。今早七點多陳親家與慶鈿等來訪，訴家庭之苦，必得給墨仔等介紹職業。今天各處打聽，都沒有辦法。

## 6月17日　土

十二點到南華，與以德、雲龍各兄談南華與E.C.A的關係，午餐一同吃飯去。下午二點半拜訪許丙親家。晚上張星賢夫婦、尚崑、子文等來打牌消遣。

### 6月18日　日

　　早晨歐陽兄的汽車來接，帶碧蓮、尚崑拜訪子文、子津，一同到歐陽公館見他的小姐，希望子津與他的小姐能成親。下午三點黃介騫、徐秘書、子文、尚崑來訪，打牌消遣。今晨陳儀被槍斃。

### 6月19日　月

　　今天端午節，台南寄來肉粽。下午放假半天，晚餐後帶碧蓮散步去，並拜訪瑞麟兄。早晨伯埏君帶唐榮許工務處長為卯釘事到路局來與材料處接洽。

### 6月20日　火

　　伯埏、許處長今晨又來了。下午六點多，星賢夫婦、尚崑、林泉來訪，打牌消遣。

### 6月21日　水

　　今天乾兄夫婦由台中來訪，維命也為了基實的案子來訪，給他介紹何輝玉組長。下午五點多，昨天的人又來打牌。

### 6月22日　木

　　早晨喜仔來訪。早晨維命來報告昨天的交涉結果。下午尚崑來報告，邱世洪把印鑑帶回去，因此無法領錢，很憤慨他的無責任。今天防空演習。十點多命仔、乾兄等回來，談關於基實、信誼的瑪琲(嗎啡)事件。下午五點帶以德見袁琮，解決旅香港保結問題。

### 6月23日　金

　　中午請何輝玉君來家吃午餐，請他對基實問題幫忙，命仔、乾兄都參加。六點廖太太來訪，報告史豪以後的經過。對邱世洪的債權，因他太太的不誠意，大受損失，命運哉！

### 6月24日　土

　　最近一切都不能如意，很悲觀，自覺前途遼遠，不單政治地位沒

能獲得，連家政日頓窮困，種花、養雞都不能成功，一切之一切實在窘迫。下午謝道尹、尚崑、星賢夫婦等來家打牌消遣。基實君今天出來，維命等為舖保事等來訪。

## 6月25日　日

早上八點半帶廖太太由林醫務主任介紹見李參謀長，要請保安司令部軍法處對廖史豪一案早日結束並使其保釋。十點拜訪肇嘉哥去，沒在，與金川君等談到十一點。下午睡覺，六點多鐘王雲龍君等來訪。

## 6月26日　月

早上九點五十分的車送碧蓮、宗義回台南。下午基實的次男又為信誼案來訪。下午四點在尚崑宅與尚崑、子文、徐秘書、謝華輝等打牌，璃莉因病到醫院。

## 6月27日　火

昨天北韓對南韓宣戰，引起東亞的嚴重局勢。下班後被林以德君請，在他家裡與Mr.Beeb等一同吃晚餐，大談東亞以及世界局勢。

## 6月28日　水

今晨報導美國已經命令第七艦隊協助台灣防共工作，如此台灣可能由共黨侵入脫避。今天璃莉的病狀並沒有好，很擔心，下午叫她請假。乾兄夫婦今天回台中。晚上打牌。

## 6月29日　木

歐陽兄為他小姐親事來懇談。廖太太也為史豪的釋放運動來訪。晚上到賴宅與尚崑、徐秘書、張太太打牌。

## 6月30日　金

早晨簡文發、吳國信等兄來訪談新狀態的台灣政局問題。下午江呈祥君來訪。晚上在賴宅與尚崑、蔡君（維雄）、星賢太太等打牌消遣。今天拿到油價3,400元。

## 7月1日　土

下午賴尚崑、許伯埏、謝華輝等君來訪，談台灣前途的問題。下午十二點五十分本想到台南，因七點的廖太太在她家裡要見美國副領事Cesborss與記者，改為晚車十點三十分的車，但到廖宅等到十一點他們都沒來，結果台南也沒得去。

## 7月2日　日

早晨拜訪魏榕、國喜去。下午張太太、郭小姐來訪。三點到賴宅與張太太、楊子文、尚崑夫婦等打牌消遣。

## 7月3日　月

下午八點碧蓮帶傭女阿蘭回來，帶元吉到車站接她去。九點蘭洲、子文、徐秘書等來打牌消遣。

## 7月4日　火

早晨維命等為信義案、木材案等來訪。下午六點多在賴宅與星賢夫婦、尚崑、子文等打牌。下午炎秋兄來訪。

## 7月5日　水

下午帶尚坤〔崑〕等到新店買雞去，正雨下得很大。晚上在賴宅與尚崑、蘭洲、子文、謝華輝等打牌。下午六點廖太太等來訪，為史豪一案商量對策。

## 7月6日　木

昨天打牌徹宵，早晨沒上班。下午梁財、信義太太等來訪，希望對信義案努力從輕罪狀。晚上魏榕夫婦、吳國信兄等來訪。

## 7月7日　金

關於信義案今天稍微有點眉目，想由簡朗山給介紹軍法處王主席檢察官，或者託王專員給介紹內部的人。最近對養雞很感興趣，想當做補助生活的副業。晚上廖太太為史豪案來商量，吳水柳君也來訪。

## 7月8日　土

　　早晨盧繼寶等君來訪。下午何輝玉君來報告信義案相當嚴重。下午四點本想拜訪簡朗山兄為信議〔義〕案請他鼎力幫忙，但因下雨很大，沒能去。六點在賴宅與尚崑、華輝、賴太太等打牌消遣。

## 7月9日

　　今朝鄰居來做雞舍。十點多其立君來訪，為信義案的對策詳細討論。下午又到賴宅與尚崑、華輝、林泉等打牌消遣。

## 7月10日　月

　　早晨吳豐村君為住房事來訪。下午松山漆廠劉、梁君來訪閒談。下午尚崑為枕木事來訪，梁基君為他妹就職事來訪。上午十一點拜訪簡朗山先生，託他介紹王有樑軍法處主席檢察官，懇談一個多鐘頭。

## 7月11日　火

　　下午三點三連兄來電話並送車來接到市政府，據說行政院顧問張伯謹先生將充任駐日代表團第二組長，希望一個副組長幫助他，吳兄推薦我。五點在市長室見張伯謹先生。八點多王雲龍兄來訪，九點拜訪張伯謹先生於長安東路他的家裡，沒在。十點多拜訪肇嘉哥，與他商量。他談僑民不好對付，不贊成我赴日。碧蓮也很不贊成我赴日，十一點多回家。

## 7月12日　水

　　下午五點偕同簡朗山先生拜訪吳澤民夫婦，託他介紹王軍法處首席檢察官。他們也很高興接納，約明晚借他家裡宴王檢察官。今天雞舍做好了，但沒錢買雞。

## 7月13日　木

　　早晨劉隊長來電後，據說史豪將給判七年，現在唯一的辦法，只有求吳主席減輕，馬上掛電話請肇嘉哥給主席說。下午十二點廖太太、阿娟、陳太太等來訪，研究對策，晚上借吳宅宴請王檢察官。

## 7月14日　金

早晨拜訪劉隊長，商量史豪案是否有補救辦法。下午西螺廖君、陳哲民太太的來訪，沒有辦法。信義太太也來訪，給她安慰。下午沒上班，七點到「皇后戲院」偕同碧蓮看李棠華技術歌舞戲。

## 7月15日　土

早晨曾珍君為南豐行店舖出租事來訪。下午五點到賴宅與尚崑、謝華輝、林泉、郭清海等君打牌。清海君在家住。

## 7月16日　日

早晨十點偕同碧蓮拜訪吳澤民夫婦，聽取昨天吳首席檢察官對信義案的意見，據說可以樂觀。十一點拜訪廖太太，偕同她拜訪羅克典兄，詳細說明史豪案，請他代為給吳主席釋明，令其無罪釋放。三點與黃千里、郭耀南、徐秘書、楊子文到北投文士閣洗一澡後閒談。晚餐由徐坤泉請，宴後回家打牌。今天久江、阿坊、美櫻的女師等來，一家很熱鬧。

## 7月17日　月

早晨八點半其立君來訪，告訴他對王檢察官的交涉結果。清海君今來整天睡。南豐行的轉讓問題，引起很多的麻煩事情。今天曹珍君來求援，因美櫻的朋友又引誘吳太太等來一家十五個人，忙得不得了，今天又熱得厲害。

## 7月18日　火

清海君今天回大甲。王君錫奇來訪，談南豐行事。下午沒上班，帶客人到新店去，同時又買28隻雞去。晚上因碧蓮丟了錶，過得很不快，但後來又找出來。

## 7月19日　水

晚上任廳長請吃晚餐，又是他一套自誇的話。同宴者有許丙、吳金川、林挺生、殷占魁、楊陶、謝漢儒等等，宴後拜訪肇嘉哥去，沒在，

與金川君談了一會兒就走。

## 7月20日　木

　　早晨吳國信、賴尚崑來訪，下午在賴宅與尚崑、華輝、星賢太太打牌消遣。徐鄂雲來談得很久。

## 7月21日　金

　　今天又來了兩個油漆匠，一點不工作。這幾天真熱得要生病。南豐行的房屋糾紛很多，現在一切都要來找我，真頭痛。

## 7月22日　土

　　早晨伯埏君等為枕木事來訪。下午在賴宅與華輝、尚崑、星賢夫婦打牌消遣。

## 7月23日　日

　　早晨帶碧蓮找義夫去，又到魏榕家看養雞去。下午三點謝華輝、星賢太太、楊子文、徐秘書、郭耀南等君來家打牌。

## 7月24日　月

　　晚上以德君為電影片匯款事來訪，對他們的活動頗感不滿，但不給他們幫助也不行。廖太太為史豪君的事情來訪，史豪的問題發展到這地步，使我真沒辦法。

## 7月25日　火

　　早晨拜訪吳澤民夫婦，打聽信義案的消息。十點半拜訪千里君為慶墨的事情託他。十一點拜訪歐陽為他的小姐親事不能成立，告訴他。十一點半拜訪袁琮、任廳長，為電影片子匯款事懇談。任廳長今天特別為我的事談得很久，對他吹牛的話術，我已經很討厭，所以他為我謀什麼地位，我都不感覺興趣。晚上維命來訪。

7月26日　水

下午朱文伯委員帶立法委員朱世龍、監察委員劉永濟兩先生來訪，來勸我出馬參加台北市參議員競選，但我無意出馬。早晨叫陳慶墨君來，寫好履歷書，下午三點請張大材來帶他到公用事業管理處就職。同事託張君工作鐵路購買枕木工作。

7月27日　木

早晨鐘秋樊君來訪閒談。下午徐鄂雲君來訪談天。下午七點到賴宅與華輝、尚崑、星賢夫婦打牌。晚上維命、信義太太來訪，都沒見到，對信義案也頗抱不安。

7月28日　金

下午三點帶台灣文化電影公司李燕良、中興戴淑國兩君拜訪台銀副總經理應昌期，國外部副理託他為「青い山脈」（譯者按：青色山脈）匯款事，請幫忙。

7月29日　土

下午三點在賴宅與尚崑、華輝、星賢太太打牌消遣。

7月30日　日

早晨與碧蓮到圓山大飯店、圓山招待所散步去。下午三點又在賴宅與尚崑夫婦、華輝、星賢夫婦打牌消遣。廖太太為史豪事來研究對策，也沒有什麼好辦法。

7月31日　月

今天Macarthur抵台，諒東亞的風雲可能將有變化。早晨楊基立、楊伯齡等為信義案來訪。林君為路局枕木事代理京城公司來訪。朱文伯為勸參加競選台北市議員來訪。晚上黃維械夫婦為piano事來訪。

8月1日　火

今天開始看《Riveral》雜誌。Macarthur今天離台。油漆今天來油了。

**8月2日　水**

　　早晨來受來訪，久江、阿坊、碧仔等四人今天回台南，她們來住兩個多禮拜。整天看《Riveral》。晚上永芳君來閒談。

**8月3日　木**

　　李炳心君來訪，他勸我參加台北市參議員競選。下午炳仔為他的外甥女事來訪，枕木的事大概沒有希望。下午六點拜訪吳澤民太太，打聽信義案。

**8月4日　金**

　　整天看《Romance物語》。林聯登君今天為枕木事來訪。下午五點在賴宅與維械、尚崑、星賢夫婦打牌。

**8月5日　土**

　　早晨未知何故肚子（腸）痛得厲害，我以為了不得的病將臨，但結果苦了二個多鐘頭就好了。下午四點在賴宅與華輝、尚崑、鄭君、維械等打牌消遣。三點在許丙家見唐榮徐經理、許工務處長，商量拖船費給高雄港務局事，晚上拜訪魏榕請他對此案極力幫忙。

**8月6日　日**

　　早晨唐榮徐、許兩君、伯埏君等為拖船事來訪。下午三點華輝、鄭君、維械、尚崑等君來訪，打牌消遣。下午七點在吳宅請王軍法處首席檢察官吃飯，今天與他談信義案、謝女士、廖史豪等案，與他商量，請其從輕判罪。他今天談得很多。晚十點天賦哥、松齡為治縣問題來訪。

**8月7日　月**

　　早晨林顯宗、楊清野君來訪。八點與天賦哥偕同杏庭兄到陳〔張〕勵生副院長家拜訪，沒在。十一點會同大甲區各鄉鎮長、郭天乙君等到行政院見蕭秘書、徐第一組長、張副院長，陳情台中縣址維持政府原案，不必變更。中餐在「狀元樓」與杏庭君給天賦哥請，晚餐在「蓬萊閣」參加為台中縣治記者會。

**8月8日　火**

下午林聯登君為枕木事來訪。晚七點華輝、星賢、維械來訪，打牌消遣。十點天賦哥為區域劃分事來訪。下午李炳森君為市議員競選事來訪。早晨吳國信君為參加台南市長事來訪。

**8月9日　水**

早晨十點聽美櫻來電話說，吳姊夫的房屋昨天下午六點多著火，燒得一空，很傷心，馬上叫南華的汽車看去，燒得什麼都沒有，回台後曾住過三年多的隔壁的房屋也燒得一空。啊！此地此房是在悲慘的命運之下，與慈母住過三年的The hottse[hotest] of memory的，現在連此房屋都沒有了，這使我悲痛，尤其對吳姊夫最近的遭遇同情流淚！因刺激過大，真心痛起來，下午四點叫碧蓮看去，希望孩子們暫時來家小住，與二姊的惡感情也擬趁此機會解消，恢復昔日的親密。只要經濟富裕，可以救濟他們，但現在自己也在困難之中。晚上清海君為這事來訪，投宿家裡。

**8月10日　木**

為吳姊夫著火事整天心痛。早晨維械君為piano事來訪。下午五點麗子到軍法處探聽，信義外二人由卡車載走，不知去向，她害怕。正好晚餐由吳澤民兄招待，同席有王主席檢察官。據說此案為減輕信義等罪犯起見，已轉達法院處理，心裡覺得很快活。今天同席尚有盧主任賢濟、高天成、陳江山等一共十個人。晚十一點回到家裡，麗子在等著消息，以好消息告訴她，她也很高興。維械兄為piano事來雜談到十二點半，清海君也十一點多回家，報告吳姊夫已經搬到義夫家同住。

**8月11日　金**

昨晚睡不著覺，今天頭痛。晚餐後與碧蓮到魏主任公館為守城枕木事請他幫忙。為吳姊夫火著事，今天心還是痛。

**8月12日　土**

整天看《King》。今天台南來信，要我到台南為岳父競選事應

援，但很不想去。晚餐後帶碧蓮看吳姊夫一家去，並送他200元「見舞金」（譯者按：慰問金），看他們一家並沒有帶絕望的臉，使我心開。

## 8月13日　日

早晨帶碧蓮到新公園慢步去。下午華輝、維械、星賢夫婦、尚崑等來打牌，他們徹夜，我十二點就睡覺去。下午十點天賦哥為行政區域來訪。

## 8月14日　月

早晨維命、聯登為橋樑枕木來訪。下午三點給他介紹莫局長，四點出席局長招待的茶敘，局長希望我加入國民黨。六點到參議會俱樂部拜訪天賦哥，與杏庭君、吳火球君等到「萬里紅」吃晚餐，今宵喝得痛快。

## 8月15日　火

早晨維命、聯登又來，伯齡君也來感謝信義案。下午三點半帶維命見局長問昨天的結果，由局長電告王材料處長，帶維命兄、王材料處長給他說明來情，結果還不錯。六點到楊陶公館，他今天請我吃晚餐，尚有賦仔哥、馬有岳、李友三等諸兄。九點到魏榕公館，關於枕木事談了一會兒，今天達（譯者按：小孩的暱稱）考成功中學。

## 8月16日　水

達 真是一個不良少年，如果他合格借住家裡很頭痛。下午梁君、慶鉀君等來訪。晚八點多廖太太來訪，史豪已經被判7年，她來商量對策。晚十一點多天賦哥來訪，據說關於區域劃分的政府案在行政院被否決，十一點多為要明瞭內容起見，與賦仔哥拜訪蔡培火兄，知道台中縣治已經決定豐原縣〔鎮〕，行政院對縣區劃分的技術問題，實在不應該干涉。這個政府真是封建政府。陳誠與吳國楨感情不好，結果影響到政治部面，遺憾！遺憾！

### 8月17日　木

今天整天沒有精神，心又在痛。清水縣址的失敗使我沉於無限的悲傷。中午簡文發與吳國信兩兄來訪，要我出馬做通運公司的總經理。老實說，現在我的心境，在客觀腐敗的台灣，再沒有勇氣任任何部分的主管，但他們一定要我答應，結果讓他們與任顯群自由處理此問題。晚上えつえい（譯者按：人名）閒談到十二點才走，來送很多的東西，要來慶祝宗義的生日。九點張大材君來訪。

### 8月18日　金

今天麗子又匯1,200元來。下午碧蓮帶宗仁手術眼睛去，璃莉也受檢查，據說是遠視，沒法治，真使我悲傷。晚上與碧蓮拜訪吳國信君，據說他今天見任顯群，他不願意推薦我為通運總經理。與吳君商量在台南的工作方針。

### 8月19日　土

昨天整天肚子痛，到今天還是不能好。乘十二點五十分的快車帶宗仁南下，車中與肇嘉哥、金川君等談關係行政區域劃分問題。在彰化下車與台中葉電力公司經理乘汽車到台中，晚上多人來訪。肚子還是痛得厲害，與周魯君等談得很晚，才回來。

### 8月20日　日

早晨乘八點的車到彰化，與岳父談了一會兒。到秀鳳家裡看看去，乘十點的車到清水參加屬親懇親會，集者二百多人很有意思。會後拜訪天賦哥，乘五點的快車回彰化。

### 8月21日　月

早晨乘八點半的車到台南。下午帶張岳父拜訪程兄去。晚上程兄、陳華宗兄等來訪。最使我失望者，就是下午拜訪周站長，知道車站有人出來競選，這差一千來票。

8月22日　火

　　早晨吳國信等兄來訪，商量對策。看張岳父很努力競選事，叫有德君也來幫他忙。乘兩點的快車回台北，中途乾兄由彰化上車，一同來北。

8月23日　水

　　下午、晚上蔡謀源、謀榜等君為清水地下錢莊事來訪。下午顏海冷、徐鄂雲等也來訪。四點謝華輝兄來訪，叫張星賢夫婦、黃維槭等來打牌，他們徹宵。

8月24日　木

　　早晨拜訪劉戈青兄，為清水地下錢莊事調查。下午又打牌，真累得不得了。

8月25日　金

　　早晨謀榜君等來訪，八點半帶乾兄到財政廳為日管時代存款事調查，又到彭華英、歐陽餘慶辦公室閒談。十一點又拜訪劉戈青兄，託他為清水地下錢莊案代為奔走，提供陳情書一份，他答應負全責任辦理此案。十二點訪問蔡謀源一行於遠東旅館，請他們放心回清水。下午黃金爐君等來訪，要請我當大信公司的顧問，這都是乾兄給策動的。

8月26日　土

　　早晨謀燦、謀源兩君來局訪問，送三千元來。他們一行就回清水去了。下午乾兄帶蔡蚶君來訪，他將設立公司，也要請我當顧問。下午謝華輝、賴尚崑、陳介民、張星賢夫婦、石朝波、黃維槭等君來訪，打牌消遣，十二點多方散。

8月27日　日

　　早晨九點帶乾兄、エツ英、美櫻等全家到草山市府招待所遊玩一天。午餐是張秘書請的，下午五點回家。晚八點帶瑪莉看在中山堂開演的「鄭成功」去，還不錯。

### 8月28日　月

早晨以德君為南華事，吳姊夫為著火事來訪，乾兄、孔融為病等來訪。今天清水來電，據謀源君說他們明天又被台中縣傳訊，馬上連絡劉隊長。十二點為枕木事見丘斌存先生，一點南華請吃飯，下午與碧蓮買送禮東西，雨下得很大。

### 8月29日　火

早晨乾兄等到局來訪，林聯登君為枕木事來訪，交他一千元木材定款，交乾兄二千元存款。下午到刑警總隊見劉隊長，知道謀源等一案不是簡單，非送保安司令部不可，同時清水也來電話，據說到台中縣的十個人都被扣留了，很失望，叫清水馬上派人來。

### 8月30日　水

早晨謀榜與基木君來訪，八點到車站食堂見，謀源以下十幾個人，給他們安慰並且報告一切的經過。九點半帶謀榜拜訪譚律師代寫陳情書。十一點拜訪吳澤民、吳太太商量這事情，約明天晚上見王檢察官。十二點基木、謀榜、謀啟、謀元太太等好幾個人來訪。下午三點半帶謀榜見劉總隊長、熊秘書商量前治策。六點半吳姊夫來訪，談起對南華要求住房事。晚上基文君與林君來訪，閒談。

### 8月31日　木

早晨基木、謀榜、陳為樑、陳宗熙等多人來訪，清水地下錢莊一案使我很著急。下午基木君又來訪，陳為樑君與宗熙君來家閒談到二點多鐘才走。下午五點林以德君來訪，與他談吳姊夫房屋事與楊延齡處分問題。晚餐後拜訪吳澤民兄去，王檢察官沒來，把所要託的事情大體說明給吳先生聽。汽車壞了，九點到遠東旅社見謀榜等多人，談到十點回家，知道碧蓮在舞場被扣押到警察局。十一點拜訪何輝玉君，請他代為設法，沒辦法，守衛不讓進去，交涉到十二點，沒有結果。沉痛回家，不能入睡，宗義又哭好幾次。

## 9月1日　金

　　早晨謀榜等君多人來訪。一點半吳澤民君來訪，跟他到他家見王檢察官，差一點沒有見到，很失望。晚上留大姊與瓊仔吃晚餐，餐後與碧蓮、尚崑等被張大材君招待「大世界」看「Hamlet」去，好片子。早晨由徐坻中兄介紹見李警察局長德洋去，沒在。見了徐秘書等交涉釋放碧蓮，第三課長賴君也很幫忙，十點她就出來。

## 9月2日　土

　　因要給宗義斷奶，碧蓮很受苦，起床都起不來。早晨謀榜帶杏庭令兄來訪，說他們將要託律師促進此事，我很贊成，以減輕我的責任。鐵路新採用員工陳榮銘君被他兄帶來見我！下午維械夫婦來訪，碧蓮因斷奶，奶脹的厲害，整天起不來。下午沒上班，晚上到吳澤民兄家見王檢察官，託他清水地下錢莊一案，他很高興地接受。九點找謀榜君等去，沒在，到廖太太家閒談，十一點回家。謀榜、基木等來訪，談得很晚才睡覺。

## 9月3日　日

　　早晨七點多周萬福君由台南來訪，他也是因為陳麗水地下錢莊一案被扣留在軍法處，要追求贓才來訪。因這幾天睡眠不夠，整天在家休息。金鐘君為要運動做合會公司的董事來訪。晚上帶碧蓮到維械、基全家閒談。

## 9月4日　月

　　早晨帶周萬福君找盧賢濟君，沒在。下午見著，因為清水地下錢莊正託王檢察官，不好意思再託他，請盧秘書託他，他很歡喜接收。六點半帶金鐘君見任廳長。下午八點出席朱文伯的茶會。

## 9月5日　火

　　整天為這兩件事苦悶，訪客很多。

### 9月6日　水

早晨帶碧蓮、謀榜、周萬福等君到「文化戲院」看「青い山脈」去，很失望，並不好。下午謀源太太、基木太太等來訪，為案情遲而不解決，他們好像抱不滿。晚上很多人由清水來，談到很晚才睡。

### 9月7日　木

早晨帶碧蓮、元吉到「文化戲院」看「流星」去。十二點拜訪吳澤民夫婦，託他連絡王檢察官，請他早日解決清水地下錢莊案。下午帶周滿福君見盧秘書，託他連絡王檢察官辦理陳麗水案。晚餐後拜訪廖太太，與她商量盧秘書的找房屋事情，請她給一間以解決史豪事。十點拜訪何輝玉君，託他調查楊俊隆君事並且託他清水地下錢莊一案，請他轉告軍法官，早些訊問，結束。實在惱得很，未知何故，事情總不能進行。

### 9月8日　金

中午石朝波為自動車部分品販賣事來訪。何輝玉報告他的調查、交涉結果來報告，留何君吃中飯。晚餐在黃維械家吃，因想做林秋錦與林吾鏘的婚姻，晚餐時吾鏘先生來。晚九點帶碧蓮拜訪肇嘉哥，將此緣談與他商量。每次見他都沒抱一次好感，將來將永遠不想見他。晚十二點回家。

### 9月9日　土

因清水地下錢莊，每天都很多人來訪，深覺此案很麻煩。下午四時為鋼琴事拜訪維械君，決定要換此德國製。五點拜訪盧秘書，據說王副處長對此案不高興，但對周滿福君案的資料收去，他們今天開始訊問。晚餐後被韓笛鈴先生請到空軍司令部跳舞，美櫻、碧蓮都參加，十二點多回來。周君今天回台南。

### 9月10日　日

早晨二嫂仔、二姊、尚崑、朝波等來訪。下午謀榜又帶很多人來訪，何輝玉君五點來訪，請他介紹大甲區局員以便解決追捕票。下午四點尚崑、介民、張星賢太太來訪，打牌。

## 9月11日　月

清水地下錢莊案頗覺麻煩，每天都很多人來訪。中餐後看大正町三條通一房屋，很不錯，因院子大，很想換換。六點出席文化戲院開幕典禮，據莊世英說我與文化電影沒有關係，很憤慨。宴後看米國電影，很不錯。今眼病厲害起來，現在全家都惱眼病。

## 9月12日　火

十一點全家到醫院洗眼睛。聯登、梁君等來訪。下午六點到吳姊夫家吃晚餐，宴後與耀星兄等談時局問題。

## 9月13日　水

今天眼睛相當厲害，下午沒上班。下午四點盧秘書來訪。五點到三條通看房子去，房東提高價錢，沒有意思。六點與碧蓮到謝國城君宅閒談。晚八點多梁財君來訪。

## 9月14日　木

早晨帶碧蓮到葉宅看像〔相〕去。十一點多謀榜君等來訪。據說今天不得面會，很灰心，對此問題相當苦悶，未知如何解決是好。廖太太、松齡對租房的盧秘書都來拒絕。給謀榜君介紹李增禮君，請求特別面會。晚上謀榜君回來商量，想託石美瑜律師，我也贊成，覺得此事相當麻煩，移給石律師為妙。晚七點南投吳君為職業事來訪。七點半與碧蓮到維械家給請吃飯，尚有阿華與他姊姊，談到十點才回家。

## 9月15日　金

謀榜、基木今晨到軍法處又不得面會。下午帶謀榜君到台北監獄見李典獄長，正好石律師在那兒，與他談這個事情，想委託他來辦此案。晚七點彰化三叔仔來訪，吃晚餐就走。晚八點多楊俊隆君來訪。

## 9月16日　土

為文化電影操心，因至今許可尚未下來，真叫人著急。盧秘書的房屋也尚未得解決。晚上因下雨，那兒也沒去。

## 9月17日　日

　　早晨帶碧蓮、謀榜到李增禮君家去，閒談到十二點。與碧蓮拜訪李金鐘兄，在他家裡吃午餐，閒談到三點多，晚上下雨。

## 9月18日　月

　　早晨楊俊隆君來訪。十二點與謀榜拜訪石美瑜律師，沒有聯絡，很失望，與謀榜吃午餐。晚上吳水柳君等為事來談。二十一點帶碧蓮、張秘書夫婦等到「文化戲院」看「世紀的判決」去，真感慨無量。

## 9月19日　火

　　早晨到財政廳看袁兄去，結果還是沒有，真是煩得很。下午葉幽谷兄來訪，閒談一個多鐘頭。下午六點又與謀榜君拜訪石律師去，又沒給聯絡。晚上張來受等來住。

## 9月20日　水

　　早晨六點半帶碧蓮、美櫻、謀榜等拜訪葉幽谷先生，占卜說叫我「不久將重出關，靜而待之。」中午日本人王太太來訪，碧蓮買房子去，松齡君來訪，一同看房屋去。晚上維械兄來閒談。

## 9月21日　木

　　早晨基流、清奇等君來訪。下午黃國瑞君為設立搬運公司事來訪。下午七點尚崑夫婦、星賢夫婦、維械夫婦等來訪，打牌消遣。十二點以和與世英兩君為電影事來訪，一同吃午餐。

## 9月22日　金

　　昨夜睡得晚，頭痛。乘十二點五十分的車到台南，美櫻也同車。在彰化碰到吳國信兄，據說張岳父中選的希望不大，晚餐在餐車三個人一同吃。到台南看很多運動員在忙著，他們都說岳父一定能中選。如果不中選，他們都將離開台南。

## 9月23日　土

　　早晨帶張岳父拜訪程全蔚兄、劉快治鹽務管理局長等，請他們幫忙。下午集運動員商量，據說林連芳有一千票，潘吉有1,100票，周朝福500，郭榮700，一共連其他可能到六千票。如果看作三分之一也可能二千票。據我算1,600票可能得選，所以張岳父之地盤絕沒有問題。晚上元祐來訪，叫他工作工學院、農事試驗場去。晚十點陳華宗君來訪，據說張岳父愁惱沒有希望。我告訴他，一定有希望，各運動員今天都活動得很晚才回來。

## 9月24日　日

　　張岳父今天很早就起來。六點半他就出去開始活動，今天是選舉的日子，各運動員都是笑臉滿面、自信很大，時時刻刻的中間報告也是捷報頻頻，與張岳母預定中選以後的請客種種的工作。中飯後，各運動員更是笑迷迷〔瞇瞇〕出去，期待勢在必勝。七點回來晚餐，選舉的七點到晚七點，我也很不安。七點半就到附近選舉所看去，但是結果預感並不好。不樂〔觀〕，岳父的地盤到底在何處，無從而知。但到了九點半以後電台的報告，都與希望票數相差甚遠。到了十二點知道張岳父的中選絕對無望，實在意外得很，運動員之欺人，真是膽大包天，可能不達500票。啊！天啊！人心可怕，到了深夜三點知道三個律師都落選，台灣的自治水準太差，還是惡勢力在霸占。

## 9月25日　月

　　早晨有德君來罵張岳父、母，他真沒有人性，很憤慨，感覺一切都苦悶。乘九點五十分的車回北，中途在台中下車。與乾兄談起買房屋事，他說沒有財力，麗子也來見。據說信義案不可樂觀。到彰化，詹岳父與淑慎來車站相見，乘四次快車回北。車中與景山兄、陳萬福兄雜談政治。碧蓮到車站來迎接，據說房屋已經賣了，方能放心！新家具排起來，頗為雅觀，與她談張岳父落選失敗經過，兩人都很悲痛。

## 9月26日　火

　　早晨上班，謀榜君為案來訪，基沙君為勸出馬台中縣長競選來訪。

中午一同到「皇家」吃午餐，餐後回家休息。今天中秋佳節很多人送禮過來，緒乾、麗子、詹岳父、張岳父、吳澤民、南華、張汽車修理工廠、蔡東魯、信夫、張大材等很多。晚上大姊、二姊、吳姊夫來家歡見並吃晚餐。兩年來三姊弟都沒有聚過，自母親病故以後是頭一次的。九時半宴畢，一同到堀川散步去，中秋明月高懸在天空，使我感到美麗的過去，憶起淑英，想起母親，不覺淚下，夜中又醒來，月亮更是光亮，啊！人生終於奈何？

### 9月27日　水

一兩天來金子漲得厲害，真倒霉。五個多月來，金價未動，四天前賣掉，而金子大漲，運氣尚未開通，萬事都不如意。下午六點謀榜君來訪，一同拜訪石律師，據說此案在這禮拜可能解決。六點半與林雲龍兄到財政廳請任廳長、周副廳長一同到北投逸屯旅館吃晚餐，尚有杜聰明、林猶龍、吳敦禮、林以德。很討厭任廳長，又是大吹牛皮。……因喝不少酒，夜半不能入睡。

### 9月28日　木

早晨下大雨，因昨夜睡不好，不想上班，與碧蓮又睡下去。下午四點金梓兄來訪，與他約禮拜六到宜蘭一玩。

### 9月29日　金

早晨守城公司董事長蔡居君來訪，謀榜君也來訪，他的案尚未解決。下午五點在賴宅與尚崑、星賢太太、陳麗生君等打牌消遣。

### 9月30日　土

今天本想帶碧蓮到宜蘭縣一遊，因下雨中止。下午在家與尚崑、蘭洲、張太太、維械等打牌消遣。

### 10月1日　日

下大雨，早晨冒著大雨與碧蓮投票去。我投王熙宗，碧蓮投張燦堂。下午尚崑、維械、陳介民來打牌。今天彰化七嬸帶七叔來住一夜。

已經下了好幾天的雨，尚不見止。

## 10月2日　月

下午五點又在家與昨天一樣的人打牌，我大敗，敗得太厲害，結果徹宵，心身俱累。

## 10月3日　火

下午五點才打完，打二十四小時，真累得沒有法子支撐。晚餐後松齡君來訪，託推薦清水邵局長為台中縣警察局長。

## 10月4日　水

早晨上班，謀榜君來報告清水地下錢莊案將要結束。林聯登君為維命君長男俊隆君學校問題來訪。晚餐後帶碧蓮到「大世界」看「スエヂランド（譯者按：地名）地震記」，很不錯。下午李金鐘為事來訪。

## 10月5日　木

早晨案內魏主任到彰化銀行，為借款事，給他介紹林清兄。松齡君為清水警察分局長事來訪。下午謀榜君為清水地下錢莊事來訪，聯登君為維命長男俊龍君復學事來訪。蔡欽面君——他小學時代的同窗，經過二十七年頭一次再見——來訪。紀清水君為勸我競選台中縣長來訪。李丙心君為報告選舉結果來訪。晚上張來受來訪。

## 10月6日　金

早晨十一點半偕同謀榜君到石律師，催促早日結束清水地下錢莊案。中午謀榜君請吃西餐。下午吳澤民太太來訪，託鹿谷木材行將售賣枕木事。晚餐後八點吳太太帶鹿谷木材行彭永盛君來訪，希望交涉賣枕木十萬根。

## 10月7日　土

早晨吳太太派車來接到家一談，她又重提枕木一案，希望能早日實現。十一點半拜訪陶警務處長，陳情邵分局長事。十二點拜訪魏路政科

長，商量鹿谷行枕木事，希望他代為交涉。下午尚崑、維械、張星賢夫婦、陳介民等君來家打牌消遣。

### 10月8日　日

早晨帶碧蓮拜訪蔡東魯君，又到吳姊夫家去閒談。下午尚崑、介民、維械又來家打牌。吳太太與彭先生為枕木事也來訪，結果大概不能成功，很悲觀。

### 10月9日　月

早晨謀榜君又來訪，他們禮拜六得與面會。十三點二姊來訪，閒談後一同拜訪王英石君，種種慰問他。四點半到交通處見魏科長，商量枕木案的措處。晚餐後偕同碧蓮到賴尚崑家閒談。

### 10月10日　火

又是一年的雙十節，早晨九點半基立君父子來訪，來陳述參加競選台中縣長的意見。十點與蘭洲、尚崑、建裕等來北投和泰行別莊，尚有千里、純青、謀啟等已經在那邊……。中餐、晚餐都給純青請。下午三點偕同碧蓮到「文士閣」洗澡去，今天玩得很痛快。

### 10月11日　水

早晨吳專員來訪、閒談。十一點謀榜來訪，一同找石律師去，都沒有什麼結果。中餐一同在「春陽樓」吃。下午五點在賴宅與尚崑、星賢夫婦、維械等打牌消遣，一敗塗地，整夜很不痛快。

### 10月12日　木

嘉義周木強君為冤枉革職來訪、求救，給他介紹簡文發兄設法。下午謀榜君來訪，告訴他與石律師爭論，實在石律師太沒有責任。早晨彭君與吳太太來訪，叫他提出申請書。晚餐後，想房屋從廉方法改造。

### 10月13日　金

晚上王雲龍君來訪雜談。九點基木君等來報告清水地下錢莊一案

已經昨日在軍法處結束，送交台中地院，對石律師之無責任態度殊深憤慨，他唯騙錢是圖，並未為被告絲毫辯護。這幾天都悶得很。

## 10月14日　土

早晨為吳豐村君介紹陳錫卿君代為謀一職，因他發表為彰化縣長。下午四點在家與星賢太太、維械夫婦、尚崑夫婦等打牌消遣，也是一敗塗地。下午二點到「台灣攝影社」照一年一度的全家紀念相。

## 10月15日　日

早晨請載〔戴〕君來照相。張秘書請一同到烏來一遊。碧蓮、美櫻、元吉都參加。先到水源地參觀後，九點到烏來，十點半到烏來後，又乘輕便車去看瀑布，一點回到台北，中餐在「洪長興」給張秘書請。自離開北平就未曾吃過羊肉，今天頭一次在台灣吃，憶起在北平的生活。下午兩點更加張太太、宜蘭李主任、瑪莉等全家到草山市府招待所，碰見吳石山、林茂生、吳三連夫婦。在草山找〔照〕幾張相片。晚餐我請他們吃飯，熱鬧得很。九點回家，大家都累得很。

## 10月16日　月

早晨南投吳君來訪，境仔也送履歷片來。這幾天又熱起來。晚上偕同碧蓮到魏榕公館，看魏先生的病去。

## 10月17日　火

早晨吳澤民太太來訪，告訴我，有台中縣人由保密局告我，為清水地下錢莊案，我由被告聚三萬多元供給軍法處人，運動他們釋放，實在天下之大冤，那裡有這樣事。十點找吳三連兄，商量前後措置。乘十二點五十分的快車到台中，中部司令劉安琪同車，雜談。他由彰化用他的汽車送我到台中。晚餐後馬上見蔡謀榜君商量對策，乘夜快車當天由台中回台北，與郭雨新同車。

## 10月18日　水

早晨與謀榜君拜訪許丙親家商量對策，又到石美瑜律師家把經過

報告並商量對策。十一點拜訪劉戈青商量對策，十一點半拜訪吳澤民聽取密書的內容。午餐在許丙親家吃，晚六點在圓環與謀榜吃飯，碰見月娥，相談一會兒。九點在許丙家與許親家、黃錦城等四人商量對策。黃君意見反告密告人，十點到譚律師家請他做訴狀，十二點多才回家。

### 10月19日　木

因謀源君等一共十六人早晨由憲兵隊押送到台中地方法院。謀榜君乘十二點五十分的快車回台中，我十一點半告狀寫成，到省參議會請代為轉送保安司令部軍法處，因李副議長以下各駐委都是熟人，馬上通過。

### 10月20日　金

這幾天都懊惱得很，尤其綿雨連續，改造工事又中止。早晨岳母由台南來玩。

### 10月21日　土

早晨乘十一點二十五分的車帶岳母、碧蓮到羅東一遊。下午三點多到蘇澳，由李宜蘭縣主任引導，遊海岸，遊羅東，晚餐由劉林發站長請的，晚車到礁溪，由站長熱烈招待案內，住俱樂部。

### 10月22日　日

早晨礁溪站長招待，八點多由礁溪到宜蘭，參觀市內。午餐由李主任招待，因沒趕上車又到礁溪少憩。下午三點到瑞芳，陳金梓君熱烈招待，李主任也同行。晚餐也在他家請吃飯，乘九點多的車回台北。

### 10月23日　月

早晨王英石為他小孩案件來訪，希望我能幫助他，使台灣同胞年輕人加入共黨被押軍法處者，請政府寬大處置，免於極刑。明發君也來訪，閒談一會就走。

## 10月24日　火

又下雨。下午本約明發君要到草山一遊，因下雨中止。下午三點請尚崑、維械、星賢太太來家打牌消遣，大敗。

## 10月25日　水

今天光復節。台北市內很熱鬧，早晨與王英石兄為事拜訪許丙先生，請他出力出來救政治犯。十點帶全家、明發君、張秘書等經北投到草山一遊，在草山市政府招待所請他們吃午餐。下午在家又打牌消遣。

## 10月26日　木

早上帶王英石兄拜訪羅克典兄，談到十二點回家。下午帶賴尚崑兄為案見黃其欣局長。早上岳母回。

## 10月27日　金

房屋的修理遲遲不進，這幾天真是悶得很。

## 10月28日　土

早晨由台中法院傳要偵查貪污案，叫我10月30日上午十點出庭，真使我懊惱。乘十二點五十分的快車到清水，出席同窗會。國民學校的同窗會我是自離開學校以來頭一次的，自畢業以後已經27年，人都老了，但是覺得很有意思，很痛快得喝，尤其很多的老師也駕臨，談到十一點多才散會。十一點多與基流、謀榜、蔡河拜訪天賦哥，請他一定出來競選縣長。十二點多告辭，住基流家裡。

## 10月29日　日

昨夜一點兒沒睡，早晨七點起床，八點半帶基流訪問蔡欽面、蔡謀源、謀燦等。午餐在謀源公館給謀源、謀燦、謀榜、瑤庭等請吃飯，談很多關係清水地下錢莊案。下午三點的車到台中，途中到詹岳父家報告，明天出庭事。六點到台中乾兄家，麗子來談得很久，她又叫很多點心來吃。

### 10月30日　月

　　早晨八點謀榜、謀源、瑤庭來訪，都是今天要出庭的，胡檢察官要訊問的。本來謀燦太太早就到高雄活動好了，今天的偵查可能只是形式上而已。十點都到地方法院，被傳的有蔡錫該、王滋、李育成、蔡謀燦、蔡謀榜，連我一共六人，但是原告蔡誠正根本沒有這樣的人，沒到，差不多廿分鐘，簡單得很，也沒有交保，很容易就了事。一同到趙秀珍君家，午餐他請兩棹。自東京別離以後，十幾年沒有見面，他今天殷勤招待，使我感激。乘四點的車，在彰化換快車回台北。碧蓮一見很高興，冤枉事如此大概既已結束。

### 10月31日　火

　　早晨王英石君來訪，報告他這幾天的活動。下午千里君來訪，商量公共事業管理處的事情。晚上在我軍兄公館歡迎徐木生君，尚有洪炎秋、蘇維仁兄，談到八點。到中山堂想參加舞會，改日舉行。今天總統誕生，街上人山人海。

### 11月1日　水

　　早上台中第一警廳分局長賴國興君來訪，為他改派事請幫忙。託肇嘉哥，他不肯幫忙。下午陳慶華為倉庫事來訪，談得很久。下午六點在賴宅與尚崑、星賢兩夫婦、孝存等打牌消遣。杜小姐與她的丈夫為地租事來訪。

### 11月2日　木

　　早上杜小姐又來訪，避而不見。下午基銓與鄭釵君來訪，前天基澤君來訪時，曾報告民政廳內人事之混亂狀態，今天鄭君又來報告。下午五點拜訪周耀星兄，為杜小姐土地事懇談，斷然拒絕。晚餐後想託黃維械君告訴林恭平君諒解，拜訪他。他留我打牌消遣，十一點半散，又敗。

### 11月3日　金

　　下午雪貞來訪，據說她的主人〔丈夫〕也為思想問題給檢查，很同

情她，但我真無可奈何。下午三點帶楊清野君到管理處見千里、清漂、張秘書，請管理處給採用為技士。晚餐後帶碧蓮到「大世界」看電影，張秘書招待的「戰地鐘聲」，很不錯。

### 11月4日　土

早上吳豐村為職業事來訪，景山由彰化來訪。最近覺得很累，一切都討厭得很。一天過去一天，真是苦得很，也沒有希望，也沒有出路。下午陳介民兄來訪，因家裡的改造工作很忙，沒打牌。

### 11月5日　日

早上徐砥中兄為三連兄競選台北市長事來訪。下午清海君帶月仙、彩霞、培蘭等來訪。兩年多沒有見過月仙，一見覺得很親密，兩年多的時間把她的青春奪去不少，但是她還是很美麗，留她在家住，她無論如何都不肯。……。下午五點大姊與慶仔等來訪，晚餐後回家。

### 11月6日　月

今天本想帶月仙到草山一遊，但因下雨沒能成行。下午與清海拜訪月仙，正碰見姊姊回家，研究被告失火事件的對策。下午六點回家……。

### 11月7日　火

清海君今天回大甲。下午約月仙、彩霞、培蘭、吳姊夫、姊姊、燕生等到草山一遊。先到山本公園，後到市府招待所，五點多回台北。晚餐在家招待她們，九點半多，她們就走了。

### 11月8日　水

昨晚誤聽王為清君給槍斃，整夜沒得睡。看昨天給槍斃九人，都是知識分子，而且很年輕，實在很可憐。今天頭痛。

### 11月9日　木

華北交通的同事鄭國春君今天給槍斃，他那樣好的人，真想不到

也來這樣的結局。下午廖太太來閒談很久。晚九點多李孝存君、林慶豐君、星賢君來訪，打牌消遣。

## 11月10日　金

今天二姊搬家，叫公用事業管理處的卡車給他們運家具。這幾天綿雨連續，悶得很。家裡的改造工作為此而停頓。下午暴風，沒上班，在家整理書籍。晚上賴、張兩兄為土地登記事來訪。七點尚崑家與他、維械、葉君等打牌。

## 11月11日　土

宗義咳嗽，碧蓮帶到鐵路醫院看去。十點多與碧蓮到二姊的新家看去，我一到看見月仙很高興，因人多無法與她談話的機會，但對她的確抱著熱烈的心腸，她送我到郵局，覺得很高興。下午孝全、星賢、尚崑、維械、毛昭江等兄來……，千里、清漂兩兄也來訪。

## 11月12日　日

早晨整理客廳。下午孝存、清漂、尚崑來……。

## 11月13日　月

早晨大姊、二姊來訪。據二姊說月仙在北中，很沉痛似的……。今天工人又來了，很希望趕快完事。晚上尚崑君為周木強君復職事來訪。

## 11月14日　火

早晨燒椎草，下午沒上班。三點孝存、尚崑、星賢太太、維械等兄來家打牌，又是大敗。十點千里兄來訪，報告三連兄將參加競選市長。

## 11月15日　水

今天房屋改造工作大約可以完成。早晨訪問和泰行，碰見洪炎秋、張宏圖兩兄，閒談時局。蔡懷池為枕木事來訪，趙秀珍、楊基澤君為案來訪。今天三連兄突然發表將參加競選市長，很意外，因而幫他簽名。下午五點尚崑、孝存、星賢太太等來打牌消遣。趙秀珍君也來訪，但何君尚未回來。

## 11月16日　木

　　早晨趙君來訪。三連兄的簽署大已告成！下午為監理修理房屋沒上班。七點尚崑、星賢、維械各夫婦等又來家打牌。趙秀珍、基澤君也來訪。張、賴等也來訪，後來我退休，財兄繼續打下去。這幾天覺得很累。

## 11月17日　金

　　早晨謀榜君、趙秀珍君等來訪，與趙君訪問何輝玉，沒在。十點請簡文發兄來，請他對工會員工投票三連兄。十一點帶趙秀珍君拜訪許丙先生，沒在。又訪問黃錦城君去，拜託關於他的弟弟趙璧輝君自新的問題。下午兩點半帶謀源、謀燦、庭仔、謀榜到草山一遊。下午五點半回家，晚餐設宴招待他們。

## 11月18日　土

　　早晨接到碧蓮外媽逝世消息，十點多回家，叫碧蓮與美櫻回家。自從美櫻到我家來以後，已經過差不多兩年了，她是一個十分可愛的少女，但是她性格之烈，愈來愈使我討厭。如今她之離開台北，正是我期盼之至。下午四點到博物館參觀「革命之典」。晚八點大姊、二姊來訪，張秘書也來訪。碧蓮等乘十點半的夜快車回台南。

## 11月19日　日

　　早晨整理相片，想起淑英、母親，流淚感傷，憶去新京、天津、北平、唐山的生活斷片，她那優雅的性格，使我無限的愛惜。下午介民兄來訪，因黃、賴君已有他約，無聊得很。四點到「文化戲院」看「四騎士」去，戲院荒涼得很。七點回家，秀珍三兄弟都來訪，商量璧輝的措置，我勸他自首，他們也決心自首。

## 11月20日　月

　　趙璧輝君寫自首文，早晨給他改。十點王英石君來訪，報告上次國大、立委、監委所通過的對台胞青年共匪，盼政府寬大措處的呈文，尚未發動，叫我從中說情。下午又在家給璧輝君改自首文章。五點帶秀

珍、璧輝兩君訪問黃錦城君，他說可以照料一切，他們方放心而走。晚餐後與秀珍三兄弟閒談。

11月21日　火

　　早晨元雄君為案來北，投宿於家。十二點黃錦城君來訪，他到家來訊問趙璧輝君，作一個紀錄報告上案，可以了事。趙培道君今午回家，如果如此簡單，那我也可放心。救一個青年，這是很有意義的。黃君三點回去，下午四點五十分接碧蓮去。晚餐後秀珍君請我與碧蓮到「第一劇場」看「除卻巫山不是雲」的片子去，很不錯。看後到「天馬」休息喝茶才回家。

11月22日　水

　　修理房屋檜木1,500元，工鐵材料3,000元，一共化〔花〕4,500元，意外之多。早晨元雄君乘八點三十的快車回家，秀珍君乘十二點五十分的快車回家。未知璧輝自首是否可以順利結束，頗有擔心。

11月23日　木

　　早晨張文環君帶埔里蕭添貴君為事來訪。今天先給修理房屋錢二千元與牆仔。來受君今早來，給整理果樹園。晚八點維命君來訪，九點半趙秀珍君又來訪，據說清水分局逮捕去了。晚十點半又一同訪問黃錦城君去，請他早日辦證明書，對趙君之神經質有些討厭，十二點半才回家。

11月24日　金

　　早晨維命回家。今天整天等黃君提供證明書，但沒能得到。下午五點多，他曾來訪，叫璧輝交出誓願書。晚餐後帶秀珍、璧輝四度拜訪錦城兄，據說證明書可能明天交下。三人到圓環吃點心才回家。很希望早日結束。

11月25日　土

　　早晨與秀珍、璧輝兩君雜談過去的事。下午六點張訓請吃晚餐，帶

碧蓮赴宴，沒參加東北會。最近對東北會覺得討厭，因蘭洲兄隨便讓人
參加。台南程全蔚兄與張永琳君十點來訪，談到十二點才走。

## 11月26日　日

　　早晨帶碧蓮訪問黃錦城君，請他趕快交出璧輝君的新證明書，與對
林恩魁君施救。十點拜訪廖太太種種安慰她。下午四點半張星賢太太、
尚崑夫婦、維械兄等來家打牌消遣。晚六點在「洪長興」被程兄招待，
尚有張秘書、張監察委員建中兄。

## 11月27日　月

　　綿雨又陸續的下，下得使人悶得很。今天有一隻雞倒下，未知是否
將影響全部，頗為戒心。中午請蔡東魯君到家看去，知道是消化不良。
下午趙璧輝的自新合格證由黃錦城君親自送來，他很高興，我也高興，
我覺得他很可愛。

## 11月28日　火

　　早晨郭天乙君為枕木事、景山兄為陳傳訊職業事、蕭添貴君為領
款事來訪。下午無聊得很，五點到三連兄選舉事務所看去，很多人在那
邊，但三連兄沒在，與黃炎生兄談了一會兒就走。六點與孝存兄、星
賢、尚崑夫婦、維械夫婦打牌消遣。

## 11月29日　水

　　早晨基文為清野職業事、伯齡為信義一案來訪。這幾天自覺這樣生
活下去，毫無意義，未知如何來解決自己，生活真蕭條。晚餐後帶碧蓮
到「文化戲院」看「風流女情」，還不錯。

## 11月30日　木

　　早晨與碧蓮到員工子弟學校看運動會，看見宗仁的活潑的舉動很
可告慰。中飯在姊夫家吃，餐後與二姊看旭屏嫂介紹的青年去，印象還
不錯。又到司法行政部看張正雄君，順而託他調查信義一案，看此青年
還不錯，兩個青年，未知選那一個好，告訴二姊，最好叫燕生自己選。

國際情勢，因中共大舉攻韓國，今天顯示特地〔別〕緊張，未知怎樣發展。

**12月1日　金**

時間過得真快，又是一年最後的一個月了。晚上八點黃錦城君來訪，報告林恩魁君找不出來，保密局、保安司令部都沒有此人。

**12月2日　土**

每天都下雨，真悶得很。下午沒上班，到賴宅與尚崑夫婦、陳介民、星賢太太等打牌消遣。

**12月3日　日**

早晨帶碧蓮訪問信夫，沒在。看君晰兄去，閒談一會兒就走。下午三點星賢太太、介民、陳太太來……。今天頭一次受到雞蛋26個，62元，覺得很高興。

**12月4日　月**

今天張文環、蕭添貴君又來訪，帶他們見王材料處長，叫材料處快些辦理。昨天雞蛋賣出去，但是今天死了一隻母雞，經營養雞實在不容易。

**12月5日　火**

下午帶雪貞見了劉刑警隊長去，沒在，據說林恩魁君押在刑警隊。燕生來訪，告訴王英石君的孩子給檢警，覺得很可憐。今天乾兄送來2,700元。下午四點訪問二姊，商量禮拜天在我家燕生與楊君「見合的事情」。晚餐後八點與吳姊夫到英石兄家家裡送香奠，並慰問他們去。

**12月6日　水**

早晨與二姊拜訪莊海國，想看他的公子，沒在。下午雪貞來報告與黃錦城君的會見巔末，晚餐後她走了。八點魏榕兄來訪，談養雞事。十點半楊基銓君由台中來訪，住在家。

## 12月7日　木

早晨為《交通月刊》經費困難，以招廣告維持計，拜訪張永琳、李有福兩兄，請他們協助。下午四點訪問二姊，陳述燕生之對象以為莊君子息最為適當，因他下午兩點來訪，談得一個多鐘頭，我所得印象甚好。晚餐後帶碧蓮到「皇后戲院」看越戲「孟麗君」。

## 12月8日　金

又是一年的12月8日了，此日是製造我中生不運的日子。隨日本失敗，我的一切都崩壞，家破人亡，淑英、母親都是為此而犧牲。討厭的雨又是在下，本想拜訪魏榕兄，請教孵卵器事，因雨沒去。晚餐後整理名片。今天黃瑜君來報告恩魁事，未盡詳細。

## 12月9日　土

早晨蕭添貴、張文環為領款事又來訪，告訴出納科人提前給他。李賜卿君為枕木事來訪。下午三點黃木通、陳金梓君來訪。……。

## 12月10日　日

早晨與碧蓮為燕生親事拜訪莊海國兄，因忌中沒進去。拜訪吳姊夫，小談一會兒就走。拜訪魏榕兄請教孵卵器事，看他養不少雞，頓生興趣。下午張文環、蕭添貴兩兄來訪。……。

## 12月11日　月

今天到委託商店買一件床罩，最近委託商店賣買盛旺，可見外省人在台的生活相當苦。我想買三件地毯，但苦於沒錢。晚餐後繼續整理名片。

## 12月12日　火

早晨陳慶華君倉庫事、楊柏齡君為信義案來訪。晚上大姊、二姊來訪，閒談到十點她們才回去。中午雪貞來訪。下午六點清野君為職業事來訪。

**12月13日　水**

　　早晨李賜卿君為枕木事來訪，給他介紹鐘副處長。晚餐後帶碧蓮到「文化戲院」看「乞食王子」去，還不錯。

**12月14日　木**

　　下午一點在賴尚崑三樓由市政府主催開演警察沒收的進口影片，帶碧蓮看去，因第二次，並不受到深刻印象。下午洪台中站長來報告現場的困苦。黃傳君來報告購材委員會的工作情形。今天接到楊信義君呼救之聲，實在很同情他，自覺心餘力不足。

**12月15日　金**

　　下午四點黃瑜君來訪，報告林恩魁君的情形。下班後到賴宅與葉君、星賢太太、尚崑太太打牌，自覺打牌實在沒有意思，是否有別的消遣法？日子實難過，冬歸無覓處，真苦惱。

**12月16日　土**

　　早晨燕生帶賴小姐來玩，中餐後她們就走了。今天李丙心君來訪，談論貨物服務所的改造問題。陳有德君為參加小兒科醫學大會，下午五點來訪，與他談種種問題，晚上沒出門。

**12月17日　日**

　　早晨十點半吳姊夫、二姊帶燕生來，林旭屏太太帶楊慶津君來對看，未知結果如何。下午修理雞舍，最近雞蛋的收入還不錯，稍微可以幫助家裡經濟，深感興趣。晚餐周壽源兄招待，與碧蓮赴宴，與黃奇正同席，聽這新議員的種種政見，很有意思。

**12月18日　月**

　　早晨九點帶碧蓮到省參議會旁聽吳主席的施政報告，郭國基的詢問很有意思。下午繼續到省參議會聽吳主席的答辯。有德君十點多帶酒味回來。

## 12月19日　火

早晨九點帶有德君到省參議會聽肇嘉哥的施政報告，今天旁聽人很少，說得也沒有期待那樣好，十一點回家。今天碧蓮到赤十字醫院給徐婦科醫長診察的結果，知道碧蓮身體不適的原因是由於手術而來，而且不是那樣容易可以解決的問題，心裡覺得很苦。午睡後心神俱累，起床不來。三點帶碧蓮到「第一劇場」看「Samson」去，這個片子還不錯。

## 12月20日　水

早晨九點就到參議會，今天是建設廳的報告，平凡得很。因尹仲容的態度傲慢，引起大風波。我個人很想利用這個機會，徹底研討公營事業的經營，但參議員沒有高度政治意識，結果可能無意中就妥協。下午繼續聽教育報告去，平凡得很，晚上六點出席李孝存兄的招宴，三連、千里、蘭洲諸兄都參加，談得很有意思。……十二點回家。

## 12月21日　木

早晨到吳姊夫家，商量救護信義君，請他告訴孫刑事庭長。下午廖太太來訪，閒談兩個多鐘。伯齡與李卿雲兄為舖保事來訪，給他介紹和泰行黃純青兄，承他快諾。晚上準備明天的旅行。

## 12月22日　金

早晨乘九點五十五分的車帶碧蓮到台中，把宗義寄宿於大姊家裡，心十分不忍，但是風寒水冷之時，還是不帶旅行為上策。下午四點多到台中，乾兄家裡為基先君競選台中市長，運動員很多。晚餐後拜訪趙秀珍君去，沒在。到台中醫院看信義君，談了很久，不過看他身體強壯，稍可告慰。以何方法救他，實在困難得很。在市街慢〔漫〕步時，碰見張君，一同到小料理店吃Oden〔關東煮〕。秀珍君在乾兄家等得許久，談到十二點多才回去。這次來台中為應援基先君競選來的，一切的情況都相當順利。

## 12月23日　土

　　早晨帶碧蓮到台中醫院打針，再到秀珍家吃午餐，又到金源兄家，他又準備午餐，再吃一回。乘二點的車一同到豐原遊玩。拜訪林阿能君，三點的車一直到彰化，先看秀鳳去，為清尚未判決，傷心尤深。再到詹岳父家，四舅、四妗也來了。四舅的病並不好，今天餞別淑慎，如果淑英在世，岳父母未知何歡！看岳母寂寞的面，一定是在憶起淑英。很累，早睡，希望淑英能來夢相見，夢未成！

## 12月24日　日

　　碧蓮早起來為淑慎化粧，一化粧起來，很像早日淑英的模樣。一行八十多人包車到嘉義，我看此姻緣很好，淑慎能過著很好的日子，黃文陶為他長男伯超成婚也很高興。祝宴一點開始，很熱鬧。三點多鐘的車與碧蓮、元祐到台南，六點到南。台南市長的競選結果正在發表，國信兄落選很傷心。十點多與岳父母出走散步、吃點心。

## 12月25日　月

　　美櫻今天告假在家一同遊玩。本想找幾個朋友，覺得很累，與有德君看房屋去，給他決定購買一座日產房屋。午餐後乘一點的公共汽車與岳母、碧蓮到歸仁看阿公去，自阿媽逝世以後他的生活是很枯寂的。三點半的車回台南，晚八點到聽音樂會去，碰見郭柏川兄，一同喫茶去，十一點回家睡覺，沒參加舞會。今天看報基先領頭當選頭一次的市長競選。

## 12月26日　火

　　早晨乘九點五十分的車帶碧蓮回北，車中枯燥得很，本想在台中下車參加台中醫院的舞會，但是很想早見小孩們，就乘這普通車回北。宗義沒回來，以外三個孩子都很活潑。

## 12月27日　水

　　早晨乾兄來訪，一同拜訪肇嘉哥去，本想請民〔政〕廳不要再展期台中市的第二次競選，但對基先，在台中的軍、黨、政各方面的壓迫

很厲害，他們正在商量辭職！並叫基先放棄競選台中市長，我馬上叫基先來商量。下午四點多到車站接基先君，與乾兄、維命一同到大信公司三樓預先商量對策，我贊成基先君玉碎繼續競選。六點多拜訪肇嘉哥，披瀝基先的決心，彭主任秘書、林快青專門委員、我、基先、維命等討論對策，意見一致玉碎。八點半肇嘉哥見主席，九點回來，圓滿解決。基先繼續參加競選，肇嘉哥也不許辭職，很高興，慶華、何景寮也來參加，十點帶乾兄回家，松齡君正在家候著，雜談到一點，他才回去。

## 12月28日　木

早晨二嫂仔與二姊來訪。十點多鐘與乾兄出來。盧繼寶君來訪，他當選高雄市議員，但是職位被左遷，請李炳心君來商量對策。下午雪貞兄妹來訪，林恩魁今天送保安司令部。下午頭痛，沒上班。晚上魏榕兄來訪，張永琳兄也來訪。

## 12月29日　金

早晨乾兄乘八點半的快車回台中。陳春印君為枕木事來訪。晚上葉幽谷兄帶維命君來訪。上午十一點多為信夫轉勤事到彰化銀行見王金海兄，他送我回家，並到家來小談而走。

## 12月30日　土

肇嘉哥請假十天，未知何故。最近金價波動的厲害，明知道金價必定波動，但未能適當措置，以招莫大損失，心痛得很。四十歲的青春又將過去了，這一天期待很大，但一切都歸於失望。下雨到賴宅打牌，又是敗。

## 12月31日　日

早晨與碧蓮修理雞舍，下午李孝存君帶郭承耀君來訪，請尚崑太太四人打牌消遣，大勝。因是除夜，大家回家吃飯，飯後尚崑太太不能來，星賢君來，又是勝，如此過著愉快的除夜。

# 楊基振日記 附書簡・詩文（上冊）

發　行　人：張炎憲

編　譯　者：黃英哲・許時嘉

日文編輯整理：湯原健一　青木沙彌香　中川直美

校　　　註：許雪姬・吳燕美・許時嘉

審　　　訂：許雪姬・楊宗義

執　行　編　輯：何鳳嬌

校　　　對：林玲華・何鳳嬌

封面版型設計：石朝旭設計有限公司

出　版　機　關：國史館

地　　　址：台北縣新店市北宜路2段406號

網　　　址：http://www.drnh.gov.tw

電　　　話：(02)22175500-605

郵　撥　帳　號：15195213

出　版　年　月：2007年12月初版一刷

排　版　印　刷：冠順印刷事業有限公司

地　　　址：台北市和平東路一段87號2樓

電　　　話：(02)33222236

定價：550元

GPN：1009603428

ISBN：978-986-01-1821-6(精裝)

國家圖書館出版品預行編目資料

楊基振日記：附書簡、詩文 / 黃英哲, 許時嘉
編譯. -- 初版. -- 臺北縣新店市：國史館,
2007.12
冊； 公分

ISBN 978-986-01-1821-6(上冊：精裝). --
ISBN 978-986-01-1822-3(下冊：精裝)

855                              96022866

**展售處：**

1.國史館台灣文獻館（門市部）
　南投市中興新村光明一路256號
　(049)2337489
　http：//www.th.gov.tw
2.國家書坊台視總店
　台北市八德路3段10號B1
　(02)25781515轉284
　http：//www.govbooks.com.tw
3.五南文化廣場（發行中心）
　台中市中山路6號
　(04)22260330
　http：//www.wunan.com.tw